［清］管世銘 著
馬振君 孫景蓮 點校

管世銘集

常州管氏合集

四川省哲學社會科學規劃研究後期資助項目
本書的整理與出版得到内江師範學院精品工程項目資金資助

鳳凰出版社

圖書在版編目（CIP）數據

管世銘集 / (清) 管世銘著 ; 馬振君, 孫景蓮校點.
-- 南京 : 鳳凰出版社, 2017.5
（常州管氏合集）
ISBN 978-7-5506-2612-6

Ⅰ. ①管… Ⅱ. ①管… ②馬… ③孫… Ⅲ. ①中國文學－古典文學－作品綜合集－清代 Ⅳ. ①I214.92

中國版本圖書館CIP數據核字(2017)第107814號

書　　名	管世銘集
著　　者	(清)管世銘 著　馬振君　孫景蓮 點校
責任編輯	張永堃
出版發行	鳳凰出版社(原江蘇古籍出版社)
	發行部電話025-83223462
出版社地址	南京市中央路165號,郵編:210009
出版社網址	http://www.fhcbs.com
照　　排	南京凱建圖文製作有限公司
印　　刷	江蘇鳳凰新華印務有限公司
	中國江蘇南京經濟技術開發區堯新大道399號,郵編:210038
開　　本	880×1230毫米　1/32
印　　張	18.375
字　　數	466千字
版　　次	2017年5月第1版　2017年5月第1次印刷
標準書號	ISBN 978-7-5506-2612-6
定　　價	88.00圓

(本書凡印裝錯誤可向承印廠調换,電話:025-68037410)

嘉慶六年春鐫
韞山堂詩集
讀雪山房藏版

嘉慶六年春鐫
韞山堂文集
讀雪山房藏版

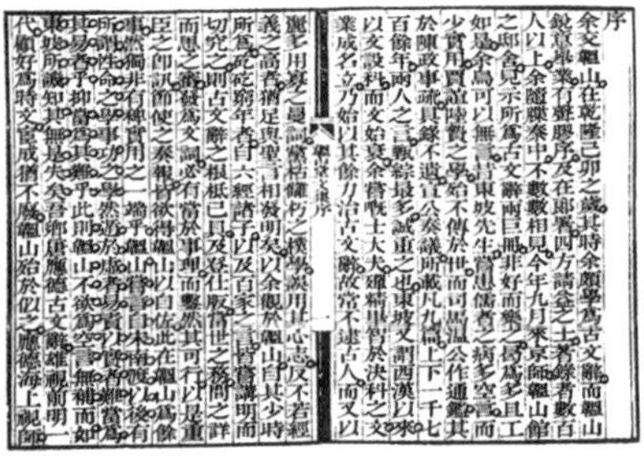

《韞山堂詩集》《韞山堂文集》，嘉慶六年（1801）讀雪山房刻本。

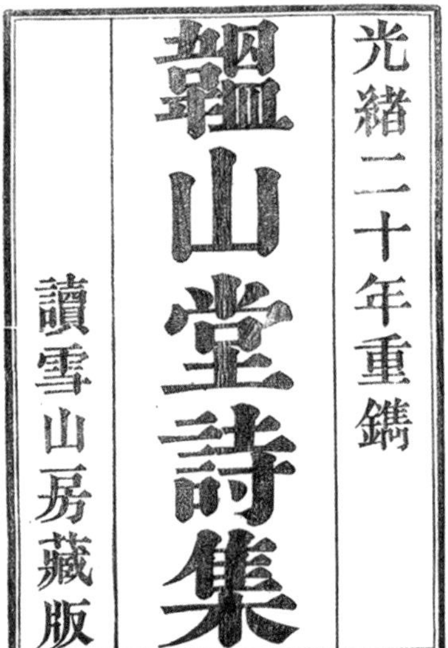
光緒二十年重鐫
韞山堂詩集
讀雪山房藏版

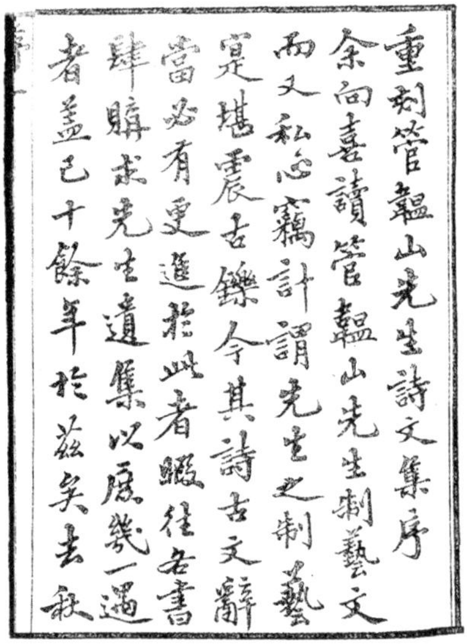
重刻管韞山先生詩文集序
余向喜讀管韞山先生制藝文
而又私心竊計謂先生之制藝
寔堪震古鑠今其詩古文辭
當必有更進於此者輒往名書
肆購求先生遺集以庶幾一遇
者蓋已十餘年於茲矣去秋

《韞山堂詩集》，光緒二十年（1894）吴炳敬重刻本。

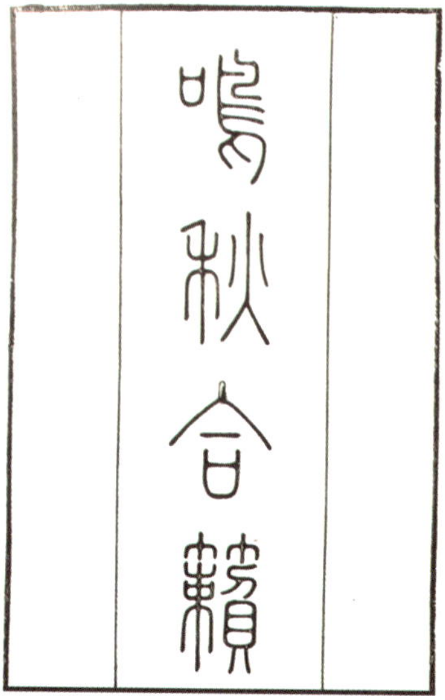

《鳴秋合籟》，乾隆五十年（1785）錢維喬輯刻本。

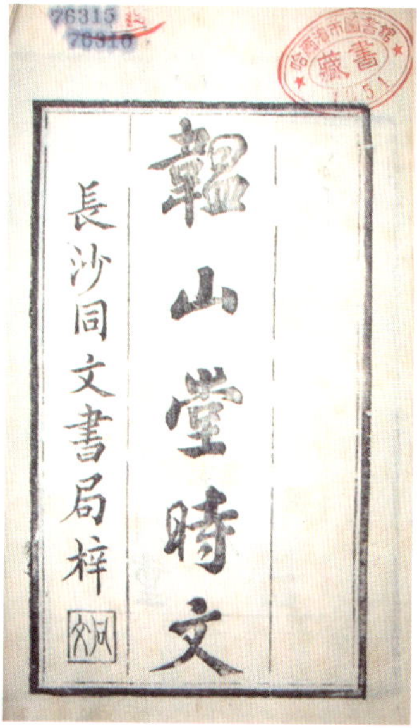

《韞山堂時文》，光緒二十年（1894）長沙同文書局刻本。

《增注管緘若先生全稿》，光緒十九年（1893）寧郡汲綆齋刻本。

前　言

在常州的文化史上，管氏家族可謂科舉世家，名門望族。管氏先氏本居安徽濠州，南宋時遷至武進。據第二十八世管鳳和於民國五年（一九一六）所主修的《管氏族譜》記載：『千十五公皇佐公，濠（明改爲鳳陽）人。宋南渡，扈蹕至臨安。安撫毗陵，至華渡里，樂之，卜築彭頭村，遷居武進，是爲常州始遷祖。』自皇佐公卜居華渡里，管氏家族『子繼孫繩，號稱繁衍』[①]，從靖康南渡到民國五年，近八百年的滄桑歲月，華渡管氏家族傳至三十世，譜列達數百人。據此譜，今列管世銘一支譜系如下：

千十五公①→元三②→正→③→昌二④→崇四⑤→旬二⑥→祖二⑦→華二⑧→忠→⑨→仁→⑩→堂六⑪→復⑫→澄⑬→世祥⑭→輅⑮→谷⑯→尚德⑰→陽春⑱→紹寧⑲→鉉⑳→滋淇㉑→棆㉒→復曷㉓→基承㉔→世銘㉕→學洛㉖→繩萊㉗→晏㉘→錫仁㉙→慶同㉚。

生活在常州這一文化之鄉，在濃厚的讀書應舉的氛圍中，管氏家族也極其重視對子弟的教育，因此產生了六名進士，十一名舉人，貢生、監生、薦舉、考授爲官者則多達二百三十四人。管世銘即爲六名進士之一。

管世銘（一七三八—一七九八）[②]，字緘若，一字韞山（因居室名爲韞山堂，所以門下弟子都稱他韞山先生，於是世人也多以韞山稱之），小字興隆。曾祖榆爲刑部郎中。祖父復暠，雍正間舉人，廣東鹽場大使。父基承，國子監生。祖、父俱贈朝議大夫、浙江道監察御史加二級。祖母徐、母王俱贈恭人。七八歲時，即從祖父讀《資治通鑒》，常能獨出新見。家貧少書，而大興外公家多藏書，所以常於隨母省親時大量閱讀。後師從劉衍林先生，學業大進。管世銘三次中乾隆壬午（一七六二）、乙酉（一七六五）、戊子（一七六八）科順天鄉試副榜。甲午（一七七四）考取江寧鄉試舉人。戊戌（一七七八）中进士。後歷任户部江西司主事，壬寅（一七八二）補授山東司主事，考取軍機章京。丁未（一七八七）升遷爲雲南司員外郎。己酉（一七八九）升任山東司郎中。乙卯（一七九五）升任浙江道監察御史。戊午（一七九八）轉任掌廣西道監察御史。

管世銘深通律令，軍機處的重要文件都由他起草。處理事情當機立斷，機敏迅捷。『嘗誡人曰：「刑名之誤，無過救生不救死之議。議生罪所以雪死冤，必求服死者之心而後可。活生者但主救生，則冤者一死讐，再死斷，與折獄官故殺無異。」』（《行狀》）這段話，富於現代法律精神，是法理與倫理人情的分辨。正因爲他對法律有着這樣深刻的理解，所以他的執法才能被當政者所重。多次被委派出京到地方審查案件，曾分别到浙江、湖北两次，吉林、山東一次。

管世銘性情耿直不阿，不懼權貴，恥於奉承。『府君居官無所苟且。通州坐糧廳，例以部員由本部堂官保送簡放。甲寅秋，忽有客謂府君：「吾能爲君得此於時相。」府君大駭，辭曰：「吾才絀，不諳錢穀事，且多疾，將乞休矣。客意良厚，非吾所敢當也。」已而果保，未用。府君憮然，告家人曰：「幸全吾名。」』（《行狀》）不與權相和珅同流合污，這本身就需要極大的勇氣。也正因爲他的耿直不阿，屢在大庭廣衆之中慷慨議論，頗露鋒芒，所以阿桂多次勸他韜光養晦，以圖後進。陸繼輅《掌廣西道監察御史管公墓表》云：『君既擢御史，則大喜，夜起傍徨中庭，搆疏藁未成，而仍留軍機命下，俞文成公請也。君廢然入謁文成，自言「愧負此官」。文成知君意，慰之曰：「報稱行有日耳，何必汲汲以言自見耶？」』阿桂之所以勸阻管世銘，正因爲當時乾隆尚在，還不是攤牌的時機，出於愛護之意，所以未讓他任監察御史。後面的事情發展也證實阿桂此舉的明智。乾隆駕崩，彈劾和珅的奏章即紛紛奏上，幾乎一夜之間，和珅的勢力傾覆了。由此也可看出管世銘性格急躁，缺少政治鬥爭的經驗。他不能上表獻言，只好將心中的憤慨『一以寓之於詩』，這也是歷來文人常採取的不得已做法。

管世銘四十一歲成進士，死時六十一歲，官職最高也只到廣西道監察御史，並未進入到權力中心，所以其政治建樹是有限的。但是，作爲詩人和詩歌理論家，他却有着不同凡響的建樹。

管世銘的《韞山堂詩集》共十六卷，收詩一千零五十四首，按五古、七古、五律、七律、長律、五絶、七絶分類編排，與他所編選的《讀雪山房唐詩選》體例相同。

關於他的詩歌創作，好友周景益評價：『其發爲詩也如其人，朗健深厚，有上下古今之識，大都出入於杜、韓、蘇三家而不名一體，尤愛其格律最細。每詠一人，述一事，典贍精當，無可移掇，足當詩史之目。至於賦物抒景，往往即小見大，皆有可備輶軒之採者。』評其詩取法多家，不拘一格，格律細，内容實，『足當詩史之目』，可爲的論。其創作經過三個階段，『初時韞山年盛氣鋭，上下今古，清辯滔滔，其爲言也富於史。及漸壯，渺慮覃精，返而求諸六藝，其爲言也粹於經。嗣是以往，泛濫百氏之書，見聞賅洽。繼登臺省，交遊廣盛，輶軒半天下，更事久而閲人多，其爲言也達於理。蓋理之數，至纖至悉，一物一理或數理，常人闇焉，惟哲者學於萬物以積之，其積之之功與積財等。自夫珠貝綺繡，下逮竹頭木屑，罔不庀具，卒然相需，咸有以適於用。此其説倡於寧都魏禧，韞山實瓣香之。詩與文異流而同源，故其所爲各體與年俱茂，約三變而歸於大醇』。由史至經再進至於理，這是三個逐漸升高的層次，表現了其詩歌創作漸趨成熟而深邃。

同時這段話也概括了管世銘詩歌『適於用』之旨來源於寧都魏禧，講究經世致用。

這裏特别强調一下管氏詩歌對歷史的記載與反映。

乾隆時期，進行過兩次大小金川戰役，第二次是在一七七一至一七七六年，大金川土司索諾木與小金川土司僧格桑聯合反清，清政府先後派阿爾泰、温福等平定叛亂，但皆以失敗告終。一七七三年，復派阿桂帶健鋭雲梯營、火器營、吉林軍等，大舉進攻小金川、大金川，以前後傷亡一萬多人的代價平定了此次叛亂。實際上，五年戰役，清廷共出動六十萬人力，耗銀七千萬兩。此戰意義是推動了明代以來在此地區『改土歸流』政策的落實，對維護國家統一、促進民族交流和該地區政治經濟發展有一定的意義。對於此事的記載，《韞山堂詩集》卷三有《平定小金川鐃歌十八曲》，應該是代主帥阿桂所作。若將十八詩題排列起來，本身就是一篇言簡意賅的戰況簡報，組詩以叛亂發生、平叛之戰、戰後封賞爲序，描述了戰爭的全過程，是對《平定兩金川方略》等文獻的補充。

管世銘活動的時代，正是康乾盛世由盛轉衰的關鍵時期。朝政腐敗，民怨沸騰，各地起義，風起雲湧。作爲一名胸懷干濟天下之志的儒官，其目光常聚焦在重大國事上，這是必然的。除以上大規模戰爭的記載外，還有多次扈駕祭祀祖廟、巡視江南、出巡狩獵等經歷，也被作者一一寫入詩中，從側面反映了當時的歷史。

他的詩還有一些關於朝廷相關制度、程序的詳細記載，因爲其翔實，被後來學者採入歷史著作中，成爲考察當時政治制度史的重要史料。清末陳康祺《郎潛紀聞》卷九載有二則，一則涉及到文字獄事，即《詩集》卷十六《追紀舊事》中小注：『（乾隆）丁未春，大宗伯某掎摭王漁洋、朱竹垞、查他山三家詩及吴園次長短句内語疵，奏請毁禁。事下機庭集議，時余甫内直，惟請將《曝書亭集・壽李清》七言古詩一首，事在禁前，照例抽毁。其漁洋《秋柳》七律、他山《宫中草》絶句及園次詞，語意均無違礙，當路頗韙其議。奏上，報可。』陳康祺云：『時管侍御世銘方内直，實主其議也。見《韞山堂詩集》注。』如果不是管世銘及時爲之分辯，則四家文集將面臨被删改的命運了。

第二則云：『乾隆癸丑，西洋暎咭唎國使當引對，自陳不習拜跪，强之，止屈一膝。及至殿上，不覺雙跪俯伏。故管侍御《韞山堂詩》有「一到殿廷齊膝地，天威能使萬心降」之句。康祺憶穆宗親政後，泰西各國使臣，咸請覲見，先自言用西禮折腰者三，不習中國拜跪。通商衙門諸大臣，曲意從之，惜無舉前事以相詰責者。』此言《詩集》卷十六《癸丑仲夏，扈蹕避暑山莊恭紀四首》一詩第四首小注。這涉及到中西方文化差異，即所謂的禮儀之爭，個中是非且不論，管詩對此事的記載很鮮活，足資相關研究採用。

第三則云：『管侍御《韞山堂詩集》有《扈蹕秋獮紀事三十四首》，其自注詳悉，有足備掌故，稽職守者，備録於此。下略。』此組詩在《詩集》卷十五，非常詳明地記載了各種制度、禮儀，是研究清代君王巡狩制度等問題的重要史料。

有關此類史料，詩中所涉頗多，皆有裨修史者。

管世銘詩中詠史者很多，多藉古人澆自己塊壘。唱和諸作亦復不少，也多是充滿感情、言之有物的。他的一些題詠日常生活的小詩最具有藝術氣息。如《詩集》卷十三《晡食詩和韻有序》録詩十首，寫表妹錢孟甸（崔龍見妻）爲客人親做各種小吃以助雅興的往事，皆以食物爲題，首首清麗可喜，富有生活氣息。集中還有很多類似作品，可見當時文士的生活情趣和交遊情況。所以友人評其詩有詩史之目是有見地的。

管世銘的文章共八卷，友人錢維喬評其文：『其文不名一家，而説經則淹博而中理，序事述情則疏通而有物。皆不苟爲無益之言，而足資後人之考鏡者。』他的文章最有價值者當屬序（包括駢體序）、記、策、讀書札記部分，這些文章或表達詩文創作方面的見解，或寫人紀事，具有史料價值，其中特別是策文，涉及到經學、史學、制度等方面，可備參考。相較而言，他的『説』類文章，則囿於傳統，顯得有些拘泥迂腐，這是應該批判看待的。

要注意的一點是，管世銘在漢學與宋學的取捨上比較通達，他對一些漢學家惟漢學是從、泥古不化的弊病是持否定批判態度的。《韞山堂文集》卷二有一篇《漢學説》即鮮明地表現了他的這種態度。他在結尾有論云：『同里孫觀察星衍，本以詩鳴，駸駸入古人之室矣，緣少通《説文》小學。忽去而説經，爲漢學，有不尊奉鄭氏者，騂面戟手而與之争。二説（指訓「稽古」爲「同天」，訓「格物」爲「來物」）皆與同時諸老宿百辯而不屈者，余未嘗與辯，而心不以爲然，著是説以糾其失。又竊取韓稚圭終身未嘗與歐陽永叔言《易》之義，不必示孫，亦以息争端而全交道也。』指出孫星衍的不足，應該説管世銘是正確的。孫氏在《帝堯臯陶稽古論》中强調言『古』爲『天』，乃是因『帝』字而生義，雖然立説依據不同，但其捍衛鄭説是很明顯的。但據《尚書今古文注疏》，孫氏會集諸家學説，並未有明確的傾向性，這是孫氏晚年的學術觀點較前更爲進步的緣故。

除傳統的詩文創作外，管世銘還將很大精力放在了時文創作與研究上。『工製藝文，通籍後，猶時時爲之。多讀書，得間及抒寫懷抱。自論少困場屋，又數教人爲舉子業，故成文多喬皇，不逮先正大家以此。然精深雄健，切近諦當，亦思過半矣。從遊之士不下數百人。居京師，假館受業，東西舍恒滿。其寒而好學者不令執贄，且賙給焉。得府君之學，以科第稱名者歲相繼。昔主講乾州書院，去日，諸生祖郊外垂涕，或襆被走數百里相送。手札詩草，咸勒諸石。蒙古侍郎恩普、江陰進士包敏已成進士，來謁，執弟子禮甚恭。叩之，皆云：「某讀先生文，得今日也。」』（《行狀》）管世銘不僅自重八股文的創作，同時也以此教授生徒，使許多士子藉此走上了仕途。

與他人不同，管世銘是將八股文創作視作一生志業的，是將其視爲與古文創作同等重要的，所以他在八股文的研究上見解獨到，也因這種文體聲名遠播。金武祥《粟香隨筆》卷五評道：『乾嘉時吾鄉以制藝名者有神仙鬼怪之目，管緘若侍御世銘《韞山堂時文》爲神，周星詒太守景益《蒙香草堂時文》爲仙，皆經經緯史，根柢深厚。』張維屏論曰：『嘗謂時文至管韞山，蓋合義理、法度、書卷、聲情融而爲一矣。』③其時文創作已經達到八股文的最高境界，成爲制義文的典範。

現將管世銘的詩文與時文集彙爲一編，以便窺其藝文創作的全貌。《韞山堂詩文集》底本爲嘉慶六年讀雪山房刻本，對校本爲光緒二十年武進知縣吳炳敬刻本，部分詩以《鳴秋合籟》參校。《韞山堂時文集》底本爲光緒二十年長沙同文書局重刊本，校本爲光緒十九年寧郡及緅齋吳炳敬重刻本（簡稱『癸巳本』）。因各篇時文後面師友的點評文字對深入研究有益，故一併録之。

［注釋］

① 管世銘：《韞山堂詩集》卷十五《寫哀追作》第四首自注：『不孝始孩，先恭人嘗感夢，有名聞一世之祥。』 ②《管氏族譜》前之《程君景伊譜序》，序作於『乾隆壬辰九月』，即乾隆三十七年（一七七二）九月。 ③ 張維屏：《國朝詩人徵略二編》卷三十九，中山大學出版社二〇〇四年，第九八七頁。

管世銘集目録

韞山堂詩集

目録

韞山堂詩集　卷五　五言律詩上

韞山堂詩集　卷八　七言律詩二 …… 一二九

韞山堂詩集　卷九　七言律詩三

韞山堂詩集　卷十　七言律詩四 …… 一五〇

韞山堂詩集　卷十三　七言絶句一

韞山堂詩集　卷十四　七言絶句二……一八七

韞山堂詩集　卷十六　七言絶句四

韞山堂詩集　卷首

序①

周景益

辛酉四月，予以膺薦入都，自黔中涉五溪，泛洞庭，取道鄂渚。適吾故友韞山侍御令子學洛客漢陽郡舍，聞予至，即扁舟過訪，留連旬日不忍别，人竊怪之。予於管氏論交在紀群之間，韞山與予居同社，生同齒，學同師，舉同歲，不同面而同心。後予成進士，而先官於朝，以農部郎陟言路，入贊密勿，出巘大獄，人望之若景星卿雲。而韞山獨以文章志節誘掖後進爲己任，一時才彦，多從之遊。每退直時，群弟子魚貫而前，析疑辯難。韞山擁皋比，手批口答，必寓以立身行己之要，至日旰無倦容。以故門下聞人鵲起，卓然皆以學行稱。其掇科名，列清顯者，亦踵相接也。學洛資稟雄秀，與諸同學互相砥礪，所爲古今文若詩盡得其家學金針，而雅推予爲世執，嗜如野鶩，其所由來舊矣。漢上將發，學洛進曰：『吾先子《時藝》三集已次第梓行。近復裒集古、近體詩及散體、駢體文各若干卷，將付剞劂。知先子者無如先生，敢以序請。』

夫予惡足以知韞山哉！亦窺測其大略焉耳。吾兩人定交在弱冠。初時韞山年盛氣鋭，上下今古，清辯滔滔，其爲言也富於史。及漸壯，渺慮覃精，返而求諸六藝，其爲言也粹於經。嗣是以往，泛濫百氏之書，見聞賅洽。繼登臺省，交遊廣盛，輶軒半天下，更事久而閱人多，其爲言也達於理。蓋理之數，至纖至悉，一物一理或數理，常人闇焉，惟哲者學於萬物以積之，其積之之功與積財等。自夫珠貝綺繡，下逮竹頭木屑，罔不庀具，卒然相需，咸有以適於用。此其説倡於寧都魏禧，韞山實瓣香之。詩與文異流而同源，故其所爲各體與年俱茂，約三變而歸於大醇。設天假之歲月，俾益從容設施，必能出文章爲敷奏，本志節爲風采，蹇蹇諤諤，大有裨於當時。即其所以誘掖後進者，或亦不止於是。乃年甫耆，而奪之遽，此豈獨一二人之私憾哉！

猶憶壬子之春，韞山銜恤歸里，撫豫使者禮延諸幕。而學洛以京兆試留京邸，其門下士亦未散。會予從皖江捧檄至都，假館於其讀雪山房。維時藤花盛開，風日清美，每與諸君樽酒論文其下，間三五日必得汴中書，長牋短什，遥相贈答者幾十旬。洎予由都入黔，逶道夷門，晤韞山於芙蓉沼上，爲停軫三宿。晝則對案，夜則聯床，相與商榷古今，品題人物，因得縱觀其近年撰述之富，雖一鱗片甲，殊可把玩。竊念數十年來朋好中，相知相賞之樂，無逾於此。歷今纔十稔耳！秣馬南荒，重來都下，門巷猶是，居停已非，而吾友且宿草矣！學洛既遠在江表，僅於城西獲見其高第弟子徐仲平孝廉、成以存翰讀，握手言懷，拊膺感舊，泫然不知涕泗之何從。益信昔人酒罏之歎，西州門之慟，殆有大不得已於中而後出乎此也。徐、成二子謂予曰：『序吾師集者，誠如學洛言，非吾子不可，子其毋辭！』

聞韞山爲先皇侍從時，扈蹕盤山道中，攜其詩文全稿自隨，貯一行笥。市中兒誤爲金也，剽之去。聞者咸爲扼腕。惘惘數月，忽於荒村敝簏中獲之，則篇帙鱗鱗，完好無恙，急贖以歸。意不朽之盛業，固有神物護持，歷水火劫弗壞。今梓而行之，海内識與不識，皆將快睹争先，其必傳且久無疑也。若予則名位淺薄，惡足以序韞山？姑就吾兩人盟心之蚤、投分之真，與夫聚散死生之感及平時之所爲，窺測其大略者覼述之，以貽學洛，或庶幾附之不朽云。

嘉慶六年八月既望，年愚弟周景益拜撰於宣武門邸舍，時年六十有四。

【校記】

① 光緒本周景益序在錢維喬序後。

序

錢維喬

自古言《詩》之宗莫如聖人，其言曰『思無邪』，又曰『温柔敦厚，詩教也』。蓋人必悃款於子臣弟友之間，胸中無所回曲，身世所感，不得已而有言，斯爲『無邪』。於是調以聲均，佐以藻色，雖體制百變，莫非和平中正之音。就作者而論，可以覘其性情，而讀者亦可爲『興』、『觀』之助，故可以爲教，而其人其詩俱傳焉。

今之詩人日夥矣，自其束髮，謳吟便乏志向。非採拾漢魏六朝餘瀋，以矜風雅，即皮傅三唐格調，雖似而神理全失。又其下者，妃青儷白以爲巧，羊腸蟻曲以爲奥，取徑彌歧，去源彌遠，令人掩卷而漠然，尚何當於人心世道乎？吾友韞山爲人磊磊落落，克敦内行，遇事忼爽，交友勸善規過無所澒涊，而與謀必盡其誠，氣誼良篤。其發爲詩也如其人，朗健深厚，有上下古今之識，大都出入於杜、韓、蘇三家而不名一體。尤愛其格律最細，每詠一人，述一事，典贍精當，無可移掇，足當詩史之目。至於賦物抒景，往往即小見大，皆有可備輶軒之採者。先儒有云：『夫詩者，論功頌德之歌，止僻防邪之訓。雖無爲而自發，實有益於生靈。』旨哉言乎！昔李紳以古風求知於吕温，温誦其《閔農》詩，謂必作宰相。徐鉉入宋，盛誇其《秋月》一篇，藝祖薄之，以爲特寒士語耳。詩之貴有經濟而足以徵人品也如此。

猶憶歲乙未，予與韞山共載入關，同客頻陽者五閲月。昕夕倡訓，互相商榷。予詩多頹放，韞山則騰踔凌厲，傲睨一切。予心折之，以爲其人未可量，今忽忽十六年矣。韞山卓然爲望郎，入翔樞禁，出賡皇華，益通達於政治。立朝則勉其職之所能爲，交友則致其情之所可盡。而有餘於職與情之外者，一一寓之於詩。直而不汙，婉而多諷。韞山之詩愈工，而韞山愈不以詩人終矣。此十六年中，予浮湛俗吏，自顧一無所補於世，知難而退。然精力已就衰耗，正如離繳之鳥，毛羽不能卒振，微特詩以外無可與韞山争衡，即此亦豈能共主壇坫哉！

今冬韞山銜恤歸里，盡出其篋中作相示，屬爲之序。予何足序韞山詩！雖然，辱韞山有取予平日之論詩，而委以一言，予亦自信過妄，謂講求於古人詩教之旨，稍稍有得，因綴以數言如右。他日韞山之詩必傳，而求其詩之所以傳，則予言其尚非河漢也夫！

時乾隆五十五年庚戌十一月，年愚弟錢維喬撰。

哀辭

趙懷玉

不周風急日西沉，服舍俄傳意外音。七日别成千古訣，半生交有幾人深？老猶好學編常絶，死尚勤官病早侵。亦怪年來衰太甚，遲回悔未勸抽簪。

功名四十未云遲，及向班心作羽儀。論事每形精悍色，臨文獨出雅馴辭。賈公藻鑒能邀賞，晋國勳威許結知。空有生徒盈絳帳，不教玉尺手親持。

曩時豪興漸無存，往往歡場罷酒樽。纔見黄門哀永逝，君近悼亡。又驚丹旐返羈魂。運關桑梓誰追步，淚灑孤寒有感恩。一子可憐仍遠隔，蒼黄含斂付童孫。

京國重來歲遞遷，深情比昔更纏綿。坊南雨積驅車訪，塞北秋高對榻眠。旅食大難容索米，宦情共淡約歸田。那堪兩度人琴慟，並疊君家在一年。夏間，哭令叔松崖漕帥，今復哭君。

題詩①

周景益

閉門只伴素琴居，怪道宫聲總不如。妖眚乍揮三尺劍，時境内苗氛甫熄。文星忽殞一行書。未堪江令銷魂後，尚記吴蒙刮目初。取次舊遊爲位哭，到君得不淚盈裾。

騎省衰年賦悼亡，已聞八口返江鄉。中朝頓失公卿倚，私謚如争弟子行。視唅故人偏闊絶，奉書昨夜尚安康。平生百念慚知己，回首東皋正夕陽。

爲郎已老乍登臺，天末遥傳言路開。正爲清時煩藻火，待將綵筆動風雷。懸知諫草焚香屬，忽感辰年入夢來。物望到今殊鞅鞅，不關吾黨有私哀。

溟渤無涯不記程，軟紅彈指即蓬瀛。君今轉柁收帆到，我尚拖泥帶水行。天上又勞修桂窟，人間何處訪蓉城？素車白馬休相待，雞酒端應負宿盟。

【校記】

① 題詩：底本無，此爲整理者所加，下同。

題詩

徐準宜

物望驚摧第一流，霜天北望涕難收。文章禁掖留常衮，仕宦郎潛滯馬周。早歲激揚爲己任，半生時命與仇謀。舉朝同爲公明惜，且晚天家側席求。

曾聞廳事唤移牀，甲寅冬，通州坐糧廳缺出。有客暮過，自云時相遣來索賄者，吾師厲聲却之。明日，仍與保舉，力辭不獲，引見未用，深以爲幸。《集》中『自撫吾牀非敦淪，尚能移遠紀僧真』及『何當伐國仁人問，爲謝平生馮祖思』等句，志節可見一斑。對客鬚髯怒欲張。西第人争頌司馬，南園獨不記平章。憑城早已疑丘首，《集》中《早計行》爲當日時相生壙作也。衣繡頻思請尚方。『尚方終許請，多辨鷴鵜膏』，亦《集》中詠史之作。誰識九泉終古恨，皂囊封裹下巫陽。

八義七步擅才名，領袖同時後進生。豈屑風騷競壇坫，獨於筆墨寓忠誠。上公屣爲迎門倒，弟子經從退直横。萬古江河知不廢，紛紛雄長任蛙聲。

臭味真如珀芥投，相依渾未識羈愁。遺經謬許侯芭授，一榻常爲穉子留。别日原驚霜滿鬢，書來猶勖業千秋。秖應筆研都焚棄，不鼓牙琴淚亦流。

先大父侍御府君行狀

管繩萊

府君諱世銘，字緘若，一字韞山。先世宋南渡時自鳳陽遷居毗陵，遂世爲武進人。曾祖諱棆，刑部郎中。祖諱復昺，雍正壬子科舉人，廣東歸靖鹽場大使。父諱基承，國子監生。祖、父皆累贈如公官。母王太恭人妊府君日，每有所詣宅中，輒隱聞呵殿聲。將誕，祖母徐恭人夢顯者抱子相授，云：『自興隆庵送來，他日名聞天下。』醒而舉府君，因以庵名爲小字。七八歲，祖大使府君授以《資治通鑒》，即能論其是非。外家大興王氏，故多藏書，僑家淮南。侍母歸省，輒留讀數月，歲以爲常。家苦貧乏，年十五六即挈兩弟世銓、世鏞教學鄰塾，受業同里進士劉先生衍林，稱高第弟子。外舅張公景超讀府君文重之，遂以張恭人歸焉。

三中乾隆壬午、乙酉、戊子科順天副榜。甲午中式江寧鄉試舉人，座主爲今予告大學士劉公權之府君，壬午副榜即出其門。既得府君卷，喜告人曰：『東坡恨失李方叔，余用此可以無憾矣！』戊戌成進士，大學士嵇文恭公讀府君朝考《黄金臺》詩，謂大學士程文恭公曰：『中朝文望，後來必屬此君。』既知爲府君，共相欽重。初分户部江西司主事，壬寅補山東司主事，考取軍機章京。丁未，擢雲南司員外郎。己酉，擢山東司郎中。乙卯，擢浙江道監察御史。戊午，轉掌廣西道監察御史。

府君深通律令，軍機讞牘皆府君主其奏。乾隆間，有女僧諷經斂錢事發，府君按其獄，所牽引皆勳貴大族曖昧事，府君榜之數百，盡削其詞，獨坐與養子亂，置之法，一時含垢内惡者皆釋然。機斷明决，凡獄成而奏草已具，同官無能易一字。論事伉直，每於大庭廣衆中争人之所不敢争，人亦以此服之無怨者。嘗誡人曰：『刑名之誤，無過救生不救死之議。議生罪所以雪死冤，必求服死者之心而後可。活生者但主救生，則冤者一死讐，再死斷，與折獄官故殺無異。』屢出讞外獄，使浙江者再，湖北者再，吉林者一，山東者一。群公皆倚重之，不敢以僚屬視。使浙，事屬查核倉庫，同使者皆請分按府州盤查，府君謂：『是徒騷擾地方。』獨不去。出者果累物議。

同時富察文襄王、章佳文成公皆引重府君，每遇大事，必曰『質之管君』。文成公尤與府君善。方時相之熾焰也，文成公每入閣，必招府君與語，朝散而後罷。謂府君：『善自全，吾非不能薦君至卿貳，恐蹈忌者之嫌。異日君之結主知者有在，勿違時以沽直名也。』府君感此，居機庭十餘年，無所觸忤。舊例，御史有言責，不復内值，當道以府君老手，既入臺，請仍留軍機。府君意亦有所待，猶入視事。去先皇帝升遐之一月而殁，志事長賫，嗚呼痛哉！

府君居官無所苟且。通州坐糧廳，例以部員由本部堂官保送簡放。甲寅秋，忽有客謂府君：『吾能爲君得此於時相。』府君大駭，辭曰：『吾才絀，不諳錢穀事，且多疾，將乞休矣。客意良厚，非吾所敢當也。』已而果保，未用。府君憮然，告家人曰：『幸全吾名。』性嚴毅，同人謔傲，見府君至，舉座斂容。惡聞人過，於朋友尤切直不少假。自奉至儉，食不重味，飲可五六升，然自宦達後，舉不盡醻。好賙人急，寒士至者，爲謀必盡力。嘗曰：『客子詣人，大不易，能成則速成之，否則使别圖。若紛飾口惠，適足以困之耳。吾晚達，備嘗此境，肯以身受者施之於人耶！』以故雖不得府君施者，於府君終無憾詞。廣東某生以三千金寄府君，去十年還之，封識如故。滿洲同官某貧且老，晚娶，生一子，將死，囑其婦曰：『誠守節，生計可問同司管公。』府君爲倡助置產，贍其妻子。數十年來，初未舉兩君姓名告人。府君兩叔父鴻盤、坊臣，鴻盤嗣叔父後，死數十年不葬，棺既壞，府君即於父太學府君墓後隙地葬之。其孫不能食力，將賣老屋，府君售而使居之，資其衣食，曰：『彼不肖，終不能有此屋。如此，則彼或不至流徙他所，所以慰吾祖、吾父於地下也。』

好書史，雖僕值不暇，猶必以卷自隨。工制藝文，通籍後，猶時時爲之。多讀書，得間及抒寫懷抱。自論少困場屋，又數教人爲舉子業，故成文多裔皇，不逮先正大家以此。然精深雄健，切近諦當，亦思過半矣。從遊之士不下數百人。居京師，假館受業，東西舍恒滿。其寒而好學者不令執贄，且賙給焉。得府君之學，以科第稱名者歲相繼。昔主講乾州書院，去日，諸生祖郊外垂涕，或襆被走數百里相送。手札詩草，咸勒諸石。蒙古侍郎恩普、江陰進士包敏已成進士，來謁，執弟子禮甚恭。叩之，皆云：『某讀先生文，得今日也。』

詩、古文不多作，必有關係始爲之。於詩學尤精邃，雄麗典則，自謂『後世有知人論世者，亦可以見余素志矣』。然不輕示人，故當時人第稱府君制藝云。每役以詩、古文藁自隨。己酉扈蹕盤山，爲胠篋者負行篋去。久之，刑部詰盜，言中無所有，書數册已棄平林墟莽間矣。遣僕蹤迹，竟於村塾得之，都無損失。天將使府君必傳於後，其有默相之者耶！貴陽尚書李恭勤公平時重府君文，臨終，使其子走數千里，以《家傳》屬府君，以《墓志》屬府君族父漕運總督幹貞，曰：『必龍城二管傳我。』陝西巡撫畢公沅好延納，四方士多歸之。府君客關中日，畢致千金聘，不往。後見府君於朝，猶引當時事爲愧恨。府君之見重於世者如此。著《韞山堂詩》十六卷，《古文》四卷，《駢體》二卷，《制藝》三集，《讀雪山房唐詩選》四十卷，《宋人絶句》四卷，皆已行世。

生於乾隆三年二月二十二日，卒於嘉慶三年十一月十二日，年六十有一。誥授朝議大夫，配張恭人，先府君七月歿。子學洛，候選知州；孫繩萊。以嘉慶五年十一月，卜葬於陽湖縣新塘鄉陳墓山鴻安之原。

自府君殁，至今已二十年，惟是志壙表墓之文久虚，繩萊謹爲狀，以乞當代立言之君子。謹狀。

掌廣西道監察御史管君墓表

同里陸繼輅撰

君姓管氏，諱世銘，字緘若，所居曰韞山堂，門下士因稱韞山先生，故韞山之字特著。曾祖棆，刑部郎中。祖復昺，雍正間舉人，廣東鹽場大使。父基承，國子監生。祖、父俱贈朝議大夫、浙江道監察御史加二級。祖母徐、母王俱贈恭人。

君乾隆三十九年舉人，四十三年進士，引見以主事用，分户部行走。旋補山東司，充軍機章京，擢雲南司員外郎，山東司郎中。六十年改浙江道監察御史，奏留軍機處。嘉慶三年，轉掌廣西道。故事，部郎充軍機章京者，改官御史即罷直，或經軍機大臣奏留，其儀注仍如司官，不得專達封事。君少讀史，慕汲黯、朱雲之爲人。及成進士，金壇于文襄公實爲總裁。文襄好士，所援引或數年至卿貳。君旅進旅退，未嘗獨求見，以所能自異。文襄薨，和珅浸用事，君益憂憤。每與同官論前代輔臣賢否，語譏切無所避。和珅微有聞，而章佳文成公方倚君如左右手，猝未有以中傷君。君既擢御史，則大喜，夜起徬徨中庭，搆疏藁未成，而仍留軍機命下，俞文成公請也。君廢然入謁文成，自言『愧負此官』。文成知君意，慰之曰：『報稱行有日耳，何必汲汲以言自見耶？』蓋文成期君大用，不欲君以擊姦獲譴，其用意至深，君亦感悟，稍自韜晦，而諷諭之意，一以寓之於詩，今所傳《韞山堂集》是也。後四年，朝廷行大賞罰，薄海臣民，歡呼相告語，而君已前殁，不及見。嗚呼！可哀也已！

卒於嘉慶三年十一月十二日，春秋六十有一。配恭人張氏，以五年十一月日合葬陽湖新塘鄉之原。子學洛，候選知州，後君十一年卒。孫繩萊，慷慨尚氣節，習君者以爲酷似君。用形家言，於君既葬之十八年，始立石於君之墓，而徵文於繼輅。繼輅既與繩萊遊處如家人，又多獲交於君及門弟子，熟聞君之志行，不可以不文辭，因繫以辭曰：君子小人，消長固有時耶？胡四凶之誅殛，必有待於重華？嗚呼！君雖賫志以殁，而慶慰之意，當無間於死生。後之人尚讀君之遺詩，而信余言之有徵。

重刻管韞山先生制藝詩文集序①

吴炳敬撰

余向喜讀管韞山先生制藝文，而又私心竊計，謂先生之制藝寔堪震古鑠今，其詩古文辭當必有更進於此者。暇往各書肆購求先生遺集，以庶幾一遇者，盖已十餘年於兹矣。去秋與同鄉萬君肖園奉調入簾，朝夕過從，縱談今古。肖園博學能文，於書無所不讀。一日，偶言江陰金氏《粟香室隨筆》記載，先生有古今體詩若干卷，古文、駢文、雜文、雜言各若干卷，嘉慶初年業已鋟板行世，自遭寇亂，燬於兵，是以行之未遠。意湝生家藏必有其書，蓋托與金君相善者求之，當可得差。旋商之惲君竹坡。天假之緣，值湝生適因事赴郡，竹坡爲具言之，湝生慨然以全集相贈。余受而讀之，覺詩與文體各不同，其卓然名家，可以與制藝並垂不朽者，則全帙一致焉。爰捐貲付梓，詳加校刊，自兹以往，庶幾海内風行，不至泯滅而無可考矣。夫以先生之學有原本，其所以爲後人矜式者，固不僅在乎詩文。然誦其詩而悉本忠愛之忱，讀其文而寔具措施之用，是先生之集既傳，即先生之名益顯，豈惟平生仰慕之私於焉快慰，凡讀先生之文者，亦可以曉然於先生之所以見重於人大有在也。刻既成，爲述其緣起如此。

大清光緒二十年，歲次甲午季夏，後學知武進縣事吴炳敬撰。

【校記】

① 此序在光緒二十年刻本卷首，今録於此。

韞山堂詩集　卷一

五言古詩上

擬古十二首

李都尉

浮雲倏萬里，嘉會何時並？賴此盈觴酒，持以慰平生。之子執高節，名義垂丹青。身非猿狖徒，豈不感精誠！骨肉一朝盡，安望曹柯盟。已矣勿復言，良友知余情。

蘇屬國

北風千里勁，孤雁正南飛。欲去顧其雌，振翼一徘徊。淪身在異域，恩愛無時衰。蹤迹安可常，皓首臨當乖。稠人盈路衢，何以盡所懷？聊展清商曲，絃絕不能揮。

班婕妤

涼風生玉階，逶迤入深殿。無復居懷袖，零落齊紈扇。殷勤重拂拭，摇動還三歎。物微不足珍，恩深終可戀。經年笥篋中，皎潔未曾變。

陳思王

置酒西園内，高宴集朋儔。清夜殊未央，秉燭相陪遊。嘉魴得所薦，寶瑟和且柔。雄文各綺麗，壯思共雕鎪。樂飲爵無算，手奉千金酬。仰看列宿稀，俯視月華流。及此不放意，常恐百歲遒。君看古賢達，忽已歸山丘。

劉文學

清濟貫濁河，本性終不失。漢水入長江，厥味亦以別。漫漫山下塵，皎皎天邊雪。飛空塵自污，墮地雪殊潔。出身本蓬茅，良會感所切。一心抱硜硜，願君能識察。

左記室

吾重汲長孺，招之不可來。吾愛鄭當時，推轂皆賢才。長卿雖傲誕，諫獵書能裁。東方類徘優，擗戟何巍巍！丈夫繫珪組，安能學脂韋？常笑公孫被，空負柏梁杯。

劉太尉

國步遘陽九，覆巢完孑身。崎嶇歷河朔，志在清風塵。鐵騎四面來，雜沓附城闉。登樓激長嘯，萬馬皆宵奔。鄐灌少康奮，莒墨亡齊振。間使達建康，司隸威儀新。時乎不可待，犄角嗟何人。安得無雙士，與策雲臺勳。

郭宏農

奮身乘紫煙，耳目暫無擾。恍惚崑崙外，側見三青鳥。樓臺排雲出，玉貌皆美好。飲我容成杯，食我安期棗。神仙不死藥，所見非一草。抵掌發高談，悠然聆至道。安能返塵世，沈憂以速老。

陶徵士

高卧適然覺，出門望南山。日晏山氣佳，策杖久忘還。白衣者誰子，素渺平生歡。徘徊嘉樹下，酌酒進我前。舉觴且復醉，席地欣所便。俛仰殊自得，別去亦何言。

謝臨川

晨興尋遠山，朝霞猶未斂。欣心得所遇，陟足屢忘險。風迴蘭氣幽，露泫草光染。松門引修徑，石壁出深广。好鳥時一鳴，輕花欻千點。飛泉木杪下，引手勢可攀。塵慮既蕩滌，道情亦闇淡。悠然悟攝生，無爲長顑頷。

鮑參軍

六郡良家子，占募赴戎行。曾隨霍驃騎，虜係渾邪王。飲至大策勳，籍隸羽林郎。匈奴近小入，邊將失周防。天子赫斯怒，旆旆風雲揚。奮身厲同列，據鞍何慨慷！生當圖麒麟，死當爲國殤。安能久鬱鬱，委命終帷房？

謝宣城

微雨歇青山，夕陽歸鳥外。登臨延爽氣，吐納憑虛籟。孤帆下天末，遠水開吴會。林疏列若薺，虹斷蜷猶帶。寓目得遐觀，因風寄深慨。空羈汝南諸，未秉青門耒。去矣徒離憂，懷人渺何在？

鄭州使院得周三宿航景益**書，詩以志懷**

與君總角交，黨塾常爾汝。及長遂相能，深情托肺腑。君才我獨傾，吾氣子亦許。低頭時共拜，長願逐蛩駏。折柳自金臺，天涯判儔侶。每作懷君詩，胸臆劇覼縷。引紙復茫然，至竟無一語。昨傳往山東，又聞返鄉土。浮雲從南飛，翹首渺何所？迢迢雙鯉魚，忽達重門户。故人墨迹新，入手轉驚沮。開緘備顛末，始稔得賢主。結束來中州，相隔僅數武。喜極不能言，激昂淚如雨。直前把君袂，熟視還起舞。鎖院倉根深，咫尺難傾吐。盈盈河漢水，相望若牛女。日夕懷佳期，微吟遣情緒。

附宿航答詩

咫尺不相見，不如各一方。相見亦須臾，形神反蒼黄。君從洛陽來，辛勤飽風霜。鎖院啟閉嚴，玉尺縱横量。積旬渺河漢，比屋成參商。清晨聞君至，顛倒披衣裳。科跣未及迎，排户登我床。稍稍敘寒燠，懷袖出短章。感君加飯情，潸焉揮數行。弗鬱肺腑語，執手心茫茫。時或記一二，欲吐忽又忘。主人頗好客，爲我羅酒漿。良會非偶然，開懷累十觴。僕言車在門，相視各傍徨。君來何濡滯，君去何匆忙！丈夫既依人，蹤迹詎有常？別離亦不難，所嗟在異鄉。贈君古人言，良賈多深藏。

柳湖泛舟

家山近具區，萬頃玻璃緑。興來時放棹，畫舫平生足。揮手辭里閭，鞍馬日督促。黄塵與赤曦，搔首耐煩溽。何意經宛丘，得此水一曲。招邀同心友，小艇蕩紋縠。襟裾生微凉，荷荇亂鳧鷺。人語聞蘆中，煙深出釣竹。憶昔蘇子由，攜書此間讀。高響落平湖，欸乃互賡續。危亭已就欹，碑碣徒卓犖。溯洄殊未厭，相對清如鵠。暝色滿前汀，猶悵歸橈速。殷勤覓畫手，點綴入横幅。非關性嗜奇，三載兹遊獨。

徂東吟

驅車別鄉國，瞬忽歷三夏。偶爾念婚姻，徂東賦行野。婦翁喜我至，款語慰鞍馬。外姑治酒食，羅列遍盞斝。阿婦從翁來，相見意閑雅。衣裾躬浣濯，補綴及肘踝。骨肉還依倚，聊使我心寫。歡語未移時，思親淚潸灑。女尚奉晨昏，兒乃違膝下。

幼子生四齡，雙眼炯如漆。一見輒牽衣，呼爺口尚吃。屈指別家時，撫爾始彌月。昔余在母懷，父走秦川驛。歸來亦三歲，但識覓梨栗。祖姑命拜父，出語頗桀黠。姊拜兒乃拜，長老咸咄咄。此事廿餘年，反哺知何日！親在更遠遊，定省多曠缺。見子復如余，對之增抑鬱。

騾車行

勞薪爲車輪，敗葦作車蓋。兩騾尤局促，登頓力已憊。秋風毰毸客，托此日於邁。方廣三尺餘，恢恢一龕大。奚囊兼敝篚，雜遝滿其內。束身若雞棲，左肘輒右礙。近午塵益喧，張目懼眯昧。神明自有主，稍縱亦恐潰。兀坐學枯禪，問語百不對。悠然悟無生，胸與古今會。庶幾辛苦地，常葆天真泰。

讀韓詩

學詩不讀韓，終無丈夫氣。七言尤磊落，矯矯神龍戲。李杜導其源，坡谷拾其洎。昔年十八九，撫卷讀未既。窘如箝在口，危若手脱轡。邇來膽始粗，稍稍知從事。奇辭與奥旨，窺見頗一二。三復《衡嶽篇》，長風颯然至。

曉窗即事

一雨暑若秋，晨起頭未沐。短檠尚横案，狼藉書滿屋。執卷坐宵分，囈語懟僮僕。滅燈且就卧，涉趣不竟幅。及此萬籟清，虚室光初旭。從容畢昨觀，興到寧厭複。俗學塵心胸，稍藉古籍沃。安知有朝飢，灑然吾意足。

寄懷家松厓叔幹珍

佳氣浮西山，中有一威鳳。竹實苦不多，鳴啄自殊衆。貽我兩素書，到面失塵霧。密此金玉音，緘置青箱重。興來輒發讀，竟日常三諷。造懷淡與泊，陳義卓亦洞。上言齊得喪，苦語慰沉痛。下言堅樹立，高義息群閧。人生肝膽合，萬里忽飛動。何况知己言，近出根荄共。石交數周星頡莊虚庵，黄壚倒春甕。失路皆依人，絡繹秋衾夢。落日登南樓，望遠目頻送。寥寥别鶴心，援琴發清弄。

旅舍對酒次錢竹初維喬韻

竹初非好飲，飲必得佳友。鄉園時過從，往往出一斗。北行不稱意，遽折金臺柳。舊侣謝旗亭，揮杯一回首。惟予忝同載，論事相可否。每當舌本强，沃濯歎何有。村醪亦易致，酸薄不足醜。厲者或火攻，蜇吻嘗毋苟。行行至邯鄲，忍渴忽已久。青帘列南醖，未試先額首。百錢不滿盎，三返煩僕走。亡何輒就醉，頗瀉懸河口。文章詡白鳳，事業笑蒼狗。莫訝狂言狂，且進酒人酒。

望華岳

百里外見山，近山乃不見。時時露其髻，咫尺終隔面。重岡互虧蔽，意欲巨靈鏟。豈知到山前，終南遮不斷。一朵青芙蓉，獨立天之半。花頭三瓣拆，隨日須臾變。寂無纖雲生，薺樹森可辨。金天氣本肅，況值晴光爛。地勢入崤函，據脊俯洛汴。更拔五千仞，直上無迴衍。呼吸帝座通，此理寧誕幻？聞有回心崖，到者皆色戰。自非强有力，安得歷雄觀。猶傳最高頂，終古阻登眄。咄哉昌黎公，投書下危澗。至今後來人，瞠目謝穹漢。我欲問真源，塵顏雜流汗。峰頭玉井泉，快意容一盥。既無九節杖，又少凌風翰。傑閣空崔嵬，憑欄喟長歎。

中秋待月分韻得一字[1]

弱冠事遠遊，屈指還家七。到家席未煖，飢復驅之出。高會半他鄉，狂歌酬令節。中更八瑣闈，矮屋吟聲徹。叢桂舊山花，廿年剛看一。今歲客秦關，鄉書近來闊。主人具瓜藕，邀我候華月。始覺值中秋，强顏矜作達。暗砌蛬螿鳴，時雜子規發。迢迢雙鯉魚，剖得南中札。是夕於坐上得家書[2]。取書就燈視，愛弟詞清拔。上言高堂健，菽水娱黄髮。下念遠人安，加飯無忉怛。小兒初弄翰，覼縷述母筆。作字半不成，頗解慰離別。舉家若覿面[3]，執手語周悉。此夜想故園，杯盤亦羅列。如聞話客緒，骨肉互嗟咄。不信大江南，清光作何物。行從枕上歸，千里神飛越。

【校記】

① 此詩《鳴秋合籟》收，總題作《中秋待月以平分秋色一輪滿分韻》，預此會者還有錢維喬、崔龍見、錢鍇、錢孟鈿、崔景儀、楊夢符等，依次分得平、分、秋、色、輪、滿諸字。 ② 坐：《鳴秋合籟》作『席』。 ③ 覿：《鳴秋合籟》作『對』。

倉頡造字臺①

萬古不長夜，斯文焕初啟。羲皇畫卦爻，厥佐得倉史。仰觀星斗象，俯察蹄远理。作字代結繩，百度立綱紀。功在堯文先，宣尼稱後死。遺臺如果在，廟食應千祀。胡令西來僧，築室踞其趾。或云梵佉僂，本出同父耳。旁行及左行，淵源無異揆。斯言詎合經，儒者未敢是。小學今廢絶，俗書方填委。不知有籀斯，安論蝌蚪起？翻惭異域人，各守開闢軌。誰當執此咎②，已往無可訾。又疑初造時，鬼哭何不止？先民亦有言，識字憂患始。

【校記】

① 此詩《鳴秋合籟》收入《關中雜詠》中。 ② 執此：《鳴秋合籟》作「識其」。

九日遇雨分韻得獨字①

荆南山雨來，翳此登高目。倐然發積想，歷歷萍蓬躅。七賦黑窑廠，帝京篇可續。三上雨花岡，江天歸尺幅。吹臺瞰大河②，波濤殷地軸③。南樓納海岱④，空際雲峰矗。半生九日酒，遍醉他鄉菊。偶思太華奇，輕策入函谷。蹉跎未攀陟，歲月如轉燭。秋夢多在山，醒後傷局促。萬古青柯坪，心胸蕩寒緑。又聞慈恩寺，浮圖聳晴旭。俯窺青鳥背，仰見陽烏足。高岑揖李杜⑤，精爽疑來復。願奉敦盤從，給使同走僕。斯遊兩未遂，空卧頻陽麓。嘉招在培塿，道濘遂停轂。主人偏好事，開樽就華屋。雄談抵掌誇，險語分曹角。突兀方寸中，隱軫出五嶽。躡之凌天關，風雲入懷握。會罷遊亦還，廉纖坐幽獨。

【校記】

① 此詩《鳴秋合籟》收入《關中雜詠》中，題目作『九日以重陽獨酌杯中酒分韻』，題詩人依次爲錢孟鈿、崔景儀、管世銘、錢

錯、楊夢符、錢維喬、崔龍見。　②《鳴秋合籟》『臺』下有小字注『大梁』。　③殷：《鳴秋合籟》作『毀』。　④《鳴秋合籟》『樓』下有小字注『兖州』。　⑤李：《鳴秋合籟》作『老』。

送竹初旋里即次留別原韻

虚名滿人口，失路誰相知。迢遥薄笨車，帽影何參差！車中論同調，當時略可推。落落數子外，豈足相攻治？余安雕朽質，君擅青雲姿。南宫一名姓，掇之若塵錙。五上不見收，綵筆空紛披。掉頭賦西征，百二開鑪錘。河聲駭入耳，嶽色青歸眉。凄凉渭城曲，憔悴灞岸絲。五陵各漢唐，訪古争交馳。金人與石馬，久逐秦灰吹。汗淚涊然作，高歌能爾爲。陋予真寸莛，薄弱稱偏師。雲龍實素願，咫尺當乖離。君有八衺親，何敢進其私？丈夫存意氣，會合寧無時？新詩互留篋，匪止慰窮羈。别有千春事，相期共荷之。

附竹初原詩

我生吝膠漆，執手無深知。恥逐洩涊人，顔腹交參差。管子今雋士，清譽南北推。奔走爲白華，生産不足治。雖縛鉛槧業，已抱華岳姿。其氣回萬牛，細亦羅銖錙。吟詩出健句，筆落堅城拔。隻字偶未安，劇腎仍千錘。有時論今古，得失判列眉。快語破事紛，如以刃斷絲。得酒頳兩頰，嚄唶飆懷馳。盡埽猥瑣態，化作輕塵吹。得公數輩人，盤錯何難爲？投契雖五載，風義兼友師。邇復千里偕，形影曾弗離。感君出肝膽，豁達無所私。自愧選愞才，宛轉猶隨時。鋥鋘不久藏，逸足寧終羈。倘餘獨行客，遇雨將安之？

玉帶渠在富平縣城北

石橋跨青渠，縣下通行路。南岸一奔泉，徑從橋上度。約石作水槽，過橋復東注。土人稱玉帶，舉象名斯附。沿波討其源，乃與渠同處。決之令下釃，陂隰資膏淤。堰之使高行，原田自亘互。分流上下橋，十字交成趣。歲歲壤墳壚，秋來盡豐穫。穆然思昔人，疏引有精慮。

題古名人畫像八首

相如詣臨邛，倦遊方落拓。一彈求鳳操，素心達簾幕。彼美芙蓉花，倉猝殷勤托。前蒙滌器恥，後遂題橋約。横琴看遠山，天際真人樂。平生諫獵書，封禪可無作。

南陽一布衣，天使扶炎祚。口吟梁父詩，心許隆中顧。區區管與樂，何足比高步。奇才八陣圖，盡瘁出師疏。公如獲中壽，力足夷割據。王業不偏安，禮樂興其庶。

右軍淡宕人，中年興不減。數紙换白鵝，歸與吾與點。移書諫北伐，大計識夷險。浮文規謝安，正論肯少貶？江表第一流，令僕庶無忝。如何誓墓終，乃爲書名掩。

淵明輕五斗，拂袖歸田園。意乃惓本朝，敕使空朱轓。荒江書甲子，白日遊羲軒。遺榮仍守節，身安道則尊。採菊不盈把，意得自忘言。誰知東籬下，即是桃花源。

玉貌但謀身，豈稱天下士。高風魯連後，太白一人耳。被酒進新詞，隱唾昭陽水。不有朔方軍，唐業隳安史。滕公實活信，落落未挂齒。直待夜郎流，舉世方知此。

誰從蹇驢背，浣筆圖浩然。風雪灞橋頭，詩思資清妍。白衣見天子，自舉南山篇。淺人惜數奇，目睫窺高賢。拾遺困徒步，中允拘三年。何如襄陽老，歸釣槎頭鯿。

髯兮真絶倫，身挫氣益鋭。玉堂金蓮燭，照影能幾歲？姓名動契丹，著作奇海外。伸道遂忘身，禍福不芥蒂。荒村偶遇雨，即事成圖繪。旁吠何狺狺，得毋章與蔡。

僂身呼石丈，絶倒知顛㦸。托此得天全，深意無人察。姓名脱鈎黨，書畫娱晚節。同時有異論，要不傷明哲。宣和十萬卷，審定經甲乙。入室有佳兒，應誇得臣筆。

後白頭吟事見乾隆丁酉十月邸抄

溝水東西流，千里不相知。當其同到海，終有相逢時。訂婚在二齡，兩翁值逆旅。浮萍一漂散，行山隔淮浦。男壯通文史，女長工組紃。花枝紅映肉，媒妁日殷勤。程男矢不婚，劉女誓不嫁。各守父遺言，相待黄泉下。長淮達直沽，銜尾千檣烏。載生從北去，五十鬑鬑鬚。偶聞岸上人，嘖嘖道貞女。細審前閥閱，重爲相覼縷。云女本宦族，幼字淮陰郎。後隨父卒官，不復歸其鄉。依親托瀛堧，骨肉連年盡。守身將已老，道路咸知愍。歸船告伴侣，蹤迹登女門。折證果良是，觀者集千人。漕將助花紅，縣宰勞牛酒。公堂親鼓導，送女成佳偶。郎年雖老大，妾身自分明。羞眉猶碧聚，暈頰時赬生。翩翩船尾燕，宿食長相見。津門兩月帆，從郎還楚甸。鄰里爲額手，搢紳爲嗟吁。具事上之朝，奉敕旌其閭。昔悲白頭離，今歡白頭合。吾聞王化行，風義始閨閤。

曉行

趣程過百里，晷短苦不足。征夫非夜遊，亦復事秉燭。布衾卧未煖，强起自結束。人氣變霜華，星光連馬目。此時惟鍛句，怵劌出雕琢。暝去且復休，醒憶難竟幅。吟情兼夢緒，往往相絶續。不覺寒日昇，停車就漿粥。

曉過漳河，北風寒洌殊甚

侵曉過漳河，河冰一尺厚。冰下聽寒濤，濊濊猶東走。驅車度危梁，引前復拊後。相呼不出聲，風緊塞人口。搴帷助鞭轡，慄若已失手。回頭顧馭夫，忍凍猶力肘。此亦盡人子，貴賤夫何有。緼火就前村，急命勞以酒。

葉子詩六十韻

江左盛五木，鄴中擅彈棋。流傳雖至今，解者亦已希。葉子格所起，唐宋分參差。後來創新意，經畫出蛾眉。馬姓字湘蘭，北里稱名娃。緡錢十萬貫，本用博徒貲。因之析四部，配合如魚麗。各立長與貳，錦素別旌麾。奇死偶乃生，略仿雙陸遺。四十虛其一，又比大衍蓍。即事錫嘉名，雅令尤紛披。麟種與鳳雛，拭目觀光儀。天女散瑤花，五色空中迷。鴛鴦對對游，下上交洄之。騎危金鯽背，失足命如絲。懷文貴深藏，讓久得匪遲。終從禹門躍，竟奪錦標歸。用武尚神速，急擊勿後時。三旗皆入壘，一將獨登陴。或如簾倒捲，或作燕雙飛。或倚若翁孫，或耦若夫妻。或掘地見寶，或天然得奇。或會瀛洲仙，或醉華清妃。或圖名太極，黑白蟠虬螭。或鼎號周文，青紅篆雲靁。臨風爛然舒，片片天孫機。佛頭珠一顆，照夜稱摩尼。物色舉其要，瑣屑不足稽。名例千餘條，嚴同律令治。開滅逮捉比，密率争毫釐。舉隅三可反，犯者罰必施。好事馮猶龍，作譜發其微。縱横十三篇，卷首珍重題。靡然士大夫，燭跋肯告疲。風會嗜成癖，突兀徵祥機。前朝神廟年，海宇方恬嬉。咄哉闖與獻，此名誰所爲？化人赤一足，竟兆煤山枝。下及百子樵，巧合亦可疑。茫茫五行傳，附會不敢滋。又聞周宜興，十萬領熊羆。國門馳騎返，取具軍中隨。落葉正無聲，前驅已潰圍。倉皇繫請室，槃水加劍氂。蟋蟀半閑堂，今古同一嗤。作劇勿云細，頗觸興亡思。結習遍東南，餘風猶未衰。賢者或不免，連類河豚譏。俶詭梅村傳，風情蓉渡詞。能手號國工，品不讓奕師。驅衆使自戰，智足庇其儕。小道亦可觀，料敵與審幾。近世好大嚼，聚肉減壺葵。馬更易而蟾，三足成鐺支。非不饜然果，古意寖以漓。亦猶四絃興，緑綺方塵埋。競財類苟得，弄筆乖典彝。昔聞張和州，移書諫昌黎。余既解此戲，又爲歌此詩。一過乃身兼，敢忘直諒規？

送周宿航入都謁選

束髮慕嚶鳴，時維吾與子。中年廣贈答，所在賢豪是。畢竟心相知，依然兩人耳。得失互頌規，亨屯代憂喜。寢食忘尹班，舟車同郭李。壯歲好文詞，得貌遺其髓。恢張闊道牛，矜負遼東豕。挹君蘊藉心，免作浮囂士。友誼實師資，下拜何敢恥。聚散廿年餘，數面輒千里。忽焉此合併，久住良可恃。高吟轟漢臺，遠覽浮天水。寒暑纔及更，鋒車又前指。將求勾漏砂，肯負臨邛矢？置餞進一言，酒行勿遽起。俗無惷與悍，以仁皆可使。邑無疲與劇，以廉皆可仕。向來拊髀恨，樹立今日始。行逢傍車鹿，過問將雛雉。必不變生平，心知君德只。

送李菽園芳清學博還合浦三十韻

嶺表余舊遊，少長心所樂。揚帆試瀛海，駭浪觀噴薄。仙宅數羅浮，神靈媲衡霍，象犀暨珠貝，未足當磅礴。自從始興來，人文代還作。項背若相望，近更開橐籥。丘梁炳治業，陳湛祛理縛。大雅倡南園，風味擅蓴酪。流傳盛耆舊，不減襄陽郭。懷古登朝臺，敦槃何寂寞！謂當有奇士，倜儻居丹壑。思求與結友，甫冠齡方弱。因循返江東，無路躡芒屩。蓄此三十年，忽遇南飛鶴。新從太學歸，石鼓銘親拓。高義動長安，才名滿京洛。三上未見收，裘盡黄金索。路經師曠臺，暫謁文翁幕。鬢髯見高古，議論出謇諤。筆迹擅歐顔，快劍蛟鼉斫。挽弓能百石，長箭射鮫鱷。多君文武才，未遂題橋約。四十滯寒氈，屈秉諸生鐸。梁園初共揖，氣誼已心諾。半載益歡然，言别輒作惡。金風連夕動，飛盡離亭蘀。南雲六千里，君去正寥廓。我亦將北征，相與洗盞酌。奉君三百字，聊以充行橐。念我如不忘，讀就梅花閣。

奉酬大梁書院山長蘇園公去疾

余生雖較晚，猶及事前輩。文章歸實用，志節重奇概。入幕從文翁，謂開封太守康茂園。賓席欣相對。河流旋失馭，迫使治渠埭。郵籤二百里，不面逾一載。豈無嚶鳴儔，降意期韍佩。泰友非泰師，毛羽同腹背。堂堂蘇先生，宿望今斗岱。曾與蓬瀛遊，亦逐蘭荃隊。刺州聊一出，清白無纖纇。翻然淡宦情，歸秉經畬耒。馬帳開大梁，諸生奉槃敦。過蒙折簡招，風澤時沾溉。盈斟九日酒，解醉茶新焙。登樓望吹臺，遥向六賢酹。上客有龐眉，意古容逾睟。陶司馬魯直。名甥亦蔚跂，王上舍詠周。高論失襶襶。是席最歡然，興到發深慨。貪夫營宦達，競利同博簺。堆盤赫金玉，列屋妍粉黛。倉皇廷尉徵，狼藉坐贓穢。田廬録有司，骨肉流絶塞。亦或見廉能，憂職心如痗。方安部民意，已失上官睞。求過等吹毛，微文挂彈劾。邸舍甑尚塵，妻子色猶菜。何如硯北田，舊業耕可再。收其束脩入，歲額當邑采。皋比八尺餘，坐隱老其内。琢磨盛世才，出爲王家乂。報國豈一端，未畢以人代。公聞顧而曝，置若不屑誨。越夕賦瑶華，和鳴卑衆喙。全平激楚音，更絶依阿態。誦詩如其人，大雅見風裁。前型幸甚邇，心解非茫昧。讀書貴成名，不仕尤可愛。胡爲北發車，羔雁重飾繢。區區毛義檄，留戀因母在。他日急流中，敢忘師勇退。

題韋静山同年協夢《儀禮質疑》卷子有引

静山深於《儀禮》，嘗質疑義於翁詹事方綱，前後往復手迹百餘條，得古人直諒之道。静山翦綴爲巨軸，而自題二十韻於卷末以紀其事，屬同人遍和焉。

議禮集敦槃，狹陋國繞蕞。尤慚無本師，臆撰何敢説。君於十七篇，匪止編三絶。精心破群疑，快論發久噎。自從賈孔來，苞蕴未全泄。遺經歸獨抱，燦若星斗揭。猶深虚受懷，就正在前哲。日舉義數端，手自勤緝綴。盡聲想莛撞，指誤比柁捩。一間意未融，十返問彌切。長安冠蓋衢，人各營所悦。金盈陸生橐，鯖饜樓卿舌。裝成何巨麗，異寶心疑竊。發視盡丹鉛，芭書乞雄閲。行行雜佩貫，葉葉叢蘭茁。榜之在國門，雲霞護烏楔。金臺日欲暮，置酒綢繆結。惜哉博士腰，將爲五斗折。願借懸河口，以此上論列。君意夫如何，掉頭殊不屑。

韞山堂詩集 卷二　五言古詩下

乘驛謡

昨歲使於越，今歲使漢陽。東南兩驛堠，飛轡相追翔。肥驛富盤餐，瘠驛窘芻豆。肥瘠雖不同，情狀歸一轅。軒車自北來，偵騎却先回。頭銜甚赫奕，牙爪何毰毸！索增夫與馬，應聲連者者。供頓少或遲，箠楚輒交下。縣吏自門東，罄折進紅封。區區爲壽意，願得資先容。前驅聞此言，始覺有顔色。下逮圉與庖，瑣屑各有得。銀翅海鯊鑱，絲窩島燕銜。數緡羅一品，犀筯不三拈。賄成迺得饋，車騎齊呼備。看踏錦茵升，私幸無咎恚。亦有賢士夫，守分不敢逾。從人祇四五，儉薄如寒儒。心言此下客，草草具杯炙。授舍不掃除，給馬惟骨骼。漏鼓下三撾，行人拂鞞靫。頻呼祇候隸，相與醉倡家。郵亭一老戍，漫應還徐步。問求緼火薪，答言無買處。使客意如何，於吾則已多。無言催就道，王事敢蹉跎！彼也賓豈知，此也主誰白？作歌陳兩端，敬聽願凡百。

先賢端木子故里

穹碑驛道傍，高揭先賢里。整衣尋故宅，荒漫無遺址。孔門如論智，無若端木子。況更性道聞，百世真可俟。置壁待魯恭，瘞碣警秦始。三年獨居廬，所爲毋乃是。微言著《論語》，餘迹詳《左氏》。卑哉太史公，遺真寫其似。貨殖並縱横，齷齪何足紀！甚至傳宰予，誤爲齊闞止。文章一世豪，援據或疏矣。

奉贈鄭秋浦同年侍御澂即次留别原韻

人海論交遊，知心惟一友。數日鄙吝生，況隔三年久。思之不可即，佇立空延首。

高岡巇鳴鳳，屈指桐幾花。在官每上書，偉議留史家。如何去不返，三復丘中麻。

聖代方愛才，即今多雨露。猶將十世宥，豈不原眚誤。浩浩川無梁，相期子同渡。

論事服鴻裁，持躬敦亮節。那知出新句，亦比陶韋潔。德人必有言，一卷篋冰雪。

己酉季春，詩文藁於盤山途次失而復得，詩以志喜

人苦不自知，千金享敝帚。舐筆三十年，漸乃忘其醜。綴緝散佚餘，已積數編厚。於役輒自隨，不忍離肘後。途間遇暴客，箱篋同攫取。應時賊就獲，衣物什返九。惟此數寸書，擲去等芻狗。半生耗心血，變沒歸烏有。嗒然神若喪，未死骨已朽。私計出無聊，勞囚給漿酒。道使覼縷言，曲折畫以手。是日天微明，大道力肩負。北行不半里，過橋遂遁右。青青松柏枝，其下隱培塿。啟囊探衣裘，瑣屑棄林藪。斯編或在是，莫定然與否。地懸兩驛餘，事隔兼旬久。況當落花辰，連夕風雨吼。縱未水火投，意揣全難苟。癡心未斷絶，健僕煩指嗾。依言往蹤迹，空反無悔忸。旁觀多目笑，蕉鹿等愚叟。豈知精誠專，足致冥漠牖。初時抵舊處，瞠目但空阜。募求三浹日，消息傳茅蔀。近村塾舍中，僮豎面黎黝。掇拾自荒原，無用將覆瓿。亟議千錢贖，小靳費和誘。趙璧竟馳遠，魯弓仍肅受。喜色動妻孥，歡聲到使走。境過轉徬徨，追思真不偶。六典缺冬官，枉索大小酉。石鼓徙岐陽，其一猶作臼。書生漫與篇，豈足煩鬼守。既免沉泥沙，復未遭踐蹂。詩文二十卷，檢點完尾首。應憐下筆時，腎劌復心歐。理難苴土棄，數得樗材壽。刻舟果獲劍，一解衆嘲口。從茲慎緘縢，前事幸毋狃。

亢村渡河

連日西風晴，河水落一尺。星車欲飛渡，恨不生羽翮。揚帆二里餘，輒苦淤沙積。緩計與沿緣，曲折篙師識。泝流争右上，厥勢利用逆。絶淤乃稍南，捩柁忽辟易。悠然蕩中泓，左逝不瞬息。疾如脱韝鷹，

迅若退飛鷁。且下且斜趨，船貓所以矴船起復擲。出溜須臾間，已達彼岸側。再煩牽挽勞，方得尋轍迹。渡口揭紅旌，回望共几席。折之上下行，往返逾十刻。入舟迷向背，進退惟所適。停輿望後帆，來處窮歷歷。喟然悟萬事，盡費紆迴力。天道譬張弓，安能速且直？

秋日紀雪

白雲停山腰，望若未消雪。過客尚然疑，謂甫入秋節。豈知關塞寒，五夜重衾徹。八月雨廉纖，北風吹作屑。昨似今乃真，創見勿驚絶。行登清涼臺，長夏有冰結。

讀《晋書》

撫床惜此坐，帝意爲嗟吁。二荀夙庇賈，方貢進德諛。直哉和嶠對，聖質尚如初。
竹林不皆賢，要推曠達士。何當列阿戎，齷齪至鑽李。削之稱五君，巨源斯枉矣。
天地與四時，固尚有消息。既爲延祖謀，不出亦良得。賴有蕩陰忠，對哀無愧色。
陳壽疾凡藥，物論起紛紜。仲容累騎返，無損譽青雲。九品多類是，豈足鑒人倫。
新婦配參軍，生子不啻爾。細思爲此言，豈復有人理？後世數閨型，乃更推鍾禮。
舉目風景異，灑泣向新亭。百年陸沉歎，何人秉國成。當日王夷甫，猶言無宦情。
責賢過求備，王導非純臣。平心處其地，力豈任滅親。就使出一言，何救周伯仁！
處士在山時，清談多見道。一種繫蒼生，安知非小草。幸則爲謝安，不幸爲殷浩。
爲君既不易，爲臣良獨難。桓伊一撫箏，堂陛釋疑患。東山素雅量，不禁起長歎。
孫盛晋陽秋，代蜀不代魏。漢統既得存，國惡可無諱。半人習鑿齒，亦奪曹丕帝。
議婚及老兵，膝上墜王坦。門生獻故篚，小子死已晚。不以慈易忠，兩翁何侃侃。

老嫗侍劉琨，小史逮諸葛。甚似五根微，妥當一語括。奸雄睥睨心，聞言氣爲奪。

攝山紀遊

久聞攝山寺，松石猶六朝。幾度客金陵，足未窺僧寮。今歲賦於役，溯江浮輕舠。解維先矢願，中路期將翱。陳迹懶再踏，揮手辭金焦。言尋明處士，別港乘春潮。沿緣弗獲進，水落難通橈。時將由新開便民港，直溯攝山之麓，因水淺而止。惆悵翦江去，直犯真州濤。煙中望蛾緑，咫尺疑雲霄。此恨積誰同，國士失臂交。陡然作石尤，密雨如絲繅。逶迤逐洲渚，曲折搴菰茭。何心擇利便，小泊隨所遭。曉起雨聲歇，嚴風尚西號。推篷忽見山，在麓即匪遥。問程約六里，頓豁心鬱陶。微窘道途滑，適有籃輿招。欣然就之行，古刹開山腰。入門且循右，斜轉林塘坳。一徑達幽居，爲寺中最勝處，坐定失塵囂。秀色堆衆緺，足可餐飢枵。交横太古苔，雨後滋新嬌。龍鱗萬松樹，直上虬枝高。微風動其顛，流韻成竽簫。結想三十年，目驗意乃消。絶境肯淺嘗，深入忘厥勞。如渴久在胸，斟此玉醴澆。如癢新在背，倩彼鳥爪搔。頗聞良畫師，數載結雲巢。於焉求粉本，皴點窮秋毫。左旋歷紫峰，雄杰拔其曹。森然獅欲搏，怒若鯨將跳。側有群佛龕，鑿石窮鏤雕。大者彌數丈，金碧輝岧嶢。何年舍利塔，劫火經熺燒。淪茗烹乳泉，僧語從舌饒。惜哉花事早，江梅尚含苞。瓏玲千箇竹，絶未抽新梢。猶餘最高山，濃雲覆其椒。奮衣思再上，脛力稍已撓。兼恐雨復來，濕屨連方袍。得當貴知止，快意毋久慆。歸船時尚晡，五兩從東飄。長年催挂帆，咄唶西新橋。默焉起微悟，凡事難意料。斯遊已不遂，倚柁方無憀。風雨相滯留，翻使果前要。得間未容髮，入舟即回飆。須臾計不决，息壤付滔滔。嶽雲開卓午，海市現崇朝。良由忱悃篤，兼仰神明邀。徘徊一傖楚，敢競前賢標？誰歟牖其衷，酬貺少瓊瑶？詩成不留壁，怍被山靈嘲。

以《顔氏家訓》寄示兒子學洛，並繫以詩

吾將勖爾文，必使攻苦親。吾將勖爾行，必使天懷敦。經箱富充棟，浩瀚難具論。平生不去手，數種尤精勤。丹筆發楹夢，吾推劉舍人。破碎千萬典，囊括窮其根。微言入骨理，妙悟怦心魂。洋洋五十篇，日誦口自芬。明德垂世範，吾重顔黄門。感概俗婾薄，發揮古人倫。勸學逮支條，厚意無不存。拳拳二十則，强半宜書紳。文心既前授，稍解窺清新。今兹畀家訓，更期勉恭温。譬彼佳服玩，或乞常靳鄰。若足利後嗣，忍惟私厥身！吾無枕中祕，可以矜皇墳。落寞此數册，貽比籯金珍。六經三史外，相攜共朝昏。爾行有心得，還勖爾後昆。

劉上舍可大以詩藁見示，因成二十韻貽之

君年未四十，足迹數萬里。洱海證曇花，滇南有優曇花，見佛經，楓亭餐荔子。早歲西南遊，征途備紆委，蟻緣拔地峰，葉簸浮天水。黔山下洞庭，亦足歎觀止。長安再三上，遵路惟方軌。曠然思域外，帆趁滄溟駛。同舟半顛仆，獨立心蔚跂。煙島炯晴瀾，甌海斯爲美。當其意得時，不恨瀕九死。集中諸紀勝，鑱削絶凡邇。把卷移我情，泠然馭風起。從古助文詞，山川發奇詭。溯君身所歷，汗漫過太史。益以未見書，醖釀出深理。伫興俟其來，蓬勃惡可已？廓填辭强作，牽率删衆體。剥盡今人面，方得古人髓。通門徒獎飾，曷以敦孔李？因之寄微言，備採同蘭芷。

秋胡行

妾心望君子，高義重如山。獨處當盛年，脈脈視刀鐶。不還姑已老，織作供昏曉。三春蠶事殷，綽約桑間道。馬上誰家郎，翩翩意氣揚？踟蹰不即發，繫馬傍柔桑。心期通邂逅，念少平生舊。鞶折進黄金，願作夫人壽。薄怒赤頩頳，斯言何自來？妾非道旁花，那得相疑猜！各歸當薄暮，夫喜重驚顧。金夫乃征

夫，桑婦斯閨婦叶。慚惶夫謝婦，感卿金石心。一回葉底眸，相見顔何任？恚恨婦責夫，名義實虧喪。不念妾形單，忍棄君姑養。亭亭山上柏，豈爲培塿長？裊裊澤中蘭，肯爲糞壤芳？門外即長川，滔滔去何極？甘沉獨漉身，亦蹈彭咸則。

梁父吟

朝望梁父山，暮望梁父山。山間何突兀，古冢苔花斑。冢中彼何人？嚄唶三勇士。殺之以二桃，陋哉齊晏子。馬有不群力，馭之成騫騰。士有不羈才，撫之成股肱。猛烈登明堂，盍使端義嚮。難馴輒見除，將焉用彼相？

雍門行

陛楯立諸郎，儒冠所不顧。一朝承天寵，欻起當要路。長安朱輪滿，望氣先却步。漸臺白虎高，火齊金盤賂。蒼頭暨監奴，横溢王侯富。季長本經生，獻諛到頌賦。博山尤宿老，避席同諂附。何怪蘭臺史，屏息伺喜怒。臆決偶倡聲，百諾張其誤。我抱雍門琴，彈徹將晞露。彼哉肉食徒，漫聽安知悟？

莫相知行

富貴籍當時，身榮没則已。文章知寸心，效乃反乎是。《春秋》盛《公羊》，晚出惟《左氏》。毛萇傳葩經，初未立博士。遷記藏名山，漢末匱方啟。唐賢輩相望，幾人學子美？韓文得永叔，元祐斯蔚起。從來蓋代才，不妄求人喜。當其下筆時，盛氣千夫靡。擁護所自爲，鬼神何與比？沉埋糞壤中，光怪騰霄紫。非人能傳文，文實自傳耳。並世擅時名，意新詞復綺。翕然觀聽集，頓貴洛陽紙。玩熟厭潛生，飫久情將徙。嵚奇終病野，穎快或傷俚。愛悦等暄風，銷亡同落蕊。方悟春華穠，不如秋實旨。策足冠蓋衢，雜沓金張里。聲光設早耀，縞紵紛填委。一遭牽挽力，蓄作没身恥。劉柳覆前車，劍南遺薄毁。長吟三十年，對客不挂齒。後世有子雲，曷患無知己？

早計行 乾隆己酉春，昌平道中作

華屋既心慆，豫作山丘計。黄金費不惜，青鳥術争致。吉壤定佳城，旁可萬家置。疊石繚爲垣，復土穿成隧。公然稱地宫，聞者習不異。翁仲間辟邪，羊馬雕鐫備。礱石三丈高，待題銜與謚。將作領官徒，經營同治第。彼哉方州典，甘作灑掃吏。將相滿長安，富貴本如寄。蓋棺斯論定，難據目前勢。生無及人德，炙手徒權利。如何能得老，身錫温明祕。烈者遭顯誅，腹燈頭飲器。次或罹放竄，豺虎有北畀。幸而獲首丘，樵斫耕夫詈。墓成不得葬，葬亦同刑棄。遠問牧牛庵，近看碧雲寺。

歸程詠懷

獄蕆役隨旋，身如釋重寄。罪人當未得，寢食忘枕味。初虞李代僵，亦恐蘭兼刈。守土賴諸君，鈎距有餘智。旄節方停驂，貫索已纍繫。手迹宛然真，印摹復不二。得情彌惻怛，譬説導翻異。悔極天良萌，引杙將自刺。善言急慰持，曲折使終既。然且求其生，作奏幾嗟欷。終焉不能得，論死囚無恚。盡釋牽攣人，立停提逮騎。益思廣聖慈，量給寧家費。詵詵戒僕夫，夙駕無留轡。橐慚陸生裝，篋仿李翱記。東來道莘濮，返北遵滑魏。憶從失慈闈，家近鮮樂意。妻孥但好在，落落非我計。晨征胸灑然，俯仰一無事。繁星正滿天，殘雪仍在地。

韞山堂詩集　卷三

七言古詩上

舟中與周宿航論唐詩

太白山人起天寶，横掃六代歸真淳。倚天拔地吐奇氣，中有至理含輪囷。心胸自作一千古，大筆撲落凡間塵。餐霞煉石何足擬，矯首直吸瓊臺津。輞川居士晚好道，山中寂寞看行雲。偶然得句入神悟，不矜雕繢成高文。華嚴樓閣彈指現，羚羊挂角寧留痕。妙香徐發裊無際，静會始覺空中聞。少陵野老際多難，思君憂國聲常吞。獨抒慷慨本忠孝，感激能使天懷敦。微言直筆具有物，遺意三百嗟猶存。煌煌制作不可易，垂之久遠名愈尊。有唐二百八十載，作者奚啻千人軍？李仙王佛杜甫聖，得一並足空其群。學之貴博守貴約，何屑蛙鳴蟬噪泛濫剽襲徒紛紛！

新安坑

登高城，望平野，行人指點新安下。項王一夜殲秦師，二十萬人無免者。亂山蒼莽連黄雲，民家大半居古墳。下有螻蟻攢食不盡之白骨，上有烈風吹蕩不散之青燐。銜冤抱恨已歷二千載，天陰雨濕鬼哭聲猶聞。君不見江東子弟終覆楚，垓下帳中空起舞。又不見白起功成詐趙兵，令人却憶長平坑。

江漲謡

兩月嘈嘈檐溜響，江城日報潮痕長。空山一昔老蛟飛，捲起濤頭添十丈。沿江都邑吁可哀，漫堤破岸驚奔雷。碧莖紫穗繡平壤，倏忽變滅琉璃堆。高鄉家家通略彴，低鄉户户懸釜鏤。可憐兒女坐瓶盆，何處街頭買餺飥？頽墻壞壁相傾斜，欂櫨逐水如浮槎。始知旱蝗未爲惡，奪吾禾黍完吾家。直待潮平交白露，村庄一月魚蝦住。蝡蟻祠下弔冤魂，流尸滾滾東南去。大吏飛章奏紫宸，我皇軫惻沛恩綸。縣官下鄉點户口，魚頭戢戢荒江濱。復爾所兮修爾宅，忍死田塍種新麥。且喜吏胥不索錢，有名已上災傷册。沍寒時節官倉開，攜挈婦子城中來。但願年豐無所苦，家家租税輸官府。

柴窑歌

同里張某世傳柴窑一片，圜其形，大可三寸，輕紅靚碧，瞥眼異態，真越磁秘色也！山左鹺使購進内府，已成價矣。會發還，遂罷其券。近聞攜示鄉先達某公，方啟篋，遽失手碎之。物之遇合成毀，固有時乎！爲作長歌紀其事。

越磁翠奪千峰色，片段聞猶萬緡直。奇光四照無定觀，過眼紛紜亂紅碧。盡壓官哥暨汝定，當時本自侯家贈。流傳三世在清河，百年寂寞同瓶甑。張氏自言，國初時得之故侯某家，今實之三世矣。欻然聲價一朝伸，什襲琅函荐錦茵。幕府購充庭實重，内官捧上御牀新。進入彤庭還却出，聖朝自不珍尤物。流落重歸舊主人，途窮未敢論三刖。賣珠易米事凄凉，勢急安能守括囊？嘖嘖朱門傳看遍，千金衹解買紅粧。有客攜登貴公第，繩穿篋啟方嗟異。失手秦庭卞璧殘，拊膺金谷珊瑚碎。遇合從來有命存，那知成毀亦前因。運在撝呵煩鬼物，劫終光氣散青燐。天上歸來不得志，可堪嗤點隨塵世。一片瑶華恥瓦全，壯士沉吟鐵如意。

蕪湖湯天池鐵燈屏歌

於湖湯姓鵬其名，鐵工自號天池生。不治農器不作劍，洪爐幻出新燈屏。湯生使錘如使筆，貌取黄荃圖没骨。湯生用鑿如用翦，翦綵隋宫照人眼。座上銀釭燦玉蟲，齊紈越縠映當中。千年珊網出碧海，化爲梅柳摇春風。葉底鳴蜩神栩栩，蘆邊郭索形軒舉。絡緯蜘蛛盡寫生，髣髴沿緣動其股。誰言小道無足論，至今海内推專門。朱提一笏易一扇，泯泯下士嗟無聞！君不見張家銅趙家錫，碧山銀槎尤罕敵，許爾湯生奪其席。

題《明皇幸蜀圖》

中書已罷張九齡，太守不識顔真卿。黄虬跳梁蠱狐死，倉皇蜀棧青騾行。白衣父老前迎蹕，羽騎林端出復没。宫人憔悴下雕鞍，手摘園瓜供帝渴。宣和中進入内府，諱爲《摘瓜圖》。更無羯鼓打梁州，鈴語郎當聽未休。劍門直上一千里，風塵澒洞天顔愁。後隊觀者忽如堵，錦袍年少腰玉琥。元禮力士非其儔，疑是王孫英且武。咄哉王孫儋耳龍，奉天之辱將毋同。

曉行遇雷雨，同錢竹初作

行人夜半動征鐸，野月荒荒正西落。瞑坐前驅十里餘，突有排天黑風作。金蛇百道乍瞥眼，一震訇然滿空廓。雨聲動地萬馬來，復遇回飆戰使却。抑之不逞勢逾怒，盡倒天瓢瀉河洛。奔騎蝟縮喑不驕，健僕雞棲窘如縛。托命恢恢葦一龕，遮身數尺青油幕。視雨所及格以手，應變隨宜出方略。彌縫稍懈激射來，面目淋漓敢辭虐？是時不雨已匝月，大地禾苗槁炎灼。枕上千家聽此聲，喜得秋來飽餺飥。誰知曉發有羈客，憔悴徒吟紇干雀。丈夫舉念及民物，豈必在位同憂樂？此身縱使困沾濡，比户懸知慶時若。勿復高歌行路難，日出徐徐理芒屩。

食瓜簡崔五曼亭龍見

火雲曈曈日西出，竹爐聲杳茶煙歇。劇談正苦舌本乾，自咽華池忍煩渴。主人忽致巨瓜至，滿堂失口夸奇絶。重近一鈞廣尺半，承以銅盤高突兀。壯夫擎到色微赬，起拔青萍剖其實。快然如斫五石瓠，瞥爾疑分二叟橘。仙家即此是瓊漿，凡果何知有崖蜜！十人共食不得盡，下遍臧奚均嗽啜。吾聞物生苟滿萬，往往非常精氣結。禾生九穗麥兩歧，豈獨人才出英傑。憶昔曾烹安肅菜，一頭頗類專車骨。但私園户勿充官，誠虞繼進難其匹。咄哉此日頻陽瓜，食罷聊爲短歌述。此歌莫向五侯傳，恐有人從使君乞。

秦始皇冢[①]

平生每讀秦本紀，頗怪始皇脱三死。一不死荆卿匕，把袖袖絶王得起；再不死漸離筑，實筑以鉛讐不復；最後險絶博浪椎，副車一擊聲如雷[②]。祖龍豈亦有天幸[③]，三十六年獲終令。奈何甫葬驪山隈，戍卒夜叫函關開。詩書餘燼未銷歇，反風遂使阿房灰。乃知扶蘇未北轀輬返，嬴祚不應若是短。嗣王足蓋前人愆，雖百趙高几上臠。殺秦一君乃有君，子房幾作秦功臣。豈如假手少子亥，毋俾育種屠豭豶。亡秦者胡又必楚，始皇身存籍如許。蒼璧直獻鎬池君，誹謗之刑空偶語。水銀江海黄金凫，朽骨安知殉鮑魚！西來重瞳怒一掘，遂令萬代陵寢生艱虞。歌莫哀，君勿恐[④]。功德在人終不動，樵採毋侵柳下壟。陳涉何人但夥頤，異代猶爲置守冢。

【校記】

① 此詩《鳴秋合籟》收入《關中雜詠》中。 ② 擊：《鳴秋合籟》作『中』。 ③ 幸：《鳴秋合籟》作『命』。

④ 勿：《鳴秋合籟》作『恐』。

漢通天臺金銅仙人歌[①]

文成已誅欒大死，武皇長生心未已。黄金仙藥兩無成，猶進銅盤一杯水。茂陵一閉高臺空，突兀仙掌摩蒼穹[②]。日精月華歷四百，遂有靈氣通鴻濛[③]。赤眉含血不敢喋，董卓焚燒亦未及。牽車西來乃魏官，欲輦銅人洛陽入。青龍元年秋正半，萬衆拆盤盤忽斷[④]。天傾地塌華山鳴，數十里中雞犬亂。銅人既下觀者多，汪然淚作流滂沱[5]。長安父老盡掩泣[6]，物尚戀主人如何？萬牛之力終莫致，倔强中途聞且置。居然不辱魏宫前，神鼎依稀没清泗。新故之間不可居，夏璜秦璽恨何如？華歆王朗盡名士，及見銅人辭漢無？

【校記】

① 此詩《鳴秋合籟》收入《關中雜詠》中，題目作『通天臺銅人歌』。② 仙：《鳴秋合籟》作『高』。③ 鴻：《鳴秋合籟》作『洪』。④ 拆：《鳴秋合籟》作『折』。⑤ 汪然淚作流滂沱：《鳴秋合籟》作『不禁臨去淚滂沱』。⑥ 掩：《鳴秋合籟》作『洒』。

唐昭陵石馬歌[1]

虬髯真人二十四，手挽黄間射欃彗。百戰未嘗輕失利，出死入生憑一騎。凡駟何堪假鞭轡[2]，蹀躞六龍天上至。拳毛白蹄特勒驍[3]，骨相更數青騅超[4]。乘之陷陣風雲高，盡使萬馬喑不驕，匪止褒鄂酣弓刀。次第削平諸僭逆，芻料登場三品直[5]。帝謂未足酬其力，肖像昭陵斲以石，過者見之猶辟易。百年天地生塵埃，胡騎蹴踏潼關開。髣髴先帝神靈來，騎馬殺賊賊氣摧[6]，汗出浴石形毰毸。嗚呼，馬兮馬兮生能騰驤死猶怒，不負文皇顔屢顧。下視哥舒直狐兔，五雲長飛松柏路。蘚積苔深誰敢仆，廣明劫火關天數。馬亦無聲卧寒露，繭紙蘭亭落何處。

【校記】

① 此詩《鳴秋合籟》收入《關中雜詠》中，題目無『唐』字。② 堪：《鳴秋合籟》作『能』。③ 驍：《鳴秋合籟》作『驃』。④ 超：《鳴秋合籟》作『驍』。⑤ 場：《鳴秋合籟》作『槽』。⑥ 騎馬：《鳴秋合籟》作『指揮』。

華清宮舊址

温泉之上繡嶺側，舊是天寶華清基。昔賢到此感興廢，瓊琚玉佩詞無遺。我來訪古復何道，一事願豁前人疑。楊妃馬嵬既就殞，遊魂血汙歸來遲。收京改葬命力士，香囊俱在亡其屍。安知乘亂非劇盗，竊意腐骨餘金貲。鍬鋤夜半刼藏瘞，潛棄山谷何由知。貼身錦韈落市媪，況乃鈿合金釵爲？使者恐失上皇指，妄以蜕去爲之辭。臨邛道士太狡獪，偶拾殘物萌奸欺。雙星夜半誓雖密，帳外那得無聞窺。洩之方技取重賂，或亦藉博天顔怡。樂天據傳譜《長恨》，以妄傳妄聊言之。世上幾人能善讀？蕉鹿不醒愚公癡。遂謂蓬萊列仙闕，真許妹妲稱瑶姬。破家亡國豈足悔，自有海上千秋期。暮年南内事辟穀，猶牽誕説心茫迷。揚言適借賊奴口，膳服悉屏同羸黎。金粟堆前見旙綽，方悟久被通幽嗤。

響泉硯歌爲竹初賦 硯爲楊翁藝石製[①]

錢郎叉手詩盈卷，短什長謡無不善。更工潑墨寫秋山，十載摩挲惟一硯。硯初得之自燕市，兩宋形模半存毁。磨礱更畀藝石翁，重發奇光有深理。本出端溪最上坑，蒼煙軟玉韜光精。千年溪水暗激射，背負釁缺蛟螭争。解人因物出新意，凹凸隨形成位置。上作溅溅曲注痕，下取汹汹不平勢。勢得毫釐等千丈，几案真疑萬泉響。從此鐫銘號響泉，灩澦青琅落君掌[②]。君攜此硯返華京，五上春官名未成。就中恐有下生淚，淚滴入石同泉傾。硯乎硯乎時有待，鸜鵒青青眼常在。終當貢汝置玉堂，不使龍尾佳名擅千載[③]。

【校記】

① 此詩《鳴秋合籟》收，題作「響泉硯歌」。　② 灩澦清琅落君掌：《鳴秋合籟》作「濠濮瀟湘落君掌」。　③ 不使龍尾佳名擅千載：《鳴秋合籟》作「不使東坡擅龍尾」。

觀水磨與莊大虛庵炘同作

頻陽城北温泉河，股引溉田蕃麥禾。居民餘利擅水磨，不假牛迹團團過。渠流急處作石牐，迫水入隘阨其波。隘行數丈出甕口，失勢一落千盤渦。巨輪戴石著水面，水激令轉如輕梭。上石則止下石動，小過之反宜云何？推排百斛可立盡，穎粟孰得誇堅多？水聲磨聲洶不辨，十步而外驚鳴鼉。兒童拍手婦子坐，自覺板屋微颸和。扱箕奮帚一夫力，指顧玉雪堆坡陀。連村餺飥悉仰此，負擔絡繹兼車馱。昨來縣下取魚帖，決渠放水充常科。賓朋座中饜數尾，碾户三日門張羅。客聞此語俛不答，相視目笑顏微酡。忍因口腹奪民利，且罷彈鋏馮諼歌。

平定兩金川鐃歌十八曲有序　代

皇上御宇之四十一年，川師有功，返旆獻馘。臣伏念儹拉捉浸於乾隆十三年自相讎殺，荷皇上拯危赦罪之恩。今僧格桑、索諾木復敢糾結鴟張，負恩干紀，恃其僻遠，抗我顔行，王師濯征，以次俘滅。睿謨之神武，將帥之勤勞，允宜發爲歌詩，傳示無極。况臣所隸秦隴爲入川孔道，始自撻伐，至於凱旋。羽檄轉輸，身任其事；旂旐旆鉞，目睹其容。不能已於發揚，輒自忘其淺薄，謹製《鐃歌》十八曲，以備樂府之末云。

皇帝自西陲底定之後，地大物博，不求多於前功，逆苗即頑，天怒斯赫，作《聖武》第一

於鑠皇威，顯於西土。曰斧其吭，准縶以組。稽顙來歸，曰土爾扈。俾煦太陽，俾沐膏雨。蠢兹有苗，敢行違拒。舍頑告嚚，不知干羽。帝心至仁，教而後怒。赫赫明明，大哉聖武！

小金川本我沿途九土司之一，逆酋僧格桑侵併沃日，及於明正，撫諭不聽，始命出師，作《薄伐》第二

螳臂怒當車，詎識奔輪剛。蛙聲雄據井，安知天宇長！始亂何么麼？厥名僧格桑。卵翼不我德，反覆成封狼。沃日既滋擾，明正亦被創。屢檄既抗命，恃險殊披猖。釋此苟不誅，何以勸柔良？有禽利用執，薄伐真堂堂。

初調陝西、甘肅、湖廣、雲南、貴州兵及西安、荆州、成都駐防，與川師協勦，作《從軍樂》第三

建高牙，擂大鼓，壯士從軍色飛舞，如驅熊羆往捕鼠。秦蜀滇黔盡點兵，更增精鋭駐防營。銀牌滿身糧滿地，戰袍不待家人寄。從軍莫思歸，變化安可知？髑髏陣前帶血數，詔書賜號巴圖魯。

分西南兩路饋餉，作《運夫謡》第四

大軍罙入，言饋之粟。自西自東，山迴嶺矗。約囊在背，代足以手。蟻負蟲緣，不失升斗。百里三置，每置百夫。更休迭進，豁成坦途。帝念民勞，給值以倍。既急爾公，亦驚其利。

大軍攻克小金川賊巢，執逆酋之父策妄以獻，作《克美諾》第五

將軍旗鼓從天下，砲聲摧碉同發瓦。賊碉屢破賊巢單，美諾黑子何由完。克美諾，傳露布，不得賊首得賊父。終當隨汝懸藁街，喘息皮船夜深渡。

僧格桑竄入金川，逆酋索諾木既不擒獻，又助其抗拒王師，因命並剿，作《討助逆》第六

十三年伐叛，郎卡莎羅奔。亦既悔厥罪，隕角稽首言。相臣方不受，帝宏解網恩。偷息逾二紀，將亡我則存。施德報以怨，顧敢私其婚。助逆木果木，罪難擢髮論。義旗遂回指，慰此忠烈魂。

奉旨添派京營滿洲兵二千，索倫吉林兵一千，作《勁旅出》第七

蜀雲開，勁旅來。旗肅肅，馬騤騤。牛酒賀，勁旅過。鐵衣輕，羽箭大。發必疊，始挽强。中必洞，始引鎗。三千人，一當百。舊旌門，新變色。

定西將軍臣阿桂、副將軍臣豐昇額率大軍，從西路進勦，所向克捷，作《定西軍》第八

楚材繼起，惟故相臣子。本《御制紫光閣功臣讃》中語。誕將天威，昔定我西陲。桓桓副帥，其尚迪果毅。副將軍豐昇額襲封果毅公。儹拉載寧，益厲我士兵。火彈烈烈，則莫我敢遏。木柵棱棱，則莫我敢承。前軍破竹，收勒吉爾博。後路從風，平遜克爾宗。

副將軍臣明亮自日旁進攻，是爲北路，官兵累克碉隘，取河西一帶麥田，以絶賊人種植，參贊臣富德別率一軍向噶咱普，牽綴賊勢，作《犄角攻》第九

日旁一軍，會於宜喜。偏師繼進，或角或犄。克爾丹札木，克爾扎烏古。芃芃其麥，是割是取，已作我疆土。砲聲霳霳，由地道上衝。賊疲於備，我多其攻，是用成厥功。

僧格桑走死，賊獻其屍，將以緩我兵威，將軍碎剉以徇，仍數其不早生致之罪，進攻益急，作《徇促浸》第十

順天者生逆天死，賊屍未僵魂已褫。當風拉雜揚其灰，到頭倔强將何爲？告爾促浸，爾果悔罪，何不早生致？天兵已臨，安敢望貫！不見梭磨土婦賢且智，斷割私姻明大義，子戴翎枝母受賜。

大軍攻克勒烏圍，作《紅旂至》第十一

勒烏圍賊，舊巢南峙。轉經樓，斜連甲。爾橋前，大河後。高礮死守三旬巢不陷，將軍勝算已在手，一夜攻圍亥達丑。兩木城，一時傾，呼聲動地千山鳴。奪命爭從橋上渡，先遣泅人斷橋柱。是時大雨漲山

溝，殺賊入河河不流。紅旂西來飛鳥疾，夜到甘泉止七日。

索諾木竄噶喇依，大軍進圍之，其母兄妻妹相繼投出，作《釜中魚》第十二

可憐釜中魚，枯爛在須臾。雖有同川侶，不得相沫濡。縶爾兄，繫爾母，爾姑爾妹及爾婦。匍匐向軍門，乞命惟恐後。皆爾平生親，豈不念恩厚？自絶於天誰與守，嗟嗟困獸安能久！

即軍中賜將軍阿桂爵誠謀英勇公，副將軍參贊以下侯、伯、子、男有差，作《册元功》第十三

帝咨爾桂，予嘉乃功。庸建爾爵，比於上公。爾副爾佐，咸毖其力。五等以差，是褒是錫。桂率諸將，拜手上言：『臣力何有？惟廟略是宣。王師克奮，凛天子之訓；王績有成，仰天子之明。』

克噶喇依，索諾木就擒，作《罪人得》第十四

刮耳崖前傳令急，霹靂一聲千騎入。弓刀啞匝網周遭，罪人黜伏將焉逃？鐵籠盛之負以斧，駭汗淋漓寫如雨。從征土目凡數千，咸使觀睹爭駢闐。穴中誰敢萌反覆，請視今朝索諾木。遠人從此識天威，願萬萬古安邊陲。

詔署總督臣文綬開設耕屯，撫定餘衆，將軍等振旅班師，作《王師凱》第十五

大功既蕆，帝有恩言：『俘止其渠，勿獮其人。俾爾窟爾宅，俾爾佃爾田。約束部勒，以耕以屯，以作我王氓。』既撫既定，王師載旋。自隴徂關，喜溢於顔。我征聿至，於今六年。婦子其存，靚止欣欣，匪獨我秦民。

皇帝祗謁東、西兩陵，東巡曲阜，釋奠闕里，至聖廟，作《告成功》第十六

皇矣烈祖，陟降上帝。佑於一人，師克有濟。橋山仰止，致孝告功。上陵之曲，車芝馬龍。鸞旂載止，式於闕里。觀聽圜橋，色愉以喜。干戈既戢，俎豆斯陳。獻囚泮水，紀績成均。事非得已，功則有慶。鑒

予之心，惟祖惟聖。

將軍獻俘京師，皇帝親行郊勞禮，因議敘在事内、外諸臣，作《大飲至》第十七

翠華郊次，三軍凱歸。伏地萬歲，歡聲如雷。將軍降祖，謝蕩定之晚。帝曰汝庸，其毋讓汝封。迺命獻俘，即社行誅。迺命飲至，還家受賜。相臣將臣，既策爾勳。凡爾毖爾事，凡爾奮爾身，内外大小，各酬厥勤，具詮次以聞。

敕撰《平定兩金川方略》，行慶施惠，與民休息，作《永保無疆》第十八

服則捨兮叛則取，帝何心兮天自處。作一書兮告萬古，昔至仁兮今大武。甲兵洗兮慶賜行，士勸學兮農勤耕。合萬國兮奉慈寧，壽榆耀兮泰階平。帝儆群臣兮毋忽以豫，益勤我民兮益謹爾度。懋交修予兮允迪吉康，不自滿假兮永保無疆。

莊虚庵招飲含光軒，對雪分韻得『雪』字，並懷崔曼亭

去歲中南富平境内山名山下雪，君尚羈遊一身孑。今日含光軒上杯，君擁專城綬初結。鴻爪安知踏雪泥，美談留與邦人説。復有華筵對雪開，壁間詩好從頭閲。前虚庵客此，屢有消寒之會，詩猶在壁也。因申部勒廣前例，賭韻分曹各成列。坐客風雲黯黯飛，主人旗鼓堂堂揭。兩家子弟初學吟，謂達吉、景儀兩生。亦使抽刀侍麾節。前臨衆敵不得去，白戰須臾争一决。如揮雨汗濕裲襠，不信臨窗竹枝折。俗儒作吏風塵下，脱棄詩書等羈紲。入謀敲撲出逢迎，猶逐餘閑恣酣媟。屏間鬒髮總吴雲，帶下青瑚真漢玦。綺裘稠疊换狐貂，炰膾紛綸羞鯉鱉。博塞群遊燭跋繼，詼諧雜進冠纓絶。媚客櫻桃耀首姿，泥人鸜鵒工腰折。彼哉何異聚飛蚊，一飽惟知嗜腥血。同時乃得兩賢宰，天外新霙堪比潔。鳴琴戴星事略殊，百里謳吟未嘗輟。谷中警犬不夜吠，庭際蒲鞭亦空設。公餘並好文字飲，况值六花初點綴。喜予先後與兹筵，灑落清言雜霏屑。

遊刃當知才獨大，高吟想見中無熱。全秦萬里到天西，治行風流更誰埒？玉詔欣聞却貢獻，是年奉上諭，通直省督撫毋貢獻。瑚戈快已清氛孽。與民休息此其時，吏道蒸蒸洗貪饕。安得公等數百輩，盡撫蒼黎色愉悦。當杯敢以頌爲規，終始勿令予悔舌。酒闌語罷雪亦止，不盡餘情還惜别。此時歸客擁朱輪，馬後西山望明滅。

唐術士桑道茂墓

奉天城南三尺墓，積水不沉雨不仆。土人猶號桑仙人，但有殘碑無宰樹。上書請廣奉天城，後來於此建行營。史書方士悉誕謾，惟有此舉功朝廷。吾謂德宗刑政果不濫，朱泚何人敢稱僭！鐘鏞寧謐泰階平，道茂之言將不驗。先見如真效徙薪，何如預罷涇原軍。還兵賴有段秀實，天子西行得安蹕。又如當時外無李西平，内無渾咸寧。崇墉縱自高兀兀，誰與力戰乾坤清？乃知鄴侯之言理甚正，君相從來不言命。

青牛老樹歌

青牛老樹高十尺，幹似青銅根似石。混然生意有無間，僵立千年老蛟腊。樹石何必成青精，繫牛之説尤不經。要知斷是三代物，漢槐秦柏皆孫曾。吾疑老子所手植，物不能神神以德。至人過化有由來，不足揮呵煩鬼力。滄桑陵谷有時遷，此樹根柯自古然。惟有曲阜宣尼廡下檜，相與對峙東西天。孔李平生本師友，手澤流傳理同壽。誰使洋洋《道德》五千言，後來附會爲神仙？青牛之樹亦似此，請正其謠自我始。

函谷歌

兩崖一綫纔容轂，十里車聲聽轣轆。秦人於此立雄關，鷹視山東恣吞啄。信陵公子本天人，一到關前空側目。要知地險良可恃，豈繫人謀果不足。漢家承席鞏西京，更徙新安闢畿服。形勝相方定弗如，尚云守遠恢員幅。未知何代始失計，近扼潼關棄函谷。全秦絶險等甌脱，遂使長安門户蹩。漁陽鼙鼓震延秋，倉卒鑾輿先幸蜀。歌舒老將固凡材，京輦周防已單獨。當時若使守崤函，五戰猶當不及嶽。勤王諸鎮可徐來，郭李軍先蕩幽朔。城闉不固固房闥，肢體方全潰心腹。廣明之禍蹈天寶，千載無人懲轍覆。最後還餘孫雁門，鬼雄夜上蓮峰哭。

磧石謡

驅車上張茅，車尾何摇摇！怒馬上磧石，馬蹄不得直。敲斷鞭梢，上得張茅。寧逢戈壁，塞外以無水草處爲戈壁。勿行磧石。磧石岧嶤猶自可，風雨三崤愁煞我。覆車何異覆舟危，不辨波瀾生道左。

滹沱河懷古

河北經營業未半，薊城内應王郎叛。欲發漁陽上谷兵，蕭王夜抵滹沱岸。滹沱兩岸盛流澌，舟楫俱窮曷濟師？前行王霸恐沮衆，還述冰堅聊詭詞。直前至河河果合，策馬踏冰争蹀躞。未畢數騎砉然開，翻使追軍莫能及。爇薪民舍燎戎衣，風雪君臣方苦飢。豆粥麥飯豈玉食，仰見日角生光輝。誰奉將軍大樹號，入見東都帝迎勞。朝儀脱略講家人，厚意當年久不報。異拜稽首因獻言，在安思危古所敦。國家勿忘河北難，小臣自念巾車恩。帝感其言三歎起，西閉玉關謝質子。臧宫馬武信壯哉，常勝之家難慮此。

韞山堂詩集　卷四

七言古詩下

渡河篇，爲洪大穉存亮吉、崔生雲客景儀賦

侯嬴門西漏一刻，夜覓肩輿攬衣屐。横槊詩人洪穉存，傳經弟子崔雲客。相見蒼茫應失喜，形神咄唶無歡理。亦知濩落返春官，困憊何爲至於此。徐言侵曉到黄河，盈輛琴書一葦多。數錢買渡始許過，相與風立沙中窩。輾轉方當上船際，突有狂奴數輩至。驊騎官馬甚豪雄，云是祥符廐中隸。一馬分教占一船，手持白棓與長鞭。官津祇合官人渡，那許尋常旅客前。前與從容詞未畢，老拳疾起眥争裂。跳身遠去避其鋒，回頭從人已僵絶。短衣破帽盡蒙戎，僮僕呻吟尚未終。自傷卑賤固應爾，何至不得輿臺同。我聞此事氣填臆，急籲當途勿姑息。盡教荷校立河干，暫使行人歌樂國。公等皆非骨相屯，翻飛自可致通津。他時坐擁旌旄貴，莫忘單車唤渡人。

《機聲燈影圖》爲洪穉存賦

母鳴樓上機，兒翦窗間燈。雲溪夜夜漏三商，讀竟一卷成尺繒。繒長未得爲兒袴，先易膏油觀竹素。老漁渾未辨宵分，每驗樓窗識更數。十年感奮兒學成，風雨落筆人皆驚。解頤行念嘔心瘁，喜悦重與哀憐並。七子才名傾沈范，母儀所至聞辛湛。手膳纔伸季偉歡，跣號遽遘臯魚慘。入門梭杼寂不聞，身上衣綫縫猶新。黄昏飲泣夜深夢，篝火彷彿仍依親。陸孝廉，鳧岡壽昌。錢明府，竹初維喬。先後爲圖傳節苦。叢樹凄凉獨鳥啼，寒波澄澹潛魚舞。繪燈難繪影，繪機難繪聲。拭君血淚和枯墨，頓覺耳邊軋軋紙上青熒。君攜此聲及此影，邂逅名流以詩請。積成巨軸久隨身，日起披吟當晨省。板輿呵殿總虚榮，錦贉烏頭

亦世情。豈如生能盡愛没盡慕，遍乞椽筆光丹青！機絲已殘燈已灺，破屋原從外家假。溪邊高棟接雲鋪，獨此樓窗入畫圖。

謝文節卜卦硯歌

查鐵橋禮中丞《宋謝文節〈橋亭硯銘〉序》略曰：硯，歙材，修九寸八分，廣五寸六分，厚九分。額篆『橋亭卜卦硯』五字，左右有元集賢學士程文海銘，背有永樂間閩人趙元識掘地得硯之由。石質堅駁蒼潤，蓋宋謝文節物也。

硯中吾重玉帶生，慕生恨未識生面。朅來得見生輩行，生産端州此歙縣。零丁宿事謝提刑，唐石山中衣屢變。相攜賣卜建陽橋，石質人心皆百鍊。人蹈西山殉蕨薇，石隨泗鼎淪淤澱。神物由來有護持，載逾五百光重現。沉檀作櫝錦爲韜，偉幹修容出蒼蒨。文山疊山均臭味，兩石平交定相善。草檄同涵怒氣飛，招魂各有哀洟濺。玉帶初歸晞髪叟，再傳七客寮中彦。兹銘枉辱程集賢，硯若有知應自唁。數更廡下得賢主，手汲寒泉當清薦。重爲此石慶遭逢，海内詞流題咏遍。淋漓何減玉帶歌，秀水一篇難獨擅。吾欲尊爲卜丈人，與生抗席分佳傳。

重九後八日，集周駕堂太史厚轅雙蔭堂看菊

九月欲半霜風來，長安菊花紛錦堆。駕堂太史雅好事，破俸買得千枝栽。修廊曲几各位置，大或盆盎纖瓶罍。嘉名辨析方未暇，五色照耀生驚猜。黄如仙人騎鶴起，白若高士扶筇回。紫疑宫娃垂袖立，紅似朝客腰珵陪。别編麀眼排萬朵，綵罽爛作雲屏裁。試招佳客共列坐，磊落略盡東南才。時過九日日又八，夕照正滿黄金臺。我尋法源及崇效，二寺並種菊。屧袖往往沾氛埃。良葩況已悉入市，疏籬掩映惟含胎。未若兹堂集衆妙，相與一覽能兼賅。明燈繼上映緑酒，花影倒入玻璃杯。肴核雜進尚真率，觥籌互屬窮嘲

人乎菊乎兩不俗，肯爲世味顏低摧？就中一品猶異衆，兀傲不屑儕群材。固宜此會執牛耳，約束魯衛驅鄫萊。先生高奔殆自比，笑而不應頷其頦。興酣洗爵益無算，街鼓遽作三更催。摘花插帽起相揖，扶醉欲去心徘徊。還呼主人兼問菊，何時重有清樽開？

良鄉固節驛

金源幽辱宋妃后，天道好還真不偶。三傳以降逆亮生，盡戮諸王妻諸母。不行殺王行辱身，内計已決眉無顰。田横血面出巾幗，愧殺何限文夫人。亮慚謝王王乃免，蹶後中興天位踐。每思故劍席竟虚，聞議中宫涕常泫。俯仰鬚眉枉此生，貳臣接迹污公卿。千年鼎社經三改，荒驛猶垂固節名。

滎澤河冰不得渡，改道由孟縣

衛原昨見滎陽檄，渡口層冰如鐵積。傳車改道出河陽，計里多馳凡四百。枉此迂迴數日程，欲爲東下轉西行。行人莫厭往而復，若比河流纔半曲。

河陽三城歌

洛陽自古車書國，每苦黄河限南北。天然形勝出中潬，就築三城高崱屴。鐵鎖縱横貫兩橋，冠蓋始免愁波濤。東京未建建典午，惜不賦入班張豪。都會漸從唐後改，誰料橋城亦桑海。我來猶欲問遺墟，斷石殘垣無一在。沉銷不歇是英聲，親納靴刀激義兵。天寶戰功誰第一？李臨淮此破思明。

鸚鵡洲弔禰正平

奸雄竈鼎謀將作，競致才人入私幕。陳琳阮瑀何足多，至今齒冷荀文若。堂堂大漢一禰生，才高氣烈操履貞。孔融薦漢非薦賊，要恃一鶚清朝廷。老瞞就使能容物，我識禰生不爲屈。漁陽摻撾蹀躞前，慷慨聲情光日月。此心視死甘如茹，不擇曹瞞與黄祖。殺身猶是建安年，埋骨終須乾淨土。睫論惟知弔罻羅，文人但賞題鸚鵡。芳草萋萋遠樹青，一抔江漢共垂名。何當配食三閭廟，覽揆先教字正平。

題楊六士夢符表弟《傳研》《泣研》二圖卷後時官刑部主事

握蘭才子金閨彦，出入囊攜唯一硯。從容就問研所貽，慘淡陳詞容色變。兒日先公走四方，識字常依慈母綫。少陵香山詩口授，臆對時時賞新見。母忻出研置兒前，顛末先教志無倦：『從曾王父大瓢翁，楊可師先生自號大瓢道人。筆力風華江左擅。此研曾充十二山，半生墨瀋淋漓遍。外王父昔侍春風，金定濤廉使，六士外祖父也。今以授汝慎寶之，内外名家寄深戀。不慚此研乃佳兒，對研當如對母面。』長跽受研心肅然，晨夕相隨阿香扇。少壯摩挲益感奮，英詞蔚勃題黄絹。遂有聲名動鎖闈，霜翰一刷乘秋薦。歸來捧硯拜母前，奄忽春暉掣飛電。血痕入石石紋紅，匪止班斑淚如卞。分寫新圖鑒孝慈，精誠象外傳蒼蒨。祥琴撫後第春官，與研同登紫宸殿。錦藉檀床策研勳，研存母逝哀洟濺。縱有平反雋不疑，蘭堂誰與加餐膳？勸君虚悲復何益，令名貽勝椎牛奠。相期高步白雲司，念母頻書范滂傳。

琉璃河鐵篙歌

琉璃之譌本劉李，鐵篙之誤由鐵槍。審視知槍亦非是，突兀揷拄橋中央。下方上剡岐兩足，重及萬鎰十丈强。過三其身弗能用，考工記語吾猶詳。將軍神力即殊衆，安得巨靈高掌開鴻荒。世人耳食多好怪，翻令留名壯士死。後蒙荒唐大工鍵石下，臨水恒畏異物蛟龍藏。鑄鐵象犀或象兕，義取制伏相周防。鐵篙之意亦近此，兹事何與王彦章？彦章之死昧擇木，事非其主同振翔。俗見要當不輕附，天題歐記詞煌煌。元載之妻不失爲烈婦，彦章死節何必疑臣梁？語見《御批唐宋文醇》。因辨鐵篙復論古，不覺馬頭落日桑乾黄。

南陽草廬歌

九州不少躬耕地，武侯望出琅琊系。結廬何獨在南陽，卜築要當有深意。右晒荆襄左許昌，長年抱膝倚高岡。安知定有龍彪兆，預擬磻溪學釣璜。英雄設竟無先主，誰枉旌麾顧蓬户？卧龍寂寞老隆中，惟聽吟聲徹梁父。我信先生介石貞，不求聞達是平生。獨疑托迹兹岡意，終古無人爲發明。南陽本是光皇宅，中興佳氣葱猶積。原廟祠官薦赤櫻，章陵守户留霜柏。處士常懷恤緯憂，布衣未許殉宗周。千秋賫志將安托，直傍橋山作首丘。一朝會合風雲盛，四紀重延炎漢命。始念何曾冀管蕭，成功果不慚馮鄧。定軍山望永安宫，魚水君臣祠屋同。窮達始終心帝室，肯隨皂帽老遼東？

己酉仲秋扈蹕秋獮

南天門，古北口，絶壁盤盤上奇陡。青石梁，黄土岡，山行犖确何其長！五雲多處晨霞炳，猶隔坡坨廣仁嶺。馬蹄亦解趁朝參，不待鞭聲驟鞭影。書生未入佽飛群，也遣長楊從策勳。射虎當熊俱不敏，祇將詞賦擬揚雲。

五雜組

五雜組，揮毫手。往復還，論事口。不得已，但飲酒。

五雜組，朝衫綫。往復還，熱客面。不得已，時相見。

五雜組，圖書府。往復還，心機杼。不得已，徒自苦。

五雜組，機中絲。往復還，盤中詩。不得已，長相思。

五雜組，春闈服。往復還，郎馬足。不得已，金錢卜。

五雜組，青驄勒。往復還，流沙磧。不得已，空伏櫪。

禽言

不如歸去，不如歸去。天涯總是銷魂路。莫教縱迹似楊花，著處多因芳草誤。行不得也哥哥，行不得也哥哥。險阻從來道路多。縱轡會須量馬力，揚帆還要慎風波。脱却布袴，脱却布袴。芒種初交時雨注。拖泥帶水插新秧，强於揮汗車頭戽。得過且過，得過且過。使盡機心仍計左。江頭不見信天翁，終朝曬翅魚梁坐。

清流關

清流關高二百步，馬蹄直下不得駐。壯夫睥睨坐當關，原是江南一門户。昔年藝祖用周師，力戰先搴大將旗。昆陽文叔揚威日，洛口秦王破陣時。我來不問生擒地，暉鳳區區何足計。斬將争如得士優，幕下初延趙書記。左右功專幃幄籌，幾篇《論語》定神州。惜哉末命忘金匱，殊愧文成感謁留。

艮嶽篇

大梁一掌平如拓，東京昔夢華胥樂。宣和天子造仙山，突兀城隅出巖崿。初因方士迓熊祥，漸築岡巒像鳳凰。點綴未教宣索廣，每年數本致黄楊。自此諧臣覬天寵，搜奇剔隱駢肩踵。侍從何人諫浙燈，開局公然稱應奉。民間竹樹稍葱蘢，健卒窺覘直入雄。抉墻撤屋不敢惜，護視尤恐傷黄封。日役萬夫意不足，太湖求石如取玉。礪斧聲疑赭洞庭，引維勢訝傾林屋。汴淮千里舳艫開，柁長篙師恣擊豗。轉漕大帥怵不問，行避花石頭綱來。萬歲經營山益峻，比隆方嶽更名艮。閣外開江號景龍，嶽之北麓俯景龍江。樓前立岫題神運。山巔立石，高廣數丈，號曰昭功敷慶神運石。第一峰高高入雲，中開二嶺介亭分。㞑廊香館弗知數，御記曲折存厓垠。劇憐六載工斯蕆，未得三年春宴展。方臘纔平粘罕來，歐刀僅及誅攸勔。東南貼婦賣兒錢，血指開鑱露骭牽。礮車事亟且發用，遑辨天筆曾磨鐫。牟駝岡騎猛如火，席捲珍奇肆頤朵。盆山渚嶼景蒼然，亦付牛馱與氈裹。攫取終爲不急需，有時委棄復泥塗。後來磊磊河中石，重感行人范石湖。范成大詩『誰憐磊磊河中石，曾上君王萬歲山』。我今訪古城東北，認取昆明劫灰黑。不及繁臺尚有基，那如鐵塔長留色。瑶草金芝一律空，荒寒更甚景陽宫。祇聞異代瓊華島，青峭猶餘舊數峰。今大内西苑瓊華島，金元遺構，相傳猶艮嶽石云。

漢京篇

漢京甲第連雲起，將作經營雙闕擬。不屬功臣丙魏家，亦非戚畹金張里。獨立夫君玉一枝，錦褕貂帽奉恩時。越山孔翠歧山鳳，盡道雄飛麗勝雌。恨無官職酬卿面，金彈銅山都鄙賤。竟册三公衆莫驚，天言彷彿聞堯禪。七十老翁何所求，迎門避席博山侯。佞魁豈在安昌下，請劍無人繼阿遊。丹青將相顔俱俯，粉黛嬪嬙色如土。門客紛教用水衡，家奴慣喜騰哮虎。謹媚常邀斷袖憐，未央元會壓班聯。中朝司馬年何少，謾詡單于是大賢。

西華葉明府期頤**癸卯、戊申、己酉三校省闈，解首皆出其門。有徵詩以紀之者，因書其後**

靈珀乃拾芥，精鐵常緣磁。感通由氣類，目論徒然疑。多君入瑣闈，連掇三瓊枝。舉觴爲君賀，相屬侑以詩。我讀斯編三歎起，頋廣門墻數君子。不有文章功業傳，狀頭亦是常人耳。河聲嶽色滿中州，神降常居第一流。請無溯遠且徵近，兼弗遍舉推其尤。堂堂湯文正，凛凛張清恪。抗顔一代作儒宗，攬轡千秋立臣蘐。先後單車撫我吴，吴民淚甚羊碑落。借君酒，瀝君樽。一言重揖三解元，科名偶至奚足論？鄉先生迹猶具存，勉以樹立光師門。

畿南行

畿南積旱今尤酷，乞食車前常滿目。我來寂不見一人，身涷魂殭難出屋。大發神倉六十萬，湛恩足滿羸黎願。長吏如能善奉行，窮檐定免生咨怨。一語還當告憲司，不須查濫只查遺。官糧有放毋遲放，如此天寒最畏飢。

題趙恭毅公《世德詩》後

吾鄉輩有名臣出，勁節清風誰第一？同聲首舉趙尚書，面目嚴霜心皎日。起家作宰古循良，元魯山乎何益昌。異政不勝惇史紀，頌聲偏讓部民詳。當公崛起藩於越，越官生愁越民悅。遂專繡斧建高牙，微惜功施纔九月。九月功施無惜短，盡祛貪虐扶良善。到海應無銜石禽，入鄉絕少驚人犬。項生濬宿感登龍義，綴葺能言告來禩。卑凡椽筆與貞珉，離合吴興一千字。雅令真宜黄絹題，天成如出璇璣製。曝書亭老首摩挲，天禄諸公跋詠多。四世清華兼膴仕，文孫句更似陰何。謂味辛舍人。卷中善禱言皆驗，自葉流根澤匪他。按生此詩讀公傳，頌公僅得公之半。我欲南行問楚謡，合成雙璧懸霄漢。老拜司徒名益重，邦人楚越安能頌？汲黯來前頓改容，九齡趨出時遥送。執法常呵廷尉當，守官弗借親王俸。記注應存載筆難，默留不朽人心共。中朝達官徒婛婀，鑒此能弗慚顔酡！復思用公如不蚤，恐公亦以清郎老。以人事君能幾人，黄金合鑄李榕村。

靈藥篇

人參精與搖光通，昔推上黨今遼東。地靈默隨王氣轉，用合真有回天功。四方價購尊耆术，銖兩相當逾百笏。貪夫競利身命輕，願得投官備刨掘。官許充夫先責狀，攬頭具保登紅檔。給票還聞借整裝，卡倫層驗挨名放。年年四月入山來，滿眼蓬蒿雜草萊。獨身藺足走千里，曉夕望氣尋根荄。登高乍見三椏短，疾走而前睛不轉。回頭但一少低迷，如入桃源棹空返。矍然得寶寂無聲，遠覓幽厓自煮蒸。焙乾祕瘞作私記，恐被攫取遭奇胠。山中亦有時祲惡，貏貐封狼擇人肉。出山九月集刨夫，物故瘡痍十全六。偶然額外富餘參，縱博狂饕百不禁。衣裘立盡復露骭，恃有來歲仍揮金。人迷參棄歸蟲腐，人返參瀛仍祟主。登萊歲至動千夫，先後參山山下土。百方採參參日稀，百計苛夫夫日疲。掉頭莫肯應官募，惟恃稱貸爲羈縻。吉林刀布饒閭左，近值連年燬於火。參稀復窘採參資，舉步先愁缺裝裹。但聞官借未官償，參票年窩幾百張。參票無人承領者，謂之窩票。賦夫不足向夫購，變計乃復謀諸商。官與夫商俱困憊，交參秤倍收參大。茶庫千金論贈遺，貴遊別索文貂褂。重購充官力已殫，那堪例外費紛紜。若非虧帑將焉出，此義何人敢直陳？止沸添薪堪一噱，更思刨採驅耕作。主計惟營目睫謀，將軍竟鑄恒河錯。群情弗順謗聲喧，洶洶如疑叩九閽。幕府始驚前計失，亟追票返息民言。民言雖息飛章至，詔書嚴切將深治。獄具猶稱用法平，挪移得免論奸利。額票雖裁缺帑賠，究無良策善將來。仙山應悔生靈藥，本爲長年乃作災！

好還行

長蛇吞蛙恣腹貪，道遇蝍蛆爲所甘。螳螂攫蟬逞臂怒，旁有黄雀隨而捕。反覆尤徵仕宦間，後人專索前人瘢。一時聊復取快意，天道那知却好還。君不見三鹺政，遞訐陰私互機穽。戟手飛章僅換名，囊頭請室猶題姓。又不見某給事，毒螫傷人常不止。人莫誰何徒切齒，白首終令食厥子。

爲馮玉圃同年給諫培題《種竹圖》

軟紅十丈塵如撲，能得閑中幾休沐？東華歸客滌煩襟，憑仗檀欒百竿竹。夫君風味此君宜，直節虚中兩有之。愛拂青瑶供展簟，擬排緑玉當編籬。鴉鋤戍削長鑱便，指點坨南坨北遍。親課奴僮荷且栽，成林計畝心無倦。修影當窗漸戛天，琴聲嘯旨泠然善。結侶應空凡鳥卑，彈文肯到甘蕉賤？揭來僦宅遷高爽，時將移居。新徑知難移竹往。重煩畫手寫新圖，咄唶平生勤護養。豈識先生本寓言，琅玕只在胸中長。是人是竹總嵚奇，平視王猷揖阮嵇。開卷聽然思泚筆，喜無俗客一留題。

盤山法藏寺古松歌

盤山之奇奇以松，石髓灌漬雲漿封。養成蒼翠出塵表，頂蟠幹曲無凡容。看遍巖前松萬本，將爲群松定神品。前遊告我法藏松，謂方葆巖前輩。山後逶迤數盤近，聞言逸興若雲孤。不惜千錢覓笋輿，沿緣佶屈廿餘里。所見略盡山容癯，暗泉伏澗響滴瀝。怪石矗嶺形魁梧，雙峰寺前兩嘉樹，一若垂腰一高步。俯仰渾疑橋梓同，交柯直訝根荄互。撫此雙松已絶奇，衣冠甚偉綺園姿。人言黄石鬚眉古，商皓猶當愧紫芝。到門未即然前語，入寺驚心心乃許。慈仁戒壇松各奇，盡使顔騂首低俯。量松之幹不在高，出地礧砢堆瓠匏。步松之蔭不在廣，放意盤拏走魑魎。一枝中斷忽旁茁，章草縱横釵股折。一枝皮裂復生鱗，畫幛淋漓鼠尾皴。最奇一枝俯亞地，石柱支撑恐顛墜。陡然向上作之而，終展凌雲千丈勢。觀茲起伏重摩挲，節節螺旋更蛇蜕。巧揉力搏誰所爲？以理推求轉茫昧。此樹能專衆壑青，固宜憑式有神靈。山僧示夢成呵護，語怪無訾智朴經。事見《盤山志》。峰高寺僻途深窈，過客何心乘興少！古亭高峙與松齊，巨石鑴鑱仰宸藻。歸來高語傲班行，更作長歌寫老蒼。座上有人增悵惘，舊曾匝月此齎糧。在坐有住山彌月未知此松者。

友人齋中觀文魚偕馮玉圃作

主人愛魚如愛花，佳種不惜兼金賒。主人好魚如好色，遠求豈憚千絲結？積年手飼文彩殊，暇輒招延客曳裾。入門盆盎列數百，水面蜀錦吴綾鋪。丹如砂點宫人臂，白若銀流國工器。碧似山蒸雨後雲，金疑日耀沙間麗。交錯鴛鴦機上痕，斑斕玳瑁梁間意。或獅其首虎其睛，或鮦其尾鱣其形。尾大雙飛墨蝴蝶，鬐長四出紅蜻蜓。就中一頭尤偉腯，驅率群醜如使令。他魚噞喁盡俯貫，若識輩行尊年齡。坐上同聲歎觀止，主人何術能臻此？祝雞臂鷂有專能，養魚自要通魚理。能求所嗜哺嗜之，僅得其麤何但爾。下清積垢上除塵，不取川甘取井泚。近爲蔭板遠簾衣，既護曦蒸避雨灑。腹或成痿簪作砭，背如見疹鹽爲洗。晨編棘刺禦睪尼，夜警鈴聲逐猧子。不辭十鎰聘魚師，更出餘緡覓奴使。辛勤愛養將廿年，博得來觀客顔喜。吾聞養民適其性，養士盡其材區區。飼魚雖小道，擴之足以育九垓。我非魚，子非我，迴易觀之無不可。分手悠然各會心，弗負相將片時坐。

韞山堂詩集　卷五

五言律詩上

遊子

遊子當朝發，春潮促去帆。臨門雙白髮，倚棹一青衫。踴躍頻相慰，酸辛强自銜。京華非遠道，况復繼書緘。

客路

客路風光好，孤懷祇自知。何當送春節，忽起故園思。井臼三年婦，桑蓬百日兒。可能娱白髮，弗復計歸期？

秦郵晚泊

水面一城浮，城邊蘆荻洲。笛聲初入月，湖氣欲成秋。到眼魚龍窟，關心鴻雁愁。微波動蘋末，疑是汜人遊。

送外舅張恕堂先生景超之官山左

亦作自崖返，慚予甥館親。北風隨瘦馬，東國得詩人。升斗奚輕就，蹉跎竟爲貧。且宜勤束帶，五柳但荒濱。

留别周三宿航

既放猶狂喜，青雲有阿繩。宿航小字，時魁京兆。比予家更落，似爾骨應騰。明歲繁臺賞，余將赴汴。相望雁塔登。分飛亦共命，何事羡迦陵！

附宿航送別之作

三都才譽動星辰，綵筆論交意氣新。此日明珠逢未嫁，暫時金綫爲他人。吹臺高李登臨遍，梁苑鄒枚著作頻。我滯京華少相識，夢魂先越大河津。

冬日曉行

北風連夜勁，强起理行裝。曉日寒於月，空煙併作霜。車形同簿笨，鈴語恰郎當。漸漸朝炊近，前村有賣漿。

廣武

漢祖收秦鹿，登臨想大風。五年成帝業，豎子亦英雄。老阮何爲者，長歎意未窮。直應羞魏晋，並不薄重瞳。

盧孝子挽詞有序

孝子名立沅，鈍齋學士第三子，幼失明，有至性。母曹宜人没，奮身擲地，慟不欲生，曰：『兩兄賢，能侍父。沅廢人也，從母地下足矣。』竟以毁卒。

死孝原非古，萱萎一慟時。祇因傷篤疾，不得報恩私。努力兄娱父，椎心母待兒。聞風還作酹，炯炯夜臺知。

尚有嚴君在，凄然每示予。玉笙經手製，石笛愛心虚。孝子雅好音樂，雖瞽而能手自點笙。學士又出其平時所弄石笛相示。肫摯根天性，聰明及緒餘。白頭思子淚，棖觸幾盈裾。

春日登吹臺

大梁遊一載，日日逐塵埃。偶爾乘春興，超然上古臺。河聲連岸起，塔勢枕城開。歸路夷門近，臨風自溯洄。

尚憶

尚憶明湖水，棲遲及六旬。他鄉初抱子，易地轉思親。白髮門閭遠，黄昏倚望頻。中州仍藹足，三處各沾巾。

臨汝温湯

華清宫未起，臨汝有名稱。白玉欄雖廢，丹砂氣尚蒸。村貧家不火，地僻古無冰。亦冒金輪辱，千秋滌未能。

雪後至鄭州訪宿航

美人住東里，歲暮起遥情。客向春前至，詩從雪後清。襟期同藴藉，意氣各縱横。却笑山陰棹，空爲訪戴行。

附宿航答詩

入門同一笑，今夕且高歌。下客年皆壯，他鄉會轉多。春光浮綺甸，雪影照黄河。振策梁園路，奚囊貯幾何？

趵突泉

渴馬厓前水，奔騰勢忽收。伏行五十里，崛起復東流。遂使奇觀湧，真堪盡日留。二堂猶有記，子固守齊州。

東遊寄宿航

東遊不得意，棖觸日紛紛。除却慈闈夢，相思便及君。弗辭通尺素，兼望致高文。左海同爲客，原非隔暮雲。

嶧州留別宿航暨許二樸齋承志

迢遞梁園月，參差燕市塵。五年將萬里，一室復三人。又作孤篷別，難忘異地親。明朝下相路，煙水正含顰。

登北固山

不夜檣帆静，風高木末樓。離心古揚子，勝概南徐州。寺尚齊梁建，江從楚蜀流。千秋與萬里，並入望中愁。

偕王大蘭洲朝鼎**遊鶴林寺**

何處鶴林寺，夕陽迴遠峰。到門殊寂寞，不見十三松。逸興懷支遁，忘形得嗣宗。坐來聞梵放，風外一聲鐘。

燕子磯晚泊

何年石燕子，飛落白門前。欲上磯頭望，空江正暮煙。挑燈吟漢史，酌酒倚吴船。不覺高歌發，寒潮爲颯然。

江上有懷

江城積雨後，落日半山銜。新漲忽平閣，遠舟惟見帆。有懷千里別，幾月一書緘。離思如青草，迢迢不可芟。

寄懷史三右張次星

落拓東門子，狂名遍里閭。目無程不識，心慕藺相如。白屋誰知己，長歌足起予。才人須學道，爲爾一躊躇。

寄懷趙大味辛懷玉

秀句歸寒餓，論交意自新。豈知生貴介，還復有斯人。卷帙無時釋，波瀾爾許新。一尊何日共？披豁見吾真。

寄懷宿航

最有依人況，惟應爾我知。客深真氣盡，坐老歲華馳。談笑分庭日，悲涼顧影時。頭顱各三十，飄泊竟何爲？

附宿航答詩

駒景過三十，余生漸可疑。九秋同濩落，千里各奔馳。努力持青鬢，全身托素絲。江湖知己在，志事話天涯。

寄懷家松厓叔

遂有蓬瀛貴，能爲族姓榮。人皆羨科第，我獨重平生。孟博澄清志，希文憂樂情。眼中徒肉食，衮衮人公卿。

寄懷王大蘭洲

念我同袍友，幽居足響跫。寒暄無暇問，菽水可能供？歲暮尋歸棹，江干罄闔悰。朋遊鄉國滿，强半歎尸饔。

三十

三十堂堂去，平生空自期。學因逢世淺，志爲養親卑。見道猶非晚，依人大可知。赭圻居一載，投分是江蘺。

讀史

玉壘初回蹕，空言日月新。凄凉供奉曲，寂寞寢門塵。李嶠真才子，平原古大臣。傷心鸚鵡問，愧爾立朝人。

手詔封金匱，僉名臣普同。竟幽吴季子，不屬宋殤公。燭影疑誠過，封章事豈忠？如聞粘罕語，猶有大臣風。

重九登識舟亭

九日古亭幽，憑襟最上頭。鐘聲蕭寺午，帆影楚江秋。霜信交楓岸，離心滿荻洲。沈郎吟興減，猶自遠工愁。

久不得家書

天際澄江練，滔滔正入吴。客帆三日達，鄉信一秋無。但使平安在，何辭問省紆？離親翻爲養，羨爾夜歸烏。

得家信

歸夢輕千里，鄉心渺十旬。信來情轉怯，讀罷感重新。婚嫁憐諸弟，艱難萃老親。寸腸迴日九，脈脈與誰申！

渡河

春風吹旅夢，幾日别揚州。但過黄河岸，能令客子愁。入舟方脱帽，躍馬遽披裘。一綫崑崙水，真疑劃地流。

泰岱

嶽色連蒼表，盤雲四十重。如聞天下小，真作萬山宗。邃谷無藏檢，懸厓有賜松。祥符千載後，更不侈東封。

與李大經亭華國共載口占

不作告勞語，憐君淡蕩胸。馬蹄争午健，樹色到村濃。共貰旗亭酒，閑尋古寺鐘。興來揮灑遍，擲筆任塵封。

福山道中觀海

驅車過傑閣，未上望蓬萊。不覺前山轉，茫然萬里開。清光涵蜃貝，盛氣挾風雷。綺歲思遊迹，曾親破浪來。余十五六時曾於粤東渡海。

旅夜口占示序東弟世鏞

十載孤飛雁，天涯幾失群。對床欣有弟，下筆况能文。客路分流水，人情覆手雲。慎旃行役始，明發自前聞。

南樓

古意颯然滿，閉關將已秋。登臨懷老杜，風雨一南樓。海岱長如此，斯人得再不？自來聞魯酒，聊復取銷憂。

聞鄉中積潦

去歲田生魃，今春釜有魚。驚心頻客夢，告急祇鄉書。菽水家何恃，芎藭橐又虚。東南民力竭，不獨爲吾廬。

喜許二樸齋見過

盡此一樽酒，歡然逢故人。交情從別厚，鄉語入宵真。身世皆多故，艱難各重陳。前期燕市月，未厭款門頻。

己丑歸里途中作

弟兄同去國，而我獨歸廬。忍淚辭羈櫬，何言慰倚閭。關河冰雪滿，骨肉死生餘。逆恐登堂日，傷心甚報書。

題《松厓圖》，即送叔服閿北上

慈姥磯頭淚，三年灑暮潮。艤舟亭畔月，又照別魂銷。世論推前席，心期矢後凋。報劉無恨短，風節始還朝。

庚寅應京兆試被落，謁劉石渠先生經傳

東南桃李盛，並作一門春。是歲閱南卷者，先生得人最盛。豈謂憐才意，偏於失路人。賣珠常售櫝，救爨已成薪。轉覺心無恨，初逢知己真。

過樸齋寓齋

每過春明宅，流連不出城。對床多快客，繞屋是鄉聲。小集杯盤錯，深談河漢傾。連雲多大厦，半刺不曾輕。

季父無妄被逮，馳省江寧，詩以奉慰

賃廡爲吴客，焚巢作楚囚。覆盆幾莫白，脱梏亦何求！澤賴先人庇，恩當長者酬。自憐歸較晚，不及槖饘謀。

欒城謁漢將軍趙順平侯祠

但説横身膽，遺公智略全。從亡滕太僕，擇主馬文淵。圖畫虚前史，風雲自百年。東征獨有諫，忠告武侯先。

嵇侍中祠

身衛皇輿覆，孤臣命至微。猶令庸主意，能惜侍中衣。板蕩時方極，艱貞古所稀。無疑蓼莪淚，忠孝亦同歸。

新安

新安城斗大，直上據山陲。降鬼從秦哭，雄關自漢移。猶傳門積鐵，不解澗名磁。鐵門、磁澗，俱新安地名。第一西來隘，車行始覺危。

潼關

函谷西來險，重關復此過。門開揖華嶽，崖斷見黄河。覽古雄圖在，論兵失計多。但休輕一戰，群盗敢誰何。

紀將軍祠

將軍斯漢傑，遺烈在滎陽。死不矜奇計，封何藉什方。軍中呼萬歲，天上免真王。太息鍾離昧，無因救羽亡。

楊太尉墓

夕陽亭下語，生氣至今存。束髪窺公傳，單車拜墓門。三魚貽講席，《集古録·楊太尉碑》云『貽我三魚，以章懿德』。大鳥奠忠魂。累世餘清德，還聞强項孫。

寇萊公祠

一奮澶淵役，中原起積衰。曳衣還帝座，對奕擁軍麾。倖免南遷禍，翻論孤注危。十年華下隱，光傳讀何遲？

和張東畬應均《留别》原韻

翔鶴堂東月，窺人十四年。壬午秋杪，與東畬共榻於錢文敏公故居之翔鶴堂左側。重遊失華屋，獨宦到窮邊。柱笏琴臺側，彈冠石鏡前。此行應計日，庭樹指君還。

和錢竹初《見菊》原韻

對君如對菊，瘦影傲霜辰。近有朱門信，將辭細路塵。清才真國士，晚節幾完人？他日華筵爛，容予折角巾。

仿元人詠物八首①

焦桐

生平知己淚，點點落青琴。已分摧燒盡，何期護惜深。愛才千古意，免患百年心。憔悴横前席，爲君揚素音。

【校記】

① 此組詩《鳴秋合籟》皆收。

蠹簡

壞壁無多字，重教蠹蝕殘。家争傳薛鼓，市枉購冬官。斷爛精靈聚，昌明氣象千。通仙虚脈望，一例案螢乾。

舊劍

本是龍淵侶，隨身櫑具裝。近年無斷割，相視失精鋩。鶒血虛塗手，魚文自繡腸。不平應積久①，鳴動匣中霜。

【校記】

① 不平應積久：《鳴秋合籟》作「似聞新詔索」。

塵鏡

舉目知相愛，無如鏡裏顔①。恐傷遊子意，不顯鬢毛斑②。拂拭真多事，窺尋了不關。精明徒物役，守黑自高閒。

【校記】

① 舉目知相愛，無如鏡裏顔：《鳴秋合籟》作「鏡裏年華改，相逢非故顔」。 ② 不顯：《鳴秋合籟》作「肯告」。

破硯

古硯非秦璽，驚收一擲餘。春星迸自落，秋雨逗方疏。掇拾仍宜墨，摩挲更著書。半規鸜鴿眼，青入夜窗虛。

斷碑

數行餘左倚，四字損天流。儘有書淫侶，珍同善本收。蛟鼉何代斫，霹靂到今愁。石鼓還成臼，寧論繭紙留。

殘樽

送客陽關路①，逢人劇孟家。青山容易暮，紅燭不知斜。看劍心猶烈，聽歌興尚賒。再留書數頁②，斟酌鼓三撾。

【校記】

①路：《鳴秋合籟》作「道」。　②頁：《鳴秋合籟》作「帙」。

敝裘

一領衝寒具，多年已在身。風塵猶故我，霜雪有歸人。難取相如酒，差强翁子薪。怪來常不暖，五月擁垂綸。

送楊六士表弟

與子稱盧李，移居况比鄰。葭莩三世舊，楊柳兩家春。白髮心同遠，青山夢獨真。一墻愁笑隔，棖觸未歸人。

陸陌弔周孝侯

一從辭老父，折節竟登壇。義烈先嵇紹，功名後孟觀。受成朝議失，含憤死綏難。較勝華亭淚，忠魂異代看。

渾咸寧祠

奉天西幸日，倉卒倚孤城。對泣陪行幄，張拳艾賊旌。還兵段太尉，傳檄李西平。烈烈三忠並，難公血戰成。

狄梁公墓

社稷唐三百，綿延恃一身。乾侯終返魯，玉璽不歸新。元老衣冠閟，天皇弓劍鄰。受遺皆將相，李勣爾何人。

秋柳和曼亭

灞岸千楊柳，秋來繫客思。修眉如已老，青眼不逢時。自足蕭疏意，無增摇落悲。明年花事勤，先緑最高枝。

咸陽度渭橋

四達咸陽道，三橋跨渭開。波濤猶禹績，宫闕已秦灰。上下帆檣織，昏朝車馬催。遥思唐史上，免胄令公來。

漢壽侯墓

千古尊王義，如公何愧焉。惜當授命日，不待武擔年。統尚遲居正，書難予節全。獨留生氣勃，於赫到靈筵。

李義山故居

一卷《樊南集》，何人與細論？杜韓崇北面，筠億誤西崑。朝議堅持黨，人才棄佐藩。飄零書記暇，遠採玉溪蓀。

保定途中遇雪

盡臘長無雪，今朝披氅行。人來玉京近，天助錦囊清。村静孤煙上，林昏去鳥明。更期風日好，留眼看新晴。

奉外祖母楊孺人遺櫬赴京合葬

孀僑將四紀，淺土復多年。孤子悲朝露，蛉孫歎逝川。恩勤推自出，骨肉豈能先！節縮酬慈願，應憐用意專。

羊坊店上外氏先人冢

便門西八里，外氏有高原。每具雞豚祭，來披霜露繁。禄能干日下，業或托橋門。世世無忘此，留題勖子孫。

西湖

湖光如静女，山色擬高人。相望非千里，淹留僅二旬。到時花尚早，别後月方新。何日乘單舸，重來理釣緡。

小艇煙中出，疏鐘暝際聞。轉憐風雨悄，暫息綺羅紛。持節劉公幹，退谷户部。牽絲錢仲文。竹初明府。一樽成主客，先酹兩高雲。

送吕叔訥星垣旋里，次盧存齋太守崧元韻

三十顔初抗，生徒近百人。稱詩大河北，講學古漳濱。杞菊歸將母，松楸遠葬親。莫虚賢守意，來及雀臺春。

寄莊生達吉兼柬其尊甫虚庵

有客丹山至，攜來雛鳳聲。崔生雲客至汴，見其笈中送行作有冬郎老成之風。羽毛雖未滿，骨韻已能清。勉竟青箱學，期成綺歲名。蛾眉與猿臂，阿父白頭情。唐温憲登第後，述其父飛卿不遇有云『蛾眉見疾，明妃爲去國之人；猿臂自傷，李廣乃不侯之將』。

寄懷董三春臺熙

反覆思前事，非無效徙薪。若狂終滅頂，臨法得全身。絶域同寒雀，餘年是幸民。交期應未盡，有日赦流人。

題《傳箋圖》爲表弟蔣醉峰和作

醉峰母汪孺人曾以扇乞其舅拙老人諱蘅，字湘帆書，書後，極稱婦之賢孝。醉峰生未識其大父，汪孺人臨没，以扇賜之，醉峰爲圖以志。

一握迎凉箑，開椷涕不禁。病翁諄復意，賢母護持心。再世音徽遠，隨身歲月深。慇孫傳筆力，非止擅哀吟。

昔聞君大父，手寫十三經。業已登中祕，無由識典型。細書留便面，瑣事述家庭。慈孝油然作，還令我眼青。

奉贈湯丈賓鷺修業

强記諳亡篋，精心辨誤屏。代讐天禄閣，仍列少微星。薄俗頭銜貴，名場袖刺靈。只餘諸宿老，相見眼終青。

千叟宴恭紀六首

詄蕩千門啟，逶迤三殿通。相隨靈壽杖，應詔未央宫。領席臺司在，分行騎士同。方知至尊近，貴賤等呼嵩。

福疇崇聖祖，皇帝又過焉。紀壽庚寅始，覃禧乙巳駢。曾來同五世，鮐耇廣三千。自愧爲郎賤，無文敢頌天。

此日瓊筵上，相看少黑頭。義軒當黼座，園綺侍龍樓。法膳逡巡飫，仙醴次第酬。真疑壽人國，不復隔瀛洲。

縠日開佳宴，歡聲動帝都。衣冠多古偉，顏幹半脩臞。内鏹頒瓊庫，珍餈出御厨。禮成銜謝出，各有子孫扶。

聖朝崇壽讌，元老半皤皤。禮逮烝徒賤，恩緣豐鎬多。光華真就日，氣象想遊河。授簡慚難賦，猶能擊壤歌。

人海車聲動，三千集燕毛。紫芝同貌古，黄鶴與年高。朵殿新扶杖，雄邊舊帶刀。拜恩猶意氣，精悍見眉毫。

贈錢明府竹初

竹色荷香外，惟君足起予。吏兼仙佛隱，藝絶畫詩書。山寺評泉處，湖樓聽雨餘。自憐勞物役，幾日得相於？

贈曼亭，時由順慶守左遷杭州别駕，並柬浣青表妹二首

繐幰去褎斜，深愁聚首賒。遷除同泛梗，作合是靈槎。杯茗談逾洽，盤飧飯有加。無疑來往數，舊日伯通家。

别有銜恩處，三年禮待殊。茶湯躬點淪，藥物手圭爐。名理劉三妹，閨型曹大姑。良言勞見勖，清白肯輕渝？

贈錢野余伯坰

夫君老布衣，落落任天機。碧海閑鷗泛，空山獨鶴飛。眉間精悍在，酒後激昂非。不律操三寸，煙雲

脱手揮。

舟過丹徒哭王大蘭洲

善愁君特甚，苦諫我平時。骨肉偏多故，摧傷遂不支。先亡同穴婦，復少克家兒。舊侶山濤在，難將心計施。

重宿半程感事，寄呈曹竹墟司農文埴

昨備司農掾，從公駐使車。僕人偶不戒，行館倏爲墟。力奮身厪免，瘡深瘢尚餘。重來分痛地，驚定賀還徐。

次韻奉答曼亭

寄語崔斯立，升沉且任天。官雖慚退羽，心不折驚弦。彤管金閨擅，青雲玉樹偏。儘堪消左宦，况甫入中年。

傷足

一時占履錯，兩月廢朝參。幾被蕭同笑，深懷樂正慚。私門毋妄托，捷徑肯輕探？未失平生足，完人故尚堪。

東邵楚帆同年自昌　時同奉使楚北。

盡日趨程共，翻令相見稀。僕才時利鈍，馬力互强微。客枕匆匆索，行杯草草揮。夜深時步訪，還似款荆扉。

雪後

皎日不融雪，嚴風吹漸乾。纖塵渾未起，餘潔儘容看。得酒顔朱發，披裘腋毳完。老親殘夢裏，猶念

客衣單。

正定使館觀唐人王士則所書《清河郡王頌德碑》

頌德難深考，懸知無愧詞。撝呵應有物，屹立尚如斯。雄偉窺前迹，精堅識古規。一碑關識小，匪止爲搜奇。

鞏亳道中

鞏亳天中接，丘陵地險當。交衢全入谷，夾道幾重墻。騶騎行惟貫，鋒車軌不方。前頭虎牢近，三代已嚴疆。

奉隨大司馬慶桂公、少司農汪公承霈楚北讞事

知己風期洽，虛懷禮數寬。曾無長官意，直作幕僚看。平恕心常體，精詳獄迺完。不辭勞怨獨，期息後波瀾。

讞事已竣口號

詔獄憑詢衆，封軺枉入鄉。豈真人嘿塞，已轉歲豐穰。墨吏寬西市，奸胥畀遠方。且留欄具劍，再得問豺狼。

比干墓

親是先王弟，尊爲天子師。耳充長罔念，心剖竟何施？封墓憑公旦，題碑待孔尼。從來表忠烈，未有此文詞。

韞山堂詩集　卷六

五言律詩下

戊申元夕

不識今元夜，征車尚在坰。葦棚紛士女，綵幄賽神靈。預戒傳呼淺，毋令笑語停。燈光時斂焰，依約避寒星。

避暑山莊

近塞開行殿，時巡儼上都。共球典屬國，儀衛執金吾。將習三秋獮，先頒萬壽酺。當筵仍視草，執政屢階趨。

古北口

直北纔三宿，秦城扼大坰。烽煙銷古戍，苔蘚剔殘銘。關勢天然險，山光分外青。雄邊今腹地，翠輦歲重經。

松厓叔新膺漕帥之命，寄呈二律

轉餉蕭何績，籌漕劉晏才。軍雄兼八道，帥貴應三臺。驄馬周巡久，冰壺衆望推。面申開府讓，帝曰往欽哉。

先屏苞苴路，旋清耗蠹源。丁情紓有象，官謗息無言。調劑心恒苦，申嚴令最尊。清江風節並，謂楊清恪。時會更難論。

絶域時安南、巴勒布俱新款附

絶域西南徼，頻聞蠻觸攻。使車乘驛問，軍報刺閨通。悔罪聲靈赫，包荒天地公。自深民力慶，豈畏遠從戎？

連按江陵、沅陵二獄

楚民多健詐，兩讞悉無徵。横以私嫌積，平將大獄興。術雖參摘距，道自用哀矜。流放囚無恨，非專峻法懲。

喜董三惠疇思駉**成進士**

董生賦不遇，頻歲弗窺園。及此登高第，於時無間言。今文雖小道，海内少專門。急舉君爲勸，韓方緒或存。謂韓尚書葵、方學士苞。

使節

使節發燕京，封軺候吏迎。省中題柱客，闕下棄繻生。屢讞登聞獄，常持廷尉平。歸來爲母壽，色喜進罍觥。

從駕札什倫布及布達賴廟

行殿西南接，琳宫焕若霞。制存唐古忒，教重八思巴。法鼓懸人骨，天香供佛牙。柔徠有深意，非是奉畸邪。

哭侄學沂並慰衡若弟世銓

夜視何嘗起，深慚第五倫。疾如瘳匪易，年痛奪何頻！重念嫌身客，弟方下第。兼爲哭子人。寄聲行自愛，力慰白頭親。

獮事將畢口占

决拾學從禽，揚鞭逐羽林。離人帶邊色，倦馬動歸心。詰武垂型遠，忘勞志戒深。腐儒纔見睫，慎莫擬虞箴。

靈巖寺

一徑煙羅護，層阿翠柏遮。行宮開鷲嶺，直被宿蜂衙。石厂深如屋，泉樽淺類窪。祝釐諸父老，争看鐵袈裟。

登岱

探嶽必及半，方知氣象深。群山皆拱伏，萬乘幾登臨。石作青天色，泉流太古音。還期風雨夕，雲上一憑襟。

賀洪穉存登第

才士論場屋，常艱針芥投。僻書驚枉西，難字誤盱盩。賴有宗工出，能遺迹象求。終爲學古勸，潘鬢亦將秋。

聞錢竹初引疾旋里却寄

七品歸田吏，多披萬卷書。昔人官至貴，常羨弗能如。韓慕廬宗伯嘗謂人曰：『吾貴爲尚書，豈若秀水朱十以七品官歸田，多讀萬卷書哉！』。我友才尤雅，新來服返初。較量朱秀水，青鬢未蕭疏。

寄懷徐惕庵太守大榕

執法同張敞，狂言類灌夫。横羅圜土縶，冤分玉關逾。自訴登聞鼓，重還守郡符。稍宜懲往轍，學道是良圖。

晤莊大虛庵

醉裏談官況，如聞勞者歌。騎危難下獸，拊翼忍操戈。焰息誣旋白，遷遲得較多。自茲容展驥，莫遽歎蹉跎。時遷興安別駕。

臨淮關南總鋪汛，衡若弟分路至鳳陽，口占與別

莫忘分襟地，淮干廿里餘。郵籤通楚粵，道堠合揚徐。折柳條方短，探梅萼未舒。兩年同命鳥，忽又異巢居。

奉先恭人歸葬後，赴汴州佐幕

寸草心亡盡，高原眼汁枯。可憐饘粥口，猶藉四方餬。冒經從參幕，含辛任削觚。差勝袁彥道，易服佐摴蒱。

中州使院即事

幾日少封題，庭花落滿蹊。雄開新幕府，寂並古招提。一榻專留穉，當關且置嵇。篋中冰雪卷，坐起手常攜。

寄示兒子學洛

吾族雖云敝，家聲尚有聞。自余前八葉，教子總能文。緒遠傳逾重，丁單責孰分？瞿然思負荷，莫枉析薪勤。

汴梁懷古

天水昇平日，東京舊帝州。鶯花迷艮嶽，燈火艷樊樓。豈意華胥夢，橫當滄海流。伽藍猶故物，劫外巋然留。

青棠

八尺青棠樹，低枝倚檻斜。知時昏旦葉，耐久夏秋花。碎影疑經翦，微香欲透紗。他年期蔭畝，弗負譽爲嘉。

觀棋

進取全無術，機心已久虛。閑從二客後，坐閱一枰餘。攻守精能敵，成虧幻劫如。觀空惟袖手，肯著意相於？

寄呈家松厓漕督二首

鐃吹淮堧集，籩錪候館陳。曲垂諸父誼，來啗鮮民身。防護煩麾吏，經營助俸緡。受恩寧一己，銜感代吾親。

聞道東南漕，頻年起色加。健帆趨析木，新水足桃花。早喜京儲裕，時蒙天語嘉。丁貧非一日，籌筆獨長嗟。

詠蘋婆果

果中香色味，第一荔枝丸。此品真流亞，猶當三絕看。芳津求齒外，秀緑上眉端。不解相思意，佛書，『蘋婆』即相思之義。焉能保歲寒？

負土

負土謀初就，仍爲飢所驅。義推金革借，事與掾僚殊。苴絰存衷服，漣洏在枕隅。三年甘塊獨，不一面妻孥。

詠木瓜

圓橢蒙瓜號，堅貞與木俱。誦詩期永好，行禮見苞苴。香覺餐宜口，黄含澤在膚。物微清節見，使院一盤無。

寄周宿航京師，時將至黔中平遠州刺使任

僂指十年别，驚心萬里行。何當憚修阻，不一敘平生。茂苑鄒裾老，高臺曠律清。昔遊應在念，重以故人情。

每聞荒遠地，文教古賢開。近日邊臣重，非同遷客來。菑畬經作訓，斵削雅爲材。心寄龍場驛，同君酹一杯。

附宿航答詩

奉檄來京國，嚴程敢憚行。窮邊非逐客，奇疾是餘生。小築塵難到，假館讀雪山房。郎君雪比清。殷勤通父志，豈復世人情。

見説依王儉，夷山幕府開。十年分手處，千里報章來。多感符書暇，時憐蒲柳材。晤言知不遠，數舉故人杯。

阻風河上

盡日黄河岸，牽船莫問津。風狂能黯日，浪濁不收塵。忠信捫何負，冰淵念自振。涉川知未利，少重待時身。

成都將軍參贊科爾喀軍事奎林公挽詞

徼外亡良將，朝端少虎臣。登壇從束髮，裹革未中身。嚄唶今誰繼，廉隅更絶倫。弟兄皆許國，先後

瘴江濱。公爲前毅勇公明瑞同母弟。

挽陸耳山中丞錫熊

編纂登天録，儒臣號至榮。不圖貽後責，兼至殉餘生。文筆依人鳥，詩歌掣海鯨。代僵良足惜，二陸異廷評。四庫館初開，陸侍郎費墀實任其事。

挽曹劍亭侍御錫寶

耆舊幾凋枯，新亡諫大夫。才名蕭穎士，家計范萊蕪。挂籍追攀晚，忘年禮待殊。幸君遭聖世，曾按霍家奴。

寄毛文學燧傳

海内詞流滿，成名幾派分。古音誰有作，近日久無聞。昨誦元亭草，如觀司隸軍。敢同皇甫謐，率爾序君文。以古文求序，不果應。

寄吴秀才士模

五百年來業，時賢棄不尋。張憑能理窟，啖助最經深。高妙毫含語，精研句切心。客肱非三折，難許附知音。

挽徐丈秋園培

左越循良吝，中吴耆舊疏。十年方改綬，五袠已懸車。養遂烏私足，謀深燕翼餘。鄉先生祭社，隱德我能書。

性冷交遊少，年高輩行尊。衆中曾把臂，謁次必迎門。別具人倫鑒，難忘知己言。九京終慰望，特達有聞孫。孫準宜從予遊，最擅文譽。

抵京日感懷有作

九衢留第舍，八口裕衣糧。事比榮還闕，情殊怯近鄉。妻孥增色笑，僮僕有輝光。只痛慈顔隔，傷心拜影堂。

賀趙味辛舍人得男

門大於公德，籯傳韋氏經。不圖年近艾，始爲國添丁。墮地胞應紫，知書睛必青。丹山鳴小鳳，還冀白頭聽。

題蔣檢亭同年雲師《六十詠懷》詩後二首

君令長安日，全無俗吏容。花磚常直踏，梧掖每相逢。老甫垂魚及，貧惟飼鶴供。去官猶戀闕，小住隱疏慵。

轉羨收身早，焉知失馬非。青箱傳舊業，白社返初衣。久宦思安拙，勞生悟息機。陸潘乖晚計，益重季鷹歸。

送秦小峴同年瀛觀察浙東

樞庭才彦集，落落幾詩人。之子清吟擅，能無同調親。雞棲時並轡，豹直每均茵。忽建高牙去，相思越水濱。

哭桐鄉令吕生爾禧

最念從遊早，重煩負弩親。吏才堪許達，邑論頗稱循。命與顔琴短，家仍范甑貧。傷心憐少子，淚盡白頭人。

哭楊六士比部

自負袁絲長，兼論李益親。床經三載對，家舊一墻鄰。歎息虛官燭，年華促使輪。披圖傳泣硯，殉爾獨吟身。

勞歌

我有勞歌發，難令聽者歡。倦猶馳丙夜，餒僅及晡餐。舌敝人誰應，蹄羸馬不完。伶仃過逆旅，枉作使華看。

出關

地古臨榆邑，楊鞭百里中。風聲緣海大，山色到邊雄。馬後桃花未，關前雪片空。無勞重回首，直奉簡書東。

吉林

長白山何遠，松花江最深。圖經傳鹿塞，譯語近雞林。沃野連遼海，風帆轉析津。耕屯宜益講，足國萬貂參。

頓宿

頓宿無官廨，民居就道旁。開簾門並竈，入室炕循墻。家各餘芻牧，鄰猶足蓋藏。由來龍起地，土厚水深長。

喜錢南園同年灃仍授御史

柏府清嚴地，由來再入難。若非思古直，容易予原官？所至争顏動，平生到骨寒。如聞點蒼樹，不止一棲鸞。

七夕夕直

行廬山色暝，七夕夕郎歸。引手明河近，回瞻列宿稀。新涼生禁樹，餘曝入宫衣。天巧宜頻乞，惟於宦路非。

紀事

減死窮邊戍，懸知不返身。灑然回帝意，盡與赦流人。獨旦非無婦，餘暉况有親。斷蓬仍續命，萬口頌皇仁。

中秋雨夕

良宵逢苦雨，小集枉高吟。明發愁官路，將歸損客心。雁嗷中澤亟，蟻戰夜堂深。時值秋闈。猶覬長安月，清光或上襟。

香山扈直即事

西園更西去，行殿鬱松筠。徑與三山判，名從九老分。懸泉秋倍響，環岫午猶雲。輦路碉相望，常屯背嵬軍。謂火器、健鋭二營。

劇寒

憔悴東華客，翻欣歲劇寒。凍泥封轍淺，狂雪捲衣乾。遣興唐花早，澆愁魯酒寬。惟憐茅屋底，裋褐幾人完？

門丞

盛衰常在眼，喧寂屢經身。深巷梨花雨，長安荔子塵。丹青生面别，香火故情真。兩兩相依近，慚他翟氏賓。

火判

便腹彭亨在，獰顔刻劃愁。上騰良已速，中熱更多求。自負通明相，人言火迫侯。可堪灰冷後，掃地但荒丘。

通州

潞水去天近，城東尺五强。通津唐洛口，轉粟漢敖倉。約石多成牐，維舟别作梁。收身知有日，一葉此還鄉。

隆福寺

地近宸心切，橋陵一舍間。行宫多傍寺，輦路始循山。盛設熊羆守，嚴當虎豹關。五雲勞想像，侍從未登班。故事，從官三品以上方得陪祀。

桃花寺

臺殿層巖上，盤迴磴道通。桃花妍曉日，流水韻疏風。法從環千帳，周廬限百弓。望門先小語，咫尺達天聰。

乾隆六十年閏二月，扈蹕祇謁東、西兩陵，恭紀

昭西陵

配聖成王業，開天仰母儀。兩朝深鞠育，三紀濟艱危。受福從占易，生民特侑詩。避尊陵别起，家法至今垂。

孝陵

恭默初基日，無心旆鉞揚。仰成惟聖母，宣力有諸王。親政何神武，貽謀自遠長。謳思龍馭早，疑在

白雲鄉。

孝東陵

聖德任開姒，慈暉向繼高。練衣崇節儉，紒帛感劬勞。吉日親分繭，長春躬饋牢。卅年天下養，遺令殉烏號。

景陵

念昔仁皇帝，垂衣六十年。物登春盎盎，人履道平平。不赫當時譽，無爭天下先。化成由久道，作則聖孫前。

泰陵

毓德龍潛久，膺圖旭照周。阻深民達隱，銖兩吏無賕。詔令推誠與，人才側席求。十三年整頓，靈爽赫長留。

泰東陵

備享崇高養，遐臻耄耋齡。含飴九節杖，消暇百縃經。共仰慈兼教，追維壽且寧。拜陵頻惻愴，逮事涕彌零。

南苑

文囿京南近，東西輦路開。苑人恒狎鹿，海户習耕萊。觀省宸題滿，編排特志裁。時奉命修《南苑志》。舊時飛放泊，只爲晾鷹來。

潭柘

地本從潭湧，山仍藉柘彰。萬花明寺路，一水響僧廊。賜額留奎藻，行盧接道場。人天參法駕，薄暮起雷琅。是夕雷雨大作。

戒壇

上方開古刹，地佔最高峰。目炯明河練，見永定河。心清碧落鐘。法幢龍象護，戒石贔猊封。欲去摩挲再，香臺幾樹松。寺松最奇古。

蜱蛤

類蛤無形齘，非螯漫氏車。吴鈎初耀雪，施舌欲生花。文甲披綿厚，鮮漿搗玉加。盤餐新有此，已足廢魚蝦。

石首

一夜吴船到，堆盤鄉味新。大來同汐上，耐久與冰親。白石嵌崎骨，黄花爛漫鱗。直沽纔具體，數尾敵兼珍。

題吴節母《霜節冰心圖》

父作飄零客，夫爲短折人。兩家貧到骨，終日涕隨身。伶影臻完節，呱雛克荷薪。乞言歸奉母，養比白華珍。

哭錢南園侍御

曷不留忠直，斯人遽百年。依然採藜藿，何處覓鷹鸇？牽復朝恩重，前以通副降調，重予入臺。求全物論偏。人人比修竹，彈事幾通傳。

輓前總憲竇東皋先生光鼐

白首文章伯，霜臺領聖時。去官人咄唶，戀闕意逶遲。屢逆平生耳，終期地下知。攀輀還一慟，經義舊相師。

廣川董子祠

三以《春秋》對，天人理最詳。言醇卑曲學，道重折驕王。帷想當年下，園仍舊日荒。過祠頻下馬，仰止附門墻。

霧凇花

是霧全非雪，輕寒勒作花。玉禾冬有穗，琪樹曉抽芽。幻巧神工出，機祥目論加。自憐官未達，不怕爾爲痞。

書讞事牘後

章狂由失志，誣陷起嫌憎。變告藏名上，封軺並驛乘。罪人終悔泣，使者祇哀矜。至死猶輕比，何心決事能。

衝風

天風吹路斷，人力與之争。勇若張拳入，豪如破浪行。妄緣乘匪意，機事發無情。百倍焚輪烈，心安自不驚。

挽英甫中丞穆和藺

頗聞天怒霽，日望逐臣還。惡問星郵達，知音雪涕潸。寬柔群謗懦，廉節世疑慳。飛夢迎丹旐，時時越玉關。

家松厓漕帥叔左遷

天鑒容孤直，群情忌獨廉。樊蠅能變亂，沙蜮最深潛。網漏貪人大，辭苛執已纖。訟章思上列，祇避阿戎嫌。

浮沉

誤玷承明直，浮沉十載强。拙竽空濫隊，秃穎枉居囊。目自分臧否，心還任激揚。小臣於數子，或尚有微長。

善類

善類偏多咎，公心貴保全。如何專繡斧？只解刈蘭荃。交口誣劉向，吞聲訟鮑宣。莫疑天道遠，終到好還年。

詠史

火齊堆盤進，黄金積隝高。怙權炎炙手，傷善法吹毛。政已全由甯，人將大討曹。尚方終許請，多辦鶻鵃膏。

讞獄書事

不信登三品，猶聞犯六贓。坐聯諸貙豸，同事三人皆官科道。獄按小豺狼。尚恃錢神論，思撓廷尉當。爰書豈初意，一路哭宜償。

湯山

畿北行宫近，靈泉引作湯。鬱蒸雲瀲灩，沐浴日輝光。嶺樹浮佳氣，溪流識御香。華清曁臨汝，寥落避當王。

周盧曉發

針晷搴帷視，音鐘倚枕聽。行廬千帳肅，野竈萬煙青。蓐食何求飽，脂車肯暫停？前頭知御路，燈火接明星。

暮春僕直西苑即事

旭日動宮鴉，連朝撲面沙。氣清初潤麥，風定欲蘇花。襆被書攜友，周廬墅作家。田田荷葉小，又從五雲車。

送友人遠倅滇南

幕府無奇略，徵才到選人。臺司乖恕道，任意虐寒貧。曉度沙疑蜮，宵征火雜燐。但期安穩達，且弗問前津。

按獄偶成

折獄能虛聽，何愁不簡孚。誤憑讒罔極，專事虐無辜。苦口堅先入，褊心甚下愚。施行多此物，那冀麥苗蘇！

惠文勞雜問，不決動兼旬。險甚懸河口，傷哉銜闕身。憤深詞獨按，詰快狀纔真。知取同官忌，吾憐久繫民。

蠢爾

蠢爾南維醜，稽誅明盛時。前驅皆難虜，尾逐是王師。拊髀思真將，加顏望捷旗。營平今老病，況復畏讒譏。

賊勢初乘險，兵威尚戒嚴。圍堅衝莫達，食盡聚還殲。自從襄樊柙，旋疏豫陝鈐。赫然三易帥，何改歲時淹。

玩寇抨章屢，褒揚動紫泥。何期封豕突，盡滿伏牛蹊。千里窮追緩，三軍不戰齊。效尤鄰作壑，偷息擁躬圭。

聞道潢池寇，公然入武關。畏人終似獸，攫食不離山。兵缺花門補，城空雲嶺環。縱無邀濟漢，三輔且舒顔。

轉戰天兵久，烽煙聚蜀門。群凶死相救，七部黠分屯。歸凱遲諸將，宵衣瘁至尊。長聞解囊佩，誰繫最承恩？

請奏軍興費，飛車戒詰朝。度支原自裕，絡繹那禁銷。戚比簪綦厚，金過鄔穴饒。毀家宜早計，或免籍胡椒。

聖駕釋菜臨雍講學禮成，恭紀六首

太學尊隆備，三雍制作詳。垂型由上聖，習禮復今皇。至敬無兼事，精禋在日强。寅賓際初吉，特選仲丁良。是歲上丁值朝，日壇改用仲丁。

隔歲遵堯命，嘉慶二年五月，預奉太上皇帝敕旨。前期撰舜文。樂分清廟瑟，菜擷液池芹。三獻申嚴祀，千官肅大昕。禮成毋早退，璧水正氛氳。

圜聽群情協，敷言御論精。高深符孔思，惇大見周情。盡日軒鬤景，同天贊頌聲。如聞擁經意，虚席待桓榮。

舊日題名地，今來眼更青。重排周十鼓，新寫漢諸經。節水雍思義，迴環璧象形。不因陪法從，容易接籧篨。

此日觀光盛，鴻都會不殊。上公承紱早，衍聖公孔慶鎔年尚未冠。博士象賢俱。絶域猶求侍，期門半習儒。即看文德洽，盡格弄潢徒。

載廣登科額，隨宣進秩綸。侍筵均翼翼，拜路各彬彬。歡意全臚養，恩言亦奉親。還將觀聽滿，敬向寢門陳。

送蔣醉峰表弟國博乞假還江南

但有井泉處，皆知拙老書。慇孫仍筆力，家法未全疏。命校鴻都石，分乘博士車。餘榮輝後裔，崔蔡定誰如？

篆分皆入妙，竹石更兼通。縑爲揮毫盡，錢因貰酒空。三年思丙舍，一昔挂征蓬。曾耳康成學，應憐鄭小同。

韞山堂詩集　卷七

七言律詩一

姑蘇臺

翠隊紅裝照五湖，屧廊香館認姑蘇。金椎隱土民高下，玉檻蟠空徑有無。塞雨蕪深春走鹿，西風柳落夜啼烏。山川不改繁華盡，越國荒臺亦鷓鴣。

阻冰臨清

衛河狂雪壓歸舟，自笑真成汗漫遊。渴劍不平鳴永夜，凍帆無力挂寒流。冰敲浹月仍留艑，米盡明朝更典裘。畢竟羈懷耐蕭瑟，衝風還上酒人樓。

無題四首

絶代蛾眉自有真，肯將一顧輒傾人。可憐翠袖居空谷，何限羅衣照暮春。命去蹇修難作理，逢他簫史未教親。從來守禮莊嚴甚，刻劃無由到祕辛。

十年婉娩矢幽貞，一夕笙歌許定情。不信增妍宜蛺蝶，何煩已妒覓鶺鴒。翳迴修袖神初接，瀾轉流波頰旋赬。正是相逢渾未嫁，妾身記取最分明。

風捲寒砧木葉疏，懷人此夜意何如。雙鴛珍重裁爲被，尺鯉迢遥剖作書。但得一心同繾綣，從教異地暫踟蹰。《草蟲》《卷耳》平生誦，不向高樓怨索居。

忽傳門外紫騮嘶，黄氣眉間暈欲齊。盡攬風光歸閬苑，儘留顔色待金閨。連波未過何須悔，通德無愁不解啼。從此刀環傳樂府，一生心事畢雙棲。

蘇門山孫徵君奇逢**祠**

中原高節屬徵君，竹外清祠對夕曛。早爲膺滂鳴大義，晚歸濂洛紹斯文。妻孥粟里能相樂，弟子河汾自不群。魂魄青山尋伴侣，孫登臺下餓夫墳。

馬融讀書處

蒼莽書臺問劫塵，季長經術自殊倫。青燈歲月棲遲舊，絳帳生徒指授新。何第攝衣輕獻頌，有人出郭遽埋輪。中郎失足應同恨，論史千秋太息頻。

醉後

醉後狂歌若有神，興來摇筆自清新。大兄見事何其晚，豎子成名未是真。千里關心鄉國夢，三年藺足濁河濱。終當一語酬知己，浩蕩閑鷗未易馴。

贈宿航

束髮論交里閈前，衆中一見輒歡然。高歌斫地容吾放，慧業生天讓子先。執手祇須誇勍敵，盟心何止在陳編。只應世世爲良友，膠漆駏蛩總浪傳。

附宿航來詩

清酒高歌幾夕同，醉餘燒燭檢詩筒。人言尚有南豐恨，自笑真如東野窮。四海交遊惟聽雨，十年蹤迹任飄風。可憐懷抱向誰盡，臨水登山一卷中。

時將南歸，先寄諸弟

此間信美非吾土，親在何堪久道途！兩月尚嫌歸計晚，五年寧料壯心紓。鄉園近日還傳異，禾麥今秋已大無。博得一家同菽水，三旬九食亦愉愉。

江州大觀亭遥應李雲巖觀察世傑

黄鶴樓前一千里，東來雄觀此亭收。南唐山色猶青峭，全楚江聲正拍浮。有日攝衣陪後乘，得教釃酒嘯新秋。縱無謝朓驚人筆，肯不題詩在上頭？

追挽盧端臣先生明楷

經笥紛綸故事詳，藝餘樂府别宫商。風流樽俎詞三變，藻鑑人倫術九方。末座曾摛梁苑賦，頻年同嘯庾公床。平生青眼相期重，磨鏡終虚瀝一觴。

與客論張魏公事

魏國碑成紫陽手，翻令後世起吹毛。飛書赴難真臣節，决策臨戎愧將韜。漫擬武侯誅馬謖，略同房相敗陳濤。原心論過皆公議，齒冷長城壞鄂褒。

冬夜漫興

夜氣寂寞高齋清，支頤據案便短檠。北風連夕雪初釀，寒柝數聲雞一鳴。汲古時時得修綆，鑿空往往無堅城。中宵掩卷起太息，擊節獨歌猛虎行。

王大蘭洲招遊焦山，因留宿山寺

浮玉琳宫掩麓椒，固應清曠讓松寥。松寥閣在焦山頂。琴樽竹裏時通唄，枕簟花間忽上潮。饕鼎摩挲迷古代，蝸廬留戀逮深宵。窗明不斷鐘聲動，知是空江霧未消。每遇曉霧，則山寺擊鐘，以警行舟。

新泰車中

曉雲不及客裝輕，薄笨相攜大坂行。平楚緑沿荒戍隱，野桃紅倚午村明。經春古澗初通水，近嶽他山盡有名。好手荆關圖不足，總教收捲入吟情。

嶽廟

閟宫高敞萬靈趨，玉座神光乍有無。大祀升中天作配，群生出震帝同符。蔭階檜柏從秦漢，畫壁丹青煥陸吴。瞻拜别無陳乞意，空勞廟令伺睢盱。

哭外舅張恕堂先生

松風謖謖逼人寒，窮海誰憐殉一官。詩卷半肩孤六尺，桐棺三寸路千盤。生平肯後朱文季，知己真慚戴叔鸞。重繭送公丹旐返，善籌身後敢辭難。

錢茶山少司寇維城讞獄黔中，遂奉古州勦賊之命，蕆事而返，以詩奉呈

黔山萬里半年留，淑問方終撻伐收。已見車前施斧鉞，更教柱後换兜鍪。論兵絶險頭初白，殺賊經時面帶秋。誰識蓬瀛人第一，賦詩讀畫舊風流。

少司寇贈尚書錢文敏公挽詞

衰絰還家遽告終，士林早望黑頭公。本由經法通刑律，難得文臣有武功。入里不知卿貳貴，愛才真見古人風。平生餘事留縑素，撫卷猶聞感聖衷。

金陵詠史

義旗指處擁壺漿，遂拯生民一八荒。豈謂周仁開郟鄏，轉煩秦法治咸陽。胡藍有罪誅何濫，馮傳無終過未彰。再世忍言瓜蔓抄，得非遺烈啟文皇？

直爲聖代驅除設，江左孱王劇可憐。乘犢慮非隆準後，續貂敢數中興年。金符玉節紛廝養，紫蓋黄旗付錦箋。目斷孝陵松柏路，初明無表上通天。

李中丞瀚挽詞

滇南父老擁壺漿，望斷旌旗拂點蒼。墮淚西江同峴首，由江右布政使陞任。起家北海是桐鄉。令諸城即著循名。精心匭牘無留案，鐵面罌金不上堂。絮酒直爲天下慟，如公真可托封疆。

送季父之山右

北風烈烈雁飛秋，班馬蕭蕭一敝裘。明允中年文始就，更生出獄氣逾遒。晋祠唐壘多遺迹，嶽色河聲是壯遊。歸日莫令青鬢改，贈行先問大刀頭。

邯鄲懷古

邯鄲地古自周秦，客到叢臺徙倚頻。報主不成終國士，托身非偶枉才人。橋邊舊石能驚馬，瑟裏新聲合掩巾。不信勞勞塵土外，更從何處揖仙真？

孟津渡河

河下龍門折又三，舊時禹迹尚能諳。地無大峽流初横，岸有奔沙徙漸南。帆槳天中會風雨，茭薪釜底護農蠶。餘波一牐通江水，故國魚書或可探。

洛陽懷古

洛陽形勢古東京，兩賦班張舊擅名。四戰關山猶岌嶪，交衢冠蓋昔縱横。清談果驗銅駝歎，肉食安知杜宇聲！凄斷北邙松柏路，更無金椀出春耕。

慈恩寺塔

開寶諸公在上頭，高標獨跨古皇州。烈風自與青冥近，元氣還從下界浮。不辨雲山皆北拱，似聞河漢果西流。繁華一盡乾寧末，寂寞黄旗八百秋。

曲江

歷劫昆明幾度過，曲江車馬近如何？關心錦瑟新寒雁，到眼黄蒿舊緑波。豈有春風人拾翠，更無子夜鬼悲歌。長安水利堙蕪盡，幕府傳聞好事多。

灞橋

橋上離杯日日揮，昔人於此送將歸。高城舊雨齊回首，清淚斜陽總上衣。别去景光行自愛，重來歌舞恐全非。祇疑京洛車書改，剩有長條復幾圍。

王翦墓

詔起將軍以疾辭，親勞萬乘請車旗。臣謀若用兵宜益，主信難堅乞屢私。敵國一時亡李牧，將家三世到王離。道傍突兀風雲冢，孰與驪山炬火悲。

薄太后廟

雉姁人彘總煙銷，代邸蒼龍帝漢朝。往事衣軒嘗感雹，重來織室已塗椒。數言自足明周勃，微怒何曾爲薄昭。父老千年識湯沐，荒臺燈火古祠簫。

和人馬嵬懷古

壯士桓桓怒未休，蛾眉婉轉馬前收。額加四海誅褒妲，齒冷雙星誓女牛。豈有中官司麥飯，徒聞方士指瀛洲。何人七寶鞍新就，不誦汾陰已淚流。

函關

百二河山天府尊，函關形勢至今存。連營地可容千幕，折箠人惟守一門。崖際樹疏窺月黑，谷中車殷動雷喧。到來始識時清久，十里雞聲未出村。

武關

一入咸陽竟不還，楚懷遺恨在商顔。幾年赤幟雄關上，遽見降王軹道間。雲氣古今餘靉靆，溪聲日夜響潺湲。寄奴亦是人中傑，何事先歸建業山？

蕭關

居延烽火望中遥，秋盡邊城見射雕。折角風高弓自響，溜蹄霜重馬難驕。曾聞公主和親出，亦有單于款塞朝。日暮喧喧笳鼓競，路人争問霍嫖姚。

散關

石鼓西來疊嶺崇，平分秦漢一關雄。最憐諸葛真無命，遂使淮陰獨有功。隴樹參差斜谷隱，棧雲迢遞劍門通。長卿論蜀文空就，不遣前驅此路中。

殘荷分韻得寒字①

折盡芳馨贈所歡，芙蓉零落若爲看。秋風暗向池邊動，暑氣先從葉上闌②。投老清芬高士傳，過時憔悴婕妤紈。空餘壞色西天服，聽取瀟瀟暮雨寒。

【校記】

① 此詩《鳴秋合籟》收，總題作《殘荷以寒塘删枯根爲韻》，題詩者依次爲管世銘、錢維喬、錢孟鈿、錢鍇。 ② 氣：《鳴秋合籟》作「意」。

風葉分韻得心字①

淅瀝西風作意侵，紛紛黄葉捲疏林。江空與鳥分帆影，山静兼泉亂屐音。一去故枝飛不定，欲争初地力何任。無情未得枯桑似，獨客難禁萬里心。

【校記】

①此詩《鳴秋合籟》收，總題作《風葉以秋心馳空階爲韻》，題詩者依次爲錢孟鈿、管世銘、楊夢符、錢維喬、錢鍇。

客燕分韻得成字①

軟語疑商故國程，斜飛似畏曉寒輕。極知大厦無秦令，不奈微禽動越情②。千里雌雄經托宿，半年毛羽荷生成。也知廡下高人迹③，終欲相辭海上行。

【校記】

①此詩《鳴秋合籟》收，總題作《客燕以巢成斜依人爲韻》，題詩者依次爲錢鍇、管世銘、錢孟鈿、楊夢符、錢維喬。

②動：《鳴秋合籟》作「有」。③知：底本訛作「如」，今從《鳴秋合籟》改。

吟蛩分韻得窗字①

半天風露洗秋窗，四壁喧喧意未降。直送荒雞侵曙枕，似催飢鼠睨明釭。張絃孤館聲非一，聽雨中宵響自雙。却恨無人同歎息，夢回誤喜足音跫。

【校記】

①此詩《鳴秋合籟》收，總題作《吟蛩以窗西嫌初聞爲韻》，題詩者依次爲管世銘、錢維喬、楊夢符、錢鍇、錢孟鈿。

凉檠分韻得緘字[1]

聽徹凉宵更漏嚴，一編螢火自開緘。下帷友錫長明號，立壁侯專不夜銜。未可頻回新白髮，只宜斜伴舊青衫。無端墻角悲昏棄，誰與高歌吐不凡[2]？

【校記】

① 此詩《鳴秋合籟》收，總題作《凉檠以凝青開宵緘爲韻》，題詩者依次爲錢鍇、錢維喬、錢孟鈿、楊夢符、管世銘。

② 與：《鳴秋合籟》作「復」。

霜杵分韻得鐘字[1]

高城急響聽重重，空外應知力漸慵。亂發斜陽隨暮笛，長懸新月和晴鐘。玉關萬里無停戍，雪嶺三年未息烽。莫向長安問刀尺，寒衣比户夜深縫。

【校記】

① 此詩《鳴秋合籟》收，總題作《霜杵以和鐘含高天爲韻》，題詩者依次爲錢孟鈿、管世銘、楊夢符、錢維喬、錢鍇。

再送竹初南歸，次表妹浣青韻

離亭落葉正紛紛，燕羽終傷不及群。天爲晚成羈馬援，人因下第重劉蕡。關山秦地新同載，歌哭金臺昔共聞。到及高堂稱慶日，有人天外望南雲。

阿大中郎别思紛，詩傳林下最空群。柳花庭院長如絮，桃實衙齋漸有蕡。望遠衹期斜景好，附書時報大雷聞。更將一掬思親淚，並與離情灑暮雲。

次答錢竹初、楊六士途中却寄元韻

幾日鞭絲帽影看，送君南郭記秋殘。途間雒詠遥傳好，別後秦聲再大難。落葉似添歸橐重，清淮欲瀉客杯寒。相思去住俱愁絶，各有沉吟共夜闌。

喜莊大虚庵即以竹初去日至

錢郎慷慨登車日，莊子蒼茫款户時。長賴君家好甥舅，不教獨客倦歌詩。三升既盡顔俱赤，一檄垂成鬢漸絲。賦就凌雲誰復見，相逢聊問長卿貲。

七陵懷古

長陵

月出衣冠事渺茫，猶聞扶義入咸陽。敵中才信輸三傑，原下雝應雪六王。上時嘉平秦制作，大風鴻鵠漢文章。一抔俯盡英雄首，偏使儒生有短長。

安陵

奔亡屢墮屬車塵，暇豫頻危主器身。擁樹心孤滕太僕，高飛功偉軹遺民。盛傳海内争延頸，枉惜宫中但飲醇。萬歲神遊還引慝，乃公愛子屬何人？

霸陵

三讓彌高始受終，一侯已畢代來功。尺書足遣文犀至，清蹕何須天馬通。猶有人才憂厝火，似聞民俗近從風。五雲一例虚松柏，獨拜行人輦路中。

陽陵

盛德先皇難並論，更無几杖賜强藩。軍聲自倚條侯壁，朝議空馳使者轓。争博宫中非大過，市兵地下最煩冤。刑名一脈由家令，豫教應思賈傳言。

茂陵

要使天驕讐漢旌，登臺絶塞遠横行。雄心晚爲泉鳩悔，萬命先因宛馬輕。獨攝衣冠容汲直，不留弓劍待蘇卿。凄凉玉椀人間出，起告曾無同舍生。

平陵

雲光開曙月低河，彷彿横汾揚素波。堯母題門心久屬，成王莅阼智應過。免冠未覺風雷動，窮袴空聞參昴多。七相五侯充奉遍，更無人奮義公戈。

杜陵

親帝曾孫最早孤，柳生石立應貞符。丹青丙魏功名盛，詔獄韓楊論劾誣。故劍已還先物化，玉衣久閟忽人趨。戾園悼寢無尊號，一事經生重漢儒。

贈莊大虚庵

十年投分苦離居，兩月論文最起予。下筆獨能精選理，濯胸時復藉班書。詔開藜閣聯翩入，官滿蘭臺不次除。老向諸侯作賓客，將求薄禄奉親輿。

擬送虚庵北上

送君不到灞橋東，杯酒難分此夜中。每益高名從按劍，翻憐良會在飄蓬。相如雅厚臨邛令，謂曼亭。杜甫新依嚴鄭公。時畢中丞訂之入幕。引領京華莫留滯，西行重問古秦風。

虚庵以畢中丞留贊幕府，遂罷北行，喜而賦此

將離無計與遲留，書到欣然罷去騶。知己不辭從佐幕，才人豈合試監州？已聞禮待如韓愈，或有功名似馬周。向暇還能續酬唱，得朋吾亦遂身謀。

李臨淮墓

烈烈司徒大將風，當時天地荷成功。用兵直出汾陽上，許國原非僕固同。鐵券山河三帝誓，靴刀意氣萬夫雄。白頭一旅勤王緩，宰木蕭蕭恨未窮。

韞山堂詩集　卷八

七言律詩二

賀大將軍誠謀英勇公奏凱還朝詩十首代

昔嶺峨峨百戰平，五年閫外倚專征。王師旗鼓從天下，上將精靈自嶽生。井絡春雲隨大纛，潼關曉日候行營。鐃簫半渡長歌發，競挽黄河洗甲兵。

三十年前政事堂，先公遺業在青箱。起家不藉門資重，偕計曾標姓氏香。藜閣校書真國士，藤廳典選舊清郎。一經親比元成受，下視申屠但蹶張。

弱冠從教禁近參，星車虎節氣初酣。主恩出入更榮悴，士命安危一苦甘。徼外功名班定遠，胸中武庫杜征南。直廬晚進猶聯事，履屐平生故許諳。

却穀詩書天下聞，戎衣報國敢辭勤？金城北望陰氂柳，天馬西來勢蹴雲。瀚海初開都護府，公先立功西域，首任伊犁將軍。瘴江全返伏波軍。謂撤兵緬甸。丹青久上凌煙閣，先已列紫光閣功臣。手闢蠶叢再策勳。

曾赦防風後至誅，何期封豕出孤雛。稍知吞噬私肥窟，互作形援顯負嵎。天上已聞揚勁旅，草間誰敢藪窮逋。一收美諾軍聲振，傳箭前鋒指勒烏。美諾、勒烏圍，大小金川巢穴也。

僻險如真弗克攻，皇威何以令諸戎。頻年粟轉青天上，盡日兵行黑箐中。霹靂一聲争隘入，星光萬點震硐空。前山頓失鴻荒雪，直爲三軍喜氣融。

同時犄角兩偏師，獨建堂堂大將旗。箸決帷中鋒始合，矢飛席上坐無移。懸軍已斷三危脊，隔歲先傳貳負屍。謂僧格桑。每向甘泉騰捷奏，輒聞天語動嗟咨。

鼎魚何處乞魂遊，醜類全家尺組收。自是睿謨能仰佑，亦緣良將善分憂。蒼頭背嵬休鞍甲，賨叟青羌賀酒牛。别撥一軍將護入，檻車前與認維州。逆酋嘗造《搶過維州橋》之謡，以煽惑番衆。

稠疊天書星使傳，命珪相印手兼權。班資特長東西伯，啓事還持内外銓。大學士兼管吏部尚書。蕃落來朝齊負弩，官僚迎犒許開筵。鬢絲稍爲論兵改，龍馬精神自昔年。

元老功成不敢居，櫜鞬伏地謁鑾輿。須知薄海銷兵後，又是蒼生望澤初。將相和調時自泰，君臣一德化何舒。待公燮理多餘暇，再有清風誦穆如。

寄懷周三宿航

不見春空靄靄雲，五年翹首大河濆。主人絲竹能留客，弟子皋比願奉君。郭外登臨經廣武，檻前興廢入雄文。津亭尺鯉時西上，一卷《蒙香》報我聞。著有《蒙香詩草》。

寄懷家松厓叔

公自襟懷白日明，我如秋月霽偏清。祇期天上心相望，突有人間事不平。菽水寧親分薄俸，關河送遠濯長纓。蹇驢去去蘆溝道，啼笑都難識此情。乙未分校禮闈，余遵例回避。

寄懷錢竹初明府

先公撫字最心勞，司寇清秋玉鑒高。兒日已傳江夏枕，邦人猶識吕虔刀。代興東觀知余恨，世領西湖足自豪。好爲板輿安薄宦，莫令青鬢起霜毛。時以縣令候補杭州。

寄懷趙味辛上舍

六尺差隨短李肩，誰知胸有筆如椽。石麟才望清門出，銅雀詩名弱冠傳。隴首秋雲思遠意，路岐零雨贈行篇。向有見懷及贈行詩，俱在篋中。置身閶闔須今計，慘緑殊非舊少年。

寄懷沈佩蘭孝廉霖

精鉎不掩匣中龍，流落無輕廡下春。一石留賓猶俠少，千言倚馬尚詞宗。人心縲絏憐公冶，士論髠鉗籲蔡邕。幸際聖明容滌蕩，依然虁竹儷鐘鏞。

寄懷洪穉存同年

蓬藋園荒仲蔚居，早孤能讀等身書。攝衣所至傾任范，即席爲文冠應徐。半世錦囊供菽水，三年苴絰廢蟲魚。遥憐外舍佳兄弟，同痛時時一過廬。時蔣琴伍、星次兄弟並奉母憂。

寄懷錢野余上舍

舊時朋輩盡鵷鴻，猶著青衫待至公。十上雄心甘晚達，廿年高譽得途窮。都將伏櫪嘶風意，寫入花飛劍舞中。最工書。尚有漆園稱二妙，謂莊四、然一。吹嘘並望薦河東。

寄懷吕叔訥秀才

淮南吕覽千金字，昌谷樊川絶妙辭。意得獨能扛健筆，書來匪直致偏師。才人學道方無病，處士狂歌且未奇。一語韋絃吾豈敢，相逢孫楚或應知。謂孫秀才淵如。

華嶽廟

丹棟危甍勢入天，不登高掌已巍然。萬靈風雨趨巖下，兩戒河山翼檻前。瀚海開疆逾累驛，劍關歸凱又頻年。盛平國慶金方萃，焕廟新頒内府錢。

曉發新安山中，懷周三宿航汴梁

獨客天寒賦夙興，自驅薄笨上崚嶒。馬蹄蹴石常生火，人息吹衣盡作冰。中道頗思支倦策，殘年誰迫裹行縢？故人近望繁臺下，欲别河梁恨未能。

湯陰弔岳忠武

名將中興第一流，黄龍痛飲志幾酬！士民争舉城歸義，君相甘爲虜報讎。五國悲深紇干雀，闔門枉甚白符鳩。西湖墳樹猶南靡，肯作銀濤怒越州？

遥題楊忠愍祠

何人過廟不咨嗟，十罪彈姦具史家。敢謂吾冠非獬廌，定知公膽勝蚺蛇。罣藩引比全虚陷，失律封章又竄加。當日無詞誅直諫，權門心苦是群邪。

樓桑村

兒時志已萬夫雄，坐倚樓桑羽葆同。重見真人生白水，不教父老識歌風。宗支得統名原正，將相無年業未終。千載懷鄉魂魄在，乘雲來往永安宫。

寄答崔五曼亭即次原韻

一榻經春再歷冬，主人良牧更詞宗。左雄將老寧思仕，任峻非才漫典農。寄遠已煩端綺厚，置懷兼荷尺書重。前期露冕何時入，花外同聽長樂鐘。

拜外王父王隆川先生墓先生諱兆符，康熙辛丑進士。墓在京西羊坊店，去西便門八里。

外家三世筆如椽，外王父之考崑繩先生諱源，祖霜皋先生諱世德，皆以文章著述名世。聳轂高名莫敢先。世籍大興。著述沉埋餘斷簡，著有《居業堂集》。期功凋喪祇荒阡。中郎風澤期羊祜，子幼文章愧馬遷。一事稍酬慈母意，板輿親奉拜綿田。

自題西北園僦宅

僦宅荒園徑最幽，不聞擊轂與鳴騶。檻前石井供鄰汲，門外琳宫與客遊。對宅爲大隱禪林。聽鼓一驄雙闕下，買書跬步大航頭。近琉璃廠，書賈所集。胸中突兀千間厦，豈向春明坊底求？

退直口號

長日槐街風景和，東曹退直午陰趖。沐餘兒子横經侍，茶罷生徒問字過。竊禄不緣他道進，立朝常畏受恩多。家人米盡休相告，肯廢窗間半日哦？

皇上七旬萬壽恭紀十六首並序 代

維乾隆四十五年，歲在庚子，恭直我皇上七旬萬壽聖節。海宇寧謐，泰階正平。彤弓錫而復櫜，金匱探而大備。爰以東南望幸，五舉時巡。河流應禱以回瀾，海潮懷德而戢悍。翠華所至，謳歌載途。既而旋蹕神京，選徒沮漆。八方景附，七萃雷歡。則有西藏班禪額爾德尼來朝於行在。恒河瀚海，爲企皇仁，唄雨天花，以洪聖壽，視覘風測吕而至者殆有過焉。臣叨直禁廷，宜專樂職，目睹文德武功之備，心仰純禧景運之隆。忭舞難名，臚陳曷已。乏班揚之鉅制，何以頌天？仿沈宋之新聲，聊同擊壤。敬成蕪什，用志葵忱。

詔書屢止賀長春，率土難忘頌嘏純。萬象由庚時正泰，一元開子紀重新。版圖恢度酬天廟，愷澤涵濡戴士民。記聽雲詔趨正旦，紫微仙闕讀恩綸。

魚鑰初開漏箭齊，篆煙已見裊金猊。吏從墨綬皆廷見，疏入黄門定御批。惟斷乃能垂景烈，以仁長荷育群黎。《卷阿》《天保》平生誦，載筆何由罄管蠡。

五增蕊榜擢文儒，三免庸調再賜租。豈望十行寬大意，又先正月始和敷。覃封册祝神人遍，賚穀旌門齒德俱。曠蕩日遊忘帝力，轉疑知識泯堯衢。

憶昔王師討右賢，出關傳箭定祁連。耕屯直接天方外，節鉞遥通宿海邊。願沐和甘餘土扈，不知干羽有金川。開疆二萬摧枯易，拒斧何由恃臂堅！

虎臣劍外秉天威，廟略親承裕指揮。絶險已聞懸縋度，豪酋果見繫纓歸。功成下瀨三軍凱，捷到甘泉一鳥飛。從此洗兵長不用，誕敷文德帝垂衣。

傑閣文淵紫御傍，特增官屬典縑緗。名山啟石登中祕，太乙分燈照古香。日進幾餘窺浩博，時邀御論析毫芒。法宫天亶猶求鑒，倍有神靈燭萬方。

聖製琅函百卷贏，新傳樂府振咸英。義深長慶兼諸體，謂御製新樂府。部並休文括四聲。謂御製全韻詩。郘室邠基開濟遠，漢儀唐典監因更。一編千古昭金鏡，宣賜常蒙御墨並。

玉輦時巡正渡河，上游久未息頹波。痌瘝在抱祈求切，呼吸通天感格多。風挽濤頭趨壑易，沙漩漫口奏功俄。至心仰佑非人力，陋説宣房瓠子歌。

到海雲梯已穩流，天顔含豫聽吴謳。尚虞龕赭雙門水，欲撼臨安萬户秋。工石改楗資禦衛，岸薪無廢計綢繆。鑾輿十日西湖駐，誰識皇心軫念周。

同天久已荷衢尊，輦路經行載沛恩。校額廣增連郡邑，逋緡寬減到商屯。衣冠負弩階咸晋，韋布抽毫組便掄。特慰耆儒迎拜意，仗前釋褐盡申轅。

六飛幾日返江東，冕藻方壇執玉恭。遂映卿雲臚殿唱，仍諏吉日詠車攻。觀民甫覺紓宸念，懷遠重煩莅聖躬。始信無疆非漫頌，法天行健古誰同？

避暑年年仙仗臨，山莊佳氣沐林岑。周廬遍赤金吾棒，璧水初清胄子衿。時初於熱河建學。計吏屬途逢考績，遠人重譯爲懷音。欲知黄屋非堯意，札什宫成發睿吟。札什倫布廟成，有御製詩。札什倫布猶經言『須禰福壽』也。

黄金作塔玉爲寮，行脚何心事笠瓢。爲有至人方久御，能令古佛亦趨朝。一時東望傾羌罕，萬里南膜擁鑿雕。親哰竺經資聖壽，法螺聲湧聽如潮。

慶成重整七騶還，首路仍聞敕旨頒。暫緩旌旗歸上苑，祇勤車駕謁橋山。思源謨烈承宗祖，讓善謳歌遍宇寰。再過鏡奩頻仰睇，九天應自解慈顔。

功德巍巍允若兹，大年仍復葉昌時。文犀天馬充方物，玉檢金泥抑侈詞。兢業倍緣康阜切，滿盈常爲盛平持。桂輪高處榆星現，長鞏明堂億萬基。

初至大梁，周宿航有詩見贈，並懷許二樸齋於嶺南，次韻奉答

依北巢南兩索居，十年珍重幾封書。豈知再授平臺簡，却得同乘上坂車。鬢鬢漸非揮袂日，笑談還似飲醇初。虚名海内知交滿，取次論心總不如。

連日鸜鳴作好聲，故人在患輒心驚。許時以盗案論輸左校。與君共蠟天中屐，有客孤吟海上城。下吏韓安終必奮，去官吴隱尚餘清。急難不免慚良友，饘橐間關負一行。

附周原詩

百年兄弟慣離居，梁館招邀有報書。料得賢侯争下榻，却因短札便回車。軟塵燕市湔裳罷，蓴菜吴船入饌初。直爲平臺要新賦，倦遊未許馬相如。

聞説旌陽有吏聲，何來惡耗夢猶驚？十年身滯梁王苑，一夜魂飛趙尉城。不分壯懷偏濩落，最憐孤館共凄清。里中同學，時君有『孤館三人共夜吟』之句。與君矯首蠻煙外，更欲同爲五嶽行。

吹臺登望

涉足先應愧此臺，經過高李與鄒枚。非無懷抱難求友，縱有登臨敢費才？萬瓦交橫孤塔出，平蕪豁斷大河來。中原千里方清宴，風捲牙旗幕府開。

追挽座主大學士于文襄公

漢相圖形在紫光，彯纓孔翠服鵝黄。祕書誦篋張安世，椽筆籌邊李贊皇。物論山丘情轉恕，主恩簪履睠終長。受知只在三條燭，平日曾無到後堂。

追挽大學士程文恭公

一時太息遍公卿，哀挽傳來有定評。正笏無慚真宰相，蓋棺猶是老諸生。本紀閣學挽聯中語。陳謨造膝書功隱，競物無心見嫉輕。終始如公復何憾，州門過客不勝情。

感事

國典何曾墨吏寬，年年斧鉞下臺端。早知恢網原無漏，悔不前車略少看。鐘乳三千空却老，胡椒八百已輪官。可憐别第笙歌沸，巢燕翩翩自謂安。

朱竹君先生筠挽詞

問奇載酒日經過，一代龍門屬笥河。先生自號。荔子國中纔返節，芙蓉城上遽嗚珂。三千弟子文章聚，八百孤寒涕泗多。知己將從潁濱後，謂南厓師。小峨嵋下哭東坡。

追挽張檀亭先生曾敞

相門才子鶴銜崇，壁立清裁在眼中。文到瑰奇時有纇，論由謡諑豈能公？黜名南海程周量，謂梁孝廉泉。頌繫新城王考功。牽復蒙恩終客死，講堂重過泣春風。先生没於大梁書院。

寄松厓侍御叔

史筆同時孰抗顔，換銜仍與業名山。叔自編修改官侍御，仍留國史館總纂。朝榮柏府蘭臺並，人望儒林文苑間。安石中年歡趣減，叔新有喪女之戚。曼容免宦旅情艱。白頭黄口慚相累，藉慰衰遲與訂頑。

附松厓叔次韻詩

封書稠疊慰愁顔，解紱依人隔暮山。鴻雁朔風千里外，蛟鼉秋浪兩河間。夢回粉署應知久，寒戀青氊敢忘艱？重到大梁尋古迹，夷門處士未疏頑。

新詩細讀勝披顔，始願何當遂買山。萬念總依慈母側，一家好在白雲間。浮沉正愧相須淺，閲歷因知自立艱。霜鬢今秋多益甚，中年翻羨石能頑。

松厓叔和寄呈原韻，並示諫院閲招册詩，亦同前韻，因再疊韻奉寄

班心突兀肅霜顔，鶴立長身朗玉山。直筆何求編纂外，諫書即在抑揚間。留賓暇比乘驄少，覓藥貲同索米艱。長弟久病未愈。猶有精勤餘讞事，如聞太息爲貪頑。

附松厓叔詩

三覆哀矜動聖顔，爰書其奈案如山！黄沙按獄諸曹外，丹筆求生隻字間。蹈法何知情自實，問心無憾事終艱。寄聲赤緊良司牧，莫待桁楊始訂頑。

聞青龍岡漫口塞後復决，三疊前韻

修塞功成喜溢顔，波濤夜半動如山。金錢億計蒼茫裏，吏卒千人咄嗟間。飛挽明年煩國論，流離連歲痛民艱。蒼蒼早鑒皇心切，不信馮夷似石頑。

寄周宿航京師四疊前韻

廿載賓裾祇强顔，此行爽氣挹西山。終當展足三霄上，聊復論才百里間。悃愊向人爲政易，温醇舍子得朋艱。月餘不共黄生語，鄙吝潛萌自覺頑。

青龍岡口再潰五疊前韻

一聲震裂動愁顔，再駭頹波若撼山。浹歲成勞彈指頃，兩河全力撫膺間。重煩聖主疇咨切，大懼蒸民播奏艱。親見蛟龍攫人食，那能鐵石共心頑。

過鄴城訪吕叔訥於畫錦書院，與孫孝廉駿、陸上舍樹嘉及盧、彭兩公子並集草堂即事

班荆小集古漳濱，鄉語連宵氣誼真。遊迹忽並忘異地，世交重見感先人。兩家令子王文度，對案經師井大春。非爲此行將毋亟，不辭三日駐征輪。

奉送松厓叔巡視津漕即次《赴津門道上》元韻

潞水春融尺五天，王程三宿未綿綿。千帆疊鼓鳴簫路，半舫薰衣淪茗煙。槐坂生徒瞻莫及，柏臺掾史佇空延。似聞河復歸船早，赤棒重巡到日邊。本以巡視西城奉使。

次韻奉酬松厓叔雨中見憶之作

析津千里轉輪難，使者裝輕舸自單。鷗鷺總知星節貴，蛟鼉亦避豸冠寒。冰開汶衛流初駛，雨洗滄瀛秀可餐。想見篷窗高詠外，自修韙議續桓寬。

癸卯除夕直宿農曹，翌日呈早朝同列

恰逢鎖印得旬休，除夜誰鳴上直騶。餞臘餘寒隨雪減，近天殘夢與星遊。交衢燈火排金闕，待旦衣冠侍玉旒。回首七年前此夕，亂山孤燭滯懷州。丁酉計偕，除夕宿覃懷旅舍。

韞山堂詩集　卷九

七言律詩三

甲辰春正月得孫，呂叔訥以詩見賀，次韻志喜

椒花盤甫招佳客，湯餅筵重集故人。推歲尚依星次舊，時距立春尚四日。錫名聊取綵衣新。名之曰萊。訝聞黃小初稱父，喜見孫曾逮奉親。重入東華少良抱，逢君相賀略眉伸。

臨雍恭紀

橋門璧水古儀型，千載徒聞仰汗青。幸際聖朝崇典物，特從太學考圖經。丹楹肇建頒先甲，玉輅觀成禮上丁。到此天容惟穆穆，周情孔思接籩鉶。

丙午仲春從大司農曹竹墟先生奉使浙中，往返凡六閱月，紀事述懷八首

出握蘭荃入擁經，禄脩差足奉親寧。不知郎署頭將白，何意尚書顧屢青。詔命昨纔傳府帖，封軺旦已發畿坰。奴童烏合衣裘敝，未信行人是使星。

重臣三節指杭州，時姜少司寇、伊少司空先後被命。鈎考金倉預坐籌。猥以後車煩厩吏，敢當前弩負諸侯。枯畦滲雨初含纈，饑面融春未改鳩。民瘼王程交念迫，忍於供頓復深求。

取彼貪夫緩庫財，聖恩曲示網恢恢。處堂喧雀真如戲，卧涸枯魚亦可哀。縱捨既虞同玩水，吹懲又恐近焚萊。還思善後無長策，倘有人如張趙謂張清恪、趙恭毅才。

越疆財賦劇南維，措手紛如理亂絲。六道出車嚴閱實，同官六輩分府清查。九章布算析歸奇。曲推德意寬追論，明設刑誅怵後期。百吏感恩兼畏法，補苴力盡荷皇慈。

堤海恩期衛衆生，此間利便苦難明。官寧惜帑常牽例，吏到虧緡易病甿。後役可停宜密白，石塘緩工。前功難費貴開誠。柴塘經費。算商省禄均非策，只合長教用水衡。

無端兩議起庭中，覆治重煩莅上公。謂廣庭相公。在事平心皆似水，有人疾惡獨如風。謂竇東皋少宰。深求未免追豚笠，輕發仍疑殪鼠弓。知己從遊皆不薄，敢辭苦口諷和衷？

海國曾專敕使轓，初命舒大司空粤東讞事。竭來移獄讞旌門。改於越中併案審理。銀鐺白服同徵急，節鉞巖疆對擁尊。謂粤、閩二督。宦路升沉原莫定，物情夷險更難論。泰然遥仰三臺座，深念安知憂畏存。

我行六月始言旋，愛弟將迎諸母憐。擁傳入門顔忸爾，過家上冢禮宜然。邦人已畢黔敖粥，二月過門，粥賑尚未竣事，今則麥禾大有。鄉老重開梓澤筵。里中諸先達置酒見招。一對松楸增感涕，此行較晚七年前。先君子以庚子秋在里辭世。

過揚州呈家松厓叔。時新轉鴻臚少卿，仍巡視瓜儀漕政

竹西歌吹廣陵花，兩載江干顧未加。已换新恩升月掌，仍銜前命倚星槎。不惭世論惟家法，相見鄉關各使華。共勉心期交語久，路人泛作美談誇。

别宣南坊舊寓

宣武坊南僦數椽，西山爽氣到檐前。望門鮑馬趨曹易，近市姜魚入饌鮮。塵海昔飛看滚滚，沙堤新傍踏平平。時宣武門大街新築甬道。若非鄰壁屠沽沸，四載棲遲意自便。

題官菜園上街新居

車馬喧辭大道寬，言尋冷巷托園官。人歸中禁無言樹，宅近南陔爲採蘭。問字漸希諸弟子，結鄰略有數衣冠。興來步屧逢休澣，窑廠豐臺擬一觀。

奉呈宮保尚書曹竹墟先生

海内夔龍佐聖時，福疇兼備似公誰！午橋歲月容萊綵，鸞掖文章付謝芝。天語早虛調鼎席，恩光倍渥搢珪時。先生自歸養後，凡遇恩賜近臣，先生與蔡葛山相國必一體郵致。長期壽母康强在，略爲蒼生出較遲。

輓故侍御劉石渠先生

古祠托宿遠塵寰，先生官京師，常寓法源寺右趙忠愍公祠。退直歸來輒鍵關。獨有青睛明藝苑，誰令華首謝臺班。前恩未遂常銜感，庚寅被薦，未售，而知己特至。夙諾雖酬可濟艱。知否盡哀能有日，因風寄淚點蒼山。

陶然亭公餞同年韓聘之湯衡**出刺隰州**

目送雙旌入太行，高亭酒半惜分張。常如校士心無負，聘之丙午分校京兆試，最有清名。推此臨民治必良。河上流離嗷比雁，時河南漫口未合。島間屯聚臂猶螳。方剿臺灣。漫郎安得真千輩，遍遣魚書牧下方。

送同官范攝生比部鏊**、方葆嚴儀部**維甸**從軍臺灣**

將軍破浪斬蛟虬，參佐同乘萬里舟。年事總齊班定遠，才名都過阮陳留。揚威盾畔時揮檄，决密樽前幾借籌。斷臂攻心皆上策，固應談笑却吴鈎。

送邵習圜同年自悦**出刺和州**

山光江氣接千年，夢得吟聲未寂然。君到政成知有暇，興來句好定能傳。正當薄海需良牧，恰值潛郎屢外遷。取次南宫同調少，與誰逐隊結蘭荃？

奉值機庭紀事

金倉碌碌治符書，忽遣簪毫近玉除。分帶六曹專視草，未登五品特垂魚。月常半直青綾被，歲或三隨黄屋車。清切此時稱右職，只慚郎鬢已蕭疏。

恭頌座主御史中丞劉雲房先生

南宫今歲渥恩開，下第猶徵百里才。蟻術漫思羶可附，鸞棲誤信鴆爲媒。一封瀝奏潛消晛，萬口讙傳欲動雷。言出仁人真利溥，官方澄敘士風培。

追挽蔣蓉龕先生和寧

忽傳梓里喪耆英，淚盡同時後進生。杖履尚從誰問字，齒牙幾借士成名。青門月旦人亡鑑，白首風華語在楹。昨歲西湖猶接席，高談常到燭三更。

哭鳳山令湯君大奎

勝衣即荷齒津新，每誦歌詩學步頻。豈料一官終墨綬，更教重海喪紅巾。使君拔劍能呵賊，孺子張拳亦殉親。身後褒揚容論定，且求死所作完人。

邢洺道中懷古

周家號令捷風雷，辛苦三關瀛莫定百戰來。帝疾遽嬰尋返旆，天心未眷阻登臺。曹潘異代師頻出，韓范昇平幕屢開。誰過燕雲窺一步，方知五季有雄才。

感懷故大名觀察熊公恩紱

官書夜治燭光沉，突有戈鋋戛擊音。急起傳呼嚴部勒，誰知反噬出監臨。手披命服神終定，血濺危甍怒豈任？賊首到今猶未獲，空聞道路購千金。

安陽懷古

鄴城河北稱都會，形勝千年未寂寥。門户幽燕兵勁峭，耕屯漳滏利肥饒。戰争九代謂季漢、晋、宋、齊、梁、陳、後魏、北齊並隋爲九代常分割，倔强三唐竟不朝。今日車書歸一統，銅臺鐵錯恨俱銷。

五十自壽

鬢絲將老漸盈顛，親在恒稱未敢然。學易已符商子歲，能詩空到達夫年。分裁《湛露》天書出，屢奉《皇華》使節旋。同舍爲郎方寂寞，可忘止足更規遷。

哭李經亭太守

袴襦頌遍嶺南人，大府交章薦達頻。爲靖鄰氛資幹吏，竟衝海霧喪勞臣。御屏共聽留題久，復矢方知拜命真。慰問茂宏温諭惻，感卿一死動君親。

孟津渡河

夾河兩縣皆沿孟，河之北爲孟縣。自古通津未改更。水落帆形隨渚轉，天寒篙力與冰争。從兹南下煩防埽，舊日中潭本築城。到岸始知天氣別，搴帷頓喜北風輕。

追挽陳伯思比部本忠

北方學者擅能文，僂指東皐謂竇少宰光鼐即數君。刻劃真如巖際雪，空明多似嶺頭雲。一時諧謔猶傳誦，五斗高談竟寂聞。同哭寢門情較切，郢人亡質更何云？

過鄭州懷宿航並感亡友景進士鴻賓、凌司馬浩

昔年曾款董生帷，雪後開園興不違。談藝三更燈幾翦，澆詩百罰盞如飛。青雲下客名空就，白首他鄉會亦稀。宿航在鄭見贈詩有『下客年皆壯，他鄉會轉多』之句。更感黄公墟下迹，笛聲半愴故人非。

早行

風雪三更起掃鞍，趨程敢恃簡書寬。悴民肺石真含觖，使者心旌可及餐。士出蓬門原習苦，人來玉宇

况勝寒。惟牽慈夢初迴枕，暗數歸程臘已殘。

登晴川閣

千里風雲萬頃濤，平臨傑閣俯晴皋。胸吞江漢方能賦，手擷蓀蘺自悟騷。頓覺摻撾隨客至，有時長笛隔樓高。憑欄欲倚凌波曲，恐撼魚龍起怒號。

哭劉退谷給諫謹之

廿年盡瘁事機庭，未老全霜兩鬢青。落落暄凉惟一節，休休通介總忘形。無兒易簀疑天道，有婦磨笄動帝聽。朝論同聲鄉望合，就中知己淚先零。

恭和御製《聞將軍福康安奏到，臺灣賊首林爽文就擒，賜近臣重華宫筵宴》元韻

一年金甲未曾抛，仰仗天威殄孽苞。易將始諧聽鼓意，占師果驗執禽爻。愧無尺寸酬鞭弭，忝與恩榮賜核肴。從此洗兵安海嶠，干戈長用虎皮包。

乙夜頻聞警枕抛，睿謨萬里固桑苞。麾蝥士奮同仇氣，射隼公當解悖爻。海上捷書馳露布，宫中曲讌列蒸肴。封狼已縛闔氛净，丹荔紅柑入錫包。

恭和御製《文津閣》元韻

外朝習射鹿爲中，祕閣紬書白虎通。祇謂詰戎芳甸外，還如侍讀邇英同。緋魚累賜恩原厚，亥豕仍譌罰亦公。枉許甘泉陪侍從，校讎敢信術能工？

恭和御製《雲貴總督富綱奏報緬甸稱臣進貢詩以志事》元韻

忍將瘴癘輕民命，因止南荒伐罪戈。鐵筆關前旌久偃，金沙江外壘空摩。時聞答詔休宫武，豈屑馳書枉賈佗？鑾目忽隨馴象至，舞階苗格未應過。

奉賀范攝生、方葆嚴從征海外凱旋賜宴

二妙從征海國遥，天戈所指賊氛銷。去時絶島愁波浪，回日樓船競鼓簫。脱劍許陪麟閣宴，含香仍趁紫宸朝。彯纓特地增金翠，不羨銀璫伴左貂。

定居繩匠衚衕寓宅

潛郎十載僦春明，三度移家有數甍。楹桷似猶傳素節，宅爲劉文定公故居。蠨蛸亦覺習鄉聲。鄉前輩劉圃三少司空、蔣蓉龕侍御皆曾寓此。庭柯瀟灑能蠲忿，檻石玲瓏號解酲。庭有合歡一株，石假山數疊，上構小閣，可眺西山。暇奉慈顔憑小閣，夕陽一角遠山横。

自題寓壁

蘭省委蛇散直還，一編仍自業名山。將軍禮數容長揖，弟子班行許抗顔。悦母自安綈縞儉，戒妻毋溷米鹽慳。平生心重多縫掖，攬帶常先出户關。

奉呈廣庭相公

詔書江漢省民艱，暫輟元臣坐論班。愼選賓僚陪後乘，俯容談笑奉東山。襟懷霽月和風上，氣象榮河光岳間。及此茫然方自失，三年旅進但承顔。

半生征戰老汾陽，甫得功成相廟堂。大事頻年煩莅衮，端居幾日奉垂裳。金堤半植桓公柳，古戍皆知召伯棠。夾道耆民如竊語，天人容鬢漸蒼蒼。

忽慶聞孫選集賢，公孫新選庶吉士。喜於身自畫凌煙。留貽魏笏知無墜，祇受韋經復有傳。手植階枝看蔭畝，親調庭羽見摩天。遭逢盛事空今古，四世承恩一聖前。自文勤公以下皆歷仕今上一朝，伊古未之有也。

返旆重聞後命臨，講堂清勝古園林。行館係陸象山書院。屏開雲巘驅炎氣，檻倚風泉愜道心。言必先型

宗向遠，事關國體護持深。經旬竊比從遊列，暫息征軺飫德音。

行抵江陵，重謁畢弇山制軍

猶思開府鎮咸陽，投謁曾披燕寢香。筵上齊傾楊汝士，屏間小異杜黄裳。獎成備至芬何惜，澹蕩無求感自長。此日從遊天假便，十年舊士再登堂。

追悼陸蘆庵瑗觀察，即送其次君孝廉逢瑞出都時孝廉爲其尊人屏當贖鍰

苦憶青門悵别深，幾年棨戟海邦臨。抽簪未畢之官債，輟瑟猶逋贖戍金。集腋成裘孤子力，覆巢完轂故人心。買絲擬向平原繡，風義安知不在今？

追悼黄上舍景仁

紅心宿草幾抽萌，在口江楓句尚清。上舍遺詩如『春水方生君速去，此江東下我西行。名心淡似幽州日，骨相寒經易水風。寒甚更無修竹倚，愁多思買白楊栽』諸句皆可採入詩話。可惜斯人先夜壑，不聯舊雨入承明。同學孫淵如、洪稺存皆先後以進士及第入翰林。才奇昌谷多鄰鬼，狂甚琅琊竟死情。臭味不同欣賞在，記曾攬帶一將迎。

庚戌元旦太和殿侍宴恭記

八旬五代景鼇偕，禮蕆朝正法宴排。軒紀適符天地合，是歲爲皇上龍飛之五十五年。箕徵重念雨暘諧。命篆『八徵耄念之寶』，有御製記文。祥開北闕瞻榆現，化洽南交動葚懷。安南貢目入覲。遭遇昌期還異數，近光特上舞干階。故事，百官皆席於庭，今年特詔移於丹陛之上。

送李雲巖大司馬賜告還黔

當代封疆第一流，奮身掾史出邊陬。精勤吏事陶公甓，風厲官方晏子裘。上藥起衰馳鳳嶺，公初在四川總督任内，引疾，蒙賜人參一斤。安輿扶疾到龍樓。特旨肩輿入直。相臣請老司徒養，謂蔡葛山、曹竹墟兩先生。又

見公歸擁八騶。

奉呈康茂園方伯基田　時方被議

瓣香親祝孫文定，先生受業合河相國之門。再仰關西伯起風。攬轡心澄王屋水，昔爲懷慶太守。禦災身犯呂梁洪。先生在方伯任内堵築徐州險工，隨埽落河，竟獲無恙。責賢必備朝恩重，引咎雖深物論公。夷險不驚由定力，愁中每見貌加豐。

大梁使院暮春詠懷

非復繁臺讌賞時，隱身戎幕當棲枝。月爲開府修三奏，日擬都官課一詩。暫緩宵深聽鼓起，不勞泥滑借驢騎。平生寒食飛花句，莫遣流傳到玉墀。

述德

出山小草問根柯，述德如聞太息多。兩世同藏萇叔碧，謂誠齋公、耳臣公。一生長廢偉元莪。謂奇玉公。郎潛鉛槧還吟藥，謂青村公。吏隱齋厨半補蘿。謂宜齋公。盡攬餘馨勤式穀，書巢棲老當巖阿。謂先君子。

寄呈座主董蔗林先生

聽履星辰上紫微，簪毫禁近筦樞機。起居八座門庭肅，領袖三司澣沐希。正色袁安仍雅量，黑頭王儉尚斑衣。平生恩地兼知己，回首春風隔講幃。

送崔曼亭之荆州太守任，即題其《望岫息心圖》

劇郡欣聞長者臨，平生治獄德多陰。賜環重整凝香戟，懷綬仍攜伴鶴琴。仰秣貔貅全楚肅，司駐防營餉米。戢流鮫鱷大江深。瘡痍未復資綏靖，五十三年江漲爲災。莫望歸雲動素心。

送同年楊星園煒上計入都

木天蘭省共清寒，一日齊彈貢禹冠。忽枉飛舄臨望邑，暫令翽鳳輟高翰。花明雪苑論才子，時權商丘令。袍緑春波餞長官。歐陽文忠公令夷陵、許州法曹，謝伯初贈詩有『長官衫色江波緑，學士文華蜀錦張』之句。蓬閬舊遊應歎羨，幾人名姓御屏看。

寄答馮星實應榴内參

禁庭視草佐絲綸，名輩相望二十春。一出藩垣聊試手，再登臺寺當收身。衆中禮數虚前席，少日文章謁後塵。暫斂英華歸著述，閑從玉局作功臣。補注蘇詩，是正諸家譌謬，出查初白之上。

上座主韓城相公

置身嶽色與河聲，强毅風裁漢舊京。自昔清華升揆席，幾人志事稱科名。無徵黄髮朱文季，不改剛腸宋廣平。方寸手書珍篋衍，虚懷猶自怵高明。近賜答手書，引張曲江詩『美服患人指』，『高明逼神惡』二語以自儆。

奉呈朱南厓夫子，時巡撫安徽

登門不恨業華顛，開口容誇舉主賢。清肯求知留匣鑑，文非得已在山泉。鄰侯豈足煩方鎮，潞國如將待異年。天柱天都真福地，獨私郇雨作霖前。

附南厓先生和作

三年素食恥頤顛，責善還憑老友賢。遷地易華非幹木，出山難保是清泉。敢希折簡談經宿，恐愧揮鋤割席年。天下才今應有屬，無能底用簸揚前。

寄懷前侍御范比部攝生

彯纓特地聳班心，鷹角峨峨孔翠深。曾渡重洋戈作枕，却歸呆殿筆爲簪。從軍露布於公巽，監院彈文蘇舜欽。小謫仍聞登啟事，有人久訟爨餘琴。

哭季父

飄風不戀鮮民生，逝水重傷骨肉情。井臼婦姑曾互乳，棗梨叔侄本同庚。抽心屢作蕃蓏草，出口先爲變徵聲。終遂首丘還擇後，報書略用慰嫠煢。

紀事

琳館金床奉梵師，狡焉狂冠犯烏斯。千年龍象虛神力，萬里熊羆遠護持。脱轡蹴空雲背度，斫冰澌米劍頭炊。國威民命宗臣寄，憑養全鋒莫履危。

故人天際忽離群，謂方光禄維甸、員外郎長齡。各有衰慈倚夕曛。此去遠銜青海雪，可無回望太行雲？每思設險爲中策，須悟攻心是上勳。愧我適符金革義，未將墨絰請從軍。

題正定隆興寺

滹沱春望眼難寬，忽向琳宮得鉅觀。七丈莊嚴層块上，萬間突兀五雲端。空聞魯國靈光殿，不識西京承露盤。信否護持猶象教，千年初地尚完安。

贈周宿航刺史

昔聞尹敏過班彪，飢忘盤餐倦忘休。吾輩交情何遽減，天涯宦迹不相謀。前期物望容青眼，晚計郊扉訂白頭。來往豈惟成二老，戲言思踐共瑕丘。昔有買宅相鄰，買山相向之約。

韞山堂詩集　卷十

七言律詩四

駕幸五臺山恭紀

鑾輿五日駐層阿，滿路金光瑶草多。絶頂生雲疑佛現，北臺封雪少僧過。曼殊號與鴻名合，貝葉書非遠譯訛。莫向圖經沿紫府，國山丹篆蘚崖磨。文殊一號曼殊，即滿洲之轉音。西藏喇嘛上書稱皇帝爲文殊皇帝。

述舊懷恩上嵇相國

同時名輩迥無倫，及作先皇侍從臣。天爲昌期榮昔幹，帝留老友伴靈椿。鼎彝典重情逾近，川嶽包容鑒最真。一首黄金臺上賦，三條燭底辨詩人。余戊戌朝考，時公讀卷，賞其《黄金臺》作：『開合頓宕，有少陵家法，異日必以詩鳴者也。』

將届服闋，愴然感懷

銜悲露夕與霜晨，三載偷存視息身。難忘國恩留廟栗，怕看慈綫在朝紳。家風大抵教兒諂，宦路方將避相嗔。他日縱能爲孟博，已無誨勉令名人。

章桐門比部煦典試中州，試事既竣，走筆奉簡

鳳池麟苑白雲廳，三轉清階侍禁庭。暫輟十行天詔草，來題千選佛名經。繁臺望氣霄先紫，洱海求珠眼舊青。舊典試滇南。誰識薰香同省客，隔簾難傍使人星。

壬子冬月，將自汴赴京，留别穆英甫中丞

二年賓席至如歸，坦直開懷兩不違。切奏互同私藝改，枯禪常共佛燈依。簡書期到何由却，衣袂情深

未忍揮。强命臨歧一言贈，佩間珍重或宜韋。

留別同年吴菘圃方伯璥

借枝人比下帷餘，每月相從幾曳裾。出訪略同乘雪棹，見留即是浣花居。慈暉餐飯常存厚，交味醇醪不改初。官喜三遷深念在，河防民力兩躊躇。

聞趙味辛至都擬贈

舍人數載托沉綿，遲起疑於有待然。何處閑官妨大隱，且憑上第慰衰年。溯君弱冠稱詩早，在我寒氊講業前。此日省曹仍麗澤，退私莫惜往來偏。

寄懷錢竹初

循良文學兩俱稱，更喜中流勇退能。華屋貽刀思哲友，空山畫笏認枯僧。秋田自給陶元亮，鱸膾差供張季鷹。只恐風流擅三絶，木天忽有鶴書徵。

余與同直李滄雲給事棨**於庚戌六月先後奉母諱，癸丑季夏同在灤陽扈直，給事作詩述哀，依韻泣和**

浹月同傷失恃時，况逢諱日倍興悲。縱饒後禄徒虚爾，長念餘生孰戀爲？執戟地嚴班敢曠，含毫心隕退難遲。相將共化桓山鳥，啼向風中不静枝。

客有談卜肆中精數學者，詩以答之

占驗何非小數存，夫惟大雅弗輕論。抗心希古年忘老，正色當官道自尊。山鬼有知能幾歲，靈氛或中是多言。及身亨蹇非吾事，不過長安日者門。

山海關

左臨溟渤右遮山，雄絶畿東第一關。開國風雲提劍入，上陵霜露拜衣還。牙旗影外魚龍静，蘆管聲中虎豹閑。磨盾平生時意動，精銷徒厚使車顔。

效梅村詠史

何意他時異姓王，擁兵觀變本膏粱。爲憐國色方投袂，遂乞天戈自啟行。豈有包胥真復楚，可能僕固久臣唐？狂罷向老幾難制，萬里南天半戰場。

廣寧懷古

全遼力障足枝梧，再起籌邊勢已孤。蜂議交訌由怨口，鹿奔偏敗坐庸夫。呼冤西市三軍哭，借獄東林一網誣。聖代旌忠仍録後，得酬熱血滿腔無？

讀《明史·宦寺傳》

鐵牌遺誡語如新，再世先教付煨塵。俞咈獨憑司禮判，刺探廣設錦衣巡。傷心礦税搜豐户，切齒鋃鐺逮黨人。今日棄嫌同騄馬，適留殷鑒與千春。

盛京恭紀

聖人昔自東方作，如日方升萬部隨。先定全遼作根本，遂開行殿建旌旗。死綏過責熊經略，賣塞尤誣袁督師。勝國邊才由自壞，驅除天意亦人爲。

大司馬李恭勤公挽詞

老著朝衣一品還，大星賈處見家山。蕃宣膏雨詩書外，况瘁風雲矢石間。十步橋公虚腹痛，八哀嚴尹最心關。同聲巷哭連吴蜀，故客能禁涕淚潸？

初授御史，追憶先曾王父比部青村公《紀夢》舊詩有述曾王父於康熙戊戌由雲南姚州牧入覲京師，夢於便殿引對，特授御史，並《應制紀恩詩》有『金闕殿迴青瑣闥，玉門關奏紫微封』之句，詩載家集。

自稔官階進步慵，柏臺初許侍從容。慚惶行殿新恩命，棖觸先人舊夢蹤。視草竟登青瑣闥，啟囊真預紫微封。祇期盡職光前志，無分貽褒隔壤重。

次韻奉答趙舍人味辛見賀改官之作

裹行初換惠文冠，差信平生始進端。目論共榮爲右轉，心知難稱獨斯官。從辛得氣薑拚老，到晚方花菊耐寒。鄭重故人期勉在，白頭素節矢終完。

次韻答和味辛興桓同寓見贈之作

塞山何處覓同岑，之子論交卅載深。官冷却推裁詔手，文高別具濟川心。起常聽鼓分曹直，暇輒拈毫對榻吟。共傍五雲争僦宅，幾人得似此朋簪？

宮師大學士嵇文恭公挽詞

疏辭黃閣幾逡巡，温詔相留慰諭頻。脱略堂廉躋老友，從容輿杖軼元臣。齊齡文富終於位，仍世袁楊斂以貧。朝論哀榮鄉俎豆，靈光同慨失斯人。

瓊林重宴後簪裾，黃崑圃少宰史鐵崖相國而還盛事疏。盡見群公成賦日，早傳皇子執經餘。記聞古舊人瞠若，造請方嚴史闕如。舉目尚能留仰止，柱間偉絶兩行書。嘗爲余題柱聯『公誠之心形於筆墨，雄直之氣發爲文章』。

題李墨莊同年鼎元**《登岱圖》**

曾凌絶頂吴秦觀，俯視齊州幾點煙。今日披圖人海裏，恍如躡磴石巖前。雲光乍濕將生雨，澗路微明欲吼泉。有意他時重放眼，誦君句得我心先。

散直遣懷

改官六月少封題，暫許天全養木雞。趨直長年仍硯北，散朝短景過磚西。時耽古籍爲良醞，間買名花當小妻。惟有生徒難謝遣，春風門外日成蹊。

寄穆英甫中丞

一夫脱死須臾頃，八座投荒萬里間。嫁禍鄰言何太險，收威天怒已徐還。重看魏尚持星節，不使班超老玉關。遍十三州思去後，豈徒舊客慘離顔？

依韻答洪稚存學使

軟塵紞鼓少優閑，憑仗新詩一解顔。盡洗蠻煙金齒國，獨餐秀色玉屏山。荒陬使節從唐馬，衰白交情到尹班。中隱大名齊所願，報書大意。擇途且待故人還。

乙卯外朝秋讞即事

隼擊風高鶴警清，露槐霜棘集公卿。慮囚怕勸晨加飯，點鬼愁聞晝唱名。執憲不移期克允，掩書太息爲求生。法寬論報無多數，況值連年國慶並？

讞獄曹州，途間即事

一心恐後簡書期，曉夜常兼三驛馳。遍戒鄉亭逐亡命，更勞繡斧讞單詞。星輿小睡尋詩頃，候館忙餐削牘時。不惜千金購犀帶，共來然渚照群疑。

贈孫季述觀察星衍

詢原按部兩停車，相見風期不改初。且喜習趺仍穩步，先爲覆車損足。似聞邊腹更多書。有『聖人家近借書看』之句。得情成讞勞貽我，勵志新詩足起予。衆裏惟思共君語，十年翻恨翦燈疏。

重謁湯陰岳忠武祠

碧血銀濤兩不分，鄂王祠近侍中墳。埋根百戰惟憑義，背嵬諸公獨有文。責備轉歸張魏國，等觀那許曲將軍。滿襟再拜祠堂淚，縱愧英雄我亦云。

紀事

火維千里陣雲昏，加緊郵章夜刺門①。負險群苗猶豕突，弄潢小醜又蜂屯。最思長吏如元結，方以書生目柳渾。屢欲抗陳兵事疏，言高恐斥舌姑捫。

【校記】

① 刺：底本及光緒本皆作『刺』，『刺門』不辭，依文意當爲『刺門』，即敲門，兹改。

大學士貝子晉封郡王福文襄公挽詞

撻伐垂毗定鬼方，大星何遽隕蒼茫！華年早入三公府，盛世偏經百戰場。傳箭河源猶闔户，投戈海嶠再耕桑。壺頭莫擬同新息，歸旐哀榮異姓王。

旌麾所至建殊勳，勇略能齊絳灌群。捨力攻心柔絶域，捐金市骨感三軍。終憑成算擒苗醜，更冀餘威息楚氛。白首賓僚懷舊顧，神傷大樹斷知聞。

送崔生景儀出守思恩

綺歲詞場早掇名，玉堂講幄望尤清。會遴桂海邊城寄，特枉鑾坡學士行。便道軍牙紆轍省，尊甫曼亭先生時觀察荆州，得以順途省視。到官鑾目帶刀迎。廿年家塾連朝路，未免南天萬里情。

丙辰仲夏，王翠庭太守錕入覲。事畢，同年諸公延飲於陶然亭。翌日，翠庭復於吴衣園太史花圃置酒回醼。何實齋太史先後各紀七言律詩二首，同年以次屬和。翠庭繪爲二圖，列諸作於後。余於役興桓，未得在坐，展圖環誦，亦依韻成二律，附於卷末

薜扉不爲軟紅扃，堞影嵐光拱一亭。折簡禮寬容帽側，憑闌心迥許杯停。大羅天上期來雨，尺五城南仰聚星。此日勞人阻良會，馬頭唯見塞山青。

雅集重開别墅新，同袍數見倍情親。放懷各有中年感，相視都爲大隱身。卷裏約詩兼昉筆，酒間谷札敵樓唇。曲江舊侶無多在，老去壺觴莫厭頻。

白頭

白頭豈肯變平生，歲到知非又十更。論事不回弦並直，觀書無障月同明。遠人願事蕭夫子，死友當知范巨卿。齒髮縱衰心力在，屑從流輩競時名。

漫成十首和馮玉圃同年

聖武開疆二萬賒，十全紀績古何加！祇宜干戚虞階舞，不分鉦鼙鬼國撾。物盛豈能消孽蠹，戰危時亦化猿沙。軍書鉅細親裁定，退食頻年日影斜。

辰南山谷雜民苗，舊設三廳控制遥。縠本旅生潛茁莠，禽多弱肉突成梟。因貪出掠情符盜，諱叛爲癲事近妖。厚集兵威連九道，軍容荼火怒招摇。

上相專征發點蒼，戟門雲集犒師綱。解圍乍比吹篪易，傳檄原過折矢强。餧肉久將成腐鼠，推心終不化封狼。舊恩遠擬籌前箸，遽見寒星隕大荒。

失計壺頭道路難，伏波於此阻戎鞍。祇緣勳烈平生盛，無損丹青異代看。老不量能雄倚劍，少希更事

促登壇。後先一例哀榮備，餘論然疑到闔棺。

乘虚竊發萬蚍蜉，半楚流離七郡州。神礮特邀天佑順，義民知與國同仇。攻巢至久終酬烈，逐鋋徒勞坐少謀。襄漢旌旗新改色，棘門前帥檻車收。

楚天烽火照江紅，辛苦何人自賊中。但訴間關先淚迸，祇聞風鶴尚心忡。戰場覓食横尸裏，華屋偷鼾縊鬼叢。同輩四人三異物，袒看左臂況傷弓。後四語皆聽人自述所歷。

良將徒中起死灰，荷戈纔脱便銜枚。不虚嘆唶威名宿，頓覺逍遥氣象回。躍馬偏師完要害，連雞堂陣縛渠魁。更饒戮力渾瑊在，部曲汾陽總上臺。

笳簫連夕起悲音，突兀師中刁斗森。阿史驍雄英衛埒，然明威望罕羌欽。釜魚已泣潛何及，原燎方熸煽豈任。此日南鑾非闓獲，要知力戰即攻心。

跕鳶本不耐長征，密請旋師見老成。推轂獨堅明主意，麾弧果得丈人貞。同苞三蘖全教斧，入地餘蝗不再萌。聖量淵冲懷昊眷，不將畏事咎書生。

同時秦蜀亦騷然，既息苗氛討伐專。化外蠢頑猶駾喙，域中食踐忍戈鋋。更思綏靖煩宵旰，盡遣瘡痍復宅田。江漢裁詩匹殷武，何人樂職競公先？

盤山

代有高人此結椽，暫隨清蹕駐幽偏。峰峰繡頂松樛屈，寺寺當門石楕圓。斜景雲煙遮望眼，下方燈火促歸鞭。慚惶舊謝乘驄客，得句空山自在研。同年鄭秋浦侍御近寄《遊盤山詩》一首。

直廬一首有寄

直廬特許北門開，視草新恩擢上才。初地傳衣將百歲，昔賢倚筆已三回。興元赦制加顔讀，澤潞軍書運掌裁。潤色王言良不易，豈惟前路近中臺？

湖廣總督畢弇山公挽詞

奮伐柔綏心力殫，眼看全楚近完安。名高雅稱蓬山冠，道廣尤推藥籠寬。臺省半邀容接士，封圻多出所由官。報聞兩疏分明在，如此書生亦大難。

太保大學士誠謀英勇公阿文成公挽詞

曲江風度領承明，中令勳威冠老成。仰岱世方尊壽耇，騎箕公忽棄蒼生。但聞所至心皆肅，縱使無言量敢輕？誰繼斯人天淚灑，一時悲感遍群情。

自昔龍文獨力扛，夾途父老識麾幢。五征醜虜三圖閣，四挽洪河再濬江。受任早紓宸顧切，成功能使萬心降。白頭從事甘棠館，緒論時聞月到窗。

襟懷朗朗語期期，政體人材夙夜思。肯與後生爭捷給，力爲先正護綱維。功從雪領天山勒，名到兒童走卒知。俯仰那能禁一慟，上緣軍國下恩私。

每日綸扉笑語和，自言魯論幾摩挲。纔中嶽降稱觥祝，遽作山頹曳杖歌。夢裏似披陳事牘，疾中屢索入朝靴。韋經覽佩期重授，虎拜鵷翔奕葉多。

喜廣庭相公得謚『文成』

易名典下萬心輸，兩字增輝紫閣圖。實賴知臣由主聖，兼欣枋議本材粗。豈煩珍玩貽張説，無假精靈懾令狐。瞠目青田與新建，何疑前世赤松符？

送洪穉存太史給假旋里

奉詔儒臣試集賢，祇將詞賦競雕鐫。書陳徐樂原忠愛，第改劉蕡爲保全。鶴禁銜恩垂佩侍，鴒原告難引痾旋。時以弟喪乞疾假。初衣自分宜衰白，企爾徵書下釣船。

送董惠疇農部出守潯州

度支鉤考析秋毫，獨以持平冠闔曹。自是桓寬本經術，不同孔僅起錢刀。邊烽昔喟空徵杼，鄰警新憐脱戰袍。萬里勤心朝寄重，還期繡句滿弓弢。

邠州刺史莊虚庵同年出都前一夕小飲見贈，即次元韻

並作寒郊自轉蓬，長安清夜一尊同。看君翠羽彯纓後，虚庵以軍功賞戴花翎。坐我明燈玉帳中。世事衹宜三語掾，朝恩敢作五噫鴻！可能白首收身日，晚計郊扉遂兩翁。

附虚庵原詩

征輪待曉逐飛蓬，且喜清尊此夕同。去國行遲三宿後，歸秦夢遶萬山中。兵家最愛談鵝鸛，諫苑毋忘辨鳦鴻。相憶衹憑魚素寄，天涯留得兩衰翁。

觀臺

觀臺登望事非虚，誰識天官太史書？二曜互虧旬日近，嘉慶三年十月初一、十六。恒星散亂四更餘。是月二十九日。垂衣耄念勤兼瘁，問寢宸顔蹴勝舒。朝列具瞻公府步，心方泄泄視居居。識在幾先，詩爲絶筆。是作成於三年之十一月初十日捐館之前二日也。平生志事，於是長賚矣！男學洛泣血謹識。

韞山堂詩集　卷十一

長律

壽兩江制府高相公晋六十韻代

帝念東南重，居師倚相臣。黄扉開海服，赤舄踐江濱。節鉞兼諸道，兵農總一身。望隆虞太岳，任比洛君陳。半壁紓天顧，全吴荷俗淳。功名誠莫讓，禄壽與誰倫？系接韋平胄，門聯班左姻。起家從宰邑，歷試首親民。出守尋移劇，分司累薦循。琴堂聲徹魯，棠館蔭留秦。遍錫他邦福，來暄我里春。憶持星使節，督算水衡緡。市舶無苛政，征帆有惠津。改官由秉臬，作翰遂來旬。宣歙雄開幕，廬濡快引輪。望風湔吏墨，解澤起氓貧。世業能行水，精心倍入神。智常周版牐，役不枉茭薪。到海波雖駛，回瀾道自遵。巫支安巨絙，河伯秩明禋。清晏功時告，褒嘉命屢申。代蕭廷論協，繼召里謡均。公總制兩江及拜使相，皆繼尹文端公之後。疆域揚州大，軍容建鄴振。蕃宣殊未易，襟帶况無垠。楊柳蘇臺滿，梅花庾嶺新。天都雲結幄，匡阜瀑垂紳。財賦連瀛甸，衣冠半紫宸。履寬容粟秕，物博雜瑜珉。開濟資良顯，提衡屬偉人。公忠持大體，闊達轉洪鈞。載領宫銜貴，旋端揆席真。朝廷方相度，父老共遮恂。直藉維磐石，原同贊玉綸。謨謀時密啟，制作每遥詢。幕府稱前吏，同時三中丞，舊皆爲公屬吏。戎旃拜後塵。群僚看禮絶，比户志恩頻。剔蠹官方肅，興賢士氣伸。深林忘屈鳥，濁浪息驚鱗。庇廣千間厦，衢盈百石醇。化行終在德，慶集必歸仁。最羡求章日，剛逢覽揆辰。喬皇天藻麗，璀璨御儲珍。豐氄長紓禮，和羹飫入唇。火城傳正旦，温室侍凌晨。氣慴降王長，容驚外國賓。踐塗仍赫奕，戀闕幾逡巡。長子旌麾建，偏師矢石親。即今制軍書麟公，時以征金川功提督廣西軍門。封狼胸已洞，猰貐手能馴。昔嶺聞歸凱，灘江賴坐填。鯉趨皆翼翼，虎拜獨侁侁㲃。復有黄童匹，洵堪謝樹鄰。今觀察同年廣厚公，時尚以孝廉侍養。早登京兆選，佇待石渠掄。經術師逵衆，文章慕固駰。庭前尤愛惜，膝上久陶甄。許國齊龍虎，承家盡鳳麟。臚歡潮浩湧，積祜嶽嶙峋。額手先維梓，緘詞祝大椿。嶽蓮根壯蔚，豐芑葉圓匀。致此慚儀薄，因之頌嘏純。中臺瞻望迥，長擬奉車茵。

席上分賦得安肅菜

小邑生材少，嘉蔬得地難。誰知田舍把，亦佐玉堂餐。密葉同蕉卷，拳芽似蕨蟠。嚼應含徵角，烹各耐鹹酸。玉版參心印，天花結歲寒。用恒情不厭，專鼎味尤完。雅稱雕胡飯，全非苜蓿盤。種當京洛近，時復累園官。

皇上七旬萬壽恭紀一百二十韻代

聖壽增周甲，升恒又億年。臚歡雷殷地，睹盛日中天。神武羲軒匹，精勤舜禹肩。謨承烈祖後，績邁百王前。五舉時巡典，三開飲至筵。作人門屢闢，藏富額頻蠲。會極遵無黨，交孚協有卷。生成昭動植，沐浴遍垓埏。嘏錫長春節，薰調解愠絃。由庚蒼籙會，先甲紫綸宣。恩命申重巽，天行健法乾。始和春已滿，覃被澤無偏。得士期鼂賈，徵儒律慎虔。晉階周仕版，賜粟遍林阡。册使軺車出，祠官紺宇沿。發潛榮綽楔，拯困畀餐饘。自此延禧祚，於時底蕩平。奉三安拱馭，執兩妙心權。壇畤升馨普，蒸嘗介福連。曉雲凝秬鬯，春露拭栖棬。椿過千齡茂，芝皆五色纏。宫成霄漢上，座倚日華邊。桃實枝垂罽，松雲桷有梴。宸樞長樂愷，聖道益高堅。昔者平西域，王師討右賢。振纓擒頡利，採玉過於闐。太乙蒲梢至，燕然贔屭鐫。郡符分若若，屯黍暖仟仟。河勢雄包塞，山經陋導岍。置郵星海外，傳箭雪峰巔。土舍螳偏怒，金川豕競癲。聲靈何敢狃，干羽不知悛。邛坂巉如戟，瀘江駛若弦。形援蚉蟨負，首尾率然聯。奉詔窮搜穴，占師利執田。精軍新背嵬，元老舊凌煙。礟震碉尋裂，弓强札迭穿。功纔成下瀨，捷已到甘泉。戮骨專車載，俘渠尺組牽。策勳茅土錫，伏罪藁街懸。凡此皇威赫，良由廟算全。聽鼙思將帥，聚米悉山川。受命從車出，成謀及凱還。用兵非得已，伐叛豈徒然！善後煩宵旰，分屯俾宅佃。棧中休餽餉，劍外靜戈鋋。但使奇功奏，何辭重帑捐。帝嘉銅柱績，敕貸水衡錢。抃舞傾冠蓋，歌呼到市廛。户重安衽席，庭不枉荆鞭。耀德恩方大，敷文治又先。名山蒐逸典，太史發藏編。寫以銀鈎燦，裝成玉躞妍。御香薰艾蒳，官紙印由拳。不數嫏嬛記，重垂委宛篇。縹緗分甲乙，譌僞正烏焉。嗜古常疑歎，觀空不滯筌。文淵開紫御，傑閣庀香楩。夜色藜燃火，朝輝圃積璇。法宫高鑒賞，宸藻與丹鉛。虎觀簪裾盛，鴻都車馬填。餘榮分預校，優敘得超遷。復有幾餘暇，欣瞻聖製鮮。韻惟循沈約，部略次劉淵。首念生民肇，遐稽列史延。卷皆書大事，義直廢群諓。録備千秋鏡，函成六寸瑄。正聲追夏濩，至理發蒙顓。率育昌皆遂，均調候不愆。對時披月令，灑翰映星躔。浩博裨元化，精微闢訓箋。皇言恒作綍，天筆信如椽。竹素和雲潤，松脂帶露研。龍文光照耀，鳳藻勢騰翩。警蹕從民望，喁於動聖憐。和甘三月浹，寬大十行傳。馳道吴臨越，行廬魯接燕。呼嵩聲欲徹，望歲走尤便。孔雀遥開扇，黄龍正負船。江山迎鹵簿，父老識旒綖。進奉裁群吏，徵求戢從員。譁囂懲枉費，華飾杜增緣。酸棗河猶泛，宣房築未竣。上公臨决口，使者立危堧。鑾輅時經廟，明禋儼具籩。至心沉彩璧，密禱扣靈簨。效命諸祇順，收功一夕遄。協風吹浪轉，神塗擁沙漩。下楗呼齊奮，沉茭袂畢揎。金堤看復鞏，囊鼓始停鼘。載導歸墟暢，毋令後慮旋。周防仁主切，相度重臣甄。浙水潮連海，杭州郭負瞑。祇憑柴作捍，不盡石爲磌。特敕資添建，前功戒並騫。午晴鼉吼急，月滿蚌胎圓。待渡攜蘭槳，觀濤據笋箯。麥晨容犢放，桑晚任蠶眠。似此江春好，寧惟陌草芊。輦過天自霽，詔降福常駢。造就仁咸覆，矜全過許湔。懋官勤拔擢，起廢軫迴邅。商樂花千竃，人歌月一舷。逋緡寬累萬，校額廣逾千。獻册依旃罩，抽毫試厦旃。鏘鳴宜翽鳳，火色果騰鳶。擊壤多黄髮，窮經有皓顛。拜恩同綺夏，賜第逮聃籛。遂返空同駕，仍諏吉日畋。山莊初駐蹕，仙苑近回韉。建學奎章焕，圜橋胄服襹。向風從冉駷，慕化到羌豜。觴許名王奉，裳勞異域褰。築宫題札什，開讌禮班禪。紫極覘榆現，銀潢衍瓞綿。福疇天子備，樂職侍臣專。謏學虚持節，非才漫典銓。暮垣風動索，曉陛景移磚。競有心傾藿，何當舌湧蓮。古稀窺御説，瞠目謝言詮。

皇上六巡江浙，恭紀一百韻并序　代

皇帝在位之四十九年，歲次甲辰，聖壽七十有四。天行不息，民悦無疆。吴越守土大吏，累請載舉時巡之典。維時黄河青龍漫口修塞既就，復其故流。杭州新建沿海石堤鳩工五年，亦蕆厥役。皇帝以東南民瘼莫重於斯，爰以是年之春諏吉啟行，親臨相度。蓋自乾隆十六年辛未以來，江鄉父老，凡得六覲天顔矣。鑾輿既莅，廣詢方略，面授機宜。於河則暢其下趨，殺其上怒；於海塘則防其内齧，固其外皴。貽百世之安全，成萬全之樂利。不止賜租庸，賚粟帛，廣校額，免商逋而已也。又前以《四庫全書》告竣，特發内帑，繕寫三部，於江浙兩省建閣分貯，俾承學之士便於探覽。自古興文之代，斯典無聞。臣不揣陋劣，謹製五言長律百韻詩以獻，用附衢謡之末焉。

先甲温綸布，逢辰愷澤敷。載勤方岳駕，恰應泰階符。喜氣連江介，歡聲動海隅。天顔雲日近，聖壽昊軒俱。益仰乾行健，重申巽命孚。川原遵昔軌，供頓肅成模。膳府希徵索，周廬僅塈塗。戒奢揮技巧，抑貢絀琛瑜。市肆仍安列，犁筐自屬途。扇常開孔雀，棒不避金吾。驂篠兒童舞，鳩藜父老扶。桑陰濃入越，麥氣盛浮吴。宿雨膏油潤，新晴錦繡鋪。斗牛虚正舍，箕畢效前驅。花草知承輦，魚龍解負艫。瞻攀千里集，呵護百靈趨。機要留臺白，對章驛騎須。停鑾時未午，聽政日方晡。引對牌呈緑，批宣穎湛硃。睿裁真洞悉，宸斷弗須臾。憶昔皇威暢，言從絶漠逾。前鋒擒頡利，别將翦休屠。師出如過枕，兵臨等拉枯。張騫窮未審，篤什探非誣。星海爲襟帶，天山入版圖。庭陳崑圃玉，厩躍渥洼駒。置吏停傳燧，興屯罷執殳。疆隅西北遠，聲教古今無。何物猺獞蠢，輕干斧鉞誅？連形如駏蛩，濟惡類狼貙。天度非難覆，仁恩已太辜。鬼方勞撻伐，烏道歷崎嶇。轉戰終搜窟，驚奔失負嵎。專車奇骨載，尺組悍酋俘。凡此平王愾，何非稟廟謨！指揮歸握鏡，勖勵當麾弧。謀定乘宜早，功成奏屢膚。煙氛銷峒箐，征鐸息邊榆。勁旅從郊凱，勳臣就閣摹。脅從邀曠蕩，喘息與昭蘇。偃武仍稽典，同文乍啓莩。天章懸日月，聖製富盤盂。往籍期囊括，前聞盡幬幠。九流存正變，七略備精麤。黎火資雄向，元纁辟鄭盧。校讎嚴亥豕，傳寫正焉烏。甲乙平分庫，縹緗各飾橱。豈惟崇載道，兼亦惠操觚。太學規惟舊，圜橋典久渝。執籩親肅穆，祭菜默踟躕。璧水疏華沼，雝宮焕彩櫨。經營煩將作，觀聽翕生徒。奉册尊原廟，朝陵詣上都。緑江同渭抱，白嶽儗嵩呼。樂奏雲門竹，筵陳樂浪鯛。旒旆明柞燎，臚贊和松竽。酹酒蓍叢砌，封牲葦在厨。孝思推已廣，禔福受應訏。望幸東南切，求寧吉日諏。燕關循近服，魯甸入名區。覽岱卑崍甫，遊壇印泗洙。舉柴頻仰止，觀器幾嗟吁。日麗紅花埠，煙開駱馬湖。欣看民氣樂，誰識聖心紆？連歲河爲梗，中州食每餔。禱祠窮磔疈，修塞枉茭芻。力盡綿鈞髮，誠通捷響枹。户仍安衽席，人始事蒸膢。帝曰天難恃，予其慎不虞。歸墟資暢刷，洩尾禁渟洿。浙水潮聲大，錢塘郡勢孤。二時濤拍岸，八月海凌郛。楗石工斯固，鎔金患可毋。爲籌民久遠，寧計帑錙銖！噴薄鼉鳴鼓，澄明蚌孕珠。連村安織組，比户足絲絇。總賴躬荒度，斯能治未痡。紀歌新蘚壁，灑藻舊螭趺。士女雍熙樂，江山翰墨娱。風光宜罨畫，膏澤協謳歈。屢免同天賦，尤寬御路租。晉遷周仕版，體恤到商逋。黌舍增衿佩，耆年厚縠繻。自非來豫數，豈易拜恩殊？重念寒氈侣，生儕盛世儒。記聞塵蠹簡，採拾狹繩樞。敕許頒蠶繭，官爲給鼠鬚。寫成貽顧陸，分錫待嚴朱。溢目疑探酉，加顔過賜酺。波瀾臻浩博，著述免枝梧。益佇人文茂，長資王國需。良材收竹箭，名藪富薪蒲。頌帝幾忘力，窺天敢貢諛？穰熙隨鹵簿，絡繹雜簞壺。芹美恒思獻，葵忱竊願輸。祇慚才蕞爾，難罄聖巍乎。

通表聊求試，觀光荷俯俞。有生皆祝華，無識可謡衢。善禱惟其質，昌言矢厥愚。重臨十二度，差足慰喁于。

乙巳二月上丁創建辟雍，聖駕親臨釋奠講學。禮成，恭紀十六韻

特舉千年曠，皇都肇辟雍。繼周崇令典，邁漢陋前庸。修廣圖經據，方圓義説鎔。建橋門四闢，作沼水交溶。法駕勤親莅，昕朝快景從。太牢嚴鼎俎，盛樂備鐘鏞。御論昭雲日，群言豁滯壅。天行符以健，聖止篤惟恭。啟沃敷餘藴，賡颺識正宗。齒津珍茗錫，手盥異香供。世禄優賢胄，公圭表恪封。幽遐通寄譯，疏賤逮章縫。總爲觀光集，兼看拜賜重。禮成新捧綺，業就廣登龍。耆宿慚桓李，文儒謝固邕。淺才聊緝頌，殊未罄形容。

巴延溝大獵恭紀

地擅川原富，巴延猶漢語富有。時占獮狩良。直恢師作網，兼立馬爲墻。轟動圍初合，笳鳴翼始張。飛黄馳自穩，繁弱挽能强。艾壽齊軒礜，桓威邁武湯。三驅先闘士，一發賀名王。獻鹿惟擎尾，刳熊競截肪。賜鮮動貴遍，猶及老馮唐。

偃師土婁村拜唐杜文貞公墓，敬題二十四韻

南紀淹歸客，中朝阻賜環。何年耒陽殯，獲遂首丘還。夫子丁時否？高歌逐涕潸。沉淪考功第，清切拾遺班。玉輦侵宵出，麻鞵間道攀。伏蒲鋒鏑滿，入幕褲襠擐。觸事攄忠愛，興懷激懦頑。大名垂宇宙，詞賦動江關。萬彙從投冶，群言效轉圜。鼓當三發勁，弓彀十分彎。並世求瑜亮，諸公競墨般。英靈萃河嶽，間氣拔瀛寰。半在兒孫列，誰堪伯仲間！疏箋詞枉費，沾丐力空孱。投老初辭峽，餘生復滯蠻。蓀蘺芳自合，牛酒謗宜删。念祖經營瘁，招魂跋涉艱。志幽珉鑿鑿，傳誤口嚬嚬。《舊唐書》本傳，宗武子嗣業，後公没四十餘年，自耒陽遷柩，歸葬於偃師縣西北首陽山之前，蓋據元稹《墓志》。而公故家於鞏，子孫依焉。他墓之在鞏者甚

衆，後人遂謂公後亦改葬於犖，要當以《志》及《唐書》爲斷。嚬嚬，争貌。見柳詩自志。風雅修私淑，賢豪破俗慳。張鶴坪太守暨偃師大令同年湯君毓倬捐金買地，構饗堂三楹於墓門，繚以周垣，始免耕民侵佔。同年馮户部敏昌以過客拜墓，又首先種樹墓下。構楹安俎豆，闢地刈榛菅。柏待森逾翠，花期浣再殷。文貞碑墓道，詩聖篆祠顔。蜀魄吟邊斷，夔雲夢裏閑。生平房太尉，相望陸渾山。

路出保定，遣人馳訊同年王翠庭太守，值按部他出，嗣君友湘**過寓存問。抵京後却寄十六韻**

聯賦霓裳詠，同含螭陛香。一麾辭北闕，千騎擁東方。班埒扶風尹，名齊大道王。報關知倒屣，開閣定傳觴。頗憶芝眉久，兼懷雅度汪。情因憐錦字，時荆婦方卧疾京邸，促行甚亟。謁遂阻華堂。篋有同袍賻，時逾宿草長。謂吴古愚侍讀同年。相從求介李，得便致維桑。是用馳專訊，無煩答報章。旌旄逢按部，車騎枉臨坊。令子修維縶，行厨溢酒漿。雲龍心以慰，蘭玉世相望。舊雨雖零落，晨星尚煒煌。專城旟孑孑，出使路皇皇。時洪編修稺存、吴吏部名芳兩同年皆出督學，甲午同榜官京師者，惟余一人而已。念我重還省，何人共舉鄉？惟依兩恩地，獨立在門墻。

丙辰年重舉千叟宴，恭紀二首

再見中天盛，元正舉上儀。禮隆尊養極，福錫耄耆推。臺鼎從黄髮，山林逮紫芝。行觴奉車尉，割肉羽林兒。賚予年三等，扶攜杖一枝。趨翔輕鶴骨，感悦溢龎眉。日月雙懸際，勳華並茂時。自今皇極殿，祝嘏到期頤。

盛宴駢千叟，重開十載逾。樂仍賡舜陛，饌復飫堯厨。敢擬康衢老，差儕絳縣夫。割鮮分御俎，拜酒挹天壺。手重朱提溢，身輕笻杖俱。醉煩監史護，健却子孫扶。矍鑠翔雲鶴，懽忻在藻鳧。年年兩宮壽，長此效嵩呼。

太上皇帝紀元周甲，授受禮成，恭紀二十四韻

再浹垂裳紀，初成授璽儀。臚歡寰宇遍，志盛古今奇。福備毫無憾，功全簣不虧。憲天暘雨念，法祖儉恭貽。巡履周民隱，蒐田戒武禧。七開登士榜，八免納租期。五免地丁，三免漕糧。灑翰言成典，麾弧績建碑。三千函祕笈，二萬里新陲。聰目無旁壅，綢維弗下移。曾來昌百世，耄壽集蕃釐。受大彌冲挹，居盈倍謹持。周旬繩武籙，讓一降尊思。有不敢同於聖祖六十一年之旨。久慎元良選，惟憑特達知。吉蠲諏廟享，殷薦禱郊祠。早信神人洽，常嚴貴近窺。重光名始正，獨契世無疑。謝表申堅讓，留章籲懇詞。未俞鴻號下，先定德音隨。鹵簿森元日，勾臚肅廣墀。宣揚稱賀疊，敷錫拜恩遲。大事仍聞達，中天共儆咨。藻旒扶輦輅，褠舄侍盤匜。軒載宮蓂紀，宮中憲書仍紀乾隆六十一年。堯勳府布垂。户、工兩局錢文，以乾隆、嘉慶年號各半分鑄。前聞從未有，大禮賦難爲。

戊戌朝考，賦得黄金臺得真字五言八韻附

突兀遺臺在，燕王昔禮賓。黄金君不惜，白屋士難真。予價寧論骨，酬恩肯顧身？高閎非枉築，璀璨詎空陳？日落行山道，煙横易水津。寂寥墟已舊，感激意猶新。畢竟慚王業，纔能得霸臣。闢門逢聖世，陋此直錙塵。

送大鴻臚馮星實前輩歸養附

鐘鼎勳名圭冕尊，豈如晝錦逮親存。愛當計日抒臣悃，事或疑年乞主恩。内製絲綸留省闥，南行膏雨被藩垣。姓名徹御思前席，冠蓋傾城餞去幡。樂甚中裙湔石建，榮逾太學送何蕃。紹聞餘事猶弓冶，進饌新編當炙燔。風雅各懷千載契，箋疏欲廢百家言。太翁侍御公注義山詩，公注東坡詩，補正諸家，厥功並鉅。起居通德憑吾黨，問道還同身在門。吕生爾禧作宰先生鄉邑。

韞山堂詩集　卷十二

五絶

舟中即目

遠岸一菰廬，得魚欣舉網。小艇漾疏帘，煙深自來往。
水滿喜風輕，倦枕人初寤。林際棗花香，晴帆向天暮。

淇水

不見竹猗猗，空憐石齒齒。落日滿淇梁，離人渡秋水。

寄懷

我遊濟水源，君留濟水委。安得王屋山，爲我托雙鯉。

寄懷許二樸齋

良友如夫婦，別離始相憐。會面亦復爾，分手心茫然。

月中聞雁

月光如水光，瀟湘秋欲暮。雁聲如櫓聲，斜過平陽戍。

清寧道院觀梅在京口蒜山

古屋臨江濆，梅花開半樹。明日雨濛濛，相憶真州路。

渭南縣復見渭水

三日重相見，波聲在耳中。故人誰似此，相送與俱東。

暮渡黄河

近昏方抵岸，乘夜遂登舟。半濟思今夕，真疑犯女牛。

寄遠曲

捷犬能銜信，靈魚可腹箋。争如飛夢速，合眼到君前。

閨人送從軍

擬結木蘭裝，從軍防戍己。逆愁戰鼓聲，爲妾聲不起。

古意

芍藥贈將離，當歸寄遠別。紅豆著重綿，相思無斷絶。

别意

置酒在分攜，頻將吉語題。祝歸先贈棗，怕别不嘗梨。

明妃曲

自妾和親後，匈奴世款邊。何當麟閣上，續畫一嬋娟。

婕妤怨

團扇非題怨，忠臣譎諫同。君王安禍水，妾敢恨秋風？

讀《闕里志》有述十二首

白也逮駙穿，志行傳卓犖。反不逮他人，咸得祀於學。

荀卿深於禮，學在孟氏亞。未應緣李斯，一例楊雄罷。

河間購六經，功實群儒祖。何當以爵貴，不入宣尼廡。

文翁石室圖，史公弟子傳。功並在聖門，亦宜芹藻薦。
曲阜宅就荒，廟貌誰重責。既崇董仲舒，乃後鍾離意。
洪範涉機祥，支條本推廣。論定鄭康成，何人訟劉向？
濟南傳《尚書》，河間獻《周禮》。若論翼經功，何得遺女子。
武侯不説經，生未皋比擁。祀之在瞽宗，道自符顔孔。
弟子誇著録，轉失河汾真。至今論世者，疑謂無其人。
歐陽學昌黎，配食本不愧。咄哉從祀疏，乃更緣濮議。
疑衍東匯文，始自鄭夾漈。魯齋删變風，甚至退抑戒。
文成尚良知，義不無偏漏。終勝章句徒，空言高俎豆。

途次見蕎麥花

春雪絮楊柳，秋雪秀蒹葭。晚夏何處雪，連畦蕎麥花。

詠史六首

赤帝出龍蛇，自有神靈意。安劉識周勃，毋反戒吴濞。
聞讖動雄心，安知竟非僕？推以策三公，孫咸何碌碌！
常道暨高貴，舊事不可詳。伏床聽公言，晋祚安得長？
秦王興大計，劫父晋陽宫。一綫慚家法，三傳釁女戎。
倉猝加黄袍，本謀出光義。既得好爲之，安肯守金匱？
君臣削遜國，盡謂亡是公。如聞革除久，猶訪張三豐。

從軍行八首

酒半起逡巡，揚鞭謝所親。死當酬馬革，生定畫麒麟。

別隊殊死戰，前山勝不分。密覘虜意懈，生力突新軍。

守撥更番卧，籠燈厚護衣。劫兵將近壘，齊發佛郎機。

後路糧臺繼，三軍命所關。林深防有伏，别將遣搜山。

賊寨憑高築，連朝費仰攻。分兵從間道，夾擊始成功。

力盡知無計，傳聲許出降。萬弦齊彀滿，先備賊衝撞。

厮養封侯骨，偏裨大將壇。丈夫期變化，畢竟勝儒冠。

百戰名猶寂，甘爲鄧禹嗤。有功慚自列，大樹是吾師。

西湖雜詩十二首

信有西湖美，無慚西子名。吴山但遥望，柔若不勝情。

鈎考逾旬月，金倉案牘駢。朝來公事少，偷放總宜船。

淡永江瑶柱，甘芳荔子漿。西湖餐秀色，風味略相方。

亭午雨來候，黄昏月上時。綺羅紛已寂，轉更見天姿。

水色漪園勝，山光小有天。佳遊期領要，他境未能先。

微雨滴疏響，輕風動薄凉。此行何所得，竹色與荷香。

裏湖遊已遍，撥棹外湖邊。就此尋靈隱，風爐試冷泉。

南屏山寺近，風裏度鏗然。始憶前賢句，鐘聲信可沿。昔人有『一路沿鐘到净慈』之句。

古塔巋然在，絶無金碧鮮。年深通地肺，日暮起蒼煙。

湖上累累冢，瑕丘那許分。孤山抔土後，雙峙岳于墳。

舊日繁華極，臨安歌舞時。發揮猶未盡，留唱竹枝詞。

兩度匆匆去，湖山辜負多。終期來泛宅，三月住煙波。

常山峪

水過常山峪，諸溪盡北流。朝宗如有意，行殿在邊頭。

東巡回蹕櫂歌詞十首

回蹕任城道，張帆太白樓。長堤兩走馬，御艇穩中流。

指點分流處，黄頭喜色新。車馱無内路，遠遶外湖濱。

聖意恤長年，聲齊力方努。但敕斷喧譁，不禁歌邪許。

轉漕無停避，兼容估客檣。排幫跪迎駕，每日御舟旁。

五色遮陽布，猶憐病女紅。來朝行幄上，祇蓋葦涼篷。恭紀是年實事。

黄織出船頭，婀娜因風起。天語遥不聞，但見天顔喜。

向北登艫便，迎南召對尊。水營規制别，前後兩宫門。

百靈嚴翊衛，萬黿寂人聲。水底當關肅，魚龍避網城。

封事關機要，毋教待駐鑾。隨馳隨遞上，曉膳御艫看。

今日詞頭早，須防中使催。相臣承面旨，策馬已先來。

田家望澤殷，憫色形時邁。雨勢忽飛來，親出舟前拜。恭紀實事。

翠翎黄短後，焜燿御前裝。開府新膺賜，徘徊臣馬蒼。
汶水過南旺，龍舟下閘輕。更添漳衛駛，幾日達滄瀛。
何物安南使，能窺求瘼心。筵前獻致語，柳墅儷桑林。柳墅，天津行宫名。時上意尚殷望雨，安南貢使恭和御製詩，撰進小序，内有『柳墅桑林』一聯，特爲律切。

闕伯臺

闕伯神明祀，巍然廟貌開。平生同氣厚，不忍上兹臺。

黄河曲六首

中州千萬户，托命在黄河。三汛年年穩，家家麥穀多。
河帥親臨督，中丞預坐籌。兵民期合力，防汛似防秋。
捲埽千金費，迎衝萬命争。朝來齊額手，已化險爲平。
以水還撑水，前年銅瓦廂。若非河使者，誰解放淤方。
没猶酬義烈，生已具神靈。勤事誰追配，新封錫永寧。黄河舊祀謝、黄二神。乾隆五十三年增祀故總河朱之燮爲助順永寧侯。
溜勢中泓穩，斜趨輒不安。非時乘水落，先切礙槽灘。

自君之出矣四首

自君之出矣，慵上舊粧樓。思君如岸柳，盡日自低頭。
自君之出矣，罷泛採蓮船。思君如折藕，心斷緒仍牽。
自君之出矣，怕度可憐宵。思君如海水，亥落子還潮。

自君之出矣，憔悴伴秋柯。思君如落葉，日掃日偏多。

辛亥至日

令節異鄉過，鮮民尤不任。怕人題日短，凄斷報劉心。

田横墓

抔土真王碣，名同烈士題。二千年後久，始易漢爲齊。舊碑題『漢田横墓』。同年湯君毓倬令偃師，爲改題『齊田横墓』，識者韙之。

杜村題壁

莫倚文人筆，輕違物論公。經過杜喬里，猶唾馬扶風。

喜雨

苦旱兼旬久，甘霖一昔霶。漏痕毋葺堊，留取驗嘉祥。

河口風狂阻渡，口占以禱

無物祈神祐，曾留碑一通。應憐虀臼客，少緩大王風。十年前，《新封河神助順永寧侯朱大王廟碑》文，當事請余屬稿。

汲縣

青山當縣見，古汲乍停車。先問安釐冢，貪看未見書。

詠史

酈寄知忠孝，難同背誕論。李繁真賣友，竊草示權門。

詠竹

此君何所貴，貴不在淩霄。要看經風雪，從來未折腰。

寄呈松厓叔

文學吾家事，飛沉任世途。他年附公傳，得比曼容無？

遼陽道中答友人問訊

君問遼陽道，封題寄遠情。路强誣馬弱，關外每里視内地什羸其三。寒重訝裘輕。

姜女廟

萬里長城外，三間古廟留。君王纔二世，匹婦竟千秋！

紀事

詔獄興靈藥，將同奸利論。誰言不死草，幾作斷腸根。

河間獻王墓

造次被儒服，哀尋聖緒論。誰非詩禮士，不拜獻王園。

新樂驛紀事

不寢趣王程，傳呼夜起聲。風狂難秉炬，結束待平明。

平生

奮舌思高議，拈髭學苦吟。平生三不惑，未淨是名心。

韞山堂詩集　卷十三　七言絶句一

題郡城東偏艤舟亭

孤亭俯瞰舊漕河，修禊城隅每一過。七百年來風雅郡，萬人夾岸看東坡。

宿遷

客帆卸處夕陽多，到眼空城半薜蘿。歸夢漸驚鄉路遠，大江横斷又黄河。

題法源僧舍壁

名蘭托宿少人知，車馬無喧雒誦宜。每過山僧看溉菊，桔槔聲裏立多時。

臨汝道中

籃輿來往汝河湄，鴉路龍山致儘奇。獨恨未申杯酒酹，秋風吹緑小峨嵋。蘇文忠、文定俱葬郟縣之小峨嵋山。

崤陵

馬首群峰類削成，崤陵天險舊知名。滿山槲葉蕭蕭下，猶作當年風雨聲。

鞏洛道中

龍門積雪俯危龕，馬上嵩山揖黛嵐。更愛洛濱風日好，晴帆葉葉似江南。

留題故太宰宋漫堂先生西陂别業

十載三吴風澤存，一時桃李盡公門。誰知馬策西州慟，猶到羊曇末葉孫。先曾祖青村公以詩文受知太宰，選列《江左十五子詩》中。

别濟南作

鵲華山色晚蒼蒼，七十泉邊澗草香。自笑身輕似鸜鵒，來巢幾日便南翔。

磁州

燕南風景似江鄉，走馬磁州愛晚凉。柳外水田飛白鷺，藕花香過稻花香。

將發都門，松厓叔氏贈詩二章，走筆報謝

翦燭裁詩墨未濃，臨岐稠疊慰遊蹤。天寒霜雪誰相顧，彩筆新愁爲曼容。

論近人詩絶句

白衣不放鐵厓還，班管題詩淚漬顔。失路幾人能自訟，莫將婁水並虞山。

篇有興觀句有心，肯緣風月費清吟？删存獨得登天録，自可無疑冠谷音。

鐘鏞疊扣廢蜩螗，遺響雲間尚慨慷。開國移書稱第一，人傳詞出李舒章。

北宋才名敵大王，蕭條中歲各攡傷。若教得並夫于老，表海雄風未可量。

韻勝於才慧在心，風流沾溉百年深。相傾縱有談龍客，木鼓終希空外音。

雅鄭之間辨最微，學餘一集少傳衣。不生不雜箏琶耳，獨抱朱弦自在揮。

研經博物騁高歌，健筆能扛百斛過。萬卷菁英都讀破，如公始不患才多。

白草黄榆塞下悲，才人都喜作邊詞。獨憐廿載烏龍戍，贏得秋笳一卷詩。

湖海元龍氣未除，鬚髯如蝟恣軒渠。壓他白袷諸年少，只爲胸中百卷書。

五十仙才讌玉樓，稼堂年少鎮横秋。如何也逐關山老，翻號承明是夢遊。

百篇詠史擅西堂，餘體卑卑勿濫觴。若向堯峰求斷句，不應畫壁讓高王。
獨聳吟肩向海陬，誰教名字滿揚州。斬新花蕊知多少，合著斯人百尺樓。
富平李匹部陽王，驂靳三原有溉堂。何事秦人少真識，誤憑弱水作津梁。
更有才人出玉溪，亂頭粗服總天姿。早教擊節新城座，不誦崔郎七字詩。
好客紅蘭麗句多，紫瓊高雅更無過。莫輕成揆佳公子，曾向朱查勁壘摩。
長慶風情又一時，他山雅妙樂天詞。善言心曲風人義，莫倚才高笑小詩。

車中即目

雨後輕塵不起初，蟬聲老盡柳行疏。籠鞭側帽微吟過，人在秋風薄笨車。
馬蹄得得一囊輕，古道斜陽悵獨行。盡日周旋是山色，遠山如送近如迎。

莊大虚庵將之粵西，舟過蕪湖話别

浩蕩南征繫我思，春江執手到鳩茲。峭帆翻恨東風急，不爲離人住少時。
楚粵風煙正渺漫，昔賢名迹未彫殘。道州詩句柳州筆，一路篷窗欹枕看。
司馬南遊氣益奇，山川終古助文詞。江淮禹穴君行徧，更出沅湘望九疑。

蕪湖秋望

赭山對面蟂磯岸，兩兩蛾眉相向愁。唤起此間蕭尺木，憑欄爲寫大江秋。

渡汶水

故人南北總離居，獨客褰裳出素書。汶水若能知此意，分流時節付雙魚。

哭季弟弟於九月四日客死濟南

年少他鄉斷旅魂，夜深風雨恍知聞。從今爲廢登高節，每把茱萸便哭君。

昆明湖

龍玉雙泉碧鑒膚，重教疏鑿衆流輸。年來幾倍恩波闊，不識從前裂帛湖。
澄明一碧迥無涯，中有樓臺映晚霞。大半煙波入天上，故應未許著浮槎。

致季弟遺櫬於鄉，因爲買葬

招得羈魂返故鄉，兩年心計費劻勷。絶憐筋力慚前古，手輦單車送弟喪。

登雨花岡訪長干、高座諸寺

長干南去接名藺，粥鼓鐘魚日往還。每過雨花岡畔路，殘陽眺遍六朝山。

方正學祠

千秋臣鵠後人看，木末亭高俎豆安。今日可平瓜蔓恨，長陵久已罷祠官。

秦淮

柳絲憔悴石城橋，燈火秦淮夜沉寥。璧月瓊枝久消歇，閣頭惟唱雨瀟瀟。

板橋

莫愁湖上草痕生，桃葉津頭艇子横。澹粉輕煙零落盡，隔墻留得賣花聲。

後湖

薰風渾不減炎威，咫尺青山與願違。一出太平門外路，滿湖荷氣上人衣。

雞鳴山

秦淮樓畔簇笙歌，朱雀航前盛擊摩。不向雞鳴山頂望，誰知禾黍半城多？

寓江寧日，客有勸謁袁簡齋者，詩以謝之

耆舊風流屬此翁，一時月旦擅江東。寸心自與康成異，不肯輕身事馬融。

讀《晉書載紀》雜感

晉業無能奉武皇，天教六璽没平陽。好還默雪青衣恨，一炬螽斯則百堂。

曹馬紛紛事可羞，惟將狐媚取神州。羯兒磊落差强意，想見東門倚嘯秋。

英雄何地不藏名，毋使他人有國楨。豈獨苻秦王景略，蜀氏先重范長生。

步摇家世本遼河，建業龍驤百戰多。每向漠南從北望，更無人解阿干歌。

紫殿雙飛入鳳凰，梧桐枉遺種阿房。誰傳五將山前語，又許君王得久長。

束髮登壇久勒銘，白頭舉事應周星。何當晚拒高湖諫，參合坡前鬼火青。

奉使張淳路百盤，書生謝艾竟登壇。寧家報國真無忝，莫道凉州倚柱看。

宣政堂前款使臣，縱横大略論逡巡。始知經史要荒外，異器奇才自有人。

車中讀錢竹初《過文敏公京邸故居有感》之作，俯仰今昔，殆難爲懷，和之亦如其數

邸第親看擁八騶，阿兄頓盡舊風流。過門雪涕無人會，獨有平生一子由。

詩情畫筆兩纏綿，三載人琴意惘然。不道新來更棖觸，爲君欲廢脊令篇。

十年廡下許相依，今日重來款故扉。行過桑陰便惆悵，緑雲如舊主人非。緑雲書屋以古桑得名，額爲横雲山人所書，司寇平生揮翰處也。

玉尺冰壺彼一時，得邀容接便稱奇。衆中把臂分明在，異日朱生却是誰？

語罷同車各愴神，衹緣入幕並情親。時同行張判官應均亦有和作，文敏公門下士也。西行若遇崔南鄭，謂公女夫崔曼亭。又是羊曇一輩人。

仙山兜率兩茫茫，往事期君勿斷腸。翰墨不隨華屋盡，鷗波亭子戲鴻堂。

夏窗即事

睡起吟聲出屋東，不知長夏日行空。一簾緑雪濛濛下，滿樹槐花動午風。

《西溪清影圖》爲表妹錢浣青題[1]

曾侍東山玉導簪[2]，何人惆悵似羊曇？尚餘林下風期在，來就青綾帳外談。

臨水疏梅幾樹斜，圍廬修竹影交加。應隨夫婿河陽久，看足平生爛漫花。

爲憐老母思顔色，特寫新圖遠寄將。舉似西泠舊眉黛，兩高峰影漸青蒼。與太夫人别於武林官舍近十年矣[3]。

【校記】

① 此詩《鳴秋合籟》收，總題作《西溪清影圖》，題詩者依次爲錢孟鈿、崔龍見、錢維喬、錢鍇、管世銘、楊夢符、崔景儀。

② 侍：《鳴秋合籟》作「待」。　③ 武林：《鳴秋合籟》作「西泠」。

酒間分賦《燈屏仕女圖》得六首

愛女鈞天夢未攜，玉簫聲裏有丹梯。早知彩鳳宫中下，枉祀陳倉碧野雞。

瞥見驚鴻照影時，豐神未許若耶知。遥憐垂手明如玉，準擬將身作越絲。

錦褕貂帽出風沙，絶塞千年有漢花。留與詞人弔青冢，故應差勝玉鈎斜。

象床香屑不生塵，百琲珍珠掌上身。立遣紅顏面君盡，桃花誰廟息夫人。

畫樓百尺入雲高，沈宋才名一代豪。從此世無真甲乙，令人腸斷鬱輪袍。

未到楊花似雪飛，東風猶自帶寒威。偷吹玉笛尋常事，便遣匆匆賜玦歸。

爲畢中丞題《靈巖讀書圖》

百二關河付重臣，天西高掌庇全秦。從知憂樂胸中大，未改空山畫粥身。

書臺築近館娃宫，舊日留題絶巘中。消得出遊春士女，拂殘紅袖又紗籠。

偶作蓬萊最上仙，青箱素業故依然。平生志事輕前輩，兩字銷磨費十年。

不待朝衫始博歡，讀書聲裏勸加餐。膝前既貴探行笈，熊蘗猶餘舊日丸。

爲胡聲旗文學題《松下試茶圖》

蝟集符書電掃空，茶聲初沸竹爐紅。使君愷悌民歌舞，總在先生掩卷中。

別財異籍日紛拏，姜被今人棄已疏。誰識事兄如事父，白頭愛弟報君書。君兄弟白首不異財，嘗見其仲、叔二弟報書，恭謹婉篤，君之友愛可知矣。

叔母史宜人挽詞，即書松厓叔悼亡詩後

傷離感逝耐長貧，贏得笄珈上病身。難怪子荆憔悴甚，最憐渾未展眉人。

乾陵

陰陽易位古今奇，復有雄才善劫持。一代英賢齊俯首，青山祇讓狄家姨。

雙闕荒凉石獸欹，屹然無字剩豐碑。似留萬古磨崖手，快寫賓王絶妙詞。

地下熊羆守尚尊，黄腰斂迹避幽門。六丁不遣焚青史，風雨何由弭謗言。

題從母金夫人照錢尚書文敏公配

縞袂著簪時尚書服未闋視膳餘方侍太夫人，不矜揄翟與璜琚。八騶朱雀航南貴，曾向簾前問起居。

晡食詩和韻有序

丁酉夏日，客崔曼亭刺史乾州官舍。刺史之配錢宜人常於晡後，手作糕粢餅餌之類，以饋群從中外之主其邸者。每出一品，先送小詩一章，隸僻事，鬮險韻，以難坐者。食畢，輒各依韻奉酬，即事生波，觸手成趣，藻不厭雅，語必羞同。時多見道之言，間雜詼諧之論。積久成帙，彙而録之。雖無當於大方，亦一時之韻事。同作者曼亭及錢子味菽鍇、楊子六士，本三十首，今録存十首。

荷衣餅俗名薄餅

釜上輕柔紙上明，薄持薄夜總難名。見束皙《餅賦》。玉荷仙井生新葉，手摘田田下碧城。

棗糕

道傍吉語果能神，轉眼宫袍柳色新。一自李郎祠九烈，董園可少下帷人？

薄荷凉丸

玉魚争似此宜秋，嚥盡凉津暑若收。合向九成宫裏進，龍皮扇底試雞毬。

杏酪

杏子生仁作意紅，簫聲吹暖賣餳風。南羹北乳常相敵，一勺能兼兩味同。

雞臛酒

煮酒烹雞倒玉缸，留君小駐碧油幢。過車腹痛茫茫事，莫負花前屐一雙。

韭花合

春早黄金束已删，尚留新緑映膏環。欣然晝寢調飢後，掲得楊風數紙間。

角黍

沅湘東下水千重，粔妝頻煩綵縷封。若識三閭終古意，不將雞鶩異蛟龍。

燒麥或云梢麥

亂削葱根雜切膏，不施裝裹自然豪。劇宜馬客幽州道，十指如椎學老饕。

籠餅俗名饅首

一時姿首孰争能，拭盡吴紈與越綾。過此便當知少味，向人湯沐丐餘蒸。

油浴餅

映日能明品足誇，見風欲釋美無加。處膏不膩談何易，只有青蓮舌上花。

宿西安城外北關，却寄曼亭及幕中諸友

回首梁山但暮雲，漫勞翦燭寄殷勤。慈恩寺裏鐘聲動，纔隔高城便不聞。

遥别弇山中丞

幕府招延東閣賓，掃門懷刺日逡巡。要知玉貌風塵外，原有横鞭徑過人。

灞橋

早歲空吟灞岸詩，到來無復柳絲絲。石橋恰與離腸似，斷絶天寒欲暮時。

温泉

十六長湯迹已陳，離宫仙液委風塵。也如名士逢摇落，屢貌尋常行路人。

出潼關

關下河流日夜黄，關前岳色曉蒼蒼。出關何事關情甚，長似回頭望故鄉。

澠池縣盟臺懷古

不忿東琴竟隻彈，當筵怒氣上衝冠。楚懷可是無廉藺，終遣邦人怨子蘭。

洛陽旅次追憶伊闕舊遊，感懷盧端臣先生

伊洛清遊是夢思，主人愛士比文僖。重來賓客惟予在，又值龍門欲雪時。

賈太傅祠

年少容陳厝火憂，當時絳灌已休休。後來非是無奇士，直待君王識馬周。

除夕懷州旅次

除夜頻年每獨吟，誰知旅舍更蕭森。思親念友驚遲暮，並入燈前一寸心。

弔淇園竹

武帝親修瓠子防，寇恂取箭禦王郎。萬竿總爲蒼生盡，惟見清流滿石梁。

鄴中詠史

劉表空高八俊名，如何愛士祇虛聲？登樓不免愁王粲，那許相容更禰衡。

詩歌磊落性情真，應勝區區抱頸人。未識思王如嗣位，可能大漢有純臣？

趙州

只知北秀與南能，後起宗風總一燈。五季人材衰薄盡，英雄强半屬高僧。

欒城旅舍

繫得青驄拂玉鞍，琵琶當户理新歡。《漢書》濁酒無餘事，逆旅先將下客看。

馬上口占

北風冽冽砭肌膚，不礙吟情馬上孤。翻恨此行偏少雪，愧他常建入京圖。唐厲歸真畫《常建冒雪入京圖》。

喜雪

一昔同雲萬口歡，經冬正苦麥苗乾。曉來司隸封章過，飛奏京畿得雪寬。

爲座主董蔗林先生題畫，壽德定圃中丞保　中丞爲蔗林先生座主，時開府福建

引領清風海國長，明珠翠羽不登堂。遥知貪看惟山色，翦取煙雲介壽觴。山水。

親到羅浮又武彝，峰巒足盡九州奇。祇疑冰雪東南少，小蹬高寒拄頰宜。雪景。

香雪高人本素衣，春風特與發容輝。除書昨下通明殿，脱白山中便賜緋。紅梅。

桃李新陰總不如，此君風味特蕭疏。千尋縱復緣雲上，敢忘階前玉立初？新竹。

韞山堂詩集　卷十四

七言絶句二

早朝

履迹衣香尚寂寥，六更猶是可憐宵。貪看金水橋邊月，每先去聲諸郎趁早朝。

爲獲鹿唐明府奕恩題《黄葉書林圖》

廿四泉邊好著書，空林黄葉正蕭疏。十年簿領無餘禄，剛買詩人一畝居。書林爲詩人王秋史苹故居，即二十四泉草堂也。

治绩行登报最書，菟裘已卜未全疏。故人四十爲郎晚，纔向春明僦宅居。

爲颺庭叔璽承題

曼容薄宦本棲棲，臣叔依人泛梗齊。老屋生平從未共，叔遷居潤州兩世矣。却來邸舍住東西。

古意

食蓼嘗匏苦自知，安床紅豆坐相思。藁砧若問儂顔色，已是飛龍落店時。

柳雪悠揚花雨霏，送春女伴餞斜暉。東風尚信啼鵑唤，寄盡文無郎不歸。

盛培園同年時杰花燭詞培園年十九成進士，始婚

弱冠清郎玉貌都，宫袍綽約映流蘇。才名可致年難及，不枉人誇夫婿殊。

含香已見拜恩濃，却扇仍聞送喜重。高第良媒都入手，玉臺新鏡是芙蓉。

同聲歌裏夢初安，心恐雞人報夜闌。來日明光宫外見，憐君纔識早朝寒。

錢文敏公故僕薛魯丹持文敏公畫册乞題，爲書二斷句於後

司寇風流異代看，殘縑剩粉比琅玕。十年賓從仍空手，撫卷先應愧魯丹。

顧厨米舫漫紛如，善本猶疑捉代餘。何物愛才蕭氏僕，篋中真迹兩尚書。卷後有錢香樹先生跋並手寫東坡《煙江疊嶂圖》詩。

客過共飯口占

厨中脱粟市中酸，有客相過共晚餐。阿母遺覘供菜具，隻雞分減到賓盤。

車中野望

渡河三月走篷車，綺陌煙村入望賒。楊柳漸深桃漸淡，殿春野色屬黄花。

讀《白氏長慶集》

欲扶六義效工歌，疾苦時陳譎諫多。吟諷數周還掩卷，此心昔已誤東坡。

題吴桐村學使嚴遺照

前輩風流稱畫圖，摩挲蘚石倚雙梧。生平未識嵇中散，昨見郎君似鶴孤。

南宫五十始看花，畫省三遷遽日斜。莫道未酬稽古力，再持文枋出東華。

視息初爲失怙人，中裙厠牏杳難陳。讀公遺狀增噓涕，廿載朝衫九袠親。

相州懷古乾隆四十六年作

堂堂郭李總貔貅，何物軍容敢坐籌？若使穰苴兵法用，出關先斬倖臣頭。

題吕叔訥詩卷

風華三泖漁莊卷，瑰麗西湖四景詩。里閈近論才子最，洪稺存亮吉黄仲則景仁而外此君奇。

題《紅袖添香圖》

羅綺分行侍夜闌，博山不斷爇沉檀。主人執卷殷勤坐，一例螢窗雪案看。

也分書味到娉婷，炷罷名香倚幔聽。插架萬籤尤耳熟，就中秋水與黄庭。

讀史雜詩效玉溪生體

一市淮陰笑未休，真王肯記少年讎？霸陵醉尉軍中死，李廣何當恨不侯？

用法時時能縱捨，安知後嗣不蒙祥？漢高若按誅田叔，梁獄何人免孝王？

大呼折檻百僚聞，瘖盡庭中鵷鷺群。不及武臣辛慶忌，獨能上殿救朱雲。

詔取司農簿録存，盡將財賄錫金門。清乎祇有尚書意，委地珠璣不拜恩。

空有清才和金谷，枉將玉貌拜華軒。安仁乾没何時已？臨法方思阿母言。

惟有臣狂故絶倫，五君高詠見清新。平生謬削山王貴，眼見兒曹作要人。

花燭詞，爲康生亮鈞賦

婀娜金車列炬迎，笙歌前路擁歡聲。結褵不是間繒綵，一匹胡威絹最清。

爲人題《倚雲圖》

未覺緇塵化素衣，逢君始愧出山非。白雲滿嶺人如鶴，四顧何天不可飛！

時將由汴入都，同人餞送，即席口占奉别

兩載平臺賦酒酣，離心忽躍北歸驂。黄河近在中門限，今夜先愁夢不南。

贈王香海同年城

六街官鼓應雞鳴，緩步清郎試履聲。不及昌平陳主事，相公爲賦賣車行。香海賣車徒步，前陳伯思曹長亦

有是事。英相公夢堂爲賦《賣車行》詩。

爲人題《相馬圖》

烏首方瞳尾窣絲，不嘶不躍意難知。任他捷足争先路，驗取長楊從獵時。

爲友人題《彭蠡泛舟圖》

舟尾湖雲白作堆，舟前湖水緑於醅。輒思我亦推篷入，同御長風左蠡來。

忠信波濤語不誣，科頭宴坐意忘吾。揚帆自趁天風便，未假彭郎與小姑。

次答崔五曼亭見寄元韻，即賀嗣君景儀館選

左宦情懷隱硯農，王裴詩社重興宗。放衙便約孤山鶴，同聽南屏寺裏鐘。

三世登科記裏聞，自太翁觀察公以下三世進士。綺年已爇玉堂芸。爲郎白首無成事，賴有吾徒與張軍。

臨雍恭紀

橋門碧水創規模，特敕尚書領使符。經進每聞遵御定，周家尺式漢家圖。

鐘鏞咸備太牢陳，先聖先師釋奠親。七十五年天子聖，固應無復擁經人。

御論昭回日月同，敷天仰聽豁群蒙。琉球侍子高麗使，總在圜橋萬衆中。

千叟宴恭紀十首

辛卯仁皇五十春，是年實始降真人。方知聖壽淵源遠，合與敷天作大椿。

古稀天子正當陽，黄髮元臣白首郎。但起南陽與豐沛，佽飛亦得與鵷行。

盡忘知識與天遊，願比堯民擊壤謳。並世誰當作更老？聖人七十五春秋。

螽衍麟仁弗具論，天家五世孝慈敦。萬方願戴堯年永，再祝曾孫更抱孫。

分攜珍果酌仙醽，壽域先開自禁庭。一夜司天占帝座，繞垣應遍老人星。
三千耆老拜恩回，親見龍顔雀扇開。四皓八公應自失，幾人帝所受天杯？
恩暉捧出足光華，端綺朱提各有加。扶老一枝經御賜，掀髯先向子孫誇。
鞹鞁雖老不離身，伏地難稱蟣蝨臣。喜見高麗下方使，綴行猶復後王人。
新飫天漿飽御厨，拜恩出未要人扶。勝他名在三千外，但賜銀牌不賜酺。
布衣初未與朝紳，拜起頻聞天語親。富貴争言致身早，此筵合讓白頭人。

題徐尚之書受詩卷後

歌詩磊落筆峥嶸，所至能令一座傾。莫道愛才非昔日，布衣名氏動公卿。
先人遺集各清敦，霧夕同遊沈范門。先曾祖青村公與尚之曾祖茶坪先生，同列宋漫堂太宰《江左十五子詩選》中。
風澤兩家都未盡，百年重見作詩孫。

自餘杭至臨安於潛道中雜詩

桃陰著子色全銷，柳老飛花韻不嬌。一夜東風連雨細，盡吹新緑上桑條。
丹翠交横碧薜滋，蔚何樹石寫淋漓。山行盡日看屏障，小李將軍黄大癡。
四面青山小邑開，雅無城郭有樽罍。更餘底事清人耳，流水聲中客夢迴。

題蘅皋族祖旻遺照

交吕攀嵇氣遏雲，僅終蠻府一參軍。卷中題字紛如織，半是西清鵷鷺群。
綺年相見謝公墩，常折平生輩行尊。知己片言思不負，他人尚爾况同根？

送崔生杭州省觀

四載相依共論文，爲牽親舍暫離群。此行一路青山好，行盡江南是白雲。

校書三月住華林，請急旋爲吴會吟。合與高堂消左宦，一經果勝滿籯金。

丁酉冬間，將至京師，於馬上成絶句：『北風烈烈砭肌膚，不礙吟情馬上孤。翻恨此行偏少雪，愧他常建入京圖。』丁未長至，月初三日奉使，出都即遇大雪，因次前韻

雪壓征裘酒透膚，吟情不減舊時孤。只緣添擁終生傳，便恐歸真未屑圖。

滹沱河

由來祭典本先河，况濟蕭王大業多。枉遣曹褒撰新禮，未修專廟祀滹沱。

漫興

談經嶽嶽史棱棱，尤喜論詩悟上乘。若要公明張膽目，從公更乞酒三升。

江郎才調本縱横，餘錦新探付後生。西第南園懲往事，肯教容易有詩名？

湯陰爲邑令豐仲作

客有盤餐馬有薪，不知此外復何云？前驅抑默無言過，莫再相逢豐使君。

同年馮魚山敏昌**時客孟縣，來日喜得相見，先此奉懷**

我友瑰奇自絶倫，獨遊華頂住經旬。夜來檢點新詩卷，明日樽前有故人。

平淮西碑

晋公德望凉公績，並紀韓碑詎失真？婦女老兵無足道，當時三省竟何人？

信陽

富貴真同水上漚，只應文字可長留。何郎位不登臺鼎，獨以詩名冠此州。

渡淮

清淮水落渺無波，淺處纔容策馬過。渡客莫萌輕量意，海門秋漲敵黄河。

楚水

楚水千重曲抱匡，横矼斜彴致殊佳。離人棖觸相思淚，長短分流總入淮。義山詩『只應同楚水，長短入淮流』。

武昌渡江

鐃吹聲中發使艭，漢陽樹色落篷窗。風濤一種横南北，生畏黄河却愛江。

有感

處士曾邀郭泰師，清郎屢辱巨源知。中年哀樂偏多感，篋裹常盈哭舊詩。

漳河

溉鄴曾資利萬疇，通津更足漕千舟。黄河已作東南徙，獨有衡漳尚北流。

涿州道中聞逆旅人談舊事

閭丘獄本未嘗承，元載妻尤志足矜。此地有人聞鬼哭，夜深風雨訴青陵。

贈友

散官不敢議蒼生，志士常懷濟物情。一語如聞魏冰叔，掾僚自待等公卿。

己酉四月，奉隨廣庭相公楚北讞事口占

殿前作賦擬摩空，次日即考試差於内殿。忽擁封軺從上公。青眼不親文字役，料應難任絳紗蒙。

重過淇水

淇梁淇澳舊知名，卅載輪蹄往復更。應悟前身是修竹，每經初地不勝情。

大河南北，暘雨應時，田禾暢茂，呈廣庭相公

出土諸苗立已疏，登場二麥刈方餘。公歸若備輶軒採，擬就嘉禾一冊書。

重過鄭州感舊

佳令筵爲倦客開，舊時賓從散琴臺。祇餘厩吏頭如雪，兩見相如擁傳來。

襄陽懷古

盛德羊公天下無，須知老氏本陰符。樓船陋説龍驤烈，緩帶風流已沼吴。
師友全資耆舊功，琢磨始見出群雄。卧龍管樂平生許，獨拜床前龐德公。
雲襄一幅錦紋迴，愧絶粗官偶麗才。但使連波能悔過，料應容得趙陽臺。
刺書告急褒無聞，收淚登陴氣遏雲。百戰孤忠仍負義，至今齒冷吕將軍。

題博望侯玉印，爲蔣别駕騏昌賦

横槊談兵氣最遒，十年簿領白侵頭。無端觸撥雄心動，肘後西京萬里侯。
半規玉印巋然存，陋盡千秋奉使幡。風靡康居三十六，乘槎直到大河源。
漢家天馬總虚夸，鑿空微詞出史家。一事論功宜裂土，中原初衣木棉花。

山行即目

棲畝餘糧尚未收，征人馬上木棉裘。四山不改青蒼色，一樹新黄媚早秋。

韞山堂詩集 卷十五

七言絶句三

扈蹕秋獮紀事三十四首

愧乏淩雲賦子虚，又無强記誦亡書。精銷自擬勞薪似，也扈金根備屬車。

麗正天門山莊正南門六扇開，從臣冠劍肅趨陪。今朝觀稼每年駕出觀稼一二次鑾輿出，不比尋常禮佛臺。凡車駕出麗正門，隨從百官皆立班。

聖朝重射有殊榮，下自清郎上列卿。連發四葴齊中的，即看金翠上彯纓。凡較射中四矢者，賜戴孔雀花翎。

慶善祥開華渚虹，降生猶憶舊時宫。年年諱日行香去，獅子園邊感聖衷。獅子園爲皇上降生之地，常於憲廟忌辰臨駐。

驛書灤水接都京，四日循環有定程。連夕雨多遲數刻，嶺頭已遣近臣迎。每本報到遲，即命派侍衛章京過廣仁嶺迎遞。

面承密敕語從容，分寫新綸撰進恭。御筆親增三五字，别傳天語帶硃封。詔草經硃筆更改，例應另紙恭録。唯廷寄諭旨，多命即以硃發。

魚龍散樂列瓊筵，視政如常倍覺虔。一曲仙韶聽未闋，重臣三對御床前。萬壽節演劇後，視政如常，軍機大臣有一日召對數次者。

寶鼎升香仙樂摐，祝釐徠遠一時雙。朝儀整肅逾常歲，觀禮安南有下邦。是歲，安南使臣阮光顯與賀萬壽。

天章落筆富波瀾，拈韻何論險與難？慘淡侍臣心力盡，和詩方畢第三單。發和御製詩，以三單爲率。

不擇秋蛇與墨猪，但期疾速勿遲逾。繕完呈本催分寄，一旨而傳諭數人者，進呈既下，照書各寄，謂之分寄。珍重臨封與過硃。凡御筆增改，遵録他本，謂之過硃。

方寸瓊函疊紙成，緑牌交出記分明。凡引見記名各員，吏、兵兩部，以緑牌交機庭照録，入存記匣，隨時進御。新來方面開何缺，封事先頭進空名。書缺而空其名，以待御筆填注。

天書脱稿進堯階，加緊郵程計日排。自每日行四百里以上至六百里加緊。欲印紫泥先請鑰，亟繙夾袋出金牌。機庭印鑰，例由大臣中行走最前者佩帶，取用以金牌爲合符。

舊事分明記阿誰？獨難顛末誦無遺。試繙隨手當年簿，機庭總簿謂之隨手。充棟封題若列眉。檢查舊事，必按各年隨手簿索之。

破例恩先契聖情，且教集議付廷評。何時部疏纔呈閣，預寫詞頭擬准行。凡直省奏請遷除，當上意者，雖交部議，仍命存記部本，上時議駁，亦擬旨准行。

賜果分鮮事疊稠，綺紈三品列卿儔。凡頒賜表裏軍機章京，例視三品京堂。辛勤視草遲公退，克食羹飧輟夕羞。國語恩賞謂之『克食』。

緘縢黄匣付崑崙，中有軍書要件存。當直者例滿、漢各一人，帶要件，先候於尖營，以備承旨。今日穆音誰扈直，最先跋馬候烏墩。國語以隨豹尾爲『跟穆音』，尖營爲『烏墩』。

内庭章服例優崇，貂錦平時借紫同。馬上羊裘齊著屭，祇披風帽是猩紅。

疾下驊騮釋鞾靰，前引大臣將近宫門，例釋弓箭。宫門將近肅無譁。翠翎寶頂遥難識，一片黄雲捧帝車。

一望蒼山白草遮，絶無人迹有麏麚。從官來日齊乘馬，輦路前頭不放車。進哨之後，不准屬車先行，恐橋道有不虞也。

宛馬新從貢使東，近臣奉敕選追風。獮回果穩天閑步，特錫嘉名闞虎驄。恭紀是年實事。

躍馬初披短後衣，争思决拾奮軍威。聖齡八袠猶神武，是年聖壽七十有九。親挽黄間射鹿歸。每日必親射數鹿，然後下圍，從臣莫不親見。

鹿冠吹哨出山坳，哨鹿者戴鹿冠，作鹿鳴。風入新秋已折膠。御箙未抽禁忍俊，試弓先射突圍麀。凡圍場，上未發矢，莫敢縱鏑。惟突圍之獸，方許從官先射。

下圍傳駕左門還，在直郎官總立班。不向長楊陪羽獵，何由親切睹天顔？軍機帳房例在幔城之左，凡駕由左門入，在直章京皆立班。

宫車小隊内家裝，分得勾陳豹尾槍。遥見前車擎步障，百官引馬避闌防。宫眷輿輦，後扈亦有豹尾，親王以下皆引避，故稱『闌防』。

漆沮雲夢數詞場，記誦那如目驗詳？昨向巴延溝大獵，鹿群蔽野似牛羊。

封章絡繹費天題，夕對方終塞日西。行在召見軍機大臣，恒在晚膳以後。詔草先成先進御，不須留待十行齊。凡撰擬詔旨六七道以上者，輒命隨成隨進。

禮成秋獮舉霞觴，詐馬筵多異姓王。出哨第一日，大宴蒙古諸部王公。酒半聖情增物感，舊時戚屬徧孫行。《恭紀御製記文》中語。

請駕懸知日未暾，昨宵答答取重論。幔城一片傳呼急，恰有人先直早門。上直，有一人最早者謂之『早門』。

交抄内閣發遞兵部紙如飛，針晷時時視帶圍。坐待行廬傳合鑰，散直，有一人最晚者，以宫門下鑰爲度。珠車燈火照人歸。周廬、夜直、兵弁，統謂之『珠車』。

行帳安床篷艇齊，欠伸常慮打頭低。夢回誤聽瀟湘雁，却是寒駝帶雨啼。

曉看白道夕看星，十二圍場勾曲形。忽見塞門山色好，插天依舊馬頭青。圍場以西去，以東還。

四時飛走任涵淹，罷獵仍聞封禁嚴。千騎名王天子聟，不教偷犯射雕嫌。恭紀是年實事。

旋蹕欣承休沐恩，例容七日澣塵昏。扈蹕初歸，例得休澣七日。朝衫重繫牟尼串，行衣不挂朝珠，還則仍繫。

雅步趨翔内右門。内直各官皆進乾清門，惟軍機直郎許兼由内右門出入。

惟憑謹畏直承明，緘口仍防出舌輕。有問輒將他語亂，肯言温室樹何名？

寫哀追作

五月靈輀共起居，夢中色笑覺來初。搴帷不道慈顔隔，猶認年時舊板輿。

杖起皋魚意不任，久將哽咽廢清吟。述哀欲作詞難竟，棖觸生前戒嘔心。

雁群乍合即分張，惆悵多因覓稻粱。直待驚心風木恨，白頭兄弟日聯床。

四十登朝鬢已秋，浮沉郎署又星周。投懷吉夢殊慚負，那有高名動九州？不孝始孩，先恭人嘗感夢，有名聞一世之祥。

外家三世著書存，大息青箱少後昆。手付一編期勉在，當思子幼出龍門。

上直更番出每遲，玉鑾扈竣使車馳。十年禄養徒虚語，鞠跽柔顔得幾時！

水逆風多若上灘，幾重石牐幾重關。東征賦裏來時路，珍重哀魂逐子還。

又題後一首

言尚無聞句那安，不知喃訴集無端。蓼莪忍引詩人例，只作桓山大鳥看。

贈江陰己酉進士包敏、蒙古庚戌庶吉士恩普 有序

兩君並素未謀面，登第後，各持刺修謁，堅執北面儀。訝叩之，則皆平日業余文者。汗顏愧謝，而兩君之厚意不敢没也，詩以志之。

平生所業雕蟲比，敢冀流傳在齒津？難得兩君同意厚，得魚猶念結筌人。

過永城晤李生如蘭於其叔兄官舍，憶在尊甫中丞公幕府授經，時已二十三年矣。感而賦此

二十餘年人事殊，山丘舊淚已模糊。荷衣公子髯如戟，那更羊曇不老夫！

題大梁節院有序

節院西偏，前使舊時歌舞處也。穆英甫中丞自履任後，從未開讌。初夏經過，則綺疏頽落，畫檻傾欹，惟有爛漫茙葵争雄蒿艾而已。書此於壁，以美中丞之節儉焉。

幕府依然早晚衙，中丞清節似山家。錦堂閑殺笙歌地，開遍茙葵一院花。

汴中詠史雜詩

一奮高椎遂却秦，市中不見鼓刀人。後來滄海君名重，疑是朱仙隱去身。

一水通淮迤邐銜，萬夫力盡費掀鑱。楊花風起渾如昔，只送行人舊布帆。

董相初無赫赫名，昌黎具狀寫平生。莫疑椽筆私知己，不爲交遊諱永貞。

倉猝三軍擁戴秋，遂遷龜鼎定神州。他年傳弟非無意，光義黄袍是本謀。

野史含淒説靖康，月明空唱憶君王。誰期貞祐南遷後，亡國依然在大梁。

都會重開棟宇新，鋤犁時出屋嶙峋。應憐地下華胥夢，尚有酣眠未覺人。

效義山詠史

摩足爲奸道路知，買臣劾治未爲私。何須深説酬恩怨，死憤張湯衆不思。
跋扈將軍有詔收，即時夫婦劍鏖休。漢庭老吏應無數，誰使功名出五侯？

偕中丞有事於河北，渡河即事口占

終朝局促守簾階，未免登臨眼倦揩。一出城闉濤拍岸，依然萬里瀉胸懷。

牽牛花

淺碧初開慘淡花，最宜凉露怕朝霞。移根秋海棠邊種，思婦愁郎是一家。

題徐文學公楷《課孫圖》

朱門粱肉饜庖盈，廣厦笙歌沸絶纓。不及草堂纔十笏，戛天修竹讀書聲。

記夢

鄉夢分明返舊蹊，渡頭楊柳緑初齊。連朝春雨添新漲，如見門前水欲西。舍前水本東流，每遇盛雨，則東南隅暴漲，皆自烏衣橋下斜出，水時爲却西流。里人輒占爲文士科名之瑞。

與客談蔣穎叔事

訟庭目電掃懸河，響答詩筒伏老坡。底事彎弓彈薦墨，才高不脱赤天魔。

洛陽道中有感

於役常懷古意新，無端潸淚滿車茵。洛濱風日河陽樹，可忍經過失恃人。

壬子洛陽元日寄示兒子學洛

戎幕羈棲曠几筵，周南留滯隔爐煙。分陰遠勖兒曹惜，重見先人秋賦年。先宗伯公、奉直公，前後均以壬子領鄉薦。

白馬寺

道大何傷並育中，後儒狹隘始相攻。永平白馬馱經至，未損東京節義風。

祝雪

原頭麥色望初勻，驢背吟魂久未親。共祝箕師一杯酒，只飛清雪不飛塵。

從軍行

將軍束髮繪凌煙，戰士弓刀舊拓邊。更遣橫行向何處？崑崙西下又三千。後晤方葆巖通政，始知崑崙到前藏三千里，自前藏到後藏尚四千里也。

贈董蕙疇户部

微泉侍御文驥蓉渡文學以寧又蒼梧孝廉愷，家集鄉人諷誦俱。復見君才清似水，不愁紅豆一枝枯。庶吉士潮，自號紅豆詞人，即户部從兄也。

詠盆梅

擬奉寒梅九錫加，檀床高奔玉屏遮。故知鐵石心無改，不爲人開仰面花。

偶書

功名一息即千春，投老無輕有待身。齊向雲臺慚鄧禹，洛州司馬獨何人？

隆興寺見故同年吴古愚侍讀舒帷題字

故人曾此駐星輿，手迹留題十笏居。難制達夫霑臆淚，儼然開篋見君書。

讀《元世祖紀》

拔都怯薛得人多，晚任非才政稍頗。畢竟英雄收悟早，悔誅王著籍桑哥。

感舊

父老皋蘭歎息俱，危城親見陣雲孤。不應剛骨王京兆，絶少英靈似灌夫。

詠史

武帝乾封禱上清，通天臺外望雲生。竹宫演盡新繁露，可是桑羊欠一烹？

答人

啼殺黄昏接翅禽，繞枝三匝怨何任？不知言出無人應，空有千間廣厦心。

先見

懷槧燃藜術太疏，災牛僵李日紛如。方思先見劉東武，弗善華林七録書。

憫旱

林慮嵩高起晝陰，滃然雲氣隱雷音。不知去作何方雨，望斷中州父老心。
皎月誰能見不親，却思良轂正懷新。庾樓一例安床待，頓覺清光未可人。

書張曲江《白羽扇賦》後

羽扇情懷紈扇同，棄捐一例畏秋風。忠臣心事深賢媛，猶感君恩在篋中。

讀《晉書·霍原傳》

獨往無如善閉關，逃名休抗説經顔。豆田自爲亡王讖，枉殺高人六聘山。

爲羅樹堂州別駕題《焚香讀〈易〉圖》

白頭官滿謝軍軒，學《易》春風盎小園。翻覺君平尚多事，此書宜讀不宜言。

早行寒甚

熨體吴綿著意鋪，羔狼重襲護中襦。搴帷出指寒猶慄，急市村醪暖僕夫。
北風逆面走兼旬，冰在鬚髯塵在脣。莫向寒威訴辛苦，西征大有未歸人。

韞山堂詩集　卷十六　七言絶句四

恭紀恩准廓爾喀番目悔罪投誠

王師安遠非窮武，奉表祈哀許自新。讀詔最思天語大，彼中蒼赤亦吾民。

撻伐仍當慮始終，痛懲暫捨得心攻。書生漫作籌邊議，失喜成謀君相同。

喜同年洪稺存督學黔中

昔送周郎宿航出牧初，水西遥賀澤琴書。天心有意光蠻徼，更遣詩人奉使車。

同年吴吏部名芳蔭暄督學秦中戲簡

甑塵常積釜魚空，車若雞棲馬狗同。忽比鵷鸞先得路，始知真有信天翁。

追紀舊事

詩無達詁最宜詳，詠物懷人取斷章。穿鑿一篇秋柳注，幾令耳食禍漁洋。秦人屈復注王漁洋《秋柳》詩泥「白下」「洛陽」「帝子」「公孫」等字，妄擬爲憑弔勝朝，最爲穿鑿。

語關新故禁銷宜，平地吹毛賴護持。辨雪仍登天禄閣，三家詩草一家詞。丁未春，大宗伯某掎摭王漁洋、朱竹垞、查他山三家詩及吴園次長短句内語疵，奏請毁禁。事下機庭集議，時余甫内直，惟請將《曝書亭集·壽李清》七言古詩一首，事在禁前，照例抽毁。其漁洋《秋柳》七律、他山《宫中草》絶句及園次詞，語意均無違礙，當路頗韙其議。奏上，報可。

贈内

生來頋作詩人婦，日誦余詩解漸通。每惜心㐀懲往事，余詩稿隨行笈被竊，失而復得。別收副本在奩中。

教婦詞

勖婦原期在始歸，酒漿紝組敬無違。年來漸有爲姑道，教誦東南孔雀飛。

題洪穉存途中見寄詩後

千里蕭條歲不成，輶車遠寄採風行。炊煙缺藉燒荒補，能寫春陵未到情。原詩『荒荒野燒紅，補此炊煙缺』。

我來一路訪耕氓，太息君詩卷裏行。最望今年一冬雪，三分危過二分晴。又云『辛苦無他言，惟期一冬雪』。

鄴中詠史

英雄割愛忍如遺，獨念平生感舊知。兩事阿瞞差可意，祭橋公墓贖文姬。

逐鹿争梟老據鞍，不應遺令近懷安。密謀耳授無人省，却被分香賣履瞞。

少年行

兩頭纖纖金帶鉤，半黑半白烏雲裘。衝寒並馬城南去，暗約情人待酒樓。

論詩

引聲天籟豈人爲，雜沓無文致益奇。前世村謳今絕唱，廬江小吏木蘭詩。

崇效寺看花

古寺城西落照邊，軟紅塵外訪幽偏。未通梵唄遥知徑，花氣迎人到馬前。

諸老當年此盍簪，留題多爲道人琳。寺僧出王阮亭、朱竹垞、查初白諸先生贈拙公詩横卷。坐來有句知難著，只誦禪房花木深。

爛漫枝頭吹漸空，海棠無復舊酣紅。看花轉愛蕭疏後，殊有佳人林下風。

丁香千樹拂檐開，玉縷冰絲費翦裁。此亦眼前香雪海，何須苦憶隴頭梅。

幽花恰與佛龕宜，白袷黄絁入道姿。畢竟山僧重緋紫，勸人弗後牡丹期。

米家山盡化殘霞，萬柳園荒噪晚鴉。獨有伽藍耐興廢，年年長放一春花。

癸丑仲夏，扈蹕避暑山莊恭紀四首

行殿中開蒼翠環，天然清曠悦心顔。後宫瀞濯師勤儉，日對簾前砧杵山。東山磬槌峰，天然砧杵也。

衛藏西來象教徒，創將古佛至尊呼。皈依可及青山早，北面僧冠禮曼殊。南山有峰象僧冠，因名。

曰時雨雨曰暘暘，聖意真能格上蒼。那許番僧回把什，歸功鮓答與燒羊。鮓答祈雨，燒羊祈晴，皆喇嘛及回部法也。

獻琛海外有暹邦，生梗朝儀野鹿腔。一到殿廷齊膝地，天威能使萬心降。西洋暎咭唎國貢使不習跪拜，强之，止屈一膝。及至引對，不覺雙跽俯伏。

吉林讞獄感懷亡友董春臺

馬角生還不可知，何當從此盡交期？故人緩化遼東鶴，尚有天涯執手時。

題吴漢槎《秋笳集》後，亦感懷春臺而作

人重交遊世愛才，廿年竟奉赦竿回。只今白首聽笳客，難得兒孫負骨來。

題趙味辛舍人《移居古籐書屋》詩後

金風亭長舊遊曾，歲久名流少盍朋。今日詩人重掃徑，一杯先與酹青籐。

比鄰滿架亦繽紛，書屋同題贋莫分。湖石數行楻柳一，試披騰笑集中文。

從來玉宅宜居信，近百年間辱斗筲。安得題名花下石，胸無萬卷莫誅茅。

甲寅孟夏，賜百官扇，恭紀二首

九成宮館倚層霄，塵暑何由到泬寥。要使仁風滿人海，遍將方麯賜群僚。

細字鐫名伊仰工，李昭骨法最玲瓏。傳觀不待真開篋，盈手微凉殿閣風。

賜佩囊恭紀

甫從揮手拜恩光，又見垂腰錫尚方。若與繙書徵故事，定將魚袋比荷囊。

面面針神蓄意工，十雙喜字繡紋紅。所得佩囊二，各繡喜字十。萬方頻送天顔有，不在鴛機舊樣中。

賜韘盛恭紀

葴矢盛房弓載弢，蒯緱飾劍韠容刀。正疑玉韘無繅藉，天上分來古錦韜。

賚予如傳風論深，隱將弛武勵朝簪。書生白首精銷久，猶發伊吾抵掌心。

甲寅扈蹕灤陽，往返恭紀六首

積雨金鋪盼放晴，晚凉催進十番聲。直廬不隔鈞天聽，月殿雲開字最明。上每盼晴，輒令樂工奏《月殿雲開》曲。

後民豐樂先民憂，農諺方言入睿蒐。家世田間身荷耒，不知新雨是騎秋。立秋前一日雨，諺謂騎秋雨，占有年。諭旨中偶引及之。

琳宫丹堊鬱相連，中隔奔流武列川。趨直北山門尚早，幾回立馬聽潺湲。

連朝急遞達明光，沁衛滹沱水驟狂。奉使總能如汲黯，便宜先發海陵倉。少司農松筠、都統尚安，均以奉使阻水，輒令地方官開倉撫恤。一面奏聞，得旨嘉獎。

驛路飛馳佛地香，天題綽楔仰輝煌。禱河兼獎河臣績，加賞盤花六繡囊。

密雲迎駕立千班，萬歲三聲跋馬還。獨有從臣偏緩轡，爲憐秋滿白檀山。

中秋夜雨，趙舍人味辛填《百字令》一闋，清深激宕，與雨聲相上下。詰晨晴霽，口占以贈

準擬秋山看月明，排檐雨勢壓吟聲。憑君新句過絃管，一夜吹開萬里晴。

詠史

錢刀筐篋彼何人，不奈乘時據鼎茵。自撫吾床非斁淪，尚能移遠紀僧真。

白首殊非學佞時，客來相就勸韋脂。何當伐國仁人問，爲謝平生馮祖思。

和味辛《移居鐵廠》，用《曝書亭集・移居槐市斜街》韻

長安富貴逐奔輪，祕省才華盛積薪。塵海移居誰過問，關心同調是詩人。

自裼長裘不繫鞋，百城萬卷擁高齋。尚貪未見鄰書市，擡遠花擔趁六街。

僻徑斜陽每枉驂，旁人多未解深譚。敦經悦史堂額爲石庵先生所題君三味，憑我來添說士甘。

七峰別墅直寓口占

西園襆被久如家，無復城南載酒車。猶喜詩情有供養，上樓山色下樓花。

藤花

麗累花垂糺縵枝，棚陰列坐勸深巵。貧家莫笑無供頓，步障居然作紫絲。

海波舊宅百年餘，朱竹垞太史古籐書屋在海波寺街。纔住詩人謂趙味辛舍人又徙居。一種青藤差未古，白頭容著滿床書。

夏日直留守班，即事雜詩十四首

九夏鑾輿捺鉢見《曝書亭集》停，暫教綸閣合機庭。濡毫兼問廊餐地，憑借西頭學士廳。每年借蒙古學士堂爲早直之地。

相逢爭説息肩期，留務清閑亦恐遲。聽徹六更興辨指，登車略後早朝時。馮玉圃同年嘗見語曰：『每日晨興，總以幃中辨指爲度。』

依然三日上更番，過午何人共掖垣。睡起斜陽滿宫樹，晴蟬乾鵲一時喧。

膏澤懸知帝念殷，朝朝籍記等書雲。今年暘雨多時若，少有飛書附驛聞。

直房朵殿最西偏，岸幘深衣聽自便。今夕相公親宿衛，近晡冠帶候文淵。

隨單公件束縱横，事迹難詳部寺明。各聽所由將領去，只令官簿自書名。

共凛天顔尺咫如，朝參雖遠詎宜疏。東華冠蓋何交錯，九日公卿一起居。王公大臣例隔兩報，一請聖安。

親賢禮絶衆班行，瑣屑毋煩面請商。只就相臣裁決定，别修啟事白諸王。

忽傳行在有馳書，驗取封題刻敢徐？争問滿前揮使却，東安門外索飛車。

代修封事答天言，送喜臚功貴不煩。此日停毫看對院，國書質謝荔枝恩。

機宜文字藁連蜷，紙斷行斜半不全。隨報卷還窺約略，仍同省樹不輕傳。

一尺官冰儼玉材，庖夫分琢到臺陪。亦知清禁難逃暑，且免塵間熱客來。

八袠元公曳履聲，近前趨事幾書生。九門三市多輕俠，不敢秋毫扞法行。

每及清凉趁早衙，日高意已厭輕紗。西園不到剛三月，虚負薰風紅白花。圓明園直次，荷花最盛，而每夏不得寓目。

乙卯仲冬，出廣寧門口占

揮鞭差愛柳條青，落葉離亭亦可聽。偏我春明門外路，年年冰雪餞寒星。

董子祠有感

漢代求賢鑒尚真，傳經射策畫麒麟。長沙短折江都老，一例平津閣外人。

滑縣

莫笑神仙語誕誇，果然滄海變桑麻。滑臺十萬中人賦，半種黄河徙後沙。

邯鄲

梟賈居奇不可當，安排盜國購名倡。玉纖幾曲邯鄲瑟，畢得嬴秦又六王。

磁州

湅合清渠底尚温，此間長夏似江村。柳條落盡荷莖敗，殘雪連畦覆稻根。

曉寒

下馬争求緼火薪，登車敢望緑熊茵？日輪欲起三霄白，驅約寒威盡著人。

隆興寺尉遲敬德像

英姿颯爽戰常酣，自稱莊嚴七寶龕。金券銷磨茅土盡，一間香火寄伽藍。

避風行館

肩輿燈火起宵中，門外驚塵捲斷蓬。不比江湖波浪惡，也須小避石尤風。

高陽詠史

白首韜鈐付草萊，眼看朝市變秦灰。同時只爲熊袁惜，可有高陽舊相才？

白溝河懷古

趙家地盡白溝河，扼吭忠臣未肯過。偏恨鼎成龍不下，紇干山外涕痕多。

涿州懷古

天水真人舊降祥，也如昭烈出樓桑。可憐竟代淪他姓，不得春陵比帝鄉。

自涿州至定興，道旁楊柳俱數百年物，古幹虬枝，不緑縟而可玩。昔人未有詠冬柳者，詩以始之

腹癭腔空狀各殊，古柯不藉緑陰敷。涿南千樹冬楊柳，禿盡猶堪入畫圖。

抵京即事

使客遄歸弗後期，家人喜慰勸深卮。銀鐙促坐唐花底，自改車中未定詩。

西園直次寄内，時方卧疾

直廬番上渺無歡，藥裹茶鐺暫輟看。猶恐秋風侵病骨，日同修竹報平安。

六十口占

時清臺省封章寂，老玷承明補益無。便合初衣返鄉社，問年已近狄兼謨。

宣武門内四冢相望，爲前朝守門將士死國難者，詩以志之

宣武門闉四冢纍，寂無殘碣表伊誰？金吾不毁朝官式，留與千秋勵死綏。

經太液池觀荷

雨洗薰風日斂霞，朝回有意道西華。金鰲坊底從容度，看足蓬池萬柄花。

韞山堂文集

目録

韞山堂文集　卷五　駢體奏摺

韞山堂文集

嘉慶六年春鐫，讀雪山房藏版

序

余交韞山，在乾隆己卯之歲。其時余頗學爲古文辭，而韞山鋭意舉業，有聲膠序。及在郎署，四方請益之士，著録者數百人以上。余隨牒秦中，不數數相見。今年九月來京師，韞山館之邸舍，見示所爲古文辭兩巨册，非好而樂之，曷爲多且工如是！余烏可以無言？

昔東坡先生嘗患儒者之病多空言，而少實用。賈誼、陸贄之學，殆不傳於世。而司馬温公作《通鑑》，其於《陳政事疏》，具録不遺。宣公奏議，所載凡九篇。上下一千七百餘年，兩人之言，甄綜最多，誠重之也。東坡又謂西漢以來，以文設科，而文始衰。余嘗慨士大夫殫精畢智於决科之文，業成名立，乃始以其餘力治古文辭，故常不逮古人。而又以麗多用寡之曼詞，黨枯讎朽之樸學，誤用其心志。反不若經義之高者，猶足與聖言相發明矣。

余觀於韞山，自其少時所爲，矻矻窮年者，自六經諸子，以及百家之言，皆嘗講明而切究之，則古文辭之根柢已具。及登仕版，當世之務，問之詳而思之審，發爲文詞，必有當於事理，而鑿然其可行。以是重臣之即訊，節使之奏報，皆欲得韞山以自佐，此在韞山爲餘事。然獨非有裨實用之一端乎？韞山嘗言：『自宋南渡以後，有所謂性命之學，事功之學，然遁於虚者易，責以實者難。當爲其易者乎，抑當爲其難乎？』此則韞山不欲爲空言無補，而如東坡所譏，知其無是失矣。

吾鄉唐應德古文辭，雄視前明一代，顧好爲時文，宦成猶不廢。韞山殆於似之。應德海上視師，足以展布所學，而出處之際，或非其本心。今韞山遭時太平，致身通顯，宜無有不釋然者。然而獨居深念，時復奮髯抵几，其所爲耿耿於胸中者，將欲以見諸行事。古今人，同不同固未可知，若徒以其文章之博辨，議論之剴切，即不必遠擬漢唐，亦當與應德代興也已。

時嘉慶三年冬十月，同里莊炘序。

序

嗟乎！韞山乃僅以文章傳於世乎？予交韞山三十餘年，知之稔矣。韞山好讀書，熟於古今成敗得失之道，而慷慨尚氣節，能面折人過，不少婞阿，其於天下事可知矣。由郎官擢任臺職，懷立仗之恥，具埋輪之志。常往復遺予書，有所耿耿，亟欲建白。予數慰勉之，規其待時而言，務令得所實效，勿徒以謇諤著，所以不爲昌黎之論陽亢宗者，信之有素耳，而不意其一朝逝也！韞山歿不三月，聖天子下求言之詔，朝野内外，彈劾權要，指陳時政者踵相接，而如韞山之才，所鬱積於中，可以大有裨於天下者，乃竟不一抒也！悲夫！雖然，韞山之參機務，平讞牘，出入風義，亦未嘗不措諸用矣。其生平志略，既一一見之於詩，又一一見之於文。其文不名一家，而説經則淹博而中理，序事述情則疏通而有物，皆不苟爲無益之言，而足資後人之考鏡者。百世而下，有知人論世者，得韞山之才之所已用，即得韞山之才之所未及用，胥於是乎在。曩予既序韞山之詩，今爲編校其遺文，故復識數語於簡末云。

嘉慶五年，歲次庚申二月，年愚弟錢維喬序。

韞山堂文集 卷一

說

《關雎》說

文王受命惟中身，二十而生伯邑考，則太姒來嬪，尚在爲世子之日。《文王世子》之篇見於《戴記》。太姒以聖女嬪周，其婦順必可爲一代之則，而《周南》不及焉。蓋世子之妻，彤管女史之職未備。又古公、王季之世，詩教未興，故姜任之德，僅見於子孫之追詠，不應《關雎》獨作於新婦之宮。然則《集傳》『后妃始至』之說，殆非當時情實。而《關雎》以下諸詩，並作於后妃正位中宮之日無疑也。夫既作於正位中宮之日，則《關雎》之義，自當以《序》說爲正。后妃廣選後宮之淑女，使之接見於君子，列於嬪御，以佐內治。而未得而寤思，既得而宴樂，蓋與人主求賢之心不異焉，此所謂『后夫人之德，侔乎天地也』。

《葛覃》說

后妃當文王嗣位之日，計年當近五十。《葛覃》又不知作於此後幾年，疑不當尚有父母，有亦不必並存，則末章『歸寧父母』之說，不得專以『后妃』言也。采葛作服，必非后妃獨爲之，所以率六宮而從事於勤儉也。女工既畢，推念後宮之有父母者，俾各告於君子而歸寧焉。蓋女子之情，進思接見於君，而退莫不懷其父母。既薦之君子，以遂其妃匹之思；復許之歸寧，以愜其懷親之願。體恤深摯，無微不周。然則《關雎》者，后妃之《鹿鳴》；《葛覃》者，后妃之《四牡》《皇華》也。而取進止於君子，必以屬之師氏，則疏數有常期，往還有定日，而禮之不得爲者，毋敢恣焉。又以肅宮閫之常儀，絕險詖之私謁也。『薄污』、『薄澣』、『害澣害否』，見得請告紛紛，前後不一，有各得其所之意。

《卷耳》説

《卷耳》之説，審如《序》説『求賢審官』，非婦人不與外事之義。朱子易爲后妃以《君子行役》而思念之，躔矣。而『陟彼崔嵬』以下，似仍未得詩之本意。尋常女子，尚知無故不出門，無事不飲酒，今以聖母而登山陟巘，至於再三，金罍兕觥，傾倒不厭，此理之必不可通者。即曰托言，亦不當涉想及此也。夫婦一體，詩中稱『我』，皆指文王。『崔巍』、『高岡』，僕馬困憊，不得已而望其飲酒，以免傷懷，即『君子於役，苟無飢渴』之意，豈不義正而情深哉！又念文王者，不獨后妃，當是倡率後宫，同兹感歎。四章首尾，隱隱有和歌相答之音。『置彼周行』，亦衹言文王此時當已憩舍於周道宫中之地，固不得言大路，而聖母之懷君子，亦不至如後人所謂『提籠忘採葉』云云也。

《漢廣》説

文王化行江漢之間，其地必有抱道閑棲，可望而不可即者。公卿大夫與之爲友，多方勸駕，而窺其意度深遠，恐未可以爵禄動名動焉。故作此詩，以致其景仰流連之意。

『喬木』、『游女』，可望而不可即也。『刈楚』、『刈蔞』、『秣駒』、『秣馬』，多方爲之，勸駕也。『漢廣』、『江永』，終恐不能致之也。蓋無語而非比也。若真爲游女而作，則出游之女，尚安得許其端莊静一？且以『喬木』、『江漢』施之未嫁之女子，不幾疑其不類乎？《三百篇》之比興，蓋無是也。

《摽梅》説

《摽梅》亦全是比體，而義與《漢廣》不同。《漢廣》之君子，遊心物外，若將終身。《摽梅》則是志於開濟之君子，亟思及時自效，而又必待禮聘之來焉。有『三月無君，皇皇如也』之意。《序》言『男女及時』，而詩意乃正相反。《集傳》『知女子亟於自售』，義不可通。又演爲懼其嫁不及時，而辱於强暴之説。夫豪奪良家子女，非壞法亂紀之極不至於斯。王化之行，必先遍於丈夫，而後及於女子。今女子皆知守貞，而强暴之徒所在多有，吾未之信也。惟《行露》實係婚姻獄訟之詩，然玩『室家不足』之文，當是既有媒妁要言，而不能備禮以迎，賢女子猶拒而不許，至煩召公之聽斷耳。若其人爲强暴，方懼不容於王者之世，安敢速人於獄哉？强暴而得盡其詞，則召公之志荒矣。

《野有死麕》説

《野有死麕》之義，《序》與《集傳》不甚相遠，以貞女拒强暴而稱之爲『吉士』，語之以『舒而脱脱，無感我帨』，何異招之使來？烏睹所謂凛然不可犯之意？魯齋王氏，至目爲淫風而删之，固疑於詩，然亦從前説《詩》者誤之也。《三百篇》中男女之詞，揆之於理而不可通者，多是借之爲比。此詩當是賢人在野而友薦之於朝，其意已動，猶審顧遲回而不肯輕身以出也。麕鹿是野人之贄，拔茅有連茹之義，托興之端，已無關於女子。下乃以懷春之女比欲仕之賢，吉士之誘比薦揚之友。次章即《白駒》之『生芻一束，其人如玉』也。末章即《翹乘》之『豈不欲往，畏我友朋』也。自女子言之，詞甚忸怩。自賢者言之，義極正大。孟子所謂『以意逆志』，董子所謂『詩無達詁』者，吾於《野有死麕》之詩得之矣。

《邶·柏舟》説

《序》言『仁人不遇』，《集傳》言『婦人不得於夫』，《孟子注》則仍用《序》説。吾就《詩》言釋之，則《集傳》爲得之矣。蓋仁人即受蔽於讒，無入而不得，不必其『寤辟有摽』也。潔身而退，綽綽有裕，不至於『不能奮飛』也。兄弟亦惟婦人得言之，於仁人則無所處矣。惟『薄言往愬』二語，正謂逢夫之怒，《集傳》仍就兄弟言之，似未得其意理。兄弟即分誼至薄，漠然而已，怒之則未必也。且既言其不可據矣，又何爲而愬之？『不可以據』，猶言門户衰微。若以諸侯之女言之，則國小勢弱，兄弟又不能自振，爲已傷，兼爲兄弟傷也。

然則孟子取婦人之言比孔子，不幾於褻乎？斷章取義，固以『憂心悄悄』二語之合於孔子，非據《柏舟》之全義也。說《詩》莫善於《孟子》，固不若後世說《詩》者之固也。《漢廣》《摽梅》《野有死麕》，既皆謂之賢者，此詩何獨從《集傳》而婦人之乎？以女子言之，而於理有不可通，則必賢者之而後可通也；以仁人言之，而於義反無所處，則不如婦人之而後有處也。

《序》得則從《序》，《傳》得則從《傳》；《序》《傳》皆不得，則求之自漢以來之衆説；衆説皆不得，則求之吾心；吾心又不得則闕之。此固讀《詩》之法也。

《凱風》説

《凱風》爲孝子之詩，『親過』之説出於《孟子》，然謂之過小，度不過年老之人，喜怒失節，虐使其子而已。其子深自咎責，惟愧己之不能悦母，而絶無怨懟之心，聖人列之於《經》，以教孝也。若如《序》《傳》所云，母生七子，而其子又皆能賦詩，母之齒亦長矣，必無不安其室之理。萬一有之，乃是人類之不祥，家庭之大變，安得謂之小過？孝子有不垂涕泣而諫之哉？漢章帝賜東平、琅琊二王詔云：『今送光烈皇后假紒帛巾各一，及衣一篋，可時奉瞻，以慰《凱風》「寒泉」之思。』章帝之於《經》深矣，其引義必不當若是失倫，可見東京以前，爲毛詩者必不如《序》説所云，而《小序》之爲衛宏增竄無疑也。噫！以七子之孝而使其母蒙不安其室之惡名，則衛宏之罪大矣。

《桑中》説

《桑中》，刺奔，遍刺國中之淫者也。『沬鄉』、『沬北』、『沬東』，非一鄉一邑也。『孟姜』、『孟弋』、『孟庸』，非一氏一族也。著姓猶然，則編户可知矣。齒長猶然，則幼艾奚責矣？《桑中》『上宫淇』、『上所期』，不一地也。『採唐』、『採葑』、『採麥』，所托不一事也。而全詩首尾，若代其人自爲敘述，作詩者無與焉。固詩人忠厚之意，亦所謂據事直書，不待貶絶而自見者也。若真以爲淫者自言，毋論竊人妻妾，固未肯自書供狀。且此詩一人之辭乎，三人之辭乎？一人之辭固未必徧遊『沬鄉』、『沬北』、『沬東』，而竊三姓之婦，三人之辭，又安得次比爲詩？而所淫者適皆爲孟也，衹就詩言繹之，而義已不可通矣。

《定之方中》説

古人句法有參差而見古，有離合而見奇。《定之方中》首章『樹之榛栗，椅桐梓漆，爰伐琴瑟』，出後人手，必加『籩豆之實』於『樹之榛栗』之下矣。三章『匪直也人，秉心塞淵，騋牝三千』，《集傳》不悟『匪直』句爲倒裝句法，易『也人』爲『此人』。而以目文公，則必合下『秉心塞淵』，然後成句。且『也』字恐無此訓。『此人』之稱，又豈所以目君乎？『匪直也人』，猶云不但人民生聚，與『騋牝』句相爲首尾，而中却以『秉心』句隔之，正見古人文字離合錯綜之妙。出後人手，必移『匪直也人』於『秉心塞淵』之後矣。

《氓》詩説

《三百篇》不録淫者之辭，《鄭》《衛》諸風之涉於男女者，非借爲比義，言在彼而意在此，即著其事以示戒，所謂刺淫之詩也。《氓》詩《序》亦以爲刺淫。今觀其追往道昔，吻態如生，撫臆噬臍，情詞並極，旁人代作，蓋有不能悉其曲折如此者。即以爲奔婦之見棄於人所自作可也，則固淫者之辭矣，何以見録於聖人？創鉅痛深，欲窮理返，喟然有悔過之誠焉。使女子聞之，足銷其淫佚之思；使男子讀之，亦增其伉儷之重。不以其言出於失身之婦，而於義遂無所裨益也。然則作詩之婦，其初固不免於淫，而作詩之心，則視刺淫之作尤若以身爲鑒也。子曰『不念舊惡』，又曰『不以人廢言』，其録《氓》詩之謂與？《三百篇》中，蓋一而已矣。

《丘中有麻》説

『子嗟』、『子國』，自是賢者之名，《毛傳》以爲父子，則不知其何據。要必如《黄鳥》之『奄息』、『仲行』、『鍼虎』，專爲其人而發，惜其事未見於《春秋傳》，後世無從確指其何如人與作詩之緣起。而『將其來施施』、『將其來食』與《杕杜》之『飲食』，《白駒》之『縶維』，詞相近焉，則《小序》思賢之説不可廢也。若如《集傳》所云，則一婦人而期二男子，尚安肯作詩以聞諸？其人亦猶《褰裳》『子不我思，豈無他人』，望大國之正己也，則言婉而多風。若以爲出於婦人，雖苟賤無恥之甚，恐亦不忍出諸口也。

《有女同車》説

《〈有女同車〉序》以爲刺忽。夫太子忽之賢否不可知，獨其前後辭婚於齊，所稱『齊大，非耦』、『師昏，非禮』，持論最爲近正，《春秋傳》許焉。當時惟祭仲以大國之助勸成之，而忽不聽。其後嗣位而奔，再入而弒。鄭人之無識者，多追思祭仲之先見而咎忽焉。詩人深於義理者也，心非國人之夢，夢而無以奪之也。於是盛稱齊女之容飾，而篇末特微其詞曰『彼美孟姜，德音不忘』，稱孟姜而不言叔、季，蓋指齊僖初欲妻忽之女，所謂文姜者也。《南山》之醜，播其惡於天下焉。使忽早昏於齊，則彭生之禍不在魯而在鄭矣，於大國之援何有？『德音不忘』，反言以發讀者之疑也？疑其言而進求孟姜之『德音』，則所謂『不忘』者蓋如此。而忽之不昏於齊，是亦可以弗咎也，故《有女同車》爲忽辨謗也，孔子取其得好惡之公而録焉。《序》蓋微聞其緣起，而未得詩人之意者也。

《山有扶蘇》説

『山有扶蘇』，蓋憐忽而惡突之辭也。忽爲正嫡，故比之山，而附之者少，則未成之薄植，特立之孤柯也。突爲支庶，故比之隰，而悦之者多，則荷華之絢麗，游龍之蔓延也。『子都』、『子充』，以比昭公之出亡。

『狂且』、『狡童』，以比厲公之據國。《春秋》右忽而惡突，詩人則未可顯言，而托爲廋語焉，其心則猶是也。諸侯國人莫不助突，而公道之不可泯者，則猶有此詩焉，聖人之所亟録也。

《蘀兮》説

鄭莊甫没，諸子紛争，忽、突、亹、儀，迭君其國。祭仲、高渠彌、傅瑕之屬，廢立任意，若舉棋焉。詩人以『蘀』比群公子，而傷其漂落之隨風；以叔、伯目衆大夫，而惡其置君之不定。宋人執祭仲，而仲即逐忽；厲公獲傅瑕，而瑕即殺儀。『倡予和汝』，正指若輩向背無常之意。而莊公不能樹立正人以利後嗣，罪亦見焉，可謂意直而詞婉矣。《序》目《有女同車》以下皆爲刺忽，今惟《狡童》一篇不能知其緣起，而愛君憂國，詞意惻然。餘三詩以《春秋傳》求之，仿佛可見，則又因《序》之所及而得其所不及也。

《溱洧》説

《溱洧》之旨，與《桑中》大約相同，而其言尤明白易見。『期我』、『要我』，若爲其人代言，《集傳》因以爲淫者自言，則猶詩中『我』字誤之也。至此詩『女曰觀乎，士曰既且』，則顯然轉述之詞；『維士與女，伊其相謔』，隱然顰蹙之道矣。特未爲《蝃蝀》之大聲疾呼，《出其東門》之正色直詞耳。而其心之恥而不爲，何以異哉？鄭、衛之俗自淫，鄭、衛之詩自正。以淫俗而猶有惡淫之詩，此天理之所以常存。而聖人亟録之於三百篇，以廣『無邪』之訓也。然則太史採風，皆有貞而無淫乎？曰以備慶讓，黜陟自當，貞淫並採，以資絃誦，則無取乎淫者之詞矣。若如《集傳》所云，則孔子删詩，不幾出魯、齊、王氏下哉！

《秦·無衣》説

《無衣》之詩，當作於平王遷洛未久，周之遺民，尚有枕戈待旦之思焉。雖其地已入秦，而民止知有王，不知有秦，於以見周家遺澤之深，而平王之無志於興復爲可惜也。平王之遷洛，度其初，未必遽棄成周，命襄公爲諸侯，不過如後世之留守安撫而慰其父老，必有終還豐鎬之言，故其民慷慨悲思，日月以冀。富平李天生檢討，嘗論《蒹葭》『在水一方』爲周民思其故君在洛而作，實爲特識。而因悟《晨風》之『如何如何，忘我實多』亦同斯旨，皆與《無衣》之義更相表裏也。

或又疑《春秋傳》秦哀公爲之賦《無衣》，與《清人》《黄鳥》同文，當即爲申包胥作，其論似新而理實未確。《詩譜》訖於《株林》，秦哀公與孔子同時，其詩豈即能流布上國？以王稱楚，與《春秋》之義不合，得之亦在所弗録。至左氏此篇，乃行文之勢不得不然，使易爲秦哀公賦《無衣》於七日之下九，頓首而坐之上，意理必有所不足。三百篇乃當時人人誦習之文，作《春秋傳》者，固未料後人之疑誤及此，而預爲别白其詞也。許穆夫人賦《載馳》，雖與宴享賦詩者同文，誰不知其啨衛而作哉？

《豳風》月日説

《豳風》凡言周正者皆曰『日』，凡言夏正者皆曰『月』。古人『三正』迭用，疑其紀月也皆然，不獨始於《豳風》也。《七月》一詩，所紀物産有專爲時令而設者，如『四月秀葽，五月鳴蜩』之類是也。有因事而賦及之者，倉庚始鳴於仲春，而賦詩者則於蠶月聞之，以起下文之求桑。鵙始鳴於五月，而賦詩者則於七月聞之，以起下文之載績也。《月令》『仲秋嘗麻』，《豳風》『九月叔苴』。《月令》『季秋嘗稻』，《豳風》『十月獲稻』。天子嘗新紀始登也，農人蕆事告成功也，首尾一月田事之不齊也。《月令》『季秋草木黄落』，《豳風》『十月隕蘀』，各舉其始終言之，非晚寒之謂也。『二之日鑿冰冲冲』，隨鑿隨藏也。『三之日納於凌陰』，苫蓋已畢之詞，非謂至此而後納也。獻羔開冰，始用冰也。西陸朝覿，遍頒冰也。不必以二月、四月爲疑也。或謂《豳風》概以周正紀月，則周七月當夏五月，豈流火之期？周九月當夏七月，豈授衣之候？章首二語已不可通。若謂篇中所紀之月，有時從夏，有時從周，則『一之日』等句，又何必變文言日，是自亂其例也。

《車舝》説

《車舝》如果爲新昏而作，無一語及於女紅中饋、相爲敦勉之思，而惟燕樂以酒殽歌舞，古人教婦初來，恐不如是也。且『雖無好友』，必非對婦之詞，『高山』、『景行』，抑豈譬妻之體？《詩》言女子，多是賢人之比。《曹風》『季女斯飢』而外，如《漢廣》之『游女』，《野有死麕》之『春女』，『城隅』之『静女』，皆借以目所好之賢，若以女子言之，而義必各有所室也。況『高山仰止，景行行止』，詩之好仁如此，明見於《戴記》之《緇衣》，即孔子釋此詩之義矣。吾捨孔子之言，而又將誰信哉？

《生民》説

天生聖人，實有不可以常理論者。姜嫄履大人迹，無人道而生子，使非確有其事，子孫安得見之詠歌？惟嫄爲嚳妃，稷爲嚳子，本《國語》及大小戴《記》、《帝系》、《祭法》之文，《史記》因之。此與《世本》所載唐虞、三代皆祖黄帝，誕謾相同，均不可信。姜嫄當是有邰之君未嫁室女，其父母無子，而禱於神，嫄往觀而有履武敏歆之事。使其已嫁而有夫，何由知其無人道而生子，而懼而棄之，異而收之乎？觀『不坼不副，居然生子』之文，其爲産於處女，詩固已明言之矣。有邰之君，終以無子而因致國於其女之子，天子以其有功於穡事而聽焉。所謂『即有邰家室』，亦非堯取舅氏之國而封其弟也。稷無父而有母，故有國之後，特立姜嫄之廟以祭之，而子孫莫敢改焉，此《周官・大司樂》及《斯干》之文，皆以妣先於祖也，若爲嚳元妃，則當祔食於嚳，稷不得别立廟以祭之矣。諸侯不敢祖天子，獨得妣天子之后乎？稷無父，而周人何以有禘？緣后稷之心，必求其自出者而報焉。則周公特起之，鄭氏所謂感生帝者，近是也。虞、夏、商之禘，恐漢儒因周制而附益之。觀《生民》之詩，周人固不以稷爲嚳子矣。稷非嚳子，而周人乃禘嚳焉，不已傎乎！

《菀柳》説

《菀柳》雖爲刺王而作，玩其首二章，曰上帝尊王而不敢斥也，曰甚蹈諱王之虐而以爲威靈可畏也，曰『有鳥高飛』四語，《集傳》訓曰：『鳥之高飛，極至於天耳。彼王之心，於何所及乎？』是一篇之中尊之則曰『上帝』，斥之則曰『彼人』。始既托於天之甚神，卒乃比於鳥之不若。刺詩之例，固有先婉諷，後直陳，未有雜遝失倫如此甚者。余蓄此疑既久，一日讀《易》，至『本乎天者，親上』，乃豁然於詩之所謂『彼人者』，指天下之臣民而言也。鳥本乎天，故飛無他傳；人本乎君，故心無他向。詩以天喻王，詞極鄭重；以鳥興人，意極委婉，而終之以『曷予靖之，居以凶矜』，則天下莫不有翊戴吾王之心，而王曷忍爲悼棄天下之行，怨懟有盡，而忠愛無窮焉。如此釋詩，既與前二章詞意一貫，而本文音節迴環擊應，神理盎然，已曲盡後人樂府歌行之妙矣。

《采緑》説

『五日爲期，六日不詹』，怨曠作歌，仲尼所録，見於東漢劉瑜陳事之書，蓋后與三夫人、九嬪各當一夕，二十七世婦當三夕，八十一御妻當九夕，凡十五日。而周五日、六日，省十而舉其零也。至於『六日不詹』，則有所偏溺而澤不均。『六日』云者，謹宮政之始變，舉少以該多也。若婦人思其君子，則五日之别，一日之違期，何遽形諸歌詠哉？『於狩』、『於釣』，指天子宮中之遊宴，可望而不可親，僅給韔弓綸繩之役。末章乃直以宮人貫魚之序諷焉。《小旻》，詩人深於《洪範》，而此通於周公之繫《易》者也，亦可見當時學術之盛矣。

《清廟》説

《清廟》之詩，寥寥數語，不獨一唱三歎之音悠然在耳，並其俯仰之容而若見之。惟《清廟》以下，如《維天之命》《昊天有成命》《時邁》《武》《般》諸詩，並樂章之大者，而其韻皆不可讀。蓋頌之聲緩，每句之下，當有餘聲自相爲韻。如漢樂府『收中吾妃呼豨』之類，漢人並其聲雜寫之，則義不可通，周之學者，傳其詞而不傳其聲。蓋聲則人能爲之，無待於傳，而不意後之遂不復傳，故韻有時而不可讀也。『不顯不承』當是『丕顯丕承』之誤書，《君牙之命》正用《清廟》詩中語。又朱子釋《中庸》『不顯於維天之命』，則曰：『猶言豈不顯也。』於引《烈文》，則曰：『幽深玄遠之意。』及《烈文集傳》則又曰：『莫顯於德。』蓋嘗三變其說。由《中庸》篤恭之義繹之，則兩詩皆當作『幽遠』訓矣。惟《執競》之『不顯成康』，當同此詩，皆『丕顯』之誤。《清廟》之『不顯』訓『幽遠』，及『豈不顯明』，皆於『不承』之義有所閡。《執競》，成、康之德未足以當『丕顯』，仍自武王丕顯之，尤於《序》專祭武王之旨相合。武王對文王言，則曰『丕承』，對成、康言，則可曰『丕顯』也。

《玄鳥》説

或曰：『子既以履大人迹，爲姜嫄實有之事矣，簡狄之吞鳦卵也，有諸乎？』應之曰：『鳦卵非可吞之物，此則因姜嫄之履武而附會之者也。《生民》之詩，備言隘巷、平林、寒冰之置。《尚書》《春秋傳》，稷名爲棄，吾是以得斷姜嫄爲有邰之室女，信履武爲無人道而生子。』『若《玄鳥》之詩，亦未言契爲帝嚳之子，與《生民》同，而子孫頌揚其祖宗，至以爲出於鳦鳥，則古人不若是之傎也。然則詩何以明言「天命玄鳥，降而生商」乎？』應之曰：『玄鳥氏，上古之諸侯也。《春秋傳》「少昊氏以鳥名官」，玄鳥氏實爲司分，疑即以功列於侯服，與夏代羲和氏相類，其地舊國於殷。契父爲堯時玄鳥氏之君，娶有娀之賢女而生契。作舜司徒，敷教有功，進封大國，爲商人受命發祥之祖。子孫廟樂，追本其始封故國之稱，《長發》尊契爲玄王，正蒙先祖之號。而少昊氏以金德王天下，商人之祖爲之佐命，故亦與之同德而尚白也。《春秋傳》又云「昔爽鳩氏始居此地」，蓋少昊氏之司寇，始封於齊者也。爽鳩氏爲諸侯，又何疑於玄鳥哉？』

《尚書》今文古文説

先儒多以《古文尚書》爲後人贋作，其説以今文出於口授，尚詰屈聱牙，古文出於孔壁，反文從字順。西河毛氏又作《古文冤詞》以説之，幾成聚訟。嘗以臆斷之曰：二帝三王，修身之精藴，治國平天下之大道，今、古文所載一也。至謂一句一字皆出於當日史氏之原文，吾非特疑古文，且將疑今文也。大約今文之病在傳訛，古文之病在潤色。伏生本齊音，年九十餘，齒盡豁，語猝不可辨，傳言者又屬之女子。鼂錯奉詔受書，不敢增損一字，雖疑其謬誤，而必仍之。如《盤庚》『敢恭生生』、『弔由靈』，《康誥》『惟弔兹』之類，傳、注雖曲爲之説，而終不可强通，此其所爲詰屈聱牙者也。孔安國辨蝌蚪文字，又以今文參校之，大段不可通曉者，既闕爲逸典，亦慎於傳信矣。其著於篇者，必得原文之什九，惟字句界於疑似，自以己意模擬，如後世《岣嶁碑》《石鼓釋文》，則或有所不免，此其所以文從字順者也。然則《今文尚書》如古器之存於後，仍其剥蝕漫漶，而不害其爲良鼎彝也。《古文尚書》如古玉之傳於後，間有琢削修改，而亦不害其爲良圭璧也。取其大醇而闊略其微纇，斯善矣。彼妄分左右袒者，殆楚失而齊亦未爲得哉！

彭蠡三江説

《禹貢·導漾》文『東匯澤爲彭蠡，東爲北江，入於海』十三字，朱子《彭蠡辨》用鄭漁仲之説，疑爲衍文。蓋以彭蠡在大江南，會豫章諸郡數千里之水，東北流以趨湖口，而入於江。初非仰江漢之滙而成漢水，自大別山入江，合流已七百餘里，不得至此忽分爲北江、中江之號。蔡《傳》因之，言彭蠡既在江南，宜曰『南匯』，不應曰『東匯』。於導江宜曰『南會』，不應曰『北會』。匯既在南，宜曰『北爲北江』，不應曰『東爲北江』。反戾確鑿，幾疑經文數語不可信矣。

既又爲之説曰：龍門九河等處，事急勢重，禹親莅而身督之。江淮地偏水急，不待疏鑿，或遣官屬往視。況洞庭、彭蠡之間，三苗所居，負其險阻，官屬往視者，未必遽敢深入，以致此誤，則不待識者而知其非也。夫方鎮之梗逆，王臣之恇怯，勿論三代以前，必無如此情事。江、漢爲東南巨浸，梁、荆、揚三州之水皆由之歸海，孟子叙禹掘地之績，以江、淮、河、漢並舉，而謂未嘗親至施功，豈篤論哉！

又按，仁山金氏以爲江漢未奠，令江西諸水壅遏不行，匯而爲湖，雖非江、漢所匯，而勢實匯之，似乎近理，而於『東匯』、『北會』等字究無著落，意在調停經傳，實則模棱之見也。

然則經文果不可信乎？曰，經文本明，先儒自誤會耳！經文『東』字皆指江之東流而言，非謂彭蠡在江東也。『澤』言其蓄水而瀦之，體『匯』言其挾水而流之勢，正指彭蠡之溢於江，非江、漢之溢於彭蠡也。經文『爲彭蠡』與『溢爲滎』之『爲』不同，彼以順釋，此以倒釋。猶曰來匯之水是爲彭蠡，非曰江、漢往匯乃成彭蠡也。『導江之北會』與『北過洚水』之『北』不同，彼以主言，此以客言。匯在南則會在北，猶漢在江北而經言『南入』也。如此則經文地望若合符節，何有前説之疑乎？三水相兼而東，勢正相敵。一時方言猶本其始入之地，目岷江曰中江，漢曰北江，彭蠡所滙曰南江，當時既有此名，禹即不得更没其實。而本文止詳江、漢，勢不得旁及南江，而既言中江、北江，則彭蠡之爲南江自見。揚州『三江既入』，正指此言之。彼既統舉於前，此遂省文於後，令讀者言下自得，可悟經文繁簡得宜，互舉錯見之妙。先儒以『東』字屬彭蠡，以『滙』字屬江漢，鑄成此錯，反覆辨證，都無是處。而揚州之三江又以婁江、松江、東江當之，與意巢湖爲彭蠡，記小遺大，失正相同，一誤再誤。至斥南江爲後人鑿説，疑北江、中江爲經文贅語，亦宜矣。《禹貢》紀治水全功，細玩通篇，無一字苟下，非出大禹手訂，亦必佐禹治水諸臣得諸目驗，故言之詳而有要，曾子固所謂『操簡執筆者，亦皆聖人之徒也』。若以『東滙』以下十三字爲羨文，則東迤北會於『滙』，亦與地望不合，勢必更以爲多句。古經之傳於後者，惟《周官》爲莽、歆增竄，多非原本，他經間有重出、錯簡、訛字、脱文，亦無羨至數句、數十字之處。況經文本首尾縝密，界畫分明，而江、漢之道至今未變，又非若河遷濟竭，載於前史，徒一求其説而不得，遂紛紛焉疑其衍、議其誤。又或以爲古今水道遷移，未能歷久悉合，姑並存之而不論乎？其皆不可也决矣。紫陽釋經，凡屢易稿，多有反其初解者，則使《書傳》不授之蔡氏，而出自晚年手定，其或不從鄭氏之説也夫？

《盤庚》『五邦』説

《盤庚》『於今五邦』，孔《傳》以湯遷亳、仲丁遷囂、河亶甲遷相、祖乙遷耿並盤庚遷殷當之。蔡《傳》以下，言今不承於古，疑遷殷之前，當已有五邦。而據《史記》『祖乙遷邢』之文，意祖乙之世，或有兩遷。而考之《索隱》『邢音耿』，仍是一地。夫遷國重事，君臣上下，協力圖議，决非苟且目前。今以一王之身再煩移徙，即謀國不臧之甚，未至於斯。則『邢』、『耿』之非兩地，而祖乙之止一遷，無疑也。惟殷尚未遷，不當遽列五邦之内。

蔡氏説經似細，而亳、囂、相、耿，數不盈五，蓋闕此疑久矣。一日憬然曰，湯遷亳，不先有未遷之舊邦在耶？按，湯始居南亳，在宋州穀熟縣西南，後徙西亳，即河南偃師縣，是故遷之四，邦之五也，經固不言五遷，而祇言『五邦』也。

《商書》釋訓三疑説

《仲虺之誥》，『式商受命，用爽厥師』，下接『簡賢附勢』，蔡《傳》疑其間當有闕文，蓋訓『爽』爲『明』，業已就商立論，自與下節更數夏之咎惡不貫。按『爽』亦訓『失』，若言商家代受天命，而使夏失其民，則於上下語勢均相吻合，何闕文之有乎？《湯誥》『天命弗僭，賁若草木，兆民允殖』，《集傳》以『賁若』屬上句，謂天命之弗僭，賁然如草木之敷榮。疑其立説拘牽，而理亦近腐。按『賁』亦可讀若『蕡』，若訓爲『蕡盛』，屬下句作倒裝文法，正合開國屯蒙，民生初遂情事，且於『殖』字意理亦有關生也。《盤庚》『奠厥攸居，乃正厥位』，『位』與《召誥》『攻位位成』之『位』，疑政相同，所謂左祖右社，前朝後市者是也。《集傳》訓爲『君臣上下之位』，不與《召誥》同文者，意以遷國之位，必當早定，不應臨事而始圖之，不知『正』之爲言，特就已成之位，率百官萬民而班列之耳。若君臣上下之位即流離播遷，豈容一日不正？況盤庚之遷，從容誥誡，整肅而行，非後世倉猝奔亡之比者哉！

《君陳》『嘉謀入告』説

大臣密勿造請，退而不洩於人。其言已見施行天下，但仰主術之清明，而不復知出自何人之裨益，此人臣讓善於君之義固然。若人君用衆人之長，受天下之善，則不可以此意期諸臣下也。《君陳》以『嘉謀』、『嘉猷』入告成王於内，而又順之於外，以德歸王，此《君陳》平日事君之盛節。而成王復不忍没《君陳》之忠，對衆表揚其已事而善與人同之量，愈見其度越於無窮。此所謂君臣交得，可以爲後世法也。

若如《集傳》所云，則是成王以此示意於《君陳》，一言而開後世人君與臣下争名之漸。人臣窺見此旨，孰不務爲容悦？而甚或藉口於密諫，以自文其浮沉抑默之非。且既以順之於外爲良，則必以宣之於外爲訐，此屈平所以見疏，而上官大夫之得以行其譖也，成王安得？此亡國之言，聖人尚録之，以繼《立政》《周官》之後乎？蔡氏亦既疑其説之不安而議其後矣。獨如成王之被枉何？吾故特推成王爲《君陳》表微之心，以告萬世之爲人君者。

《春秋左氏傳》『孔子語』説

左丘明親受經於聖人，而爲之作傳，其間引述孔子之言，非得諸耳受，必不敢臆撰。而後儒輒疑其附會，其最以爲紕繆者，莫如論洩冶、趙盾，及請討陳恒對哀公之語，實皆執理之過，而未達聖人立言之本意也。

『民之多僻，無自立辟』者，猶所謂『惡直醜正，實繁有徒』，引詩之意，傷洩冶之忠不遇時，非惜其無明哲保身之智也。許董狐爲良史，正論也。宣子負良大夫之譽於天下，而不能辭此惡名，非寬趙盾，所以深善董狐之不隱也。『越境乃免』者，對討賊而言。爲盾計者，聞君之弑，越絶故國，終身不返，則亦可以明其不與聞乎弑矣，非謂出山而復之遂可免也。不言討賊乃免者，盾即歸而討賊，安知非殺穿以滅口，如後世司馬昭之族成濟，朱全忠之磔友恭？左氏載此，正見聖人辨義之精，足以廣董狐之未備也。

季氏逐昭公，旅泰山，舞八佾，非止無將之誅。而子與上大夫言，誾誾如者，力未可以討也。魯爲齊弱，陳恒弑君，毅然請討之者，自度其必能克也。冉有偏師尚以勝齊，况聖人用魯之衆加齊，不與之半，其必得罪人而誅之也决矣。陳恒既誅，而三家之事君，亦不敢不改，於此見聖人舉事動出萬全，非後儒所謂雖敗猶榮，以君之國，民之命，激於一時之義，而輕試之於不測也。與《論語》所記詳略不同，而要豈丘明所敢益哉！徒手搏賊，空拳冒刃，乃不得已而有致命遂志之事。若軍國大計，皆不詳慎成敗，率意直前，則張德遠之喪師，韓侂胄之誤國，亦可謂之正其誼，不謀其利，明其道，不計其功，與文、陸諸公比烈矣。

《春秋公羊傳》説

《公羊》，考事不如《左氏》，説經不如《穀梁》，得與二家並列者，獨義理之學得之爲多耳。其間稱引斷例，莫非宣聖之微言，散見於七十子之傳誦，公羊氏得諸私淑，擴摭而薈萃之。及其釋經，往往求一事以合其說，於是得失常相半矣。

《穀梁》先有經，而後以義理釋之者也，故義理少而得乎經者常多。《公羊》先有義理，而後以經證之者也，故義理多而得乎經者常少。立嫡以長不以賢，立子以貴不以長，子以母貴，母以子貴，立嗣之常經也，而以律仲子、桓公則舛也。君子大居正傳，國之大義也，而以釋宋穆公之渴葬則疏也。不從其言，則君必死，國必亡，從其言，則君可以生易死，國可以存易亡，應變之微權也，而以例祭仲之逐君則悖也。國君與國爲體，九世之讐可復也，而以齊襄爲事祖禰之心盡，則近於阿縱也。爲尊、爲親、爲賢者之當諱也，而於仲孫誤齊爲魯，於滅項誤魯爲齊，則昧於考核也。爲人後者爲之子，禮也，而非所以論仲嬰齊之爲兄歸父後也。善善及子孫，惡惡止其身，仁也，而非所以定公孫會之不書叛，因其爲公子喜時之後也。父不受誅，子復讎可也，謂士庶等夷之列也，而非伍員之所得加於荆平也。不以父命辭王父命，以王父命辭父命謂家庭承奉之常也，而非衛輒之所得施於蒯聵也。

故專言其理，皆俊粹而光明，合之於經，輒牴牾而穿鑿。漢人篤信其理，並其不合於經者而不敢疑，後人皆議其經，並其甚深於理者而不敢信，皆一偏之説也。善讀《公羊》者，筌蹄其釋經而融會其義理，然後推以斷天下之事，決天下之疑，固《春秋》之羽翼也。則謂之《春秋傳》也亦宜。

漢學説

漢儒説經，各有師承。名物象數，尤能攷證確鑿，由其去古未遠，有所受之者也。第孔門七十子之徒，各以所聞教授，源遠末分，見於《小戴記》者，已不能無牴牾同異。加以周末諸子，異學朋興，人自爲說。漢初掇拾於秦火之餘，凡倖而僅存者，不問其真僞醇駁，皆以爲聖人之緒論，尊之信之，疏通而證明之。殊不思近聖人之世，淵源有自，固莫如周末之學者；而敢於憑虚逞臆，放言高論，以疑誤天下後世之耳目，亦莫如周末之學者。漢儒一概甄録尊信，如司馬遷所據《世本》已多荒遠，《趙世家》載屠岸賈，《貨殖傳》載子貢霸越亡吴等事，尤委巷無稽之談。又如韓嬰《詩外傳》，劉向《説苑》《新序》諸書，徵引失實，更難枚舉。迨鄭康成，博洽貫穿，薈諸經之精蘊，集漢儒之大成，厥功偉矣。但詳語而未能精擇，純雜參半，曲爲之諱，已不得爲鄭氏功臣。

近代學者，厭棄宋明以來空言性命之陋，復不能實力窮經，持之有故，言之成理，非高言漢學，不足壓倒自唐以來之學者。既尊漢學，則必以鄭説爲大宗，崇奉大過，即鄭説之誤會經文，沿習衆説，有待後人之釐訂者，亦必强爲之説，旁引曲證，使無一字不合於聖人而後已。此則鄭氏之佞諛，非鄭氏之良弼。就使康成復起，必以爲失吾廓然大公，抑然自下之意，揮之門外，惟恐其不速去者也。

鄭氏疵誤，已見前人之議者，皆不贅論。姑以《尚書》《大學》開卷言之。鄭訓《堯典》『稽古』爲『同天』，《爾雅》所未有，七十子之徒，所未嘗言也。『同天』之説，概施之堯、舜、禹已覺未安，施之爲臣之皋陶可乎？但鄭氏《箋》《故》，都無臆撰，必由漢初諸儒，本孔子『惟天爲大，惟堯則之』二語爲『放勳』義疏，經口授者傳譌顛倒，遂以『同天』移帝堯之上，因以當『稽古』之訓，鄭氏耳熟而沿其誤也。訓《大學》『格物』爲『來物』，夫俟物來而後致知，物自來乎，抑別思有以致其來乎？物未來時，將如釋氏之清淨，告子之冥然罔覺乎？『來物』既無工夫，何下又云『物格而後知至也』？竊意舊日經師講『格物』者，原稱隨物之來而窮極其理，與章句本無二義，後師誤於聽受，因『格』字復有『來』訓，遂以『來物』當『格物』，康成特未是正，而仍其解耳。

夫康成羽翼諸經之功甚鉅，千慮一失，不足爲康成病。乃今之尊鄭學者，匪但諱其所誤，又必曲爲之説，以證成其是。譬如食瓜捨蒂，嘗梨棄核，曾不足爲其物病。今偏嗜者，乃並其蒂核咀嚼而誇美之，夫豈瓜與梨之知己哉？同里孫觀察星衍，本以詩鳴，駸駸入古人之室矣。緣少通《說文》小學，忽去而說經，爲漢學有不尊奉鄭氏者，騂面戟手而與之争。二説皆與同時諸老宿百辯而不屈者，余未嘗與辯，而心不以爲然，著是説以糾其失。又竊取韓稚圭終身未嘗與歐陽永叔言《易》之義，不必示孫，亦以息争端而全交道也。

胡致堂《論宇文孝伯事》説

《通鑒》載周主贇忌齊王憲屬尊望重，謂宇文孝伯：『能圖齊王，當以其官相授。』孝伯叩頭曰：『先帝遺詔，不許濫誅骨肉。齊王，陛下叔父，功高德茂，社稷重臣，若無故害之，臣又順旨曲從，則臣爲不忠之臣，陛下爲不孝之子。』周主不懌，由是疏之。乃與于智、鄭譯等謀遣孝伯，召憲入殿，伏壯士，執而殺之。夫孝伯之争，力矣。其使召憲者，正以孝伯不知本謀，可使憲不疑耳。又周主從容問鄭譯曰：『我脚上杖痕，誰所爲也？』譯對曰：『事由烏桓軌、宇文孝伯。』因言軌捋鬚事。蓋譯並譖二人，復舉軌事以實之。

致堂胡氏乃謂孝伯於憲、軌之死，諫既不力，又贊成之，蓋將以自免也。其意竟以召憲爲孝伯與謀，且以言捋鬚事屬之孝伯，似與譯比而譖軌者。夫周主既疏孝伯，安肯復以害憲之計使之與聞？孝伯與軌同功一體，豈忍相譖？且二人之死，《綱目》以一條書之，度不過先後旦晚之間，諫復何及？胡氏持論刻深偏駁，不樂成人之美，往往而是，亦未有粗心率略，並史文本事而繆戾之，如此條之尤甚者也。

韞山堂文集　卷三

序

俎豆録序代

古人不朽之業有三，曰立德、立功、立言是已。而爲德、爲功、爲言之猶大且遠者，後之人謳思誦習，而猶以爲未足也，必將廟貌之、尸祝之，以時跪拜而馨香之。然特蓄之於心，而莫敢舉其典也。有王者起，因人心之不能以已，而著爲令甲焉。於是閎其甍棟，焕其丹堊，修其鐘鼓干戚，備其簠簋牲牢，使天下感激向慕之誠，鬱積於中而不能以自達者，上之人無不有以先之，而適得其意之所欲出。夫古人生千載之上，能使後世感激向慕之，而崇之祀典若此，其行事宜無不炳然於人心矣。而中智以下，不必盡讀前代史書，讀者又不必皆能覈實貫穿。今試舉開闢以來，帝王傳世之次序紀年、陵廟謚號之同異，名臣大儒若諱，若字，若官閥，若地望，若易名，若贈爵，極天下之博聞强記，度未能隨舉以詢，而對無遺失也。夫以舉世感激、向慕之所積，既已尸祝而馨香之矣。苟復爲之次比其行事，與一切節目之所宜詳，使入廟者如親異世之人，開卷者若談目前之事，因益致其愾聞僾見，高山景行之心，夫獨非一快乎哉？

澧州潘生承焯以庚寅鄉薦出余門，其尊甫濮州刺史經峰相，素以經術飾吏治，所著有《琉球見聞録》《禮記指掌》等書。承焯幼傳家學，近復以過庭之暇，承命裒輯歷代帝王，及至聖先師廟庭正、配各祀，及凡在祀典之名臣、高士，以次採据本史《紀》《傳》，删繁揭要，薈萃成編，目之曰《俎豆録》而乞余言弁其首。余維昔人所著，若《汝南先賢》《襄陽耆舊》等傳，所紀不過一鄉一國之善士，尚復傳之至今，何况聚天地之偉人，集古今之史腋，闡國家崇德報功之至意，伸萬世畏神服教之公心？則此書之作，其功豈淺鮮哉！後有讀是書而善之者，而潘氏父子之名，亦將附以不朽也。

合河紀聞後序

茂園先生，以名進士起家，由令守洊任封圻，爲循吏，爲名臣，政事風節，固已不負所學矣。鈴閣餘暇，卷帙未嘗去手。世居太原屬之興縣，實爲昔之合河。志、乘荒略，公披覽史鑑，及歷代地理之書，諸家論事之作，有涉於興縣者，遍加纂録。既成，題爲《合河紀聞》。又博採群言，益以身所聞見，爲《雜紀》三卷，合爲一帙。於疆域、分野、山川、祠墓、人才、風俗、藝文、物産之類，莫不賅備，蓋不沿襲邑乘之常體，而邑乘之所宜有者，求之而無不在。又於公家對山先生《武功志》之外，闢一格而加詳焉。

而余猶重公此書者，每條紀述，間以己意，論斷必闡前古所未發，而即乎人心之同然。原本歐陽文忠、司馬文正之公誠，不流入胡致堂、尹起莘之苛刻。凡昔人敷陳建置，爲治亂、興亡、得失之所繫，抑揚往復，有味乎其言之。尤於高節獨行，貞臣烈士，激昂歎喟，自胸臆間流出。使讀者悲喜無端，俯仰自失，蓋不待終卷，而知公忠孝鬱積，經綸閎遠，非僅以文學專家者所希附於萬一也。又如敘前代之攻戰，歸美於國威遠播，邊燧無聞；述梓里之流傳，原本於在昔深思，土風是樂。更得古人飯不忘君，言必稱先之意焉。

公方以澄清吏治，袵席斯民爲先務，文章特其緒餘，而信筆揮灑，輒與古人吻合。大而劉向、韓愈之言事，細而酈道元《水經注》、劉知己《史通》、李翺《南行》、陸遊《入蜀》、王應麟《困學紀聞》之類，奔會腕下，兼該衆流。夫豈有意於爲文耶？有德者必有言，抱負遠而蓄積深，一涉筆而清剛雋上之氣，不自知其流露於行間也。荷公寄示，因以玩誦之，所心得者，跋於卷末。公亦倘許爲知言否耶？

讀雪山房唐詩鈔序

古今詩體，莫盛於唐，而迄無善本。内府《全唐詩》最爲大備，而卷帙浩繁，既不能家有其書，且非善讀者，莫知由博返約。諸家甄録，毋慮數十百種。其泛濫叢雜者，置不足論。即所號爲佳選，往往操一律以繩之，合即登，不合即擯。學者得此遺彼，終莫能窺其大全。余自束髮，喜讀唐詩，各大家專集而外，自《唐人九種》，歷宋明以至國朝諸名流，所纂唐詩各本，靡不畢覽。《英靈》《間氣》，拔三唐之萃矣，而限於時代；《篋中》《才調》，成一家之言矣，而域於方隅。姚氏《文萃》，拘於《昭明》舊例，不及律詩；荆公《百家》，盡闕李杜諸公，兼無長幅。自此以下，牴牾益多。篇帙富矣，而沉雄高雅之章，求之而每軼也；持擇嚴矣，而淺易頹唐之作，披之而輒在也。生平嘗積此恨。

乾隆乙未，假館秦中，適案頭有徐蕢村侍郎所撰《全唐詩録》，蓄意抄撮，彙爲此編。不標初、盛、中、晚之名，不設正法、眼藏、聲聞、辟支之見。反復玩誦，必求有得於心而後取之。其有未備，則又廣之專集與各家選本，以及詩話、小説、叢書所載，苟有可採，莫不掇拾，意在備一代之大觀，該三百年之正變。或初見輒悦，既而覺其無味者，删之；或從前忽遺，久而知其可貴者，補之。聞一未見之本，投袂以求；録一佚出之篇，喜躍彌日。分體編抄，便於誦習。七更寒暑，而去取始不疑焉。共得詩三千八百餘首，釐爲二十七卷。又仿王新城《古詩選》及《删定洪氏〈唐人萬首絶句〉》之例，取源流大旨，及鄙意之偶有所得者，著爲凡例，分冠於諸體目録之前。而盡略其圈點評釋，使讀者各以其意求之。雖不敢謂盡有唐詩之勝，而凡爲詩人之所當吟諷，及有裨於詩學者宜無不在。後之君子，或更能損益以致其精，而亦必以此爲篳輅藍縷，則唐詩之有善本，實自兹編始也，其不負余七年之意也夫！

讀雪山房宋人七言絶句詩選序

詩至於宋，五言之義寖微，其可繼唐賢而起者獨七言耳。而七言中古、律二體，自專集行世諸大家之外，合作亦甚寥寥，編之不能成集。惟七言絶句，作者甚多，名篇絡繹，如東坡、半山、山谷、劍南、石湖諸老，根柢崇深，精神流露，固不愧太白、少伯、劉賓客、李庶子之徒。此外名流，一往情深，偶然興到，亦時時闖入唐賢之室，比之『月落烏啼』、『菼菰葉爛』，未嘗不可即以一二首孤行於世也。

宋鄱陽洪氏，有《唐人萬首絶句》之選。近上元嚴道甫長明侍讀，仿洪氏之意，撰《宋人絶句》，採摭頗廣，然嘗受而讀之，若林君復『茂陵他日求遺稿』，陸放翁『家祭無忘告乃翁』，范石湖《使北》諸絶句，唐、林二義士《夢中》詩，皆一代大有關係之作，而俱不得列焉。劉屏山《汴京紀事》詩，亦止登其二，以此例之，則挂漏仍不少也。余汰其意理淺薄，不足動人心目者，幾十之六七，而更以所見附益之，共得詩三百六十餘首，皆足上繼唐賢，下爲來學楷式。去取之間，自謂不苟，其或見聞未廣，尚有佚篇，願更俟他日之補益。而交遊之中，及後世之深於詩者，復有如余於道甫侍讀之所爲，則一代之精英將益聚，面目將益真，而品題將益定，豈非余之所厚望哉！選擇既畢，録而存之，因識其緣起如此。

馮玉圃同年《鶴半巢詩集序》

國家初制，章疏票擬，主之内閣；軍國機要，主之義政處；特頒詔旨，由南書房翰林視草。自雍正初年，設軍機處，領以親重大臣。復選庶官之敏慎者，爲滿、漢章京襄其事，機要章奏皆下焉。詔旨有明發，有密寄，由大臣面奉指揮，具稿以進。自是内閣票擬，特尋常吏事。而政本悉出機庭，兼議政、視草而一之。其初節目寬簡。甲日撰稿，許乙、丙而進御，一二大臣，實自主之。在直章京，特分司繕寫、登記、檢查、交發之事。前此隸斯職者，如趙璞函文哲、王蘭泉昶、趙雲松翼、申笏山甫，並得於政事之暇，從容賦詠，藻耀一時。

近年以來，聖天子文德武功，光昭式廓，理大物博，恐易即於恬嬉，用益勵精圖治。未辨色輒問兵部驛報，及四方賫奏，有即取以入，或不待進膳，批閲已竟。隨召大臣諭意，出則分令諸章京撰草，人各一通，或數人共成一通，送大臣詳酌未竟，中使已絡繹輩催。篇幅較長者，必三四人分行繕正，僅而竣事。又繕畢未進，並進後復有諭改，日或至於再三。其他奉命稽牒檢案，加簽貼説，及與各衙門聯事，如詳議條奏，讞訊獄訟，沓至紛投，刻期待報，率以日晡爲常。或繼燭留門而後出。其派出專辦，非信宿所能得當者，雖例許番休之日，亦襆被在公，不敢歸私寓，問家事焉。其中豪傑非常之士，久於其地，未嘗不資以開廣見聞，練習吏事，因而入與鈞衡，出膺節鉞，獨於風雅之道，寂焉無聞。蓋緣意不並鋭，即素擅慧業靈光，亦委靡疲苶，消歸烏有。就使結習已深，未忍便廢，而當衆舉其職，獨應對蹇滯，搦寫窘率，少年英果，群以鈍漢目之，其人亦旋自悔忸，不復措意。猝遇牽率酬應，亦如塵絃澀指，彈不成聲，豈人才不如昔哉？由積漸使之然也。

同年馮玉圃給諫直機庭者二十餘年，每分撰詔草，退然未嘗與人争先。及遇詞頭填委，亦即引紙不讓，灑灑數百言，曲中事情，而通達政體，同列推服，當軸者或不能加點。屬稿既畢，仍偕衆人治雜事。又充方略館提調，兼司總纂，凡經進之書，獨手自刊削校正，並若無其事者，然余固已心服其有過人之量矣。其爲諸生時，已耳其詩名，迨同年同直，請之輒辭以輟業，蓋以所處既非言詩之地，所值又未必皆可與言詩之人，慎重而不輕出也。余不獲已。先以敝帚就質，則欣然爲之披覽，一句字之疵，必抉摘不少隱。余既悚然心服，應時删易，而玉圃亦漸許其可與言詩。復申前請，始示以《鶴半巢詩》一編，特近年併直機庭所著，非全豹也。受而讀之，攄情感事，俯仰古今，皆穆如清風之音，温柔敦厚之旨。僻書勿用，自爾鮮明；正味森然，絶無圭角。蓋本之以妙悟，積之以邃養，舉山林臺閣之習而一空之，又烏自知爲身處承明與聞機要哉！

余既與玉圃相視莫逆，歸其集也，不能自已，附綴數言以贈之，並略志機庭之緣起，與前後職役期會、繁簡寬迫之不同，俾後之讀是集而論其世者有所考。其似余之不竟所學，固藉是以解嘲。而玉圃之雅量汪汪，不可清濁，亦即見其所以有得於詩者獨深，匪僅余之鈍漢汗流僵走不可追攀，即曩時王、趙諸君子，從容諷詠以適其事者，亦或未能易地而爲之也。

晚翠軒遺稿序

余友董子心牧，由户部員外郎，出守廣西之潯州，瀕行，懷其母莊太恭人《晚翠軒遺稿》，泣授余曰：「思駟先九歲而孤，撫於母氏，相依一姊一弟，弟復早殤。吾母冬無絮衣，晝無炊火，瘏口皴指，與姊氏針黹之暇，授思駟幼學諸書，旁及史事，並古今人詩文。講釋大義，恒至夜分，必成誦而後已。思駟既冠，感奮力學，而後令自求師友焉。比思駟倖邀科第，母已前歿，未伸一日禄養，僅從奩帙中，掇拾所製古近體詩及古賦、連珠、詩餘，共若干首，卷不盈寸，而一生苦節略備。惟是母存時，雅不欲以言見，違養後更不忍卒讀。雖戚好，未嘗出示。顧念思駟，既無當代立言之望以闡幽光，若並所著而晦之，則爲戾滋重。今將付剞劂，發此意於簡端，無以易子矣！」

余與心牧，累世姻舊，自爲諸生，迄同官京師，共几硯、均茵席者，二十餘年，義不得辭。溯太恭人在里，余與心牧年各幼，交未稔。迨以文字相切劘，稱莫逆。太恭人往依女夫莊明府繩祖山西交城官舍，未獲修登堂之敬。而太恭人茹苦教子，通詩書，明大義，固所飫聞。今受《遺稿》讀之，始知向所欽重於太恭人者，蓋猶僅以尋常節母視之，而未進窺其盡己安命，卓識遠鑒。以慈母爲良師，以列女備士大夫之志事，根於至性，發於毫端，如是其純粹而光明，和平而愷惻也。

《集》中五言如「修名不早立，妻子寒無衾」，「人生知盡分，豈欲希不朽」，「白日忽已中，夏緑隕其黄」，「毋令寡母心，戚戚憂乾没」，「六翮苟不齊，何以凌長風」；七言如「雪重窗寒翦聲小，官河水乾日一尺」等句，於感逝受遺，銜辛茹蘖，觸緒紛來。而音節蒼凉，詞意凄惻，古人何以過？尤可異者，慘沮之中，絶無衰颯氣。如《爲庶祖母黄太安人題〈松筠晚翠圖〉》，結句『秋荼身世既相同，庭前亦復摇西風。撫卷長歌謝王母，心期只在畫圖中』，蓋望心牧之代興，未嘗一日忘也。又《辛卯感懷》『白頭織屨憐衰病，紫禁含香恐後時。仰首青雲數行淚，從來天道佑孤兒』，蓋聞心牧鄉試報罷，寄詩慰之也。後十二年丙午，心牧始舉京兆，又三年己酉成進士，官户部，而太恭人已前歿。今覆取前詩讀之，則自心牧困躓場屋二十餘年之前，已若燭照數計，而逆知心牧之必有今日然者，豈太恭人安貞静壹，自信必有獲福於天之理耶，抑心牧髫年早慧，有異常兒，見其微而知其著也？又有句云『一生詞賦慕東征』，知太恭人初心未嘗不願身逮禄養。今心牧以名進士起家，歷望郎，出守劇郡，天道之佑孤兒，太恭人前言盡驗。何不使尚留老眼，扶杖含飴，而風木早悲，卒符後時之讖！豈天道固未能盡如人意，佑之於此，仍有靳之於彼者？而太恭人亦已先見及之也。

余以葭莩子弟，自開編莊誦，爲之數日不怡。况心牧親爲腹出之子，幼而鞠養教督，長而慰安期勉，不啻一篇三致意，固宜每一展卷，失聲慟哭，涕泗横流，幾欲同《蓼莪》之廢。雖戚好投分二十餘年如余者，亦不忍輕出與之共讀，至今日始令校之而序之也。

心牧初名沅，後更思駉，《集》中仍其舊名者，重手迹也。

趙榕岡文學制義序

文學趙榕岡先生，吾友趙君罣申法伍之尊甫，周君景益宿航所從請業之師也。

余自束髮論文，即與二子以文字相投分。宿航風流藴藉，别有襟期；法伍挺特幽新，自開户牖。急與之角，往往出於其下。既而各有四方之役，大率六七年與二子一見，見則各出其所業以相示。卷帙山川之助，視向之所作，每變而益上焉。生平足迹半天下，所在能文之士，皆得而交之，而卒無居二子右。意二子之於此事，殆所謂天授，非人力者耶，抑有所受之，而能自竟其所學者耶？

庚子之春，余奉先人諱在里，法伍時相慰問，乃得讀其尊甫榕岡先生之文。循循焉，抑抑焉，若不蘄勝於人，而元氣灌輸，脈絡融暢，才不欲盡而韻自流，意不求奇而理自至。然後恍然，吾二友之文，其發源蓋有自也。夫江出岷山，河探崑嶺，視之若了不異人，而所以能致九曲而行萬里者，來龍遠而結脈深，導源之始，固已不侔於萬川也。人第見長江、大河之浩瀚，而顧過岷山、崑嶺而忽之，豈足語於水哉！余與法伍爲昆弟交者二十年，今乃得讀先生之文，亦可見先生之無意於人知，此文之所以能工，傳之所以可遠也。既受而卒業，識數語以歸之，他日持示宿航，當有以益余言之未備也。

周宿航制義序

制義起於近代，抗心希古者，平時多不屑爲，而特降意於場屋，至時而强爲之，輒山野不能入格。其專工帖括者，軌步繩趨，既盡得其曲折，而未嘗沉浸古籍，以恢張而變化之，率皆老生常談，卑無高論，令人厭而思去。是以才高者軼於法，法密者窘於才，二者交譏，實則楚失而齊亦未爲得也。若既擅夫才，又習其法，足以矜能於一世矣。而文家境地可到，又若有域焉以限之。及乎限之六七，已足躐高科，收顯譽。惟苦心强力之士，進而不已，始克底乎其域，而無毫髮之歉焉。然猶致之於人，而非遇之以天也。必其苦心强力之尤至者，歲引月伸，晨摩夕蕩，遲之又久，而此域豁然以開，清光大來，杳無際極，視昔之與人争勝者，概吐棄不足復道。身之遭值，目之俯仰，耳之聽受，莫非吾文之所取資，而字裏行間，醇古茂密之氣，仍各視其所養以爲厚薄。然則自兹以往，安有息肩止足之期哉！

周子宿航，與余生同里，齒同甲，少同塾，壯同遊，於文至老而同好，互爲師友者二十餘年，每出一篇，必手相論次。後皆得禄以仕，蹤迹不合併者十餘年，而貽書相切劘，雖千里猶接席也。兩人爲文，生平未嘗相襲。大率余之文雄，宿航之文雅；余之文健，宿航之文深。論者或莫能優劣。而余文踔厲風發，惟恐人之不知；宿航文樸屬微至，汪洋淡泊，若無意於人之知。此余所以服膺宿航，而默愧其弗如者也。至於經營之慘淡，會悟之超曠，卷帙之醖釀，山川之感發，刻畫天地之情狀，囊括古今之變態，意在一雪後來之業此者，勿卑其體之後起，目爲絶遠於古文，而僅域以章句小儒之所可到。吾兩人自信所見同，所歷同，以希鉅公先正則不敢知，而欲更舉平時文字之交，增而三之，若不可得。陳思王述丁敬禮之言曰：『後世誰相知，定吾文者耶？』言知己之貴同時也。余之文，宿航既序而行之矣，則余於宿航之文，又烏可以無言也乎？

韋静山制義序

余七試南北闈，三以副榜充貢太學，而未得一舉於鄉。最後甲午，今少宰富陽董蔗林先生，洗馬長沙劉雲房先生，典江南試，余卷爲搜遺所得。本房心怍焉，摘首藝數語，訾其與《儀禮》不合，賴座主護持，改撥鄰房取雋。既感兩先生之知己，又未嘗不自愧其經學未深，有以來求全者之口實，設不遇兩先生，固當仍以爨薪終也。兩先生並有文章鑒，得人逾於前後諸科。是年闈墨出，膾炙一時。

而余尤服膺韋子静山之文，貫穿三《禮》，而出之以心得，正余之所不足也。既以同年友訂交，益相親慕，因盡得窺其所業，精覈淵雅，有張曉樓、任釣臺之風。既而尊甫中丞公還官翰林，與静山外舅謝金圃少宰，疊主文柄，格不試南宫者數科，其間一二試又不售。則益發憤於文，文益進。甲辰，禮闈榜發，静山復無名。夫以余之鈍拙空疏，困躓場屋，自甲午遭逢舉主，乙未亦以族叔分校禮部不入試，越三年戊戌，終得出今閣學朱南厓先生之門。静山以貴公子，挾冠古之才，綺歲列賢書，而艱苦力學，過於寒素，宜其取高第若掇蜩。而自甲午至甲辰，其業日昌，其遇日蹇，豈文章針芥之合，作者難，賞者亦復不易耶？抑將以所業垂名司命者，類皆靳其早達，嗇之彼而豐之此，正所以成就之耶？且静山文似曉樓、釣臺，曉樓早榮，釣臺晚達，而宗伯年位，過太史遠甚。今静山之達即後曉樓，而其視釣臺，猶翩然年少也。吾又烏能測其所就耶？

静山以校書内廷，例得銓敘邑令，失意後頗怏怏，將棄帖括以就選人，余惜近日制藝之學頗微，方恃静山爲同志。書此以敘其集端，將以廣其意，阻其行，而勸終其業也。

壽序

朱南厓先生六十初度壽序

自昔郅隆之世，必有名儒耆德，應運而興。或以經行修明，或以政事貞固，或以詞學博贍，咸能發揮盛治，黼黻休明。而丙魏無得於經，韋匡不足於治。稱燕許者，不及其事功；紀韓富者，弗崇其著述。蓋意不並鋭，學有偏長，求能合儒術、吏事於同源，渾理學、詞章爲一貫，則未有如吾師今少宰南厓先生者也。

先生幼承家學，少長與哲兄冬泉、笥河兩先生互相師友，年未弱冠，即成進士，入詞館。揚歷中外者四十年，負海内泰山北斗之望。顧其律己也，恂恂如下士；其臨民也，煦嫗如家人；其造士也，無賢與愚，各就其所至而裁成之；其治事也，曲體人情，而未嘗從之以喜怒。蓋先生一生行誼，惟視夫力之得盡，而行乎心之所安，於人世窮通、得失榮辱、毁譽之故，泊然無所容心也。而先生在翰林，以撰述邀特達之知。在觀察廉憲，折疑獄，毁淫祠，神明之稱，遍於所部。在藩伯，率屬無苞苴之行，按部無供億之擾。在考官學政，校藝於帖括無遺才，亦無濫選。在吏部，議論獨持平恕，而人莫能干以私。在尚書房，隨事開陳，而見禮逾於他傅。可謂德遇兼隆，身名俱泰者矣。且先生自監司至卿貳，所遇之上官、同列，其廉正和平者，一見固同臭味，即有貴倨重臣，倚勢凌藉，獨於先生，心或以爲不便，而莫不改容以禮。自諸生教授以至通籍貴顯，日以陶鎔後進爲事。士之純明謹潔者，固争願從之遊；其有負才失職，矜己傲物，詄蕩公卿，一及先生之門，瞿然自知其不足。夫非盛德之流，積誠之感，道足以相服，而量足以相容，豈能潛移默奪如此乎？

歲庚戌正月十二日，爲先生六袠周甲之辰。受知於平日者，競爲歌頌以祝嘏，於先生所以見諸行事者，亦既鼓吹而揚厲之矣。若夫先生年愈高，心愈下，名位亦愈隆，自朝及野，延頸企踵，推爲宿德重望。當異日隆平之輔，必以先生爲稱首者，蓋出於不言而同。然則先生自今以往，益竟所施，更至七十八十，所爲壽其身以壽世者，門下士之稱祝於此堂，必將有進也。

李方伯母孟太夫人八十壽序代

嘗觀自昔名臣，能以禄位勳名世其家者，固仰藉祖父之遺澤，而得力於母教者尤多。其人子致牲鼎之榮，累覃封之錫，春覯爲壽，鞠跽行觴，克逮於母夫人者，亦十常八九。蓋母之爲教，地習而情真，慮周而事悉，笑啼谿勃之所不能飾也，燕遊嬉戲之所不能遁也。隨時誘迪，即事防閑。少而端愨，故壯也而剛方；入而柔良，故出焉而忠愛。名臣事業，往往由之。而能教其子之賢，母恒有安順貞固之德，固已宜於得壽，且既有其功，必食其報，則獲佑於祖宗也倍厚，而錫福於天地也獨豐，理固然也。

誥封太夫人李母孟太夫人，誥贈通奉大夫端衡公之配，今河南布政司承業之母也。通奉公中年捐館時，君舅浙江總督能白公，及繼君姑高夫人已老，方伯及二弟咸幼，諸叔氏咸未授室。太夫人以冢婦獨肩鉅任，出侍二老於堂，入訓諸姑於室。瀡瀡梨栗，盤餐饋問，莫不手自摒擋，豐約得宜，以及喪葬盡其誠，婚姻中於禮。諸叔氏之恃嫂而成其家也如有母，方伯兄弟恃太夫人而成其德也如有父。其後叔氏遺息有孤露者，雖已析産，移來共居，朝夕撫視，婚嫁成立而心猶未已。蓋太夫人之勤能於治家，而惻怛於敦本也如此。

方伯初以恩蔭入官刑部，迎侍太夫人於京邸，暇則訓以立身當官之道。居數年，方伯出守雲南之澂江，道遠不獲奉太夫人行，長跽請教，太夫人曰：『吾所以勖爾者素矣。家門世受國恩，惟有清慎供職，上不負聖主，下不愧先人。』方伯頓首受命。數年遷湖北督糧道。其之任也，先省太夫人於里第，將侍板輿以行，則又諭之曰：『吾性甘淡泊，不耐道途，留汝兩弟侍我，汝能養志，惟爲好官足矣。』方伯不敢固請。其後方伯累遷山西按察使，四川布政使，今調任河南布政使。入覲後，又乞便道省親。開封去濟寧僅數百里，堅申奉迎之請，太夫人仍以年高喜静，固諭止之。自方伯揚歷方面，太夫人每貽手教，必申示出守澂江時面諭數言。而位愈高，則誡愈切，未嘗一日屑屑於家計也。非所謂得力於母教者耶？

太夫人五奉覃恩，疊膺天誥。今年九月某日，爲太夫人八袠帨辰，官舍里第，同時稱慶，非所謂人子之養恒逮於母夫人者耶？顧賞疑太夫人之慈愛，方伯之克孝於其親，而二十餘年未嘗一至官舍，親見起居呵殿之榮。雖堅請，終不獲命。豈太夫人之好静樂儉，固出於天性然耶？抑即以其身示教，使方伯知淡泊之足樂，烜赫之何加，報國榮親其孝隆，問安視膳其孝小耶？方伯雖以此觖然於晨夕，而里第稱觴之暇，試令子弟誦余言而質之太夫人，知必有灑然意移，欣然色解者矣。若乃孫曾之衆盛，簪紱之便蕃，閭里榮之，不足爲太夫人多也！

韞山堂文集　卷四

記

城南諸泉記

余適濟南，僑寓於郡南門之締觀里，附城而稍西偏。舍東即古鑑泉，居人炊濯資於是。瓶綆絡繹，道至沮洳不可行，以其近於市也。越南門橋而東，有泉從石罅側出，碣曰『允嗣泉』，然甚微。旁有方池，一泉上出，無名。又東數十步，爲南珍珠泉。珍珠泉故有二，其一舊在御史中丞署，今隸行宫，此故别以南甃石爲池，深可七八尺，清澈見底。泉自沙際達於水面，如萬斛珠璣，霏霏不絶。諸泉之觀，此爲最焉，味尤甘冽。説者謂，在趵突泉之右稍東一泉，亦石甃之而加小，鮮有汲者，當爲珍珠泉所壓。詢其名，人莫能知。又東十餘步，忽聞水聲淙然，則有巨石壁立，廢寺臨其上，構石爲閣道。下有深潭，潭中水湧出甚猛，亂石環之，水四面迸落，聲益吼，是爲黑虎泉。立久之，覺有陰森之氣，水飲之多癭云。瑪瑙泉又在黑虎泉東，清澈與珍珠無異，深廣過之，匀圓涣散之態差不及。有草著泉底，冬夏淺碧可愛。自鑑泉至此凡七泉，皆倚濠南。

倚濠北者，曰琵琶泉，曰九女泉，無石甃。諸泉悉入濠内，流至城東南隅，過石橋，折而北。城南之觀於是止。按元於欽所編《七十二名泉》，惟載鑑泉、珍珠泉、黑虎泉。允嗣之名，得之石碣。餘皆問之土人，而莫能名者，尚有二焉。

屏居棖觸，出門輒作泉上遊。周覽不及里許。嘗有句云『檢點一春成底事，跳珠聲裏送斜暉』。又『好事即今誰過問，有人泓下洗寒瓢』。羈滯情懷，恃諸泉爲陶寫。歷下勝地多，城南差不甚著，獨覼縷於斯者，蓋以去予居最近，予又數至，不欲他日遽難追憶，一展斯記，如在獨行泉上時也。

助順永寧侯廟碑記

乾隆四十三年，黄河盛漲，儀封、祥符先後漫口。天子屢命重臣，會同河道總督、河南巡撫，悉力修築。此塞彼潰，久未告功。至四十五年春，聖駕南巡江浙，臨河駐蹕，默禱於神。而豫省最後未塞之儀封南岸十堡，即於是日有大風掣溜，數十丈之坎陷，立見填淤，隨而下埽，不數日集事。官民吏卒，萬口讙呼，莫不仰戴聖天子之精誠，與群神協助之力也。於是奉旨在新工擇地，特建河瀆之廟，以荅神庥。復經大學士誠謀英勇公阿桂、河道總督陳輝祖、河南巡撫榮柱奏請，修理偃師縣『靈佑襄濟黄大王』墳塋，給子孫奉祀冠帶，頒銅瓦廂風神廟御書匾額。又原任總河朱之燮，功著南、豫二省，没爲河神，屢著靈應，士人禮祀已久，請特賜位號以從民望，即今廟神也。奏上，並得旨報可，於是敕封神爲『助順永寧侯』，於新工專廟奉祀。各大吏以開封省會，復擇地於宋門内，别建一祠，以昭妥侑，捐帑三千二百八十九兩有奇，屬紳士某某等董其役。臺殿、門廡、客序、僧寮之制無不備，帷帳、鐘鼓、威儀、供奉之具無不完。經始於乾隆四十五年之冬，越一年而蕆事。因具書建廟之由，與公所以爲神者，以告於後。

謹按，神爲浙江義烏人，由進士累官河道總督，兵部尚書，都察院右副都御史，晉階太子太保。順治十四年蒞任。十七年，母喪去官。以河事急，起復視事。又數年，以勞瘁終於任。功之著於豫者，順治十四年河決祥符槐疙瘩，又決陳留孟家埠。十五年決陽武慕家樓。十七年決陳留郭家埠，又決虞城羅家口。皆賴公悉心相度，隨方修塞，不久完安。其治河方略見於《兩河利害》等疏。如『工程則工力不到，法式非宜，料物虚浮，徒事粉飾；器具則儲備不預，徒手莫施，製作草率，不堪適用；夫役則扣尅工食，奸豪包佔，賣富僉貧，賄鬻私逃；物料則交修措勒，扣減價值，折乾肥私，盜用官物。於瘝官蠹役之情弊，如火之燭影，鑒之取形』。至謂『非淡泊無以耐風雨之勞，非精細無以察防護之理，非慈斷兼行無以協群夫之力，非勇往直前，無以應倉猝之機』。又云『刑名、錢穀，皆可以文移辦治，獨河工非足到眼到不能』。至哉言乎！後之言治河者，其能以加於此乎？

公之没也，國家方有事西南，贈恤褒揚，或不逮後來數公之赫赫。而公忠任事，盡瘁没身，不可抑塞之氣，獨留於天地，而常繫於人心，百有餘年，終獲享聖世封侯廟食之報，非所謂積愈久而發愈光者乎？方儀封大工之將竣也，或見老人往來河灘，若有所相度然者，既而植竿爲標識，問之，曰：『河水將從此過，非官定引河所經也。』叩其姓，曰：『朱。』言已，失所在，而其竿故存。其人走告，河北觀察朱公岐親往視之。已而開放引河，河果由此刷路别去，工得以成。咸以爲神之默佑也。其他靈應，傳聞於父老多矣。此尤近事之顯著，而朱公爲不妄語者，故備書之。

杭州廣德埸溥仁堂記

昔聖人既易上古衣薪之葬，而厚之棺槨飾終之制，使人人得自盡於所親。其旅亡道殣，無骨肉以相收斂者，又布爲掩骼埋胔之令，而職之以有司，至於今不廢。第古之有司，皆舉於其鄉，情親而地習，此特任恤之小者耳。近世牧令所治，百里而遥，察之勢有不周，給之力有不繼，於是賴其鄉之賢士大夫，與贍於財力之善人長者，設誠經理，樂善捐輸，仰體聖天子澤及枯骨之仁，以佐賢長吏奉行之所不逮。而非有仁義根柢於心，卓然當一鄉之望者，躬爲倡率無以發。夫人不言而同之隱，以作其争先恐後之誠，此余見吾友胡君秉武鈐，所記杭州重葺廣德埸，與建溥仁堂始末，而歎息其用心之勤苦，與其鄉賢士大夫、善人長者之多且重，念國家累洽重熙，化民成俗之所致也。

胡君初客吴門，寓於白蓮涇之同仁堂，見司事者施棺義葬，經畫甚周，慕義輸財，遠近日至，既解囊而佽助。及歸而心善之，與其鄉友翁誦芬、雷佛石、吴濬泉三孝廉，暨紳士李有年、黄又山等二十餘人，相與捐貲倡率。因前制府趙公所建廣德場圯址，重加完繕。復請於監司、太守、邑令，懸額給示，募收遺骸埋葬，及殯客死之無歸者，每歲中元，爲之施祭。又僦清河坊之童乘寺，顔其室曰『溥仁堂』，仍購地建屋以益之。市木製棺，以施鄉人、羈客之貧不能斂者。出納鈎考，皆書之於牘。二年之間，規模畢具。而聞風樂施者，絡繹趨赴，駸駸與吴門之同仁相埒焉。

胡君故食貧，方橐筆以客諸侯之幕，而思所以畢力於斯舉者，若飢渴之不忘飲食，殆所謂吉人爲善，唯日不足者耶？抑又所謂一介之士，存心利物，於事必有所濟者耶？夫仁之量，極於博施濟衆，而發端於乍見惻隱之心，推而行之，必自其力之所及。始今有大鳥獸焉，見其類之斃於野者，哀鳴頓躍，若不忍視。螻蟻覓食出行，遇殭蟻，必銜而瘞之於垤。蓋同類相愛，羽毛蟄蟲之稍有知者猶然，況同負萬物之靈，以天地爲父母，顧見有遺屍在床，或鄉井闊絶，或家赤貧，妻子飲泣，不能具含斂，以及年深之柩，野暴之骨，雨淋日炙，烏鳶狼犬，攢啄叢噬，不爲之惻然動容，潸然出涕者乎？而當夫乍見彷徨，莫適爲計，一有力者過焉，慨然以爲己任，棺衾收斂，而瘞藏之，不必於死者有葭莩半面之情，又無不爲之感頌同聲，至於合掌投體而不能自已者也。

諺云『一人善射，百夫决拾』，胡君好行其德，祇自盡其力之所及，而杭之士君子相與戮力張之，官於斯土之監、司、守、令，又主持而風勵之，吾知是堂之日新月盛無疑也。且胡君遊於吴，心善同仁堂之法，歸而推廣之於越。四方之遊於越者，又心善是場與堂之法，各歸而推廣於其鄉，因以洗濯媮風，奉揚仁治，豈直爲煢民餒鬼感泣幽明而已哉？故不辭而爲之記。

跋

平定臺灣戰圖後跋代擬

乾隆五十一年十一月，臺灣逆匪林爽文，以結會聚衆拒捕戕官，滋擾彰化。嘉義別賊莊大田焚劫鳳山，官軍僅搘拄府城，弗克捕滅。大吏之往討者，初畏咎責，不盡以實上，賊勢頗致蔓延。始以兵力不繼，驟請濟師數萬。

皇上燭見萬里，明炳機先，敕以静鎮堅守，相機勦辦。而密諭陝甘總督臣福康安，乘驛來京，面授方略，疾馳赴閩爲將軍。領侍衛内大臣海蘭察副之。調粤、楚、黔、浙之兵數千，選派侍衛章京等，從前立功行陣，號巴圖魯者百人爲領隊。又命成都將軍鄂輝，率四川屯練兵二千，並會臺灣協勦。軍容若火，軍聲若雷。待渡月餘，揚帆一昔。師未畢濟，則已解嘉義之圍，覆大里杙之巢，擒林爽文於老衢崎，俘莊大田於琅嶠。伐苞逮蘖，除臁搜萌，旬月之間，全郡悉定。天子論功行賞，福康安、海蘭察，咸晋爵上公，賜章服；列將之有功者，給世職有差，並圖形紫光閣。又命仿平定西域金川之例，自解圍嘉義，以及官兵節次勦賊，戰之最力者凡十，並凱旋渡海，錫宴山莊。爲戰圖十二幀，各繫之御製詩章，凡以紀功宗而志宵旰也。

伏思國家當全盛之時，我皇上聖武布昭，無遠弗征，無險弗克。逆匪以海隅編户，盗兵潢池，亂領妖腰，曾不足以膏斧鉞。顧方事之殷，若非立遣重臣往督，在事者幾不免株守養癰，且使張皇入告之初，即爲紛紛檄調，僅而蒇事，耗費已不可勝言。我皇上慎重於徵兵，而神速於易將，用能風馳電掃，一舉廓清。未濟之師返於營，在途之餉留於庫。豈非知人則哲，慮事如神之明效大驗乎？至林爽文、莊大田二逆豎，罪大惡極，斷不能倖免刑誅。而或窮蹙自戕，或臨陣授首，倉猝之際，勢難豫防，雖於天討已伸，而人心究爲未快。今林爽文既檻致京師伏法，莊大田亦磔死臺灣郡城。若故遲二賊之死，以警畏萬民之觀聽然者，又仰見聖意之所注存，即昊蒼之所默相。匪特臣等始願所不及，即身歷行間，如福康安、海蘭察諸臣，亦不自意其成功能如是之盡善盡美也。圖既成，因奉敕而書其後。

奉敕書回紋詩册頁後代

自古雅頌之興，皆和其聲，以鳴國家之盛。漢唐而降，所稱臚功頌德，與夫早朝應制，稱壽紀恩之製，制不一體，體不一家，雖未能盡免鋪張，而氣必喬皇，詞必典則。一代之豐猷駿烈，及當日隆平之氣象，樂易之人心，莫不流露洋溢，使讀者欣躍感奮而不自知。由盛大之氣足以舉其詞，沉摯之思足以盡其致也。我皇上天文炳蔚，聖壽延洪，凡所以敬天勤民，揆文奮武，雖使淵、雲、駰、固操簡執筆，亦無以罄盛德之形容。顧各就蠡筦之愚，直抒所見，如衢謠華祝，未嘗不可以頌堯。若夫捨正從詭，厭舊取新，縱極鈎心鬬角之能，儷白妃青之巧，使李白、杜甫、韓愈諸大家見之，必呵爲捨琴瑟而習箏琶，揮芻豢而思螺蛤。況就其體而求之，支離牽湊，並未能成聲而入味者哉！是册以七言律回紋十首，仿《璿璣圖》之式，回互書之，於乾隆五十五年皇上八旬萬壽，隨衆進獻，因其體制似新，得與陳設。一經睿鑒，而佻纖錯沓，底蘊莫不畢露，譬如爝火燭物，終在影似之間，仰旭日而皆貢其形也。蒙皇上幾餘指示，復諭臣等，以其有乖正軌之義，著於本册。蓋一夫之紕繆不足言，而風雅之閑，不可以不是正也，爰承命而書其後。

趙味辛《雲溪樂府》後跋

吾邑乘凡三葺，皆鄉先生有文譽者枋其事。往往遞訾前人以求勝，洎乎書出，而卒無以厭乎人之心。蓋作志之難，表裏於史，近今成絶學矣。趙子味辛，以其所著《雲溪樂府》百篇示余，余受而卒業，則喟然曰：『此固吾常州一郡之志也。』

味辛才故高，弱冠而明於是非之義，家富卷軸，又好從邑中遺獻遊。自周漢以來，聖賢之仰止，帝王之興廢，忠良廉吏之樹立，孝子悌弟、貞女烈婦之表見，以及布衣隱逸之逃名，兒童走卒之知義。凡涉郡邑而關懲勸者，上稽正史，旁引記載，近録傳聞，或特筆表微，或牽連附傳。其詩頓挫含蓄，長短正變，不名一格。既兼有樂府諸家之勝，而發揮義理，根柢至性，令讀者擊碎唾壺，引滿大白，俯仰自失，歌哭無端。蓋詩家之變態，而史家之極致也。夫志乘之作，所以翼名教，驗政俗，合乎史氏垂鑒之義者，味辛既盡取之。他若山川田賦之浩衍，一主吏能言之矣；職官科目之焜燿，一掌故能詳之矣。又奚以志爲哉！故曰，《雲溪樂府》者，固吾常一郡之志也。雖然，八邑之事迹，二千餘年之文獻，約之百篇，賣菜之見或嫌其少，他日味辛聞益廣，筆益鉅，不難蒐討而附益之。而生長邦域，復有博聞好學如味辛者，終能本此意以成一郡之令典，而遠過乎前人三葺者之所爲，固吾所以望味辛，亦味辛所望於後之君子也。

贊

南麓公像贊

南麓公姓黄氏，丹徒人。明季之亂，失其名字、世次。南麓其號也。相傳爲世襲錦衣衛指揮使，生二女，先後爲我宗伯公繼室。前黄夫人，實出我孝廉公。南麓公饒於貲，無子，依我宗伯公以終。宗伯公在明季起家諸生，無儋石。既貴，歷仕兩京十七年，未嘗一奉外使。而以富冠一邑，殉國難後，家中落。孫曾掇拾遺業，衣租食税者，百有餘年，皆南麓公之賜也。初，南麓公既没，宗伯公即故所讀書之東門塔庵，築室塑像，以供享事。歲久傾塌，像亦剥落，一時營葺無力，爰追遺貌，寫以丹青。每有事於宗伯公，黄夫人輒於别室張之，以申時祭。古人於壺飧一飯之德，猶戒其子孫勿忘，况南麓公親識宗伯公於未達之年，兩女以息，絜鉅萬之産歸之，子孫庇其業者數世。其身又絶無嗣，而我孝廉公，實托體黄夫人以蕃衍，其後因推廣前人之意，世世祀之，使知施德無不報，而追遠無終窮。是亦亡於禮者之爲禮也。像成，並繫之以贊曰：

維宗伯公，再館甥室。維孝廉公，黄之自出。籍籍南麓，善人之風。晚乃無嗣，依女以終。陶頓之業，絜而歸我。五世食德，蒸嘗侑妥。廟既頽圮，像則維新。飲水思源，勖我後人。

墓表

歲貢生鄉飲正賓黎翁墓表

翁姓黎氏，諱景曉，字曙亭，一字連霞，世爲陝西乾州甲族。曾祖諱玉田，明崇禎戊辰進士，山永巡撫，晋銜兵部尚書。祖諱際雍，康熙辛酉舉人，綏德州學正。父諱玫，州庠生。

翁少承家學，未冠而遊於庠，鬱鬱場屋數十年，以食餼例滿，充貢太學。性至孝，因侍父疾，親理醫藥，博通《靈樞》《素問》以來諸醫典。父没，令工寫遺像。翁皆痛其未肖，迺於堊廬中自寫之。既出，見者咸訝如生。而翁初不習畫理，其精思至感，多此類也。伯兄景晟，雍正癸卯舉人。翁既以父兄爲師友，父没，益謹事兄。事無大小，必禀受。未幾，兄又没，諸子皆穉弱，而三世喪未舉。叔弟景昌出奉大宗，爲伯祖都匀太守後。翁獨肩其責，次第經紀，備勤瘁焉。遠近以翁通於醫，延請無虚日，辭以不能，迫而後起，應手輒效，不責報謝。無力者，至解囊濟之。律身嚴謹，生平言行無玷缺。晚以家政委諸子，稍放情詩酒。然和而介，樂而不荒，見者知爲宿儒者德也。前刺史舉鄉飲，禮翁爲正賓，邑里翕然以爲無愧。

初娶趙氏，生女子一，適於侯撫伯兄第三子；太學生起鳳爲子。繼娶楊氏，生子起鵬。愛之如一。病亟，猶呼二子命之曰：『吾非吾兄，不有今日。吾兄非吾，亦不有今日。爾兄弟當共體此意，雖白首，如依吾膝下也。』二子並涕泣受命，益友愛無間云。翁没以乾隆三十四年二月五日，距生於康熙四十三年七月二十九日，享年六十有四。翁存時，起鳳有息艮娃，起鵬息福官、豹娃，則翁没後始生也。

余來乾州主講席，去翁之没已八年，鄉人頌其德者不去口。起鵬爲名諸生，從余遊。時已葬翁於州城門外祖塋之次，而求余文以志其碣。余思翁生有隱德，而名不出於鄉，所謂『不於其身，必於其子孫』者耶？而起鵬亦躬孝友，好讀書，知必能興其業也已。

墓志

族祖母史太安人墓志銘

族祖母史太安人，族祖孝廉仰山公諱景賢之配，族叔翰林院編修名幹珍之母也。考諱貽儉，世爲溧陽右族，由中翰任安陸府同知。妣費宜人。

太安人年二十二歸仰山公。仰山公好學，而體素羸。丙辰恩科舉於鄉，一試禮部，歸益發憤，得喀血疾以卒。是時太安人年二十有七。編修公甫五歲，幼女猶抱懷中，舅南溪公、姑陳太安人，年逾六十、五十。太安人括髮哭失聲，勺水不入口者七晝夜。伯氏自溧陽來唁，曰：『殉死與保孤孰難？奈何爲其易者？』太安人始扶杖謝，勉進糝粥。既念仰山公以勤學死，遺孤雖幼，不可不令繼前人志。編修公幼亦善病，嘗白衣履，擁置膝上，日録《綱鑒輯略》數十字教之。服甫闋，督就外傅。家貧，織紝以給。每日課未畢，進謁必重譴。業少進，輒色霽。安陸公之之官也，費宜人舟次毗陵，强太安人偕往，促裝者日數輩。太安人堅謝曰：『吾爲管氏婦，實兼子道，尊嫜已老，義不可離左右。且孤兒宜令習苦，勿願以膏粱易黎藿也。』卒不行。其訓編修公曰：『兒讀父書，當繼父志。孤兒易爲人敬，亦易爲人輕。勿以一得自足。』又曰：『取友如絲入染，黑白惟其所爲，不可不慎！』

丙子江南歲祲多疫，時陳太安人已前卒，太安人日具粢罋，進南溪公前，令編修公侍食。而自屑小麥市豆相爲不托，日進一餐，與家人婦雜操作。編修公泣諫，太安人曰：『未亡人糲食，分耳！汝才，茹荼亦樂。不肖，雖肥甘，吾寧下咽？且勤與淡，吾以却癘也。涕泣何爲？』其他缺乏，皆手自摒擋，勿令編修公知，曰：『恐妨兒輩讀書意也。』編修公用是益激發，自奮於學，由郡博士弟子中江寧鄉試副榜。己卯，舉順天鄉試。而南溪公没，太安人自侍陳太安人疾，不假寐者二十餘夕，含斂棺翣，躬親措拄，至是哀毁盡禮皆如前。丙戌，編修公捷禮闈。選授翰林院庶吉士。迎養太安人京師，則又申諭曰：『汝以孤寒下士，得蒙恩讀中祕書，當謀其遠者、大者，毋浮沉汩性以辱先人。』戚友相依倚者，太安人必命時其飲食，數遣人問所需，曰：『吾幸得骨肉相聚，彼客中人，尤可念也。』居京師二年，以疾卒，享年五十有九。

嗚呼！太安人自二十七歲遘膺荼苦，卒能教督其子，親見其成進士，入詞館，博學能文章，以下報仰山公於地下，自可無憾，而齒不及周甲，守節三十二年。郡之士大夫，將聞於有司，以請旌於朝。庚寅、辛卯，頻逢國慶，天子推恩，以廣孝治，太安人以子貴，例得請生封，而皆不逮見。又編修公服官京師，家貧，禄入不足以償宿負，支離薪水，太安人雖安之有素，而人子之心，若未嘗盡一日之養者，此編修公所以仰天椎膺，而凡族黨以至朋遊，無不同聲出涕者也。

太安人生於康熙五十一年二月十三日，卒於乾隆三十五年三月初二日。男子子一名幹珍，丙戌進士，翰林院編修，充國史館纂修官。女子子一，適國學生史汝桂。孫男二，長適安，次適儀。太安人没數月，始生女孫二。俱幼。編修公將以乾隆某年某月某日，合葬太安人於城東定西鄉仰山公墓，次命其族侄世銘爲之志。謹按太安人徽言懿行，具詳編修公自作《行狀》，不具書，書其大者。而繫之以銘曰：

柔其德矣，而曷奪之天？甘其節矣，而曷萃之艱？萃其艱矣，以揚其芬。奪其天矣，以啟其昆。峨峨定西原，鬱鬱佳城春。其草多卷葹，其木多女貞。以終蔭其綿綿之子孫。

柴君墓志銘

君姓柴氏，字象天，一字培竹，世爲山西某縣人。曾祖諱某，祖諱某，皆不仕。考諱某，以出穀助賑，恩賜文林郎，正七品頂帶。母某孺人，處士諱某女。文林君生子二，君居長，天性沉毅，甫束髮，即好讀書。既長，益慕爲經世學，見時俗所爲文，輒厭薄之。又負奇力，善騎射，遂以武試遊於庠。

乾隆十三年，邑大歉，文林君罄家中儲積，出穀千餘石，以拯饑民，爲郡邑倡，全活無算，以是得賜爵級。君復請於文林君曰：『有以養之，可無以教之乎？』文林君喜曰：『此我志也，將遂行之。』於是割地二百畝，委之君，以每年租入，建學延師，以成就鄉黨子弟有資性而困於衣食者。

君雖業武事，而篤好經史，每一展卷，終日危坐，及其講論，則馳騁貫穿，踔厲風發，爲俗學所不及。行文不拘繩度，而見理洞徹。作字蒼勁而不擇筆，能以敗草書大字，破竹頭書行楷，求者踵接其門。遇人無貴賤，一以禮，見人一長，輒稱道之。嘗謂：『遇人何必求全，顧我用之何如耳。』然於强暴不順理者，輒奮叱不少避，必使之詘服而後已。族人有育子數日而其母死者，君立雇乳婦養之，或以多君，君曰：『此自任恤之道當然耳，豈邀譽於鄉黨朋友哉？』遺櫬待之葬，孤子女待之婚嫁者，歲必數輩。君父子既爲鄉人所感悦，郡邑有公事，當道必延君父子主之，則踴躍立辦。文林君既老，君獨任之，不惜心力，所以庇賴其鄉人者甚至。既久，君亦老，辭之不獲，竟以瘁得疾，享年六十有六。

配某氏，子男三人，長濬，次某某。君卒之二年，濬等以某月日，葬君於某鄉之某原，請爲之銘者，余同年友范君三綱也。銘曰：

行則儒兮服則武，家則豐兮心則古。教其子弟不以怒，感其鄉人不以語。太丘有道君其伍，未竟所用歸於土。隱德之阡形若釜，利其後嗣昌其祜。

誥授榮禄大夫兵部尚書諡恭勤李公墓志銘

乾隆五十有九年正月，予告兵部尚書黔西李公薨於里第，承重孫再沂暨其孤華封，具狀赴於京師，且告將以乙卯年某月某日，葬公於黔西州之某鄉，屬銘其隧。既爲位以哭，復謹就家狀所載，益以夙昔之親聞，於公掇其樹立之大者，而爲之志焉。

公姓李氏，諱世傑，字漢三，一字雲巖。先世籍江南之□□。曾祖指揮公諱蔚伯，隨征貴州，戰歿，家留黔西，遂爲黔西人。祖諱攀龍，未仕。考諱植，以雍正己酉選拔貢生起家，官兩淮富安場鹽大使。富安公生四子，伯世倬，叔世任，季世俊，公其仲也。少而倜儻，讀書略觀大意，不屑屑章句，旁及騎射拳勇，博簺管絃之事，靡不涉歷。年二十餘忽感奮，請於富安公，以貲入試常熟黄泗浦巡檢，則盡棄從前之結習，而專刻厲於居官。鄉曲小有爭訟，必爲剖其曲直，而不可干以私。李廉使永書時令常熟，引與同堂讞事，邑人頌廉明焉。久之聞於制府尹文端公、巡撫番禺莊公，以卓異荐，遷金匱主簿。莊公委充巡捕官，復謂布政使許公松佶曰：『吾觀李主簿，氣局遠大，恨階級太卑，無由荐拔。今開江賑例，盍令以貲遷其秩乎？』許公亦素重公，因倡同官佽助，遂報捐知州。奏請留江委用，得旨報可。

未幾，補泰州知州。泰州爲江北繁劇冠，公始至，訟牘未結者四百餘案。公將刻期讞竣，幕中客相與譁曰：『嘻！是惡能？不浹月將僨，而新案又增積矣。』公曰：『無爲我慮。』第令曰：『敘五六案略節，與新事相間集訊。』時富安公與張太夫人皆就養官舍，公定省外，雖戲樂不一顧，晝夜據案視事，盡心以平兩造，必得其情，而各使之無所觖。不五月而案皆報結焉，憲司莫不歎異。

在泰五年，繼撫江蘇者，爲桂林陳文恭公，益稔公治行，以堪勝知府，荐遷鎮江府知府。甲申冬，奉裁汰駐防漢軍之命，京口額裁三千名。駐防軍不習他業，全家仰給餉，即日脱兵籍，並其家遣出城，群情洶洶。公先期捐俸爲閤郡倡，人給三月糧，木棉衣一襲，以次分撥職役，全活無算。乙酉春，聖駕南巡，擢公分巡安徽道。巡道故司榷關，在任三年，徵商寬，而税額未嘗短絀。治流丐擲石傷百夫長案，大吏將當以叛律，公力持誅止首惡一人，餘得論減。

丁富安公艱歸。辛卯服闋，補四川鹽驛道。莅任一月，擢四川按察使。是年冬，王師進勦金川叛苗，公奉檄駐章谷，總理南路軍糧。時饋運初開，章程未定，公悉心經畫，昧爽起治軍書，至夜分不寐。從官易班趨事者皆倦，公目光炯炯，必得當而後即安，故所處分動中窾會。同時總理司道，或疊攖咎譴，天子更選重臣督之，惟公獨當一面五年之久，無纖毫貽誤。

西路將軍温福公之失事於木果木也，今大學士誠謀英勇公，以副將軍進兵南路，勢難獨留，暫撤兵以圖後舉。公督餉銀數十萬兩在軍營，皆元寶，募人運還，無應者，公下令曰：『與其委之於賊，今聽民自取之。』於是隨大軍貿易者數萬人，争前負挾立盡，公肅隊護其後，而密檄守關官弁，凡持元寶入口者，皆令還官，而人給賞銀五兩，帑竟獲全。後副將軍以大將軍分兵進勦，公仍總理南路。欲試公才，以鑄礮缺炭，檄公營辦。公已默識大營前路山木甚盛，自往營度，先令環伐大樹，扎木城，設卡衛，乃掘地爲大窑數十，伐近樹而薪焉。身自留督，將軍急返之曰：『君大員，弗留險地。』公以義不辭難對。不旬月，炭足供鑄而後返命。又嘗還臺計事，途遇賊千餘，據險邀之。公祇從家丁數人，收集臺夫數百，激以忠義，奮短刀、白棓擊賊，連斃賊目，擒生口，賊驚遁。將軍益奇公才，上其事，得旨嘉奬，賜戴孔雀花翎。

凱旋敘功，陞授湖北布政使，留辦報銷。事竣，奉命巡撫廣西。在任八月，以張太夫人艱歸。服將闋，命署湖南巡撫。一年，調撫河南。在豫二年，佐大學士誠謀英勇公塞河畢，遷四川總督。四川自軍興後，倉庫虧挪殆遍，公潔己率屬，休養而調劑之，兩年之間，前缺盡復。奉有硃批諭旨『此係李世傑一人之功』，以風厲各直省，然他人即仿爲之，終不能逮也。公精於吏事，歷任封圻，勤苦與在軍營不異，身無姬侍，食不重味。自失恃後，雖令節，未嘗設宴會。屬吏有公事，方許謁省垣，一見輒督促回任，令會城司門者報焉。案牘逾期，檄以李某親催帖，仍令詳結時呈繳，毫髮奸必先知之。闔屬震悚，莫敢骩法留獄。公馭吏未嘗有怒容，臨事未嘗有難色，然頑悍自馴，糾紛立解。近日長封疆者，推尹文端以德，方敏恪以才，論者謂公兼有之也。

乙巳，爲皇上御極之五十年，公年屆七旬，赴京與千叟壽宴，賜賚有加。還任，奏撥川米數十萬石，以濟吳越之饑，手敕褒美。次年，調任兩江總督。公念兩江雖舊時久宦，然地大物博，整飭爲難，則益勵精神，倍於治蜀時。適河湖交漲，衝塌南岸，與安徽巡撫書麟公、河道總督李公奉翰，協力籌辦，漫口甫塞。而大將軍忠鋭嘉勇公，統兵勦臺灣逆匪，過師轉餉，江南並當其衝，公嚴立規條，事辦而民不擾。提督陳杰素倔强，倡議調兵協勦，公急檄止之曰：『小醜跳梁，大兵進勦，如摧枯拉朽，焉用增兵？且沿海居民，易動難静，一聞徵調，或生他變，誰任其咎？』仍飛章奏聞，上是之，而嚴飭陳杰。不一月而臺灣平。先時，公以積勞得語言遲蹇疾，奏請解任，奉旨在任調理。又公長子漳州府知府華國負雋才，有幹局，以督餉卒於詔安。配高夫人亦未幾下世。公力疾忍哀視事，天子降詔慰勉，公益感奮，政無鉅細，殫竭心神，而疾彌甚矣。

上意以蜀務稍簡，且公舊莅，復移公卧治之。公至，益修前政，意甚安焉，疾亦良已。而巴勒布夷人侵佔藏衛，公一聞警報，蹶然起，兼程赴打箭爐，籌辦調度井井，衆恃以安。兩足遂受寒濕，不可以步，復請解任。特命御前侍衛慶成，挾醫診視，賜人參一斤，並許緩程進京。旋授兵部尚書，紫禁城乘坐肩輿召見，則内侍扶掖，而終已不愈。始奉旨予告，又留京數月，祝賀八旬萬壽而後行。

在籍四年，薨於里第。距生於康熙五十五年正月九日，享年七十有九。貴州巡撫以聞，上爲軫惻，予祭葬如儀，賜謚恭勤公。曾祖、祖、父三世，皆以公貴，贈如其官。曾祖妣汪氏、祖妣毛氏、妣張氏，皆誥贈一品夫人。配高氏誥封一品夫人，恭孝慈惠，與公一心同德。子二，長華國，乾隆辛卯科舉人，官漳州府知府；次華封，乾隆甲午科舉人，由候補知州改授員外郎。孫男十人，華國生再沂，候選布政使經歷，先公之葬卒；次再濂、再澣，並國學生；再汾尚幼。華封生再洓，丙午科副榜，分發江蘇，候補直隸州州判；次再沛、瀛，戊申恩科舉人，己酉會試未中式，恩賞進士，一體殿試，授主事，在禮部儀制司行走，先公卒；次再再潞，並國學生；再汸、再冲俱幼。曾孫四人：之鈞、之鏞、之銑、之錦。孫女九人，皆姻四方名族。

初，公以身未列甲乙科，所至培養士類，振興文教，鎮江寶晋書院、蕪湖中江書院，皆公所鼎新創建。士肄業其中者，飛騰接迹。爲兩子擇師，必延文行兼優之士，禮待資給，久而益加。用是，子孫鵲起，旁及侄姓。公入官始學，而摘發鈎距，敏於儒生，閱文移及奏記、稿牘，凡所指駁及簽商處，必得其要領，老幕宿儒絀服焉。必至好乃手作書，娓娓數百言，質實之中，洞達盡意，此特公之餘事，然亦見公質性之高，才力之大，積乎彼而通乎此也。繫之以銘曰：

醴泉何源兮，芝草何根？水西萬里兮，誕降名臣。奮身簿尉兮，累積階勳。屏垣膏雨兮，矢石風雲。並代封疆兮，孰與爲鄰？盡瘁至老兮，不愧恭勤。人思舊德兮，士念前恩。何時下馬兮，絮酒高墳。

韞山堂文集　卷五

駢體奏摺

代李雲巖中丞世傑謝賜《蘭亭八柱詩墨刻》摺子

伏惟我皇上右文極治，嗜學幾餘。聿新前代之貞珉，嘉惠後來之藝苑。宸章炳耀，冠禊帖而重發其光；聖鑒精詳，合摹本而兼收其善。補舊觀之刓缺，次及畫圖；哀衆説之紛葩，駢羅評跋。何事不籌其美備，匪捧卷而不云然；有作必集夫大成，即開緘而如見獲。與琳琅之賜，實增樗櫟之榮。伏念臣生自邊方，起於流外。忽瞻天筆，快目所未睹之奇；欲罄葵忱，凛口不能言之懼。惟有向明高弆，加謹珍藏。儼晨夕以對揚，率子孫而頂禮。庶咫尺如依丹陛，益日嚴敬事之誠；幸全家仰沐奎文，或一洗偏隅之陋。

代曹竹墟先生請以其官貤封伯父母摺子

竊臣自起家詞苑，涔沐生成。擢侍禁庭，備員卿貳。兹復恭遇皇上御宇五十年元旦恩詔，得由現秩，敘進一階；重荷新綸，推封三世。撫衷循分，更有何求！惟念臣年甫勝衣，即從胞伯故廩生某受學，開示諄切，訓勉周詳。賞業輒喜溢於顔，督過至涕承於睫。凡微臣愚陋之所及，皆臣伯誨勖之所成。而生前則場屋辛勤，無功白首；身後復子孫凋謝，罕業青箱。臣緣猶子之親，更篤本師之誼。知源有自，報德無期。惟有仰懇天恩俯准，將臣本身及妻室應得封典，貤封臣伯某暨伯母氏。義由特起，恩冀旁覃。俾伸曲致之情，藉慰久賫之志。廿年家塾，劬勞不異於所生；一品朝榮，追逮忍歧於自出。庶王道本情之所許，亦聖恩教孝之所推。用敢遽瀝私忱，仰塵天聽。

大學士滿漢文武大臣恭賀臺灣全郡蕩平摺子乾隆五十三年三月初一日　代

伏思賊首林爽文，前已生擒，南路賊匪，自當以次翦滅。乃官兵自北而南，甫及旬月，復將賊目莊大田擒獲解京，實不意爲期如此之速。且林爽文、莊大田，縱不能遠竄稽誅，而或窮蹙自戕，或臨陣被戮，虽已伸乎天討，究未暢乎人心。今於匝月之間，連縛二渠以獻。飛馳俘檻，快萬里之傳觀；緩下歐刀，伏五刑之具備。始正懸街之律，用彰狥市之文。皆由我皇上先幾炳燭，睿畫通神，迄事精勤，至誠仰佑。凡用師而必克，更致賊以皆生。伐苞逮蘗，應機既妙於因心；繫兕連貔，獲醜亦成於從欲。自此永綏絶島，底定重洋。畫疆建銅柱之標，陳陛製樓船之凱。環瀛稱慶，率土蒙休。

代衍聖公孔憲培謝賞《雞雛待飼圖》御筆摺子

欽惟我皇上德廣堯仁，道先舜哲。保民如保赤，愛之至而護之周；盡物以盡人，知之明而處之當。雖值幾餘而染翰，亦廑民瘼以求寧。偶臨舊迹，爰觸類於將雛；特焕新題，因發凡於待哺。時萬民之飲食，寄此心聲；身四海之痌瘝，形爲手畫。是用壽之圖府，頒及臣寮。俾由肖物之奎章，共識養民之訓典。有銜必共，但得粒以奚飢；拊翼相温，縱遇犀而不駭。廣鴻雁無鳩之義，即開卷可以觀仁；勵牛羊待牧之忱，豈披文不能知意？臣仰邀先德，早列崇封。雖未試乎民艱，尚飫聞乎家語。治道非得，半自安之。數必思庶矣，何加王政？無分財相與之恩，所貴惠而不費。欣荷天文之遥賁，敬瞻聖藴之適符。臣惟有蝌簡同珍，麟書並弆。衣冠頂禮，仰藻繪而如近天顔；晨夕追摹，安飲啄而胥忘帝力？庶幾觀化，率東父老服疇食德之先；不負舉隅，爲魯諸生學道愛人之倡。

代衍聖公孔憲培謝賞《御批〈通鑑輯覽〉》並御製《生擒林爽文、生擒莊大田紀事語》《二十功臣像贊》各墨刻摺子

欽惟我皇上天亶聰明，古稀神武。等百王而權衡允當，均四海而喜怒無私。彙綱目之三編，積幾餘之乙覽。正訛聞於前史，信其可信而疑其可疑；絶袒論於諸儒，左所當左而右所當右。微言闡要，紹衣印聖祖之心傳；睿斷成經，命討本宣尼之書法。而且存紀年於江左，附事實於殷遺。大哉過湯武之心，廓然同天地之量。允宜懸國門而示典，頒黌舍以垂型。至若王師濯重海之征，小醜服弄潢之律。伐苞旋以逮櫱，凱歸弗俟乎淹旬；繫兕遂以連犯，生致祇煩夫尺組。笳清鼓競，豐亨宜日之中；風正潮平，大有自天之祐。凡此成功之神速，悉由睿算之精詳。迺復登進虎臣，命開麟閣。十蕩十決，圖褒鄂之弓刀；一德一心，寫蕭曹之劍履。重以特揮天筆，丕焕奎章。紀事若親經其地，豈徒文核而理周！贊詞則各肖其人，匪止思精而體大。既次第勒之珉石，並同時錫及班聯。臣叨列躬桓，司存俎豆，未與紬書於祕省，愧無横草於戎旃。而夙聞《繁露》《元苞》之義，敢云仰衮鉞而不知；早讀《大明》《常武》之詩，亦若聽鼓鼙而思奮。惟有率先薰沐，敬謹編摹。與多士殫心於夙夜，冀由知古而知今；爲聖朝效用於將來，庶克允文而允武。

代留京王大臣以下賀巴勒布進表納貢摺子

伏查巴勒布遠處西藏之西，從古未通中國聲教。因其人往來藏地貿易，以圖伯特人攙鹽增税等細故，彼此搆釁。前駐藏大臣慶林等不能妥速經理，又於巴勒布禀請進貢時，誤聽噶布倫、索諾木、旺札勒之言，不爲具奏，以致巴勒布在西藏邊界宗喀等處滋擾。仰賴我皇上明炳幾先，特派鄂輝等前往辦理，屢頒訓諭，密授機宜。先惕之以聲威，繼宣之以誠信。凡從前噶布倫等苛刻巴勒布之事，盡行禁革，明定章程，俾日久可以相安遵守。巴勒布初則畏威遠遁，旋復慕德來庭。前遣頭目，赴營乞降，兹於大兵將撤之時，又

遣其大頭目瑪木薩野等頂經設誓，跪道焚香，籲請進表納貢。觀其情狀，實出悃忱。回思此事之初聞，莫必成功之能速。雲生馬足，幾同轉粟青天；雪没牛胻，難比過師衽席。乃竟不煩兵矢，坐致柔徠。良由運神武於怙冒之中，用能收格被於羈縻之外。非止息其駾喙，更將懷我好音。從此化人舊域，永安梵唄於三乘；佇看王會新圖，益廣勾傳於九譯。實爲普天同慶，前史稀聞。

代廣庭相公謝賜墨刻、紗絹、香料等摺子

伏讀《御題韓幹卷》詩，因明皇試馬之文柔，溯太宗臨陣之英武。祖何雄而孫則弱，創匪易而守亦難。即小觀大，皆監殷監夏之思；有初慮終，悉銘劍銘盂之義。允屬奎文之寶鑑，豈惟璧府之琳琅！又伏讀《御製太常仙蝶》詩，物久而神，時清則見。匪止昆蟲之咸若，儼同麟鳳之來遊。得天藻爲之發揚，益垂徵信；庶靈迹因而不朽，亦慶遭逢。至若百和珍香，屑由瓊液；六銖仙縠，織自雲襄。下方聞氣而不知名，凡骨撫躬而無以稱。乃時當令節，賜出尚方。揚芬播烈，如攜濃篆於罘罳；疊雪含風，若挹微凉於殿閣。臣旬日之間，屢蒙恩賚。家舊有賜書千卷，復邀鳳藻之頒；身已被命服九章，再啟鶴紋之錫。誇鄴侯之插架，未足云多；誦杜甫之賜衣，過之已遠。

代李雲巖大司馬回籍陛辭摺子

伏念臣由佐雜微員，荷蒙皇上不次天恩，任畀封疆，榮躋九列。涓埃未報，衰病遽臻。賚醫賚藥，頻叨逾分之隆施；賜馬賜輿，備沐非常之異數。兹以應罹咎譴，復蒙特賜矜全。俾臣得衣錦家山，含飴暮齒。自此桑榆之歲月，皆由雨露之生成。惟受恩四十餘年，還鄉八千餘里。驤衢力盡，縱鳴櫪以何施；戀主情深，每頓銜而不已。撫衷惻惻，臨發依依。此後惟願仰庇鴻慈，藉綿衰朽。恭遇聖主九旬萬壽，再得重扶病骨，入覲天顏，則臣所延企而求，額手以冀者也。

代穆中丞和藺謝賜《御製四得論》《四得續論》墨刻摺子

欽惟我皇上德合中庸，道參易簡。備矣箕疇之福，躬其實而不有其名；曠然堯屋之心，得其理而寧惟其效。用契微言於聖緒，特垂創論於幾餘。上下篇相引而深，前後義如環而復。有天下而不與，詞窮臣子之頌揚；非其德而弗居，理絶凡庸之覬覦。亞聖猶疑於一間，况經師遑與於高深！臣識等拘墟，明慚窺隙。豈足盡圖書之祕，勉勤晨夕之仰瞻？庶幾珍什襲之藏，永作子孫之世守。

代穆中丞謝賜藥錠摺子

伏念臣忝任封圻，屢蒙恩賚。兹屆天中之令節，荷分内府之靈丹。廣節宣之義，方試已經；助長養之仁，備周豫蓄。豈惟珍之組佩，遠勝逢吉於茱囊；還宜調以衢尊，共普延齡於菊水。銜恩何極，籲慶同聲！

又

伏念臣職司牧養，任寄節宣。恭逢吉午於天中，分錫神丹於内府。製出龍宫之祕，擣由蟾窟之靈。既疏滯以養榮，復辟邪而衛正。嵩頂之菖蒲九節，共薦盤蔬；宛南之菊水千齡，同煎鼎液。豈維衰白，得永沐於清和；將與耆黎，咸並登於仁壽。含咀何極，抃舞難名！

代穆中丞謝賜《御製墨雲室記》墨刻摺子

欽惟我皇上念切箕徵，道高堯屋。遇物而引伸作典，涉趣而宣示成經。偶因古墨之一圭，丕仰天文之疊焕。詳其藻刻，獨摹有渰之雲；錫以嘉名，用額斯干之室。遂使南唐外史，姓名獲耀於宸居；北宋詞臣，章句並登於乙覽。而且義深連類，理妙逢源。睹氤氲而期降澤，含膏適喻乎生花；賞堅正而悟用賢，明試乃通乎絜矩。在在寓勤民之隱，言言藴格物之精。臣愚等面墻，陋宜飲墨。夐矣窺瞻之莫逮，俛焉盥誦之維勤。志今歲春霖普被，竊喜銜聯敷奏之中；荷兹辰天藻同頒，何慚名在庚歌之外。

代穆中丞謝賞戴花翎摺子

伏念臣世受國恩，特邀天眷。涓埃未效，由庶尹而超任封圻；尺寸無長，莅中邦而兼司文武。固已擁麾旄而滋愧，紆黻佩以懷慚。乃若翠羽彯纓，金花耀首。爲有位旌功之異數，實我朝表最之徽章。披衣一品而弁端之，藻映常虛；秉節四方而柱後之，飛揚絕少。蓋必身親行陣，伸敵愾以蒙褒；又或恭扈時巡，備屬橐而預賜。臣功無授鉞，事異迎鑾。義緣借紫之推，榮在珥貂以上。舉頭戴德，顧影知恩。捧綸錫而重若丘山，仰天顏而近如咫尺。動色鑒梁鶡之翼，豈徒聳異於觀瞻；闗心比池鳳之毛，倍切欽承於負荷。

代穆中丞謝賞鹿肉摺子

伏念臣闔門鼎食，仍世升華。珍腴屢逮於先嘗，高厚常懷於每飯。兹復恭遇皇上躬巡紫塞，典用三驅；親挽黄間，壽開九袠。用溥分鮮之賜，式昭受禄之祥。馳錫上蘭，騰歡中土。手欲拜而心已壯，如仰六師倜武之威；頤未朵而頟先加，益徵萬歲康彊之吉。含咀何極，慶幸難名！

代穆中丞謝賞《舊五代史》及顔真卿書《朱巨川告身石刻》摺子

欽惟我皇上鑒古幾餘，右文治定。甲乙富西清之帙，琳琅焕東壁之厨。乃復蒐羅，不厭於求。詳嘉惠用，仲夫快睹。昔居正之史就，原首歐書；自泰和之詔行，僅存明典。命儒臣而緝墜，冠聖製以提綱。仿《南》《北》二史之兼存，不嫌駢贅；踵《新》《舊唐書》之並用，倍廣參稽。又若朱巨川以五品散員，名湮竹帛；顔平原爲兩書身告，光重璠璵。而收藏之好事，多各矜韓起之環；即鑒賞之名家，亦分識張華之劍。乃次第並登於祕笈，遂同時仰荷於天題。信其人有托以俱傳，驗神物至時而必合。臣胸慚窺豹，腕劣塗鴉。忝分守土之榮，獲預賜書之列。惟有飭學官而肄習，益廣中州文獻之徵；同誥典以尊藏，兼貽家世忠貞之勸。

代穆中丞謝賞福字鹿肉摺子

伏念臣植基淺薄，受禄慚惶。屢叨稠疊之恩施，未有涓埃之報稱。兹復以時當浹歲，賜出尚方。篋啟鸞箋，仰天題而猶濕；盤登仙脯，捧禁臠以逾珍。將使澤究春祺，普河洛崧高之美利；爰即鮮分冬狩，示漆沮岐下之蕃昌。臣拭目知榮，朵頤志慶。敢不及時自效，勉承敷錫於箕疇；從兹每飯常懷，如侍龍光於鎬宴。

又

伏念臣屢沐龍光，世叨豢養。每受逾涯之賜，彌深非分之慚。兹復以歲籥將周，恩暉特賁。天書爛漫，廣禔慶於受釐；仙脯馨香，寓吉祥於頒禄。仰見豳岐之富有，兼及諸鮮；覃敷河洛之盈寧，特先有位。臣目榮拜睹，心凛薦嘗。接楓宸在咫之顔，捧禹畫而蝦隨春至；推蘋野相呼之義，飫堯厨而樂與民同。

代穆中丞謝賞《正陽橋疏渠記》墨刻摺子

欽惟我皇上潔齊享帝，和會居師。一興建而慮必周，一疏鑿而澤必溥。兹以郊壇左右，每虞積潦而封沙；爰即輦路東西，特命灑渠而治埭。整歲三之法駕，燦朗星河；展尺五之恩波，清華水木。自此塵氛不到，穹宇常高；因之炊汲咸資，漣漪四達。以視漢橋中渭，徒恢魏闕之觀瞻；唐濬曲江，祇盛長安之遊讌。夫固度徑庭而相去，擬蠡海以懸殊。允宜炳焕宸章，宣揚聖意。俾敷天之同仰，貽奕禩以式遵。臣家近天衢，心依日下。耳熱欽工之深廣，眼明御記之昭回。開卷歡忻，捧函抃舞。未獲《甘泉》，侍仗如親見聖人昭事之誠；不辭《泂酌》，賡歌庶代陳萬姓承流之慶。

擬謝賜黄馬褂摺子

伏念臣自膺重寄，備沐殊榮。補繡麒麟，已獲章身之安吉；纓彰孔翠，洊蒙耀首之光華。兹復以蹕路行衣，特許給御前上采。象因捧日，難概常朝纁赤之章；義取從龍，遂超前代紫緋之典。侍行殿而螭頭不避，翼鑾輿而豹尾無呵。臣受賜屬櫜，謝恩跋馬。榮更上宮衣一品，每顧影麯塵紅雨之間；願竊備宿衛終身，長盡心黄屋青旂之側。

代穆中丞謝賜御製《圭瑁説》《搢圭説》《反蘇軾〈超然臺記〉説》墨刻摺子

欽惟我皇上道隆參建，心敕幾康。閲天下之義理既多，雖舊説可備疏其謬；躬大學之正誠至久，即高言猶徐悟其浮。原夫議禮之家，具詳典玉之制。實則經生泥古，多緣附會爲引伸；兼由國史夷時，更假鋪張爲潤色。存覆冒之説爲近理，而傳聞弗盡概諸圖；辨搢執之事在難行，而徵實况並無其器。義歸敬德，事重齋心。共欽創獲於宸章，一息無稽於䆗口。若夫神遊物外，本高曠之成言；心在事中，乃緝熙之獨得。備物與民胞於一體，會天涵地負於寸衷。覺坡語雖工，究不離乎慧業；自天文特焕，始曲盡乎冰兢。衛武公九衮陳《詩》，未必精心能及；周文王百齡學《易》，庶幾聖揆同臻。臣數典無文，窺斑寡學。而器在何如德在，猶足恢檮昧之見聞；外心寧比内心，尚粗識聖明之指示。仰瞻曷已，慶抃難名。

代穆中丞謝賞《回疆三十韻》詩墨刻摺子

欽惟我皇上功恢拓遠，念切持盈。開一萬里之耕屯，安三十年之樂利。凡此回疆分索，舊爲準部輸糧。電掃風馳，傳箭唱將軍之凱；星羅棋布，連城列都護之營。從此莎車、疏勒，總入堯封；迄今温宿、焉耆，盡畇禹甸。擅禾黍桑麻之利，長資沃澤於雪山；兼魚鹽蒲葦之饒，更采琳琅於玉水。户減年租之六，不識催科；軍餘歲入之三，無勞轉餉。是用溯前勞於王會，紀成事於天章。而推誠常待以公明，志慶倍承乎敬惕。親揮宸翰，廣錫班聯。臣識等窺蠡，功無横草。夙奉單車之使，語所能詳；今瞻巨卷之頒，目如重睹。惟有捧天題而抃舞，欽世守以珍藏。

代穆中丞恭賀廓爾喀投誠納貢摺子

欽惟我皇上聖武布昭，仁恩翔洽。衛藏自累朝戡定，豈容小醜之陸梁；準回尚萬里開疆，孰禦王師之撻伐。命紫閣圖形之上將，統白山背嵬之精軍。摧碉隘如朽枯，度巉巖如衽席。十拔其五，賊巢將覆於屢熸；一以當千，士氣更雄於累捷。逆酋駾喙乞命，博顙歸誠。肆彼罪人，貢其馴象。我皇上契成湯之開網，取諸葛之攻心。國體既尊，彼彈丸僅吾甌脱；皇仁尤溥，即蠢爾亦我蒼黎。毋究武以歆上帝之鑒觀，勿多殺以宏壽佛之慈願。實天下臣民所共仰，並化城僧俗所同欽。

代座主韓城相公王偉人先生公謝陝西蒲城等五縣蟲災二麥，奉旨緩徵摺子

欽惟我皇上篤念農功，勤求民瘼。薄歉亦關乎宵旰，湛恩無間於偏隅。伏念郡接扶風，本關陝膏腴之壤；春多宿雨，尤來牟芃茂之徵。而乃過潤生痡，因肥致損。偶蚜蚄之蠕動，致稭葉之彫枯。幸同時百二普豐，數縣僅彈丸爲比；况此内奇零受損，於畦非鞠草相連。猶復仰沐聖慈，曲加體恤。給之耔粒，既不煩稱貸之勞；緩以輸將，復俾免催科之擾。刈陳根而播新種，可期東失而西收；倍畝入以補倉存，何害夏無而秋有。是則十行丹札，如飛瑞轂以甦飢；五邑蒼生，共仰天膏而續命。臣等身依禁近，念切鄉關。傾讀詔之葵忱，豈在華下封人之後；廣頌恩於梓誼，宜率長安父老之先。

韞山堂文集　卷六

駢體序

少司農兼少宰董蔗林先生四十初度序代

六卿分職，莫先天地之官；八座需才，並副銓支之掌。領圖書於東壁，久讀盡天上㛠嬛；侍筆札於西清，早吐棄人寰月露。自非世傳明德，天挺英姿，慧業前身，宰官現相，道可權衡乎食貨，鑒尤精別乎人倫，孰克早踐臺階，深邀主鑒？筦樞而司喉舌，聽履以上星辰；入簪筆乎螭頭，出貳車於豹尾。聲名官職，一時之物望咸歸；著述門墻，天下之文章莫大。如今少司農兼署少宰蔗林先生者乎？

蓋我聖朝以藹吉休祥之氣，命世興賢；先大司空以忠清粹德之躬，仍家濟美。公夙禀江山之秀，幼承詩禮之傳。置身千仞，襟情則弄月以吟風；績學三倉，文筆則散珠而橫錦。衛玠勝衣之歲，黄香扇枕之年。固已雁塔題先，龍門步穩，木天清美，玉署高寒。石渠爲才子之官，瀛嶠實神仙之宅。已而柏梁應詔，擊鉢而成；貝葉繙經，書金以上。名高中禁，將五鳳以先翔；職重承明，視八磚而緩出。翠管與銀罌並賜，豐貂及文綺齊頒。蓋由才慮宏通，道識虚遠；用能蔚爲國器，簡在宸衷。超由侍從之班，進預經筵之直。同列相驚爲異數，前賢莫逮此殊榮。時值蕊榜將開，桂輪欲滿。江海擅風華之藪，斗牛迎使者之星。特簡人豪，往司文柄。參苓杞菊，收之藥籠而皆珍；鵰鶚鵾鵬，助以風雲而畢奮。得陸公爲舉主，冠蓋稱榮；作安定之門人，衣帢可識。返自輶軒之役，遂分臺閣之尊。濡丹穎以代王言，考黄圖而執國度。絲綸維允，率作無譌。道既不名於一家，任亦不專於一職。教典實地卿是建，度支關民命所天。出納九圜，會計萬國。委棼絲而必理，投盤錯以咸宜。帝難其人，公堪是職。又若增益標勝，宏奬風流。懸冰鏡於寒空，朗玉山而高邁。王戎簡要，裴楷清通。平分敷教之寬，小試知人之鑒。

至於精研篆隸，琳琅崔蔡之篇；揮灑煙雲，皴染荆關之筆。宜春帖子，每經學士之分題；禁夜詞頭，屢被中人之宣索。以及賚千縑而購典，闢三閣以藏書。仰聖人稽古之盛心，號文士彈冠之良會。然而學窮測海，固應才謝然藜。公獨身總其成，心知其意。字讎魚虎，始進幾餘；理辨淄澠，乃登中祕。揖向歆而不遠，陋荀鄭而非誇。天顔垂冬日之温，臣志凛秋霜之肅。自歷清要，不記燠寒。率禮蹈謙，慎朝惕夕。溯昔名臣之際會，半由奮迹於中身。謝安雲卧，未是早榮；伯起鱣升，僅而晚遇。乃衣垂赤紱，望久重於文昌；花映朱顔，年甫登乎强仕。

維暮之春，爲公初度。門下士以余交遊有素，崖略粗知。丐蕪筆之辭，介初筵之爵。斯時也，日晴方永，風暖初薰。龍池之柳垂青，上苑之花含笑。卷褠鞠跽，銅龍金馬之儔；搢笏颺言，虎觀鴻都之選。莫不文成錦繡，韻協笙簧。公方抑抑持躬，恂恂讓善。侍太夫人於邸第，率諸弟子以行觴。芬菲借玉笋之香，馥郁勸金萱之酒。居三百六官之長，羨此時斑綵娱親；閲二十四考而深，佇他日黑頭作相。

崔别駕曼亭龍見暨錢恭人五十雙壽序代

登科記裏，罕聞世德之三傳；拜慶筵前，難及親年之並艾。良由源開積善，前修皆隱大其門；代嗣徽音，在抱即豫深其教。用能甫執，黄童之扇旋佩；虔刀累貽，桓氏之經如乘。鮑馬才名弱冠，過庭早愜親心。科第華年，鞠跽先紓朝紱。洵人世遭逢之僅有，乃德門食報之必然。

恭維具官曼亭五兄同年，蒲坂名家，蘭陵寄客。少有聖童之譽，讀書等身；長矜快婿之稱，射屏中目。筆床翡翠，成博議於蘭闈；人鏡芙蓉，注名經於蕊榜。尺咫而蓬山未踐，十年而花縣初臨。庭設蒲鞭，門陳盂水。楊震却無知之饋，仇香化不罰之氓。愉愉之賢，可懷久而自浹；赫赫之名，不務去乃見思。若夫閔無妄之遇災，輒謀手引；慮平反之受責，慨以身當。義形於色，上官爲之改容；德惡其聞，平日未嘗挂口。且於政事之暇，不廢登臨；鞅掌之餘，惟耽吟詠。懷古在石馬、銅仙之迹，每灑名篇；屬和多李端、錢起之流，都成一集。旋晋方州之寄，頻增五馬之榮。升卿到官，即逢錯節；皇甫獲賊，乃更左遷。間關去蜀，歸裝無琴鶴之攜；蕭瑟過秦，舊部有壺簞之迓。既而去作西湖之長，仍分通守之銜。地推名勝，曾宦白公。秩即卑貧，昔羈坡老。況幕府如薛宣之擇吏，中丞多裴度之愛才。不以散官，屢邀屬睞；異於群倅，勿令折腰。獄有矜疑，許引經而決事；郡當雄劇，俾借職以權知。重煩急檄於成都，遂下連檣於夔峽。救災猶火，此行即險復何辭；致粟如山，是歲洊饑而不害。

更有德配錢恭人，頌椒夙慧，詠絮高才。左家嬌女，相攸厪名父之心；樂氏冰甥，擇吉艷路人之目。和房中之雅奏，鳳琯齊鏘；掇天上之瓊枝，鸞車同步。而綺叢生長，偏能手理虀鹽；金屋將迎，常見躬被浣濯。曹大家服修以饋，曾逮於姑；蘇長公斗酒言歡，必謀諸婦。已而共凝香於燕寢，倡雅集於衙齋。維時阿大中郎，本幼日差肩之侶；羊曇桓野，半先公刮目之賓。適並集於關中，遂共來於席上。競抒高響，迭奏新聲。恭人獨洗盡鉛華，破除脂粉。特工跌宕，有青蓮搔首之風；時出環奇，亦長吉嘔心之句。已傳紙貴，無取詞諛。則有立壁奇寒，下帷將老。使君識堂下一言之善，處士矢終身北面之恩。而犢沐方鰥，啟期未娶。首捐條脱，聞風乃争助修錢；旋抱寧馨，志德當例名賈子。至若旁郡邑山林嘯聚，巾别青黄；惡少年都市横行，丸探赤白。太守方悉師逐賊，斂衆登埤。恭人進懷恤緯之忠，退勵摩笄之志。盡攜子女，填土門閭；預飭家人，積薪樓下。固將爲掃眉之張許，作巾幗之臧陳矣。亡何烽火徐平，一官南徙。波濤絶險，盡室東還。有田種秫，半歸折券之家；無館留賓，猶舍索逋之子。吁其甚矣！戛乎艱哉！而能黽勉無嗟戚之容，相莊皆自得之色。菀枯盡歷，陋元裴入越之詩；夷險深知，擬梁孟棲吴之計。爾乃官曹闃寂，報郎君奪錦而回；人吏蕭條，欻騶騎連鑣以至。竟登瀛島，解阿父生平退鷁之嘲；遠寄宮花，酬慈母午夜丸熊之瘁。又況燕山五桂，咸許晴青；馬氏諸常，不惟眉白。固知剥無不復，晦乃益明。何難舊物之克還，更佇家聲之益大。

乾隆某年某月，值恭人五十設帨之辰，曼亭太守更二歲而亦及焉。登太行而思親舍，嗣君輒援筆陳情；集灞岸以送行人，年友各抒詞爲壽。謬推祭酒，特屬弁言。余自維與曼亭太守霓裳同詠，夙深韓李之交；雲客編修玉笋親收，復忝荀陳之誼。相期有素，於義奚辭？所愧文非黄絹，難稱鯉庭鸞掖之篇；尚希談接青綾，略識林下閨中之致。

祭文

劉少司空元配余夫人、繼配趙夫人祭文

嗚呼！天祚名卿，必淑其偶；天啟德門，必賢其母。唯我司空，邦國之楨。宜家有佐，蘋藻璜珩。前徽既修，後型克紹。次第來嬪，齊芬並曜。門楣邢尹，禮法郝鍾。迭相夫子，柔惠温恭。維余夫人，幼嫻書傳。早適司空，共嘗貧賤。斥珥佐膳，紉針侍書。室中瀟灑，堂上恬愉。司空少年，屢頻困廢。龐婦婉娩，章妻慷慨。迨公初貴，獨身京師。五年留侍，子職母儀。晚一至邸，實維嚴命。漿藿米鹽，辛勤家政。北風烈烈，不製一裘。終歲蔬茹，不御庶羞。曰帛曰縑，惟二親壽。有豆有觴，惟賓朋侑。先是夫人，爲母吮疽。迄以不起，絶而復蘇。至哀銜胸，遂感心疾。積勞數年，病迺增發。醫進參劑，却而不觀。忍一椀藥，耗半月餐。作書尊嫜，姑姊娣姒。未病一夕，先期料理。傷神奉倩，哀逝安仁。衰顔弱息，惻愴難論。菊繼蘭芬，珠賡璧彩。維趙夫人，後先媲美。司徒之胄，狀元之孫。高行殊邈，毓德名門。是時司空，視學嶺表。百兩迎來，翟衣翠葆。貴不詞倨，富不色驕。前人是式，裙布簪蒿。維舅維姑，相顧而樂。得婦如前，

蒸嘗有托。維子維女，相攜以嬉。得母如腹，啼笑不疑。先太夫人，老而病膈。視問年餘，瘁形於色。洎乎見背，髽髻治喪。靡不中禮，大事以襄。歸卜牛眠，奉安三世。禄入不逮，鬻奩以濟。司空再起，督學皖城。奉舅官舍，滫瀡是營。老人年高，輒樂鄉土。復侍以歸，蓍芩棗脯，司空内直，洊貳冬官。鳳雛相繼，刷羽凌翰。薇省木天，清華莫比。五色鸞書，頻煩送喜。尊舅有命，命夫人行。並挈兩婦，偕之上京。每日早朝，櫛沐起視。檢校茶湯，整齊封事。貂錦紗紵，天錫優覃。必以奉舅，絡繹緘南。司空抱疴，昕夕環侍。察色聽聲，籲天請代。公病稍間，夫人疾增。瘁而不言，一蹶莫興。曾不逾年，公亦捐館。高阡並祔，相莊匪遠。自公始微，有理糟糠。洎公既貴，有治黻裳。維公之名，泰山北斗。維兩夫人，實相左右。在昔元相，前韋後裴。並有令德，爲時所推。亦越歐陽，前胥後薛。咸嗣徽音，教家以則。以今準古，殆有過之。彤史載筆，宜無愧詞。薦牲在俎，酌齊盈盎。仿佛雲軿，庶幾來饗。

公祭錢太翁鑄庵先生文

嗚呼！維公之先，代有明德。太僕講學，尚書正色。迄惠安公，以仁去職。禦災捍難，没而廟食。遺澤未究，篤生先生。識字學語，搦管弱齡。長益綜練，緯史經經。博通掌故，吏事尤精。早列賢書，旋膺薦舉。出宰越中，循聲卓魯。枹鼓不驚，催科無苦。淳安曰父，黄巖曰母。取忌同列，中一去官。復緣社穀，齮齕萬端。忍累賢宰，民何以安？絡繹擔負，旬日告完。先生性剛，疽發甚殆。有客款門，投劑疾解。酬之不顧，叩之乃駭。大盜誣引，賴公免罪。特恩起廢，再篆專城。善讞疑獄，闔邑神明。桐廬去任，攀泣路盈。至有老嫗，獻麥二升。晚調蕭山，俗多獷悍。撫以仁慈，厥風丕變。適遇暴漲，江潮倒灌。瘞死拯生，不遑寢盥。急以災上，大府難之。同列皆退，公獨期期。觸大府怒，盛氣相持。公争益力，動以危詞。天子仁聖，飢溺由己。天子明睿，燭於萬里。匿不入告，民將死徙。璽書下責，公寧無悔。大府雖怒，爲之改容。檄吏勘實，繕奏未封。事果上聞，詔責重重。會已夙辨，因得彌縫。大府乃驚，令才果異。自此傾心，別於屬吏。會有貪夫，請冠未遂。讒之制軍，含沙難避。以濫賑劾，章再留中。帝稔良吏，有意帡幪。最後露疏，仍付考功。尚令入對，未即罷公。時公長君，已魁天下。公遂引疾，優遊林野。樂道著書，行醇量雅。不問射牛，勉循數馬。邑中大祲，饑疫相因。公首勸善，出粟輸緡。煮糜庀藥，活此黎元。籍所餘入，以待後艱。復贊有司，振興書院。忠義節孝，兩祠並建。性好表章，老而不倦。桑梓遺聞，公其文獻。翠華南幸，父老江鄉。公以子貴，扶杖前行。衣冠甚偉，精力尤强。蘭陔眉壽，天筆輝煌。位不厭德，益昌其閥。伯既名臣，季亦早達。仲也稍蹇，孫枝繼發。八袠稱觴，芝顔鶴髮。公之循績，五邑歌謳。冤滯以釋，凶荒以賙。爲於東海，爲陳太丘。爲何益昌，爲元道州。公之著述，藝林争睹。根柢鬱然，旁通今古。爲勸學篇，爲理縣譜。爲風俗通，爲國史補。靈光一老，忽歸道山。冠蓋色悵，賓從涕潸。後生淺學，孰共追攀？墜聞軼事，誰其訂删？日月有時，卜云其吉。從葬先公，佳城鬱鬱。大書特書，豐碑矶硉。隱德之阡，不惟簪韍。生芻近致，磨鏡遠齎。争陳絮酒，聊薦隻雞。神遊何處，浙水東西。猶有州民，同此涕洟。尚饗！

公祭大學士于文襄公文代

嗚呼！星坼臺階，峰摧衡柱。際我隆平，喪兹良輔。自忝同朝，襟裾接武。彈指七晨，永違矩宇。先生篤降，令族名邦。稟精勾曲，挺秀三江。年纔廿項，譽即庭厖。科名第一，才藻無雙。入直螭坳，出銜龍節。視學三齊，觀風兩浙。周歷六官，典農陳臬。達識精心，遂參機密。不言省樹，能志亡書。高文燕許，名迹歐虞。帝心默契，眷禮優殊。綸扉特畀，克贊訏謨。有魄陸梁，負其險鷙。上將徂征，斧吭斷臂。方事之殷，刺閨陳計。一秉睿裁，不參群議。廟算所及，萬里燭形。先生述旨，曲折親經。庶幾一德，夙夜在廷。大功克蒇，並焕丹青。曷圖厥像，紫光之閣。曷延厥世，輕車之爵。孔翠在冠，雙晴何灼！鵝黄被體，五花斯躍。凡兹異數，不逮文臣。因專幃幄，懋著其勤。疊加褒錫，破格申恩。洵難後繼，實罕前聞。先生撫躬，益思自效。細及文詞，大而機要。句必心經，字還手校。明理達情，洞微抉奥。四相三出，獨留帝旁。天行至健，悉倚勗勷。視麻宣政，起草明光。臣精雖竭，力疾趨蹌。宣室造請，聲嘶氣促。上憫尫羸，俾歸休沐。遺使遺醫，朝晡相屬。遺表忽來，聖容爲蹙。冀其速愈，載茹之蔆。欲其逮見，豫襚之衾。侍臣將事，皇子親臨。哀榮禮備，終始恩深。維賢維良，以永其祀。曰忠曰謹，以定其誄。賜兆易名，典文並美。愛弟慈孫，拜恩接軌。人臣之遇，至此何求？不爲公憾，祇愧予儔。追維共事，蝟集紛投。精詳入理，斷決如流。分公之長，十人可餉。繼公之後，盈廷交讓。天授獨絶，莫之能抗。勉效規隨，默增惆悵。劍履在室，几杖在楹。陳牲於俎，瀝酒於鎗。不文之筆，略盡生平。騎箕大去，鑒此精誠。尚饗！

公祭夢堂相公文代

嗚呼！正色綸扉，精心邦憲。庶政清明，百寮嚴憚。如霜在秋，如旭方旦。惟公當之，顔可無汗。謂宜平格，壽而彌健。曾未耄年，遽捐瀛館。公少讀書，起家秋薦。司馬江干，雍容薄宦。累進監司，中更憂患。帝稔其誣，益深天眷。重自星郎，周歷臺院。遂正端衡，謨謀協贊。公在司農，剔除弊玩。億萬金倉，絲聯繩貫。公在司寇，執法侃侃。獄疑輒上，雲消晛現。公在金吾，輦轂清宴。途可置衣，吏皆裹飯。公在玉堂，激揚群彦。首重器識，不專文翰。公在使相，三督畿甸。屏絶苞苴，貪風丕變。公在政府，入晨出晏。密勿造請，時陳宜便。公嚴色笑，削瓜之面。公富精神，紫巖之電。公心如髮，毫芒必辨。公筆如山，撼摇莫轉。綜覈名實，堅明懲勸。帝曰俞哉，時惟朕願。孔翠豐貂，副之款段。載晋宫銜，錫予無算。餘事作詩，沉雄研鍊。得髓少陵，卑哉衆選。門鮮雜賓，庭可羅燕。一遇佳士，改容以見。歸自保陽，力疾不倦。晨起將朝，猝遇風眩。請告三月，懇辭蓬殿。特增相位，待其少間。公益感奮，勉求餐膳。臨絶喃喃，如呼屬掾。遺表馳上，聖情惻戀。以飾其終，陀羅被燦。以馨其報，賢良祠煥。庫鏹五千，俾營喪窆。終始哀榮，輝煌志傳。凡我同朝，撫膺淚濺。大事疇咨，群謀孰斷。連喪老成，公尤邦幹。酹酒陳牲，以申虔奠。倘念生平，來歆來讌。尚饗！

河陝汝道張觀察祭文代

朱觀察岐，張觀察之座主也

嗚呼！大河秋盛，流湯湯只。不安厥道，爲民瘍只。帝命重臣，塞且防只。凡兹守土，咸共襄只。濬深築堅，敢不蔑只。金門已合，奏飛章只。夜半頹波，輒復狂只。千夫萬卒，舁薪枊只。既陷猶争，護且厢只。人力既竭，遂披猖只。百丈高堤，飄若糠只。維時觀察，立相望只。指揮未終，忽已茫只。亟募善泅，溯方羊只。博求未得，我心惶只。三仆一生，手裂裳只。或自沙中，得胡床只。識君故物，淚先滂只。再購千金，獲必償只。終竟寂寂，衣冠藏只。憶君操翰，試廣場只。偶識國器，重珪璋只。遂掇南宫，作清郎只。扈蹕秋獮，與荐揚只。三十秉麾，莅嵩邙只。再駐河干，共一方只。戮力助予，何敢忘只。一彈指頃，隔存亡只。君本主計，出納詳只。不踐斯地，可無傷只。任事急公，固其常只。重念輔車，走相劻只。曾是不意，竟代僵只。死而由我，淚溢眶只。雖有同氣，慰高堂只。尚虚嗣息，奉蒸嘗只。以身殉民，毅魄强只。下見河伯，裂眦當只。披髮上訴，叫天閶只。遺問銜冤，降巫陽只。我告君靈，酹椒漿只。束黍沉牲，具餦餭只。死事之褒，天語煌只。文武六七，共馨香只。白馬銀濤，君首驤只。大工告蕆，神力障只。丹旐飄飄，還故鄉只。靈如有知，盡一觴只。

江西廣信府知府康静溪先生祭文代

嗚呼！民念仁人，士懷知己。積善如公，得年僅此。遠近爲位，吞聲隕涕。過車之日，衢填巷委。公籍臨泉，山西興縣。起家進士。弟兄競爽，文名籍耳。初宰嵩陽，循績已偉。首勸農桑，遂敦詩禮。開渠數十，禾苗泥泥。教之織紝，衣裳韡韡。建學設塾，於邑於里。絃誦之聲，自邇及遐。實政上達，璽書褒美。奉母之官，平反色喜。公以憂去，攀轅卧軌。愛及其親，爲立私祀。出牧酒泉，玉關尺咫。旁午使車，交馳驛匭。公應以暇，耳受口指。併屯歸民，勞逸均止。教養逾年，人和政理。種柳金城，甘棠是比。嘗鞫潰兵，察其傷痏。百數十人，同日免死。嘗撫悍狪，單騎往視。稽首受約，不煩一矢。藩翰失人，政多糠粃。上下乾没，競爲逾侈。公識機先，隱憂不已。告之莫悟，救之無恃。引疾年餘，勿貪膴仕。耿耿兹心，誰其諒只？擢守西江，迺蹶然起。遠彼衆濁，還予清泚。載長禾桑，載榮桃李。車前文鹿，兒傍馴雉。昔在中州，邑乘手紀。况兹大郡，前聞荒鄙。搜逸闡幽，芟繁削俚。脱稿甫竟，西獄方燬。玉石雜糅，不可爬洗。公本性剛，辯訴所恥。飲恨自絶，握拳囓齒。七邑之民，呼號徒跣。肅人聞之，哭巷罷市。嵩人聞之，攜芻挂紙。某初弱冠，識公官邸。遂荷忘年，交深孔邇。委之筆札，贈之筐篚。謀及其家，倚如一體。心有餘明，皆公所啟。身有餘温，皆公所使。望風長慟，寢門非擬。生我父母，知我鮑子。公有哲昆，廉明愷悌。公有令嗣，詩書濟濟。公所未竟，毋悲中否。再大其門，終昌厥祉。何以明忱，陳牲酌醴。何以寫哀，抒詞作誄。哀些之音，疑於變徵。靈其鑒之，庶幾饗是。

少宗伯錢籜石先生祭文

嗚呼！耆舊凋零，老成徂喪。况擅風華，東南物望。德重閶式，年推朝杖。木壞山隤，將安放仰？公早失恃，敝履單襦，生有慧業，讀等身書。事父撫弟，日起文譽。硯席所至，從遊翕如。太傅文端，爲公族祖。賞公儁異，居公寓廡。屬和天文，時出奇古。名動公卿，争先爲主。共舉制科，復荐經學。衆望允孚，疊遭放駁。氣不少挫，觥觥嶽嶽。言非知己，輒顧而嚗。年逾四十，甫捷南宫。河汾弟子，貴已登龍。後先瀛館，執禮維恭。擁經司馬，問字司農。公亦升華，鵠銜側席。旋橐丹毫，進佐宗伯。屢持文枋，求珠剖璧。名士翩翩，清臣奕奕。七袠有六，公乃引年。維時令子，繼選集賢。復許歸侍，天倫快然。孫曾繞膝，仲季駢肩。公之説經，紛綸如井。尤長六義，解賾如鼎。理必創獲，語堪深省。聽之不倦，嚌之彌永。公之賦詩，佇興而就。秋水芙蓉，天然明秀。別有玄解，淺夫難究。出入雙單，知音迺授。公之題字，落筆風生。方圓信手，肥瘠忘形。純遊天趣，無意書名。胸中萬卷，傾瀉而成。公之作畫，得師衆有。妙絕寫生，雨荷風柳。時染大筆，作花如斗。凡史矜能，望而返走。從公燕語，如譜宫商。乞公揮灑，如襲琳琅。醉尤入妙，戲亦能莊。十年林下，杯斝縑緗。思公去朝，一疏祖道。望公在鄉，靈光一老。惟此眉壽，若符心禱。何意大椿，忽焉梧槁。形神雖隔，襟抱常存。風流頓歇，翰墨彌尊。名慚後進，誼托通門。無文述德，聊荐溪蓀。尚饗！

韞山堂文集　卷七

策

詩樂

自漢以來，諸儒之言樂者，皆耳食也。謂六笙詩本有聲而無辭，則爲徒樂。謂變風、變雅不入樂，則爲徒詩。由是審樂者不知詩，能詩者不知樂，其流既判，遂不能以復合焉。而惡知夫樂之必有詩也？『詩言志，歌永言，聲依永，律和聲』，舜則自言之矣。舜之言不信，而將誰信乎？又惡知夫詩之無不入樂也？《詩》三百篇，孔子皆絃而歌之矣。孔子之事不足據，而將誰據乎？況《春秋左氏傳》之引《大武》也，以『耆定爾功』爲卒章，其三爲《賚》，其六爲《桓》，可見樂之必有詩矣。漢太樂《食舉》十三曲，一曰《鹿鳴》。『杜夔傳舊雅樂四曲』：《鹿鳴》《騶虞》《伐檀》《文王》。古琴歌五曲，内有《鵲巢》《白駒》。夫《伐檀》爲變風，《白駒》爲變雅，亦可見詩之無不入樂矣。

古七音，宫、商、角、徵、羽、變宫、變徵，後世易以五六工尺，上四合，初不知其所昉。然按楚詞《大招》云『四上競氣，極聲變只』，則知其由來遠矣。顧楚聲本非風雅，所謂『遲其聲以媚之』者，不能不以數音而歌一字。俗樂展轉相沿，便於用五六，而不復用宫商。然漢魏之樂府，唐之絶句，宋之長短令，蓋猶可以歌也。近世更製爲《九宫譜》，以歌俗樂。而凡詩人之所作，概不可以入樂焉。因並《三百篇》而疑之，則是據隸楷而改籀篆之文，執箏笛而議琴笙之節也。

我皇上聲律身度，深究大樂之原。既審定前明朱載堉《樂書》援古入俗之非，悉以宫商與五六等字並列，復改正其琴譜一字數音之繁縟靡曼，而廣《中和韶樂》之例，惟用一字一音。於是特命儒臣之知樂者，稟承睿旨，自《關雎》以下三百篇，悉以宫商譜其節奏，以復孔子絃歌之舊。其聲和平莊雅，足以格上下而感神人。又論定《韶舞》樂章，即《虞書》篇末所載『喜起明良』之作。今按三《謨》之末，繼以夔言，殆所謂功成作樂，而帝之作歌，轉次於樂臣論樂之後。然則《簫韶》九成，其樂章即不止此數，語而必以『喜起』三章爲要領。是以史臣紀載之體，其附類有宜然者乎？益仰見聖明指示，並千古未發之覆，而爲徒詩徒樂之説者，咸有以息其喙也。

經學

聖人之作經也，猶天之懸日月也，地之奠河嶽也。日月明而陰陽敘，河嶽奠而高深列。《六經》作而倫紀昭。王者之治，捨是無以爲治也；儒者之學，離是無以爲學也。《易》《書》《詩》《禮》《樂》《春秋》並列，見於《小戴記》之經解，此《六經》之昉也。《樂經》亡而經止五。《六經》益《孝經》爲《七經》，《五經》析《三傳》《三禮》爲《九經》，《九經》益《論語》《孝經》《爾雅》《孟子》爲《十三經》，此其有據者也。舊説以《五經》《五緯》爲《十經》，《六經》《六緯》爲《十二經》。緯書非聖人所作，恐不足以當之。至以《禮記》《春秋》《左氏》爲『大經』，《詩》《周禮》《儀禮》爲『中經』，《易》《書》《公》《穀》爲『小經』，特以篇籍之繁簡爲區别，乃唐宋之陋名耳。

漢武、宣二帝，先後立『五經博士』：《易》，施讎、孟喜、梁丘賀及京房氏；《書》，歐陽生，大、小夏侯勝、建；《詩》，轅固《齊詩》、申公《魯詩》、韓嬰《韓詩》；《禮》，二戴德、聖；《春秋》，嚴彭祖、顔安樂，爲十四博士。而毛公《詩》、費直氏《易》《左氏》《穀梁春秋》《古文尚書》，均未得立焉。唐宋諸經《正義》《注》，則《易》魏王弼，《書》漢孔安國，《詩》毛公，《三禮》東漢鄭康成，《三傳》晉杜預、東漢何休、晉范甯，《爾雅》晉郭璞，《論語》魏何晏，《孟子》東漢趙岐。疏《易》《書》《詩》《左傳》《禮記》，唐孔穎達；疏《周禮》《儀禮》，唐賈公彦；疏《穀梁》，唐楊士勳；疏《爾雅》《論語》，宋邢昺；疏《孟子》，宋孫奭。《孝經注》《疏》，皆唐玄宗御製。注釋、經疏、廣注，此其體也。

唐以帖經試士，專取記誦，無關義理。熙寧中始更『經義』，則今制藝之緣起焉。國家功令，鄉、會試『五經』，專主程伊川、朱晦翁、胡文定、蔡九峰及陳澔氏之《傳》《説》，以歸畫一。又有御纂《四經》、欽定《三禮》，並列學宫。先列程《傳》、朱子《本義》《易》、朱子《集傳》《詩》、蔡《傳》《書》，及先儒精粹《春秋》《三禮》之説爲『正義』，次則採諸家之可並存者，及别義之可旁通者，後以按語折衷之。使學者沿流討源，由同證異，一洗專己守殘之陋，而益窺聖人作經之心，此田何、伏生、毛萇、戴勝所以全羽翼之功，而服虔、鄭、孔、賈可以免聚訟之失矣。

史學

立乎數千載之下而數千載上，君臣行事之得失，禮樂制度之因革，精而天文，廣而輿地，顯而忠臣孝子之樹立，隱而儒林、處士、文苑之流傳，無不坐而致之，燭照而數計之，所恃者何也？曰史也。

《尚書》《春秋左氏》《國語》，皆史之緣起。而後代之正史，則首司馬子長，總攬黄帝訖漢武三千餘年之事，爲《史記》一書。班氏稱其文直事核，不虛美，不隱惡。孟堅踵爲《漢書》，范氏稱其贍而不穢，詳而有體，皆知言也。其曰是非頗謬於聖人，及議論常排死節，否正直，則文人之相傾歟？蔚宗《後漢書》，詳整贍逸，足繼馬、班，故世稱『三史』。自是而降，才、識、學俱長者，歐陽修《五代史》也。其不足者，時爲之也。才、學俱長者，陳壽《三國志》也，不足於識者，以其帝魏寇蜀也。才、識俱長者，李延壽《南》《北》二史也，不足於學者，以其未能作《志》也。房、喬等之《晉書》，魏徵等之《隋書》，宋祁等之《唐書》，其次也。沈約之《宋書》，蕭子顯之《南齊書》，姚思廉之《梁》《陳》二書，李百藥之《北齊書》，令狐德棻之《周書》，又其次也。

魏收《後魏書》之諂諱不平，揭傒斯《遼》《金》二史，脱脱等《宋史》之繁簡失當，宋濂等《元史》之考訂譌舛，其最下乎。

正史外如荀悦《漢紀》，袁宏《後漢書》，習鑿齒《漢晋春秋》，干寶《晋書》，崔鴻《十六國春秋》，范祖禹《唐鑑》，劉恕《十國紀年》，李燾《長編》，王偁《東都事略》，皆可相輔而行者也。《資治通鑒》，司馬公在洛十五年而成此書，其功大矣。朱子因之修爲《綱目》，大書分注，義例秩然，其尤足補涑水之不逮者。予昭烈之正統，存中宗之紀年也。《通鑑目録舉要》，温公自作。《舉要補遺》，胡文定公作。《綱目》有尹氏《發明》，劉氏《書法》，汪氏《考異》，王氏《集覽》，皆朱子之功臣也。《廿一史》爲紀傳體，昉《尚書》。《通鑑綱目》爲編年體，昉《春秋》及《左氏傳》。建安袁樞又創爲紀事本末，蓋取一事之首尾，散出於數十百年之間者，相爲綴屬，以便學者。朱子稱爲《國語》之流，亦稽古者所不廢歟！至於論定本朝人物，尤多忌諱之私，瞻狥之失，劉彦和所謂『吹霜呴露，寒暑筆端，同時之枉，可爲嘆息者也』。

我皇上詔修國史，於諸臣列傳，特命據事直書，美惡自見。此猶敘陳平之智術，不諱受金；述張湯之技能，兼傳嚴酷。段熲爲中興名將，而依附宦官；馬融爲絳帳經師，而屈節梁氏。瑕瑜可以互鏡，醇雜不妨並存。著實録於當時，俟公論於後世。豈非千古作史之準，而大道爲公之盛心乎？紬石室而發金匱者，其知有所折衷矣。

續《三通》

昔太史公作《史記》，紀、傳以述理亂興衰，八書以述典章經制。自班孟堅斷代爲史，無會通因仍之道。至司馬温公作《資治通鑒》，始會十七史千三百餘年之事於一書，學者開卷之餘，古今咸在。然温公之書，詳於理亂興衰，而略於典章經制。夫理亂興衰，不相因者也。代各有史，足該一代之始終，典章經制，常相因者也。自三代損益，以至秦、漢、唐、宋，凡禮、樂、兵、刑、賦斂、選舉，其終不必盡同，而其初不能遽異。苟非統觀前後，融會而貫通之，豈易言其變通張弛之故乎？此杜氏《通典》、鄭氏《通志》、馬氏《通考》，所以與《通鑑》相爲表裏，而有功於來學者也。

岐公始因劉秩《政典》，廣爲《通典》，分門以八，綱領宏大，考訂該洽。顧議者猶病其節目未備，去取未精，亦未諒其創始之難也。鄭樵漁仲撰《通志》，略紀、傳，仿史家體而作譜以概表，作略以概志，其自序曰：『總天下之大學術，而條其綱目，名之曰「略」，凡二十。』其五略，漢唐諸儒所得而聞也；其十五略，漢唐諸儒所不得而聞也。今按，五略中如《職官》《選舉》，多仍《通典》原文，而無所補益。其十五略中，如《天文》《地理》《器服》，亦覺挂漏，餘則洋洋大觀矣。至鄱陽馬端臨出，實集二家之成，增益其事迹之所未備，離析其門類之所未詳，作《文獻通考》三百四十八卷。爲門二十有四，凡敘事，則本之經史，參之會要，以及百家傳記，信而有徵者從之，所謂『文』也。凡論事，則先敘當時臣僚之奏疏，次及近代諸儒之評論，以至名流燕談，稗官紀録，凡可訂得失，証是非者採之，所謂『獻』也。非經邦稽古，必不可廢之書乎？然《通典》止於天寶，而肅代以後闕如矣。《通志》《通考》，止於淳熙、嘉定，而宋元以後又闕如矣。宋白嘗續《通典》，而傳習未廣；王圻嘗續《通考》，而紕繆益滋。著述之才，蓋若斯之難也。

我皇上特敕儒臣，續修《文獻通考》，次及《通典》《通志》，於是唐宋以來，千有餘年之間，典章經制，燦然畢備，而且考一統之志，增禮器之圖，表八旗之譜，辨同文之畫，可謂極規模之闊大，盡義例之精詳矣！竊以爲續古人書，與纂輯群書者不同，而必求肖於古人之體質，且如杜氏主於簡嚴，鄭氏期於精核，馬氏長於詳贍，必使古人可作，亦無不類之譏，是又載筆諸臣之責爾已。

文體科目士習

三代之取士，無所爲文詞也，有躬行焉而已；無所爲决科對策也，有鄉舉里選而已。自漢賈、董、公孫之徒以對策顯，鄒、枚、司馬之屬以詞賦名，而文章之用，始重於世。然漢代兼用孝廉、賢良諸科，未嘗專用文學也。科目之名，至唐而備，由學館曰生徒，由郡縣曰鄉貢，其天子自取曰制舉。諸科之目，有秀才，有明經，有進士，有明法，有明算，有明書，而士族所趨，惟明經、進士爲特重。

宋踵唐風，而欲防弊，故考較特嚴。覆試起於乾德，糊名起於淳化，易書起於祥符。然止參用經義、詩賦而已。至明，下開科詔，而《四書》之文，遂爲令甲所遵。其另委官主試，自永樂始也。各省之遣京官主試，自嘉靖始也。至試卷分南北取中，自仁宗始也。文章盛衰，與世運相表裏，西京之治，最爲遠古，故其文醇厚質實，有三代之遺風，東京稍靡，然經術之文彬彬如也。一衰於六代，而韓愈振之；再衰於五季，而歐陽修振之。唐宋文之昌，皆其盛時也。有明帖括之興，雖與前代之文不同，然代聖賢立言，果能以程朱之理運韓歐之氣，亦足以刻劃天地之情狀，囊括古今之變態，而士之器識與其學養，胥於是覘焉。其得人固不減於策論、經義、詩賦也，不然，博雅如揚雄、劉歆，經術如孔光、張禹，無益於國，有玷於身。所謂孔雀文章，不掩其毒耳，詎足貴哉？蓋士之所謂學者，大之在格致、誠正、修齊、治平，而下及於方名、象數之微。士之所謂文者，博之於經籍、史傳、諸子百家，而約之以中正和平之旨。昔程子之議選士也，先之以性行端潔，重之以曉達治道。朱子之議貢舉也，亦以士必求爲義理之實，而不可但爲科舉之學。周元公之論文，則本之於載道；胡安定之教授，則分之以經義、治事。學者誠能敦本尚實，以消其浮競之心；强識力行，以作其委靡之氣，何患其學不爲修己治人之學，其文不爲經術有用之文乎？

我皇上壽考，作人文，明大啟，自國學以至直省、郡縣，生徒不下數十萬人。每鄉、會科所得士，率千五百有奇。知必有特達之士，以三代之學爲己任，出而應至公之選者，而不徒以獵詞華、競名譽而已也。

屯田

有拓地之實而無曠土之虞，有養兵之利而無累民之害者，其惟屯政乎！屯於腹地，與屯於邊地不同，承平既久，汙萊盡闢，幾無待墾之田，不若沿邊之地闊而人稀也。屯於久附之邊，與屯於新附之邊又不同，服屬既深，土著日衆，漸知稼穡之利，非如新附之事荒而術創也。

我皇上聖武誕敷，版圖式廓，平定準、回二部，開拓新疆二萬餘里。特命大臣各駐專城，分司屯務。將使要荒以外之地，悉入正供；遊牧無常之民，咸知粒食。此播百穀、則三壤之盛心也，豈徒繕經費、足兵民而已哉！蓋嘗取前事而師之。設重臣以督其事，則漢都護之制可稽；分各衛以籍其丁，則唐軍府之模可復。身先以倡將士，當如郭子儀之駐河中；安堵以肅兵民，當如諸葛亮之軍渭上。益游兵護田作，乃趙充國之便宜；假糧種給耕牛，亦韓重華之遺策。水陸肥瘠播植之，故得任峻爲典農郎；功庸煩省收率之，宜使趙過爲搜粟尉。無事則益蓄省費，祭肜、任尚之成績可遵；定變則卷甲裹糧，常惠、陳湯之奇功立奏。以今準古，何多讓焉！亦在司其政者之實心任事而已。抑又聞之，古者寓兵於農，亦寓教於養，庸次比耦，出友入群，民情所以睦也。合作均收，輸總納秸，民志所以定也。仍其樸略之舊，而予以樂利之安；化其頑悍之風，而導以忠愛之義。將見南北一尉，中外一家。使繩行沙度之鄉，永遠爲我赤子。聖天子在上，自有所以潛移而默運者，固非謭劣小儒，所能窺測於萬一也。

積貯

先王不能使天下無不饑之歲，而能使天下有不饑之民。冢宰以三十年之通制，國用而蓄積常足矣。大司徒以荒政十二，聚萬民而水旱有備矣。遺人掌委積以待施惠，鄉師巡國野而賙艱厄，何其委曲而詳至歟！

漢臣賈宜《上文帝疏》曰：『積貯者，天下之大命也。』帝感其言，躬行節儉，以勸百姓。其後太倉之粟，陳陳相因，紅腐而不可食，此其效也。平糴始於李悝戰國時魏人，漢宣帝時耿壽昌《常平倉制》『穀賤增價而糴，穀貴減價而糶』，寔祖其意。隋開皇間，長孫平奏立義倉，其法以收獲之時，勸民出粟於當社，即委社司檢校饑饉，以此賑貸，二者皆良法也。以官錢平穀價，而無甚貴甚賤之傷，取之民不多，而饑黎便於得食。故王伯厚曰：『常平義倉雖始於漢，建於隋唐，其意則唐、虞、三代不易之美。』誠哉是言！然及其弊也，侵漁於官吏，没於社長。市司有抑勒之擾，富民有派累之虞。則其賢於漢武之均輸、熙寧之青苗者幾何哉？朱子在建安請府，得常平米六百石，夏散之民，冬加二息以償。歲歉則遞蠲其息。行之十四年，得羨米三千餘石，以爲社倉，不復收息，作《五夫社記》志其事。後遂上其法於朝。總之，常平糴之官而糶之官者也，義倉斂之民而散之民者也，社倉以官貸民，以民償官，而仍以濟民者也，此其異同也。常平宜藏於州縣，而賢長吏監之。義、社二倉，宜各置於當社，而賢紳士司之。此其利便也。

至於一時救災捍患，則宋趙清獻抃、富鄭公弼，其前事之師矣。熙寧中，吴越大旱，知越州趙公，前民之未饑，爲書問屬縣，使各書以對，而謹其備，爲給粟之所五十有七，使受粟者男女異日，而人受二日之食。又僦民完城，計其傭，與粟倍之。曾子固作記記其事，所謂『其施雖在越，其仁足以示天下；其事雖行於一時，其法足以傳後』者也。仁宗八年，河北、京東西大水，知青州富弼，擇所部豐稔五州，勸民出粟，得十五萬斛，益以官廩，隨所在貯之，擇公私廬舍十餘萬區，散處流民，以便薪水，全活五十餘萬。馬端臨《文獻通考》備載其事。

是故災沴之興，不能先事爲計，臨時而又謀之不善者，皆有愧於趙公者也。僅自贍其所部，而視他郡之流亡如秦越者，皆有愧於富公者也。國家既令天下郡縣，所在積穀，兼修三倉之法，水旱有備，補助時聞，既已無微不至矣。而偶遇偏災，仍特敕直省大吏，隨方賑給。行見人歌耕鑿，户頌盈寧，耿壽昌、長孫平之制，趙抃、富弼之法，皆有所不必用者矣。

同文志

蓋聞著於竹帛謂之書，依類象形謂之文，形聲相益謂之字。自結繩以還，所以治百官、察萬民者，書契弗之能易已。《周禮》『保氏以六書教國子』，五方言語不通，則設寄、象、譯、鞮之官以主之。當是時，天下有同文之盛，而越裳氏至重九譯來朝，先王聲教所及如此。其遠也，古者造書者三人，曰梵，曰佉樓，曰倉頡。其行於中華者，倉頡之六書而已。

自我朝混一區宇，始以國書與漢字並行，其切叶體例，備於《欽定同文韻統》一書。嗣因蕩平西域，復闡《韻統》之義，加以各部方言，名曰《同文志》。首繫國書，次列漢字，而蒙古、西番、托忒、回字以次綴書，殊方絶域之音，無不家喻户曉，猗歟盛哉！

且史籀之大篆也，李斯之小篆也，程邈之隸書也，王次仲之八分也，史遊之章草也，此漢字之體也。周顒、沈約之四聲也，陸詞之《切韻》也，孫愐之《唐韻》也，陳彭年、丁度等之《廣韻》《集韻》也，此漢字之韻也。漢人識文字而不識子母，江左審四聲而不審七音，其前人之疏乎？部分亡於劉平水，音紐亂於黄公紹，其後人之鑿乎？夫以某字音某字，而其音未必盡同。以兩字切一字，而其音未必盡的。固不若對音三合之確而密矣。文同一字而具數音，則音釋煩；字同一音而具數義，則箋疏廣。固不若據義譯書之簡而精矣。至若外國之書，見於前代史書者，大抵承訛習謬，存其崖略而已。

方今聖天子文命覃敷，聰明天亶，蒙古、西番諸部落，既世世内附，今又掃蕩準夷，平定回部，隸絶漠於版圖，正前聞於史傳。凡驢唇馱乘之名，旁行左行之體，無不詳加考訂，各以類從。使識漢字者，知『葉爾』爲地，『喀什』爲水，無不因其名而求其義也。『騰格里』爲天，『阿思滿』亦爲天，無不即其異而考其同也。薄海内外，尚何言語不通之患哉！

淳化閣帖

蓋自結繩始易，而三才之氣象以昭；鳥迹既明，而萬物之情狀以顯。下窮郊藪，厥用廣矣。《周禮》，大司徒掌之，以教萬民；保氏掌之，以教國子；外史掌之，以教四方。學童七歲，則屬象胥而諭言語，協詞命。九歲，則屬瞽史，諭書名。十二歲，王巡狩，則大習之。漢制，試爲史者，一童所記至九千字，吏民上書，字不正者輒劾。故漢以前，小學最重，非獨結體端勁也。古文造於倉頡，大篆創於史籀，小篆創於李斯，隸書變於程邈，八分始於王次仲，奇字更於甄豐，章草聖於張芝，飛白擅於蔡邕，而書之體屢變矣。《爾雅》以記其名，《玉篇》以詳其形。司馬之《凡將》，史遊之《急就》，揚雄之《訓纂》，許慎之《説文》，周顒、沈約之『四聲』，羲之、真卿之『八法』，而書之義日精矣。自鍾、王變體爲今隸，而近世之楷法因之，行草亦因之。六朝士大夫，殆無不工於筆札，蓋一時風流所尚，沾溉爲多也。唐太宗精研筆法，一時名流雲集，飆舉虞、褚、歐、薛、顔、柳、顛旭、狂素而外，其人尚不可枚舉。唐制，吏部試士，非能書者不得授官，則當時之重書可知矣。

故言篆、隸、八分，則必推秦、漢，言楷書、行草，則斷自晋、唐。非彙之一編，沿源竟委，無以盡前賢之遺迹，備古今之大觀。此宋太宗所以有《淳化閣帖》之鐫也。太宗既平海内，博求古帝王、歷代名卿墨迹，命翰林侍書王著緒正之，鐫以内府棗木板，都爲十卷。神采法度，焕如手書，觀夫紙以澄心，墨以廷珪，則鐫搨之精工可知也。二府始得與賜，嘉王僅一借摹，則珍藏之祕惜可知也。棗材裂而擐以銀鋌，原板焚而勒以貞珉。長沙僧希白刻之，河東潘氏又刻之。刻於汝而汝帖以名，刻於絳而絳帖以顯，則好事者之愛護而追思可知也。歐陽永叔已稱賜本爲難得，米元章《辨閣帖》有百餘條，劉次莊爲《釋文》以便讀。黄伯思作《東觀餘論》以正訛，則士大夫之摩挲而善鑒可知也。

我皇上天章宸翰，實集書學之大成。曩曾輯石渠所藏，刻《三希堂》《墨妙軒》二帖，復念古帖流傳惟《淳化閣帖》，遠出《大觀》《太清樓》諸本之上，而俗本相沿，精采盡失，因出宋臣畢士安爲翰林時所得賜本，選工鈎摹上石，並命大臣折衷攷證，成完璧而復舊觀。豈非於攷文稽古之中，兼寓舉墜訂訛之旨哉！

錢法

上世雖有珠玉上幣、黄金中幣、刀布下幣之文，大抵施之邦交聘問，至於日中爲市，農以穀粟，女以布帛，工以器物，牧以牛羊薪櫄，漁以鱻薨蜃蛤，致天下之民，聚天下之貨，交易而退，各得其所。即有懋遷爲業者，亦以其方物之有餘，易彼方物之不足，計其時民間蓋無所用乎錢者也。

太公作《九府圜法》，金重以斤，錢重以銖，此鑄錢之始，而施行之道無聞，當亦僅以爲邦幣。至周景王鑄大錢，始有子母相權之論。然則錢之通用於民間，其昉於此時乎？自是以降，錢偏於重者，有當千、直百、當五十之名；錢偏於輕者，有榆莢、鵝眼、綖環之目。偏重之幣，一日中廢不用，富民挾錢者皆立貧，疑畏而不敢蓄。偏輕之幣，百物皆增倍蓰之直，復隨手破碎，而不可以收存。是以古今論錢法者，莫善乎齊孔顗所謂『不惜銅不愛工』者是也，又莫善乎宋吕祖謙所謂『自漢而後，五銖錢爲得中。自唐而後，開元錢爲得中』者是也。

且夫近代之用錢，與前世之用錢又有異。前世錢與穀、絹相輔而行，並爲質重之物，難於越鄉，錢弊而穀、絹固不與之俱弊也。近代錢與銀相準而行，錢必載以舟車，銀可攜之掌握，負之囊篋。又居民日用，資錢者多；商賈遷移，挾銀爲便。錢與銀之值，必使相埒，而商民始免於偏困焉。然則就錢論錢，務令肉好適均，輪廓周正者，錢之體也。合銀論錢，務令贏縮相當，遠近一致者，錢之用也。而用之弊與不弊，仍各視乎其體焉。蓋官鑄之錢不精，奸徒始得以私鑄惡錢攙雜，甚至私銷官鑄之精錢以益之。久之精錢日少，惡錢日多。嚴爲禁絶，精錢少而價倍昂；聽其通行，惡錢多而價倍賤。此必然之勢也。

然則救之將如何？曰：官局鑄錢，銅必精，工必善，雖多費不惜焉。蓋以錢之千當銀之兩，固爲適中，就使贏兩之二三以鑄千錢，所費工本之銀故在地上，而官局則多錢千矣。民間習見官錢之精好，自必厭薄私錢之惡劣，不待官禁而將自屏焉。民間自屏惡錢，斯奸徒無所得售而私鑄息，並無事取資而私銷亦息。私銷息而錢不至過昂，私鑄息而錢不至過賤，錢無過昂過賤，則必與銀相準，而物價咸得其平，商民交資其便矣。雖然，積一二年之精鑄，不足勝惡錢之充斥也，則以收毁遏其流。減一二卯之濫作，不足絶貪夫之覬倖也，則以停撤拔其本。又或謂銀因少而昂，錢因多而賤，則於應發之官錢，概以官銀暫爲改發。無抑勒苛求之擾，有轉移酌劑之功。非皆我皇上之洞悉物情，因時立制，救弊而不虞其滋弊者乎？於此仰聖慮之周詳，固非臣下之所能見及於萬一也。

韞山堂文集　卷八

讀書得三十四則

《六經》俱有倒裝句法，至秦漢人文字猶然。訓詁家每未理會及此，或强作解事，或指爲闕文，疑誤後學不少。説見前《定之方中》《〈商書〉釋訓三疑》篇。

《大禹謨》『念兹在兹』四語，舊注謂禹勉帝念皋陶，蔡《傳》謂禹自述其念皋陶者如此。鄙意，四語乃黎民懷之，注脚就民身上説，似較直捷。

《益稷》『州十有二師，咸建五長』，『十二師』即十二牧，『五長』即五等諸侯。蔡氏乃謂『每州立十二諸侯以爲之師，使之相牧，以糾群后』，『每方各建五人以爲之長』，是十有二牧之外，又有所謂『十二師』、『五長』矣。虞夏之制，恐不如此糾紛也。

皋陶：『颺言曰：「念哉！率作興事，慎乃憲，欽哉！」』當是承帝責望股肱之意，告誡群臣也。『屢省乃成，欽哉』，方是轉而勉帝，以起下《賡歌》。

《禹貢》：『既載壺口，治梁及岐。』先儒謂即雍州之梁、岐，二功一時並舉，不可分言於二州，故並言於冀。按他州並無此例。况後有導山總文，自見施功次第，又何以分舉爲嫌乎？蔡《傳》以離石之吕梁、介休之狐岐當之，是矣。但二山去河甚遠，不當言河流所經。意二山之下，自有他水，如『岳陽』《注》中之『汾、覃』，『懷』《注》中之『淇、涞』者，而惜乎其未之攷也。

《五子之歌》『一人三失』，古人『三』字、『九』字皆訓多，只是居高位，而見過易多之意。

『若苗之有莠，若粟之有秕』，只是薰、蕕不同器，意不必以苗、粟比桀，以莠、秕比湯。《太甲》『予弗狎於勿順』，即留侯所謂『此非可以口舌争也』。孜亭《孟子集注》謂『伊尹不忍習見太甲不義之事』，語氣似覺太過。蔡仲默不用其説，謂不使太甲狎於近習，成湯敷求哲人，俾輔後嗣。時太甲左右，應無便辟側媚之人，况伊尹身爲阿衡，刑殺惟命，果有其人，何不可投諸四裔，而必放其君以遠之哉？

陸子静讀《論語》第二章，即覺有子之説爲支離，蓋以次節『仁』字屬『學』上説故也。余謂按切在位之君子，一直從教民説下，則精粗畢貫矣。

陳亦韓司業以《論語》『賢賢易色』指夫婦説，其言甚創而確。

『因不失其親，亦可宗也』，『因』是我去因人，『宗』是人來宗我，故以『亦』字包舉之。《集注》本明白顯易，不知講家何以並爲一談。

『天將以夫子爲木鐸』，『木鐸』二字是封人特筆，正爲萬世之聖人寫照。若僅如《集注》，則門人記《論語》時，言已不驗，又何所取而著之篇乎？余謂『匹夫而爲天下師，一言而爲天下法』二語，可爲『木鐸』二字注脚。

『人之過也，各於其黨』，兼善惡言；『觀過，斯知仁矣』，單指君子言。若如《集注》添入『不仁』一層，彼小人大節已虧，其過寧尚足觀乎？

夫子之文章，節以《六經》，《論語》爲夫子之文章，似比《集注》『威儀文辭』較爲實落。『天道』指往來運數而言，方與『性』字有别，若如《集注》性道其實一理，端木氏又奚煩别而言之？

有恒爲作聖之基，此朱子推廣之義，非夫子當下語意也。求聖人之學不可得，得君子，而亦可與之作聖；求善人之質不可得，得有恒者，而亦可與之從善。只兩開説，末節並嘆有恒之難，則君子之難，亦在言外，不必再繳轉聖人也。講家誤會注意，生出許多枝節來。

錢文敏公嘗論『必有寢衣』，當是今人之短襖；謂『長一身有其半』，非以半覆足之謂。《鄉黨》末章，先儒疑有闕文，余意恐是句法倒置。若云『山梁雌雉，子路共之，三嗅而作。子曰：「時哉！時哉！」色斯舉矣，翔而後集』，則義順而詞完矣。

『管仲非仁者與』章末節，死節大義，聖人以匹夫溝瀆之諒小之。程子求其說而不得，乃創爲『桓兄糾弟』之說，以明管仲之不當死。其意善矣，而論實未確。《春秋》未成乎君者，皆略其君臣之詞，其於管仲猶是也。毛西河歷引諸書，以證『桓兄糾弟』，而於聖人立言本意究未發明。

『君子恥其言而過其行』，舊注以言過其行爲恥，《集注》甚新，然聖人語氣，恐無此刻畫。

『大德不踰』章，子夏篤信謹守，正是平日從事於小德者，其云『小德出入可也』，乃是晚而進德，有窺於聖人達權通變之妙外，注所譏似爲未審。

『所謂故國』章，『世臣』謂可留輔子孫之臣，《集注》泛作『勳舊』說，則『六卿』、『三家』足當其選矣。

《離婁》章凡四段，四『故曰』皆是成語，每段下仍綴以孟子引伸。

『王者之迹熄』章，《詩》兼《風》《雅》，昉於李安溪，足正《黍離》降爲《國風》之說之誤。但李氏專指正風、正雅，余謂不若兼變風、變雅言之，於『詩亡』之義較備。《春秋》繼《詩》而作，亦倍有關係也。

『我竭力耕田，躬爲子職而已矣。父母之不我愛，於我何哉』四語，合下祇完得一『恝』字注脚，可省却講家如許曲折，與『予豈若是小丈夫然哉』一節文勢參看，令人言下自得。

泰山上有孔子小天下處，則孟子所云『登東山』、『登泰山』自是實象。孔子『小魯』、『小天下』正是指示學者，猶『川上』之意也。『觀海』之喻，又是孟子推廣言之，玩『故』字文義可見，不知講家何以概作喻言。

錢文敏公又嘗論《孟子》『憂心悄悄』節，『何以先孔子而後文王？蓋士憎茲多口，是正對貉稽發問』。意下特推廣言之，不但士也，士而至於聖人，而慍之者愈多也。不但聖人之窮而在下，即聖人之達而在上，而亦不能盡殄厥慍也。『不殄』有威權勢力俱無所用之意。

由『孔子而來』節，孟子生平自比孔子，獨於此處不敢竊附見知，可見聖賢自任、自知，並行不悖。

班固《古今人物表》爲史家所譏，以其無與漢事也。然有古無今，師古謂其書未畢。竊意不然，論定本朝人物易涉忌諱，疑固必有《西京人表》別本，蓄而未出，而瘐死之後，遂失其稿耳。吾友莊子虚庵嘗言，後世如有繼班氏之志者，合漢以下『二十二史』作《續古今人物表》，詮次務期諦當，偶以己意進退，必附著之，亦藝林未創之奇也。

讀《後漢書》《循吏》《儒林》《獨行》《黨錮》諸傳，想見東京風俗之美，氣節之高，意所激發，輒淚涔涔交睫下，急掩卷，亂以他語而後止。惟疑東漢不宜立《酷吏傳》。漢末，鈎黨之攷，宦者爲之。董宣、湯球本皆名臣，惟王武貪殘，係王甫養子，附《甫傳》可耳。武爲湯球所誅，尤不當與球同傳。《南史》好信讖記，《紀傳》中，雖小小謡諺，必附會而證明之，頗有穿鑿鄙俚處。或係舊史原文，然李氏不删，大爲良史之累。又宗室及王謝子弟恨不作一世系表，使人開卷了然。《左氏》爲群史之祖，然其文筆有可施於古而不可施於今者。歐公《五代史》每好用其句法，如以某官、某同中書門下平章事，《五代史》皆省『以』字，此仿『鬬班爲令尹』、『華元爲太宰』之例。唐莊宗剖劉仁恭心祭克用墓，《五代史》書用『仁恭』、『昌平』，此仿用『鄫子於次睢之社』之例。顧寧人譏《新唐書》祭物毋用，寓遇妾不慈，户知之，非注解不能明其失，得無相類耶？讀書意所未安，輒條記之，以俟博雅，或亦學者格物窮理之一助，非敢輕議前賢也。

人情貴古而賤今，獨於撰郡邑志則相反。『人物』、『藝文』，宋以上什之二三，明以來什之七八。余謂凡修郡邑志，且將二十二史檢閲一過，凡係本郡、本邑名宦人物，皆應全録其本傳；再取唐、宋以來如李杜、韓柳、樂天、永叔、東坡、山谷、半山、放翁諸大家詩文集，及《文選》《文粹》《文苑英華》《全唐詩》《宋詩鈔》等書所載，有與其地、其人、其宦相涉者，概行摭輯；然後旁及歷代類書、説部，及各名家撰述；再益以郡邑前輩中好古之士，蒐輯攷據著有成書者，取博擇精，一正從前簡陋之失；至近代，當取其卓然可傳者著之，不以繁蕪爲貴也。

古人以甲庫藏經，乙庫藏史，丙庫藏子，丁庫藏集。然唐以前如《山海經》《國語》《戰國策》《離騷》《文選》等書分置四部，體例已覺未協，况近書日益多乎？嘗擬於經、史、子、集之外別立四目：曰類，曰選，曰録，曰撰。類首《山海經》，而以杜氏《通典》、鄭氏《通志略》、馬氏《文獻通考》《類函》《會要》《册府元龜》《玉海》諸書附焉。選首《文選》，而以唐宋《文粹》《文苑英華》《宋文海》《文鑑》《元文類》《明文衡》《全唐詩》《宋詩鈔》《元百家詩選》《明詩綜》等書附焉。録首《國語》《戰國策》，而以《漢魏叢書》《津逮祕書》《唐人小説》、一切宋元明説部諸書附焉。撰首《離騷》，而以唐宋以來各家雜著，孤行於世者附焉。

嘗欲撰録自古論文、論詩之語爲二書。論文則自左丘明，司馬遷、相如、揚雄、班固、范蔚宗以下，如魏文《典論》、陸機《文賦》、劉勰《文心雕龍》，以及唐、宋以來論文之語附焉。論詩則自鍾嶸《詩品》、沈約、謝靈運《傳論》、司空圖《詩品》、嚴滄浪《詩話》、杜工部《漫興絶句》、元遺山《論詩絶句》，以及歷代諸家詩評、詩話，有益於作詩之旨者附焉。

詩中用字有具兩音而義各别者，如『中酒』之『中』從平，『中興』之『中』從去，『馬援』之『援』讀若『願』，『耿弁』之『弁』讀若『甘』，『雍梁』之『雍』讀若『壅』，『龜手』之『龜』讀若『君』，『殷雷』之『殷』讀若『隱』，『朱殷』之『殷』讀若『黫』，『平反』之『反』讀若『翻』，『蓮勺』之『蓮』讀若『輦』，『趙孟頫』之『頫』讀若『俯』，『華不注』之『不』讀若『柎』之類是也。有音雖異而義可通者，如『可否』之『否』讀『浮』，『天涯』之『涯』讀『怡』，『相望』之『望』可平，『忘懷』之『忘』可去，『蒼茫』之『茫』可上，『虹霓』之『霓』可入，『打』字則梗、馬兼收，『大』字則泰、箇並入之類是也。

北音無入聲，故多不諳平仄，南中則人人知之。然爲吴音所誤者，亦復不少。苟非老於詞賦之士，難免不識字之譏。如『揆度』之『揆』、『几杖』之『几』、『靡鹽』之『靡』入四紙，『釜庾』之『庾』姓同、『網罟』之『罟』入七麌，『禰衡』之『禰』、『拊髀』之『髀』、『牴牾』之『牴』、『醍醐』之『醍』入八薺，『愚駭』之『駭』入九蟹，『郭隗』之『隗』山同姓同入十賄，『牝牡』之『牝』、『元稹』之『稹』入十一軫，『赫烜』之『烜』入十三阮，『瑟僩』之『僩』入十五潸，『鼎臠』之『臠』、『瑚璉』之『璉』入十六銑，『么麽』之『麽』入二十哿，『羑里』之『羑』入二十五有，『頷下』之『頷』入二十七感，『錯綜』之『綜』入二宋，『篋笥』之『笥』、『歸然』之『歸』入四寘，『遴選』之『遴』入十二震，『婉孌』之『孌』入十七霰，『巡邏』之『邏』、『楚些』之『些』入二十一箇，『幽敻』之『敻』入二十四敬，『釜甑』之『甑』入二十五徑，『衺延』之『衺』入二十六宥，『鳩鳥』之『鳩』入二十七沁，皆無平聲，而俗多誤讀爲平。『佩韋』之『韋』入五微，『趺坐』之『趺』、『日晡』之『晡』入七虞，『梳篦』之『篦』、『金鎞』之『鎞』、『裝齎』之『齎』入八齊，『頭頦』之『頦』入十灰，『八閩』之『閩』、『縫紉』之『紉』入十一真，『厘念』之『厘』入十二文，『殫竭』之『殫』、『倌人』之『倌』、『狻猊』之『狻』入十四寒，『跳珠』之『跳』入二蕭，『泡影』之『泡』、『訾謷』之『謷』入三肴，『覼縷』之『覼』入五歌，『幽并』之『并』、『傖父』之『傖』入八庚，『盤銘』之『銘』、『門扃』之『扃』、『郊坰』之『坰』入九青，『詳諳』之『諳』入十三覃，皆無仄聲，而俗多誤讀爲仄。凡斯之類，不可枚舉。至於上、去二音，舛互尤甚，以其同爲仄音，可免失粘之誤，然謂之審音則未也。嘗擬作《吴音砭石》一書，以正其謬，偶志其梗概於此。

論文雜言四十一則

初唐五古之有張、陳，猶隸楷之有鍾、傅也。王、孟、李、杜之作，則羲、獻之神明變化矣。

世知韋蘇州之學陶，而不知元次山之亦出於陶也。蘇州有意學陶，而得陶之性情；次山無意學陶，而得陶之志節。

韓柳皆古文名家，所謂餘事作詩人者也。然昌黎之七古、柳州之五古，李、杜、王、韋之外，亦孑焉寡儔。昌黎遜李杜一籌，頓挫處較少；柳州遜王韋一籌，刻劃處較多耳。

李東川五、七古，俱卓然成家，滄溟獨取其七律，非作者知己也。

王、孟詩品清超，終是唐調，惟韋蘇州純乎陶、謝氣息。

青蓮絶句純乎天籟，非人力之所能爲。少伯則字字百鍊而出之，兩家蹊徑各別，猶畫家之有南北二宗也。

或謂：『王之涣「黄河遠上」一篇之外，何不多見？』余應之曰：『神來之作，即作者亦不能有再。』

王、孟、韋、柳詩惟一體，太白有古體，有唐體，已當分别觀之。至少陵五古，則賦、序、記、論、碑、傳、誄、贊，一切雜體之文，無不以入之，故其體愈雜，而其觀愈奇矣。

《北征》詩千古奇作，吾欲以庾信《哀江南賦》敵之，昔人配以昌黎《南山》，失其倫矣。

題畫詩，透過一二筆，便覺不止於畫，少陵每篇有之。

太白『山隨平野盡，江入大荒流』，摩詰『江流天地外，山色有無中』，少陵『星垂平野闊，月湧大江流』，意境同一高曠，而三人氣韻各别，識曲聽其真，可以窺前賢家數矣。

『一病緣明主，三年獨此心。楚筵辭醴日，梁獄上書辰。』杜公於王、李二公，皆竭力爲之湔雪，要是當日實在情事，非阿私所好也。昌黎《永貞行》於劉、柳罪狀直書不諱，吾以爲易地皆然。

七言律詩，最要五六句得力，如『憶昨賜沾門下省，退朝擎出大明宫』，『萬里秋風吹錦水，誰家别淚濕羅衣』是也。宋元以後，只是三四句好耳。

崔顥《黄鶴樓》，以古體入律也。少陵《白帝城》，以古調入律也。

摩詰爲正雅，少陵爲變雅，觀二《櫻桃》詩可見。

杜公『蓬萊宫闕對南山』，六句開，兩句合；太白『越王勾踐破吴歸』，三句開，一句合。皆是律絶中創調。

七律對結，七古複收，此是明人學杜最可厭處。

韓君平『春城無處不飛花』，只説侯家富貴，而對面之寥落可知，與王少伯『昨夜風開露井桃』一例，所謂怨而不怒也。

不知其人視其友，觀義山《哭劉蕡》詩，知非僅工詞賦者。

五言古詩，琴聲也，醇至澹泊，如空山之獨往。七言歌行，鼓聲也，屈蟠頓挫，若漁陽之怒撾。五言律詩，笙聲也，雲霞縹緲，疑鶴背之初傳。七言律詩，鐘聲也，震越渾鍠，似蒲牢之乍吼。五言絶句，磬聲也，清深促數，想羈館之朝擊。七言絶句，笛聲也，曲折繚亮，類羌城之暮吹。

王阮亭文潞公詩『天遣不同韓富没，姓名留冠黨人碑』，沈宗伯確士以潞公名列司馬光之次。《易冠爲重崔華不雕》『丹楓江冷人初去，黄葉聲多酒不辭』，極爲漁洋激賞，所謂神韻天然，不可凑泊也。沈病其合掌，易『丹楓』爲『白蘋』，遂使昔賢名句，索索無生氣矣。

唐王維詩『知禰不能薦，羞稱獻納臣』，蓋用孔融薦禰衡事耳。别本作『知爾』，非是。沈歸愚《唐詩别裁》，既知闢舊説薦於禰廟之鑿，乃亦改『禰』從『爾』，何也？

施愚山《哭宋荔裳觀察》落句云『張堪妻子應誰托，巢卵長拋虎豹叢』，沈《注》云：『張堪卒於官，無托妻子事。係借用「願托妻子於朱生」。』語見《後漢書·朱暉傳》。又某公《詠吴宫》用『木柹』字，沈云『「木柹」係隋伐陳事』，此處不切，豈未見《三國志》『木柹蔽江而下』語耶？

皖江程叔才注陳檢討四六，舛謬極多，姑舉一二言之。《銅雀瓦賦》『彈棋愛子，傅粉佳兒』，即阮亭所謂『巾角彈棋妙五官，搔頭傅粉對邯鄲』，蓋指子桓兄弟也，乃誤引何晏。《傅粉浙西六家詞·序詞》如『白石梅溪』，蓋史達祖有《梅溪詞》，姜夔有《白石詞》，乃誤引王梅溪十朋。又如蒲城屈悔翁注阮亭《秋柳》詩，以『白下門』三字，遂指爲感弔前明，作者有知，皆當軒渠地下。

近日北方詩人，多宗蒲城屈徵君悔翁，南方詩人，多宗長洲沈宗伯確士。屈豪而俚，沈謹而庸，施、朱、王、宋之風，於兹邈矣。

桐城劉大櫆耕南任黟縣教諭，著有《海峰詩鈔》，各體俱有本末，近自館閣及山林，罕見其匹。余嘗題其集後曰：『當代論詩最不群，寒氊横槊氣如雲。飛沈竹嘯軒名在，至竟尚書愧廣文。』

先比部任都水員外郎時，張樸村雲章手書集句一聯贈曰：『孺子亦知名下士，詩人例作水曹郎。』比部公嘗夢中見一聯，醒止憶其上句，曰『遼東高士龍頭譽』，意蓋切管氏也。以語同里黄薝門孝寬，黄應聲曰：『江左夷吾天下才。』

蓉溪從祖著《海天集》中警句如『桃花浪暖鴛鴦浦，柳絮風輕燕子山』、『天地百年豪傑夢，鶯花三月女兒情』，有薩都剌、宋子虛之風。

孔東塘《〈桃花扇〉自序》以『子午谷』、『丁卯橋』作對。按宋周密居癸辛巷，故有《癸辛雜識》，又塘西有乙未亭。

王阮亭『平山堂下五清明』，按《東坡集》『别子七端午』，此又古今天然對偶也。

國朝古詩，五言如施愚山《浮萍兔絲》篇，王阮亭《自石橋尋黛溪，遂至摩訶峰下》《蠶租行》《焦山古鼎詩》《詠古》《過涿州》。七言如吴梅村《永和宫詞》，蕭史《青門曲》，王西樵《長平坑歌》，王阮亭《周文矩〈莊子説劍圖〉》《明景帝廢陵》，吴漢槎《將赴遼左，留别吴中諸故人》，朱竹垞《大牆上蒿行》《玉帶生歌》，尤展成《明史樂府》數篇，邵青門《熊經略》《周將軍》《梁佩蘭》《養馬行》《日本刀歌》，毛西河《楊將軍美人試馬歌》，潘稼堂《華峰頂荔枝盆》《登五老峰最高頂》，吴天章《次青縣題壁》，趙文饒《踏車曲》，查夏重《閘口觀罾魚者》。以上諸篇皆不減古人。

日讀魏叔子古文一二頁，輒令人增長器識；日諷施愚山五言詩一二首，足令人疏瀹肺腸。

國朝古文，侯、魏齊名，然《壯悔堂文》，縱横踔厲，未免氣盡語竭，不若叔子之堅栗精悍，而文章之外，尚有平生志事在也。邵青門當次於侯，汪鈍翁、姜西溟又當次於邵。

科舉之文爲能詩、古文、詞者所不道，然既已爲之，則亦不可不精。嘗取國朝之文論之，以制義而直接八家之統者，方百川是也；以制義而盡擷注疏語録之精者，李安溪是也。熊次侯龍行虎步，振開國之元聲；韓慕廬吸露餐霞，息塵寰之雜響。故論品方、李爲高，論功熊、韓爲大。

經制題不可杜撰一語，當以六經爲注脚，儲中子、張曉樓是也；理境題不可抄襲一語，必以白戰奏奇功，方百川、方望溪是也。

王牆東文著著緊，儲在陸文步步寬，皆人所最不能及者。

名稿之最利舉業者，其方望溪、儲中子乎？方善用虚，儲善用實，兼斯二者，猶掇蜩矣。

嘗記與周宿航論，時文雖小道，然果精其術，亦自足以刻劃天地之情狀，囊括古今之變態，其用與詩、古文、詞等。曾選定熊鍾陵、劉黄岡、張京江、李安溪、韓慕廬、儲在陸、方百川、方望溪、王牆東、方朴山、儲中子、張曉樓十二家專稿，爲《國朝十二家文》，衣食犇走，無力付梓，以爲他日之券可也。

松厓叔氏論時文、對策有云：『作文之道，先積理，斯陰陽、向背、聖狂、敬肆、是非、可否之原，無不悉矣。亦多讀書，斯天地、方物、禮樂、兵農、治亂、得失之原，無不悉矣。』

嘗與同里諸子論文，余目周子宿航爲仙，趙子法伍爲鬼，沈子佩蘭爲怪。或戲曰：『韞山當自作何品題？』宿航曰：『管大英風浩氣，固當以神明目之。』一時里中遂有『神仙鬼怪』之目，莊子虚庵詰余曰：『何以處我？』余笑應之曰：『君當是聲聞辟支耳！』

韞山堂時文

管稿初集　序　目録　跋

序

周景益

元崔君舉爲王天與作《尚書纂傳後序》有云：『場屋之士，決得失於一夫，承訛習舛而無所忌。然如「舜禹授受」十六字，得徐景説演明之，「立政任準牧」三事因陳行之而正釋者之誤。』長老皆言，渡江建學百年間，陳、徐二上舍始發先儒之不及，可見昔人場屋文字，未嘗不以通經學古爲高。今制義肇自前明王、唐、歸、胡、金、陳、章、黄，以及國朝熊、劉諸大家之文，幾於無奇不搜①，無美不備。然文章體格有盡，而義理日出而不窮，是以李厚庵、韓慕廬、方伯川、望溪諸先生專於義理求勝②，復能各開生面，卓然成家，未嘗不謹守傳注而識力透到，往往補傳注之所不及。如『寒碧齋子聞之，謂門弟子』一節題文，見得聖人實爲下學正告，視大注謙字之義爲深廣矣。『自知集子路宿於石門』一節題文，見得晨門是聖人第一知己，視大注譏字之義爲高遠矣。至《榕村藏稿》《抗希堂稿》此例尤多，不可枚舉。就令程朱可作，亦必急許其深於經法，而捨己以從之，不當以爲與吾前説稍有參差而斥絶之也。夫説經之家，廣爲訓詁、語録，即有卓越之見，而世恒束閣不觀。莫若就人人共業之文，發揮搜剔，使聖賢未洩之藴，儒先未啟之高，如嶺雲川月，探之不窮，如海鹽山銅，挹之愈出，豈不於經傳爲有功，世道人心爲有益，而制義將自兹不廢哉！

吾友管子韞山，詩古文詞皆足名家，而尤深於制藝。艱苦場屋者二十年，通籍後，猶講求不輟。其平日嘗持此論，而文不愧其言。己未刻稿共若干首，經余手定者什八九，因以弁言屬余。余交韞山最厚，知韞山最深，義不得而辭[3]。散見於各篇之評跋，無取乎詞之贅也，姑隱括韞山平日論文大旨，標識之於卷首，俾善讀韞山之文者，知其用意之所在，與夫得力之所由，油然勃然，感動激發，必有以論定而位置之也，固不俟余之有言也夫。乾隆四十六年六月，同里年愚弟周景益序。

【校記】

① 幾於：癸巳本作『幾乎』。② 伯川：癸巳本作「百川」。按方苞《兄百川墓志銘》正作『百川』。③ 義不得而辭：底本作『義不得辭而業』，『而』字倒，『業』字衍，今從癸巳本改。

序

嚴維駿[1]

文章隨風氣爲轉移，而轉移風氣者文章。自前明以暨國初，思力沈厚而古樸之氣漸變爲發皇，遞及道、咸，發洩尤甚。總此以往，文體稍卑，率以時腔墨調爲當行出色，而矯其弊者，輒摭拾經訓，冒爲根據，附會求合，貌似神非。闈中一時迷目，或售其欺，而按之《集注》，已非聖賢立言之旨。是風氣之轉移也。而欲轉移風氣者，余惟以韞山堂爲最。夫《韞山堂時文》也，時而不離於古。其氣息之深厚，不減前明，其英華之發越，不讓國初。其蘊藉之氣，雍容之度，固非時腔墨調所得竊其似。而其根柢盤深，本經術以發爲文章，則尤爲摭拾經訓、貌似神非者之萬金良藥。惜從無注釋，讀者憾之。近見閩嶠有注釋韞山堂刊本，字細，率多糊爛，注隘不無遺漏。揣摩家又不足以饜其望。兹坊友來商於余，欲廣其版而益其注，爲索余序。余謂管君以壽世之文章，作中流之砥柱。宏其規模，不至於累目；詳其典故，不迷於祈嚮。舉業家案置一編，誠揣摩之善本，則所以轉移風氣者在是矣。由是風行海内，文教日上，雍雍乎盛世元音，無難與國初諸老、前明作家相頡頏而媲美，文章何不可轉移風氣哉！是爲序。時在光緒十有九年癸巳歲孟春月，慈谿後學古草堂主人嚴維駿識。

【校記】

①此序癸巳本列卷首周序後，今據補。

韞山堂時文初集目録

武進管世銘緘若氏著　受業成格覆校

論語

柳下惠爲　一節其一①　　柳下惠爲　一節其二②

學庸

故好而知　之曰　　言悖而出　四句戊子闈藝③

武王周公　一節　　哀公問政　全章

去讒遠色　士也④　　其次致曲　二句甲午闈墨⑤

是故居上　二句庚寅遺卷

孟子

庠者養也　三句　　王者之迹　一節其一⑥

王者之迹　一節其二⑦　　夫公明高　何哉

令闻广誉　二句　　古之賢王　不然

有成德者　二句

補遺

享禮有容　一句甲午闈墨

【校記】

①其一：癸巳本無。　②其二：癸巳本無。　③藝：癸巳本作「墨」。　④士也：癸巳本作「四段」。

⑤闈墨：癸巳本作「鄉墨」。　⑥一節其一：底本脱「一節」之「一」字，今從癸巳本補；「其一」二字癸巳本無。

⑦其二：癸巳本無。

跋[1]

成格

成格少孤失學，年弱冠，塗抹爲文，不知就範。戊申歲，始得遊先生門下。先生傫直樞廷，通達治體，生平著詩辭論説甚富，制藝特其一端。當退直之餘，門弟子執業以進，先生手批口授，必寓以立身行己之要。時就正者，每課無慮二十餘篇，或就其意而增删之，或自作一首以爲程式。創一説而不入於詭，宣一義而必透其宗，所謂理足以見極，辭足以指實也。迨庚戌歲，以憂去官，安硯大梁，猶復郵筒往返，批閲寄將，其孳孳教人不倦如此。今集中所存者，課徒之作十居其五。

成格以孤露從學，不能脩贄脯之禮，先生飲之食之[2]，教之誨之，且時出篋中之餘，資其膏火，助其旨甘，於同學中視成格尤爲優異。今偶一翻閲，如在琴書几席之旁，讀未終篇，而已潸然泣下也。

壬午冬，成格奉命撫視粤西。省城舊設秀峰、宣成兩書院，肄業者不乏淹通之士。而於先正審題之法，宣究未精，爰亟刻是集，俾率爾操觚者知一題有一題之界限，有一題之脈絡，家絃户誦，以底於成，庶不負先生疇昔教誨之深心也。是編刻分三集，今仍其舊。道光三年歲次癸未五月，受業成格謹跋。

【校記】

① 癸巳本無此跋。　② 食之：底本訛作「良之」，當爲「食之」之訛，今改。

管稿初集　卷一

學而時習之　全章

歷證得心之學，聖人自道其生平也。夫時習之説，朋來之樂，人不知之不愠，聖人得心之學備矣。目之君子而懸擬之，非隱然自道乎？昔夫子嘗自謂學不厭，誨不倦，知我其天，蓋皆得之於心也。乃平居講學之始，已全舉此旨以示人曰：學者學爲成德而已。夫德，非力學而有得於心之謂哉。

吾乃今而得語天下以學矣。其初遜敏於一室，足此達彼，而千里之外應之。至於渾衆善而無名，則又以深藏若虚爲盛德。

吾乃今而得詔學者以心矣。其始自得於逢源，出門同人，而交暢之機各足①。若夫達天德以至命，則必以遯世無悶爲極功。

怠廢不可以言學也。而作輟尤不可以言習，善學者涵泳紬繹，趣乃日出而不窮，則時習之矣。夫人於格不相入之端，晨夕相劘，一旦豁然而通其故，説可知也，而況乎其進未艾也？

學非積於中者厚，必不能以及人。時習而至於説，可以出其餘以益天下矣。遠朋之來，豈外求乎？夫人於生平得力之處，沈思獨喻，一旦翕然而傳諸徒，樂何如也！而況乎其至未已也？

學有人之見者存，終不免於病己。説而至於樂，可以泰其心以忘天下矣。人之不知，其何損乎？夫人至足已無待之域，相視莫逆，一旦漠然交臂於途人，愠何有也？而不自知其德已成也。

功力當不息之期，就令獨行無徒，不以移其永矢，而聞聲相思之雅，早共此油然之心理，與厥修以俱來。迨醞釀愈深，而二三同志之餘，苟不足與於斯道者，反若瞠乎其無見，非人之識有未逮，乃吾之所歷，日以不同也。夫亦欣然足以自慰矣。

理道至厭心之會，則雖譽滿天下，詎以怠其修能，而賞奇析秘之欢，轉幸此寂處之蘧廬，得交資而進業。設聲華早耀，而與人家國之後，求所爲卒於此事者，或恐恤乎其不遑。及此人不見知之時，而吾與朋之所造，俱未有以限量也。曷不俛焉思以日孳哉？

說也，樂也，不愠也，日相循於心，而其學之所就爲何如也？君子！君子乎！雖不能至，然心竊嚮往之矣。

立格略新，以避前人窠臼。義理求勝，儘有安溪、望溪未道著處，可謂能自樹立矣。叔松厓。

出之若甚平易，而味之彌覺深醇，此最是大家本領。錢樹參。

作者七薦不售，意豁如也，而其文益昌。觀後二比云云，其所養蓋可知矣。安得僅以文人目之？周星頡。

【校記】

① 暢：底本訛作『湯』，今從癸巳本改。

賢賢易色　一節

大端克盡，得爲學之本矣。蓋好善之心，與君親交友之際，皆人之大端也，而各盡其誠焉，是能爲本學者矣，尚以未學疑之哉？子夏意謂，後世之爲學者，泛覽載籍以爲博，深研性命以爲高，至問其取善親師，則已淡漠而不知所好。而彝倫共守之地，又多雜以自私自利之見，而不能無慚德於其間，吾不知其生平所讀者何書，而所高自期許者復何在也？

今有人於此，好賢者人之同心也，而非猶夫人之好賢也。一見相悅，緩之須臾而不能；兩好無猜，永之終身而不厭。

古之人，風雨以思君子，城隅以俟懷人，往往托爲男女之詞，而未有訾其媟嬻者。蓋愛慕之情不至於此①，而其情有所不極也。而賢賢者如之，則謂之易色可矣。

有好善之實，而乃推之以盡倫。

由尊賢而知所以事親焉。自菽水以至鼎牲，所盡之禮不同，而其力則同。稍有私妻子忤形聲之心，雖備物以養，而總謂之不能竭。善事親者，凡可以致諸親者，無弗圖也。《孝經》之事，皆竭力之事矣。

由孝親而遂資以事君焉。自一命以至袞黼，所盡之職不同，而其身則同。稍有恤死生避患難之心，雖資言以獻，而終謂之不能致。善事君者，凡可以奉諸君者，無弗爲也。《春秋》之義，皆致身之義矣。

至於朋友，固所以講求忠孝，而能以其賢益我者也。而吾與之交，亦惟本其言滿無口過者，相要於義理，而不徒烈士意氣之爲；因而推其復言不愛身者，無負於平生，而非止匹夫溝瀆之諒。交友之間，又何肫懇而篤摯哉！

若而人者，不屑屑於章句器數之末。而老師宿儒之墨守訓詁者，或反得傲以所不知，而聖賢之大義微言，則固飫聞於執經問道之年，有以力行而不惑。

更循循於典墳圖史之間，而前言往行之互相資發者，或益得廣其所未備。而君子之根本節目，則已無憾於日用倫常之地，進之餘事而何難？

『雖曰未學，吾必謂之學矣。』今天下固人人自命爲學者也，若以吾言求之，其不泚顔而退者幾人哉？

章法之老，義理之精，是歸、茅的派文字。看末二句，尤圓到，可以採入注疏。劉海峰先生。

雄深淵雅，潔淨精微，是漸造平淡時也。莊似撰。

作者嘗論注疏以己意釋經，猶是離而二之。制義代言，自聖賢胸臆間流出，不得不偪入深細。大家之文，往往足爲先儒補漏。題得此作，覺大注『苟非生質之美』二句，尚未爲審合語氣。外注吴氏抑揚太過之訾，抑更不足辨矣。稿中此例甚多，實有功於聖學，非沾沾立異也。周星頡。

【校記】

① 情：癸巳本作『深』。

詩三百　全章

論《詩》而求其所發，則三百篇之旨一也。蓋思者，《詩》之所發也。《詩》有正、變，而求其所發，則皆君子之思焉。『無邪』一言，信足蔽全《詩》之旨矣。且古書之傳於後也，讀者惟就其詞以求其義而已，而獨不可以説《詩》。就《詩》之詞以求《詩》，《詩》之可議者多矣。即就《詩》之義以求《詩》，《詩》之可疑者猶多矣。姑捨其詞與義，而獨得其最初之思焉。則詩人已先我言之，而無煩别出吾言以相證。

予删《詩》而止於三百，蓋擇之精矣。一切悖禮傷教，及無關勸懲之作，不與焉。然吾恐後世不善讀《詩》，而因以病《詩》也。既以病《詩》，則必疑予之不善擇《詩》，而因以病予也。則嘗取《詩》之一言，以蔽三百篇之大旨，《駉》之詩有曰『思無邪』，此真善説《詩》者也。

今夫雅頌之音，南豳之作，其時皆隆古之世，其人皆聖賢之徒。其爲思也，精之極於饗祖格天，廣之足以化民成俗，可無俟予之申論矣。若乃板蕩以還，憂傷並作，有不忍卒讀者焉。然而大聲而疾呼，則太息痛恨之思也。微詞以隱刺，則主文譎諫之思也，亦或多有知之者。惟夫政亂民流之極，而其間之深於義理者，乃獨積之爲思，而其思不可以顯言也，多爲寄托以明之；不可以正言也，故迂謬其詞以出之。則有以君子之詩，若無異於男女怨曠、里巷媟嬻者之所爲，爲不少矣。苟不取其思而繹之，何以知其言之各出於正哉？

《風雨》思君子也，《褰裳》望大國也，《青衿》傷學校也。以懷人感事之衷，迺托爲繾綣恩私之語，而其情之抑鬱亦可悲矣。蓋言之所寄在彼，而思之所結則在此也。

《桑中》刺衛淫也，《溱洧》刺鄭淫也，《東方》刺齊淫也。以憤時嫉俗之見，若自爲敘述贈答之言，而其心之忠厚，彌可懷矣。蓋詞之所紀如是，而思之所托不如是也。

夫是以曰『思無邪』也。

嗟乎！夫子斯言，其爲詩教也大矣。後世不達無邪之旨，至疑列國變風，不宜與雅頌同列。而曲爲之説者，又曰聖人存其惡以示戒。夫惡人之言聖人，豈有取爾哉？吾願與學者深思之也。

《邶》《鄘》以下詩人，數千載沉冤爲之一雪，其構思落筆，疑有鬼神焉相之。錢茶山先生。

毛、鄭諸儒，師承有自，而詞不别白，所以來《集傳》之疑也。若得作者一暢其説，吾意紫陽定當首肯。叔松厓。

亦本東萊『貴與』之意，而理解切至，直欲突過前賢。王蘭洲。

關雎樂而　全節

《詩》以立性情之極，宜其爲風始也。蓋樂與哀不能無，而淫與傷不可作。吾子取道性情之詩以立之極也，微《關雎》，其誰與歸？意曰《詩》三百篇，大抵本於性情而作也。古之人不能自見其性情，藉詩以傳之；後之人不能見古人之性情，以自治其性情，亦藉詩以通之。《詩》未有無功於性情，而以立性情之極，則又非他詩之所可概矣。

《詩》首《關雎》，豈徒閨門之教，王化之原云爾哉？蓋有當是詩者之性情，有作是詩者之性情，有學是詩者之性情，莫不油然勃然，流露感發，而交以底乎其至者也。何則？性情之所不能無者，樂與哀其兩端；性情之所不可過者，淫與傷其大較。

夫必當是詩者，先有牀笫之私，袵席之怨，則求之無其本，而漫應其哀樂，以傳諸樂府，多有往而不返之思。乃《關雎》所咏何人也？《靈臺》未嘗鳴其豫，《玉門》未嘗益其憂。即當燕息深宫，寧或改乎此度？而爲之配者，復能以笑顰不苟，切賢才窈窕之求，則以哀樂屬文王也可，以哀樂屬后妃也亦可。要之，夫婦之道，於是乎不苦矣。

又必作是詩者，或有《緑衣》之寵，《匪石》之悲，則發之不及知，而各寫其哀樂，以製爲新聲，皆有倚而失均之節。乃《關雎》作自何人也？不待《江汜》而知恩，無俟《小星》而知命。一自得充下陳，早無觖乎其心。而其中賢者，復能以巾櫛親承，識瘖寐琴鐘之意，則謂代言文王后妃之哀樂也可，謂自言其哀樂也亦無不可。要之，《家人》之義，於是乎『利貞』矣。

至於學是詩者，悦其嘽諧，而思其莊敬也；慨其紆鬱，而繹其優柔也。相與誦習之，管絃之，一時盛德所流，而至近之謳歌，尤能載其真切。當夫沈潛既久，恍若有其所以然之理，睨余於開卷之初，知《關雎》之不淫不傷，而吾心之哀樂，亦將受以節也。

一代元音將啟，而最初之鼓舞，彌自得於平中。當夫揚扢既深，睪然有其不自禁之情，感人於合樂之後，推《關雎》之不淫不傷，而天下之哀樂，皆將召以和也。

然則《關雎》者，文王后妃之性情在是，而作詩者之性情在是矣，而學詩者之性情，亦無不在是矣。非深於哀樂之故者，豈足以語此？

此題真際，自來無人道著，頷下珠竟歸君手！程莘田先生。

大士先生作，妙在不説盡；此文之妙，又在敢於説盡。周星頡。

彙萃諸家之説而陶鎔之，其氣息神味，尤淵然惻然，能得三百篇之旨。李經亭。

子在陳曰　狂簡

聖人興歸魯之思，而屬望於狂士者深矣。夫夫子之『歸』，豈徒歸哉？恃有吾黨在也。維狂且簡，惡可以小子而忽之？昔孔子轍環天下，二三子從行之外，其留於魯者，尚多倜儻非常之材焉。子之不歸，吾黨之所思也，雖然，子亦曷嘗須臾忘吾黨哉？倦遊思返，情見乎詞，非懷其地，懷其人也。非懷夫委瑣之人，懷夫卓犖之士也。

子之捨吾黨而周流者，非爲行道計乎？顧齷齪者既不足以語之，而磊落奇偉之人，又相率爲高隱以絶世，道之不行，子所知矣。遲之至於在陳而志始決也，曰『歸與歸與』，昔豈無輕去其鄉之感？而志盛氣鋭，雖欲即安而不敢也。送行者自厓而返，與吾黨相期於遠大，而豈謂離群千里，足攖志士之胸。

今猶是斯人吾與之懷，而車殆馬煩，逆知卒老而無益也。困遊者率野而歌，悔生平多事於風塵，而不禁臨睨舊鄉，願息勞人之駕。

且夫余之歸也，豈惟是高舉遠引，以自外於人群歟？抑將與其鄉之碌碌者遊，徜徉以没吾世歟？

征人羈旅半生，望鄉樹而欣然色喜。乃入其里而已少釣遊之侣，過其巷而絶無觴豆之欢。井閭言復，而朋輩無存，其惻愴有倍於離鄉去國時者，亦何必懷此都也？君子轗軻白首，遊里塾而慨焉情深，乃觀其士而久無進取之思，微其品而漸近同污之俗，芹藻依然而風流頓歇，其感喟有增於息轍還轅後者，夫何能資以老也？

乃我之思歸也不然。歸何恃？恃吾黨也。吾黨何足恃？恃有小子之狂且簡者在也。

小子志量闊達，視天下無不可就之功，視古人無不可企之境。而受大者不復取小，故一切智能技術，責以專家之業而不嫻。

小子質性光明，終其身無不可告人之事，盡其世無得一當意之人。而好高者不暇致詳，或下至象數形名，絀於章句之儒而不屑。

狂兮簡兮，而皆與吾不相見也久矣。牢歌不作，想爾室之瞟瞟；點瑟如新，挹高懷之落落。小子乎？狂簡乎？其亦有拭目而俟旅人之返者乎？吾安得不就其已成之章，而裁之使進於道也？

振聲如玉，吹氣若蘭，有藐姑神人之目。蔣蓉龕先生。

見正平於座上，遇元禮於舟中。我輩登科，固應顔汗。鮑雅堂。

拈此題者，率有數病。講下急清，題訖横插狂簡，一也。前幅糾結，在陳點染，可笑二也。過峽泛以行道傳道，作開合，無異通章，三也。狂簡平列互翻，輕重失理，四也。貪發下截，以致下文二語如贅，五也。節節爲之，通篇血脈不貫，六也。文無他長，只恰是此題結構耳。自記。

伯夷叔齊　一節

惡惡者怨乎其舊，人之所以樂改過也。夫夷齊之惡惡，豈爲避怨地乎？特於舊惡不念，而樂於改過者多矣。烏乎怨？且人苟自作不典，而爲清議所持，其心必有所甚慚，而不敢怨議我後者之苛也。自其人翻然思改，而持之者不予以可轉之途，始窮無復之，悻悻然不能釋其忿懟，則倒行逆施之事起，而清流之禍亟焉。苟以伯夷叔齊之道處之，則其弊必不至此。

夫夷齊非天下之不能容惡者哉？

顧夷齊之於人也，疵雖小而必摘，咎雖薄而必懲，蹙然塗炭之思。即其素所稔習者，既迫於大義之難容，無不由疾首痛心而出。

人之於夷齊也，奕世而仰爲仁人，當時而目爲義士，皭然日月之志。即其嘗所詆訕者，亦詘於返衷之無憾，惟相與懷恩感泣而來。

何但見夷齊之惡人，而不見人之怨夷齊也？由今思之，蓋自其不念舊惡以致此也。且夫惡烏得有舊名哉？

果使怙終不返，而近或滋十年之臭，遠且貽百世之羞。追論者方積不能平，至欲起既死之奸諛，與之口誅而筆伐，是則雖舊也，不可謂非惡也。

若其悔罪思遷，而一日能知已往之非，一念求掩終身之疚。覥面者已寂無所睹，但覆取從前之繆戾，爲之太息而徘徊，是則雖惡也，不可謂非舊也。

夫夷齊者，以念遏惡，不以惡留念，其罰既償，而赫怒之情亦止。以惡起念，不以念生惡，其形既往，而静觀之鏡亦空。

用是爲夷齊所惡者，惟深自咎責其遠惡之不早，怡然受戮於君子之前，而尤願忍死須臾，得以滌蕩其生平，而重庇仁人之宇。

爲夷齊所不念者，益深自濯磨於遷善之未遲，奮然思效其末途之贖，而尤懼撫膺無及。倘不遭逢於並世，而誰收永棄之身？

其猶有怨夷齊者，不已希乎？夫怨夷齊者希，而天下之終棄於惡者，亦與之而俱希矣，此夷齊之大也，疾惡者宜知所法焉。

如神龍攫石，爪痕皆深入數寸，制義中霹靂手也。虞錦亭先生。

題中無一剩字，題外無一長語。劉霽軒師。

善用轉，善用側，無一筆不具闔闢之勢。湯緯堂。

精金百鍊，乃成干鏌之鋒，他人横使才情，終不免寬詞無當。袁念方。

齊一變　全節

聖人思用夫齊魯，而遞言其至道之難易焉。蓋春秋之可至於道者，莫齊魯若也。而其遞變之難易，不能以無分焉。要非夫子孰能變之哉？意曰吾周流七十二國，無不謀其更化善治之方，冀使變易以幾於道。然其去之也愈遠，則其復之也亦愈難。雖天下無不可爲之邦，而其間之稍易於爲力者，則尤孰復於心而不能去也。

吾今者蓋有取於齊，而益進思乎魯。

其開國皆大聖人之貽，而負扆鷹揚，各以其佐命之勳，抗爲家法。故其漸漬於周道爲獨醇，而不若衛晉分疆，雜以戎殷之索。

其朝岳則東諸侯之望，而燔柴輯瑞，首以其同風之治，濯我王靈。故其率循乎周道爲獨謹，而不類荆徐僻處，久虛震疊之威。

是則齊魯之去道，皆不遠也。然其間亦微有辨。

齊自風雄表海，其君臣類多克自振拔，而勢遂躋於强。魯則費郊命衆以還，日就因循，而惟修玉帛以求大國之庇。

齊自政啟山高，其俗尚不能有所持循，而治遂濡於霸。魯則泮水從公而後，世無放失，而猶秉周禮以銷敵國之萌。

是故以言乎上，齊則君父子臣之間，顯多慚德，革而正之，綱紀僅能無斁也。若夫魯，特患其不能自振耳。一朝奮發，而方策固已犂然，舉而措之，裕如矣。

以言乎下，齊則儇捷輕利之習，結爲澆風，廓而清之，趨向始能無歧也。若夫魯，祇惜其未嘗利導耳，數月修明，而風聲固已翕若，移而易之不難矣。

然則一變至魯者，齊也；而一變至道者，魯也。

齊既至魯，必無止於得半之思。魯苟至道，則已臻於無上之治。登泰山而左右顧，雖遷流異勢，而各有撥之使正之機，失於此而彼遇焉，固將冀得一當也。乃龜山既速其行，尼谿復阻其事，至欲以轉移之妙用，更求諸淫靡僭亂之邦，夫亦知其有愈難矣。

變齊者再造始成，自當劘之以歲月。變魯者一蹴即至，亦宜進之以經綸。起韋布而斧柯收，雖底績殊期，而皆有操之不爽之券。及吾世而遽爲焉，何遽日不暇給也？乃壯往竟接其淅，倦歸徒息於陬，或遂以更化之昌期，別要諸剥蝕銷沈之後，又烏知夫所致力哉？

徒較齊魯優劣，究於聖人立言本意云何？文能於兩『一』字中曲曲傳出聖人不言之隱，覺從前名作大都僅寫其面矣。周星譽。

胸次全別，眼界獨高，前無古人，後無來者。莊似撰。

出新意於法度之中，寄妙理於豪放之外。制義得此，不數見也。畫有道子，書有平原。屠鳴墀。

述而不作　一節

述古期於信好，援昔賢以自處也。夫孔子之功大於作，而事則止於述也。自明其信好，而竊比於商彭，何其盛德而詞恭乎！且學者質非天亶，而其身又不當創造之權，則抗志遠希無益也。爲吾所得爲之事，盡吾所能盡之心，以求逮吾所可逮之人，如是焉已矣。

余生平稍有撰述，而論者謂已比於古作者之林，何其重誣余之甚哉！

夫余之於古，其大者求諸柱下，而支條之散見者，又廣以列邦之紀載，而擇其精。迨至薈萃成書，快睹者創爲未經，而不知悉本先民之誦習。

其遠者溯之邃初，而苞符之日啟者，益證以歷代之君師，而盡其變。間有引伸爲義，耳食者矜爲特起，而詎識總歸往籍之包！

述而已矣，作則余何敢哉！

且天下妄作之患，未嘗潛心古訓，而堅僻自是，反惑溺於異説之朋興，於是有非所信而信，不當好而好者，則其失也誣，而其罪也僭。

天下不述之弊，亦嘗日手一編，而捍格不親，遂落寞於微言之就絶，於是有當信而不信，可好而不好者，則其心也怠，而其業也荒。

余也先之以不敢不信之意，而於二帝三王群聖人之道，確乎能通其義，而不欲妄參一解，以益其所本無。

繼之以不能不好之心，而於《詩》《書》《禮》《樂》《易》《春秋》之全，淵乎有味其言，又安肯輟業半途，輒留其所未盡？

若是者，我老彭嘗爲之矣。

老彭仕商之中葉，其時文字尚簡，而蒐羅或易爲功。至於今而治亂興衰，又增數百年矣。事更兩代，而聖烈神謨之著，與高文典册以俱新，生斯會者，應俯仰於前修之難續也。顧斯文所在，並世誰爲旁貸之人？設竟玩愒因循，坐使載籍極博之精英，自余身而放失，即昔賢能無誚讓我乎？

老彭享世之大年，其身聞見既多，而精力尤能爲繼。至於我而東西南北，坐銷數十年矣。道長半生，而抱遺訂墜之功，至車殆馬瘏而始迫，親其役者，將咨嗟於來日之苦短也。然一息尚存，此業終無可懈之志。但使補苴掇拾，猶及耄老無能之日月，俾斯道以粗傳，彼古人何遽遐棄我乎？

姑以爲竊比也云爾。

處不當作之位，愧質非上聖，惟求轉益多師。

奉能信好之型，幸世本殷人，奚恤無能爲役。

千載而下，得使予與老彭並稱，幸矣！

前人多輕帶未句以爲高雅，其實題中語妙未盡出也。獨於此處著力，情至文生，如聖人新脱諸口，視吾鄉巢雲先生元作，真覺後來居上矣。儲越漁先生。

如遊鈞天紫府，目炫神馳，心開目明，非曠世逸才，恐夢不到此。湯緯堂。

其旨精深，其神綿邈。錢樹參。

加我數年　一節

聖人晚而嗜《易》，若惟恐學之不能卒業焉。夫以生知之聖人至於老而學《易》，猶曰假年卒業而後可以無過也，人何易言《易》哉？意曰吾自還轅東國以來，《詩》《書》《禮》《樂》各有論次，其殷然願學而有志未逮者，《易》也。夫學經而不學《易》，終不明乎道之所從出，而無以時措其身。乃甫將從事於斯，而吾年亦已老矣。

前聖人之繫《易》也①，開天明道，不待學而喻其精微；後聖人之繫《易》也，蒙難艱貞，亦有年而通其秘奥；至於我益無能爲役矣。苞符略睹，而事既無以相發。河不出圖，憂患中更，而勢復有以相牽②，席不暇暖。故其於《易》也，窺之尚淺，得之近膚，終未卒學，冉冉以至於今也。由今思之，《易》又烏可不學哉！

定吉凶於挂扐之餘，此僅得其迹也。古之人洞見乎萬事萬物之原，而或假之數，予人以可推；或假之象，示人以可見。自吾身窮通得失，以及天時人事之間，所爲恍惚而不可知者，苟求之《易》，皆已渾涵乎其中，而無不有其實理之可憑者也，而又非冥悟之所能獲也。心與之一，而後窺大始以贊神明，自不疑乎其所行耳③。

衍讖緯於象占之外，此益導之誣也。古之人備歷乎萬事萬物之變，而或著之卦，以渾示其全體，或著之爻，以博舉夫偏端。自吾身出處行藏，以至日用周旋之賾，所爲纖悉而不可極者，苟求之《易》，皆已森列乎其内，而無不有其成格之可循者也，而又非墨守之所能用也。道與之符，而後觀會通以成變化，乃不疚乎其所履耳。

惜吾年則已老也，形神衰而日月邁，常恐志力之不相酬。幸吾學方未艾也。編摩久而旨趣深，尤覺中道之弗能已。

夫人當日暮途遠，惛心溺志，而常欲其身之不死，世無不笑其大愚。若人當一息尚存，極深研幾，而惟冀乎道之朝聞，天亦或哀其有志。

假我數年，卒以學《易》。俾益含咀妙理，羽翼微言，縱未能興物前民，竊附於三聖人之後。而則順於因心，矩成於從欲，視生平之刻意厲行，而常若有悔吝隨之者，吾知其必有異也，可以無大過矣。

自今以往，皆吾學《易》之年，或即吾寡過之年也夫？

作者私淑望溪，而獨得其的髓。余乃方門老弟子，能不愧此後生耶！劉海峰先生。

能見其極至之處，而筆足以達之，説理説經可廢五十年來作者。周星頡。

説《詩》即深於《詩》，説《禮》即深於《禮》，説《易》即深於《易》，若準聖門用賦之例作者，固不止居廊廡之間。莊似撰。

【校記】

① 繫：癸巳本作『作』。　② 牽：癸巳本作『率』。　③ 乎：癸巳本作『於』。

聖人吾不得而見之矣　全章

願見者有降格之求，而猶難遽副其所期也。夫君子有恒，其學與質已非極至，而猶可與作聖而爲善也，乃有恒亦難得見，安望君子哉？且吾人懷造就人才之志，未嘗執一格以待人，大約上者觀其學，次者觀其質而已。而學與質之中，又自分爲上次焉。吾亦未嘗必求其上，而不屑觀其次也。得觀乎次，稍足慰吾想望乎上之意，而且可盡吾助成其上之功，乃猶戛戛乎難之，則余心滋戚矣。

蓋自道德性命之談日起，俗學始務爲剽襲，以薄其精進之功。而豪傑有意之徒，亦遂安於小成，無由廣己而造大。亦自嗜慾攻取之釁日開，上蒼亦默與推移，以雜其降衷之氣。而鄉黨自好之士，或多匿於瑕類，未能任質以合天。

是故求人於二三有道之内，則聖人吾不得而見之矣。而降聖人一等，則爲君子，夫使吾得見君子，豈徒然哉？損其過中，勖其不及，各視夫已成之造詣，循循不倦，而使之沛然自達於神明，斯亦可與入於聖矣。

求人於什伯庸衆之中，則善人吾不得而見之矣。而降善人一等，則爲有恒。夫使吾得見有恒，豈從然哉？培其固有，格其本無，第葆此純壹之心，思亹亹無他，而使之粹然不奪於外誘，斯亦可與復於善矣。

夫吾既生三代之後，不攻高其格以律天下士。士之稍有成就，及雖無所成就，而尚未爲習俗所移者，猶必從容物色，思所以陶冶而成之，吾之心亦良苦，而深望斯人之有以慰吾意也。由今觀之，豈可得耶？其始士大夫不競於學術，而日用飲食之輩，猶能以愿謹藏身，乃至愚極庸，而亦習爲詐僞，以炫時名，則局外之隱憂更切。

其初大司徒不継於賓興，而比閭族黨之交，尚克以敦龐成俗。至鄙言瑣事，而亦工爲深隱，以求逞志，則末流之陷溺彌新。

亡而爲有也，虛而爲盈也，約而爲泰也，此皆曰二其心，而大反乎有恒者也。而其風且遍天下焉，吾安得有恒而見之乎？夫求士於質，則已不如求士於學也。求質於有恒，則又其質之次者也，而其難得猶若此。而善人可知，而君子可知，而聖人愈可知矣。顧見者格愈降，不可得見者望愈窮，吾獨如今之世何哉？

有恒爲作聖之基，自是晦庵推闡其理，一入語氣，則君子善人中間，無處放頓矣。涵泳白文，雖大注有時不可拘泥，况講章渣滓哉！自記。

入德之難，閲世之變，非此高文醇意，那得語語透宗？叔松厓。

張乖崖論爲政曰，如己見解高於法，則捨法而用己。作者行文頗得此意。周星頡。

吾自衛反魯　一節

聖人以聲定詩，樂正而詩始得其序矣。蓋雅頌之分，不分於其地，分於其聲也。故吾子反魯之日，先之以正樂，而後繼之以序詩。今夫依於詩之謂樂，宣於樂之謂詩，古未有徒詩而與樂别行者。自詩與樂分，而南豳十二國之風，言不出里巷閨門，學者猶能區别其篇什。至於雅頌，詞既奥，詩體復渾茫，獨其音節爲可求，而又失之。於是舛誤乖離，所在多有。吾嘗有意釐定之，而顧念樂不正，則詩不可得而序也。遲之又久，而吾乃自衛反魯。

閲歷遍於風土山川之異，而審其歌謡，别其言語，則所謂重濁輕清之概，既已得其大凡。搜訪逮於宏襄賈札之儔，而資其冥悟，服其鑒裁，則所謂鏗鏘鼓舞之神，愈盡窺夫密率。

由是即元音之備魯，幸舊侣之在官，證缺補殘，辨訛秩紊，使樂有正聲，人有正聽焉。然後卒業於樂，而得從事於雅頌也。

夫世之言雅頌者，曰體殊，曰用異。然吾觀《天保》《卷阿》，義近於頌；《載芟》《良耜》，辭類於雅。《生民》諸什，雅之中未嘗無祭；《載見》一章，頌之中未嘗無朝。且雅一而已，何以分大雅焉，小雅焉？頌一而已，何以名《樊》《遏》《渠》焉，《酌》《桓》《般》《賚》焉？學者就《詩》求之，不得其説而以意爲進退，此雅頌之所以日失其所也。迨大樂正之後，則固無慮此。

審樂之音以定詩之音，取一篇而揚扢之，而早若能區其類。按樂之節以辨詩之節，彙群篇而參伍之，而無不各判其歸。

合乎《鹿鳴》之三者，吾知其爲小雅；合乎《文王》之三者，吾知其爲大雅。推之《六月》《民勞》以下，後世所目爲變雅者，亦以音之相近爲比附，而不必致疑於《賓筵》《抑》《戎》，以諸侯而有天子之詩。

清廟之頌和以瑟，而凡同其倡歎者視之；肆夏之頌奏以金，而凡同其渾鍠者視之。推之《思文》《臣工》以下，後世或傳爲豳頌者，亦以節之相似爲類從，而何必致辨於《駉》《牡》《猗》《那》，以列國而有王朝之奏。

雅頌至今可謂各得其所矣。而苟非樂正，烏能及此哉？夫古之爲樂，以繼夫詩，而我之序詩乃後於樂，作述之不同，而本末之勢異也。

卓識不磨，即論文格，亦不在稚川、石臺下。趙甌北先生。

『得所』二字迄無定論。本考亭《小雅注》中『音節亦異』之説[①]，悟出正樂、序詩全在音節上見，不但詩、樂交關處融洽分明，足使全詩體例瞭如指掌。文亦雄勁，足以伸其所見。周星頡。

持之有故，言之成理。鄭清如。

【校記】

① 考：底本訛作『者』，今從癸巳本改。

必有寢衣　一節

詳寢衣之制，非爲齋而設也。蓋夫子凡寢必衣，而其制則長一身而有其半，夫豈爲齋設哉？且學者於不能盡通之義，別持一説以鑿之，而又知義類之不相繫屬也。至欲離合古人之章句，以使其説之必伸，其弊不至信傳以疑經不止，鑒古之士不能盡概於心焉。

如《魯論》記君子必有寢衣，義自繫之於寢也，而不繫之於齋也。長一身有半，是謂寢衣之長，視一身而有其半，而非以半覆足之謂也。奚以明其然也？

古者牀必施於牖下，實在奥與屋漏之間，非但懼薄寒之中人，而尤不敢以晏息餘閑，弛然自放於袒裼。

古人夜必問夫何其，常警迅雷風烈之變，匪獨慮掩身之不密，而尤不欲以中宵戒旦，猝然顛倒於裳衣。此寢衣之制所必設也，豈特爲齋而始有之哉？乃其長止取一身之半，又何也？

寢不能無展轉反側之時，設附其身者甚長必牽引，而爲之不適，節其半，所爲舒以濟其謹也。若夫裳韡之施，此自飾觀於晝接耳，而奚必於寢備之哉？

寢不能廢偃仰屈伸之節，但加其身者過半已拘閡，而莫之能安。酌乎半，所謂簡以通其敬也。矧彼衾裯之用，固自有餘於加覆耳，而豈必以衣代之哉？

君子之必有寢衣也，欲其不見體也，是即袗絺綌表而出之意也。其長一身有半也，欲其便於寢也，是即褻裘長短右袂之意也，夫是以類記之也。

意在尊經，不妨與注義别出。朱竹君先生。

錢尚書茶山先生嘗舉此節，謂不必作謹齋説，一身有半，『有』字義如三分天下有其二之『有』，不當訓『又』，猶今人之有短袄也①。壬辰秋，客嶋兹，偶拈是題，憶先生之説，復以己意附益之。是時先生方讀《禮》家居，將於歲暮歸而質之，而先生竟於是冬棄人間矣。生平嘗有知己之言，且不敢掩前輩之説以爲己有，故並記之。自記②。

【校記】

① 袄：底本作『袂』，今從癸巳本改。

② 記：癸巳本作『注』。

食饐而餲　一節

類舉聖人之不食，尤先致謹於傷生者焉。夫食以養生也，饐餲餒敗以至色臭之惡，飪時之失，其傷人也多矣，則子之不食固宜。且人知嗜味，而天備百物以養之，凡以厚其生也。顧不先慎擇乎其物，則物先自病，而亦遂足以病人。至有欲厚其生，反益其疾，謹身者所以怵然爲戒也。

食膾不厭其精細，不可反觀而得夫子之所不食哉。

蓋稼穡爲作甘之正，而鮮肥實佐其腴，則備水陸以養陰陽。下至羞豆加籩，亦得效新潔而助中和之氣。

乃庖人負不治之愆，而口體橫罹其酷，則別良楛以消疵癘。凡若異宜失節，皆將緣饜飫而成《噬嗑》之凶。

即如食者，粒食之最貴也。迫於火而漓於水，既蒸釋之無方，燥作苦而濕作酸，遂苾芬之盡變。饐也餲也，殆盛之豆，而其香不升者也。

且如魚肉者，鮮食之至美也。涸於轍者非一朝，無復頒莘之足詠，置諸宮者幾六日，尚何軒蔵之能分？餒也敗也，殆溉之釜，而其味不滋者也。

若夫脊則黑而股則赤，雖玉醴不能發其華；牛已庮而豕已腥，恐申椒無以移其氣。色惡臭惡，是即餒敗之漸也，豈有所謂潔白而馨香者哉？

至於胹熊蹇不熟之虞，而雉膏或反糜於鼎；饋麥乖食新之候，而李梅何况實於冬。失任不時，是又饐餲之推也，烏睹所謂和平而充實者哉？

凡此數者，猝投諸體正膚充之士，或力能矯克而不爲災，然無咎其幸焉者矣。夫患氣既入，而始盛正氣以驅之，何如持以冲虚，常勿擾其氣之爲得也？

屬饜乎朵頤滅鼻之徒，苟亟與驅除而終有喜，然瞑眩有甚焉者矣。夫内物爲厲，而反假外物以攻之，何如授以節制，先勿留此物之爲愈也。

吾子皆屏而不食，非以此乎？或曰齋必變食，穢褻不可以交神明，故靳之以不食也。然吾子愛身謹疾之至意，即未齋而豈能一日忘之哉？

運用皆非僻書，妙以名雋出之，乃如春雨五色，意蕊心花，此事自關夙慧。吉幼華。

達情明理，不徒以淹雅見長。周奏磐。

五經紛綸，仍自謹於規矩，不若近人長袖善舞也。董惠疇。

雖疏食菜羹　一節

即飲食之祭以觀聖人，雖薄物亦徵其敬也。夫飲食之祭，其小焉者也，况至於疏食菜羹乎？夫子之祭必齊如，終食而不違敬也若是。嘗聞言《禮》者曰，内盡其誠，外盡其物。物者所以寄其誠也，而或因物之不丰，遂致誠之有間。惟以敬爲體者，即物而誠其禮，乃得舉最薄之物以相例，而覘其全量之畢露焉。

今夫飲食之必有祭也，由來舊矣。

農名帝而稷名官，上世既肇以壇壝，而隆其祈報。而烹飪和糝，凡有功於熟食者，不能得其主名之可按。律以飲水知源之義，冀遍酬其德，而始厭乎人心。

獻以一而拜以百，先王既備爲品節，以作其敬恭。而朝饔夕飧，凡屬饜於常食者，不能保其鄙吝之不生。悚以惟神降鑒之思，庶隱懾其衷，而不專乎嗜味。

然則食而祭，祭而敬，子亦猶行古之道乎？雖然，亦問其所食者居何等也？

苾芬燔炙，飫其味，則益志其恩。至於食不甘味，而飽德之心，安知其不少替也？豐盛腯肥，升其香，庶以昭其格。至於人不適口，而居歆之理，亦知其蓋已渺也。即如疏食也，菜羹也，疑雖不祭而未大遠於禮者，而夫子有異焉。

宇宙空虚之處，皆至人對越之志所凝，况食之實而歷其事乎？有其事必有其理，鬼神屋漏，隨吾百体之動，以相鑒臨，而但云報本反始猶後也①。敬不於食起，而食適承之；敬不爲祭致，而祭適傳之。穆穆皇皇，在在有質天祖。答山川之志氣，特於匕箸間露其倪耳。

日用燕褻之時，皆大人乾惕之神所密，况祭之顯而涖其禮乎？致此禮即致此心，《洞酌》《蘋蘩》，本吾基命之誠以相顧諟，而但云謹小慎微猶末也。物不必惟羹食，而可以羹食推之；薄不必皆疏菜，而第自疏菜。要之，兢兢業業，息息有臨不顯。保無射之精神，难於忽微中伺其隙耳。

雖疏食菜羹必祭，必齊如也。我夫子全體之敬見矣，獨飲食一節乎哉？

其言有物，真不愧爲載道之文，出曉樓先生二作之上。周星頡。

闡發精鑿，足補《禮》經之所未備。其運氣尤如大江無風，波浪自湧，人莫能測其起止。嚴若川。

扶經之心，執聖之權，具此根柢，可以著述名山，可以俎豆廡下，豈特時文稱雄伯哉！沈佩蘭。

【校記】

① 而但云：癸巳本作『於以知』。

南容三復　一節

誦詩而知其可妻，聖人之相士審矣。夫《白圭》之詩，疇不能誦，而惟三復者心知其意也。兄子之妻非吾子，烏知容哉？昔孔子嘗以兄子妻南容氏，而論定其爲人，謂能免於無道，而不廢於有道也。夫容雖生長世族，容貌禄位，未能遠過中人，子顧何所取而云然者？由今思之，則以容嘗三復《白圭》者也。

夫《白圭》之詩何爲而作哉？

古之人歷耄耆而進德，始悔其生平之議論，多中於少年血氣之偏，而思有以自懲，遂本其創鉅痛深，而不覺屬詞之過激。

古之人履富貴而知危，深怵夫世路之險巇，莫甚於言語爲階之烈，而謀所以自警，乃爲是喻奇義創，而如聞垂戒之無窮。

容三復焉，其得於此詩也深矣。而子遂以兄子妻之何也？

士大夫不以噂沓滋其浮躁，而後澄之則爲清節，擴之則爲吏才，素絲大車之風，知必非喋喋者勝其任也。容果以其所三復者，實而見諸行事，必能寧静致遠，而不徒出入風議之爲。即當身世危疑，猶將獲其心於古人，而無至訐直以招人過①，則宗祊可以世保矣。

士君子不以口給御夫家邦，而後近之不獲戾父兄，遠之不怨及朋友，乾餱、谷風之釁，何莫非捷捷者貽之咎也？容苟以其所三復者，推而致之倫常，必能篤慎自將，而不開戲侮侵凌之漸。以至帷房燕譽，亦惟矢其音於静好，而無或詬誶以薄天和，則室家於以永貞矣。

是故當日者一編長抱，隱見獨居深念之情。就使聲出琅琅，並不擬鼓鐘之聞外，而德門之嘉耦，實由此而來嬪。斯斷章足當褰修也。各敬爾身之義，亦昧旦所爲交儆哉！

終日清吟，非有助我起予之事。即謂業傳亹亹，亦頗疑揚扢之無多，而函丈之相攸，實自兹而心許。則片什如過百兩也。與子偕臧之日，亦鴿原所由無憾哉！

非孔子不能知容，非南容不能感子。兄子之妻，《魯論》一再書之，既詳其論定之言，又欲使後世知其事也。

經生之理，才子之文。劉圃三先生。

樹義皆宏達精深，勿徒賞其韶音令詞也。詮下句稍就詩詞點綴，緣非此則與公治章相混，可謂藻不妄抒。莊似撰。

兩句連看，精義自見。洗盡一切卮言。叔松厓。

何温柔敦厚乃爾，其得於《詩》者深耶！趙印川。

【校記】

① 無：癸巳本作「不」。

回也其庶 殖焉

惟近道者能安貧，思其次而已，不免於求富矣。夫回非有得於道，不難自殖其空也。賜猶難免於不受命，而屢空之回深遠哉！且學者道德在心，而戹窮有命，固宜樂乎此而順乎彼矣。惟其心不足以自固，命若乘而窘之，不勝其窘而思振焉，亦終範圍乎命之中而已多委折於心之故。吾徒入德淺深之效，從此判焉。

嘗慨巖處非無畸士，隕穫於貧賤則志衰；蓬户自有潛修，奔走於衣食則學閒。從吾遊者，或猶未能免此，而近道卒鮮也，其惟顏氏之子乎？

回也體道之功已久，高堅前後之藴，循序以竭其才。就使席豐大而受逸休，必不至操奇計贏，負賢而多財之累。

樂道之味最深，窮通得喪之交，曠觀而見其大。即此御簞瓢而棲陋巷，亦足驗達天知化，裕約而能泰之源。

其庶矣乎！且夫德盛者報宜豐。回而空，回之命也；困始者亨於繼，空而屢，回之受命也。此回之所以爲回，非二三子之可及乎？而下此者不然矣。

憔悴憂傷之意，豪杰以攄感慨，君子或以勵修能。而安勉之故，則心知之矣。學養本自從容，特借鬱懆無聊，以激發其志氣。其入理也當甚深，而有所迫而爲之，與有所樂而爲之，致有辨也，而况乎其動於欲也？

饔飧筐篋之謀，流俗以便身圖，儒者即以資絃誦。而静躁之故①，則躬嘗之矣。義理已深，饜飫更得豐腴潤澤，以廣大其身心。其至道也當倍易，而有所資而後進，與無所資而亦進，必有間也，而况乎其役於術也？

彼有不受命而善振其空者，非貨殖之賜也耶？

枵腹而謀性道之真，回曰有命自天，賜不免曰我辰安在也。夫始窮終豫，安知造物不故艱其遇，以特彰美報之奇，而徒多此拂抑矣。見道未親，故視命甚杳。猝試以無端之代匱，而恤焉若驚。

束手而問資生之計，回曰順受其正，賜不免曰有志竟成也。夫昔困今亨，安知冥漠非豫假之權，以默寄轉移之數，而業費此經營矣。守道未篤，故俟命不堅。徐償以分内之滋封，而惄焉若疚。

夫賜亦何嘗與謀富之徒逐什一，權子母哉？但自其不受命者觀之，雖被以貨殖之名而不辭也，視夫屢空晏如者，其於道之遠近何如哉？

中二比入理深，出筆曲，可謂栗密窈渺，章妥句適，精能之至者矣。錢茶山先生。

因文見道，吾欲日日焚香誦之。凌滄洲。

南海凌花濃②，五十棄諸生，隱身幕府，顧癖嗜余與韞山之文，每韞山有所郵寄，輒誦之不去口，斯作尤其所服膺也。余勸其復就科舉，竟於庚寅、辛卯聯捷南宮以去。因披韞山之文而記此，俾附之以不朽云。周星頡。

【校記】

① 静：底本訛作「二」，今從癸巳本改。 ② 濃：癸巳本作「農」。

子貢問友 一節

盡其義而全其分，始終皆厚於友也。蓋忠告善道，所以盡其義，止而不辱，所以全其分，君子於友，不始終加厚乎？且人自束髮論交，即知朋友者，所以勸善而規過也。而求之天下，往往難之。其始入於世情而失之不及也，其後激於古誼，而又失之太過也。淺其言則體不聽，深其求則未易隙，二者弊而交道幾於息矣。

子貢憂之，而以問於夫子，子曰：夫友所以勸善而規過也。則道有逾於忠告者哉。千里百里之遥，其相父詔兄勉之恩，不能多望於骨肉，乃取夫情之本疏逖者，而特重其誼以維繫之。一言一動之失，倚有如一人之身者矣，而畛域生焉，即何異長處於秦越也？手指口畫之事，末由受命於《詩》《書》，惟恃夫人之不唯阿者，而盡出其心以詔示之。其相急有如水火之救者矣，而文貌承焉，是依然相市以脂韋也。

告之忠也，義固宜然。乃天下固有盡忠而告不入者，非其忠有未至也，其所以效忠之術，抑猶有所未善也。

盛吾氣以折之，而先與人以所不能受，將有激而相持者矣。和平温厚，雖取諸其懷而不是過焉，始曉然於吾意之無他矣。

盡吾言以招之，而至迫人於所不及改，慮有變而加厲者矣。纏綿悱惻，第一轉移間而將盡釋焉，愈憬然於吾説之易從矣。

又善道之如此，友有不曲諒其忠，而深納其告者哉？至是而猶有所不可，則雖直斥之，顯絶之，而不爲過也。而君子曰毋然也。

昔之竭吾誠也，非將以收吾名也，受吾之友焉耳。今縱不獲伸吾愛，而使吾友於拒諫遂非之外，更多一輕棄故舊之名，不重滋之戾乎？毋寧恝焉，而吾友猶得以一過終也，匪但絶交不出惡言也。

始之巽吾言也，非聊以既其責也，冀友之聽焉耳。今業不能聽吾言，而吾徒甚其習風陰雨之情，勿復爲相逢下車之地，究何補於事乎？毋寧靳焉，而他日猶得以更端進也，蓋雖索處不忘繼諫也。

不可則止，無自辱焉。夫君子非懼辱者也，懼夫一辱之後，而忠告善道之事，乃真不可望之於吾友也，蓋始終用意之厚若此。

格古，氣古，理古，有益性情，有關倫教，有功經傳。周星頡。

『善』字，『止』字，只完得一『忠』字。他人逐層放開，作者逐層收轉，真點點滴滴都落在學士眼裏也。鄭清如。

不可二句易作了語，偏於此推出無窮忠厚之意。言爲心聲，性情如許肫摯，人生那可缺此良友！

呂映薇。

有德者必有言　一節

學有本末之分，互觀之而效始懸矣。夫德與仁本也，言與勇末也。本必能兼末，而末不必能兼本。爲學者，宜何所致力乎？且不窺乎聖賢之大本，而文章氣節之士，始進而承乏其間，此千古學術之升降也。夫文章氣節，未嘗非聖賢之緒餘，而沿流而溯源，何如由本而逮末。其偏全分合之數，可得而歷指焉。

今夫不言而自芳者德也，然而不能以終閟也。於人所同然之故，曲折盡喻於心，而又充之以涵養①，則未言而所以爲言之本已立矣。由是舉其中之所得，探源而出之，其精者至於成經；而其質者，如布帛之可衣，菽粟之可食。即有時淵懿卓鑠，亦以刻劃天地古今之情變，而不徒藻麗爲工，由其積於理者深也。若夫離於德而爲言，無論理不足以見極，詞不足以指實也。精擇詳語，駸駸乎有因文見道之功，而律以古人之抉經心而執聖權者，終若參差而不能盡附。又況雕鏤物色，壯夫之所不爲；剽襲虛無，純儒之所不道乎？夫言爲心聲，此亦第要其大致。世有高文典册，雖德人不欲盡廢其書，而讀不終篇，忽愀然於掩卷之餘者，以發之非其人也。然則求德於言，何如求言於德之爲可必哉？

無勇而裕如者仁也，然而未嘗以自餒也。於人所當盡之端，從容無疚於志，而又勵之以閑存，則未勇而所以爲勇之本已立矣。由是據其中之所安，全力以赴之，其平居足以立命；及其遇事，如江河之莫能捍禦，山岳之不可動摇。即有時戒慎委蛇，亦將以擔荷家國天下之迍艱，而終以沈深底績，由其集於義者精也。若夫離於仁而言勇，無論志不足以帥氣，氣不足以充體也。履虎憑河，屹屹乎有捨命不渝之概，而協以古人之和不流而立不倚者，微若扞格而不能同歸。又況烈士徇名，吾黨之所不弔；匹夫犯難，明堂之所不登乎？夫勇爲義配，此亦第舉其大凡。世有畸節獨行，雖仁人不忍過疵其意，而義求無憾，終觖然於論定之日者，以返之無其本也。然則求仁於勇，又何如求勇於仁之爲可必哉？

題中包孕甚大，得此遂無不盡之懷。錢茶山先生。

渾浩流轉之氣，令人不可逼視。且無一字不稱量而出，此爲擇之精而語之詳。蘇景淳。

其命意出於積理，其行文得於養氣。近人中以立言自命，捨作者其誰與歸？趙法伍。

【校記】

① 充：底本訛作『未』，今從癸巳本改。

管稿初集　卷二

君子而不仁者　一節

求仁者猶慮其不仁，而絶於仁者更無望其能仁也。甚矣！仁道之難全也。慮其失於君子，而斷無望復於小人，子殆有感而發乎？且千古善惡之分途，分於其心而已。而心之由醇而雜也易，由絶而續也难。故無過期於上聖，而不可以概修能，獨復勉於中行，而非所以求暴弃。不審乎此，而阿徇以傷知人之明，包荒以滋養惡之咎，其蔽一也。

自小人相競於不仁，而仁之名若獨歸於君子矣。雖然，君子也，而遂無不仁乎哉？

君子之與仁相守者戒慎耳，有時戒慎之功稍間，則非禮之接於視聽言動者，紛至沓起，而内念恍然其不自持，非必如小人之横决而不知返也。食息之頃，皆吾存主之頃，而放佚生焉，即天命有因以不行者矣。君子之與仁相盡者擴充耳，有時擴充之量未盡，則此理之達於天地民物者，畛守域分，而至意閡焉其不相及，非必如小人之酷烈而無所容也。宇宙内事，皆吾性分之事，而淡泊遭焉，即人心有疑於或息者矣。君子不仁，非以此乎？至以君子之入於仁而偶出於不仁，遂疑小人之入於不仁，而亦或偶出於仁，則大不可。

昏愚婾情之氣，充塞於中者已滿，而一仁爲衆不仁所逐，僑焉在外①，雖欲入而無所容，久之，亦遂涣散流離，而杳不知其何往②。而猶有薄物細故，類於忠厚長者之行者，亦衹其無心而偶合，而非理之實由於衷。

陰賊險狠之志，斷喪其天者已深，而一仁爲衆不仁所戕，孑焉靡遺，雖欲匿而無所遁。久之，乃益凌夷澌滅，而永不能以復萌。而轉有厚貌深情，證於慈祥愷惻之爲者，則尤其抑志以文奸，而倖毒之得逞於後。未有小人而仁者也，而豈君子不仁之比哉？

夫勿以君子之名，而過信其無不仁之事。朋友於是有責難規過之義，而交儆於未然。若小人則一望而不知所終，而不必向根株已斷之材，曲施其補救。

且勿以不仁之細，而並没其爲君子之全，朝廷於是有棄瑕肆省之文，而相原於既往。若小人則百變而未知所改，而不當靳流放難寬之律，過用其調停。

得吾說而存之，則所以處君子小人者，必有道矣。

導入深細處，通古今，動心目，有體有用之文。湯緯堂。

兩句各還實義，精警刻露，已足滿題之量。後二比題外有題，文外有文，乃能以目聽，以眉語者。周星頡。

如此說經，真能語語有關係。自此不敢目時文爲小道矣。陸維南。

杜詩筆力破餘地，讀此始悟其言。許繼士。

【校記】

① 焉：底本訛作『容』，今從癸巳本改。　② 往：底本訛作『馬』，今從癸巳本改。

愛之能勿勞乎　二句

愛與忠有必至之術，受之者當思之也。蓋其心性出於愛與忠，而其術固已至於勞與誨，雖欲自克而不能也。受之者可不深長思乎？且苟可以安而即止者，必非用情之至者也。用情之至者，其願效於人之意，常甚厚而無窮，而猝然受之，轉若有所不能適。以甚厚無窮之事，而顧欲其不出於不樂之途，曷弗設爲效於人者之心，而身入其中以相試？

今夫子所恃於其父者愛也，而父所不忍加於其子者勞也，吾以爲不愛則已，愛則纏綿莫解之忱，將求多而未已。理遺情恕，何人不以大度容？獨至其子而凛然責之備者，彼固不識所爲勞也。如是而後盡吾愛也，自子受之，有不勝其勞者矣。夫父自見爲愛①，而子自見爲勞，即黽勉以從，得毋苦操之爲已蹙乎？而未設慈父之心以求之也。使其親而知爲子所難堪之事，未必不悔而生憐，乃且悔且憐，而移時之督責，彌不能恕。此無他，愛迫之也。早歲束身寡過，常無解於譴呵無已之声。迨婚嫁已成，轉盼自謀其式穀，他日所不容寬假於其子者，皆昔之奉教於庭闈，而曲折可以自明者也，而愧其感發之已遲也。彼孝子者，獨能於見勞之時，而脈脈喻此心也。

君所願於其臣者忠也，而臣所不敢施於其君者誨也。吾以爲未忠則已，忠則存亡與共之義，必無憾而即安。金人白圭，抑豈不爲多言戒？獨至其君，而慨然争之力者，彼固不識所爲誨也，如是而後竭吾忠也。自君受之，有不啻其誨者矣。夫臣自見爲忠，而君自見爲誨，即降尊以聽，保毋謂借之以立名乎？而未設純臣之心以體之也。使其臣而知爲君不樂聞之言，未必不疑而滋懼，乃即疑即懼，而當官之獻替，卒不能阿。此無他，忠迫之也。國家蒙業承休，似無煩於大息憂危之舉。及釁瑕已遘，撫膺追念夫老成，向日所不忍容悦於其君者，真世之繫心乎社稷，而緩急足以相恃者也，而恨其付托之已晚也。彼仁君者爲能於進誨之時，而懃懃鑒此意也。

冰蠶之繭其絲，理無一直，致每能於題外翻出數層義藴，遂使此題宿諦一新。趙甌北先生。

爲受者説法，倍覺聽題得聲。行文熟於向背往來，大士筆又在君處。鄭清如。

社課是題成二藝，謬爲同輩所許，寄兄則塗乙過半。而總病之曰『直作此』見示，蓋以相鍼砭也。細筋入骨，真無一字猶人。弟世銓記②。

【校記】

① 父：癸巳本作『親』。　② 底本脱此條，今從癸巳本補。

豈若匹夫　一節

薄霸臣不死之責，而君臣之義精矣。蓋子糾未成乎君，固未可以臣死其君之義責仲也。匹夫溝瀆之諒，聖人豈薄死節而故爲仲寬哉？且人誰不死？而所以處其死者實難。死或重於泰山，或輕於鴻毛，介乎可死無死之間，則固未有必死之義，而留其身以有待者。君子轉許其知所擇焉，亦權衡於義之至當而已矣。

管仲匡天下之功至於如此，然使子糾之難，仲有當死之義而不死，則仲乃一偷生失節之臣，吾亦豈能曲爲仲貸哉？乃仲之所處，則固有可以不死者在也。

蓋人主與宗社爲體，故必即位告廟，而後全乎爲君，不獨繼體之正也。即闇干窺伺之徒，業已竊據非常，而其下爲之盡節而效忠，則史氏不得没其實。

人臣以職守當官，故必受寄宣猷，而乃責之以死，不獨王臣之蹇也。乃慷慨激烈之士，始雖擁立不正，而其事可以厲世而摩鈍，則仁者不忍疵其心。

若仲也何如哉？度仲之在齊，未必不策名於禄籍，而仲特仕於僖、襄之世，則嘗爲齊臣，而不得爲糾臣。即仲之傅糾，安知非受命於先君？而糾既没於奔亡之餘，僅能以其傅視仲，而不得以其臣視仲。仲不得君糾，則桓雖糾讐，而於仲非同天不戴。糾不得臣仲，則仲實齊産，而於桓爲率土皆臣。故可勿深責仲之不死，即可勿深責仲之相桓也。

使仲守其不渝之信，而搤吭自絶，未始不爲靦顔屈膝之輩，厲此頹風。

使仲戕其有用之身，而朽骨無名，終莫得與仗節執義之臣，同其論定。

嗟乎！仲亦匹夫匹婦之愚斯已耳！仲而天下才也，其於死生輕重之際，豈不計之已審，而肯顛倒若斯哉？

故凡仲之不死，爲其本不足以死也。不足以死，而因自愛其死以立功名，故吾得專録其功，而仍勿病其節也。向使子糾雖弟，而已一日成乎君，桓公雖兄，而實殺已成君之弟，而奪之國，則仲君臣之分已定，惟有一死以謝糾而已。使其不死，則君子誅其不忠之罪，而深絶之，雖丘山之功不足贖。世有身事兩朝而本末異於管仲者，其毋藉口於不爲溝瀆之諒也。

死節大義，而聖人以匹夫溝瀆之諒小之，程子求其説而不得，乃創爲桓兄糾弟之説，以明管仲之不當死，其意美矣，而論實未確。《春秋》未成乎君者皆略其君臣之詞，其於管仲猶是也。毛西河歷引諸書，以證糾兄桓弟，而於聖人立言本意，究未發明，亦争所不必争耳。自記。

平反一管仲，而偷生失節之臣仍不得援以藉口，此固程子意也。不據兄弟之説，而以未成乎君立論，尤爲顛撲不破。莊似撰。

不摭拾《春秋》内外傳一字，而彌望皆經術之氣，固是可傳。史右張。

或曰以德報怨　二節

用情而失之過厚者，特未爲所當厚者計也。夫懲於報怨之刻，而以德矯之，或人意亦良厚，而奈何未爲報德地乎？詰之而說立窮矣。且人情亦惡其過薄耳，豈有惡其過厚者哉？雖然，我矯其薄，能使天下相勉爲不薄，其願甚大，而不妨一試。我過於厚，反使天下相率爲不厚，其勢遂窒，而有所難行。蓋情雖處其有餘，而施之不必過情之地，則必於當致吾情者而轉無餘也。

春秋之人心，日求所以報怨者，而世變亟矣，或之心憫焉。

因馳思乎睢盱渾噩之俗，待睚眥若骨肉，而刻忮無自而萌。勉矢乎忠厚悱惻之遺，易予戟以瓊瑤，而頑讒至感而泣，令天下皆若而人，奚患人心之不古處哉？乃吾子聞之，則不能盡概於心者何也？

狹隘酷烈之風，相尋極而勢難終日，非一切反之軼蕩，而其志不舒。所慮者發憤過深，倚於所激以伸其說，自謂加人一等，而循其輕重大小，而分未能不浮。則持論雖高，識者早已惜其浩侈而無别。

堅深剛狠之氣，甘心久而視爲固然，非悉力導之寬仁，而其流不勝。所患者好奇太甚，快於所矯以市其名，自謂創所未聞，而絜之前後左右，而矩不能無戾。則宅心雖厚，論者終亦惜其拘閡而难通。

子曰：子之爲是言也，但計釋天下之怨，而不複謂睦婣任恤之世，亦尚有以德感者也。如其返而思之，不幾悔盈量而加者之不留餘地乎？蓋雖欲爲異數之酬，而嫌於相軋矣。

子之爲是報也，惟知推在己之德，而不更計交遊鄉黨之間，亦先有以德施者也。如其提而論之，不殊覺如分以償者之未滿人意乎？使更深其望外之責，而懼無以應矣。

何以報德，不可恍然於以德報怨之非定論哉。

煦仁孑義之書，其肇端原與《六經》並世。聖人於其事之將起，不爲逆折而爲微叩，使騳然自笑其失據，而勢遂遏而不行。

闢邪距詖之旨，其往復極於更僕難終。聖人於其漸之初開，不與急角而與徐商，使茫然不自解其何心，而説已放而不作。

此吾子詰或人之微旨也，豈直爲萬世立報施之準乎？

萬斛源泉隨地湧出，其筆力不減眉山論事諸作。吉渭崖先生。

純是清氣盤鬱而言，言有物，字字有棱，似此纔當得雄奇二字。湯緯堂。

鉤摹何以神吻，恐與前人相犯。從大處起義，見得聖人陡然一詰，煞有關係。名論卓識，非經生家所及。莊似撰。

禮云禮云　一節

聖人深明禮樂之意，難爲不知者道也。蓋禮樂之意，惟吾夫子知之，而世之云禮樂者，則第求之玉帛鐘鼓間也。故有慨而言曰：先王人治之大，必以禮樂爲稱首。吾嘗從事於斯，蓋亦微窺其意焉。顧知之者不待告，告非其人，雖言而不著。而世之自謂解人者，又或各以所見言之。吾不能强天下以所不知，獨奈何不知者之言，紛然慭置吾耳也。

夫天下曷爲而有禮樂，禮樂又曷爲而有玉帛鐘鼓哉？

溯白賁聲希之始，聖人豈好殫其神明？而氣運之發皇，與人心之樂易，磅礴鬱積，而無由以自伸，乃不得不導以緣備飾之端，使之達於文而天始暢。

原儷皮截竹之初，聖人豈樂增其器數？而性情之微渺，與功德之高深，想像流連，而必求其可據，乃不得不與以憑依之具，使之近其物而情亦生。

審是而禮樂之於玉帛鐘鼓，其本末輕重何如也？乃世之言禮樂者，吾則聞之矣。即或考王會而上明堂之制，識古曲而徵老聃、萇叔，十二國少此專家，而睹記所收，惟恃乞靈於蠹簡。要其所以爲傳授者，其離乎玉帛鐘鼓之見，復幾何旄尾之歌，後進以博雅相推，抗顔收海内經師之譽。即或學雜服而嚴裼襲之分，執管籥而審也？

東里、延陵，士大夫無此特識，而肄業所及，僅能承乏於有司。要其所恃爲釐訂者，其超乎玉帛鐘鼓之類有幾人也？縱横之異，當代以精能相許，儼然負千秋絶學之名。

而吾重思之。

叔世即無積累，而亦必鋪張揚厲，以宏一代之規模。乃天廟猶登夏后之璜，故府可攷成周之尺①，而感人未入，則雖奉皇王之律度，亦等於文具空存。而試際斷雕爲樸之朝，君臣脱略於家人，百姓相忘於日用，識者轉許其治猶近古，不敢存菲薄之思，此其意必非無故矣。

後儒即愧聖明，而亦必强記博聞，以與一朝之著作。乃柱下本有藏書之府，瞽宗非無宿業之官，而佐治無關，或轉賴韋布之諮詢，幸得以微言相示。且即遇改弦更張之世，天子出艱難以搜遺典，諸儒起草昧而定鴻文，議者猶病其治不能興，欲更作百年之待，此其人又寧無見哉？

禮樂之云，而僅以人云亦云者當之也。然乎哉？然乎哉？

龍驤虎步，振袖揚袘，足使蹈虚、課實兩家無不望而反走。程春軏。

涵蓋一切，筆大如椽，視昔日西江晏、馮諸墨真如兒戲矣。莊際華。

起二比力透真源，中、後只以詠歎出之，讀之使人意遠。丁文兹。

【校記】

① 攷：底本訛作『致』，今從癸巳本改。

唯女子與小人　一節

國家有難養之人，戒其近而自安於遠矣。夫女子小人養於君，未有敢不孫而怨者也。近之於是乎不孫，既近而復遠之，於是乎怨，此所以爲難養歟？且人主配德建賢，而左右給使之人，不得不及之宵小，勢也。惟防其暱就之漸，使安其疏逖之情，則未嘗恃寵而驕，又何至失恩而懟？反是而患將不可勝言矣。

古者作合定祥，惟正嫡得備重翟副褘之制，而安貫魚之序者，念《江汜》而知恩，賦《小星》而知命，其孰敢以色升愛選，妄冀於情欲無介之君？

古者沃心弼德，維家宰實領庖饔奄尹之司，而處執御之列者，事大臣如長吏，望君王若帝天，其孰能以穴社憑城，竊嘗於宫府一體之世？

然則女子小人，君子亦養之而已矣，安有近之者哉？雖然，难言之矣。

其人善伺喜怒，以工其娬媚逢合，而又有小善中人之意，小信固人之心。始但視爲可憐，而久遂倚爲可恃，故近之必與養爲緣者，情也。

其人巧竊威福，以密其盤踞把持，而又將無厭以肆其求，有挾以堅其請。初若拒之不忍，而後遂禁之不能，則不孫之必與近爲緣者，又勢也。

夫至於不孫，而人君亦無樂乎近之矣。然而豈得而遽遠哉？吾觀嬖妾匹嫡之朝，倖臣於政之日，其君俯首下氣，若甘心焉。幸而隙開於縱恣之餘，狀發於心良之口，乃始不忍其詢，而思奮然以遠之，是亦轉禍爲福之一機矣。而識者則又憂之何也？

愁工搎袖之啼，恚甚抱魚之泣，主恩新奪，輒作此摽辟滂沱之態，以籲感而銜悲。遠之者或一見生憐，而頓忘其前事，則其焰將有復煽者矣。藏怒帷房之地，生心肘腋之間，故寵驟移，遂變爲陰賊險狠之思，以伺隙而逞毒。遠之者猶視爲易與，而暴用其刑威，則其事更有寒心者矣。遠之則怨，非又不孫後之女子小人，變態所必至哉？

要之女子小人，本自安於遠者也，惟近故不孫，惟不孫故遠，惟近而復遠故怨。從來女子小人之禍人家國者，相尋如覆轍焉。非嚴視履以絶戲渝，慎名分以防淩替，鮮能以不近爲養者也，嗚呼難已！

兩『則』字蟬聯寫來，益覺鑄鼎燃犀，物無潛照。才人文字，信手拈來，無不如志者也。盧端臣先生。

自古宦官、宫妾禍根只在一『近』字，養是近之緣，遠是近之極，不孫與怨皆其左驗也。文持此用間，固已拔奇前人名作之外，其斷續操縱，尤非深於古文者不能。叔松匡。

先輩嘗論，寬闊題意於窄處求之，作者深得此秘。湯緯堂。

柳下惠爲士師　一節其一

大夫以直道擯於時，則去誠非計矣。夫魯之黜惠，黜其直也，天下豈有不好枉之國哉？惠之不去，蓋有自計已審者。且君子事人以道，亦惟内度己、外度世而已，於己有可變不可變之操，於世有相入不相入之故，權衡已審，而自計早決焉。乃確然之志，仍以藹然之言出之，則又其度量之過人遠也。

以柳下惠之賢，而僅位士師，於魯猶復至於黜，至於三，此邦之人，殆不可與處也。或以去諷，豈謂過哉？

下僚苟且以便身圖，而忽有陳義甚高者，咸瞿然目以爲怪，於是屈折之使知所變焉。將終窶而改度兮，奚忍爲此態也？

群邪黨附以傾正士，而偶有旁觀不惑者，獨悵然積不能平，於是慰勉之使謀所適焉。歷九州而相君兮，何必懷此都也？

惠則起而婉謝之曰：子意良厚，獨於吾所以見黜之故，若有不相知者。夫身無論去留，而不免於事人者，則一國無論遠近，而不容於直道者皆同，去魯不如去直也，適國不如適枉也。豈不計之已審，而决之已早耶？

其君冀其悔過而屢賜之環，其相愧其成言，而遽書之策，謂國恩之不厚而不可也。而長抱此齟齬而不相入者，積成攖釁之躬。戚本目詒，而復悻悻於樂國之投，以求試其必不可售之術，是以前此之擯斥爲未足，而又從而益之也。夫亦可廢然返矣。

引與共事，而其不便者如初；復之故地，而其不情者猶昔。謂余心之可轉而不能也。而苟懲此落寞而不自聊者，稍學逢時之技。情不甚遠，而徒役役於異鄉之托，以曲伸其冀得一當之思，何若先人之廬墓爲可安，而姑從而瀆之也，夫寧不較然易哉？

讀之使人氣厚，天地間有數文字。蔣蓉龕先生。

低徊往復，令人神移。誰謂八股中無味外味也？錢樹參。

如湛盧著物，乃無鋒刃之迹，斯爲神勇。叔松厓。

歸季思、凌茗柯、徐思曠四句題文，俱稱名作，得此遂連奪諸公之席。劉可培識。

柳下惠爲士師　一節其二

感魯先臣之已事，爲周流之聖發也。蓋夫子雖去父母之邦，而其道直而不枉，則與惠一也。故《魯論》

有感於三黜不去之言而謹書之。且昔人往矣，而後之人有同其志節，並其遭逢，輒曠世而相感焉，况其國之鄉先生，相望於百年之間者乎？

吾夫子生襄、昭之世，不及見柳下惠之爲人矣。顧猶聞其以直道爲士師於魯，屢濱於黜，旁觀者以去諷焉。而惠也屈身於與時俯仰之列，而本生而即具者，率其理而常有以自存，曠覽乎與世齟齬之由，而不言而皆同者，反其好而必無以相入。直則無可往也，枉則不必去也，用是終廢不顧，猶惓惓於父母之邦，惠可爲守道者歟？

且夫惠之已事，即吾子之前事也。今觀士師之任，卑於司寇而略同。三月之罷，少於三黜而相類。然惠則鬱鬱居此，未有輕去其鄉之思。子雖遲遲吾行，終有環歷諸邦之事，殆若異趨者然。意夫子蓋有論列之詞而偶逸之耶？非也。

生雖較晚，不獲躬親前席，一商去就於先民①。而剛方之節，正大之情，音塵邈若山河，而常有異世同神之契。進有禮而退以義，何莫非古君子之遺直有以教我也？而形諸歎賞，則已贅也。

道雖不容，未忍懷此故都，稍示變通於曩哲。而削迹之艱，沮封之厄，率野幾同兕虎，而卒邈盍簪巷遇之期。無所合以困而歸，終不若先大夫之早見自適已事也。而求其遺議，則亦無也。

雖然，惠之賢，載於國史，宜也。《魯論》，孔氏之遺書也，何以書？感其似孔子之事而書之也。嗟乎！吾魯百年之間，而得聖人者二，蓋周公之澤也。顧皆令其抱道以没，曾不得效尺寸於父母之邦，悲夫！

讀書得間，所謂無文中生出至文也。其音節宕逸，庶幾龍門、六一之遺。張櫑亭先生。

冠此章於下五章之上，記者微意可知也。從此著想，主賓欹側，幻出絶世文心。周星頡。

前作已盡廬山真面，此又忽從題外領取，發出如許遠韻深情，非洞見垣一方人，無從語此慧業。莊似撰。

俯仰夷猶，別有懷抱。董鼇采。

【校記】

① 一：癸巳本作「二」。

故好而知之曰

好惡鮮得其平，諺言可借證矣。夫好知惡，惡知善①，天下之情平矣。而知之者誰乎？諺語雖微，盍進徵其説也？今使物來順應，而一世之人心胥饜焉，何至淑慝不分，見譏於流俗人之口？惟任情一往，斯其受蔽也有由。而衆好衆惡之無憑，幸公是公非之猶在，不得謂俗情既惑，而俗論遂無可徵也。辟之發也，不一而足若此。《傳》有之，「愛而知其惡，憎而知其善」，此言好惡之得其平者也，而如以求之天下。

自非度越恒流，鮮能不迷於定向也。即思表一人以風世，其行事將遠而求諸史册，而豈所論於委瑣之徒？

自非屏除先人，鮮能不執其成心也。而欲望有道爲依歸②，其盛節亦徒托諸詠歌，而豈可概之譁囂之衆？

好惡得中之鮮，其故不重可思乎？且天下之善言辟者，吾聞之矣。

自善旌謗木之制廢，而鄉閭之末議，不獲進而操教諫之權。乃直道自在人心，目擊夫是非繆戾之形，而傍徨興感，又不敢侈陳其事，而聊取吾儕之淺而易喻者，以當野老之咨嗟，是亦主文譎諫之流也，然而識者傷之矣。

自觀風省俗之典虛，而塗巷之歌謡，不復上而列輶軒之採。乃公論終昭天壤。心識夫賢否混淆之故，而激烈難平，遂不暇爾雅其詞，而第爲方言之質而近俚者，以聳當途之瞀惑，是又國風、小雅之變也，然而聞者韙之矣。

彼諺之所云，非以刺天下好惡之故而作乎？意苟可以相通，不問其立説之何因，皆若古人之爲我而發，而言雖小而喻大，即擬之《緇衣》《巷伯》而莫能訾。義苟可以相發，不論其主名之何屬，轉若昔言之自我而傳，而耳以熟而能詳，雖出之史佚、周任而無以過。

夫諺固爲天下好而不知其惡，惡而不知其美者發也。而獨如知之卒鮮何哉？

子政簡易，故趣昭而事博叔夜；儁俠，故興高而采烈，作者殆兼有其長。莊蘡堂先生。

慷慨以任氣，磊落以使才。張商言。

文外尚有事在，學者當從不止於文處求之。李華封識。

【校記】

①善：癸巳本作「美」。②而：癸巳本作「乃」。

言悖而出者　一節戊子闈

施悖者報亦悖，鑒於言而益宜怵於貨矣。甚矣！悖不可爲也。言之入也視其出，亦猶貨之出也視其入。內末者盍鑒此而知懼乎？且萬物日推遷於天地，而出入之故紛焉。固無不率乎理之自然，與情之大順者也。自人不能率乎理而順乎情，則悖端於是乎見。既以悖始，亦必以悖終，事有固然，無足怪者。

外本内末，以致財聚民散，所爲何其悖哉！蓋嘗博觀天下之故。

上帝不矜明察，使事事謹司其簡記，而降鑒已勞。惟迭長更消，見有壅積於一偏者，即冥漠不能久假其恣睢，而必將有以褫其氣。

下民敢訐報施，使人人務快其睚眥，而世變亦岌。惟降心俯首，極之事操於已蹙者，雖愚賤不能安受其凌轢，而必思所以覆其終。

今夫悖端之不可開，而一出一入之如相爲報也①，有自來矣。

則試借鑒於言。言而悖，必自其出者始矣。暴戾積於身心，而声色所加，受之者銜爲没齒之恨，伺其可逞而復之，而亦無能間執也，此悖之以出爲入者也。

因益深思夫貨。貨而悖，必自其入者始矣。積累極於銖寸，而脂膏所朘，當之者切於剥膚之傷，待其將踣而斃之，而亦無能終擁也，此悖之以入爲出者也。

怨毒之於人甚矣，言悖而出，受侮者止於其身，則含怒猶淺也。貨悖而入，必將鈎致以爲能，箕斂以爲巧，日朘月削，以盈其谿壑，而遑恤乎謗讟之騰？當夫盤樂及時，而睨乎其旁者，早於望氣卜尸居之咎，而彼初不悟也。有不濡首從之者歟？

報復之爲禍烈矣！言悖而入，反唇者止乎其偶，則樹敵獨寡也。貨悖而出，必至紛紜於土木，糜爛於兵戎，貴極富溢，以釀爲慆淫，而適足爲驅除之藉。迨至禍機已會，而悔乎其後者，求與齊民易蓬户之安，而世終弗許也，有不太息隨之者歟？

絜矩之君子知此，言之出也，必計其入，故慎三緘以蓄德，而終身無横逆之加。貨之入也，必計其出，故布九式以宜民，而舉世享大同之福。安得爲内本外末者正告之，而一解其悖乎？

樹骨選言，都似精金百鍊，卧子之才，百州之氣，兼而有之矣。本房張櫺亭先生原評。忠肝貫金石，古誼若龜鑑，篇中拔萃處，亦復何愧斯言？◯榜前决爲南卷第一，一時都下無異詞。比揭曉，始聞闈中大司馬陸公以後二比詞意未醇已之，作者於是三落副車矣。覆讀終篇，爲之三歎。程莘田先生。

作文只是肖題，題本發露，文不透快，便不足以滿題之量，彼見此而咋舌者，固未見作者他篇醇厚之義也！蔣彙吉。

【校記】

① 如相爲報：底本作『如爲相報』，今從癸巳本改。

武王周公　二句

孝也而達稱，非聖人莫與歸矣。夫曰達孝，則不爲常人之孝所泥矣。非武王、周公，孰能當此而無愧者乎？且自古未有不順乎親之君子，况聖人乎？况聖人而爲天子宰相者乎？夫天子宰相之功業，若不止以孝限之，而出自聖人，遂無不可。以孝通之，不執形迹以相求，而深觀其不匱之本，斯恍然如或遇之矣。

吾嘗以大孝推舜矣，繼舜而言孝，則必歸之武王、周公。

夫舜之孝主乎蓋愆，武、周之孝則主乎濟美。頑父而允若之固難①，聖父而克肖之尤未易也。而武、周之所爲迪惟前人者，其無慚德之貽矣。

舜之孝見於祇載，武、周之孝則見於追崇。親在而底豫之固難，親去而無忝之尤不易也。而武、周之所爲仰惟穆考者，又庶無遺議之滋矣②。

稱之曰孝，誰曰不宜？

雖然，吾思天下不復知武王、周公之真也。法傳世子，儒者猶疑夢錫之文；風冠《周南》，詩人不著過庭之事。豈非父在不觀其行乎？厥後戎衣底績，黼扆臨朝，其德業著於四海萬邦，若於孝初渺不相涉。拜手者第與循聖神文武之例，而概奉以孝之名，此臣子頌揚之義則然，而其意有不專屬者矣。且不復窺武王、周公之大也。觀兵於載主以前，猶廑聖明之戴；繫《易》在居東以後，如傳憂患之深。豈非明發不忘在念乎？獨至書勒《武成》，制垂《周禮》，其創造炳於《禹謨》《湯誥》，惟與孝似稍不相符。載筆者雖與觀天人時勢之窮，而曲推其孝之變，亦尊親隱諱之義則然，而其疑有不盡釋者矣。

自我觀之，匹夫問視無愆，而歎息早聞於行道，亦其蓄積者淺耳。古聖人建不世之勳，放之可横塞天地，至進推其所從出之處，始見有磅礴而鬱積者。祇此全乎爲子之思，則對越之外，更無所爲建樹也。所以客來白馬，執玉瓚而無辭；王受鴟鴞，發金縢而感泣。

修士箕裘世守，而跬步不改於前型，亦其成就者小耳。古大人創非常之業，傳之方震駭見聞，及深原其不得已之衷，始知此曲折而紆迴者，實有無慚於父之道，則陟降之零，更無所容昭告也。將使《採薇》之義士猶存，應有失言之悔；《破斧》之罪人可作，已無飲恨之心。

其達孝矣乎？武王、周公，殆以配舜之大孝而無愧者乎？何也？武、周蓋以善繼善述爲孝者也，真非常孝之所得泥矣。

大孝是一直説來，達孝非深一層，轉一曲，不可得而見也，篇中推闡及此，乃見『達』字真面。叔祖壽翁。

達孝只在善繼述上見，注中通謂之孝，猶是後義。開合馳騁，包孕貫串，恰得承上肎下，虚步達神，斯道中飛而食肉之技。湯緯堂。

石破天驚，雲垂海立，竟是柳潭、石臺諸公筆陳，在集中特爲變調，然亦見其無所不有矣。沈佩蘭。

【校記】

① 允：底本訛作『之』，今從癸巳本改。
② 滋：底本訛作『温』，今從癸巳本改。

哀公問政　全章

對魯君之問政，而帝王之全量備矣。夫本身行政而豫之以誠，文武之量全矣。愚柔明强之論，尤爲哀公勖哉。且君子之謀人國也，雖哀敝之朝，而必告之以先王之政。雖庸闇之主，而必望其爲聖賢之身。孔子於哀公，豈不知其資力之所限？乃因問政而正對之曰：政何在？在方策而已矣；政何法，法文武而已矣。夫舉文武之政，必先有文武之人。

於是從爲政而推本於修身焉。人之敏政也，猶地之敏樹也；而政之尤速者，且如蒲盧。然而非人無以行政矣，非身無以取人矣。修身者必以道，而達之爲君臣父子焉，達之爲夫婦昆弟朋友焉。修道者必以仁，而宜之者即義，等殺之者即禮焉。知此者即智，强此者即勇焉。事親知人知天，窮流以溯源也；以達德行達道，立體以致用也。而修身之本末備矣。

於是又從修身而推極於爲政焉。知道行道之有困勉也，無異生安學利也，而入德之最近者，莫如好學力行知恥，知乎此則身可得而修矣，知修身則人可得而治矣。由身以及家與朝廷，而尊視敬體之經具焉。由朝廷以及國與天下，而子來柔懷之經具焉。充之則有效，皇極建而萬清順也；布之則有事，主術端而百度貞也。而爲政之本末備矣。

雖然，此猶未及乎行之也。夫道有五，德有三，經有九，數如此乎其多也。至其所以行之，則無所爲三也五也九也，一而已矣。一者何？誠是也。誠能豫，則凡事立，言事行道之效可推誠。不豫則凡事廢，民友君親之矩可絜其本。然而誠者天道也，以爲當然而誠之者，以人合天之道也。

知達德達，道《九經》之理，是謂明善，聖人不思而得焉。其次則擇而得焉，又其次則弗得弗措而亦得焉。

盡達德達，道《九經》之實，是謂誠身，聖人不勉而中焉。其次則固執而中焉，又其次則弗篤弗措而亦中焉。

夫聖人能誠者也，次與又次，則皆其誠之者也。天下之不能自進於誠者，自患其愚耳柔耳，而豈知困而勉焉？固有此必明必强之道哉！

如哀公者，果能盡學問思辨篤行之功，不憚己百己千之難且久，未有不至於能誠者也。誠以修身，而道德非虛名；誠以爲政，而九經非文具矣。安見文武之子孫，不當終復其始乎？空言不用，而方策徒存，君子惜哀公之自棄於愚柔也。

隨題曲折，滴水不漏，其行文之衍迤浩瀚，彷彿昌黎《原道》諸篇。張樊川先生。

《學》《庸》長章與兩孟不同，須看其不凌亂，不滲漏。行文尤不宜馳驟，貴有儒者説經氣象，斯文得之。周星頡。

其繁處不可損，其簡處不可益。夏繼皋。

去讒遠色　士也

詳尊親敬體之事，而近君身者皆勸矣。夫賢親與臣，皆近乎君身者也。各有以勸之若此，而尊親敬體之事始詳。且人君托其身於巍巍之上，而天下不能獨理焉，則其事不止於慎厥身修己也。歌《鹿鳴》與《常棣》，識王道之所由隆；讀《立政》與《周官》，知王業之所以濟。蓋修身而後治人，而非即人之近吾身者而先得其心，則其治不可以下究。

夫所當先得其心者，何人也？迪吾德者有賢，固吾宗者有親，在吾政者有大臣，有庶士，孰非修身者，所恃以安國家，鎮社稷，而不徒以南面臨之者哉？

然而薦酒醴，奏笙簧，賢者顧翩然遠引曰：此虚拘我也。夫朝廷之降尊爲不苟矣，而以群小之憎，中多欲之擾，豈待權輿興慨，始識王之意怠乎尊賢者？聆德音則簧鼓之説屏矣，望玉貌則靡曼之容退矣，重席珍則譁囂之實却矣。清心寡欲，以敬受丹書《洪範》之陳，非但君擇臣，臣亦擇君也。有不投綸而起者歟？

肆几筵，儐籩豆，親者顧，潸然横涕曰：此途人我也。夫宗室之推恩爲不薄矣，而以弱枝之忌，重逼處之嫌，豈待尋斧貽憂，始懼邦之本撥乎親親者？翦桐圭則衮黼之封崇矣，胙茅社則土田之錫廣矣，頒賚賵則慶弔之情通矣。礪山帶河，猶時修家人布衣之好，恨其來不數，去又思之也。有不酌斗而祈者歟？

至於尚父爲太師，介弟位冢宰，大臣即親賢之任事者也。以燮理寅亮之才，日問以簿書錢穀之事，則日不暇給矣。又其甚魁柄下移於權倖，而宰相特爲備員，雖正色立朝，其如奸臣煬竈，何敬大臣者？天子爲之側席，而百寮孰敢不欽？蓋至女史奄奚，亦使悉隸天官之掌，而六卿之各率其屬者無論也。宫聯官法，事事各有專司，而大臣獨以其心，先天下之憂而憂，後天下之樂而樂，豈患太平難致哉！

坐論爲三公，趨事爲百職，士即大臣之慎簡者也。以草茅韋布之賤，日震以雷霆呵譴之威，則氣與俱靡矣。又其甚寵賂横溢於宫邪？而廉吏常憂終窶，縱束修自厲，其如室人交謫何？體群臣者，大夫苟出圖君，而一人何敢弗念？蓋至鸛鳴螽趯，亦使作爲來諗之歌，而詔糈之以代其耕者可知也。臣身臣家，念念難於自達，而士幸生其時，進可以結知於明主，退亦分光寵於交遊，寧慮官方不飭哉？

由是師保申其謨訓，伯叔固其宗城。執政不以功名相耀，而朝廷尊；庶官不以貧賤自傷，而吏治肅。凡皆所以勸之之道得也，而子來柔懷之事，可以遞詳矣。

經國大業，不朽盛事，作者足以當之。朱春圃先生。

端莊流麗[1]，斯爲典册高文。錢樹參。

杜詩、韓文，無一字無來歷，吾於斯作亦云。趙印川。

【校記】

① 端：底本訛作『地』，今從癸巳本改。

其次致曲　**二句**甲午江南鄉墨

爲求誠者揭其次，由偏而得全者也。蓋人未能誠，大抵囿於一曲也，致之則曲盡而誠全矣。學者即不能爲上，奈何不勉於其次哉？今使立誠之道，而謂必本於性德之純全，則非聖人不能誠，而誠之者將絶迹於天下。不知聖人處其聚，學人處其分，惟在乎善聚其分，而作聖之基以起，其程功也必達，而其取徑也若紆，此固不足乎天者之所爲，而能事亦無庸多讓也。

性而有誠者夐乎尚已，顧其人累世不一覯，則天下之能誠者，復幾人哉？吾是以思其次也。其次則豪傑以下，無人能以自外焉。千慮而止一得，與千慮而偶一失，而皆不能不域於方隅矣。其次則困勉以上，無人可以自棄焉。一日而盡數端，與數日而盡一端，而皆不能無待於推擴矣。是非致曲焉不可。

日用之頤而曲紛焉。凡一身所經歷者，淺人或視爲適然之數，苟精思其故，則皆一理之所充而實也。一理既實而以理之如此，印理之如彼，於是乎積而多矣。身所不接，猶將以意歷焉。矧其所以偕吾出入者，而不瞿然思絜也。

事理之窮而曲匿焉。凡一生所難處者，衆人或習爲苟且之謀，必審處其宜慮，非此心之所反而安也。此心既安，而以心之所安，證心之所不安，於是乎觸而長矣。古所未有，猶將以義起焉。矧其所謂親嘗曲折者，而不皇然自盡也。

善於致曲若此，有不日進於誠者哉。

非不知曲爲偏數，誠爲全數，其分量絶不相及。然析一誠以爲天下之曲，即合萬曲以全一己之誠，夫固不爲二物矣。匹夫擇術能精，而一藝之微，或以相窺於其本，循流溯源，亦其理也，而况用之於學問哉？非不知致爲始事，誠爲終事，其功候若極相懸。然致即致其散殊之誠，誠即誠其一本之曲，夫更不分兩域矣。童子勝衣就傳，而幼儀之習，久將默牖乎其天，積小高大，亦其物也，而况施之於擇執哉？

曲能有誠，有固然而無疑者。夫其次者，别乎至誠而名之也。然至於致曲而有誠，則其遜於至誠者，復幾何乎？遞驗之積誠而化，而次於至誠者，亦至誠也。

入理精深，出筆藴藉。座主董蔗林先生。

是卷本房摘取微疵，已屏不薦，余搜遺及此。恠其筆意醇古，讀至次藝，亟語蔗林學士曰：『理窟中能爲名士風流，必此間鉅手也。』學士亦深然之，遂拔以冠。一经折卷，乃知作者故余壬午分校京兆鄉闈所得士。東坡恨失李方叔，余用此自多矣，爲之快意者累日。座主劉雲房先生。

是故居上不驕　二句 庚寅遺卷

貴賤皆協於中庸，非凝道之君子不能也。夫居上自宜不驕，爲下自宜不倍，所謂中庸也。然非修德凝道之君子①，惡能及此哉？且君子得位而治法昭，不得位而道法著，二者人知其合，而不能言其所以合也，則必觀其心法而知之矣。蓋君子之遇有貴賤，而常有凛然不敢自肆之意，内主焉以爲心，而治法道法，胥於是乎在。

君子尊德性道問學以後，涵天下之理於一心，而達窮胥渾；盡萬物之情於各得，而進退咸宜。是故崛起則居上也，潛伏則爲下也，而無不各有協於中庸者。

上所主曰敬。驕者，敬之反也。以中主而動言奉天勤民之事，無論其迫而思軼也。其身無昭事惠鮮之實，而徒高言修省，以潤色夫隆平，即此已爲驕心之所伏。况循循守府，輒思與古帝王之宵衣而旰食者②，共争此勞謙，雖曰不驕，而其驕不有甚焉者乎？修凝之君子，特慮其伏於下耳。果其居上也，其德性足以首出乎群倫，其問學足以厭服乎衆志。處其下者，蓋無不服教而畏神矣。此即宴樂以需，誰得謂之驕者而有所不敢也？百度宜而萬物若，皆吾性學中自有之功能，而易云無憾哉。夫鞀鐸有懸，盤盂有警，後之人亦第以其迹求之，而精意之所存，疑彭、聃有不能盡職者矣。約之曰不驕，而創制顯庸之日，想見其怵惕維厲之神，蓋至工瞽芻蕘，亦許效庸愚之一得，而伊萊望散之屬，雖同時號聖，惟相與奉法而承流，良由其抑畏之深衷，所臨御者神耳。

下所守曰順。倍者，順之反也。以下士而妄塵尊王辨統之思，無論其鑿而干戾也。其中無懷音溉釜之誠，而徒竊附公忠，以緣飾其著述，即此已爲倍心之所開。況碌碌操觚，遽欲與古聖賢之述經而傳道者，同修此素業，雖曰不倍，而其倍不有甚焉者乎？修凝之君子，當無不作於上耳。使其爲下也，其德性足以轉移乎主術，其問學足以啟迪乎王心。處其上者，蓋無不受書而防範矣。此即指揮以定，孰得議其倍者，而有所不出也？大一統而貴當王，本吾性學中不易之經義，而敢云有間哉？夫柱下是觀，春王是紀，後之人咸各以其臆窺之，而微言之所寄，恐遊、夏有不能盡喻者矣。揭之日不倍，而纂修删訂之年，想見其謹凛無違之旨，蓋至疏附先後，幾盡收三代之群英，而景敬定哀之朝，雖流極既哀，終不至改步而失物。則惟其恪慎之素志，所曲成者大耳。

此君子之心法也，非皆有以協於中庸者哉。

以寒碧齋之氣發抗希堂之理，足使朴山變色，曉樓失步。雖暫羈鵬翼，而轉移風會，終屬斯人。攝南卷春、秋二房劉石渠先生。

識高於頂，力大於身，想見其矮屋酣唫，心血定多人數斗。蔣霽園先生[3]。

【校記】

① 非：底本訛作『用』，今從癸巳本改。② 吁：底本訛作『由』，今從癸巳本改。③ 先生：底本脱，今從癸巳本補。

庠者養也　三句

詳鄉學之所由名，義各有所當也。夫庠也、校也、序也，皆設於鄉者也。而養老、教民、習射，則各有所取焉，不可徵其義乎？且人主合一國之人而教之，則必自其鄉始也。而設教於鄉者，既已博稽典故，而並建其規模，亦必參考明文，而各詳其意義。蓋百姓甫離田野，而董以師儒，當其來學之初，已足令其顯名而思義也。

夫國之學一而已，何以設於鄉者有庠、序、校之不同哉？蓋其義有可遞詳者。

奚以言乎庠也？念牽車藝黍之儔，其克供乎洗腆也難矣。夫乞言憲德，而修饋醬執爵之文，天子且眷高年，重耆耇，况其在鄉曲哉？辨五豆六豆之制，而羞薦於東房；備升歌間歌之儀，而坐尊於南嚮。奉匜授杖，孰敢有狎侮於庠者乎？自後世鄉飲之禮不行，而《白華》《華黍》之風，有一變而爲犯齒者，故不可無庠以示養也。雖司正之立，養亦寓教，元日之朝，庠亦寓射，而義主乎羞耇，則以養爲重矣。吾觀古之鄉，爲酒而介眉壽之觴①，有椒而寧胡考之休②，無非從備乎庠者廣之也，而庠可知也。

曷以言乎校也？念群萃州處之衆，其逸居於飽煖也久矣。夫論秀書升，而慎樂正司成之選，天子且重明經，尚儒術，况其在鄉黨哉？宵雅之三，以官其始，而聰聽者賓興。夏楚之二，以收其威，而不率者撻記。敬業樂群，孰敢有嬉遊於校者乎？自後世鄉師之職不舉，而《鹿鳴》《采藻》之風，有一變而爲城闕者，故不可無校以示教也。雖孝弟之由，教亦該養，禮樂之比，教亦該射，而義主乎興行，則以教爲重矣。吾聞古之鄉，耘耔而收髦工之烝，芻蕘而審王道之辨，罔弗自行於校者推之也，而校可知也。

何以言乎序也？念揮鋤荷笠之徒，其鹵莽於志體也素矣。夫裨冕搢笏，而樂官備時會之節，天子且左貍首，右騶虞，况其在鄉里哉？生而有天地四方之志，則丈夫何可忘其初；長而繹君臣父子之宜，即庶人亦必志其鵠。設物比耦，孰敢有愆儀於序者乎？自後世鄉射之制不修，而脱劍揚觶之風，有一變而爲貫革者，故不可無序以習射也。雖以祈爾爵，射亦有養，以反諸身，射亦有教，而義主乎序賢，則以射爲重矣。吾思古之鄉，在野而修拾矢之儀，觀圃而聚堵墻之衆，何非本修於序者沿之也，而序可知也。

三代各舉其一焉，則小學之制備矣。

有劉克猷之風力，而去其僕僿；有王農山之才藻，而汰其穠纖。饒霽南先生。

作者因題立制，清雄奇古，不爲一格。此題自應以嚴整明暢爲主，非放手爲馴近也。沈浴鯨。

視之則錦繪，聽之則笙簧，味之則甘腴，佩之則芬芳。董蕙疇。

【校記】

① 爲酒而介眉壽之觴：底本作『爲酒而壐眉壽之介』，今從癸巳本改。② 有椒而寧胡考之休：底本作『有椒而樂胡考之寧』，今從癸巳本改。

王者之迹熄而詩亡　二句其一

《春秋》所以繼《詩》，大賢之特識也。蓋王迹東而正《詩》亡，至其熄而《詩》之變者亦亡矣。此《春秋》之作，所以不容已歟？且古人著書自見，而讀而好之者，猶必志其緣起之端，況聖人作一經以垂教萬世乎？夫聖人非樂以言見也，聖人不言，而天下之人，或有能言之者，則此理猶未絶於天下，聖人亦且徘徊俟之。至聖人不容已於言，而天下之事變始亟矣。

吾嘗觀於《春秋》，而竊歎是書之作，所以維王迹也。曷維乎爾？王迹之盛也。慶讓黜陟行於上，沐浴詠歌遍於下，於是朝祭燕饗，則有雅頌之聲。而里巷之風，自王畿以達列國者，無不各得其好惡之正。故王者之迹，與《詩》相表裏也。

迨其衰也，上之禮樂不具，而頌先亡，雅之正者繼亡。然而《六月》《崧高》，猶有改絃更張之象焉；《民勞》《板蕩》，猶有咨嗟望治之思焉。至於平、桓以降，困極斯哀，乃並其憂讒畏譏之詩，而亦亡之矣。

下之風俗既敝，而南豳亡，列國風之正者亦亡。然而《黍離》《揚水》，猶有正言不諱之遺焉；《清人》《黄鳥》，猶有據事直書之意焉。迄於曹、檜之終，思深而懼，乃並其憤時嫉俗之詩，而亦亡之矣。

夫人即恣睢自逞，而猶有人之議其後，其心必將有所懾焉。家父、凡伯之徒，縱無補於宗周之隕，而聞之者足以戒，則賨咨涕洟之所留爲不少也。亡乎此而不復以相懲艾，人欲於是乎益肆矣，非讀《詩》者之隱憂耶？

世即流失敗壞，而猶有人之憂於下，其終或將有所冀焉。《匪風》《下泉》之音，雖未列夫輶軒之採，而感之者足以興，則悲歌慷慨之所發爲不薄也。亡乎此而不復以爲憂傷，人心於是乎或息矣，非删詩者之大懼耶？

嗚呼！此《春秋》之所以代《詩》而作也。

夫王迹之衰，肇於東遷，而《詩》之亡，則延於五伯之世。蓋始猶幸其不熄，而今熄矣。古《詩》之《譜》訖於《株林》，而《春秋》之作則遲之獲麟之歲，蓋始猶幸其不亡，而今亡矣。迹熄而衍之不熄，《詩》亡而續之不亡，《春秋》之功大矣哉！

《詩》兼風雅，昉於李厚庵，足正《黍離》降爲國風之説之誤。但李氏専指正風、正雅，鄙意不若兼變風、變雅言之，於詩亡之義較備。《春秋》繼《詩》而作，亦倍有關係也。自記。

如注之説，當曰雅亡；如李氏之説，當曰《詩》變，必如作者之説，乃可以言《詩》亡也。數千年疑竇冰解的破，然非此深古之筆，亦不足以發之。莊似撰。

作者近日文字，直藉以發明經學，所托愈尊，其傳愈遠矣。周星頡。

王者之迹熄而詩亡　二句其二

原《春秋》之所以作，繼《詩》以存王迹也。蓋王業雖衰，《詩》存猶足以志其迹，迹熄而《詩》亡，則《春秋》安可不作哉？且治亂循環，惟此是非之心，不容一日而無所發，治則是非存於上，亂則是非存於下，世變愈極，乃至在下之是非泯焉。有心者邮然憂之，而必思有以救其後，此禹湯文武周公以來，所以存此幾希者，又在《春秋》也。

《春秋》者何？維王迹之書也。夫前《春秋》而存王迹者，莫如《詩》，正風、雅之盛無論已。說者謂東遷之後無雅，非無雅也，無正雅也。《正月》《瞻卬》諸詩，有太息痛恨之詞焉，《黍離》之風爲降，非風降也，無正風也。《兔爰》《葛藟》諸詩，多賫咨涕洟之情焉。

且非獨於此也。《民勞》《板》《蕩》，則忠諫猶有可採也。懷歸而畏讒怒，寤歎而念周京，則名分猶未甚倒置也。繁霜震電則災變，猶有所放也。親迎而譏俟著，終喪而愧素冠，則禮教猶未甚滅裂也。讀《式微》《載馳》，而知黎衛之所以滅；讀《揚水》《車鄰》，而知秦晋之所以强。則列邦興廢之故，可得而詳也。如《南山》《新臺》，事悉直書而不諱；如《碩人》《黄鳥》，心每不言而皆同。則三代善善惡惡之公，不可得而泯也。使後之人有繼此志者，則詩可以不亡；使後之人有繼此詩，則迹可以不熄。審如是也，雖《春秋》不作可也。

而今取《詩》讀之，懷彼都，斥褒姒，東遷以後之詩也，而其後闕如也。始《燕燕》訖《株林》，入《春秋》以後之詩也，而其後又寂如也。夫豈有詩而不傳，抑作者之才，後人果有所不逮哉？世衰道微，所以清其好惡之原者，既漸以失真，則所以發於褒譏之際者，亦因以不類。《詩》之亡，王者之迹熄爲之也。迹熄而天下之患在政教，《詩》亡而天下之患在人心。政教不能百年不衰，人心不可一日或息，然後《春秋》由此作，而二百四十年之書，猶是三百篇之旨也。

夫孔子生於襄，已在《詩》亡百餘年之後，而筆削則復遲至於哀之季者，冀其不亡也。《詩》亡於僖、文，實在春秋五六公之閒，而托始復遠，及於平之終者，溯其所以亡也。亦可以識作《春秋》之大概也夫？

拈出《詩》亡爲作《春秋》緣起，可見《詩》不亡則《春秋》之義在《詩》，獨於此處透發，兩經關鍵俱得，且前篇漏義也。周星頡。

扶翼經傳，實能暢所欲言，駸駸乎入王伯厚、馬貴與之室。莊似撰。

始識變風、變雅有如許關係，自此乃不敢鹵莽於讀書矣。蕭暢谷。

制義得此，可當著書。袁雨時。

經術逼匡、劉，其筆力峭宕，尤於晁家令爲近。趙法伍。

夫公明高　何哉

不怨者即爲懟，推言之而可得孝子之心焉。夫常人以不怨爲孝，孝子以不怨爲懟也。但求子職之供，奚恤父母之不愛，舜豈若是懟哉？公明高其知之矣，且未能心古人之心，輒疑其用心爲已甚，未有真知古人者也。古人處己甚寬，故宅心恒泰，乃至骨肉非常之變，幾謂古人亦可以此行之，識者知其萬萬不忍出於此，而古人之心見。古人尚論古人之心亦見。

於田號泣之義。公明高謂非息所知者，何居？

蓋君子有心知之，故而不欲爲淺見寡聞者道其詳，故寧靳之以難言，便徐返不求甚解之心，深思而得其意。

昔人有默喻之微，而未及爲更端請益者終其說，故第引之於不發，若留俟書缺有閒之後，意擬而補其詞。

夫公明高豈不深知孝子之心者哉？且夫世俗所謂怨，君子所謂孝也；世俗所謂不怨，君子所謂恝也。使舜而淡忘其怨，則必曰我不竭力耕田以孝養父母，是虧子職而不可爲人也。如其已共，而子之分畢矣，此外何知焉？

且舜而取必於不怨，又將曰我不能愛其父母，以致失父母歡，是懟親心，而不可爲子也。如其非我，而子之心安矣，不愛奚恤焉？

噫！是乃所謂恝而已矣。而孝子之心顧若是哉？

盛氣之加，而可以理遣非意之干，而可以情恕。君子之待行道也則然，不語帟帷怙恃之恩①，而直爲此淡泊也。彼孝子者，不敢咎親以重己之辜，並不敢疾己以傷親之意，而獨此藴結而不能已者，未嘗一日自釋於形神，而號咷之痛深矣。夔夔齋慄之庭，尚慮其勃谿相向哉？

自反而仁，即不校人之不仁；自反有禮，又何難人之無禮？君子之禦横逆也則然，安有毛裹天親之愛，而忍用此包荒也？彼孝子者，視其身未有可以無憾之日，視其親終有可以底豫之年，而惟此迫切而不能效者，何以一息自安於天地，而椎泣之情極矣。大杖則走之義，幾見其狠戾自絶哉。

此固舜之心也，此固公明高之旨也。

『竭力耕田』四語只作一『恝』字注脚，可省却講章如許曲折。自記。

何謂佳文？只是見到是處無所不可，秦漢人文字多有倒裝句子。如此看題，是字較有著落，大孝身分，亦倍得深一層法也。有功經傳，非耳食者可比。叔松崖。

以『我竭力耕田』二語貼『恝』字，蔡虚齋原有是説，王牆東兩句題文實主之，然不如四語一氣之更爲完足也。與『予豈若是小丈夫然哉』一節文勢參看，愈知所見之的。周星頡。

每於淡淡著語處而沈摯入人至性，不特詮題了當也。錢樹參。

【校記】

① 語：癸巳本作『謂』。

令聞廣譽施於身　二句

別有以章其身者，而被服之華所不屑矣。夫令聞廣譽，固仁義之所流也，以施於身，豈復屑於文繡乎？今人甫從事於學，而不勝其金王錦繡之情，非徒以爲觀美也。內顧己而一無足恃，始甘心於淺人之欣羡，以償其不貲之身。苟其身自足表見於當時，絶不俟外加以爲增重，而真文之耀，與耳目之觀美固殊焉。愛身者謂宜何所從事也？

飽仁義而不顧膏粱，固已若以飽於中者形於外，不將蔚然而爲聞譽乎？

盛德不藉揄揚之力，而一遊其宇，油然自足乎人心，氣象也而神與之傾，襟期也而意爲之遠。在君子初不求自見，而知交之歎賞，弗容己於過從問道之年。

獨行常高耿介之風，而相浹以誠，翕然無間於時論。聞其聲者曰恨不之見，畏其義者曰毋使之知，在君子亦不識所由，而婦孺之知名，豈復閔乎推解銜恩之事？

言有聞也，何其令也！言有譽也，何其廣也！

通都大邑之間，縱横冠蓋，而獨有名高四海者，蹤迹所至，則觀聽一傾，往往羸馬敝車，争以得一執鞭爲幸，而望塵不及，猶若聞道傍嘆息之聲。所謂高山仰止，景行行止也，此亦極天下之至榮也已。

寂寥深林之境，隔越塵寰，而獨有名滿天下者，耕釣所留，則山川生色，往往布衣草笠，但以得一識面爲榮，而無言自芳，至屢煩萬乘徵求之詔。所謂在彼空谷，其人如玉也，此亦擅人生之馨慕也已。

當斯時也，而泛言所以榮吾身者，不過如六之衣而安且燠，七之衣而安且吉。麗都閑雅，極織文纖縞之工，而其量固有所止矣。以聞譽施身者當之，豈特敝蹝哉？嘗見有造廬而返，而半生簪紱，忽自慚其面目之非，以爲見此賢，令吾羞對軒冕也，而況乎其易地以觀也？

別求所以重吾身者，亦惟是望大夫而毳其衣，覯之子而繡其裳。赫奕輝煌，壯朝廟郊壇之色，而其分固有所窮矣。以聞譽施身者視之，豈直浮雲哉！嘗見有慕道而前，而載路車旂，輒遥屏於里門之外，以爲吾與服，豈可令斯人見也，而何有於設身而處也？所以不願人之文繡也。世有恥緼袍而病裋褐者，亦爽然而思所返哉。

只讀得兩《漢書》熟，胸襟氣息自爾不凡，中二比真有蕭寥遺世之意。周星頡。

如觀古畫圖，士女物色，皆非耳目中所有。莊似撰。

自是君身有仙骨，世人那得知其故。許繼士。

作文須悟得事外遠致，乃能以澹宕寫其沈著。師嘗教人云爾，讀此良然。吕爾禧識。

古之賢王　不然

下士固賢王之素也，而賢士之自處可進觀矣。夫賢王好善忘勢，疑獨賢王擅其美矣。抑思古之賢士，而豈無以自處乎？何獨不然，亦進觀焉可耳。且士當不得志之日，輒思得古賢王而事之，於是君臣遇合之間，若其美獨歸於人主，抑知王能好士。王正不能掩士，則伸士之賢者，固當與王並分其重焉。而如或疑之，亦淺之乎論士矣。

今使士而可賤，則古人早已卑而置之矣，而何獨古之賢王，好善而忘勢哉？

蓋其取人以身之德，既已兼體而無遺，惟其有之，是以好之也。好之至，則凡可以奉士者，畢致焉而猶不能無憾，其挾全量而出之也有然。

其求賢爲國之心，又實肫懇而無間，所好在此，所忘在彼也。忘之至，則凡可以傲士者，立奪焉而初不知何有，其擴虛懷而受之也又然。

然使第謂好善忘勢，惟賢王也則然，亦未統觀乎古之君臣，而吾恐賢士之真將不出矣。

古人君動則左史，言則右史，故拜書訪範，明徵於柱下之編，而操簡執筆之徒，又能並傳其精意，則赫然在耳目矣。士當困厄閭里，心賞曾無幾人，而其淺者，大都知之而不能言，言之而不能盡。遂使獨行之傳，無所據以盡表彰揚厲之神，此亦攷古者之恨也。

古人君前有鸞旂，後有屬車，故適館造廬，焜耀於輿人之誦，而擁篲迎門之事，猶將竊附其榮名，則昭然若前日矣。士當落寞空山，徒侶猶難默喻，而其甚者，方且附會之而冀其有以便於己，詬厲之而謂其無以異於人。遂使國士之風，罔所證以執疑似異同之口，此尤蔑古者之罪也。

然而可以意測也，五百年元會之期，王者主於上，名士輔於下，其器量原未有以低昂也。而謂感知己之恩，遂不憚貶損其風規，以自附讓善於君之義，不幾令莘渭笑人乎？

抑亦可以理推也。上下古風雲之會，九五飛於天，九二見於田，其德望殆不能相統攝也。而如席降尊之籠，或不禁震驚其意氣，以苟安奉教於下之思，不轉令脂韋籍口乎？

而何獨不然乎？夫士而不然，吾意古之賢王，早以爲不足當其所好矣。樂其道而忘人之勢，此古賢士之真也。

中二比破空直走，粗閱之似别生枝節，實乃深入題之層理。張欞亭先生。

排比文字，能得龍門氣概，大奇！大奇！叔松厓。

興往情來，有舉頭天外之樂，而題神無不曲盡，才人學人一齊頫首至地。嚴若川。

『興酣落筆摇五岳，詩成笑傲凌滄洲』，文之雄快似之，但覺高歌有鬼神焉；知餓死填溝壑，文之悲慨似之。洪稚存。

有成德者　二句

盡成焉達焉之教，而德與材皆出其門矣。夫德與材雖具於人，而非有成之達之者，不能卓然自立如此也。數所教於雨化之後，皆君子之高第弟子乎？且君子欲廣大道之傳，雖上智不可驟期，取其近於上者陶淑之，而猶將不一其等。得依歸之正，誼乃大醇；擅抱負之奇，儒非寡效。各視其人之所受，而底爲有本有用之學焉，格雖遞降，而猶若倜乎遠矣。

如時雨化，安得受教者而皆若是哉？能化者萬理畢具，亦一善莫名，不言德而德已渾焉矣。然而德亦何可後也？由義理而有研窮，由性情而有克治，獨來獨往，各務爲切心厭理之求。知非鹵莽以報者，所患攻苦日深，亦紛岐日起。堅深詭僻之誼①，未必不由豪傑陷其藩，鋭意孤行，一誤而不能自返也。君子備嘗乎入德之甘苦，忍令遊吾門者，求德而反爲德所蔽哉？損過益絀以幾於道，使默範乎剛柔之克，而久將有以制其偏；瞬存息養以進於誠，使密循乎動静之交，而徐將有以彌其隙。夫古者儒林道學，初無章句性命之分，而一經指授之餘，終必以學有淵源，爲吾道任千秋之業，則所以成之者至矣。苟其既成之後，從容涵養，何不可馴致乎化之機，而猶有德之見者存，則固未達一間也。吾得而指之曰有成德者。

大成者研之愈精，亦恢之彌廣，不言材而材自該焉矣。然而材亦何可少也？由聰明而有事業，出胞與而有經綸，能發能收，相勉爲利用安身之學，知非窳敗自安者。所慮英華漸露，即虚憍漸生，功利權譎之徒，未嘗不由智勇階之厲，刻期捷獲，一蹶而不能自振也。君子兼攬乎衆材之大小，寧使承吾教者，有材而反爲材所累哉！負質有陰陽强弱之殊，淬發之使各竭其菁英②，而渾然可以觀其合；得力有禮樂兵農之擅，裁制之使各成其本末，而確然可以底於行。夫古者處士名臣，原無廊廟山林之别，而咸就甄陶之後，或遂以門多將相，爲蒼生扶一日之危，則所以達之者大矣。苟其既達之年，篤實輝光，何不可漸幾乎德之域？而猶有材之譽者在，則已終遜一籌也，吾得而目之曰有達財者。

如時雨化之下，其必以二者爲難得乎？而君子之所以教，則猶不止此。

三千餘年上下古，八十一家文字奇。胸中無所不包，筆下無所不有。湯緯堂。

河下龍門，江流巴峽，其曲折浩瀚，皆非萬州可擬。周星頡。

作者嘗謂自王巳山以下，専尚鈎摹虚字，而前輩根本盛大處，多忽而不講，遂使江左之文不競者垂三十年，觀此真有獨立起衰之意。凌滄洲。

【校記】

① 誼：癸巳本作『詣』。 ② 使：底本訛作『後』，今從癸巳本改。

享禮有容色

甲午闈墨

兼享與禮賓以觀聖人之色，有敬溢爲和者焉。夫聘畢而享，因享而禮賓，皆盡典也，顧視執圭時則有間矣。敬溢爲和，其有容色之謂乎？且君子行其禮，固未有不習其容者也。而别於不暇爲容之始，則氣象爲之一變，而觀德者若至此而始窺其有焉。

歷觀夫子於執圭，身容手容色容足容，蓋皆有不暇爲容者也。自是賓致君之獻於主人，則有享焉。主人既受賓之享，則有禮賓焉。

寡君無腆，聊寄木桃投報之誠，而受命陳詞，初無取尊大其名，以張國體，自夫薦幣而謂之享也，所以重友邦而降事之也。

敝邑雖羸，竊附瓠葉烹燔之義，而盈樽設几，復不敢常褻其味，以忝嘉賓，由其受醴而謂之禮也，所以欽上客而神明之也。

夫子於此，大事未蕆，中心之儼翼如初，至敬徐流；發氣之充周遂盛。身容惟直，而不必躬之鞠也；手容惟恭，而不必衡之平也；足容惟重，而不必踵之曳也。至於色容，蓋亦非復勃如之舊，始見其有容色云。

羅列天地之菁英，而不焜耀以《詩》《書》之氣澤，則儷皮緫馬，無異陳賄於五都，享之宜有容也，固也。而特訝精神之焕發，何直待遲之又久之餘？蓋雖早欲窺焉不可得矣。物著於是，斯容止於是。大國而顧舊好也，庶幾納莒鼎而樽魯壺乎？展幣而前，行有光也，固不數肆夏彤弓之對已。

拜送主君之酒醴，而非輝映以使者之光華，則祭梱升筵，豈殊委貺於草莽？容之稱此禮也，必也。而竊疑盛氣之發揚，轉不在擬諸形容之例。蓋雖强欲名焉不可得矣。色見爲然，而容未易言其所以然。四國而嘉寡君也，其將返汶陽而歸讙闡乎？受爵而退，咸自失也，固不事舉袂歷階之勇已。

目之曰有容色，蓋積乎執圭之敬。溢而爲和，至此始覺其有焉者也。迨夫奉錦入覿，而子更以愉愉著焉，不又視容色而加和乎①？

咸韶其音，麟鳳其采，緣疏禮字，與俗解稍别，不得以第一人位置之。座主董蔗林先生。

按《儀禮》經文，賓裼衣束帛，加璧享，及享發氣焉，盈容皆未嘗加禮字。而享之後，私覿之前，尚有禮賓一節，儀視享覿加詳。經文若君不見，使大夫受不禮，又禮不拜，至禮字皆專指禮賓而言，至小聘曰問不享，主人不几筵不禮，則直以兩事對舉。以《論語》享禮分屬二節，正足廣説經之助，勿輕議其無據也。座主劉雲房先生②。

是卷主司搜遺所得，本房某君持之甚堅，余讀之，謂同事諸君曰：『得文如此，而尚忍引繩批根乎？』遂爲改薦。揭曉，翕然時論。某君心甚悔之。房師宋芳南先生。

【校記】

① 乎：癸巳本作『也』。

② 劉：底本訛作『訓』，今從癸巳本改。

管稿二集　序　目録

序[1]

錢維喬

文章與政事有二道乎？曰有之。其爲文也，不軌於理，惟詞華是尚，是無可措諸實用也。古文與今文有二致乎？曰有之。其爲文也，揣摩爲工，期弋取科第而止，是言之無物，非古作者之旨也。夫取士以四書文，四書皆聖賢之言，所以垂教萬世，學問經濟備焉。而謂詮發而闡明之，無益於身心可乎？果無益焉，是末流之庸腐之，而咎不關體制也。謂予不信，請觀吾友韞山之文。韞山始刊其制義時，甫登賢書，諸生佔畢之業爲多。歲乙巳，予以計吏入都，復見其續刻如干首，此韞山通籍後作也。其氣之疏以達，其辭之醇而肆，其取材經史，補益傳疏，猶夫前，無事贅述。惟是韞山官農曹，卓然以幹濟稱。而予曩者於韞山之文，見其洞悉人情物理，通達世故，早識爲有用才，非陋傳瑮瑮可比，則不自今日矣。夫文章爲立言之一端，苟失其所以立言之本，雖祭獺以爲富，點鬼以爲奇，佶屈聱牙以爲奥，貌襲都京，皮傳沈宋，奚當於大雅？其既也，如朝槿之萎落焉。若夫題不越乎里塾，譚不外乎老生，而尋常一章一句中，有足以發揮事理，攄寫藴抱，暢其所欲言，而行之可遠，又何今之非古乎？韞山既登朝，爲經師如寒士。予宿其齋中，見其辨色起，與生徒孜孜講貫，然後升車趨曹署。古人云『坐而言，起而行』，韞山殆無愧矣。論者謂士子貢身以八比文，而所以致用不在是，有訾爲可廢者，盍取韞山之文示之？

時乾隆丙午四月，同里年愚弟錢維喬書於堇江官舍之小林棲。

【校記】

① 此序癸巳本無。

韞山堂時文二集目録

貧而無怨 一節 子路問成 之藝

群居終日 一節 君子不以 廢言

君子不可 一節其一 君子不可 一節其二

詩可以興 色厲而内 小人

已而已而 之言 君子信而 一節

小德出入 一句

學庸

爲人臣止 四句 心不在焉 一節

慈者所以 赤子 素隱行怪 二句

故大德必 一節 宜民宜人 二句

體群臣則 一句 柔遠人則 二句

天地之道 久也 載華岳而 二句

黿鼉蛟龍 三句 舟車所至

潛雖伏矣

孟子

數罟不入 一句 弓矢斯張 二句

市廛而不 不廛 無處而餽 四句

有賤丈夫 一句 丈夫生而 一句

戊戌會墨

【校記】

①一節：正文作「一句」。　②一句：癸巳本作「一節」。

管稿二集　卷三

巧言令色鮮矣仁

絶巧令於仁，爲墮其術者戒也。夫巧令於言色之人，聖人又何誅焉？鮮仁之歎，蓋爲世之好諛悦色者，發其憒憒耳。且天下未有生而不仁者也，亦未有明見爲不仁之人，從而悦之者也。自夫人有求悦於人之心，而所以鑿其仁者日深。自夫人有悦人求悦於我之心，於是誤不仁爲仁，而不仁之徒，始得志於天下，則未嘗見微知著，而斷之於早也。

今夫言者，心之聲也，其心坦白而純懿者，其言必磊落而光明。色者，心之符也，其心質直而端方者，其色必嚴毅而剛正。乃有人焉，入世深而揣摩逢合之於熟，則闇然取媚，惟求自適夫已事，而不顧其志之安操。術得而聲聞利達之願酬，則翕然争趨。方將群奉以高名，而胡覺其顔之厚？

由是言目之曰巧，色目之曰令。夫巧之令之，皆悦之者之詞也。雖然，亦還問其人之果可悦耶？世固有素托清流，而謬爲不屈之言，故作難犯之色，識者尚未敢深相恃也。威儀德音之秩，抑有主乎其中者矣。逆設一巧令之戒，而矯而厲之，安知不借此以收觀聽也？即不然，而此未忘乎言色之心，保其真天不蕩而不得矣，然猶有所愧厲而不爲也。若巧令者，則真有所樂乎此也，其設心尚可問耶？

世又有共推長者，而言若吶然不出諸口，色若藹然無冀於人，君子抑未敢輕相許也。深山大澤之淵沈，有足乎其内者矣。出見夫言色之場，而退而避之，安知非藉此以藏固陋也？即不然，而使日置夫巧令之側，保其意之不動而不能矣。然終有所木彊而不習也。若巧令者，則疑有所性乎此也，其立意居何等耶？

其俯仰依人之態，能使端人正士憐其助我，不復自峻其門墻。其便僻善媚之才，能使察相英君，信其無也，不忍過爲其檢制。迨至安危呼吸，而毒螫首發於愛倖之尤；枯菀須臾，而險詖常出於交遊之厚。不仁之禍既烈，乃始歎人固難知哉。由君子觀之，則自其巧令之時，而其本心之存也，固已鮮矣。夫人未有願儕於不仁者也，而出遇鮀、朝之輩，輒歸而自憎，亦未有樂得夫鮮仁之人，而與之共事者也。而行逢木訥之流，輒抑而不樂，亦獨何哉？

巧言令色之人，聖人何屑痛斥？正爲當時悦巧令者喚醒夢夢耳。從前作者，何以都未及此？朱南厓夫子。

有慨乎其言之，其胸次何減趙高邑！叔松厓。

題爲理窟所腐久矣，得此乃別開生面。周星頡。

事君盡禮　一句

事君之禮廢，能盡者不免於人言矣。夫事君有當盡之禮，初非以爲諂也，自不能盡禮者多，而聖人遂不免於人之譏耳，能勿聞而致慨哉！且聞人之譏己，而汲汲於辯明之者，必其反身有所未盡，而真以其言爲足玷也。夫果禮義不僭，又何恤於人言乎？第以此爲非，則必以彼爲是。君子不病一己之受誣，而重念天下之相習爲固然者，必有以深中其隱微，而已非一日之故，爲可憂也。

吾自宰中都，攝國政以來，初何嘗捨人臣奉職之常，而別求所以自盡之道哉？亦曰禮而已矣。屏息鞠躬，不敢襲夫人之脱略者，以是爲容，而不惟其容也。中心與之殊異，而禮特探其情以出也。墮都出甲，不忍聽夫人之僭越者，以是爲政而不惟其政也。竭力效其股肱，而禮必揆諸義以起也。豈有所諂而爲之哉？乃世之目我者。

不以爲尊主柄，而以爲悦君心，何意慷慨登朝，適犯此不韙之名也！亦幾歲乎口衆而我寡矣。

不以爲正朝常，而以爲希君澤，豈期盡瘁事國，乃負此不情之謗也！蓋岌岌乎求全而反毁矣。

人情以忠獲咎，未免憤惋而不平，而予則何心也？夫人必自有所爲禮，而後侈然敢以我爲非，必確有所爲不諂，而後雜然咸以諂相罪。耳目習熟之久，别有其私義以相高，一旦創所未經，反之於心而不勝其刺謬，其顛倒而極於是者，乃積漸之使然，非必皆罔上行私之所發也，而斯人何足深咎哉！

人情以獨見誣，未免憂疑而改計，而予故無變也。夫以盡禮爲非禮，則反是之所爲禮者何等？以非諂爲諂，則反是之號爲不諂者何居？平居偃蹇之深，不怵夫相形而不動。幸有獨行其是，示之以則，而猶肆其詆諆，其噂沓而出於一者，恐遷流之所極，將不惟歌雍舞佾之爲憂也。而斯人其誰聽聽哉？吾是以反覆人言，而不能默默已也。

聖人不是爲自己辨謗，全爲憂世起見。後二比真能得其胸中所欲言。劉雲房夫子。

有上句即有下句，美其行文之樂；有上句使人不測下句，服其運筆之奇。周星頡。

追配二方，非止唐臨晋帖。吕映薇。

子聞之曰　不咎

聖人於對君之失者，以不責責之而已。夫宰我『戰栗』之對，子所欲説之諫之咎之者也。而事則已成已遂已往矣，以不責責之，而其責愈深乎？且學者各本聖人之緒論以立言，類無顯拂乎聖心者也。其顯拂乎聖心者，必皆見正於聖人，顧因其可正也而正之，而聖人之義彰。因其不可正也，而以不正者正之，而聖人之情愈無盡矣。

宰我『使民戰栗』之對，非欲以考古而維魯哉？然其弊有不可勝言者。先王肇造之旨，附會焉而失更甚於荒蕪，説本無稽，想像以成其是。數典者奉爲釋經之確據，而穿鑿之，後演以支離，則其義盡湮矣。國家積弱之秋，急持焉而禍較烈於姑息，勢當難挽，重法以治其標。出政者信爲救世之微權，而凋敝之餘承之嚴酷，則其亡愈速矣。

夫子聞之，欲起而救其失，而勢已無及也。欲默而已於言，而心又難恝也，喟然曰：事之可以説止者，爲其未成也，如其成焉，而説已後矣。事之可以諫奪者，爲其未遂也，如其遂焉，而諫奚益矣？事之可以咎懲者，爲其親往也，如其往焉，而咎亦多事矣。夫斟酌於未事之先者，時甚裕也。藴胸中之獨得，深閟而不欲輕宣，而逆計此事之何以成，此謀之何以遂，此境之何以往，遥遥莫接，覺俯仰之甚寬。即當前席而陳，猶是從容於風議，而不料一發而不可留者，遽有是成焉遂焉往焉之境，交迫迭起，而曾不得稍待於須臾也，而寧有及焉？

抑補救於方事之頃者①，術至多也。深局外之隱憂，交儆而未嘗坐視，且必期吾説焉無弗聽，吾諫焉無弗入，吾咎焉無弗更，侃侃不撓，務竭忠而始快。但使末途可贖，寧辭苦口於再三！而無如一成而不可變者，遂盡舉説之諫之咎之之術，太息痛恨，而曾不得效能於萬一也，而又奚贅焉？

夫予固嘗以言語自命者也，即我亦懼予之多言，而不知其失之一至於此也。事不越廣厦細旃之上，而邈若山河，患奚止履霜集霰之微，而争非口舌，今固無如之何矣。百世而下，或有傳吾言者，其終勿以向者之言爲信，是則予之失猶可未減也夫？

深情醖釀，勁氣鬱盤，其言明且清，其聲大而遠。周星頡。

馭風騎勁氣，出入有無。莊似撰。

注語只當師其意②，必不可録其字句入文。起二比最得發揮注意之法③，凡排比題，各句俱有義理者，總舉皆非古法。獨此三句言重詞複，意在深切丁寧，遂字分疏，轉失當下神理，故又以渾舉爲宜。

張寶廉識。

【校記】

① 抑補救於方事之頃者：底本作『抑補放也乃事之頃者』，今從癸巳本改。　② 師其：底本訛作『而與』，今從癸巳本改。　③ 注：底本訛作『之』，今從癸巳本改。

晏平仲善與人交久而敬之

交惟敬爲可久，聖人所以善齊大夫也。夫交之不終，必自其敬之衰始也，而能久於敬者惟平仲，子固特善之以風世乎？且人與人並生，不能無情以相接，而交際行乎其間焉。不善全之，即世變由之以起。弗及於情者怠，有餘於情者暱，二者交譏，而道之不足以持於久則一也，吾是以思晏平仲。

夫平仲生於齊①，仕於莊、景之世。當是時，倫誼之放失，顯見於君臣父子之間，而至論接納於同儕，則益若不足深求，而無復意氣以相維繫。

國俗之輕獧，倍甚於盧令甫田之舊，而至問寅恭於世族，則更若莫能相下，而各持門閥以植黨徒②。以平仲論交其間，難矣。雖然，仲固有善其交者在也。

憶昔聞聲相思，謂親至夫人之側，願壇席奉之無斁也。洎乎接膝，而飢渴慰矣。飢渴既慰，而酒醴笙簧之節，亦因之以紛。夫始則動於傾慕之方新，不憚其煩也。既而謬托知心，以爲吾兩人之永好，豈在此戔戔者乎？而脱略之端見矣。薄物細故之遺忘，識微者早引身而思避，非有意督過，鑒於其情之已怠也，善交者惟謹持其怠而已。

溯當相見恨晚，謂自今以往之年，願臭味共之無忒也，洎乎轉盼，而約結深矣。約結既深，而言笑宴樂之端，亦因之而習。夫始猶怵於嚴憚之未替[3]，不及於褻也。既而雅恃莫逆，以爲吾兩人之厚愛，奚屑此斷斷者乎？而狎侮之萌作矣。戲語瘦詞之媟黷，飲恨者輒刺骨而尋仇，固猝遇傾危，亦狃於其情之甚暱也，善交者惟慎防其暱而已。

久而敬之，固平仲與人交之道也。

終其身會盟聘問，贈答於肸僑戍札之賢，第本此夙夜之嚴恭，而懽然皆得其意。

並其世噂沓背憎，俯仰於崔慶欒高之列，亦恃此畢生之恪慎，而脱然不與其憂。

非平仲之善交，能及此乎？

《東漢書》載班昭《女誡》，言夫婦乖刺之由，深曲盡意，中二比括盡古今交道不終之弊，實自彼奪胎。朱笥河先生。

前以高闊，中以紆迴，後以簡當。章實齋。

題曰『善交』，非擇友也，故人字不必專主好一邊説。鄭清如。

【校記】

① 生：底本訛作『之』，今從癸巳本改。　② 門閥：癸巳本作『閥閲』。　③ 憚：底本訛作『田』，今從癸巳本改。

自行束脩以上吾未嘗無誨焉

聖人樂育之心，特無所施於不知來學者而已。蓋不以禮來，雖欲誨之而無由也，不然，而子豈有所靳哉？意曰，吾於道稍有窺見，遂抗顔而爲人師，其欲舉天下而同得之，吾之願也；其不能舉天下而遍諭之，吾之憾也。雖然，吾之願在此，天下之不如吾願者在彼，則亦惟就吾願之所可及者，而務不留餘憾焉。以是無負於吾，即以是無負於天下爾已。

夫吾設教之日久矣，始但里黨從遊之近，漸至殊鄉越壤，亦相與擔簦負笈而來，間有名卿羔雁之投，下及陋巷繩樞，類無不絜志明忱而至，其人如此其多也。其所以來者，如此乎其不齊也。而吾於其人，豈有所區別於其間；或置而不受，受而不教，教而不盡哉？由今思之，自行束修以上，吾未嘗無誨焉者也。

其人而未及吾門也，吾雖憫其人之茫昧，而開示無由，執途人而語之，吾知其不留於耳也。且恐其謂願以異日，而重以褻吾教也。今既謁吾徒而來請，則已非無因之至前，向日所目擊而不能爲謀者，幸得藉手以既吾事矣，而況承筐有素者焉？

其人而未信吾道也，吾雖懼其人之背馳，而挽回無術，强異趣而聒之，吾知其不概於心也。且慮其謂余既知之，而益以堅其誤也。今但遣一介以聞名，則已若不安於域處。他日所慗置而無能爲恝者，遂得開懷以竭吾誠矣，而况請益不倦者焉？

雖得吾誨，而服膺請事，仍各視夫人之自力，以分成就之淺深。而在吾延納之初心，則固無所左右，而概欲偕之大道之中而已矣。

且聞吾誨，而源遠未分，保毋爲他説之所歧，或至參差而倍去。第揆吾引迪之始願，則初無所逆億，而惟思答其禮意之勤而已矣。

吾非有要重於人之意，特禮無往教，姑徘徊以俟其來。

吾必無別異於人之心，雖事歷終身，可屈指以要其反。

彼受吾之誨以去者，其亦能以此誨天下否耶？

義藴已不能出大士作範圍，特醒出題中數虚字神理，或爲前賢補漏。自記。

愷惻之旨，和平之音，以此代聖人立言，杪忽毫釐，悉由稱量而出。劉石渠先生。

撇却上句，何以異於誨人不倦？題文大士，認題所以獨爲精切，然其意可知不可言，在此不在彼，究屬自爲注解，未免語病自此作出，乃如聖人新脱諸口矣。鄭清如。

齊戰

聖人敬神恤民之本，於慎齊與戰見之焉。夫交神而有齊，與動民而用戰，人亦無敢忽之。子則立乎誠與仁之極者也，故其慎尤獨至云。昔夫子嘗曰我戰則克，祭則受福，蓋勝任愉快之言也。乃進窺其莅事之心，視常人之兢業爲彌甚焉，而受福克敵之本，亦實由於此。

吾徵夫子之所慎，其一曰齊。常人之齊，防其邪物，訖其嗜慾，致謹於七日三日之間而已。夫子即燕居之時，何以異此？其慎齊也，獨有得於先王制齊之本者也。君蒿悽愴之氣，恍惚無常，惟賴生人精意以與之迎，乃能有所憑依，而其靈始聚；黍稷肥腯之馨，貞邪同嗜，惟懶生人盛氣以爲之輔。乃能無所凌奪，而其享遂安。此非積數日之精神以赴之，蓋有不能猝致者矣。且鬼神之絶人而處也，一歲之中，相見能幾時哉？人情治酒食召賓朋，尚有先期約束之事，況鑒而臨之者，非吾室神，即吾祖考也？念及此而齊與人同，其所以爲齊者與人異矣。吾聞彈琴有懷，而文王罣然如見，義不繫乎齊也，而想見夫子之齊也已。

又其一曰戰。常人之戰，修而車賦，儆而師徒，致勳於六伐七伐之間而已。夫子當臨事之時，何以易此其慎戰也？蚤有裕於先王教戰之本者也。天生五材，莫能去一。患氣方興之會，不繼以摧陷廓清之烈，則人欲益肆於亡等，而世運將窮，軍臨對壘，安有獨全仁者無敵之説？忽難信於决命争首之時，縱天誅果訖於鯨鯢，而物生亦慘，此非豫數世之綢繆以決之，蓋有不堪嘗試者矣。且國家之以兵定亂也，一擊不中，王師可再舉哉？人情列鼎俎，羞魚肉，尚有預遠庖厨之心，况騈而殉之者，非其父兄即其子弟也？念及此，而戰與人同，其所以爲戰者與人異矣。吾聞歷階有勇，而汶陽晏然來歸，事未及於戰也，而想見夫子之戰也已。

理足以見極，詞足以指實，故能充塞天地，横絶古今，視前輩顔君二作，陋之略如邾莒。彭芸楣先生。

氣决江河而下，詞引星辰而上。戴未堂。

兩事中材以下皆知慎之，非得此精深廣大之作，那見聖人分量？沈佩蘭。

怪力亂神

歷觀聖人所不語，而邪説可以不作矣。夫怪反常，力悖德，亂害治，皆流俗所以濟其邪説者也。又其進則托乎神以惑衆矣，宜聖人並以不語息之乎？且庸人有好言之弊，有易言之弊，不揆於理，而特以新奇快其口説者，好言之弊也；依附於理，而轉以幽渺文其淺陋者，易言之弊也。二者皆足以流爲邪説也。聖人以理律天下，而又惡夫借理以惑人，則其生平所不語者，可屈指數矣。

聖人語常，而反乎常者怪也。石而能言，豕而能啼，内外蛇而能鬭，聽之者不勃然起乎？然好奇之耳目一新。文章鉅麗，半獵艷於虚荒；經法修明，别鈎深於讖記。道術於是乎裂矣。子方與夫婦之愚，共偕之大道者也，奚語怪？

聖人語德，而反乎德者力也。蓋而可投，輈而可挾，甲七札而可徹，讀之者不色然駭乎？然右武之精神一奮。朝登勇爵，士不讓而争鳴；俗重首功，民不親而樂戰。文教於是乎衰矣。子方與韋布之儒，折衝於樽俎者也，奚語力？

聖人語治，而反乎治者亂也。杞而在圃，莠而在門，郜大鼎而在廟，述之者不喟然太息乎？然犯難之習尚一開。挺刃尋讐，盛遊俠風塵之結納；輟耕自負，動奸雄草澤之沈吟。人心於是乎不靖矣。子方與三代之英，康濟於蒼生者也，奚語亂？

凡此皆語之不軌於理者也。若夫軌於理矣，而聖人復有所靳之者。則惟變化屈伸之迹，子於贊《易》一及之，而恐天下智不足及乎此者。高論空虛，弗求諸人事之備也；焄蒿悽愴之氣，子於主鬯若見之，而恐天下誠不足及乎此者，侈言靈應，愈褻夫鑒觀之赫也。又況崇實沈而夢黄熊，氣焰之憑略同於物異，賜虢田而謀曹社，禱祠之害，不後於甲兵，神之爲禍烈矣哉，安得不與三者同其不語也？後世邪説並具，所以溺人心而禍天下者，莫不由此數端始也。聖人蓋憂世之深乎？

熟於周秦兩漢之書，而傾其瀝液，故未許獺祭家問津。潘蘭槎。

局奇而法，詞正而葩。洪稚存。

以名貴寫其絢爛，此根柢之學，所以異於枝葉也。崔景儀識。

出辭氣斯遠鄙倍矣

致謹於辭氣，而所以慎言者微矣。蓋言之不善，未有不由於鄙倍，而其端先見於辭氣之間，君子思所以遠之在此。且君子之容色，皆見於身者也。而出身而加乎民者，則必自其言始。夫言豈待其言之畢哉？脱諸口而猶未竟乎言也爲辭，動於言而猶未宣於口也爲氣，其於出納之際蓋微矣，而已有無窮之失焉，君子所以貴立乎言之本也。

常人之議論，率其胸臆而已。君子爲之，將有文章之事焉。抑揚抗墜之間，國體因之輕重，而内心密劑其權衡，則雖其率爾之餘，必有所挾而流也。

常人之誥教，盡其事理而已。君子爲之，將有律令之垂焉。可否吁俞之際，民俗繫以淳澆，而群聽實環其流示，則即其無聲之處，亦將以意而擬也。

審是而辭氣之出，其可苟乎？

其中不澤以詩書之味，則常局於尺寸，而不復知有高遠之方。一措諸辭，亦惟本其面墻之所見者，以相酬對，勿論義不雅馴也。聽之未畢，而猥瑣齷齪之氣，有令人不能終日者矣，若是者謂之鄙。匹夫之鄙，特傳笑於鄉閭耳。廟朝壇坫之上，一發聲而窺其無物焉，不將蓄爲没世之恥乎？

其心不習於義理之途，則必鑿於聰明，而不復知有正中之則。一達諸辭，又惟執其私心之自是者，以爲武斷，毋論事不通曉也。語之未竟，而剛狠愎戾之氣，有令人不可嚮邇者矣。若此者謂之倍。下士而倍，將見正於師儒耳。公卿大夫之尊，一矢口而譏其不類焉，其猶及爲事後之悔乎？

雖然，此非不可以遠也。

古之君子立誠於己，而無稽勿詢之見，自欲匿而無所容；精義於心，而離經畔道之書，雖日出而無所惑。此熟操乎辭氣之未發，而先有以待之者也。及其將出，而持之有故，言之成理，其敬慎有與爲無窮爾矣。

博達於古今，但有一事之不知，即以爲慚於大雅；公溥於觀聽，使有一物之不化，即以爲篤於拘墟。此密循乎鄙倍之或至，而徐有以勝之者也。迄乎既遠，而益培其根，益加其膏，其涵養有與爲終身爾矣。

能如是也，不與容貌顔色，並無憾於君子矣乎？

辭字易的，氣字難的；鄙倍處易的，遠鄙倍處難的。文乃面面俱到，鑿然沛然。劉雲房夫子。

理摯言醇，俱與曾子性情體質相近，匪止對付孟敬子也。陳楚堂。

古澤如舊珮，鋒穎若新硎，兼之者蓋少矣。趙開宗。

有若無實若虚犯而不校

進推下問之心，而無我益通於接物矣。蓋惟視有如無，視實如虚，所以能忘己而問人也。至是而猶有犯之，不亦可以無我之心置之乎？且學者惟存自視有餘之意，故未能屈己以下人，而人己之見既明，或反觸事而求伸乎物。善爲學者，其視己也恒不足，故其視天下恒有餘，而以欿然不滿之心，爲渾然無間之量，事雖别出，而理實同源矣。

以能以多，而顧問於不能與寡。夫豈徒博下問之名，而無自知之鑒哉？取天下之能者與不能者校，則能者見爲有矣。取天下無所不有者，以與吾之所爲有者校，而其有不已僅乎？即幾於無所不有，而天下理之所宜有者，又日出而不窮，夫安能自我而盡之也？是以終身不存一有之見也。取天下之寡者與多者校，則多者見爲實矣。取天下之無所不實者，以與吾之所爲實者校，而其實尚足恃乎？即信爲無所不實，而天下道之所當實者，方日新而不已，夫安能自我而既之也？是以終身不作一實之想也。

有若無也，實若虚也，其自視有如此者。

夫忘恃己之心者，必能平忤物之氣。故非禮不加於盛德，而召釁取侮之事，其端固無自而開。乃具含章之美者，不皆遇觀德之明。故求全本集於好修，而投閑抵隙之多，其事亦相因而至。則猶有犯之者矣，而又何以待之哉？

謂其人奚足以怒，而怒之心固未忘矣。夫同負萬物之靈，敢輕肆其蔑視哉①？妄庸非意之干，亦比於師保糾繩之切。即省躬無憾，而因事而獲思所反，其相益爲不薄也，是又其求有求實之心，所推而廣焉者也。

謂吾於人何所不受，而人之見固猶有存焉矣。夫果廑一體之愛，忍泛用此包荒哉？人類猖狂之失，亦引爲當躬血氣之憂。縱於我無傷，而多行而適以自斃，其惻怛爲無窮也，此又其若無若虚之心，所轉而深焉者也。

其爲不校，豈顧問哉？夫自視也如彼，而接物也又如此。肩墻自愧之士，不免放意於遂己之前；車裘與共之賢，保毋動色於拂情之舉。無伐善也，不遷怒也，微吾友其誰與歸？

有先儒淳實氣象，雒誦數過，令人躁釋矜平。趙鹿泉先生。

用意用筆，皆能透過數層，一切塵羹土飯之義，腐木濕鼓之音，掃蕩廓清，比於武事。戴未堂。

疏宕之氣出乎震川，深湛之思掩乎文止。周星頡。

【校記】

① 肆：底本訛作『四』，今從癸巳本改。

民可使由之不可使知之

聖人權治民之準，而過求乎民者惑矣。夫知之豈不勝於由之哉？而民之質自不可强也，使民者亦第導其由而可。且人主牖民之意無窮，而先自處於必窮之勢，此不得專咎夫民也。聖王之於民，期之者至賒，而導之者至約，則操術既得，而深悉乎民之本量也。夫所謂民之本量者何也？

出作入息，第率其日用飲食之恒，而性天之不鑿者，亦遂克敦於大義。故忠孝節廉之事，雖出於庸夫愚婦，未嘗不與聖智同功。

萃處群遊，第安其渾噩睢盱之俗，而真誠之既積者，轉若有覺於天倪。故沐浴歌詠之文，雖作於壞叟衢童，未嘗不與《詩》《書》並著。然則民亦可使由之而已矣。由之則無慮其不知之，而且不啻其知之，乃猶有過求乎民，必使知之而後快者，則未審乎民之本量而重誣之也。

懸於象魏，讀於月吉，上之所以致於民者，亦第舉其可見之端。然使實而循之，以期其必赴，而民氣固已大醇也。若夫皇降民秉之故，聖主窺之至深，而卒不聞一施之條教者，所謂心之精微，口不得而言也。而欲執途人而喻之，不已左乎？

木鐸有詢，庠序有申，民之所能听於上者，亦惟得其至常之迹。然使優而遊之，以待其自至，而民性固已漸復也。若夫顧諟丕顯之功，聖主循之至密，而以未聞一宣之誕告者，以爲學之積漸，質不得而勉也。而欲進野處而期之①，不亦惑乎？

且求民知而怒其不率，則武健嚴酷之吏，得乘之以爲資，教化之窮，刑罰之所由敝也。束縛馳驟，岌岌乎有不可終日之思，矯弊者，乃議一切毁其制防，而治又蕩軼而無所守。

民求知而誤於不精，則豪猾桀黠之徒，反竊之以爲市，義理之似，奸僞之所由滋也。鴟義請張，駸駸乎有不可窮詰之勢，懲禍者，至欲一切愚夫黔首，而道益充塞而不可爲。

又孰非使民知之者階之厉哉？則其不可也決矣。後有王者，亦惟立常道，服常教，使民日遷善而不自知焉，此固天下率從，萬世無弊之道也。

此等題不難於馳驟，文之謹嚴簡勁②，乃有類於申韓法家。錢竹初。

朱子釋『不可』爲『不能』，恐後世誤以聖言落權術家數。其实『不可』包得『不能』在内，『不能』未足盡『不可』之義也。若但不能使，知聖人自可聽之而已，何必爲此言以戒萬世乎？後比推論，『使知』之弊，確不可易。叔松厓。

骨重而舉之以輕，理多而出之以約。孫正軒。

【校記】

① 期：底本訛作『不』，今從癸巳本改。

② 謹嚴簡勁：底本訛作『謹年時勁』，今從癸巳本改。

舜有臣五　才難

古才之聚也再，聖人有感於才难之説焉。夫五臣之有於舜，十臣之有於周，皆人才之聚也，孔子尚論其間，能不有感於古者才难之説哉？且古人治乱之交，惟賴數才人爲之匡濟。而當時幸其有事，後歎其難。將欲尚論其難，必先比觀其有，各紀其時與數，隱然見靳惜之思焉。而昔人有爲之言，遂動後聖無端之感。

吾黨竊見夫子讀《太誓》之辭，而不能無所感也，於是本先經起義之例，爲借賓定主之文，而先志之曰：『舜有臣五人而天下治。』

夫舜受天下於堯者也，合二帝之知人，彙兩朝之籲俊。禹，亮采才也，宅百揆；棄，播奏才也，官后稷；契，敷教才也，作司徒；臯陶、伯益，詰兵刑、度山澤才也，任士與虞。此外若夔龍岳牧之儔，殳斨朱虎之列，史氏紀官，例無可略，必備言励翼之，庶明後人數典。美不勝書，惟約舉賡颺之元佐，故曰『舜有臣五人而天下治也』。

後千餘年而至於武王，異於舜者，處撥亂之時；同於舜者，繼作人之後。迹其一時人才，介弟含仁於麟趾，尚父奮義於鷹揚；外廷協力於干城，後宫嗣音於樛木。豈以號叔早世，伯夷遯荒，三仁靖獻而少之乎？然則舜之臣五，第後人約言之，而不必盡其美也，而武王則自盈其數曰十人。舜有五人，特他人群奉之，而不必專其名也。而武王若自私其擁曰『予有』。

孔子删《書》至此，俯仰於渾穆之朝，才無所爲贏縮也。清明之朝而才始重，故後聖人網羅豪傑，遂有取之務盡之思。

神遊於揖讓之世，才無所爲畛域也。革命之世而才始分，故新天子揚厲親賢，若有幸而歸我之意。曰『予有』，難其有也；曰『十人』，難其人也。孔子曰：吾讀《太誓》之詞，而憶古之人。有先我言之者矣，曰才難。夫爲才難之説者，其意中不必有舜與武王也，不必盱衡乎五臣、十人之已事也。而咨嗟咄唶之意，適與孔子讀《太誓》之心相發焉，宜乎三復而深然其説也。

孔子才難之歎，自是讀《太誓》而發，『舜有』句乃因下文有『唐虞之際』二語，而記者追書之耳，以上兩節對舉者非是。自記。

如題三段，直起直收，而鉤貫埋伏，無法不具，其源蓋出於墻東。周星頡。

如讀李將軍金碧細畫三日坐對，而未盡其皴摺之妙；如觀米海岳研山大不盈尺，而崗巒洞壑皆具。沈佩蘭。

子罕言利與命與仁

類舉聖人之罕言，皆爲天下萬世慮也。夫利之爲禍烈矣，而命與仁，亦不知者所易托以惑世誣民者也，故皆以罕言者慎之。昔門弟子日求夫子於言，久之而始覺其有所罕也。久之而得其有所罕於此，又得其有所罕於彼也。由是連而及之，而美惡不嫌於同詞；分而著之，而義類無妨於各出。

厥目維何？其一曰利。利者，義之反也。使爲學者而趨利，則必思争名譽，競得失，而安能心至於學問之間？使爲治者而趨利，則必將總貨寶，速富强，而安能求復乎先王之道？夫子知言之足以禍天下者，必自利始也。由是義外之利，固不忍言，即義中之利，猶恐天下不善用吾言者，未事而先有計功程效之思，則所爲向乎義者已非矣。是以君子慎密而不出也①。

而亦有與此而俱慎之者。欲淡人營利之念②，莫若使知窮達之有定分，而不可以强求，則命之謂也。然而真知命者誰乎？學不足以至於命，而各以其所見求之。求之福善禍淫之迹則已粗，求之冥漠無朕之原則已杳。以爲有定，而修能不復施；以爲無定，而覬覦愈以起也。故命至精也。自人易言之，而命幾晦矣。夫子之於命也，蓋亦謂君子之宜知焉。其視利固不侔矣，然終恐天下之言命者，失吾言之意也，則罕言者又其一。

欲止人嗜利之私，莫若使知良貴之在吾身，而無不可以各足，則仁之謂也。然而真知仁者誰乎？心不足以安於仁，而各以其所意求之。求之於寂之徒守，而日用將離；求之於願之難酬，而博施終病。泥其執一者以爲愛，而陷罔不能辭；據其勉强者以爲安，即忠清猶有憾也。故仁至大也，自人妄言之，而仁幾賊矣。夫子之於仁也，蓋時荅及門之來問焉。其視命爲加詳矣，然終恐天下之言仁者，不盡得吾言之意也，則罕言者不又其一哉？

嚴小人下達之防，而與天下偕之大道者，又未嘗遽索之高深，而但使循循於寡過，故縱横清净之學，均不得托於《六經》。

遏豪傑非幾之貢，而與天下求之名理者，又惟恐益增其晦亂，而但期亹亹於中庸，故功名道學之門，兩無所開於吾黨。

又誰識夫子之罕言？其功用乃至於是乎？

衝口而出，縱手而成，是汩汩其來之候。康茂園先生。

此作者另是一種布帛菽粟文字，顛撲不破，醇乎其醇，蓋於義理之學深矣。周星頡。

【校記】

① 慎密：癸巳本作「慎審」。 ② 淡：癸巳本作「惔」。按二字皆通，皆淡化之義。

不爲酒困

酒以觀德，而不困者深遠矣。蓋求免於困，非止求免於醉也。有所以不受其困者，而酒始無權矣，是豈易言者乎？且學者誦《賓筵》，讀《酒誥》，其於號呶沉湎之風①，吾知免矣。顧或勝之於外，而未能勝之於內焉。夫勝之於外，此矯而克之之事也；勝之於內，則非矯而克之之事也。精神自有其常勝，而乃不爲物勝焉。斯其過人之量，皆其過人之學耳。

昔先王之製酒醴以合歡也，豈爲此困人之具哉？而人則往往爲其所困者何也？

燕私媮情之日屏，而不能無所伏積也。有與之作其緣者，而遂施然以自張，俯仰之間，有恍惚不知所主者矣。即或堅忍功深，亦尚能爲成禮之出，而此中之受伐，不已多乎？

矜張驕蹇之日尅，而不能無所竊發也。有爲之助其焰者，而遂熾然其莫禦，呼吸之際，有汗漫不能自檢者矣。即或創懲意切，甚至激爲絶物之防，而移時之一潰，又可保乎？

而如其於酒也，習射於公，助祭於廟，其心初不在酒，而酒之得乘吾惑而溺之者，固已少矣。若乃主賓款洽，揖拜之禮既終，方將以不醉無歸爲良會，永厭厭之樂，此即操之有素，夫豈不爲之意移？而禮儀咸卒度也，則真不困者也。

既立之監，或佐之史，其心惟恐不在酒，而酒之得伺吾忽而中之者，亦已少矣。若乃里巷過從，司正之官不設，方將以爵行無算爲歲，時謀晏晏之懽，苟非不近人情，夫孰不爲之傾倒？而清明常在躬也，則真不困者也。

若夫不困之實②，又豈無其本哉？

其制節謹度之心，雖當可以爲樂之時，常凛然不敢過於則，故君子之酒，有未嘗爲人强飲者矣。而猶不止此，莊敬日强，别有以凝固其神明，而麯蘖在所不能亂，則三爵之後，彌見其湛然常清耳。其淡泊寧静之素，雖常相與爲競之頃，常漠然無所介於胸，故君子之酒，有不欲與人争勝者矣。而殊未止此，中和日醞，預有以節宣其志氣，而沈酣在所不能侵，則百榼之餘，愈見其渾然無際耳。

或曰人之勝飲與不勝飲，蓋有受之於天者。然而色已酒而心清，其性定也；首末濡而神旺，其氣浮也。杯酒之間，動關學養，吾其能勝任愉快乎哉！

粹然儒者之言③，便見得中庸不可能氣象。叔松厓。

題義初思之似覺淺近，而聖人猶以爲難，非此精心入理之文，不知其包藴深厚也。和泰庵④。

矯粗入腐，是以五十步者笑百步矣。不經名筆，安得此粹理雅音？李墨莊。

【校記】

① 沉：底本訛作『流』，今從癸巳本改。 ② 不困之實：底本訛作『不因之貴』，今從癸巳本改。 ③ 粹：底本訛作『梓』，今從癸巳本改。 ④ 庵：底本脱，今從癸巳本補。和寧，字泰庵。

法語之言

進言者不一術，所望不惟其淺也。夫法言巽言，進言之術盡此矣。而所望於聽者，豈徒能從能悦而已哉？今夫進言之益，其始自人操之，其究則自己得之。自人操之者效其半，而事有所止也。自己得之，則實而勵其行，復虚而求其意於言所不能效之處，而一一有以至之，然後返之進言者之初心，而覺無負耳。

夫人方錮敝沉溺，苟非呼寐者而使之覺，無由望其心之一開，諷諭從容，懼真以爲好音之過耳也。辭危意悚，毅然有所不能寬，又爲之援古訓以辨真邪，指前車以陳利害，殆所謂非法不道者乎？夫人情之聞正論而心瞿也，有固然者也。況以得過者當之，益將震懾於其中，而不敢出一詞以相抵矣。受命如嚮，儼然有回心嚮道之機，而進言之時，固已料其及此者，謂其雖欲不從而不能也。法在則然也，而君子之聽法言也，豈但從之爲貴哉？其從之暫也，其終身無怠於從，則不惟從之謂也。聞過而不敢辭，與聞過而不敢復，其難易必有能辨之者矣，則所貴在改矣。彼正色而談者，固期其至是而後快也，然而必其人自改之也。

抑人方愎戾恣睢，苟非化悍者而使之柔，無由冀其情之一轉，糾繩過切，保無至於藥石之成仇也。心平氣和，藹然有所不欲盡，又爲之托物連類以興其悟，主文譎諫以誘其衷①，殆所謂巽以行權者乎？夫人情之聞婉辭而耳順也，有固然者也。況以負疚者當之，愈將感激於非望，而不忍挾盛氣以相持矣。實獲我心，不勝其撫掌動容之意。而與言之始，固已決其如此者，謂其雖欲不説而不能也。巽在則然也。而君子之聽巽言也，豈但説之爲貴哉？其説之暫也，其轉念不安於説，則不惟説之謂也。聞言而適然喜，與聞言而愸然慚[2]，其淺深必有能辨之者矣，則所貴在繹矣。彼微詞以風者，固幾其及此而後無恨也，然而必其人自繹之也。

若夫安於不改不繹，吾進言之術雖多，其能有濟乎哉？

逐句逐字，咀嚼出意理來。集中長比，多以渾灝見長，此獨出之以緰瘦，尤爲可貴。劉雲房夫子。

句句有心，步步是法，不下一直筆，不作一盡語。馮魚山。

【校記】

① 主：底本訛作「王」，今從癸巳本改。　② 慚：底本訛作「惠」，今從癸巳本改。

當暑袗絺綌必表而出之

君子敬身之義，即一當暑之衣而見焉。夫當暑之衣，未有不袗絺綌者也，君子獨表而出之，則袗而不袗矣，其敬身也爲何如？《禮》有之，「袗絺綌不入公門」，此言絺綌之外，雖盛暑而不敢忘禮服之加也。若夫時當燕處，外之禮服不加焉，是可以爲袗之時矣。可以爲袗，而終不敢安於袗，於是不營其外而營其內焉，則又亡於禮者之爲禮也。

夫四時之有暑，非君子一人之暑也。暑之衣絺綌，絺綌之用袗，非君子一人之衣也。然則當暑何以書？爲袗絺綌書也。袗絺綌何以書？爲君子不安於袗絺綌書也[1]。君子不安於袗絺綌奈何？夫袗之藏身薄矣，袗而至於絺綌，抑又疏矣。

朋輩之相處，亦習焉而不察耳。設偶然平視，而固與不衣而處者，相去祇在有無之間，其不蹙然惡其無禮者，必非人情也。

家人之相對，亦忽焉而不覺耳。設彼我易觀，而幾與祖裼而遊者，争勝不過纖毫之隔，其不忍然愧其難堪者，必非人情也。

然則如之何而可？曰君子固不廢乎絺綌也，特望之而不似袗焉；亦不改乎袗也，特察之而始知不上於絺綌焉。夫常人無所加於絺綌之上，則絺綌之既出無疑也，而不得概目之爲出者。無入乎其内者以居之，則亦何出之非納乎？

常人無所裼於袗之餘，則袗絺綌之在表可知也。而不得特異之曰表者，無主乎其裏者以別之[②]，則亦何表之非裏乎？

今於君子之袗絺綌也，《記》之曰『必表而出之』，則知望之爲袗，其中仍有周遭之甚密者，而俯仰乃無愧怍之萌也。順時而不溺於時，亦行其心之所安焉。

視之爲絺綌，其内別有結束之甚固者[③]，而晤對乃無厭薄之生也。違俗而不絶乎俗，亦返於情之各得焉。

然則記者不直言裏衣何也？言之不文，固不可以傳我君子也。

昭晰者無疑，優遊者有餘。竇東皋先生。

深湛之思，雄古之氣，於此題均無當也。全以白描出之，乃不負《論語》化工之筆。周星頡。

【校記】

① 子：底本訛作『于』，今從癸巳本改。 ② 裏：底本訛作『衷』，今從巳本及下句改。 ③ 别：底本訛作『朋』，今從癸巳本改。

不撤薑食

物有宜於常食者，特以不撤異之焉。夫物之可食，而不必其常食者，聽其撤焉可也。若薑則每食必供矣，聖人豈無故而重之哉？且人知嗜味，而天備百物以養之。凡以遞相代匱，而不必專用於一物也。若求之無不得，而用之無不效，物既自處於不匱，而遂無他物可取以代之。聖人所爲於不求備物之中，獨兢兢於一物之必備也。

吾黨徵夫子不食之數詳矣，則自此而外，非皆聖人之所常食乎？然革去故而鼎取新義，不主乎復進，非徒爲變易以適口，亦慮其壹則生疾。而將無以劑其平，有則供而無則缺。禮無取乎固求，非徒爲遷就以省財，兼恐其偏則爲災，而將無以持於久①。

然則子之所食，未必非子之所撤也。乃若求其所不撤，惟以薑食特聞云。

芼物各有其宜，亦猶肉之用醬而不可混投也。惟薑則遇百物而發其芬，幾於無物而不得矣。故脂之用葱，膏之用薤，三牲之用藙，並詳其配合之文，而薑獨不著其物。不以物者，明乎其無物不宜焉耳。

菜食各隨其候，亦猶五穀百果之以時而不當淩節也。惟薑則貫四時而秉其正，用以獨行而有功矣。故春之祭韭，夏之食薁，七月八月之烹葵斷壺，皆著其轉移之義，而薑獨不繫以時。不以時者，明乎其無時不協焉耳。

其氣烈而其腴不厚，故上可躋於笋蒲之備物，而膳從其減，亦不廢於薄滋味節嗜慾之時。

其味辛而其臭不葷，故功可同於椒桂之升馨，而息取其清，仍無變於致齋戒交神明之日。

咄嗟已致，而旬月能留，既非若包杞之瓜，移時輒敗。

掌握可收，而輸環常給，又不類逾淮之橘，遷地弗良。

子之不撤之也，有以也夫！

單靠注中二語爲生活，豈復成文出自經生！乃如此淵雅醇茂。朱南厓夫子。

意理精粹，卷帙紛綸，使人忘題之枯俗。吾漁璜。

制藝家如張五都之市，一物不備，即無以塞求者之意，非平日讀書多，積理足，那易以應敵無窮？丁郁兹。

【校記】

① 久：底本訛作『失』，今從癸巳本改。

祭於公不　一節

觀聖人頒肉之早，而敬周於祭後矣。夫助祭於公，主祭於家，至頒肉而事已畢矣。進思不宿不出三日之義，敬之周於祭後何如哉？嘗思祭必用肉，所以重血氣而助馨香也。而既薦於鬼神矣，又必頒之於人，自家及國皆用之，其義安在？

蓋鬼神不能爲人之食，必使與於奔走者助其嗜慾，而肸蠁之氣始强。故醉飽既屬之尸賓，而廢徹而還，大澤仍期遍於下人。

不能親見鬼神之食，必使進之幾筵者，返於虛無，而洞屬之誠始快。故玉帛或歸諸焚瘞，而幽全既告，餘甘輒以盡於人。

知此乃可與觀夫子之頒肉矣。夫肉之大者，錫自郊燔，而次猶三望；賚由禘灌，而降亦群公。此吾子自中都宰，洊歷司寇以來，所得之於公者也，固宜視爲異數。先嚌斯榮，廣此殊恩，遍嘗乃悦。於是本君言不宿之義，推畀肉必均之仁，有一日而不敢出者。

至若家之祭肉，非特受於公者之一臠而已也。兼人治具；而量非終日所能勝，四出饋遺，而事非窮日所能給。權乎緩急之數，概以三日爲斷焉。而特嚴之以不出者何也？誠以一出此限，則久滯於庖，難保無蟻附蠅營之變。强登於七，將必爲顛頤疾腹之凶，不食之矣。慮及於出三日之不可，而不出三日之故，奚俟煩言解哉？方謖則有餕，方徹則有燕，所爲廣祭之福者，事無或遲矣。至惠均錫胙，益進以每變愈衆之噬嗑，而若有餘芬，鬼神有知，未必其無動也。志氣盛而歡欣暢，如見神靈之再飽焉。冪之則用巾，冰之則用鑑，凡以完肉之美者，慮惟其豫矣。而禮藏頒膰，益飭以惟日不足之精勤，而卒無少棄。吾於鬼神，至是爲無憾也。璮薌盡而厭斁泯，不負奉進之初心焉。

此聖人之於祭肉，頒之所以必早，而或不宿，或三日者，以多寡異之，亦不以公私異之也，皆所謂敬周於祭後也夫？

如題安頓，已苦章法之難，更何暇發揮義理？此方是百尺樓中人語也。朱南厓夫子。

孔子云『祭則受福』，此節乃祭後之事，然必如此敬謹周詳，乃見可以受福之理。作者真能抉經之心，執聖之權。莊似撰。

周鼎商彝，望之使人起敬。吴稷堂。

管稿二集　卷四

魯人爲長府

觀聖賢論時政之失，意深而詞婉矣。夫長府之爲，其失非一端也，閔子婉商之，夫子從而嘉歎之，而於改作之失，皆未一言及也。倘所謂孫言者乎？且輿論之公，其事未嘗無益於國也，故聖王在上則採之。而其分究非夫人之所得言也，故君子在下則謹之，言出於心之同然，而適如其分之不越，則非有德者不能也。

魯之人，於政之當爲而不爲者多矣，奈何獨有事於長府也？不若城防浚洙之役，設險以守邦，非比雉門兩觀之營，因災以用衆。雖仍其舊，而初無不便於事也，必亟亟焉改而張之。閔子騫者，愼默寡言，無心於魯事久矣，至是而語人曰：『仍舊貫如之何？何必改作？』斯言也，可不爲深長思也哉？

立子孫之朝，無事不受成於宗祖，率其已然者而由之，不見其益也，以爲未足厭吾之意，而張大焉。煥然於耳目之觀，而必有陰受其病者矣。

處悉索之世，無時可小憩其人民，擇其得已者而罷之，尚恐其敝也，以爲不甚傷民之力，而忽易焉。燋然於無益之地，而必有難應於倅者矣。

雖然，此特閔子意中之旨云爾。

使其持之過激，即爲民請命已。若有心出位，而於義未得其安，攻之太深，固因事納忠，轉恐取怒當途，而於事終無所濟。

今觀閔子之言，渾渾焉抑抑焉。忠愛之悃孚於內，故出舌不易而語可思；和平之氣藹於辭，故入耳不煩而聞足戒。子曰：『夫人不言，言必有中。』夫子之心，閔子之心也。然則閔子之言，其即夫子之言也歟？夫魯政之失，非長府一端已也，而議論之見於聖門者僅此，猶且婉言商略，於改作之非，不一斥焉。固居下之分宜然，亦君子免於衰世之微權也。後之君子，居孔、閔之位，而無其德者，亦慎其所發哉。

仁義之人，其言藹如，可許以因文見道。朱南厓夫子。

許大議論，收拾在一毫芒，此爲精於鍊骨。蘇園公。

聖賢心心相印，改作之非，閔子言而不言，聖人不言而言，正急索解人不得，自此文出，秘藏盡洩，後人無可措手矣。周星頡。

所病於帖括之交者，爲其氣息不能深古，然如昔之熙甫、大士，今之百川、望溪，雖以入綫裝文集可也，藁中合作亦庶幾焉。鄭清如。

季子然問　臣與

私家安得有大臣，即一問而無忌憚之心見矣。夫仲由、冉求，即能勝大臣之任，而非季氏之子弟，所得僭爲擬議也，况問之夫子耶？且得人則興之説，古帝王所以肇造於有邦也，而奸雄亦或竊其術以延攬天下之人才。有才者温温無所試，樂於得所藉手以自見其才也，盍姑爲之盡其力？而其黨挾之爲重，遂憪然動其覬覦非望之心，則又爲之盡力者，所不自意其至於此也。

聖門如仲由、冉求，不得仕於魯而仕於季氏，抑亦其心之所不屑也。然業仕於季氏矣，則治賦之才，足民之略，豈以事非其主，而括囊以安譽咎之無？且攻臺之逼，戰郊之危，又已效見於前，而談笑以濟非常之變，魯廷之上，愧不如季氏之得人焉。而子然乃沾沾私以自多也，問諸夫子曰，仲由、冉求可謂大臣與？經營之業，而可以力征也。不得其人，有獨爲之，而卒困於無助者矣。

故累世之憑藉不足恃也。退而觀其腹心之寄，與其左右前後之人，卓犖不群，而皆有公輔之器，則以爲基構之興，可企踵而待也。

三代之英而不可數覯也。苟勝其任，雖小試之，而難限其所至者矣。故下僚之淪落，不足憂也。進而效其忠款之謀，與其智深勇沈之概，指揮一定，而卒成佐命之奇，於以知功名之建，不擇地而施也。

子然之以大臣擬由、求也，意豈不云爾乎？而敢顯然誦言於夫子者何也？其志在誇示得人，而從政素優，久已竊聞夫餘論，因即其常所期許者，極口推崇，以隱相逢合，庶欣然得其意之所欲出，而歎爲知言。其心在妄希非分，而正名是凜，知難顯質其私圖，惟就其親相授受者，謬爲引重，以善自矜張，或渾然投其聽之所不疑，而應之如嚮。

嗟乎！子弟見父兄列要津，登顯仕，出其所有以詡於人，不過器識之卑鄙耳。若子然之問大臣，無論其人果否克堪，而意之不可勝誅，又匪止於家有藏龜，家有藏甲也？由、求即無忝乎大臣之謂，而其肆然於由、求之上者，又謂之何哉？子然其真無忌憚之尤矣

奇氣在胸，觸處即發。周星頡。

於子然發問處，推見至隱末節，意已如徐夫人匕首在荆軻手進督亢圖中矣①。董蕙疇。

文章之妙，無過肖題，觀此文有曹操横槊賦詩，石勒倚嘯上東門氣象②，真道子寫生神手！吕映薇。

【校記】

① 夫人：底本訛作『春八』，今從癸巳本改。 ② 門：底本脱，今從癸巳本補。

司馬牛問君子　二章

解不可解之憂，惟盡其所得爲者而已。夫兄弟之變至於牛，誠無可解其憂也。然徒憂奚益乎？子與子夏，亦仍以得爲者勉之而已矣。且骨肉乖違之變，君子所無如何也，而分之所當盡者，不以無如何而遂可不致力焉。致力既深，而所爲解免其無如何者，亦即不外乎此。此聖賢師友之忠告，似迂而實甚正也。以司馬牛之賢，而親爲向魋之弟。不憂之，非弟也；徒憂之，不足盡牛之爲弟也。一日以君子爲問，倘亦我思古人之意乎？子語之曰：蕩蕩者，君子之心也；休休者，君子之度也。

終身無一事不安於天則，而震動危疑之至，順受焉而若忘。

自反無一念不即乎人心，而險阻患難之來，百折焉而不挫。

憂懼之無，必自内省不疚始。蓋未與明言兄弟之故，而所以進牛者遠矣。

乃牛退而猶有憂也：『人有兄弟，緊我獨亡？』聞者莫不悲其語也。子夏乃本聞於夫子之意，起而解之曰：兄弟之以氣合者，天爲之也，死生富貴，君子所無如何也，徒憂無益也。兄弟之以志合者，君子之敬而無失爲之，恭而有禮爲之也。四海歸懷，天與命亦無如君子何也？不憂奚損也？

夫牛之所遭，至不幸矣。以夫子爲之師，子夏爲之友，思所以匡救而彌縫之者，宜無不至矣。乃非爲無以解其憂，且若以其不得已而憂，爲非君子之道，而弗安於天命然者，豈真教爲人弟者，漠視其兄，而自適已事哉？逆節絶理之凶，非可申其匡導，則與其相隨同盡，莫若養其心於無過之地，使屋漏不愧。而祖宗之傳緒，萬一絶而復延，垂涕撫膺之痛，誠不忍視其死亡。然與其顛寐無吪，毋寧拔其身於有道之歸，使薄海交親，而父母之令名或且墜而復顯。

蓋牛之所得爲，如是而已矣。然則子與子夏之爲牛謀，可不謂忠乎？弟君子之於人弟也，常不忍顯及其兄之惡焉。故其見於言者止此，而意若有所抑而未盡也。後之學者，於其所已言，而得其所未言，庶有以識聖賢處變之宜，與忠告之道矣。

牛處人倫之變，而師友惟相勉以不憂，非徒然也。拈出言外未盡之意，大義始覺炳然。次章外，注胡氏之說，淺之乎視子夏矣。叔松厓。

沈著痛快，其言動心。周書倉。

目如炳炬，聲若洪鐘，使人胸中抑塞都盡。顏酌山。

棘子成曰君子　及舌

大夫有矯時之論，而賢者惜其過激焉。夫質固爲文之本，奈何盡文而去之也？子成之説如此，宜其見惜於子貢乎？且夫有爲言之，而其言仍自足於理而無憾者，此惟聖人能之也。下此則意有所矯於此，而理不能無所闕於彼。立論過求其太快，或以救一時，而不可以訓萬世焉。亦惟得聞聖人之緒者，能起而是正之耳。

衛大夫棘子成者，目擊夫踵事增華之盛，苟聽其遷流所極，而真意將有所不存。心傷夫淫樂慝禮之誣，轉不如滌蕩無存，而本原猶可以復識。由是有慨於中，而不能捫其舌也。曰君子質而已矣，何以文爲是説也，本憤時嫉俗之心，進萬世摩鈍之計，居高明之地而以挽回風氣爲憂，此亦高岡之鳴鳳也。處日下之時，而以力復古初爲念，此亦頹波之砥柱也。雖在子貢，能不歎其説爲君子哉？獨是君子之慮世也最遠，常渾然不敢過於則，而猶恐祈嚮之有所左右，使世窺吾旨而成風。

君子之擇言也最精，已確然可以底於行，而尚懼議論之有所低昂，使人導其流而終敝。

今子成於文質，非特左右也，去其一始全其一矣；匪直低昂也，務乎此則絶乎彼矣。夫使其人非君子，雖或蹈咸輔之譏，昧易言之戒，要亦出口而銷亡，應聲而歇絶耳。獨其説出於君子，則已深入乎夫人之心，遍聞於天下之耳，發邇見遠，無程途之可按。而追改奚由，出暫入虚，非銜勒之可施，而急從已逝。噫嘻！此駟不及舌之謂也。子貢所爲惜之深，歎之切也。

嗟乎！若子成者，不失爲特立之士，而子貢獨非諍友乎哉？

古勁拔俗，其接落轉卸皆有大力搏成，絶無筆墨痕迹。竇東皋先生。

精理真氣凝結而成，其肥瘠疏密間，不可增損一字。叔松厓。

不立間架，直起直收，而曲折畢到，非以古文爲時文者，無能喻此體格。周星顛。

夫聞也者　不疑

充求聞之實，與達者正相反也。夫色取仁與質直異，行違與好義異，居之不疑，又與觀察下人異。求聞之術，不已盡於此乎？且小人未有能仁者也，小人而竊附於仁，則操術必極其工，不至盡欺天下之耳目不止，故安仁者有充積之功，强仁者有刻厲之事，即離仁者亦尚有愧赧之心。至於竊附之小人，而其途皆絶矣。明乎達之爲達，而聞可知也。蓋一思其概，而声音笑貌，已若相逼而來。第正其名，而心術性情，不啻取懷而予。

夫聞也者，豈可與達相提並論哉？

天性自遂其氣象，類多落落難合，而絶無可歡。而或者曰此非人情也，吾即素托名流，惟當使人相視而莫逆，而抗顔何爲乎？蓋至善氣可迎，恍遊愷悌慈祥之宇，而後知色之爲功大矣，不謂之仁不得矣。

誠意積中，其睟盎不覺油油自生，而要未可襲。而彼人曰：何太自苦也？吾但略施謬巧，已能使人一望而神傾，而根心奚益乎？蓋當外觀有耀，立著充周洋溢之奇，而後知取之爲效捷矣，但謂之色不得矣。

夫仁而重之曰取，原自知爲難得而可貴者也。知其可貴，而吾將夷考其行焉。仁而外之曰取，又自知爲非分而竊據者也。知其非分，而吾將進窺其居焉。始念雖役虚名，及浸潤既深，亦遂殷然思以既其實者，君子未嘗不許其能晚蓋也，而求聞者無是矣。謂吾於其見之地，而作而張之，正爲夫人所不及見者，可以從容而肆吾意也。設既已雕飾乎其外①，復求砥礪乎其内，不幾以好修爲桎梏乎？且使稍循乎義理，而色反若或戾之也，計孰便於行之違者？久假烏知非有？顧推崇過當，微若愀然默以增其愧者，君子未嘗不望其知内訟也，而求聞者又無是矣。謂吾於甚美之宜，而幸而襲之，則必及美之未即亡焉，相與躊躇而滿吾志也。設既已支厉乎其外，又若隍杌乎其内，不轉授旁觀以矛盾乎？且使暫萌其慚沮，而色已若或懾之也，第孰失於居之疑者②？行與色反，居與行反，僉壬之伎倆，變化而不可端倪。

惟取故違，惟違故不疑。虚憍之情形，輾轉而有所必至。

夫天下之見微知著，不隨流俗而毁譽者，有幾人哉？則其有聞於邦家也必矣。

嘉魚一節，題作如初闢蠶業，此則構梯棧而騁驊騮矣。其筆力之儁傑廉悍，正復異曲同工。蔣心餘先生。

每比起步有馬迹蛛絲之妙，此八股中回紋體也。周星頡。

一篇之中無比不轉，一比之中無句不轉，在作者不過因題立制，絶非有意爲之。康伊山。

【校記】

①外：底本訛作『以』，今從癸巳本改。②第：底本訛作『策』，今從癸巳本改。

君子以文會友

君子求友之初，思所以會之而已。夫友非無因而至也，以文會之，而友始集矣。是君子求友之方乎？且從古賢豪相聚，未嘗交臂失之，而要其結契之初，莫不有所藉以成其合，特其所藉者正，故其所合者純。而聲華標榜之徒，自格焉而不相入。蓋訂交之始，已不敢以他途致矣。

今夫一君子出，而衆君子附焉。人無不多君子之友也，而亦知君子之所以會此友者，操何具哉？詩書載籍之精，蓄之久而不能終閟，則咸思著述以自見，各肖其純雜淺深之故，而炳然特發其英華。風雨蘧廬之業，守夫獨而奚以共明？則廣爲贈答以求工，歷證其異同離合之端，而粹然始衷於典則。是所謂文也，而求友之君子以之矣。

但以講貫畢嚶鳴之好，則所以視友者已粗，然而難以驟致也。吾誦習於其間，而洽聞强記之儒，欣然來集。夫世未有胸無典册，而可以樸鄙椎魯之躬，高言道德者，懸文以爲之招。而天下自命爲豪傑者，固無不入吾彀中矣。

但以編摩爲聞見之資，則所以視文者亦淺，然而難以默喻也。吾倡導於其始，而名山石室之彦，翕然同聲。夫士固有口多囁嚅，獨至著作箋疏之學，雅稱淵懿者，準文以定其鵠。而斯世群推爲賢達者，當無不歸度内矣。

大儒在望而尊事之，固也。即一物一名，苟有能言其本末者，是皆守專門名家之業。而殷然請質，不憚爲降心之就，而非博以賢問否，以多問寡之名。

同心之言而永矢之，固也。即於彼於此，或有與吾相刺謬者，亦自成特立獨行之風。而廓然大公，不敢爲盛氣之争，以自隘各尊所聞，各行所知之量。

君子之友之會，其以此乎？

鄉黨之品流雖雜，而約之以讀書明理，則僉邪不得至其門。朝廷之學校寖微，而倡之以敬業樂群，則賢才尚克聚於下。至於友既會矣，而君子之收效於友者，又豈徒以其文哉？蓋觀致力於仁，而文抑不足言矣。

是君子之文，是君子之友，不落才華聲氣上。竇東皋先生。

成連琴耶？孫登嘯耶？◯此方是以文會友，他人多將題句倒裝，説成以友講學耳。叔松厓。

作者以詩書爲筦簟，以朋友爲性命。斯作直爲自家寫照，宜其言之親切有味乃爾。周星頡。

必也正名乎

定治衛之所先，詞決而意嚴矣。夫名者，人治之大者也，况顛倒其名如衛者乎？必先取而正之，子蓋有不待再計決者，且出一身以謀人家國，豈待展布蓄積，以無負於在我而已哉？必反其亂之所自始，而得其受病之處，則施治於此先焉。然後爲急所當務，而異於無本之治也。

由以治衛奚先爲問，亦思今日之衛，其所最急者爲何在乎？煌煌共守之文，何嘗不衆著於天壤？而持私義以相高者，亦若依附於經生之説，遂不復覺其本心之失，而將據此以爲安。章章莫逃之義，未嘗不隱繫於人心。而設淫辭而助攻者，偏若揚言於衆志之從，幾莫自知爲一國之狂，而將忍此以終古。

蓋居正之道不明，而稱名之顛倒而失實也甚矣。以我爲之，平時俎豆嘗聞，欲先君止亂於未萌者，及此可改而張之矣。而今日則猶在所後也，宗廟而尚紊其稱，又奚暇及於附此以行者乎？熟視而無可如何，久作旁觀之太息矣。一旦得行其志，而猶置此爲緩圖也，則真坐失事機者也。

平時富教是加，與及門商治於既庶者，至此可舉而措之矣。而今日則皆在所後也，朝廷而已撥其本，又奚暇及於待之而治者乎？撫膺而權不我屬，誠無取匹夫之清議耳。一旦身居其位，而姑諱之爲內惡也，則豈深明治體者也？

苦口危言，以啟一人之悟，使知天下有不義之親，必無不義其親之子，則奉此名之無改。即以徐動其水源木本之意，而其悟未嘗不可開。

明目張膽，以破衆人之愚，使知王父命可以辭父命，子非可奉王父命而辭父命之人，則揭此名之不誣。自將共返乎民彝天命之同，而其説未嘗不可奪。

吾不得衛政而爲之①，必也正名乎？其無有以易此矣。

玩上文待字可知，當日師弟尚未至衛，非不爲章居是邦之義也。『正名』二字人多不敢説破，非但行文無把鼻，竟似聖人爲弟子作廋語矣。正言不諱，彌見老氣横秋。周星頡。

正名即實指正其父子之名，子路特不知正名，何以爲治衛之先務？非並正名而不知其所指也。他人恐説得太明，便礙下闕如句，一味含胡了事。試思當日，言下有如此語吻乎？董蕙疇。

非曰能之一節，不可説出禮樂，此句不必藏過。父子先生，爲後學金針之度，於此可以舉隅。康亮鈞識。

【校記】

① 衛政而爲之：癸巳本作『衛政爲之則已』。

子謂衛公子荆善居室　一節

人臣不治私財，聖人之所許也。蓋臣節之不純，皆自治其私財始。如公子荆之居室，不誠足以風歟？且古純臣之謀公室也，規模粗定，每懷未雨之憂；治具畢張，猶廑苞桑之慮。後之臣子，莫不聞此義矣。顧常日不暇給焉，匪獨才智之絀也。敝精神於自私自利之地，而後出其餘以奉朝廷，則無所苟於其家，而其苟於國者，固已多矣。

夫子乃有取於衛之公子荆。夫荆以公子爲大夫，宜其於居室之道，未有聞焉者也。其仕宦不由釋屬離蔬而至，既未嘗深潛問學，有以清其嗜慾之原。其禄位非由累勞積閥而成，又未嘗閱歷艱危，有以動其滿盈之懼。乃荆之於其室也，始有小有富有，室之以漸而益者，不以己與也。自合而完而美，居之以順而受者，不以心與也。夫豈無世俗之徒，諷荆以厚居積，長子孫哉？而荆則曰：苟如是，是亦足矣。嗟夫！人臣之治其室也，惟此無所於苟之心，而當世之變，往往由之而起。如以公子荆之道處之。則家富百乘，都城百雉之過可絀也。夫完守保聚之謀，豈盡以規非分？亦謂吾所以受姓氏而固宗祊者，義不得而苟也。知其可苟，而弱者有以自安，其强者亦將反於墮都而出甲也，安有椒聊耦國之憂哉？抑韓起求環，樂桓請帶之貪可息也。夫器用財賄之賴，豈獨不畏厚亡？亦謂吾所以出鈞駟而入，重席者，體不得而苟也。以爲當苟，而貧者足以相賀，其富者亦將競於黜官而歸邑也。孰非蟋蟀保家之主哉？未已也，絶其計筦鑰問苞苴之念，而後得清其心以治事。盤根錯節，而無所於棼，淡其恤身家保妻子之思，而後能勵其節以當官，特立獨行而無所於徇。

惜乎用荆者之不盡其賢，使之僅以善居室名也。然衛自靈公以來，政亂俗敝，獨其大夫無六卿、陳氏之專，亦無伯有、慶封之汰，固衛多君子之效歟？抑亦感於公子荆之風，而不復以治財爲累者也？

此題義藴自在言外，過事馳騁，又往往有文無題，文深淺離即之間，可謂恰得分際。張櫄亭先生。

淘汰澄鍊，聚積軸而挹其精，故能無一長語。范丹厓。

矯儉腹之弊，而流於庬雜卷帙，亦足爲風氣之累也，此種文殆堪法式。楊槐占

對曰有政子曰其事也

賢者以政與私門，聖人之所靳也。夫季氏之竊政久矣，子於冉求有政之對，而急正之曰，事非不欲與其名乎？且朝廷惟操柄之實，不可下移耳，實亡而名亦隨之。雖然，竊其實猶存其名也。至並其名竊之，而幾不知有實矣。君子不能遽奪其實，猶將與之亟争其名，則《春秋》之志也。

子以退朝之晏詰求，許其勤於所事歟？抑有所諷曉於季氏，將因求以發其事歟？而不意求乃儼然以有政對也。蓋魯政之逮大夫久矣，入私朝而議之，聚私屬而謀之，殆視爲固然矣。象魏之懸，簡書之奉，季氏不曰國之政，而直曰己之事也。中軍之舍，田賦之用，臣季氏者不曰季之事，而即曰魯之政也。有政之對，求豈以欺夫子哉？雖然，政之實可盗也，政之名不可假也。

從來僭竊之始，犯天下之所不韙，而猶恐其聞於人。則即恣睢得意之時，未嘗不踧踖而不寧也。至其黨昌言無忌，而泰然受之者，遂無復觀望顧慮之存焉，其逼人爲已甚矣。

從來氣焰之憑，非君子之所能争，而終無所阿其議。則雖隱忍無言之日，未嘗不相顧而不平也。迨其後積習成風而淡然忘之者，寖假出學士大夫之口，則其惑人爲已深矣。

夫子於此驟聞而不類於耳，蹙然動其抑繁纓絀曲縣之思，欲默而不順於心，勃然作其出藏甲墮三都之意，亟起而更之曰：求誤矣。夫季氏特魯卿之家，而求乃陪臣之列也。大夫夙退，惟是乘田管庫之吏進於

庭；家老賢勞，或以筐篋刀筆之煩旰其出。夫亦曰事而已矣，而何言政哉？

嗟乎！政之有於季氏也，夫子豈不知與？子即正其爲事，豈能奪季氏之政而歸之魯與？不能救其實，猶將争其名，此固作《春秋》之志也。

太華當秋，不可逼視。劉石渠先生。

言爲心聲，胸次骨力俱見。趙印川。

蒼深渾灝之氣，斂於尺幅之中，其所發皇，皆其所結轖也。盛掊園。

貧而無怨難富而無驕易

別言處境之難易，皆所以勉人也。蓋處貧莫善於不怨，而處富不止於無驕。知其難而思所以至之，知其易而思所以進之也。聖人非皆以勉人哉？且君子以心入境，而學力之甘苦出焉。心以爲難，則其易者將至矣；心以爲易，則其難者將至矣。故其始視易猶難。斯其後，處難如易。窮達一致，戚忻一理也，而不可以概人之常情。

自常情處貧而不能視之如富也。於是有貧之見者存焉，翳蓬蒿而論志事，自顧何不如人。而委瑣齪齪之徒，偏皆坐擁高貲，豢畫庸庸之厚福，有不覺喟然增歎者，故貧不與怨期而怨至也。而如曰怨不可爲也，慷慨激發之氣，安以生人之義命，而可以立平，然而事豈易致哉？忠信以爲寶，多文以爲富，立義以爲土地，則雖貧於境而不貧於心矣。而又以樂天知命之學進之，然後抱膝鳴琴，而俯仰於以各足。彼有放懷孤寄，外高作達之名，及引而置之萬難自處之時，雖豪傑而不能以已者，其中之所得不可誣也。夫古人之處貧也，耕屠築釣，泰然有若將終身之思，原其心未有不始於無怨者，即奈何易視之也？惟不易視無怨，乃知忍而處此，不過爲虛憍之氣所憑，而必以不改其樂爲究竟。故疏水皆自得之天也，則獨爲其難，而所以處貧者至矣。

自常情處富而不能視之如貧也。於是有富之見者存焉，席華膴而問身家所求無不得當，而脂韋突梯之輩，又將冀分餘潤，争爲仳仳之逢迎，有不覺施然意滿者，故富不與驕期而驕至也。而如曰驕不可爲也，侈肆淫溢之風，怵以定命之威儀，而慮其不懾，然而事豈難返哉？有衣裳而勿曳婁，有車馬而勿馳驅，有鐘鼓酒食而勿喜樂永日，則雖富於室而無富於心矣。而更以忌盈覆滿之事惕之，益將束修砥礪，而尺寸不敢自逾。每見極宴娱心，幾欲大鳴其豫，急正而告之，忽則易入之理，有中材而立起自責者，凡質之所近，皆能勉也。夫古人之處富也，衮繡軒甍，欿然有不遑日昃之意，推其量，蓋有不止於無驕者。即奈何難視之也？惟不難視無驕，始知愿以藏身，不過爲禮法之嚴所約，而必以所性分定爲極功。斯袗琴，皆巍蕩之宇也。則不僅爲其易，而所以處富者進矣。

貧亦有其易者，無諂是也；富亦有其難者，好禮是也。此章蓋互文見義，欲學者勉其難而不自畫於易耳。大注似亦未見及於此。自記。

紫陽釋經，原爲講學，爾時固未有制義代言之體也，不可忽其易。意在策厲中材一入，語氣不免齟齬矣，集中此例實前賢未發之覆。周書倉。

子路問成人　之藝

爲問成人者詳其目，先博積當世之材焉。夫若知若不欲若勇與藝，武仲諸人，各得之以成其名者也。志成人者，能先以一身兼之乎？嘗謂才之異於衆者，分之可贍數人。不知古人自治其才，未有不合數人而能成一人者也。夫才必先有其散見，而豪傑之士獨以一身聚之。聚其散而才始全，合其分而身始大，殆難爲淺見寡聞者道矣。

昔子路仕魯而遊吾門，固人材薈萃之日也。士大夫各有本末，而優絀互形；二三子雅負淹通，而規模未遠。由也以大成爲己任，僅若是其沾沾一得乎哉？所爲慨然遂有成人之問也，子曰：人有人之理，而不可以不識也；人有人之心，而不可以不養也；人有人之氣，而不可以不充也。此皆成德之要也。若夫泛應曲當，以盡人之能事，則若知若不欲若勇而外，群藝亦曷可少哉？雖然，難言之矣。

三代以下之人材，不必概聞乎道。而清明純固之氣，不能無所鍾以洩其奇，得其偏者，遂翹然異於衆矣。雖核其立身本末，原不無遺議之留，而特樹一奇，萃畢世之精神以相赴。直使古人可作，猶將遽遜其專精者，勿謂近世搢紳之徒之無足採也。

豪傑所分之能事，莫非並導一源。而剛柔强變之資，大抵因所近以深其力，底其至者，各矯然不相下矣。然使其域守方隅，或遂出異同之考①，而分據一軌，執他人之長短以交譏。乃以君子參觀，覺有盡歸其虚受者，始知吾黨兼人之學之善得師也。

是故以言乎知，吾取諸武仲；以言乎不欲，吾取諸公綽；以言乎勇與藝，吾取諸卞莊子、冉求。其遠者不出於宗國，其近者即在於同堂。數姓氏而動芳馨，幸無山高水長之慕。

其上者既奉爲儀型，其下者亦資爲葑菲。厚積累以臻廣大，敢靳擇流讓壤之思？

求成人者不當若是哉。雖然，未已也。充以涵養之功，進以先王之德，禮樂之文，其成人之極致乎？

『若』字一氣滚下，逐句分疏，則神理隔斷。下尚有禮樂一層，四句總舉，又易遽作了語。再智與不欲等，亦皆有工夫在内。但作生質講，不得文於此，皆極有理會。周星頡。

如孟襄陽吟詩，佇興而就，同輩以深思力索當之，終不能及其超妙也。馮魚山。

遊於象外，得其環中，拖泥帶水，人乃終身不解。王乙齋。

【校記】

①考：癸巳本作『見』。

群居終日　矣哉

聖人傷士習之衰，舉其狀而情蹙矣。夫士習至春秋，將變之勢也，夫子歷舉其狀，而終歎其難，不有隱傷之者乎？且自學校廢而佻達興，《青衿》所以作刺也。降而爲今之士習，又豈惟佻達之憂哉？暇則觀其所與居也，居則觀其所與言也，動則觀其所與行也，其不堪之情狀，有非詩人一言之所能盡焉。夫三代之士，其能進於德而無難者。

時教必有正業，退息必有居學。所以防其惰逸之萌者，常欿然惟日不足，而斷無相與遊宴之時。非先王之法言不敢言，非先王之德行不敢行，所以絶其匪僻之緣者，必退然惟義是遵，而斷無自作聰明之事。乃未幾而此風邈矣。人不必同方同術，而合不以正，其氣類亦翕然成徒，擾擾者長此群居也。時方當安《禮》安《詩》，而業荒於嬉，其晷刻亦忽焉易逝，惘惘者固已終日也。其始起於相狎，朋從既盛，而不治其事，勢必雜而出於嚣；情款既申，而不作其恭，固將謔以幾於虐。其始起於相狎，而其後遂及於相優，及義之言，絶不聞矣。

翕訿之下，因並起争心，安於謹庸，而將無以濟其欲；噂沓之餘，亦群思自效，試之遠大，而又無以副其才。合則巧以相阿，而不合則險而相賊，小慧之行，是所好矣。

若而人者，其氣焰足以詆訶善類，淩侮老成。與之異趣者，方逃其齮齕之不暇，何能於謝絶不交之外，出正論以提其悔悟？則轉移補救之術已窮。

其技量又能謬托清流，私立名譽。墮其術中者，或誤信爲蘊藉之甚深，直待夫狂瀾既倒之餘，别假手以盡其根株，而天下蒼生之禍已亟。

嗚呼！豈不難哉！吾安得復與三代之良士，共遊於庠序之中，而爲之聽其言觀其行也？

逐句各還實義，無語不精鍊，無筆不堅蒼。而聖人不屑教誨，一片深情，躍然紙上。真不愧方家。劉石渠先生。

大士作高簡可貴，惟發揮中二語尚覺草草，此真青出於藍，冰寒於水矣。錢竹初。

以震川、鹿門之體格，寫陶菴、卧子之精神，近人中殆莫能兩大。周星頡。

君子不以　廢言

君子用人聽言之道，分盡之而各收其效焉。蓋人與言之善否，似合而實分也。不以此互爲舉廢，君子所由兼收其益哉？嘗思郅治之朝，從賢競進，群策咸收，蓋未有不開天下之言路，而可以得人，不甄天下之人才，而可以得言者也。而方其求人與言之始，則精神各有所專注，不得併爲一事而互衡之。其有執此定彼，而得失常相半者，皆未嘗奉教於君子也。

君子常虛其心以受天下之言矣，言而可取，未嘗不改容禮之。然而事止此矣，而求多於君子者，殊嗛然焉。謂無以厭豪傑功名之意，而天下敢言之氣，恐自此而衰也。雖然，執言可以定人乎？遺經獨抱之儒，時能附於理以申其説，而居之無其器，則詩書之澤，有假之以求富貴者矣。民物自期之士，每若激於事以獻其忠，而求之無其本，則官禮之精，有挾之以誤蒼生者矣。君子之於人也，蓋亦以言爲緣感，而要必有深觀其後者焉。言可而人亦可，其舉之無疑也。古之人，事業勳猷之燦，未必不兼著風流文采之施，要其所以爲可舉者，則仍繫諸其人，而不繫諸其言也。不然，三公之貴，有樸吶而安大計者矣，恃言也乎哉？

君子常嚴其格以律天下之人矣，人而不肖，未嘗以一命假之，然而事亦止此矣。而多求於君子者，方勃然焉。謂無以絶小人建白之端，而天下群枉之門，恐又自此而開也。雖然，執人可以定言乎？冥頑之蔽錮雖深，抑豈無分然有覺之會？直待其呼號之動，而義理自足發乎人心，是即天命民彝之不可泯滅者矣。共、鯀之奸回實甚，亦自有矍然獨異之才，苟略其從出之源，其敷奏原有功於庶績，是又泰山河海之不容讓擇者矣。君子之於言也，蓋亦以人爲憑藉，而要必有節取其中者焉。人否而言亦否，其廢之矣惜也。古之時，移郊屏遂之條，未嘗不兼嚴記醜順非之禁[1]，要其所以當並廢者，則仍其言之不足收，而非其人之重可絶也。不然，芻蕘之詢，有狂夫而資聖擇者矣。泥人也乎哉？

於以知君子之斷斷乎其不以也。

在陸先生作，風神絶世，而於實理未免拋荒。見此，那得不令前賢生畏？劉雲房夫子。

義絶筌蹄，詞無邊際，想其興酣落筆，自問不肯作第二流人。叔松厓。

此作者戊戌闈前所課，精神流露，氣體光昌，真羽滿高飛之候也。世俗乃以研詞鍊調爲揣摩，失之遠矣。周星頡。

【校記】

① 順：底本訛作『潤』，今從癸巳本改。

君子不可小知　一節其一

審其不可而後得其所，可官人之道得矣。夫小知大受，君子小人各有其不可者在也。而因以得其所可，乃兼收其用乎？且古今之言用人者，能分別君子小人而已。能於君子而可之，小人不可之而已。顧專以可期君子，而概以不可棄小人，遂足饜豪傑之心，而廣功名之路哉！是又有不盡然者矣。

蓋君子未嘗無其不可者在也。君子雖始於下學，而成就既大，必將有所闊略之端，故自其小者觀之，直庸碌無奇焉耳。又况長材短馭，不屑措意於簿書期會之間，而仳蔌之徒，反得執刀筆而苛其事之不治，亦知之不盡之過也。夫君子果曷爲其所可哉？處之以機要之任，則抱負得而精神開，剖决如流，有一日而畢數十人之事者矣。試之於險難之交，則時勢窮而智勇出，指揮若定，有一舉而貽數十世之安者矣。能事既見於天下，然後歎昔日之温温無所試者，非賢者之不測，乃所以藏其器者宜然也。然則君子其不可小知而可大受者也。

若小人固實有其不可者在也。小人或貌似有才，而學術未深，終無以爲遠到之本，驟取夫大老膺之，有震越失次而已。又况德薄位尊，轉將作色於威福紛張之地，而瑰奇之士，寧甘謝禄位而不忍與之同階，非惟受之不任之憂也。然小人豈遂一無所可哉？返貽誤蒼生之愎戾，優遊散秩而著作以終其身，國家亦時足資其見聞，而不必盡以記醜訾之者矣。絀闒干、非分之奸雄，奔走下僚，而策馭以隨其後，朝廷亦時或收其指臂，而不必概以貪詐棄之者矣。下材何損於兼容，而因哂異時之一敗不可爲者，固負乘之致吝，亦强之以所不能者使然也。然則小人其不可大受，而可小知者也。

疏暢似熙甫，劈實似陶庵。以此格行此題，如挽百石之弓，雖勇夫只到八九分地位，惟作者可當彀滿矣。崔曼亭。

上下三千餘年，於陰陽消息，用人得失之端，洞若觀火，讀者當想見其拈毫吮墨時。周星頡。

君子不可小知　知也其二

善所以用君子者，而小人亦得以自效焉。夫不能收君子之用者，小知屈之也。專之以大受，而舉君子之不可者予小人焉，不各得其所哉？且得賢豪而以庸人蓄之，既不見其效矣。而懲於此者，則又誤舉庸人之器，而以賢豪之任任之，君子之不得盡其長，斯小人之所以承其乏也。聖王在上，倚毗天下之賢才，而亦濯磨天下之不肖，其操術非有他道也，一轉移間而已矣。

夫天下小人衆而君子少，得一二君子，而國家之大任有所托矣。顧往往屈折之，使不竟其所用焉。非不知君子也，所以知之者小也。

君子之自待既厚，則於技能藝術之紛，不能無所割棄，而猝然相值，反將見困於專家。君子之藏器既深，則於簿書期會之細，幾若匪我思存，而蹙然相操，不免見繩於俗吏。是故小知者，斷斷乎不可加於君子者也。夫君子之不可小知，豈非以其可大受哉？一出納不稽，一鬬訟不問，安乎坐論之席，獨能使清和咸理，而災戾不見於陰陽。彼無其器者，有傷於苛細而已。

臨至險不奪，負衆謗不疑，瘁其蹇難之躬，卒能使宗社苞桑，而權奸自息於闚盜。彼無其學者，有懼於非常而已。

然則大受者君子之所可，其即小人之所不可也。雖然，天下君子少而小人衆矣。有國家者既以大受屬之君子，又何必盡小人而棄之哉？

曲藝即不登大雅，而苟精其事，亦自有本末之可觀。彼操墁斲輪，猶時時稱道於儒者，而况乎其進於此也？君子持權於上，而奔走策馭之數，器使之而咸得各獻其長，亦坐收指臂之效也，而何小道之虞泥遠焉？

下材即無與大方，而用當其宜，原自有功名之可見，彼修聲司火，或往往廪餼於宮師，而况乎其愈於此也？君子宅揆於中，而跅馳負累之才，節取之而俾之不棄於惡，亦潛消反側之萌也，而何小智之憂覆餗焉？

夫小人之所不可，觀於君子而知之矣。又惡知夫小人之所可者，其即向之不可於君子者乎？此固一轉移之道也。

以轆轤法行題，進退折旋，皆深得古文樂境。朱南厓夫子。

巧於法者每疏於理，意不並鋭故也。文極五花八門之勝，而逐層義藴，仍自抉發無遺。王瑶峰。

唐盧攜未遇時，識者許其文章有首尾，他時名位必遠，吾於作者亦云。周星頡。

詩可以興

詩感人心，效無有先於興者矣。夫詩之益人不一，而莫先於感人之心矣，得不以興爲稱首乎？詔門人曰：《詩》三百篇，大抵皆昔人有所感於中之作也。而所感既深於義理，其言亦遂足以感人。是故學者澤躬爾雅，其領益原自無窮，而勸善惡惡之心，勃然不能自已者，其收效爲獨先也。

吾詔小子以學《詩》，誠以《詩》也者，其言平易近人，在《六經》爲易曉。即間有摛辭奧佶①，而尋文會義，無不得其用意之所存。

其理深長有味，非一覽所能窮。即甫經執卷謳吟，而附物切情，已早見其入人之不淺。

其不可以興乎？見善斯愛見惡斯憎者，人之同情也。然而無以觸之，有漠焉置耳。讀《詩》而掩卷若有餘馨，廢書若有餘恨，彷徨周浹，穆然見三代以上之思，往往師友之所不能激勸者，而常得之於閉户矣。

善善從長，惡惡從短者，人之公心也。然則無以發之，有靡然阻耳。讀《詩》而詠歎則長言不足，刺譏則含意未申，紬繹沉吟，藹乎得忠厚爲本之意，往往教化之所不能摩勵者，而獨致之於坐誦矣。

且夫好賢而必賦《緇衣》，刺讒而必歌《巷伯》，則其得於《詩》者亦泥矣。一詩之傳，固各有其緣起，而讀詩者會心獨遠，不必盡蒙訓詁之文。高山何與於好仁，巧笑豈關於知禮？夫孰非鳶飛魚躍之趣哉？讀《伐檀》而後勵志，諷《白圭》而後謹言，則其取於《詩》也亦狹矣。凡詩之作，亦祇道其本懷，而善詩者入理沈深，或更能得解意言之表。《甫田》悟進學之道，《衡門》識處世之宜，安往非《彤管》《幹旄》之取哉？

吾嘗曰興於《詩》，興也者，《詩》之首事，而即足該《詩》之全事也，然而《詩》之益人，正未已矣。張蓉湖。

不難其該貫，而難其活潑，匡鼎説詩解頤，猶未及此之心開目明也。莊養恬先生。

《三百篇》誰不解讀，而一經運用，均非膚學所知。作者嘗謂文有裏層，方不令人一覽而盡，良然。

得其沾溉，漸知以通經學古爲高，斯文亦可以興矣。錢静軒。

【校記】

① 佶：底本作『喆』，今從癸巳本改。按，『奥佶』即『奥折』，深奥曲折也。

色厲内荏譬諸小人

作色者有餒心，則小人不足盡其情狀矣。夫根心生色，奈何有厲於外而荏於内者哉？僅譬之曰小人，而充類之義殊未盡耳。且唯恐或窺其慚沮，始作色以張之，而卒不能以自揜，則謂之小人也決矣。雖然，驟目以小人，而適然驚。僅目以小人，而安知不反怡然受？自有識者充其情狀，覺向之詆斥於是人者，當於若輩中求之，不當於若輩中盡之也。

古君子内心恂慄，而武毅嚴密之所發時，介然有不可犯之容，而終不改其温温之度，此恭人所以取譬於柔木也，即奈何有色而厲者？

古大人正色凝承，而戰兢乾惕之所深，常凜乎有不敢肆之意，而要無損其蕩蕩之天，此碩膚所以反譬於狼疐也，又奈何有内而荏者？

夫色之厲，思假賢者以自文；内之荏，懼爲正人所窺見。此固冒以賢者之名，而不能以一息安；厠於正人之側，而不可以一朝居也。其爲小人也必矣

夫小人者固下流之極號也，士大夫而蒙此號，則終身無望於澡雪而已。嚴絶諸不足比數之班，而小人者又賤士之總名也。大奸慝而被此名，則生平轉托於庸愚，而誰直揭其不可明言之隱？

吾乃重爲色厲内荏者譬之。小人剛狠戾深，以求逞睚眥之際，其害極於作亂犯上，議辟者律以惡名而不辭，此其毗於陽者也。夫毗陽之小人，膚不撓，目不逃，而窺其中亦若有反而自縮者，以佐其肝膽俠烈之氣。不謂色厲者之胸襟，復有如是之依阿而澳涊者也，安知悻悻者，不猶羞與爲伍也？

小人猥瑣齷齪，以自甘暴棄之歸，其弊必至寡恥鮮廉，別慝者坐之嘉石而不赦，此其毗於陰者也。夫毗陰之小人，怠於志，惛於欲，而觀其外亦必有望而可知者，以肖其脂韋逢合之形。不料内荏者之面目，復有如是之嚴毅而剛果者也，竊恐伈伈者，殆猶念不到此也。

凝必於倫，而其途已隘。將中人不屑居之目，予之而若有靳心。

惡宜從短，而其險方深。彼僉人所同得之名，斥之而未爲快意。

其猶穿窬之盗也歟？吾不知色厲内荏者，猶能自發其恥心否也？

譬諸小人，猶言求之小人之中耳，人都看得此句鶻突，所以走入窘步。自記。

入挑逗家，幾於觸手色變，棒痕摑血，何必今時無方樸山？黄稼堂。

意匠獨闢，正如郢人運斧，堊盡而鼻不傷。盛培園。

已而已而　之言

諷聖已者憂世深，雖狂而猶可與言者也。蓋接輿第知速已可以免殆，不知子之不已，正不忍坐視其殆也。下車而欲與言，聖心不若揭哉？且道不同，不相爲謀者也。乃有時匪直代爲謀，而申重其詞，激切其説，若欲挽不同者而使同焉。而廓然大同者，就其代我爲謀，而因欲通之以己意，則更有相期於遠大者矣。

往不諫而來可追，接輿豈直爲鳳言哉？爲孔子言也。維時孔子憑車聽之，亦知其爲己言，而其詞則猶未咄然其相逼，顯然其直陳也。而乃繼之曰『已而已而，今之從政者殆而』，蓋逆睹夫席不暇煖之生平，必無望晚而獲遇①，則變計宜早也。迄用無成，斯不如捨去，直若摻袪爲末路之商。

陰識夫大莫能容之已事，類無能降以相從，則見幾宜決也。萬方一概，而吾道何之？幾於蹙額作危詞之詔。

今夫孔子固終身卒老於行，而未嘗一日已焉者也。終身不已，正不忍坐視今人之殆，而卒未嘗見殆於今人者也。接輿何足以知之？而顧以不入耳之言，來相勸勉，惟有驅車過之，終已不顧焉耳。而孔子曰『是猶可與言者』，禮在輿而與人言，必先下，孔子之下，意可知也。且亦思吾子所欲言於下車之後者，爲何語哉？

轍環將遍而亦倦遊耳，趯趯者非今之道，偈偈者非古之車，豈真有所戀而不能捨也？乃可已而終不決然已者。俟後人有以諒其心，起古人有以藉其口，盡子之責而已，詎屑向蒼茫歧路漫深呼訴於同？而既已觸之，則亦無能自閟也。夫豈謂執途人而語之也？

大業得人，而可共濟耳。舉一事而當世皆以爲不便，發一言而盈廷咸以爲不祥，是真有所格而不能入也。乃雖殆而猶思拯其殆者，風塵中必當復有奇士，荒裔外安知更無達人？有能從我遊乎，固將與擔荷時艱，共議挽回於將伯。而忽然觀之，則益無容交臂也。夫不啻取予懷而異之也。

嗟乎！使夫子得終其說，安知接輿不遂翻然變計從子。而不已於行，彼從政者之殆，庶有豸乎？惜其終不欲聞也。

聖人未得與言，令人千載悒悒。推求欲言之意，明目張膽而出之，始知朿皙補亡，未是快意。紀曉嵐先生。

讀至後二比，几席間隱隱作金石聲。莊虁堂。

真理真氣，盤礴而成驚雷怒濤，不作凄風苦雨。鐵冶亭。

【校記】

① 獲：底本訛作「僅」，今從癸巳本改。

君子信而　一節

有所以爲勞與諫之本者，可免於上下之疑矣。夫勞近於厲，諫近於謗，惟既信而後可致之也，不然能免於君與民之疑乎？且大臣身處君民之間，每以上下之不交爲患。而徒取必於臨事之撫綏，將順以求通其隔閡焉，此亦常不及之勢也。善於固上下之交者，積誠以爲之本，然後惟吾之所欲爲，而世不疑焉，知此者其惟君子。

夫君子惟愛民也，則必舉民身家之計，衣食之謀，有坐視其暇逸而不能者。而況築邑出師之舉，所以禦寇暴而慮安全也，則其事莫先於勞，而君子不敢遽議也。安居無事之日，奠斯民而袵席之，利害共而甘苦親，夫非一朝夕之故矣。而本其安民之心，以追爲勤民之事，大師大役，雖至辛苦墊隘，而不以爲恨者，信其有爲我之心，而無好大喜功之意也。苟其未至於信也，寧能若是之相諒乎？民不忘勞，已不能默而息矣，至並勞之名變之，而雜然且有後言，殆不可使勞民者聞也。然而未奉教於君子，將欲白此厲己之誣，而無由間執其口也，亦自咎其至愛之不孚於平日而已矣。

君子惟忠君也，則必舉君言動之微，措注之賾，有袖觀其隕越而不忍者，而况用人行政之大，所以遠杌隉而底榮懷也。則其事莫急於諫，而君子不敢驟進也。相見恨晚之始，牖君心而啟沃之，耳目資而股肱寄，夫非一口舌之效矣。而本其格君之學，以發爲弼君之言，公是公非，雖至太息流涕，而不以爲忤者，信其有愛我之誠，而非估直徼名之舉也。苟其未至於信也，豈能若是之相恕乎？君不悅諫①，已懼其懟而置矣，至並諫之名没之，而憤然若有餘怒，殆未及爲操諫者料也。然而未奉教於君子，將欲雪此謗己之寃，而無由曲牖其衷也，亦自咎其至忠之不浹於平時而已矣。

然則信之所閔顧不重，而所以得幾於信，又豈一蹴而致之哉？

每讀震川先生《夏禮吾能言之》《多聞闕疑》《天子一位》等篇，曲折夷猶②，浩瀚流轉，爲長比文字之極則。稿中此例文數十首，乃真不愧嗣音。周星頡。

言昌氣盛，意到筆隨，兩大比文字，全於曲折順逆處著力，非如題描畫而可得也。劉研莊。

粗材愛作十成語，便似直頭布袋，此種文可服爲换骨神丹。包啟堂。

【校記】

① 諫：底本訛作「未」，今從癸巳本改。

② 夷：底本訛作「東」，今從癸巳本改。

小德出入可也

賢者晚有得於達權之學，始知小德之不必斤斤也。蓋子夏生平止斤斤於小德者也，至是而始知其出入之可，非有得於聖人達權之學，而能爲是言乎？若曰商於下學之始，尺寸必以自維，蓋幾不敢有所出入矣。學之久而危者安，學之又久而拘者化，始覺此身之所處，苟非大遠乎繩墨之外，無不可寬然於俯仰焉。而愧向日之辨義未精，不免操之爲已蹙也。

閑之不踰，大德則然。若夫德之小者，未嘗不委曲其文，嚴密其度。要以爲始學率由之準。苟心知其所以然之意，則雖闊略一切，不至蕩軼以過乎中。

即容有周必中規，折必中矩，謹以守吾儒信果之硜①。迨學成乎可與立之餘，又必變化因心，始能曲折以歸其分。

則何爲其不可出入哉？

禮之初而始諸飲食矣，其義類原不小也，然亦惟豆籩樽俎之旁，斯酒清肉乾，不敢適己事以從之耳。若猶是歲時之聚會也，則昌歜之好，羊棗之嗜，既許其雜然於前陳。爵無算而醉言歸，古之人未嘗以濡首譏之者，以是爲人情之所不禁也。

亂之生而階於言語矣，其得失尤不小也，然亦惟朝廟壇壝之上，斯辭文旨遠，動輒援古義以應之耳。若猶是友朋之宴笑也，則土風之操，鄉語之喁，既聽其率然於酬對。善戲謔而不爲虐，古之人未聞以失口繩之者，以是爲盛德之所時有也。

匪直此也。

特立獨行之儒，有時亦黽勉於流俗，謂其事之不足與争也。冕之純而衆可從，獵之較而隊可逐，正所以善其與世推移之妙用，而群情不復苦其苛。

捨命不渝之士，有時亦含忍於迍艱，惜其身之不足以死也。蒲之圍而盟可背，宋之厄而服可微，愈所以神其與時消息之微權，而淺見莫能窺其際。

平日小廉曲謹，久而鑒至人之通變，而規模頓覺其卑。半生軌步繩趨，晚而希聖域之從容，而持守方慚其隘。小德出入之可，非其人固不足以知之也，而豈易與末學言哉？

子夏篤信謹守，正是平日從事於小德者，其爲此言，乃是晚而進德，有窺於聖人從心不逾，達權通變之妙外。注所譏，得毋不審？自記。

此與前集《賢賢章》文並足爲卜氏功臣、紫陽諍友，後世知制義之有功於經術者，實自作者倡之。周書倉。

【校記】

① 儒：底本訛作「歸」，今從癸巳本改。

管稿二集　卷五

爲人臣止　四句

觀聖人之敬與孝，而臣子之道盡矣。夫爲臣爲子，人之所同也；而止敬止孝，則惟文王。非千古子臣之極則乎？且爲臣當忠，爲子當孝，此中材以上皆可勉而能也。而非德之至者，世雖亦以忠孝許之，其出入離合之故，有不能盡即於人心者矣。

吾得進文王之爲君，而更觀其爲人臣，爲人子。

盛平之世，臣主同心，鹿鳴酒醴之恩，足以發夙夜靖共之意，夫誰不勉而爲敬也①？若文王所事之君，固何如哉？震電憑怒，天威無或霽之顔。而自旬宣南國以來，功高復近於不賞，則爲之臣者倍難矣。文王一以敬止之，臨我上則皆聖明，爲我後則當服事，蹇蹇匪躬之故，演《易》時此心，戡黎時猶此心也。所以河西文馬之獻，君不疑其市恩；臨衝鉤援之師，世不驚其擅討。人臣處讒謗頻興之勢，將順匡救，皆有進退失據之憂②。而惟止於敬者，坦然處之，而身名俱泰。此箕、比僅得爲忠臣，而文王獨得爲良臣也。而萬世之爲人臣者，其孰有加於此歟？

氓庶之家，箕裘無緒，邁迹自身之譽，足以博顯揚牲鼎之榮，夫亦易勉而爲孝也。若文王所事之親，又何如哉？度心貊音，父作有克明之德，而自在毋不憂而後，徽音復著於《思齊》，則爲之子者益難矣。文王一以孝止之，爲世子則迎其未發之志，爲嗣君則終其未竟之功，明發不寐之懷，問寢時此心，在廟時亦此心也。是故立少實以及孫，父位原因子德而定；因心即以篤慶，父友尤緣子聖而全。人子席保世滋大之休，繼述紹衣，祇爲蒙業而安之計。而惟止於孝者，肫然不匱，而志事俱成，此武周並得爲達孝，而文王先已爲純孝也。而萬世之爲人子者，其復有加於此歟？

敬孝並切定文王，又能抉出止字真際，無一膚泛之筆，挂漏之詞。楊與岑。

應有盡有，應無盡無，鍊意既精，擇言尤雅。戴未堂。

俊粹光明，足與題之體質相稱。畢秋帆先生。

【校記】

① 夫：底本訛作『未』，今從癸巳本改。　② 退：底本訛作『返』，今從癸巳本改。

心不在焉　一節

揭心不存之弊，而身皆失其官矣。蓋視聽食者身，而所以視聽食者心也。心不在而不見不聞不知其味，有不相因而迭至哉。且天下繁然之物，以藐然之躬應之，即以湛然之心宰之。苟其所以宰乎躬者既亡，即其所以應乎物者立昧。舉盡人各具之能事，一失而無不失焉。要之，責有攸歸，而躬概不任咎耳。

忿懥恐懼好樂憂患之不得其正，心之一有所在者，皆心之有所不在者也。

其始動於外馳，而自此之他，固確然有具從出之途，而挾全量以俱往。

其繼安於物役而樂彼忘此，遂蕩然失其本來之宅，而守空舍以徒存。

心不在焉，弊將何所不至哉？且夫不正其心之弊，使僅僅於心受之，則猶無惡於心之不在，而食味別聲被色而生者，猶將力持於其外，以補救於其中也，而抑知不然。

心爲百體之源，遍給焉而無不各充其量。若夫一舉目而爲視，一傾耳而爲聽，一適口而爲食，就動作周旋之賾，約舉之以微官器之同，此非有奢求於心之事也。而本之不存，即此約焉者，而亦操之無具也。心妙五官之運，定命焉而無不適止於符。至於視焉但求其見，聽焉但期其聞，食焉但冀其知味，即日用飲食之恒，淺言之以驗操存之效，更非有過望於心之量也。而中之不屬，即此淺焉者，而已對之若忘也。

不見不聞不知其味，凡視聽食之交失其官者，非因心之不在而立至者哉？

自夫共視共聽共食而言，則所謂不見不聞不知者，旁觀不及窺也。當境而獨喻之，諱言其病者，或未肯以之相告也。而自哂殊訝然矣。試思此訝然者，亦何人不存此情乎？

自夫獨視獨聽獨食而言，則所謂不見不聞不知者，臨事不及察也。己過而常悔之，力持其後者，或終能以之自厲也。而追憶已悵然矣。試思此悵然者，又何時不有此境乎？

夫羹牆琴夢，猶將無所憑藉，以追異世之神，矧明明事物備陳，而返衷鮮據。

即矇瞍瘖聾，尚能各守偏長，以補賦形之缺。乃在在官骸畢具，而屢效不靈。

豈非心不在焉之故哉？欲修身者可以思矣。

清辨洮洮，其發源在文止思曠。袁念方。

理境尚深，此獨得之以淺正，合隨手指點之妙。陳伯思。

處處能使下文『此謂』二字躍然，此題宿義爲之一新矣。周星頡。

慈者所以　赤子

使衆不外乎慈，即書言而可證也。夫字幼與使衆，非可以一例言也，而皆不外乎慈焉。保民如子之言，不可取證於《康誥》乎？且國人望君如望慈父母焉，人君者，固操父母斯民之責者也。然必先愛其一家之子弟，而痌瘝乃身之意，擴充之以及於萬民。古之人以君道勖人者，往往即以親道勖之，匪直善於形似，亦深明其事之一貫焉耳。

不出家而成教於國，既徵之孝弟之於君長矣。然爲國者匪止君長乎？人又將使人君長乎我者也？夫古人之君長於其國者，豈惟是束縛馳驟，如嚴師之擊童蒙，猛帥之馭悍卒哉？彼所以撫字其家，而先收一家之衆之歸心者，慈也。而吾謂其使衆於國，又不外是而得之矣。

天下雖有憔悴難堪之事，而苟知爲子弟之趨役，則精神立奮，而勿復自言其傷。

天下雖有勇悍難馳之夫，而忽聞其父母之譴呵，則意氣皆柔，而莫敢微萌其忤。

然則使衆者，特患其不能本其教家之慈，以施之於國耳。如以其慈，豈猶不足於使衆哉？而或者曰，立愛惟親，則聞之矣；立敬惟長，則聞之矣。若夫慈之所及先於子，屬毛離裏，如此其親也。使之所及窮於衆，千形億貌，如彼其夥也。指道路之人以爲骨肉，引喻亦覺其失倫；强林總之屬以作子孫，立説尤疑其無本。又況政寬民慢，法立知恩，世皆奉爲讜言，代各傳爲主術，慈以使衆，其説將誰信之？無已，則爲之讀《康誥》。《康誥》者，寧王以使衆之任，勖其弟康叔而作也。曰『不廢在王命』，非責之孝以事君乎？曰『作兄弟方來』，非導之弟以事長乎？而吾獨取是書之言，足與慈以使衆之説相發明者。如保赤子，夫固人人能讀而志之者也。

周家以忠厚開基，《江漢》《汝墳》，世懷孔邇之德，故以《麟趾》而寄蕃宣之任，亦勉以仰惟穆考。而於明德慎罰而外，别傳惻怛之詞。

沫土以腥聞成俗，流亡哀籲，誰施噢咻之仁？今以介弟而敷康乂之休，其敢不紹我寡兄？而於散財發罘而還，倍厘安全之意。

如保赤子，蓋言保衆而借喻於保赤也，而慈之所以使衆，不可轉觀而得之哉？

名將行師，雖小小布陳，而尺寸不失紀律，首尾自相擊應，縱有勁敵，不知所乘。余方中。

詳密優柔，於在陸草堂爲近。董蕙疇。

題雖一串，而上截易膚，下截易實，中間易脱却孝弟，能手色色，異人！謝玉畢。

素隱行怪　二句

以隱怪求名者，雖後世亦可欺也。夫目之曰隱，揭之曰怪，則豈有述之者哉？而知此者幾人也？述及後世，是固宜然。且學術之日歧，好名之念誤之也。易知易能之理，不足以取勝於人，始遁而之他，將以惑天下之耳目。其間有過人之力者，竟若别開一徑，以特立於古今。而附和之徒，或數傳而不絶，不可謂非其人之有志竟成也。

夫古之行成於當時，名傳於後世者，其生平致力，有外於日用飲食之質，子臣弟友之常哉？而或有人曰：淺矣！吾之知可及，人之知亦可及，此必不足以相勝也。理溯皇初，而《詩》《書》爲卑論；説窮瀛海，而川嶽爲常觀。至其冥索之深，時取夫習熟見聞，轉一解而杳然其無際，夫亦孰窺夫涯涘矣？

而又有人曰：易矣！吾之力能往，人之力亦能往，此必不足以相服也。但倖其名之可立，即骨肉亦有何恩？苟信其志之無他，彼禮法豈爲我設？至其獨行之久，盡反乎人情喜怒，堅一是而悍然其不疑，夫亦難執以方隅矣。

若而人者，彼固以爲所索者理也，識者不謂之理，而目之曰隱焉；固以爲所行者道也，識者不謂之道，而揭之曰怪焉。夫隱既近辯言亂政之誅，怪尤干左道惑人之律。生逢盛世，必久已屏之寄棘，而終身不齒於上庠。忽際清時，雖業已忝竊簪纓，而國典寬於兩觀，豈非斯人之不幸，而天下萬世之幸哉？雖然，此亦何可多得也？

其進取雖不衰於經法，而堅深刻苦之力，自足沮金石而禦風霜，正學方興，其焰有不能兩大者矣。後世稍一凌夷，而教化既闕於朝，師儒復雜於下①。蹈常習故之既久，忽驚聽睹之一新，豪傑猶且陷其藩，而中材無論也。

其學術雖不可爲典常，而瑰瑋絶特之風，自足助文章而發意氣。微言未絶，其流有不容遽横者矣。後世日趨猥瑣，而章句徒剽以耳，豆簞輒見於顔。卑論儕俗之已深，忽覺心胸之一廓，賢智猶喜尋其緒，而畸邪何責也？

後世之述，固可爲索隱行怪者，必其有也。浸淫久而醇疵始判，已濫竊數十世之馨香。遷流極而覆戒方明，難驟變數百年之祖尚。隱怪之有述，其亦有過人之力，爲人之所不能爲者歟？然而匪我思存矣。

聖人二語，包括後來無數曲學異端在内，文見得到，説得出，殆無不盡之懷。竇東皋先生。

熟於周秦兩漢之書，深於魏晋六朝之史。錢竹初。

苞蘊崇深，自此始不敢薄時文爲章句之學。洪稺存。

【校記】

① 復：底本訛作『宴』，今從癸巳本改。

故大德必得其位　一節

德有可以致福之理，惟其大者獲其全也。蓋德之致福，如求其所固有也，人特患其德之不能如舜大耳，而何患位禄名壽之不可相因而必至哉？且天壤間所宜有之福，即無不可致之於人。而有得有不得則偏，可必不可必則惑，於是始疑非人力之所能爲矣。不知獲福之本，古之人常以一身裕之，致其所不疑，實則還其所自有。而第謂稱此以相報者，蓋猶不免岐而二之也。

尊富饗保，非舜之大孝不及此。夫舉孝可以該德，謂之大孝可也。舉德可以該孝，謂之大德亦可也。古今來孝無有加於舜，即德未有加於舜，即福亦未有加於舜，何則？大則俱大，而一得即無不得也，此其故吾得而竟言之。

以言乎位，舜則匹夫耳。而升聞以後，其能安於畎畝乎？賓之四門，而位未也；宅之百揆，而位未也；納之大麓，而位猶未也。而攝政不已，帝乃舉朕位而巽之，非創也。天下之爲人子者，不戴舜以爲之君，而其心有所弗厭也。舜即欲堅其弗嗣之讓，而不得也。

以言乎禄，舜則躬耕耳。而大悦將歸，其能久於糗茹乎？一年成聚，而禄未也；二年成邑，而禄未也；三年成都，而禄猶未也。而甥館不已，帝將胥天下而遷之，非私也。四海之有人親者，不就舜而輸其奉，而其志無以即安也。舜雖終守其南河之避，而不得也。

不特此也。帝王之貴，而或不能與修士争名，名之難得，百倍於禄位也。舜之大德，自師錫以至賡颺，無不孚而頌之矣。而至以聖子之故，不敢斥言頑嚚之親。『烝烝乂，不格姦』，而後世遂謂自幕至於瞽瞍無違命。瞍不當有此名，猶若賴舜之名以全親之名矣。而况謳歌之自得於民者哉？

匪直此也。神聖之躬，而或不獲與凡庸比壽，壽之難得，尤百倍於名也。舜之大德，自水火以至風雷，無不默而相之矣。而至以陟位之年，猶及親致崇高之養。『三十徵庸，三十在位』，而瞽瞍身爲天子之父者，尚數十年。瞍不宜享此壽，固若分舜之壽以增親之壽矣，而况耄期之自得於躬者哉？

其必得也，非位禄名壽之爲，而仍大德之爲也。何也？四者皆其所自有也，固不當有得不得之分，可必不可必之數也。

語語切定位禄名壽，語語切定舜之位禄名壽，又語語切定大孝之舜之位禄名壽，文至此，可謂顛撲不破矣。鄭秋浦。

一經陶鑄，常語皆有光氣，始知相如、子雲，沈博絶麗，正非抄撮僻書。趙印川。

宜民宜人　二句

觀民人之無不宜，而君禄有所從受矣。蓋民人之心即天之心也，皆有以宜之，而不可識其所從受禄之處乎？且人主處百官萬民之上，無日不求眷顧於天，而非積之無其本，即致之無其漸也。善承天眷者，不遽求其端於天，而於天人相與之際，有默會其所從來者矣。

嘉樂君子，既有憲憲之令德，夫德非獲福之原，格天之本哉？乃頌君子者，初不遽求之於天也。則且捨天而求之民。民者戴君如天，而最難愜其意者也。撫摩噢咻之空文，身被而不生其感，而必推本於宫庭之積累，更莫能爲遺議之滋，然後翕然曰：此真吾君也。而遍爲爾德，猶其後矣。

繼民而求之人。人者事君同天，而最難得其心者也。酒醴筐篚之拜受，退思而不泯其嗟，而必密喻於夙夜之勤修，實足以發昌言之贊，然後躍然曰：顧佐太平也。而媚於天子，豈待言哉？

其感甚深而理甚淡，其效甚大而事甚平，直以爲宜於此也云爾。夫民人既宜，豈但宜於人民而已哉？日用飲食之氓，呼吸上通於相協，而咨寒怨雨，造物常深悱惻之仁。

憑翼孝德之士，篤生默簡於帝心，而秉翟《伐檀》，彼蒼久蓄不平之憾。不意今日者，天顧民人，乃如此乎其得所也。

人情於其所親厚者，日夜爲之冀幸，竊竊焉惟恐其不償。一旦親見其疾苦之平，怨尤之泯，則將大喜過望，而必進求夫致此之由，知歸功當別有在也。夫天則何嘗異此情也？人情於其所願欲者，獨力爲之圖維，孑孑焉惟恐其不繼。從旁有任其腹心之寄，指臂之勞，則將加意委成，而必優異之群倫之上，謂報德固宜如是也。夫天亦未嘗遠此情也。禄之受也，其又奚疑？萃四海休嘉之氣，以釀爲太和，拜賜者幾如宿券之操，而不必震驚於意外。平兩間觖望之心，以蒸爲景福，膺慶者視同常糈之給，而何煩播告於寰中？受禄於天，非民人之既宜，而能如是乎？觀於保之佑之命之申之，而受禄之實彰彰矣。

全於順逆虚實、斷續即離處著力，極搏題布局之妙。周駕堂。

將集復翔，欲沉忽躍，總不肯一筆平衍紙上。楊槐占。

如懸腕作擘窠書，有天馬行空，不可羈勒之意。要其結構，仍自謹嚴。徐準宜識。

體群臣則士之報禮重

感多事之心，而收其報者重矣。夫人臣未有不圖報於君者也，體之而心益感矣①。報禮之重，非其效哉？且樹恩而不望報者，大人之事也②，而獨至國家養士之澤則不然。聖王之於士也，特於施之其加之意，而其後所收於士者，嘗過於所施焉。即謂其有責報之心③，而仍不失大公之度也。臣得進敬大臣而更詳體群臣之效，夫人君能體其群臣④，其待士可謂有禮也已。人情於佩環之惠，壺飧之德⑤，猶自矢他時富貴，必將倍稱以爲償，况親加我以拔擢者，而反視爲泛常焉。此必非血氣之倫矣。

人情於遊揚之力，薦舉之恩，猶竊許北面終身，不以升沈而易慮，況親任我以腹心者，而顧安於落寞焉。此必非豪杰之士矣。

其圖報也，當何如其重哉？

夫盛平之世，揆輔猶無赫赫之功，士而欲顯其奇，恐亦無以自見。不知王政之所寄，精神焉耳矣。精神既奮，雖有司奉行之故事，而皆足以亮天工。臣觀文武之時，閭師黨正，分教養於司徒；趨馬綴衣，助格心於冢宰。誰不欣欣焉合而相輔哉？

夫清晏之朝，王臣不高蹇蹇之節，士即效忠於國，慮將無以自擴。不知庶績之所熙，策力焉耳矣。策力既周，雖朝廷未暇之經營，而常密以分猷念。臣考文武之世，奉璋左右，從王即于邁之六師；載節山川，報命藉諏諮之五善。誰不孜孜焉惟力是視哉？

而人臣不敢言報也。『木桃』、『瓊玖』之文，原非可施於君父，第本其心之不能已者，自致於高天厚地之中。而人君坐受其成，謂子大夫果不憖棄我也！而益喜平日推心置腹之不徒然也。

愈不知爲重也。鐘鼎旂常之業，曾何足補於高深？第就其力之所得爲者⑥，自比於墜露輕塵之末，而人主拜登其績⑦，謂諸君子何其厚愛我也！而益愧從前承筐束帛之未足當也。

則士之報禮重，非體群臣之效乎？

不句句從『報』字、『重』字上刻出精神，泛填臣子感恩套語，便與所以勸士也。題文無別，再稍從反面著筆，往往於臣子之義有礙，失聖人對君之體。讀者弗賞其雄瑋，忘其匠心。張櫺亭先生。

塵羹土飯中，忽現斬新花蕊，由不拾人牙後一語也。蔡小霞。

徵實翻空，總非尋行數墨家所解。韋書城。

【校記】

① 體：底本訛作『者』，今從癸巳本改。 ② 之：底本訛作『言』，今從癸巳本改。 ③ 心：底本訛作『正』，今從癸巳本改。 ④ 夫人：底本訛作『系謂』，今從癸巳本改。 ⑤ 壺飧：底本訛作『於而』，今從癸巳本改。 ⑥ 第：底本訛作『策』，今從癸巳本改。 ⑦ 其：底本訛作『具』，今從癸巳本改。

柔遠人則四方歸之懷諸侯則天下畏之

極柔懷之效，而王業於是乎成矣。夫『柔遠人』、『懷諸侯』，其事固未出於治國也，而效極於四方歸、天下畏，不居然王業之成乎？且王者建中而治，丕冒遍於四方，運量周乎天下，其誰不望景知歸，聞風起畏哉？乃其初，固不遽勤心於此也。盡其所可得爲之事，而地之不相及者，第以治國之餘治之，而化國爲天下之勢，固駸駸乎有所必至耳。

《經》言『柔遠人』，此自有國者待賓客之政，非以樹四方之風聲也。然而四方則已聞之矣。《河滑》《採蕾》之嗟咨，有足隕旁觀之涕者，固不惟身受之難堪也。柔之而遠人之至吾土者得其所矣，其未至吾土者，不猶爲柔之所不及乎？不知遠人者，四方之所以寄觀聽也。達迢遥之札，則親黨争窺；返無恙之帆，則鄉鄰咸集。救其乏而共其困，感恩者不過數人，而傳爲美談，固知其必不我後也。臣觀文武之世，作程不已而作豐，作鎬不已而作洛，考卜弗求形勝，而惟以邦畿千里，受士民輻輳之歸，此四方所以大和會也，而豈知其效固自柔遠人而致之哉？

《經》云『懷諸侯』，此自有國者固邦交之政，非以作天下之震疊也。然而天下則咸見之矣。《下泉》《大東》之困敝，有足解庶邦之體者，亦以見王靈之不振也。懷之而諸侯之隸吾圉者無二心矣。其未隸吾圉者，不猶爲懷之所不及乎？不知諸侯者，天下之所以視則儆也。鞏磐石之宗，則親賢並建；用當陽之命，則刑賞無專。指從臂而臂從心，群扶者始稱共主，而遞相臣隸，固知其莫敢先發也。臣觀文武之世，臨衡一用而劍已脱，白旄甫秉而矢即櫜，六師不藉張皇，而惟以方岳時巡，收薄海德威之畏，此天下所以大一統也，而豈知其效固自懷諸侯而致之哉？

我周易侯而王，化國爲天下，用此道也。

時手多將遠人、四方諸侯、天下併爲一談，此大謬也，於此處看得分曉，奏刀自覺砉然。劉雲房夫子。

四面八方俱到，而未嘗實寫一筆，預透下節，是爲遊刃於虚。叔松崖。

安詳容與，與題大適，即論文情文度，亦不讓玉茗風流。戴蓮士。

天地之道博也厚也高也明也悠也久也

還觀大地之名極其盛，一至誠之驗也。夫博厚高明悠久，天地之各極其盛也，而至誠固先具之矣。觀天地，不益可以知至誠乎？且吾以一言盡天地，而天地之各成其體者，則又非可一言盡之。蓋理渾於同原，而德歸於各足，從清寧既奠之後，歷指其運量之神。覺向之皆備於至誠者已，無不盡備於天地也。

爲物不貳，足以蓋天地之本矣。若夫由不貳以至不測，而天地之所可見者，其道又何如盛哉？方道之渾於天地也，則不貳之外寂然無睹也。雖或騁談天鑿空之能，恐難於玄黄未判之年，而侈陳其事。

迨天地之著而爲道也，則不測之先翕然滿目也。自非負窺管拘墟之誚，誰不於法象昭回之下，而共仰其神。

而不見夫放之無外乎？錯九垓而窮八紀，非博乎？而不見夫窮之無下乎？懸九仞而徹三泉，非厚乎？巍巍者其定位耶？遠而不知所極耶？吾歎其爲高也。蒼蒼者其正色耶？顯而不可少掩耶？吾仰其爲明也。而況相摩相蕩，寬然其有餘，此則所謂悠焉。而且一往一來，亘然其不變，是則所謂久焉。天道也，地道也，爲物不貳之道也。

夫博厚高明悠久，非吾向之以目至誠者哉？

今而後知其說之不可易也。溯不息之可徵，而儗必於倫，若未盡揚厲形容之致，一觀天地，如或遇之矣。陰陽闔闢之交，豈群動所能參其視聽？而實有此博焉厚焉高焉明焉悠焉久焉者，森然載之以出，而相遭於俯仰之間，則信乎非幻境也。其諸至誠固馴而致之，而天地早全而聽之者乎？

今而後知其德之無或異也[①]。贊不息之克配，而論疑於創，或未免徬徨驚訝之思，覆觀天地，乃益釋然矣。絪緼化醇之好[②]，豈淺聞所得紀其形名[③]？而自有此博焉厚焉高焉明焉悠焉久焉者，朗然揭之而行[④]，而與人以贊歎之故，則信乎非溢詞也。其諸至誠能放而準之，天地乃默而成之者乎？

知天地益知至誠矣，知至誠之猶天地，益知天地之生物矣。

上文博厚高明悠久，皆借天地以形容至誠，此節乃正以六字歸還天地耳。呆衍實義，縱極精切，要非是題真面。此予十四五爲童子時，得聞於塾師劉衍林先生諱行彬，以諸生老者，偶爲生徒舉似，因成斯藝示之。回念師承，爲之隕涕。自記。

爲六也字，空中實下指點，風行水上，筆端具有化工。盛培園。

後二比，方百川先生所謂思路斷絕後湧溢而出者也，得此於理境尤奇。弟銓記。

【校記】

① 或：癸巳本作『以』。 ② 好：癸巳本作『妙』。 ③ 名：底本脱，今從癸巳本補。 ④ 朗：底本訛作『即』，

今從癸巳本改。

載華嶽而不重　二句

舉地之載與振者，而廣厚莫之能並矣。夫高至華嶽，深如河海，孰能載之振之？乃地自見其不重不洩也，其廣厚爲何如者？且流峙於地上者，皆地之所自爲也。惟其所自爲，故雖極流峙之高深，而地若行其所無事。至欲明夫地之功用，則又不妨即其所自具而離而二之。以爲如是其高深也，而猶處於地上而若無焉，亦愈見地有容之量焉耳。

地之廣厚，於何見哉？

夫極天下之廣厚，而無以加乎其上，其能勝與否未可知也，則必觀其所載矣。顧任之以載，而天下猶有能載之者，亦不足以見地之能獨載也。蓋嘗窮天下之至高，見夫五方有岳，九州有鎮，而三峰高掌，獨立畿甸之間。又其西則翠巘丹梯，亦相望於雍岐千里之近，故凡高者非遍遊不能至。而京師之所仰，固莫如華與嶽之崇崒也。以是而言載，是亦滿於載之量矣。而千古此地，千古此華嶽也。試思升其巔，見夜半之景光；望其厓，有鴻濛之積雪。人日遊於華嶽，幾相忘於華嶽之不重，而謂有大力者負之，則又托於巨靈、屓贔之虛荒也。是惡知夫地之能載者哉？

且極天下之廣厚，而無以注乎其中，其能容與否未可知也，則必更觀其所振矣。顧試之以振，而天下猶有能振之者，亦不足以驗地之能獨振也。蓋嘗極天下之至深，見夫瀦則爲澤，流則爲川，而九曲洪流，環繞冀州之域。又其北即滄瀛溟渤，汨没於盤津下注之交，故凡深者非親涉不能知。而中國之所襟固，莫如河與海之汪洋也。以是而言振，是亦滿乎振之量矣。而千古此地，千古此河海也。試思百川灌，而涯涘不爲之移；萬派歸，而潮汐不爲之益。人日安於河海，皆相忘於河海之不洩，而謂有大壑者藏之，則又誣爲尾閭、息壤之浮誕也。是惡知夫地之能振者哉？

更觀萬物皆載，而地之廣厚於是盡矣。

華嶽河海本屬隨手舉示，偏能鑿出一段至理，見得單舉四者之故，不是偶然湊泊，真乃絶世文心。周書倉。

成語相沿，必有所起，人自口頭滑過，不之思耳，必如作者，然後免於鹵莽讀書。邵習園。

九天之雲下垂，四海之水皆立，豈但看書精切，其筆力亦横絶一時。左杏莊。

黿鼉蛟龍　三句

歷舉水之所生殖者，而不測之實見矣。夫黿鼉蛟龍魚鼈之多也，貨財之廣也，而惟水生焉殖焉，不足見水之不測乎？今天下觀物之多者，先於山而次必及於水，然而山可入而問其所有，水不可入而問其所有也。身不可入，第即人之共見者約言之，而不常見者可得而類推焉。名不可問，第即人之共賴者渾言之，而不能名者可得而詳求焉。

以一勺言水，其生物固不可見也，而非所論於不測之水也。不測則得乎天地之動，而積此晝夜不捨之盛氣，以鼓蕩群靈，水族之所以日滋也。夫《水經》所載，豈遽数所能終其物哉？而第即其所能言者詳之，鉅者呈其蹣跚，神者昭其變化，多者恣其游泳，約之以黿鼉蛟龍魚鼈，而其類略具矣。以彼鼓甲揚鬐，各極乎大莫能容之量，而族之較細者，又以其紛紜雜遝，與江湖争窟宅之寬。一時怒不能安，汹汹乎足以撼山岳而號風雨。而波濤既息，水自還其無事之常，向之所飛騰跛扈於其間者，未知其跧伏於何所也。且物過盛則當殺，未嘗不從事以網繩擉刃之威，而登其皮骨以入考工；江介之昂藏，故在斂其脂臘以充膳府。天池之揚擊如初也，豈非水之生焉者爲之哉？

不測則得乎天地之静，而本此圖書未洩之具符，以胚胎庶品，水産之所以日豐也。夫水官所賦，豈更僕所能詳其目哉？而第即其所必需者徵之，龜貝取諸動物，蒲荻取諸植物，珠玉取諸珍物，渾之曰貨財，而其彙可推矣。以彼懷川媚澤，實孕此鬱而必顯之奇，而産之較恒者，又以其洋溢充盈，爲軍國佐度支之厚。一時輝難自閟，煌煌乎幾欲麗日月而薄星辰。而光景旋銷，水自返其若虚之素，向之所絪緼照耀於其上者，不知其斂藏於何地也。且物待用則當求，未嘗不布令於祈望舟鮫之守，而竭一隅之力而將不繼。此虚必有彼盛之方，盡一時之取而恐不生，徙去固有來還之日也。豈非水之殖焉者爲之哉？

斯亦可以盡水之不測矣。

胸中則龍宫海藏，腕底則鷩風怒濤，非此固不足與題相稱。劉雲房夫子。

瑰瑋極矣，而意理仍是清疏，可爲騁才者之法。韋静山。

盡有近日西泠諸公之才力，而醇實過之，故能不終於偏霸。韓聘之。

舟車所至

即舟車以驗聲名，已無不至之處矣。夫中國蠻貊之間，非舟車無以遍也，推其所至，不已有無遠弗届者乎？昔聖人刳木而取諸涣，引重而取諸隨，凡以濟萬邦而利天下也。惟其事主乎利濟，而天下萬邦之大，皆可以閱歷周之，則言聖功之暨訖者，必先以是爲準矣。声名洋溢，於何驗之？驗之中國蠻貊之舟車而可。

擊楫則容與乎中流，揚帆則瞬息兮千里。即或波濤險阻，而壯夫有志，猶將恃涉川之忠信，談笑而乘破浪之風。

按轡則鸞鳴於九軌，振策則驂舞乎交衢。即至嶺嶠崔嵬，而我馬雖瘏，固難辭覆轍之艱虞，詰屈而下摧輪之坂。

推其所至，豈可以疆域限之哉？

蓋嘗觀於中國，洽陽渭涘，西土猶傳親迎之梁；吉日市田，東都不改會同之轍。宅中之建，固已爲舟車之所輻輳矣。以及諸姬思衛，不忘檜楫之遊；公子辭秦，弗却乘黄之贈。其尚有伯叔甥舅之邦，而不可托舟車以莅止者乎？

又嘗觀於蠻貊，俗本文身，長鬛能對餘皇之號；彊開藍縷，二廣如仍篳路之遺。藩服諸封，又已爲舟車之所四達矣。以至慕德南征，雉貢越裳之海；揚威北伐，馬知孤竹之途。其尚有譯鞮寄象之方，而不可恃舟車之徧歷者乎？

水處恒便於舟，陸處恒便於車，此自囿於習俗之沿耳，不知二者原有並行之利也。雍之及絳也，輸粟則泛於河，取幣則傳諸乘，是前用舟而後用車也。吴之道楚也，舟師次於淮汭，陵師至於繁陽，是一從舟而一從車也。亦以其各至爲並至而已矣。

登車者畏舟之危，入舟者病車之瘁，此亦域於方隅之見耳，不知二者更有交濟之功也。九州之作貢也，荆必逾洛以達河，梁必逾沔以入渭，是舟得車，而後此川所運，可以輸於彼川也。十二國之交聘也，魯必絶汶以適齊，衛必杭河以返宋，是車得舟，而後彼岸之載，可以登於此岸也。更以其互至爲繼至而已矣。

而猶以爲未足也，則請更徵諸人力。

以《六經》爲主，而後緯以他書，大家數典之文如是。蔣蓉龕先生。

無語不工，無筆不雅，後二比尤未經人道，要皆自細心讀書得來。湯緯堂。

隸事遺言，俱似幾社中名輩。吕映薇。

潛雖伏矣

《詩》詠潛魚，若難深恃其伏矣。夫魚之樂於潛，恃其伏也，然而伏果可恃乎？是可誦《正月》之詩以曉之。且吾嘗以魚躍於淵况大道矣。顧魚之爲道也，動則窺其躍，而静則驗其潛。明道者之觀魚也，於躍而悟大化之無所私，復於潛而鑒至理之無所匿，此其意吾仍於《詩》言遇之。乃忽若惡此而逃，謹相避於重淵。而無使夜静水寒，尚有鈎綸之及。

溟渤其非遥也，不憚以鼓鬛揚鬐，變化而擬登門之鯉。乃亦有知難而退，暫自安於尺蠖。而即至日斜風定，勿爲蒲藻之依。

是殆所謂潛魚者耶？夫魚之爲計，宜無有善於潛者也。雖然，嘗竊思之。充潛之所至，必天下並無此水，乃真入於無何有之鄉耳。今觀其淺者爲渚，激者爲湍，即下而極於坎窞之深，固無之而非水也。而第求宅之最阻者以自托，則至於潛而水之境止矣。窮潛之所極，必天下並無此魚，乃真泯於不可知之數耳。今觀其頒者爲首，莘者爲尾，即退而比於龍蛇之蟄，固無往而非魚也。而猶取居之最隱者以自藏，則至於潛而魚之事畢矣。

嗟乎！是直所謂伏而已矣。夫但如《詩》之言沼，猶曰此無可伏之地也。乃河自龍門而下，風雷晝起於其濱；江由丙穴而東，星斗夜寒於其峽。以彼窈冥恍惚，何難營一窟以藏身？而不聞韓侯吉甫之筵客，有空彈之鋏，魚雖自以爲得計，意觀魚者方目笑存之也，而奈何重恃其潛也？

夫但如在沼之魚，猶曰此無能伏之智也。乃龍雖變服以遊，志豈與鰷鱨並賤；魴但觸綸而逝，性不偕陽鱎同貪。以彼狷介靈奇，庶幾縱大壑以自免，而胡使豫且陽晝之室？人餘可溉之鬵，魚雖自以爲無患，恐嘗魚者終廢箸歎之也，而得毋空悔其伏也？

《詩》又繼之曰『亦孔之昭』，君子三復斯言，可以發其深省矣。

兩晋清談，三唐小賦，人皆孑孑，我獨有餘。陳春嶼。

才華則翡翠蘭苕，魄力則鯨魚碧海。李經亭。

張欒洞庭，魚龍起舞。吴秋嵐。

數罟不入洿池

洿池亦王者所盡心，禁其盡取而已。夫罟以取魚，數則脱焉者寡矣，禁之不入，王政盡心於洿池者如此。且作結繩而爲網罟，蓋以物盛不可不殺也。及其流弊，則必一朝盡取之，而後快焉。快於盡取，遂不計後日之一無所取。然則澤梁無禁，蓋猶得半之道也。

農時不違，此外何以治梁乎？

梁居中上，則溝洫畎澮之涂四達，而地勢之入於坎窞者，衆水必瀦以爲歸，不止乎藪有孟諸也。

梁瀕之河，則渠塘陂堰之利必多，而下流之廓其有容者，餘波且溢而成澤，匪止於旁出爲滎也。

國有洿池，豈非網罟之利哉？世乃有以數罟爲得計者。

網非不可結也，必以其族俱行，毋乃貪乎？目必四寸，其不能脱而出者，吾取之矣。如其能脱，而餘地自恢恢也。不合此制，即斷而棄之可矣，而誰敢濫焉？

綸亦自許繩也，至並其鯢不免，獨非忍乎？市必滿尺，其不能漏而去者，吾聽之矣。如其可漏，而生機猶唯唯也。不中斯度，即舉而没之可矣，而誰敢施焉？

其君有長胎夭覆𪏭卵之仁，而有司乃率而循之，以頒爲教令。彼童穉亦能知德意，况其在長老也？即有天性貪殘者，將必屏而不得聚會。初不待漁師之詔①，而自懼而無所容。彼暮夜猶若有嚴刑，况其爲旦晝也？即其身有薄滋味節嗜慾之實，而四封乃則而象之，以著爲風聲。又何待市令之懲，而始悔而思所變？有數犯禁令者，亦必久而無與酬庸。

夫而後王者之洿池，真免於數罟之入矣。王於農時之外，又嘗盡心及此乎？

只是胸中充實，不可以已，便知萬斛源泉，不擇地而發，使瓶綆樽罍無不滿其意以去，文至此，洵足沾溉於人矣。朱筍河先生。

能手亦只澤之以書卷耳，如許奥義精言，不知作者拈毫欲下時，何以遂浩然有得？吴駕六。

看似五城十二樓，其實一一皆從平地築起。朱柘田。

【校記】

① 待：底本訛作『詩』，今從癸巳本改。

弓矢斯張干戈戚揚

觀國民之武備，所以衛餱糧者裕矣。夫囊橐而無兵以衛之，此所謂齎盗糧也。公劉之民，武備何其給乎？嘗思家給人足之時，民或終身不識兵刃爲何物，甚可樂也。而常懼其無以應於猝焉。况匪居匪康，尤當斤斤於意外之虞者乎？知此意者，莫先於好貨之公劉矣。

夫裹餱糧於囊橐，寧遂恃以無恐，而得濟其輯民光国之思哉？

富歲雖云多賴，而要荒之外，不可以常理論也。小人懷璧，尚致儆於越鄉，而况任輦車牛，久動奸豪之虎視？衆志即可成城，而道路之間，不能以徒手奮也。烈士多財，猶不忘乎重閉，而謂耰鋤耒耜，詎銷竿梃之雄心？

乃公劉已爲民計之早矣。

夫五兵之始，他器未備，而弓矢作焉，故其事爲最先。而數軍實者，必抗既調之義。百步之遠，衆刃不接，而弓矢及焉，故其功爲獨大。而揚軍容者，特傳彀滿之文。

雖然，我以弓矢御人，而不能保寇之不以弓矢乘我也。曰有干在，我立不敗。而彎弧愈覺其從容，彼出無功，而矢盡不知其所備也，是固還相爲用者矣。

賊在遠而可以弓矢及之，賊至近而不可以弓矢擊之也。曰有戈在，有戚與揚在，敵附而集，吾却之以短兵。賊驚而遁，吾仍殪之於追射也，是又迭出爲勝者矣。

『弓矢斯張，干戈戚揚』，《詩》所爲悉數之也。

蓋周自竄居荒服，累葉皆克纘武功，不待作軍三單，而兵農久有合一之勢。故披荆斬棘之輩，鼓之即挽强命中之夫，勝於耜者悉勝兵，而非若弛武之民，談鋒刃而色變。故獻豜於貉之資，修之即御君猶鞞琫容刀，其下自家餘戰備，不待涉渭取鍛，而兵食早有各足之徵。故獻豜於貉之資，修之即御侮折衝之用，衛其家者兼衛國，而非若銷兵之世，給武庫而師興。

於是啟行之計遂，而囊橐可以無虞矣。

根據不出本詩，而發揮如此鉅麗，始信《六經》真山海也，何用别求未見之書？康茂園先生。

吾郡自儲氏諸先生殂謝，制義正聲歇絶數十年矣，不圖今日復見嗣音。朱柘田。

意即眼前，詞皆本色，獨其興會筆力，非可凑泊而成。董蕙疇。

市廛而不徵法而不廛

市有法而無徵，惟於廛不廛加之意而已。蓋廛以抑末，而有時可以不廛。至徵則其永無者也，法則其常立者也，此先王之市政也。且維王建國，前朝後市，故識治體者，必以市政爲兢兢。政之行於市也，有寬恤之仁焉，有整齊之義焉，有裁抑之權焉。夫寬恤與整齊，此常行而不變者也。惟此裁抑之意，密視其盛衰與耗以制爲低昂，而卒歸於仁至而義盡，此之不可不審已。

原夫古之爲市也，販夫販婦，安於各得而無競心，在上者勿與知焉可也。其後或漸爲淫巧以蕩人，或竊爲苦窳以病世，不得不申其禁約，而一切争質聽斷之事，皆董之以有司。國之建市也，列東列西，官爲苦蓋而非民力，至止者即與居焉可也。其後懋遷盛而民不土著，三倍贏而俗不重農，不得不寓其制防，而甚至器用財賄之資，悉收之爲歲額。是故市之有法，先王所以治市也。其有廛，先王之所不得已也；其有徵，先王之所不及料也。有國者宜何道之從焉？

將以救一時之弊，則姑用夫廛而可。蓋末太盛則妨農，使之亦有所累焉，庶不至趨如鶩也已。若夫徵則何爲者？牽車負擔之勞，上之人非有尺寸之相爲賜，即區區子母，曾不足爲筋力之償，而顧私利焉可乎？先王當日，僅取其廛，而其心早欿然不自得也，謂已餘於法之外也。

將欲行之萬世而無弊，則專修夫法而可。蓋利所在則奸生，使之咸有所儆焉，其莫敢率而僞也已。至於廛亦非不可已者。五畝牆桑之業，國之人莫不安堵而受於公，彼碌碌錢刀，亦聊以爲風雨之蔽，而獨責直焉何哉？先王至是，始免其廛，而其心猶憮然以爲晚也，况更出於廛之下也？

永不起者徵，而言權算者必斥；永不廢者法，而違律令者有誅。聖人獨以其廛與不廛，酌盈劑虛，驅率一世之駔儈，而使之怵其貪，亦安全一世之末遊，而俾之寬其力。有時參賦其廛，以示吾之無所左右；有時並免其廛，以明吾之無所取資。聖人常以其法與不徵布政施惠，普蠲賜於九衢曠蕩之年，而奸欺莫敢作；即議裁抑於百産豐羸之會，而科斂不復施。此仁政之行於市者也，而商賈有不輻輳於其國者乎？

題凡四層，逐字搜出意理，又能一氣渾淪，不傷語吻，弄丸舞劍，方此神奇。莊然乙。

文義閎深，文律精熟，牢籠衆有，揮斥百家。洪華峰。

無處而餽之　四句

餽也而貨名之，君子不爲所市也。夫餽而以貨，是不以君子待孟子矣。明君子之不爲貨取，不可曉然於齊餽之不受乎？且上以無名之奉市於下，下以無功之享徇於上，此主術所以日驕，而士氣所以日沮也。士之不苟於自待者，每遇無名之奉，必先辨而正之。而上以市求，下不以市應，亦安能惟其所左右，昧昧焉受制於人哉？於齊無處，則無可以致餽之理也。而猶必從而餽之，是尚得正其名爲餽乎？意衹謂經生淡泊，未能給足於朝昏，特出此守藏之贏餘，以聊相爲壽。文言之固不如質言之也，而此語已不堪入耳也。意或憐旅館蕭條，未必豐盈於囊篋，奚惜此多儀之焜燿，以厚結其心。隱喻之固未嘗明告之也，而此意殆不堪設想也。是貨之也。夫上之貨於其下之心，豈非將以此奔走英雄，羈縻豪俊哉？不知震動於耳目之未經，遂不勝氣奪而神傾者，皆其反身之不足，而無以鎮乎其猝者也。重違乎人情之固請，因不免轉移而遷就者，皆其辨義之未精，而無以持於其久者也。世無君子，而天下之擁貨權者，欣然幸其術之得行，而快於人之不能自脱也，固已久矣。焉有君子，萬鐘弗顧也，千駟弗視也，金玉錦繡，曾不足爲胸中芥蒂之存？蓋初視之若無矣，乃據其視之若無者，而姑爲萬一之嘗試，將以動其感恩圖報之思，君子即不遠於人情，亦何至若是之易與乎？

非耕無食也，非力無衣也，尺寸錙塵，皆將以貽願外神明之疚。蓋方去之若浼矣，乃援其去之若浼者，而曲爲過量之殷勤，將以諷其降志相從之雅。君子即不抗於自待，亦何至若是之每下乎？

而可以貨取乎？明於君子之不可貨取，而無處之餽之宜受與否，必有能辨之者，吾何贅焉。

題則字字如生，文則步步有法。陳伯思。

得力全在中權，所謂擊之而首尾皆應也。其氣骨嚴重，則由積理而成。吴曉園。

如觀顔平原、楊少師諸帖，其婀娜皆從勁健中來。徐向之。

管稿二集　卷六

有賤丈夫焉

丈夫而得賤名，上古人心之初變也。夫上古之人未有以賤名者，其心變則其名亦變矣。彼賤丈夫，固孰使其有耶？且世衰俗失之後，必有善人生焉，此人心之未絶也；民淳氣古之時，亦必有小人出焉，此世變之將開也①。其升降之故，豈特朝廷之士，黨塾之儒有是哉？

以有易無，而有司臨治，古之爲市者如此。

當此之時，天下之人，巧詐未興，智術未開也。一絲一粟，而必無相欺奪之事，可見其風俗之醇焉。天下之市，物無淫巧，器不苦窳也。販夫販婦，而皆有士君子之心，何害其品流之異焉？

彼賤丈夫，胡爲乎來也？景運之初開也，衆庶憑生，亦若得天之獨厚。丈夫而以賤名，固上古之天心，所不意其忽有者也。而儇薄不祥之氣，首於湫隘囂塵之地而發之，固運會不能無漓，亦操奇計贏之智，有以開其積漸也。而是人適應時而出矣。

盛治之方昌也，採樵凡陋，亦笑王道之不談丈夫而以賤稱。又中古之人心，所不虞其或有者也。而型仁講義之風，偶於肩摩轂擊之場而不遍，固物盛不能無蘖，亦重財嗜利之謀，有以生其變態也，而是人遂倔起爲魁矣。

其品藻不足當華士聞人之目，故聖王亦聽其優遊盛世，而罰不麗於四凶，乃至入闤闠而求首惡之名。則其人固將與作俑同傳，而貨殖之徒，豈宜數典而忘祖？

其姓名不足著丹書檮杌之編，故君子亦聽其掩没終身，而律不登於三叛，乃若逐負販而問厲階之釀。則夫也固久以不良爲號，而懋遷所至，猶將塵起而污人。觀於龍斷之求，而後知丈夫之果賤也。

氣骨典重，雖俳諧之語，亦整襟動色，而談乃不蹈以文爲戲陋習。鄭清如。

胸有積理，故所發皆無俚淺之言。莊似撰。

先生課徒，隨手潤色，輒成傑構。前後小題，文不下數百篇，而雅不自喜，謂終無關義理。初刻概未之及也，同堂固請，乃始選登數首，以當嘗鼎一臠焉。康瀚識。

【校記】

① 此：底本訛作『比』，今從癸巳本改。

丈夫生而願爲之有室

借譬於生男之願，以婚宦之一理也。夫仕，丈夫之願也，而亦知更有願於其先者乎？爲之有室，可以還問之生男者。今夫出疆載質，非男子始生，孤矢四方之義乎？然使執此義以解子疑，或以爲迂遠而不切於事情也。試就男子之身，而别求一急欲得當之事，則學成而願宦，與年壯而謀婚，其理固不相遠也。

夫我與子皆丈夫也，婉孌丱角以來，其漸躋於成人之列者，歷歷其可溯也。

抑我與爾，皆生丈夫之子者也，寢牀弄璋而後，其預期於提抱之年者，尤依依其可念也。

豈不願爲之有室耶？獨居之樂，而不可以久也，並曰縫紉之事，不能不恃人以爲之矣。即琴躭瑟好，又豈人情之所禁乎？如入其宫而不見焉，昔人所以作朝飛之操也，而詎所願之於吾子也？

不娶之身，而不可以祭也，蒸嘗蘋藻之謀，不能不得人以共之矣。況熊夢蘭徵，尤爲門庭之大慶乎？倘過其時而不偶焉，昔人所以勤寤寐之思也，亦非所願之於吾子也。

是故丈夫而生於富貴也者，則必爲之求宋之子、齊之姜，親迎而梁以方舟，薦幣而將之百兩。直至觀止盈門之日，而後佳兒佳婦之願成①。丈夫而生於貧賤也者，亦必爲之求巾之綦、衣之縞，守禮而儷皮必備，遠嫌而佩帨能防。迨至宜言靜好之年，而後抱子抱孫之願足。

揆初度而錫嘉名，即誤命以怨耦曰仇，而必非出於劬勞之本意。知好色而嚴豫教，亦逆慮夫非時致損，而豈故遲其旭日之常期？合之女子有家，皆天下父母之同心也。人之欲仕，豈不其然？

鍊於骨者析詞必精，深於風者述情必顯，觀此可悟一切。俗意無不可以入文。趙甌北先生。

如此俗題，而字裏行間無非經術之氣，於此見造詣精深。周星頡。

一涉詼諧，便失聖賢語吻，於孟文此界尤嚴。袁貽玖。

【校記】

① 婦：癸巳本作『女』。

未同而言觀其色赧赧然

以言干人者，其色不可令旁觀見也。夫人必同心而後有言也，以之干人，則有不待其同者矣。觀於其色之赧，彼亦自覺其不堪乎？今夫一見而能得人之歡心者，言也。而甫進其言之始，於口甚利，於情必有所甚慚。匿其甚慚，以效其甚利。而無由自匿者，亦即在急於自效之時而見也。

吾嘗聞人之有言矣。析疑義，賞奇聞，其色温温焉。而天下不以我爲諛者，知其結契之深，宜有此如蘭之臭也。辨是非，争得失，其色凛凛焉。而天下不以我爲戇者，信其切劘之厚，無取乎如水之濟也。

而世乃有未同而言者，一介初未聞名，不知其心事爲何如也，而聲勢之暄赫，有震耀於吾前者焉。若得一奉顔色，足爲有生之幸矣。而無如人初視之若無也。夫人方無意於我，而我顧聒而與之語乎？既而思之，時會實難，幾獲親致貴人之側，失此不言，恐此後雖欲陳之而未有路也，毋寧隱忍而蒙自炫之羞也。

平生並無款曲，不知其氣誼爲何如也，而附和之喧闐，有翕訿於吾前者焉。苟得與參末議，必當相見恨晚矣，而惜無人爲之先容也。夫我即有意於人，獨不可默而待其來乎？伏而思之，要津所據，各懷捷足先得之心，遲此不言，恐從旁已有攘之而不吾容也，毋寧冒昧而干率爾之譏也。

當此之時，吾聽其言，吾觀其色矣。應對如響之時，悦之者或靡然忘倦，而不情之面目，則正以多方揣合，而倍見分明。內苦其心，有不敢輕以語人者矣。而應念而來，能無泚乎？

非笑從人之説，爲此者亦聊復强顔，而始進之囁嚅，則方在欲發無端，而默深惕息，包羞以進，或倍有望而生憐者矣。而雖顔之厚，能無赤乎？

觀其色，赧赧然，蓋不獨言者難堪，而觀之者亦若蹙然於心目矣，由則安敢知之哉？

盡相窮形，無微不入，造物何以當鐫鑱？叔松崖。

似先洞徹世情，借題寫照，若拈題後纔立間架，便無此神駿也。盛培園。

刻酷之文，若不出以古雅，便似灌夫駡座矣。前有高邑，後有二方，作者何愧代興之目？丁郁兹。

孔子成春秋而亂臣賊子懼

聖人作經以伸義，而亂賊無不懼矣。夫亂賊之不懼，以臣子之義不明耳。孔子成《春秋》，而人始知有君父矣，亂賊有不懼者哉？且匹夫操著作之權，此未有足以懼天下之勢也。然而天下常不懼乎其勢，而常懼乎其義。義之既明，而爲惡者無以自立於天下，是亦聖人之功用彰也。

禹與周公之前事，吾既得而言之矣。若乃孔子懼而有作，非爲夫當世之亂臣賊子哉。

夫亂賊之所畏者天道耳，而遷流既極，則天道有時而不足憑。凶人或得令終，而且長享富貴以没世，曷怪乎心之無所顧忌也？

亂賊之所畏者王法耳，而氣焰方張，則王法有時而不足畏。元惡居然漏網，而且憑臨城社以稱雄，無怪乎風之日以浸長也。

迨孔子成《春秋》之後，則人心爲之一變焉。

凡人之治亂賊也，治之於其既。而《春秋》之治亂賊也，治之於其將。將而誅焉，則有其迹者之無所逃罪可知矣。一乞假之專，一幣聘之私，一師旅之擅，履霜堅冰之漸，即無不深加斥絶，以遏其無君無父之萌。而不討賊不嘗藥之文，特其顯而著焉者也。

凡人之治亂賊也，治止於其身。而《春秋》之治亂賊也，治及於其黨。黨猶不赦，則躬爲倡者之萬難末減可知也。王有時而不稱天，君有時而不稱爵，卿有時而不稱名，長奸助惡之徒，類無不概與誅夷，以暴其不子不臣之罪。而射繻葛請熊蹯之舉，又其大而極焉者也。

正已爲亂賊者之誅，則未爲亂賊者，其心必將有所慴，慴而不敢極於惡，未可知也。即極於惡，而天下皆知有父，天下皆知有君，亂賊獨以其孑然無助之身，孤立於上，亦自知其不可以久矣，而能無懼焉？

定一爲亂賊者之案，則凡爲亂賊者，其轍必將有所懲，懲而不敢肆於逆，未可知也。即肆於逆，而凡臣皆知死其君，凡子皆知死其父，亂賊獨以其悍然不顧之氣，偷息須臾，亦無不欲得而甘心矣，而能無懼焉？此孔子之功也，豈在禹與周公下乎？

作經義而不深於經法，本先撥矣。篇中推闡切至，如聽孫泰山、胡康侯諸宿老説經，其氣象直是凛凛可畏。莊養恬先生。

誰不解發揮『懼』字，然一部《春秋》，從何處説起？始服其筆大如椽。繆晴嵐。

言懸日月，字挾風霜，非此不足滿題之量。章黼卿。

爲政不難　二句

爲政在於得人心，亦先於難服者服之而已。夫爲政之難，亦難於人心之不附耳，豈知巨室實爲之倡乎？亦先有以服之斯已矣。今天下所謂政事貞固之臣，不過能行法於貴近，使之蹙然而不敢抗耳。此其積威所約，未嘗不得志於一時。而合貴近而與之爲讐，其勢要不可以終日，則與其繩之以法，何如感之以心？此一轉移間之事也。

夫庭説諸侯之士，患不得政而爲之。既得而爲之矣，往往衆議沸騰，群情猜阻，政固若是其難爲哉！自我思之，則亦施之無其序，而動之無其本也。

果其動之有本，而先處其身於無過之地，則雖由疏賤而驟參機要，不至以望輕來掣肘之虞。抑且施之有序，而先平其憾於易隙之交，則雖奪巖穴而獨秉鈞衡，不至以位亢發履危之悔。以言爲政，吾得以不難斷之。且夫爲政之難，亦難於求吾罪者之多，而其事莫先於巨室也。其家方一門貴盛，則權位勢力，各憪然有莫能相下之心。處吾上而亦猶夫人，夫固不足奪其恃也。而禁令之一有不便者，輒起而操其短長，此非如編户齊民，所可執而刑之也。

其人皆累世簪纓，則耳目見聞，咸超然有自古在昔之意。並吾世而難乎爲繼，夫固不足滿其望也。而施措之一有失宜者，必出而深其責備，此非如孤寒後進，所可恩而市之也。

蓋我實有罪，曷怪巨室之能得之哉？而反是者深遠矣。

其行己事，上既能敬恭無失，而同列自以爲弗如。且父兄之賢達者，輒與之同升；子弟之不率者，立屏之弗齒。彼强宗大族，孰不願舉家以聽，而物議何自而興？

其發慮出謀，實能度越群倫，而在位自知其不逮。且賞必以報有功，雖其怨不避；罰必以懲有罪，雖其親不阿。彼舊德元勳，亦自將俯首無詞，而媒孽何緣而起？

不得罪於巨室，而爲政何難之有哉？

始亦優遊浸漬，循新進委蛇之道，而初非貶損以徇人情。

時或寬覆含容，廣朝廷故舊之恩，而未嘗縱捨以虧國體。

推所以服巨室者，措之國與天下，無異道也。

於易於得罪及所以不得罪，反正兩層，洗發深透，該括古今多少名臣言行録？叔松崖。

沈毅之思，寬平之度，俱盎然見於言表，使君於此不凡。趙印川。

老生常談，固不足貴，而才人之筆，又不免微有詭激之風，乃知作者所養粹矣。洪書舟。

求三年之艾也

求治之期甚寬，可勿爲病慮也。夫三年之艾，即非一求可得，而求之於七年之内，則固無不及之勢也。病奚足慮哉？以爲今之有意於爲治者，大抵皇皇焉知有所求矣。顧常恐天下無以應吾之求，即求而得之，或遲之又久，天下事已若孑然有所不及待，夫是以知所求而卒怠於求也。乃若所爲七年之病，則固無慮此。

夫病甫作而即以七年料之，受患不可謂不深也；病雖篤而猶以七年俟之，圖治不可云不及也。勢等剥牀，難以收功於勿藥，則爲疾即重，而攻之必克，固非若蘊蓑苿莒，略資利導以成能。占同貞疾，方將屢試於食新，則爲治既寬，而儲之必良，又非若麥麴山藭，僅恃咄嗟而可辨。進而喻之，其必得三年之艾乎？

凡理濕之劑，性取其乾。雜卷耳於傾筐，則生意猶存。夫先未免於濕也，三年中日暄風戾，腐敗既去，而精神始全，特恐病之不能待耳。乃若七年之病，又何不能待之有？降厲之初，天已若舒其期限，而每歲與葛蕭同採，何憂轍鮒之枯哉？

凡注炙之丸，氣資其烈。齒秀葽於初夏，則盛氣方新。或又過憂其厲也，三年中寒變暑更，猛烈漸平，而温和乃足，特恐治之不及事耳。乃若七年之病，又何不及事之有？採薪雖廢，時猶若假以居諸，而及今與瓜苦同收，寧歎隙駒之逝哉？

是故其求之也，我能思患預防者，開篋可謀，自覺取攜之甚便。即早歲未儲其用，而身攖疾疢，甫勤採掇於人功，朝盈掬而夕盈襜，自可從容以畢其業也。謂準七年而計之，猶未及乎其半也。

人有深藏待市者，捐金立致，無煩物色之需時。即因循未購其良，而藥誤刀圭，始決改圖於事後，重得銖而修得寸，終將積累以成其多也。謂倍三年而兩之，尚覺贏乎其一也。

則安有求之不得，而病之不愈者哉？雖然，蓄則三年可待也，不蓄則七年亦易逝也，迨至求而無及，而又將誰咎哉？

大注詞意未甚别白，講章遂誤解此句爲求在七年之外。試思病已七年，更求三年之艾，不幾緩不及事，而爲迂闊王道者張其幟乎？非但與上文易王來脈不貫，且『七年』、『三年』等字，語妙全不出矣，拈此正之。自記。

解人固當如是，其賦色亦皆黄絹幼婦之詞。戴蓮士。

芊綿清麗，忘其爲説經之文。錢静軒。

責善朋友之道也

責善非遽背於道也，第可以施之朋友而已。夫朋友以義勝，而不以情勝者也。如章子之責善，而施之於朋友，亦何惡於責善歟？今夫以善望人①，不得已而相責，此其意宜無惡於天下矣。雖然，必其地爲可行吾意之地，必其人爲可受吾責之人。吾責之行，而相得固已甚歡；吾責之不行，而愸置要非爲挈。則其事原無惡於天下也。

章子以子父責善而不遇，彼亦以責善非顯悖乎道也，而豈知責善之道爲何道哉？

責則有引繩批根之意焉。瑕玷雖微，必曲摘而不輕恕。而尊親之隱諱，無所容於此日者也。責則有犯顔極諫之枕焉，忠誠既積，必直達而後即安。而氣色之柔怡，無所當於此義者也。緊惟朋友，本四海九州之人，其初渺不相接，而一言投分，因相聚而爲朋。使惟泄泄悦從，則仍是休戚無關之侶也②。故雖苦口逆耳，亦或有相持太急之嫌，而聞之者不敢怨，以爲吾夙昔出門同人，其所以取之者，固在此也。

當閉户齋居之日，其名兩不相聞，而邂逅論心，迺交資而爲友，使但愉愉欣賞，安在爲可否相濟之和也？故雖朝糾夕繩，亦容有相操太蹙之處，而受之者不忍仇，亦曰吾曩時傾蓋如故，其所以期之者固何如也？

且聞吾責而不敢怨，固計之得矣。即格焉不入，而轉圜之效未收，吾亦第盡其忠告之誠，而不能定以必從之路。諫以抒其直，止以全其交，惟求吾義之無憾而已矣，豈有虧失天性之憂哉？受吾責而不忍仇，固誼之厚矣。即猝然中乖，而投膠之意不固，吾亦第竭其匡勸之力，而不能保無不絶之交。合則繼可投，離則席可割，祇咎吾識之不早而已矣，豈有飲恨終身之痛哉？而章子誤用之於子父，則賊恩之大者矣。

呆講朋友則無題，情急搶子父則溢題，分只就朋友所以該責善，及責善並無妨害之處，層層勘透。其不可施於父子，不待詞之畢矣。至其筆情古雅，亦復出入方城。趙法伍。

於上下文語勢緊相貫注，而無一筆仰偪俯侵，惟其守界謹嚴，所以拓題寬展。吴衣園。

杜詩韓集閒來讀，似倩麻姑癢處搔，每誦一篇，殆同斯歎。彭山泉。

【校記】

① 夫：底本訛作『去』，今從癸巳本改。　② 休：底本訛作『体』，今從癸巳本改。

無寓於人　二句

大賢有去時之命，不及所居之外焉。夫室也，薪木也，皆不外其所居也。第諄諄於無寓人，無毀傷而已，何視被寇之武城，若無與吾事乎？曾子意曰：吾人久宿逆旅，去時尚未免有情，况生平棲息恒於斯者乎？夫『我躬不閱，遑恤我後』，此以釁而行，去而不返之詞也。若我今日之暫時避寇，正不能無後命焉。章縫自適，既無求於武城之人。曷爲久居此多壘之郊而不去也？而重遊何日？要不欲以舊時講幄，廢爲鞠草之場。

簦笈相從，曾無益於武城之衆。重念坐耗此供億之煩而不安也，而薄德何堪？恐又不能以去後空廬，庇及翦棠之愛。

則吾所願武城人愼守之者，非我室乎？以大夫念我之窮，悲我之老，而爲吾設館於兹也，非一日矣。平時抱膝彈琴，而臭味差池，輒回蹤於俗士。苟或以授餐之館，易爲傳舍之居，雖未必久假不歸，而車騎塵氛，已非復弦誦《詩》《書》之可滌，亦何不念斯人之在此堂也？

願武城人謹愛之者，非我室中之薪木乎？以吾之朝藝一華，夕啟一秀，而手自封殖於兹也，亦有年矣。平日讀書倚樹，而濃陰緑縟，欣生意之滿前。使或辱隸圉之棲，便其芻蕘之計，縱未至伐檀削迹，而枝柯憔悴，不得比枌榆桑梓之長留，亦何不念前人之遺此蔭也？

寓人於室，毀傷其薪木，我雖已去，而願無之也[1]。夫苟能給其掃除[2]，時其灌漑，則愛人而及室。猶瞻魯叟之堂，見樹而思人[3]，不忘韓宣之譽，足驗闔邑人情之厚。而老夫就道，可無却顧以躊躇[4]。即僅能固其扃鑰，免其斧斤，而在户雖有蠨威，要自故廬無恙[5]，蒸薪即多瓜苦，可知喬木猶存，亦足見此邦呵禁之嚴。而遊子懷鄉，尚得撫衷而慰藉。曾子於避寇而去，所諄諄致意者止此，何嘗爲武城人預一謀哉？

劉彦和稱陸士衡連珠，文小易周，思閑可贍，義明而詞净，事圓而音澤，文之詔令，可以移贈斯言。吴崧圃。

坐嘯生風，忽爲此密麗温醇之作，能者固不可測耶？亦因題立制，宜爾也。祁鶴皋。

畫中高手，固貴白描，然至黄筌、徐熙，其賦色處，正不可及。魏紹汧識。

【校記】

①也：底本脱，今從癸巳本補。 ②夫苟：底本『夫』字脱，今從癸巳本補；『苟』，底本訛作『奇』，今從癸巳本改。
③樹：底本脱，今從癸巳本補。 ④却：底本脱，今從癸巳本補。 ⑤故：底本脱，今從癸巳本補。

吾聞其以　一節

要亦有道，可即所聞以決所不聞也。夫尹樂堯舜之道，未嘗以是要湯，即以爲要，而亦何至如割烹所云哉？且欲白古聖賢之誣者，必盡闢乎流俗人之説者也。乃有時不必盡闢其説，且仍以其名之可受者歸焉。而其可信者如此，其不可信者如彼，則古人之所不爲者，未嘗不即其所爲而益見也。

歸潔其身，此聖人之行也。尹以誦法，堯舜之聖人，而可以割烹要湯之説誣之哉？且人苟知伊尹以堯舜之道來湯，則要不要亦無足深辨。

求尹者湯，而致湯者尹也。挾持有具，而非我莫能，尹於此將以觀湯之誠焉，而累徵而不應，未必不近於高價而沽也。

湯可不求者尹，湯不能不求者道也。康濟在予，而聘將安適？尹於此將以堅湯之信焉，而屢却而仍來，未必不疑於操券而待也。

謂尹即以堯舜之道要湯，亦何惡於要湯之説哉？夫要之爲道，於古未之前聞也。然而其文若創，而知聖人者，原有所不盡安；其意無傷，而尊聖人者，固有所不必辨。雖曰聞之，亦何不可？至謂不以道而以割烹，則所以誣尹者甚矣。

無論求賢若渴之主，旁求俊乂，不必屈身於廝養以爲名。即刀匕是供，亦豈志士之所宜居也？夫得國行權，古之人或取譬於操刀之必割，不知誤從何代。而亦如胥靡版築之相沿也，曷嘗出於典籍哉？無論樂饑自得之儒，敝屣鼎鐘，不屑勤心於滋味以求售。即庖饔賤役，亦豈明主之所宜近也？夫沃心納誨，古之人或借喻於調鼎之能和，不知訛自何人。而亦類空桑出子之無稽也，何可道於縉紳哉？

此則吾所未聞者也。

說苟無害兼存，則雖遷就其詞，可廣於傳有之之例。

理斷不容姑信，則雖憖置於耳，適駭是何言也之誣。

推此意以審定古人，蓋不獨可以辨尹矣。

要湯句自是孟子創解，不善持論即近武斷，說到末句，則又苦於寂寥。文前半愛其運肘之圓，後半喜其擇言之雅。鄧葵生。

人只解如題直寫，文於聞未聞各以曲一步取之，便覺耐人尋味。江岷雨。

大國地方百里　三節

祿有班於國中者，可略言其異同之制矣。夫爲大國，爲次國，爲小國，國之不同也，乃自卿而上則異之，由大夫以下則同之，不可見隆殺之各有所宜乎？且先王不私天下而以衆建諸侯，設仍使諸侯自得私之，則不如天子取之以自私矣。故國則諸侯之國也，而所受於其國者，其間之多寡隆殺，與夫似同而異，當異而同，無非王者之經營所至也。

班祿之制，既得通於天下，與頒於畿內者言之矣。

顧方百里，方七十里，方五十里，祿止列國之君，而君非一人專饗焉。

卿視大國，大夫視次國，元士視小國，祿止王官之采，而國之卿大夫士不與焉。

則侯國之禄，所當進而詳之矣。

夫國有大有次有小，而公侯伯子男，皆君也，擅國之謂君，君固制一國之禄者也。而以統承乎天子言之，則君禄猶受制於天子者也。故國禄必從君始，由君而降有卿，由卿而降有大夫，由大夫而降有上士，有中士，有下士，更下而極於庶人在官者，皆禄之所不遺也。而先王之制禄於國也，君之禄皆十卿，而仍各視卿之禄以爲十，則十雖同，而所以爲十者異矣。卿之禄視大夫，而四之三之二之，以其國爲進退者也。大夫十之禄，視庶人在官者之代耕而遞倍之，不以其國爲進退者也。夫君卿遞降，而大夫以下從同，豈故嚴於貴而寬於賤哉？

國之以次而大也，車服禮秩之分愈崇，則賓戎喪祀之經亦愈賾。惟是二三執政，與吾君同任此艱鉅也。君不足以備師從，卿不足以備旅從，國體不已褻乎？大夫以降，外不過縞紵之投，内亦僅室家之贍，無所爲軍國之重矣。故數止於是而不敢增，亦欲在位之節儉相先，而益勵羔裘素絲之義。

國之以次而小也，郊圻封守之模漸狹，則倉箱筐篋之入亦漸微。惟是一二世卿，與寡君共節此浮靡也。檜君而徒耀其衣，曹臣而競赤其芾，國力將安繼乎？大夫以降，循遷者既積年勞而至，新進者亦釋耒耜而來，均不免身家之念矣。故數定於是而不可減，尤期衆正之馳驅恐後，而永解北門終窶之憂。

此先王制禄於國中之大略也。

前半舉重若輕，入後發揮多寡異同之義，尤能曲暢其説。韋藥軒先生。

讀陸敬輿、蘇子瞻集，如與曉事人共語，令人心目開朗，不圖經義亦有此觀！吴古愚。

了然於心，沛然於手。蔣松如。

庶人在宮者其祿以是爲差

祿必有差，極之至賤者而亦不苟也。夫庶人在官者，豈足與於詔祿之數哉？乃同一代耕，而猶以耕者所入之差爲差也，夫亦極之於此而始盡耳。且吾言下士與庶人在官者同祿，似定下士之祿，而在官者可知矣。雖然，在官者又安得盡與下士同祿哉？下士別於中士、上士，而下士之中，則固無有等差者也。庶人在官者比於下士，而在官者之中，則固猶有等差者也。

耕者所獲其等差，固若是不同矣。然則庶人在官者之祿，其輕重何如哉？使重之而皆使受九人之食也，無以警夫在官而怠其事者也。等而下之，於是亦有自八人以至五人之差矣。使輕之而皆使受五人之食也，無以勵夫在官而率其職也。等而上之，於是又有自六人以至九人之差矣。

且夫在官者之祿，其上下必與農民相準者何歟？

先王慮天下之庶人，爭願在官，而遂無復願爲耕者也。霑體塗足之不事，而所入倍乎南畝之多，勢必盡趨於官府矣。準農以授值，使知勤惰於在公者，固無異勤惰於在田者也，而貪民可無奔走焉。

又慮天下之在官者，一失其業，而遂不可復還爲農夫也。歲糜月費之已優，而所取過其自爲之數，勢將難返乎阡陌矣。計耕以給傭，俾知多寡於餼廪者，原無異多寡於獲刈者也，而黠吏何勞龍斷焉①？

至其所以差者，其或定於量能授任之初，而一成而不易，是本大賢受大祿，小賢受小祿之意，而隱寄之者也。差之者，不以雜流相棄，故人知自重，而三代無蠹政之奸胥。

其或要於積日累勞之久，而循序而頻遷，是本士進爲大夫，大夫進爲卿之例，而小用之者也。差之者亦以課最相先，故人自濯磨，而三代有升公之徒御。

其差既定，由是或倍之，或三之，或四之，或十之者，此差也；或百里，或七十里，或五十里，或不能五十里者，亦此差也。

然則班禄之差，即謂始於庶人在官也亦可。

如登制作之堂，親承風旨，恨不令賈孔諸儒見之。周星頡。

通達治體，匪止説經鏗鏘。吾漁璜。

剴切入情，似宣公論事劄子。袁貽玖。

【校記】

① 吏：底本訛作『更』，今從癸巳本改。

孟獻子百乘之家也　四節

遞徵不挾之量，至古帝而盡其極焉。蓋獻子不挾其家，費惠、晋平不挾其國，而皆不若帝之於舜，不挾天子之爲大也，足以立千古友道之極矣。且人之度量，相越豈不遠哉？不自有其家矣。進而上之，且有不自有其國者焉。不自有其國者矣，推而極之，至有不自有其天下者焉。然後知友道之全，固層累而愈無窮者也。

明乎友其德之謂友，而有所挾之不可，豈顧問哉？且人情之所挾雖多，而不能忘者，尤莫如貴。使以匹夫而友匹夫，其有所挾也亦僅矣，則古之不挾而友者，吾得屈指焉。

其一曰孟獻子。夫獻子有百乘之家者也，而其與樂、正、裘、牧、仲五人者友也，無百乘之家者也。至五人者，亦以匹夫而相忘於獻子之家，而獻子之不有其家愈可知矣。

其進爲費惠公。費雖小國，然而君矣，非獻子可比矣。公之於子思、顔般也，師之友之，而不敢等夷於王順長息者，若是其兢兢也。此小國之君之與匹夫爲友者然也，非惟百乘之家也。

又其進爲晋平公。平亦人君，然而國愈大矣，非費惠可比矣。公之於亥唐也，入焉坐焉食焉，而不敢失意於疏食菜羹者，若是其凛凛也。此大國之君之與匹夫爲友者然也，非惟小國之君也。

雖然，友之道，極於無所挾而止。而無所挾之量，則豈終於此而已乎？彼獻子特受位受職受食於君者也，能薦達之已耳，與共非其責也。費惠之於子思、顔般，若將舉而共之矣，而地小勢弱，無代天理物之責焉。至於晋平席表裏山河之業，號令信於諸侯，繼文襄弓矢之勳，爵賞通乎天子，使赫然舉唐而與之翊贊王朝，圖議國事，公室安得卑？六卿安得擅乎？計不出此，而但致謹於出入坐作飲食之間，君子惜其以王公之貴，而若絀於修士之無權也。

然則，王公之尊賢如之何？亦曰法堯舜而已矣。夫堯天子也，舜亦天子也，此自其與共天位，與治天職，與食天禄之後言之也。若乃舜尚見帝之初，則匹夫而已矣。然親之以甥舅，隆之以主賓，貳室之輝煌，迭饗之周浹，蓋第觀此情文盡備，莫不曉然於帝將胥天下而遷焉，此豈獻子以大夫而友五人，費惠、晋平以諸侯而友顔般、亥唐，所可同日而道乎？是天子而友匹夫也，而千古不挾之量，於是乎無以加矣。

一氣灌輸，而其間步步有法，千巖萬壑，應接不暇，其如行山陰道上乎？叔松崖。

以浩瀚之文，寓巧密之法，其發源甚遠，直欲與金黄抗衡，近人殆罕有問津者矣。李畏吾。

位卑而言 一節其一

畏罪而遠耻，爲貧者所當熟計也。夫人孰不畏罪？而位卑言高者蹈之；孰不遠耻而立朝？而道不行者貽之。爲貧而仕者，尚不知所以自處乎？且天下事，未有不遍觀於反是之不可，而能免於戾而辭於辱者也。況出身受禄，關於進退去就之義乎？得其不可於彼，又得其不可於此，而所以自全之道，乃鑒於兩失，而成其一得焉。則予今者論爲貧之仕，辭尊富而居卑貧之説也。

顧世之疑予言者，其或以爲既處卑貧之後，何不可略思表見，而必鬱鬱久居而不變也。執此説也，其必至於位卑而言高者也。以末吏而昌言補衮，聽之者既忽其望輕，而大臣忮嫉之徒，起而申之，危法收之，爲名者或欣然自以爲榮也。然而事可訓乎？拊膺太息之書，蓄積於素者不薄，則何不厚自期待，而急而無擇，先受此不甚愛惜之官？其初願固非以進言來也，而故張之，則已近於誣也，念及此，而位卑言高者之罪定矣。君子知罪之不可爲也，其尚敢於爲貧之外，而復有求多於仕者哉？

世之不信予言者，又或以雖辭尊富之餘，何不可循序頻遷，而必硜硜自苦而無易也？充此説也，其必至於立乎人之本朝，而道不行者也。以宿儒而妄與調元，懾之者莫窺其藴淺，而竊禄隆平之世，久而保其始終，矜之爲幸者，方詡然自多其福也。然而義可安乎？仰屋竊歎之意，委折於中者甚明，則何不早自引身，而忍而與偕，惟作此隨時俯仰之計？其本志固不爲謀道設也，而終戀之，則是溺於貪也，念及此，而立朝而道不行之恥深矣。君子知恥之不可爲也，其尚敢於爲貧之中，而不思求稱其居者哉？

知二者之不可爲，始釋然於吾之説矣。

『位卑』句是反繳上節，次句乃總結通章，此觀堂稿，審題極細，獨是作借題發揮，於此處殊未理會。文一一皴補紬繹，仍還他雨扇渾淪，題事始無所負。鄭清如。

帆隨湘轉，望衡九面，其思理曲折畢到，尤所謂心如旋牀。余方中。

作者盡有國朝諸家之勝，斯作紆餘委備，殆胎息於韓長洲。董蕙疇。

位卑而言　一節其二

罪有所由獲，因進思夫竊禄之恥焉。夫稱位以出言爲？貧者自不以言高而獲罪矣。若竊禄而不居卑，道不行之恥，其能免哉？且爲貧而仕，即不當復有上人之心也。欲其名上人，則雖處卑貧，而仍思自見於爲貧之外者矣。欲以其實上人，則有既已爲貧，而復求自便於尊富之中者矣。吾皆深悉其不可，而與天下次第以明之焉。

今以孔子之以行道爲己任，而方其未得立於魯之朝，則乘田、委吏所處之位甚卑，而會計牛羊所出之言，若是其不敢高也。

而不然者，以冗員而上參經濟，無論居之無本，固未足以當謀國之忠。即欲因事見才，而不得謂之非躁。

以末吏而妄贊論思，無論處之太輕，必不足以收補袞之益，至欲矯訶賈直，又安得謂之非誣？故位卑言高之臣，往往不免，而世多以其忠真取禍，雖罪尤榮。迨以孔子之事律之，而固不能無罪云爾。至若知言之不可高，而隱忍循默，既不敢矜奮以争人之先，又以位爲不可卑，而要結攀援，仍不甘偃蹇以居人之後。則爲貧者進得收華膴之榮，退不觸雷霆之怒，庸庸多福，逸享終身，豈非計之得者哉？嗟乎！此則所謂立乎人之本朝而道不行者也。

遺之以大，投之以艱。方其切奉國匡時之懼，而忽不如意者，出入燕息之餘，惟聞其伴食而退也。雖無過可摘，而内念猶堪告人乎？

爲下爲民，爲上爲德。方當盡陳力就列之心，而禁不得爲者，將順從諛之久，惟聞其仰屋而歎也。雖無咎可言，而自返能無惕息乎？

君子曰，前乎此者罪也，猶可言也；後乎此者恥也，不可言也。夫爲貧者，苟非深惡於恥，又何必取卑位而居之？雖以聖人，而不敢爲高論以取罪哉，此可以信余言之不謬矣。

隨手方圓，頭頭是道，惜不令文止先生見之！竇東臯先生。

前作似正實奇，此作似奇實正。陳伯思。

二藝皆一時爲生徒拈，示彼以密緻勝，此以瘦折騰，正如雙管齊下，一生一枯。邵楚帆。

易其田疇

田功爲國計之本，求所以盡其能事而已矣。有國則有田疇，何易之者少也？有心國計者，可不以此爲先務乎？且後世之所謂農功，皆三代之所謂王政也，自不以王政視農功，有聽農之自爲之者矣，有奪其所爲而使之不得爲者矣。吾怪夫好大之主，尺地必争，而舉千里而曠廢之，反若以爲無與吾事也。夫天下之大利歸農，而諸侯之所寶在土，政固無有重於田疇者也。

下之事田疇也以力，春於耜而秋納稼，但見耕夫饁女，竭作於阡陌之間。

上之理田疇也以心，咨保介而命倌人，實皆聖主賢侯，匪懈於廟堂之上。

山澤既無遺利矣，又爲之正其經界，使截然各有可易之地焉。而初不止此，修利堤防，道達溝瀆，務使旱則有所瀦，而潦則有所歸。後世此政不董於司空，水利廢而有蓄洩之無備者矣①，修而復之，其可緩乎？閭巷既無遊手矣，又爲之定其公旬，使寬然長有能易之時焉。而殊未止此，高原宜黍，下隰宜稌，要使豐固穫其全，而歉亦登其半。列國此政不司於田畯，農書廢而有播植之失宜者矣。物而布之，其得已乎？且也植桑於牆，藝瓜於廬，不使之有隙地而後快也。而地力之有不繼者，則又不欲過取，而寧留其有餘？一易再易，酌盈虛之數以出之，彼開阡陌者，獨知有盡而取耳。荼用其薅，草利於殺，必使之不妨穀而後快也。而穀氣之有未茂者，則又多所滋培，而曲盡其相益，用腥用卉，相剛柔之性以宜之。彼視汙邪者，且妄欲坐而致耳。

帥之以三推，勤之以再省，而敦本力穡之效，身爲勸相也。董之以八政，勤之以九歌，而重農貴粟之心，人知鼓舞也。王政之所以易其田疇，豈外是乎？雖然，小民竭蹶以耕之，固不敢爲上者錙銖以取之也，稅斂之薄，又其急矣。

《十三經》所有農功田政，無不裹括其中。邵二耘。

文人腹笥，當如五都之市，百貨萬物，無不有以應其求，作者何嘗帶經而鋤？篇中所留，有三世老農不能盡通其義者，以是知讀書之可貴也。潘蘭槎。

【校記】

① 水：底本訛作『地』，今從癸巳本改。

君子之於物也　四句

各足乎物與民之分，而君子之用恩有節矣。夫物止於愛，民止於仁，而其分足矣。弗仁弗親，君子所以異於兼愛哉？且一視同仁之理，無所往而不厚也。而體仁之君子，獨於分之有所止者，又若留其有餘，而不必盡致其極焉。其不能盡邀君子之加厚者，亦終無所觖於君子，則以其所得爲已足也。

今夫育萬物者君子也，天地間有一物不得其所，即於各正之義有缺矣。然君子之於物也，非時之賊宜憫，禁令逮於虞衡①，無益之費不滋，節儉先於饍服，使並吾生者，莫不以見用於人爲悅，而無岌焉難繼之憂。斯物之欲遂矣，而君子之於物，亦如是止矣。若猶以爲未足也，勢必舉天下之夭者、喬者、飛者、走者，而一一爲之去其斧斤，捐其網罟，則匪惟愛之，而且將仁之，此固必不得之數也。又不然，慮將有廢宗廟之牲牢②，輟賓朋之鼎俎，以行其不忍者，以爲仁之適所以蠹之也。且君子之仁，豈無所用之哉？於不必仁者而仁之，保毋於其所當仁者而反無以給也，君子所弗爲也。

長萬民者君子也，薄海内有一民不被其澤，即於博施之理有憾矣。然君子之於民也，捍其患而厚其生，鰥尤常於煢獨③，教其愚而宥其過。車復下於桁楊，使隸吾圉者，莫不恃托命於上而生，而無戚然未舒之氣。斯民之欲遂矣，而君子之於民，亦如是止矣。若尤以爲未至也，計惟舉天下之士者、農者、工者、商者，而一一爲之錫其湯沐，厚其匪頒，則匪惟仁之，而且將親之，此固必不行之勢也。又不然，慮將有易父子之名稱，紊宗祊之姓氏，以明其恩遇者，以爲親之適所以猜之也。且君子之親，豈無所致之哉？於不必親者而親之，抑或於其所當親者而反無以別也，君子所弗爲也。

君子之於仁，其必自親親始矣。

生平長比文字，頗窺嘉隆體格，後有作者，當自鑒之。自記。

理極淳實，氣極疏宕，才極恣肆，法極謹嚴，真有高揖歸、唐之意。觀作者自記，所謂得失寸心知也。周星頡。

絢爛之久，归於平淡。平淡者，乃絢爛之極致也，豈貌爲枯木朽株哉！此等文字，真先正金針，後賢寶筏。錢竹初。

【校記】

① 逮：底本訛作『逮』，今從癸巳本改。　② 牲：底本訛作『也』，今從癸巳本改。　③ 鰥尤常：底本訛作『生九煢』，今從癸巳本改。

子曰其言之不怍則爲之也難　　戊戌科會墨

言之難踐者，不待其爲而始知之也。甚矣！言之當慮及於爲之也。出於不怍，而知其心固不在爲矣，豈待爲之而始見其難哉？嘗思古今有爲之士，天下事舉不足以難之，獨至其言嘗不輕自期許，以求伸於天下，非有所不足於口也。瞿然未逮之意，迫而爲囁然不盡之詞，因即厲而爲毅然必行之志。是故踐言之效，早於其言信之也，反是者可知矣。夫子嘗以爲之難，而訒於言者論仁，兹復以侈於言，而爲之難者察言也。

曰：修詞之業，才多者將馳驟而蹤横，受之以學問深醇，始怵焉不敢求其快，而顧瞻之慎①，足以底績矣。

述志之文，義得者本光明而磊落，出之以襟情沈毅，轉恧焉無以得其安，而糾惕之嚴，倚以集事矣。若是者何心哉？夫若有所怍也。而不然者，則所以取乎言者过易，絶不計所言之能副也。力所不及，聖賢亦絀於無功，而不恤爲從容愉快之談，以驚愚而動衆，其終不效，夫誰得而窺之？其終不用，或猶且從而惜之也。天下事惟責不在躬，聊得逞其虛夸，以自適己事耳，而真欲要之於異日乎？

且所以主乎言者先亡，並杳不知所言之何物也。任有未勝，中材亦企而僅及，而不憚爲浩侈汪洋之説，以誣己而欺人，明知無據，用敢極口以張之。明知無具，則已若出口而忘之也。天下事幸敗非覿面，暫得容其寬假，以相爲戲論耳，而果可試之於臨境乎？是以君子之聞言也：

敷奏非不詳明，而事理稍逾其情實，則知其虛憍之氣，必不足以托功名。而未事，而不以大任相加，寧待其貽誤蒼生②，而始悔知人之匪易？

議論即云闊遠，而意象不免於矜張，則知其浮佻在心，必不足以肩正學。而交臂，而不以同人相畜，何待其獲譏華士③，而始懈擇友之不精。則爲之也难，不必既爲而後知之也。听其言之不怍，而已斷斷乎有以决之矣。彼易言與輕聽者，何弗思也？

大總裁聚奎堂原評④：

含毫邈然，包羅一切。風神淡蕩，骨色堅蒼，盡埽書生習見之識，又不屑作才士好奇之語，以此楷模塲屋，庶幾雅喆正宗⑤！

【校記】

① 瞻：底本訛作「睹」，今從癸巳本改。 ② 寧：底本訛作「二」，今從癸巳本改。 ③ 待：底本訛作「知」，今從癸巳本改。 ④ 大總裁聚奎堂原評：底本脱，今從癸巳本補。按，下列二條皆聚奎堂所評，底本於每條末贅以「原評」二字，今據癸巳本删。 ⑤ 喆：底本訛作「詰」，按「雅喆」義爲雅正明哲，而「雅詰」不辭，兹改。

反古之道

戊戌科會墨

托名於復古，而違時之過大矣。夫古道之可行，固莫不存乎今之世矣，而何猶事反古爲哉？亦生今之愚賤所必至耳。今夫古人與稽，儒者所以上觀於千古也①。而苟無得於通變宜民之理，則非以廣其聞見，而適以誤其步趨。蓋法古者帝王之心，而變古者聖人之用，不審乎此，而惟古是從，卒爲古人所誤。古人初不任咎也。人既生於今之世矣，夫世豈生而今者哉？蓋亦由古之世，而積而至焉者也。其時值乎忠質之窮，由是效其發皇，以成一世之風會，則運數至今，且有不仍乎古者。而况含生負性，誰與别寄其居遊？

其鑒備乎因革之大，然後收其典要，以垂一代之憲章，則損益至今，固有兼包乎古者。而凡服教畏神，孰敢私操其升降？

而奈何竟有反古之道者？古之時衣毛飲血，而嗜慾不中於陰陽，誠非今世之所及也。然而緣飾潤色之具，後聖人既已日開迺欲，以味淡聲希，移易天下之耳目，則必慄然其不寧矣。而獉狉自處者，獨揚而示之曰『此太上之淳風也』，而便之者誰歟？

古之時，削木結繩，而争奪不興於耕鑿，或亦今世之所希也。然而整齊利導之，規我先王業經大備②，忽欲以折衡剖斗，盡隳天下之制防，則益蕩然其無守矣。而清净自居者，方驅而率之曰『此無爲之郅治也』，而堪之者誰歟？

其進也，雖或挾高世之才，救時之略，而苟狹小西京之法守，則皆謂之菲薄其祖宗。際中葉而有改正朔易服色之陳，則已在辨言亂政之條，而不得概登諸鞀鐸。

其退也，亦將冀名山之業，俎豆之榮，而苟慼忘王路之率由，即非所以祇承乎君父。食舊德而有慕懷葛述黄農之願，則咸在非聖無法之列，而不當尚玷我膠庠。

天之所廢，而誰能興！彼小腆之紀緒徒勞，尚難免斧斨之缺。王之所黜，而敢作好！則聖世之奇衺有警，更何逃寄棘之誅？觀於裁及其身，固以見王靈之猶赫也。

大總裁聚奎堂原評③：

發聲振節，如聞洞庭樂張。

學有經法，通知史義，故能不作無物之言，至於鳳吹鸞吟，尤其餘美。

【校記】

①千古：底本作『千世』，今從癸巳本改。　②備：底本訛作『仁』，今從癸巳本改。　③大總裁聚奎堂原評：底本脱，今從癸巳本補。按，下一條亦聚奎堂所評，底本於每條末贅以『原評』二字，今據癸巳本删。

且子食志乎食功乎曰食志

戊戌會墨

合志與功而並詰之，而强對者仍不離其始見也。蓋詔食之不當論志，而當論功也稔矣。乃孟子並詰之，而彭更仍以食志對焉，何尚不離其始見哉？且夫遏不可强通之説，而思有以正之，則必奪其所見①，而進以吾之所見；而善於解惑者，正不妨兩存其見，使之還而自叩，以待其立説之所归。至説有所归，而仍輾轉於故物之不化，則又不遽與祛其惑者，逆知其必出於此也。

孟子既折彭更食志之言，而正之以可食而食，是專與彭更論食功，而不當復與彭更言食志矣②。乃猶勿遽奪乎食志之説也。意本欲進參一解，而特以立言之當有其序，則雖以大謬不然之臆斷③，而姑引爲緣起之端。

且勿專主乎食功之説也。思即欲審定一尊，而特以持衡之貴得其平，則雖以確乎不拔之成言，而暫渾夫低昂之見。

因進而詰更曰：『且子食志乎？食功乎？』且夫彭更之論梓匠、輪輿，不得比於君子之爲道也。固嘗曰其志將以求食矣。

人情囿於一隅之陋，苟執兩端以相較，則已分高下之在心，不待明示以從違，而始效轉圜之應。

人情狃於一得之愚，顯持異議以相争，亦或據先入而爲主④，還使自權其進退，而寧仍故見之膠。

何彭更懵然復以食志對也？夫彭更豈真於志與功二者之問，未能平心以察理乎？亦其向者將以求食之言，迫而出於此也，非不知志之説⑤，不如食功之可安。而卒不能遽易其説者，懼與前言相刺謬而已⑥，立授以可攻之隙也。此所以逆慮其牴牾，而聊復强顔以對焉耳。

非不知食功之謀，固視食志爲可久，而並不能兩存其説者，但與前説相模棱而已，自處於必窮之勢也。此所以預憂其窒塞，而毋寧漫然以應焉耳。

不然，師之於弟子也，方不以己見先之；弟子之於師也，乃堅以初心執之。彭更雖淺，豈應木彊乃爾乎？意者孟子食志食功之詰，實迫之不能不以是對，然後可以就其蔽以祛其惑，而使之爽然自失也。迨毁瓦畫墁之説，進而彭更果不能終食志之説矣⑦。

大總裁聚奎堂原評：

意理玲瓏，易涉挑逗，出以老重之筆，迥如孤鶴出群。

【校記】

①奪：底本訛作『則』，今從癸巳本改。②與：底本訛作『則』，今從癸巳本改。③雖：底本訛作『即』，今從癸巳本改。④先：底本訛作『言』，今從癸巳本改。⑤知：底本訛作『細』，今從癸巳本改。⑥刺：底本訛作『訓』，今從癸巳本改。⑦進：底本訛作『正』，今從癸巳本改。

管稿三集　序　目録

序①

吾友管韞山農部，於甲午乙巳前後兩梓其文，同里周子宿航、錢子竹初爲之序，世既争先快睹矣。近日門下士又裒其自丙午至癸丑所作，掇其尤，編爲第三集。韞山雅不欲乞言於鉅公貴人，而以屬思駉。追維獲與韞山論文，稍在宿航、竹初後，而切劘沾丐二十餘年，能言其用意得力之所在，則亦有不得而辭者矣。

韞山常言傳注解經，終是離而二之，制義代言，直與聖賢爲一，不得不逼入深細。且《章句》《集傳》本以講學，其時今文之體未興；大注極有至理名言，而不可入語氣。最宜分别觀之。設朱子之前已有時文，其精審更富，不止於是。又嘗言文章境地可到，常若有域焉以限之，惟苦心强力之至者，歲引月伸，晨摩夕蕩，遲之又久，而此域豁然以開。身之遭值，目之俯仰，耳之聽受，莫非吾文之所取資，而字裏行間，醇古茂密之氣，仍各視其所養之淺深以爲厚薄。韙哉言乎！非窮理績學實有心得，其能發前人未發之覆至於此極乎？

近日時文稍覺不競，由於豪傑之士薄時文而不爲。問其所以薄而不爲，非曰抗心於經，即曰肆力於古。蓋嘗得其所著而讀之矣，搜秦漢之僻書，訂金石之奇字異同疑似，累千百言而不休，實皆稗販他人以爲己有。孰能如韞山之洞見本原，直攄胸臆，如親承風旨於孔、曾、思、孟，言人之所不能言，而又適如人人意中之所欲出者乎？蒼莽以爲西京，雋永以爲六朝，上下馳騁以爲唐宋。而偏霸者不足於理，修飾者不充於氣，孰能如韞山持論則淺深大小皆宜，前後左右不相悖，摇筆則清深温醇雄剛簡切，投之所向，無不如志者乎？

韞山於群經並有撰述，古體文字及古近體歌詩亦各成編數寸。顧皆韞而不出，獨出其時文以問世，蓋特以是爲乘韋之先，嚆矢之寓也。後之讀韞山時文者，知韞山固不止於時文，則韞山之全將見，而亦即韞山時文之所以能傳也歟？

乾隆五十有八年歲在癸丑六月，同里硯弟董思駉頓首拜序。

【校記】

① 癸巳本卷前無此序。

韞山堂時文三集目録

武進管世銘緘若氏著　受業成格覆校

論語

晉文公譎　一節改墨　驥不稱其　一節

君子求諸　一節　不曰堅乎　四句

多識於鳥　一句

學庸

大學之道　全章　苟日新日　三句

見賢而不　一節　天命之謂　全章

舜好問而　於民　斯禮也達　庶人

孟子

孟子見梁　全章　非謂有喬　謂也

邑於岐山　人也改墨　域民不以　三句

季孫曰異　一句改墨　百官族人　大說

滕文公問　全章　禹疏九河

離婁之明　全章　孟子曰子　桮棬

白羽之白　四句　人知之亦　一節

桃應問曰　全章　詩云憂心　一節

由孔子而　一節

補遺

子貢問曰　全章

管稿三集　卷七

有子曰其爲人也孝弟　一章

賢者有志於已亂，而爲天下求本治焉。蓋春秋之亂多起於犯上，而惟孝弟可以已之，有子蓋欲反其本也[1]。昔春秋賢士大夫，未嘗不修德禮以懷遠，信賞罰以同民，亦足以綏靖一時，而終莫能已天下之亂者，僅治乎其末[2]，而未治乎其本也。

有子心憫焉，思夫亂之作也，必有由也。桀驁不馴之氣積，而民先惡其上也。上之犯也，亦有漸也。勃谿相向之習開，而人先薄其親也。不禁慨然長思曰：天下不可以無本之治治也。奈何外孝弟而求之哉？『其爲人也孝弟，而好犯上者鮮矣。』人苟深於祇父恭兄之意，雖觴豆乾餱之細，皆不輕動於惡聲遽色，而惟降心以相從。

人第有此循陔陟屺之思，雖辛苦墊隘之餘，斷無棄疾於伏莽興戎，而或鋌險而不擇。然則孝弟之效，豈特止民之好犯上哉[3]？蓋天下之亂，亦將自此而不作矣。

顧是説也，雖已灼見無疑，確能言其所以然之理，而利導之權不屬，亦徒知其意而不得有其功。重以長言咏歎，勃然得其惡可已之情，而陳常之責不肩，即使有其具而奚以終其事？安得不望之知本之君子，急先務以致之民哉？

君子之於民也，不遽期諸一道同風之盛，但使耰鋤無德色，箕帚無誶語。循其子弟之識，乃徐以牖其心之所本明，馴豪暴於闤户之間，而民氣漸以醇也。

弗求多於《少儀》《内則》之繁，但使疾痛知呼父，急難知求兄④，復其天性之良⑤，因進而益其事之所未備，厚維恤於周親之近，而古治日以還也。

夫君子亦務其所當立之本，以俟夫道之自生焉耳，其敢幾於先王之仁治天下哉！然事有始於至粗，而效且極於至精，其初祇弭亂於一時，其究即仁洽於天下。吾觀先王之發政施仁，條目既多，功施復遠，不知當日以何者爲推行之本也，今觀於孝弟之已事而知之矣。孝弟也者，其爲仁之本與？近世士大夫欲已天下之亂者，何但務乎其末也？

陸子静讀《論語》第二章，即覺有子之説爲支離。蓋以下節『仁』字屬學上説，無怪致成兩橛也。按切在位之君子，一直從教民説下，自然精粗畢貫。自記。

余嘗作《有氏家譜序》，謂此章在當日嚴亂臣賊子之防，可謂善學夫子，在後世垂敦本明倫之教，可以上繼司徒，其説與此文頗相表裏。劉云房夫子。

惻怛慈良似陸敬輿，俯仰揖讓似歐陽永叔。馮魚山。

【校記】

① 欲：底本訛作『人』，今從癸巳本改。 ② 末：底本訛作『未』，今從癸巳本改。按文末『何但務乎其末也』句中『末』字亦然，並改。 ③ 特：底本訛作『時』，今從癸巳本改。 ④ 兄：底本訛作『皃』，今從癸巳本改。 ⑤ 性：底本訛作『惟』，今從癸巳本改。

因不失其親亦可宗也

慎交者先於所因，不惟無失己之悔也。蓋『因』者交之最淺者也，而猶不妄及於不可親之人。許爲可宗，而擇交之無悔，猶其小焉者耳。且以我觀人，未遑計及於人之觀我也。而觀人之審者，雖無端邂逅，必應以精詳不苟之思，初心衹以遠惡。而善類之環觀其後，即共服其精詳不苟，而將托依歸之正焉。則區區之不累，於惡又未足以云矣。

信能近義，恭能近禮，推此意以擇交，而失焉者，不已寡哉？

顧與人爲信，蓋浸漬久要之日也，而並寄居遊於浩落，常如泛梗之適焉相值，而即不能無將迎酬酢之緣。

與人爲恭，猶從容前席之時也，而默受驅率於陶鈞，更如逆旅之猝然相遭，而已無能外食息周旋之共。此所謂『因』也。事出乎『因』，蓋幾無暇問其人之可親與否，而失即隨之矣。

有人於此，逆知夫便僻側媚，一與之作緣，而將不可以復遠也。燕閑私褻之地，操或可無太蹙矣。而常嚴氣正性，不輕假之嚬笑焉。其得與吾相接對者，雖執輿將命，而皆必《詩》《書》教澤之所被也。

灼見夫權力豪强，一受其牽引，而將不能以自拔也。造次顛沛之頃，急復何能多擇矣。而常深思遠慮，不少涉夫藩籬焉①，其得與吾相依倚者，雖佩璲壺飱，而莫非氣誼馨香之所合也。不失其親如是，由是一見而莫逆者②，自當作投膠之固，不復差池於臭味，致異時席割而好不終。

未久而別去者，亦各深傾蓋之情，斷無相怨於一方。或他日途逢而車不下。

而豈但已哉？豪傑有意之徒，襟期類落落難合，而未嘗不息心觀物，以求高義之景從。一因也而不輕心掉之③，其主乎中者固矣。我方懼失其所恃，是即人之有恃乎我，而謂可以廣厦歸之者也，而不惟得免於比匪之傷也。

束修自好之士，志節多介介不群，而未嘗不遷木求聲，以作終身之就正。一因也而不曲意徇之，其養乎内者重矣。我常恥誤於所托，是即人之願托於我，而謂可以高山仰之者也。而不惟得遠於履扁之卑也。

『亦可宗也。』夫至於『可宗』，而流俗『因失其親』之弊，尚足以相提並論乎？其人蓋自此遠矣。

『因』是我去因人，『宗』是人來宗我。蓋説到『可宗』，而免於誤『因』之病，在所不必言矣，故以『亦』字包舉之。大注本明白顯易，不知講章家何以誤訓。雖陳大士亦不能不沿其謬。文無他長，只使『亦』字圓光滿如望月耳。自記。

『不失其親』，猶云不失爲善類，安得於此中求『可宗』乎？向蓄此疑，今始見廬山真面。周星頡。

只看得一『亦』字不鶻突，便覺題意是見全於半，舉重該輕，真洗目於上池之水者也。鄭清如。

【校記】

① 夫：底本訛作『大』，今從癸巳本改。 ② 而：底本訛作『兩』，今從癸巳本改。 ③ 輕心掉之：底本訛作『輕小揮之』，今從癸巳本改。

孟懿子問孝　兩章

聖人篤於故舊，於與其子孫言孝者見之焉。夫懿子、武伯，俱未足與言孝者也。子勖之以循禮，喻之以謹疾，非故者無失其爲故乎？今夫孝始於事親，中於事君。昭公之出在乾侯也，孟懿子實黨意如，其子武伯，復無禮於哀公，以成孫越之禍。世有悖德以辱其先人，而猶靦然以孝問，子所當盡焉傷之，而拒而不答者也。不知聖人之教孝也常宏，而念舊也甚摯。

昔孟孫氏之先，獻子以賢著，莊子以孝聞，僖子與吾夫子爲學禮之友，至懿子之身，而慚德多矣。子因其問孝，而詔之曰無違①，蓋舉其綱以待懿子問其目也。懿子不知進叩，子不獲已，因樊遲之御而語以發之，而遲果請其所謂，子乃得終其説曰：『生事之以禮，葬之以禮，祭之以禮。』使懿子聞是説也，翻然大覺，立起自責，舉平日所致於其親者，損之又損，以求合大夫之令典。吾知僖子在廟之靈，必深愜其生平好禮之心，始免於吐而不食。而季孫以下之事其親也，亦將觀感而知所改焉。『無違』一言，豈直止於教孝哉？

且夫懿子固嘗以其父命，親學禮於夫子之門者也，其於先王之軌物，宜有聞焉者矣。一旦嗣世爲卿，而位不期驕，禄不期侈，無以異於三家者之所爲。吾夫子一再提撕②，猶冀其念先人而懲往行也，而卒未聞塞違昭德。及其身一正僭玉歌雍之失焉，君子於是歎孟氏世澤之衰，而惜南宮敬叔之不得爲僖子後也。況生長膏粱，未嘗學問如武伯者，又下其父懿子數等乎？而靦然亦以孝問，子又未嘗不屑教誨也，告之曰：『父母惟其疾之憂。』蓋上之無望其考祥逢吉，而但使免於天傷短札，亦稍慰恩勤鬻憫之思。精之復不期以履薄臨深，而但使怵於驕淫矜夸③，亦少遠寒暑陰陽之患，殆就武伯切膚之病，藥之而已矣。

乃知人無賢愚，莫非鞠育於父母，雖薦紳之所不齒，而隨方自致，莫不各有其心所得盡之端，況儼在高明之列也！交深祖父，尤願誘掖其子孫，即錫類之所難收，而因事納規④，猶將各牖以身所能循之，則實不忘故舊之思也。

後世舉七十二子之賢，孟懿子不與其列，蓋始終昧夫子無違之訓，以致上不能榮親，下不能翼子，終身爲僭臣於魯而黜之也，悲夫！

於孟氏父子行事看出⑤，兩章題間嬉笑怒罵，皆成文章，似當日《魯論類記》，時確有此義。文人筆端可畏，信然。劉雲房夫子。

就《類記》二章之意，撰出一篇孟氏世系表序，聲情悽戾，不減聞笛山陽⑥。周星頡。

論世知人，因文見道，皆未許淺人問津。李康齡識。

【校記】

①詔：癸巳本作『教』。按二者皆通。②提：底本訛作『得』，今從癸巳本改。③怵：底本訛作『优』，今從癸巳本改。④規：癸巳本作『親』，待考。⑤父：底本訛作『又』，今從癸巳本改。⑥聞：底本訛作『間』，今從癸巳本改。

今之孝者是謂能養　別乎

能養者貴乎能敬，毋徒以犬馬自待也。蓋犬馬皆能自效以養，人第責之以敬，則有頑然者矣。言孝者奈何不知自别於此乎？且人子之奉其親也，用力用勞，皆所有事矣。而必其中藏之不匱，則出諸身者無不出諸心。否則身在而心不之加，則凡能以勞力事人者，所在多有。苟充其類，而將不得比於人類焉①，此之不可不辨也。夫孝安得有古今之殊哉？乃吾觀於人之相謂以孝者，而不能無慨於今矣。

今之孝者，處賤則牽車藝黍，凡可代勤劬之事，雖憔悴而不言其傷；處貴則侍杖掖輿，凡可貽耄耋之安，雖侈費而不生其吝。嗚呼！是謂能養而已矣。夫言孝而推取乎能養，則豈特氓隸之愚夫，膏粱之庸冑，皆勉焉可以能之。下而至於獢獫之從禽，騏騮之服駕，識指示發蹤之意，盡交衢水曲之長，未嘗不足以怡悦心神，暢舒肢體，即謂之皆能有養也可。而人之情得百良犬馬，常不如得一賢子孫者何也？犬馬事人以力，子孫事親以心者也。夫以力者養也，以心者敬也，然則敬與養之分，辨之可不早乎？

古孝子之敬其親也，一息無不相通，意未起而先迎焉，有不待形聲之著者矣。犬馬即善知人意，苟非嗾之於前，策之於後，難遽收盧令駟鐵之功。而未可深求者，謂其氣類之殊於我也，乃屬毛離裏，而亦比於非族之未可深求，親心不已傷乎？

古孝子之敬其親也，百計無能滿願，豫已底而猶歉焉，有不解終身之慕者矣。犬馬即深戀至恩，亦祇乞憐摇尾，矜寵驕嘶，尚不及鸚語猩言之巧。而得是已足者，謂其能事之止於此也，乃陟岵循陔，而僅安於蠢兹之得是已足，子心尚可問乎？

故夫敬也者，所以别乎養也。如其不敬，則未知其爲子之養親乎，犬馬之養人乎，而何以别乎？

夫忠臣之事君，得自比於犬馬，以義合者詞可從謙；孝子之事親，不得下同於犬馬，以天合者心難自薄也。夫言豈一端而已？義各有所當也。

羽翼微言，發揮至性。王惺園夫子。

養親同於犬馬，聖言不當若是失倫，昔人辨之詳矣。然非逐字還他著落，何以伸其所見乎？此以時文爲義疏者也。錢樹參。

看題固在識解，而苟無書卷筆力以佐之，則亦『言之無文，行之不遠』矣。必如此詞理兼勝，方可懸之國門。方葆巖。

積理在胸，積軸在腕，何齒之宿而意之新！杜叜山。

【校記】

① 類：底本訛作『數』，今從癸巳本改。

二三子何患於喪乎　三句

聖人不得位而垂教萬世，惟封人一見決之矣。蓋得位而道行者，群聖所同，不得位而道亦行者，吾子所獨也。木鐸之喻，非封人安足以知天知聖哉？想其出語從者曰：數有極而必變，理有出而彌新。人但知有位之位，足以濟一時之天下，而不知無位之位，足以治萬世之天下也。今而後，吾有以廣二三子之意矣。

二三子從夫子周行於天下，抱大莫能容之憾，躬席不暇煖之勞，不幾蹙蹙焉若有所患哉？嗟乎！此殆未深觀乎今日之天下，與天爲天下而生夫子之心，僅據夫目前得喪，而私以爲憂者也。我今一見夫子而心釋然矣。

蓋使天下未至若斯之無道，則人能勝任，天但生一中智之君，不難匡救而彌縫之也。使天下之無道未至若斯之久，則時尚可爲，天惟右一首出之聖，猶及掃除而更張之也。乃迹熄於流彘遷東，又加以十數王之凌蕩，而亂淆慘刻之運，已每降而無所復之。禍極於下泉風發，又甚以二百餘歲之夷傷。而辛苦墊隘之思，幾積重而不知所返。蓋天下之無道久矣，而天乃生夫子於其時，豈偶然哉？天殆默觀乎今日之天下，不可以常理與也，必待得斧柯而從事，其有補於滔滔者僅矣。惟一無憑藉，而空文垂世，已如揭日月而行，得天子薦，舉而措之矣。即世莫予宗，而所謂由則治，不由則亂者，無日不憬然於薄海之人心也。此亦窮變通久以來，特以創生民之未有者耳。

天更深憂乎今日之天下，不可以近功治也。就使及予世而東周，其收效於棲棲者晚矣。惟相與修明，而素位匡時，不啻等百王而上，有聖人興，則而象之矣。縱時乎有待，而所謂天不變道亦不變者，無在不赫然於終古之觀聽也。此又升降污隆之外，可以俟百世而無惑者耳。

是非木鐸之謂耶？而天之將以夫子爲之也決矣。

夫二三子恃夫子爲依歸者也，五臣十亂，待舜武而名益彰，二三子得夫子而行益顯。天方以『木鐸』屬之夫子，二三子雖不當位，而疏附先後奔奏禦侮，有不在俎豆馨香之列者哉？區區目前之得喪，信不足攖諸念慮矣。

『木鐸』二字是封人特筆，正爲萬世之聖人寫照。若如常解，門人記《論語》時，言已不驗，又何所取而著之篇乎？自記。

匹夫而爲百世師，一言而爲天下法，此即木鐸二字注脚，其得解處尤在將首句看得實落，高唱而入，别具無限深情。劉雲房夫子。

言似深奇，理極平正，此以孟韓注孔，非以帖括説經。周星頡。

夫子之文章　一節

聖之示人惟下學，毋過求於所不聞也。蓋學者得尊所聞於夫子，惟文章耳。若性與天道，固即隱具於文章之内，而非其人莫能喻也，安所得聖言而聞之哉？子貢意曰，學聖人者，務盡乎聖人之藴而止，而可以言傳者半，不可以言傳者半，善學者亦惟置力於其所得盡，而不能盡之藴。俟其久而通之以意焉斯已耳。賜終身學於夫子，子豈有靳所聞於賜者乎？而可得不可得之數，今始知之矣。先民覺世之資，載籍極博。自吾子贊修作典，而心維口誦，知之如日星河嶽之昭。盛德在躬之積，吐詞爲經，由吾黨記述成編，而坐論起行，用之如布帛稻粱之切，凡此皆夫子之文章也。子捨是無以教，學者捨是無以學，可得而聞，豈獨賜一人哉？若夫理必原其自出，則推之性，而悟太極陰陽五行之始，然後探索之詣精。數必究其所終，則驗之天道，而識往來吉凶消長之宜，然後神明之用遠。在夫子涵負崇深，凡外見之英華，無不具時行物生之妙，而初未别爲高論，自明其用意之所存。且學者仰鑽積久，凡静觀之自得，亦時啟知來藏往之胸①，而無由證以微言，切指夫發蒙之何在。

性也，天道也，固即文章之奥窔，學聖者至此而始得其全者也。然功虧厥候，有願徒勞，告非其人，雖言不著，遽欲就夫子而聞之，豈可得哉？後之學夫子者，惟日取得聞者而卒業焉。下學可期，而上達未嘗不可俟。倘以文章爲膚，未必求進於是者而幾之。高談性命而四教衰，演説圖畫而六藝雜，謂得聖人不傳之秘焉，此與耳食者何異也？

以《六經》《論語》爲夫子之文章，似比威儀文辭較有實落。天道自指在往來運數而言，方與性字有别。若性道其實一理，端木氏又何必别而言之乎？方望溪作無一字不盛得水住，惟此二事，恨不起前賢證之。自記。

博文約禮，顔氏之言下學上達；尼山自道，看重上截方是七十子聖學真傳。恐端木子見後賢性理河洛諸書，將哂爲聞所未聞也。劉雲房夫子。

聖賢垂訓，爲後世慮。子貢本意，正欲學者專力文章，而不必遠求性道。若作始得聞之而歎其美，得非涉於沾沾自喜乎？尋會白文，恐當下無此神理。周星頡。

【校記】

①時：底本訛作『問』，今從癸巳本改。

季氏使閔子騫爲費宰　全章

大賢不屑仕私門，言婉而志則决矣。夫費宰之使，不可謂季氏之失人，而閔子則殊不屑也。以善辭屬使者，且矢之以遠行，何言婉而志决乎？且自世臣柄國，賢者多不得仕於公朝。聖門如子路、冉有、仲弓、子羔之徒，先後爲季氏所延攬，度皆非諸賢之本願，顧未有辭而避之者，其小試行道之端耶？惜未聞閔子騫之風也。

日者季氏嘗使閔子騫爲費宰矣，汲引半由於共學，當必彈冠而就我友之須，禮羅近逮於鄉閭，尤宜捧檄而盡維桑之敬。孰知閔子騫之意殊不然耶？

其隱居求志，常抗攘三代之英，而不欲希附末光，苟且於功名以卑其量。其明哲保身，尤善審當時之變，而不肯依回輕就，猝投於禍亂以枉其材。

乃私於使者曰：士各有志，人各有能，宰非我所堪也，此我之得辭於大夫者也。言者無尤，聞者不怒，辭非善不爲功也，此我之不能自致於大夫者也。善爲我辭，豈異人任哉？倘辭之不善，而愈以堅大夫之意也。將見今日之往者，仍膏車秣馬，等於前客之重來。豈知昔日之居者，早闔户褰裳，托於越境之乃免。如有復我，必在汶上，正所以激使者之善辭，而息季氏之餘望也。

經術文章之懿，師表人倫，而一遭牽挽於權强，少不自持，而即墮羈縻之彀。甚至樂爲盡力，而生平既玷，且莫解千秋責備之嚴。則未聞古君子之藏器待時，非其人而不以馳驅相許者，本可望而不可屈也。山林泉石之高，緇塵軒冕，而强附知音於豪暴，絶之已甚，而轉貽履咥之凶。縱能蹈道不渝，而引避何遲？或徒深後世膏蘭之惜。則未知古君子之決幾終日，安所往而不足嘯歌自得者，爲可思而不可怒也。

嗟乎！如閔子騫者，殆高出由、求、雍、柴諸賢之上，而見貴於聖門者乎？《魯論》特詳其辭聘之詞，又欲使世之負盛名而厲高節者，皆知所以自處也。

言中有物，文外有神。董蔗林夫子。

興往情來，直借以抒寫生平志事。僅目以精於説史，猶不免矮人觀場。錢樹參。

既能窺閔子心胸，又曲盡《魯論》記，此以垂示後世之意。觀山讀畫，必横看側看，而備歷其妙，行文何獨不然？吴槐江。

透上幾層，擲開千丈，皆古文不傳之秘，作者直以妙悟得之。章桐門。

引領長吟，抗手自道，五岳起於方寸，列宿羅於心胸。盛孟巖。

可以托六尺之孤

朝有受遺之臣，則主不虞其少矣。夫六尺之孤，懼其無以自立也，得所托而孤者爲不孤矣，而足當可托之任者誰乎？且平生投分，而恤及其後之人，此在交遊鄉黨之間，蓋猶難善其事矣。況君臣顧遇之重①，國家遭際之艱乎？而覘臣品者，則固莫先乎此。

何則？聖主當陽，人臣即夙夜靖共，不過奉宣德意而已。賡歌而治，不以赫赫爲功名也。長君踐阼，大臣即篤棐弼亮，不過紹述先王而已。蒙業而安，不以蹇蹇爲忠藎也。獨至邦家不造，適覯閔凶，嗣世有人，未離阿保，所謂六尺之孤者非耶？貴戚慢侮於前，權好窺伺於後，主器者方煢焉在疚，奉匕鬯而若驚，先君而未瞑也，當必有顧而屬之者也。而誰實道揚末命②，正色而立於朝，綱紀肅然，而强宗大家不待誅鋤，而覬覦莫敢不息。主齡雖弱，而主威則甚尊焉。

便佞惑之於外，宦妾蠱之於中，守府者苟未免童心，覆典型而罔念，先君而可作也，知必有進而責之者也。而疇實光啟丕謨，總己而訓之廟，陟降近止，而奸聲亂色，不煩顯諫，而芽孽無自而萌。君服雖初，而君德則日進焉。

知束縛馳驟，非所以養聖蒙也。於是乎擇瞽矇，正僕御，俾起居出入，而皆有潛移默奪之功。孺子而明，固如天之福也？即斧斨零雨，亦自竭其心之所得盡耳，敢忘在耳之言哉？

知將順姑息，非所以昭敬保也。於是乎陳水旱，儆怨咨，俾初、哉、首、基[3]，而即動馭朽涉冰之懼。冲人而德，固匪躬之幸也。即悔艾桐宫，亦自信其事之必有濟耳，忍負在天之鑒哉？

至是而六尺之孤，方信其可以托也，而豈易言哉？

伯仲之間見伊吕，指揮若定失蕭曹，文中善於寫照，正復不減斯語。楊星園。

深於經法，熟於史事，而出之以惜墨如金。彼以多多爲善者，感喟激昂，終不免有屠沽氣。竇芝軒。

吐屬則鳳嘯鸞鳴，舉止則龍行虎步。楊六士。

【校記】

① 況：底本訛作『次』，今從癸巳本改。 ② 末：底本訛作『未』，今從癸巳本改。 ③ 基：底本訛作『楚』，今從癸巳本改。

舜有臣五人而天下治　全章

即周才之盛而歎其難，匪由於德之不逮唐虞也。夫以周才之盛，而猶未能取足於十人，所謂難也，而豈我周服事之至德，有不逮唐虞者乎？觀於此而才難之説益信，昔孔子嘗讀《周書·泰誓》而有言矣。而言中之所及，則又溯而上之，不惟《泰誓》之所稱焉。《魯論》恐後世讀孔子之言，而疑其言之無所繫屬也，於是明著其本文，而並志其言中之緣起，冠諸篇首云。舜有臣五人而天下治，武王曰『予有亂臣十人』，孔子乃言曰：出運量天下者才也，有才而一代之創垂繼述，莫非憑是以圖功。成就人才者天也，生才而並世之消長興衰，偏若靳人以滿志[1]。吾讀武王之言，能不有慨於古者才難之説哉？奚以明其然也？古今言人才之盛者，必以唐虞爲稱首，而次即及我周。方武王揚厲親賢，意其時，殆有不可勝用之才，十人第約舉其成數耳。乃就十人之實而求之，則内治尚有厥妃，而疏附奔奏之留貽，難取足於數之盈矣。受命兼由立配，而棫樸罝綸之蔚起，猶少恨於指之屈矣，九人而已，十人云乎哉？

論者求其説而不得，則謂紹治之世其才合，合則見多；撥亂之世其才分，分則見少。執是説也，得毋疑我周所以有天下之德，稍異於唐虞之所以有天下乎？則未思我周之初，固三分天下有其二，以服事殷者也。

六州歸命，惟知奉職於旬宣，即鎬京甫宅以前，猶先志也。九年大勳，未改對楊夫明聖。即商政初觀之日，猶臣節也。此其不欲有天下之意。遲之又久，不獲已而受之，以視夫元日之攝，南河之避，其足厚開基之國脈，培景運之人文，何多讓焉？周之德其可謂至德也已矣。

夫以周德之至，奉殷統而存之，何難合殷才而有之？乃當日仁人之靖獻者三，而求而封之，究不得爲周有也。義士之就養者二，而扶而去之，愈不得爲周有也。蓋自虢叔、鬻熊，未臻耄耋，而周家之言十亂者，卒莫能更取一人以盈其數，而不得不借才於宫闈焉。況繼周而有天下，而德復不逮者，當更姓改物，乘除分割之際，其人才之不爲天所成就，摧殘屈折，懷其寶以就煨塵者②，又可勝道哉？益信古者才難之所以歎也。

末節如注説，與『才難』一歎，終屬兩橛。文於兩節合下處，微有所會，偶然振筆書之，不復自計其工拙也。自記。

『才難』二字直貫通章。人才止有此數，而勝國興朝各分其半，力征經營之世，枉没尤多。周之代殷，幾可上擬唐虞，於人才無所剥喪，而十臣僅止於九，正見才之難處。韓聘之。

此題每患末節如駢枝，遂説成德之與才，如小山别大山之異者[3]。然文與披榛尋脈，覺徑路絶而風雲通。馮鷺庭。

【校記】

① 靳：底本訛作「斬」，今從癸巳本改。 ② 其寳：癸巳本作「琬琰」。 ③ 之異者：底本作「鮮者」，今從癸巳本改。

天之將喪斯文也　一節

聖人以斯文自任，反覆而信之天焉。蓋斯文之興喪，皆主之自天者也[1]。天既以斯文屬之夫子，豈匡人所能厄哉？且猝投於禍亂以枉其材者，固人生不幸之遭，要其人究非天之所甚愛惜者也。天果深其愛惜人，雖欲起而困絶之，而往復思維，常不如天之足恃，則亦可以處危而不懼矣。

文既在兹，是天使予得與於斯文也。今日之事[2]，如天將喪予，必將先喪斯文而後可。使天果無意於斯文也。

則宜後文王而死者，皆自棄於惷愚不慧。而板蕩百年之久，孰則彈琴而如見其心？

咸自阻於僻陋無聞。而淪胥終古而遥，疇復學易而深知其意？

雖欲與於斯文而不得矣。夫不得與於斯文之徒，即聽其昧昧然而生，寂寂然而盡，天亦不甚加之意也。

乃予竊自揆。

修業托空言之贊述，而若舉緝熙敬止庸祇顯民之緒，曲盡其紹衣。

抗顔爲後進之依歸，而如合疏附先後奔走禦侮之才，豫儲夫宅俊[3]。

其得與於斯文也明甚，而天豈將喪之耶？如天未之欲喪，則介斯文絶續之會，不知幾經鄭重，而於晦言否塞之後，忽更光景之一新。適予應候而生，不偶然矣。天顧予如此其殷，而猶將歷試諸艱，備嘗險阻憂虞之故，未必非玉汝之成也，而豈終困之於率野哉？

永斯文付托之傳，更若特闢經奇④，而於羈棲憔悴之中，别示眷求之有在。謂予受成而出，不是過矣。天任予如此其重，而時復以蒙大難，追步文明柔順之修，亦愈識殷憂之啟也，而豈真棄之於伏莽哉？

夫凶暴横逆，固不可以斯文喻，獨臨之以天，未有不瞿然退聽者。匡人而能自外於天，則斯文之在今日，或有不可知者矣。匡人而不能自外於天也，夫既無如天何，其獨如予何哉？二三子亦惟與予共勉於斯文，毋輕以今日之事爲予憂也。

聖人自任，謙與夸皆失之。又四句語勢如環，最難得其曲折，文乃一絲不負。馮星實先生。

善知味者，必自節解間咀味得之，固異於蜀人爲庖，惟知麤塊而大臠也。徐璧堂。

逐句逐字，俱得實地，仍自一氣渾成。此例文看似平淡無奇，及至執筆追摹，乃覺去之愈遠。徐準宜識。

【校記】

① 主：底本訛作『王』，今從癸巳本改。② 今：底本訛作『字』，今從癸巳本改。③ 夫：底本訛作『未』，今從癸巳本改。④ 若：底本訛作『咎』，今從癸巳本改。

子路曾皙　全章

詳志侍坐者之言志，而聖人之量亦默見其微焉。蓋由、求、赤、點所志不同，而皆爲夫子之所許。其一哂一歎，又聖量之高出於四賢之上，而微露其端倪者也，故記之也特詳。昔顔淵、季路言志，因得進聞夫子之志矣。乃有時但叩諸賢之志，聖人初不及焉，而微於流露之不侔①，別仰高深之有在，則莫如子路、曾皙、冉有、公西華侍坐時也。

夫子德盛而禮恭，齒高而意下，其顧侍坐者而詢以酬，知猶是各言爾志之意也。

子路故鋭於自見者，首以使民有勇知方對，而先甚之以攝乎大國師旅饑饉之詞，其態不能無率爾，子因以一哂隨之。次及點，而鼓瑟未卒業，求與赤不敢遽先也。因子問，而求以可使足民對，赤以宗廟會同願爲小相對。言之者欿然，聞之者蓋穆然也。亡何，點瑟方希，子問適及，作而以異撰辭。子則曰：亦各言其志也已矣。點於是取當前即是之境，寫無入不得之懷。莫春童冠，風浴詠歸，其撰若無待乎人之知者。子特爲喟然嘉與云。

夫第執其迹而求之，則點之見與其上也；若夫三子者之言，則無所可否者其次也；見哂者又其次也。點之高明，度不當存此見者，而未深探夫子之意也。後三子之出而問焉，子則又曰『亦各言其志也已矣』。而因問由之何以哂，哂其言之不讓，非哂其挾持之無具也。因疑及不讓於爲邦，而進問求、赤，方六七十如五六十之不得爲非邦，宗廟會同之爲諸侯，不待詞之畢也。且於赤獨申之曰：『赤也爲之小，孰能爲之大？』深與赤，即所以深與由、求可知也。兼與三子，即前此之不專與點又可知也。

若夫孔子用之則行，萬物得所，而不自言其功，非三子之所能逮也。而由顯矜焉，不禁從而哂之也。捨之則藏，若將終身，而不自知其異，非點之所能逮也。而點默窺焉，不禁從而歎之也。蓋夫子之視由、求、赤、點也，樂得天下之英才而教育之，其中初無所軒輊，而聖人高出乎諸賢之量，又可求諸象外云。

心細如發，眼大如箕。題本面面玲瓏②，文乃絲絲入扣。朱南厓夫子。

四賢平等，好手皆能道出，至一哂一歎，又見得聖人更上一層身分，則真舉頭天外矣。馮玉圃。

自得此文，乃識《論語》爲化工之筆，其功豈後於説經？祖舫齋。

扶經之心，皆於無字句處看出。鄧葵莊。

【校記】

①侔：底本訛作『作』，今從癸巳本改。　②本：底本訛作『木』，今從癸巳本改。

非曰能之　相焉

不自居於君子者，並禮樂之名而亦渾之也。夫即曰未能願學，而但言及禮樂，即欲辭君子之名而不得矣。赤所爲變其文於宗廟會同，且微其詞於小相乎？昔公西華本期以禮樂治民者也，而冉有適先之以俟君子之言，顯然以君子自居，人知其不可也。辭君子之目，而仍不能不附禮樂之名，不猶隱然自居於君子哉？赤乃真能善於詞令也！

其言曰：夫人積畢生之遜敏，而爲之已底於成，迨一旦應虚左之求，取諸其懷，無難乎勝任而愉快，此能之説也。

抑人立先定之規模，而俛焉以幾其至，及與之策起行之效，俟諸異日，始免於薄涉而淺嘗，此學之説也。

赤與二三子日從事夫子之門，固不敢獨詡爲挾持之無具矣。而得失在於自知，虚實先乎獨覺，其遂將稱意高言，信心自許哉？非曰能之，願學焉爾。

夫願學則有所學之事，姑舉其端。盍先宗廟①，以崇功德，球刀珪璧之澤如新；以妥神靈，俎豆鐘鏞之物畢備。豈特修其祀事而已乎？御賓客而固邦交，亦將於是乎在也。而或者石門瓦屋，時設次於郊壇；

衡雍河陽，且築宮於王所。會同之役，固有不盡於宗廟行之者耶？連類言之，無不可者。

夫古人之於宗廟會同也，視廟中如境内，奏假而成勸畏之孚，本尊王爲庇民②，膏兩而懋蕃宣之績，於以陪衮衣之上列，踐赤芾之崇階，夫豈愧哉？赤則安敢望此？

亦惟是田間甫出，初改布衣革帶之單寒，而附在首而附在身，固已分章服於周行，而嚴高不過襘，卑不過袺之義。

猶竊附掌故曾聞，勿蹈相鼠茅鴟之固陋，而從君後而從卿後，聊以攝詔儀於承乏，而免仰或近驕，俯或近替之嫌。

『端章甫』其服也，『相』其職也，赤則庶幾爲其小者云？而要之此猶赤願學，而未敢自以爲能者也。有知赤者，請俟學成以從事焉。

公西華惟嫌以君子自居，故六語中不粘帶禮樂一字，俗手開口即將『能』字、『學』字貼定禮樂，通節語妙全失。嘗以此語人，多不見信，因拈此義質之。自記。

注有極精而不可入語氣者，講章家多未之悟也。得解處，先將首二句看作倒裝，虛冒以下如迎刃矣。曹竹墟先生。

義門先生作，可謂謹於肖題，讀此覺尚遺漏題中如許丘壑。崔曼亭。

人即解如此看題，其行文亦斷不能起伏順逆，虛實雙單，步步有法，首尾仍如一筆書也。吴晋望。

【校記】

① 盍：底本訛作『蓋』，今從癸巳本改。　② 王：底本訛作『主』，今從癸巳本改。

樊遲請學稼　全章

聖不忍忘天下之民，因門人之問稼而發之也。蓋問在學稼，則稼外無餘事矣，豈聖人以斯民爲己任之意哉？故雖遲出而不能終閟也。且天生聖人，將以托四方之民命也，時之未至，徘徊伏處以俟之。而素所鬱積於中，雖不屑輕舉以告人，而斷不忍薄於自待以變遷其本志也。

樊遲以善御從夫子周流，一旦以學稼爲請，又遷其說於學圃，殆有所激而將爲行遯計乎？子一則曰不如老農，再則曰不如老圃，蓋有難與樊遲面論者，而特不能終閟於其既出也。

夫志存乎大道之行，三代之英，請問者驟進以決然捨去之謀，而心目頓爲之一隘。

道足乎天民之事，大人之學，強聒者乍移以嗒焉若喪之意，而躊躇曷禁於長言。

樊遲何所見之小哉！惡足以語吾子生平之志事也？

自斧柯去國以來，遂不復居人之上，而足以有臨之本既裕，雖匹夫而有乾坤宗子之肩。

自絃誦從遊而外，更不聞獲治夫民，而環而待命之數既多，遂一室而有萬物歸懷之量。

今試曠然遐思，睪然高望，所求乎上，禮也義也信也，而好之者誰耶？所求乎民，敬也服也用情也，而莫敢不然者誰耶？所求乎四方，以身至，不如其以家至也，而襁負其子而至者又誰耶？

而此意不能一日去諸懷也。吾得爲之，而將見諸實事；吾不得爲之，而猶交垂諸空文矣。士當蓬累而行，尚能出其言而千里應，亦既處高明而種德，而僅收鹵莽之報乎？東周可爲氣象，去人不遠也。

且此責更不容一日辭諸己也。身及任之，而將著爲成勞；身不及任之，而猶將結爲懸想矣。士但帶經而作，或且薰其德而善人多，安有治人情以爲田，而不致天下之肥乎？南面可使，經綸捨我其誰也？又奚以稼爲哉？

夫禹襁躬稼，伊尹耕野，周公明農，稼亦非古人所不爲矣。而予顧小之而不用者，古之人稼外尚有事在，非若遲意之激而將以稼終也。遲退聞夫子之言，尚知聖人日以托四方之民命爲己任，而不忍自暇自逸，與沮溺丈人荷蕢者流，遽安於農圃之本念也。夫遲亦將自此遠矣。

雲房夫子嘗語銘云：樊遲所請，即是捲而懷之之意，故聖人有難與面論者。文前後不貶抑樊遲，實本此。應時改定。自記。

通章前後語意若不相蒙，明眼人從此覰破機關，乃有風水相遭之致。周星頡。

分行布白，煞具苦心，非執筆追摹不能知其用意。鄭秋浦。

界畫謹嚴，而有江山平遠之勢，信非凡史所能。吴亦山。

南人有言曰

人亦有言，不必域以方隅也。夫子非南人，而獨取乎其言之有，豈擇言固貴無方歟？今夫上國有言，每聞稱道於遐陬矣。而中邦之士，乃獨不能並觀兼聽於荒遠之文，弗一及焉，抑何採摭之不廣也？吾聞周任、史佚，垂訓於西京；孟獻臧文，立言於東國。他若晉秦戎索，而誓命附於四朝記載之餘；譚黎小邦，而歌咏出於十二國風之外。以至晏楹鄧竹，論治者多採其書；薛鼓悝銘，記禮者兼蒐其説①。大都皆中士之文，北方之學耳。奚爲獨鮮及夫南人也？

衡霍火維之域，其俗近誣，故非獨里巷多悠謬之談，即文人猶不免獵艷虚荒，而未可盡據爲典要。荆揚土溥之區，其惡易覯，故非獨士女半憂思之作，即學者亦未免溺情綺麗，而莫能一本於乎中。審是而南人之言，不概可知乎？雖然，勿謂南人遂無可採之言也。自召奭以《甘棠》布化，而《汝墳》《江汜》，首沐王靈。迨其後鬻子就封，教澤益開其樸陋。而若敖、蚡冒，猶克世傳彝訓，修明南國之紀綱。其人才之秀出者，至能讀上世典墳之籍，則風聲之樹有自來矣。

自泰伯以端委開基，而斷髮文身，咸知周禮。迨其後巫臣通使，會盟遂進於中原。而季札、狐庸，復能歷聘觀光，興起南邦之禮樂。其名儒之蔚起者，至足冠吾門文學之科，則風教之開非一日矣。

故其人之有言也，士風是操，不無遺誚於楚咻，而老成之意有所懲，鑒國俗之輕揚，以推爲教戒，未可以人之者微之也。而傳聞遂遠，即莫或登諸訓典，而安得不存爲域外之芻蕘？

鴂舌成音，或且見譏於吳語，而文字則義皆可識，警末流之聾聵，以過作危詞，何可以南之者外之也？而耳熟能詳，縱未聞採自輶軒，而安得不儲爲異方之藥石？

進詳其言，可以警無恒之失矣。

嚼墨一噴，淋漓滿紙，全是興會書卷，融結而成。王香海。

就『南人』兩字放倒擡高，各極其勝，其氣格殆自《兩京》《三都》得來。許濟堂。

光芒萬丈，霞綺千重，令人一讀一擊節，一看一起舞。張智瑩識。

【校記】

① 說：底本訛作『詵』，今從癸巳本改。

晉文公譎而不正　一節

霸術而猶遞降焉，世變益可慨矣。夫霸已非君子所忍言，而晉文之譎，則又不如齊桓之正也，世變不益深哉！且世運之遞降也，吾聞之矣。帝降而王，王降而霸。至於霸，蓋幾無可降矣。而其設心操術之故，亦若由後溯前，而微有不逮焉。觀世者是用益切隱憂①，而不知流極之又將何如也？

吾嘗觀於霸者之事，而深有惡於晉文公。夫晉文固繼齊桓而霸者也，迹其勤王之師，功大於首止；城濮之戰，績奇於召陵。然文公之爲人，沈深善謀，陰騺而不可測。故其事上也，時蓄不臣之心；而其克强敵，交友邦也，亦多恃狙詐以集事，是皆譎也，非正也。

以視齊桓，則凜下拜，與請錫隧者異矣；尊王人，與召河陽者異矣；存亡國，與虐曹衛者異矣；問包茅，與拘宛春者異矣。雖其他可議，猶或不免於義士之非。而一二大端，要皆非晉文所可及。君子與人爲善，即謂之正而不譎亦宜。

夫晉文返國於奔亡之久，故嘗熟於慮患，動與陰謀詐術爲緣；桓則更變未多，而規模猶近於長者。晉文舉事於垂白之年，故欲速於見功，不以倒行逆施爲恤；桓則植基有漸，而經營猶順於人情。兩公之譎正所由來乎？而吾曠觀天下之事變，則猶未盡乎此也。

萬物之心思材力，各有日趨於險之機。而豪傑之起而乘時者，非智取術馭，不足以制末流②，故號令嬗於百年，而王術亦因風會而變。

一代之智勇功名，皆有求勝於前之意。而梟雄之出而紹業者，第軌步繩趨，不足以彰後勁，故功烈奇於再造，而古義寖因競勝而微。

然而晉文之譎於齊桓，非獨晉文之咎，抑亦霸術之遷流，其勢有所必至也。霸之降於王，人則知之矣，而豈知霸之復降於霸哉？繼晉文而起者，其操術又當何如也？

較量桓、文功罪，縱極確鑿，究非聖人言下情事。就霸術之譎正，看出世變之升降來則，此中消息甚大。深人無淺語，足使從前名作一空。吴樸園。

聖人此論，直見到七雄並峙，及後世曹孟德、劉寄奴心事，視晉文殆又甚也。具如許心胸眼界，幾欲壓倒，方城。廣省堂。

先文後桓，不應時代倒置，得此乃有發明。祁鶴皋。

【校記】

① 益：底本訛作「一」，今從癸巳本改。　② 末：底本訛作「木」，今從癸巳本改。

驥不稱其力稱其德也

借良馬以喻良士，而德力之品題懸矣。蓋有德者必有力，有力者不必有德，稱馬猶然，而况於稱士乎？從來名必副乎其實，没其實而不與其名，受者固無憾也。業已與之名矣，而置其實之重者，反舉其實之輕者，漫附於知己，而知之不盡，不如不知己之爲愈焉。吾今竊有感於驥，驥生北土，實積山川之雄厚，以成其權奇倜儻之材，未有驥而無力者也。

驥應房精，實本健順之絪緼，以全其剛大安貞之性，又未有驥而無德者也。

獨是飽其芻豆，凡馬亦能盡其才，一厠之鸞旂屬車之間，不免桀驁難馴之氣。而獨有天閑之上駟，四蹏風入，而動不驚塵，乃得與佩玉鏘鳴，同其節度已。

騁彼康莊，駑馬亦能争其捷，一歷夫水曲蟻封之險，不免銜橛失墜之憂。而獨有汗血之名駒，駿骨天成，而善知人意，乃克與戎旃進退，範我馳驅已。

以力若彼，以德若此，然則稱驥者宜何居也？

懸千金而購於市，物色不可謂不殷，而卒不一至者，求其似也。以中駟而謬膺上選，則驊騮有恥與爲伍之思，而寧肯仰首長鳴，聊試乞憐於隸圉？驥惟以德自重，而人益莫之顧矣。一旦邂逅涓人，而克介主璋，效右牽而入貢。夫天馬之呈材亦偶，而争先快睹，至以卜王道之昌，其見貴不當有在乎？

合六校而别其群，決擇不可謂不審，而終不一觀者，相其表也。屈騏驥而誤服鹽車，即俯仰有不能自主之勢，而甚至遷延負棘，不辭爲笑於駑駘，世徒以力責馬，而驥時無以應矣。直至遭逢伯樂①，而回瞻舊侶，始一洗而皆空。第雄姿之伏櫪多年，而感激酬恩，或僅以收識途之效，其相知不已恨晚乎？

不稱其力，稱其德也，稱驥者，當無不知有是言，而卒莫能以之識驥也。而天下之爲驥者，亦終無捨其可貴之德，妄希以力遇哉！

慷慨當歌，借以發其胸中磊落不平之氣，朗誦一過，幾案間隱隱作金石聲。汪首禾。

通篇皆就稱驥者抑揚感喟，常解只於股末一點，此文家避孰取生之法。王問渠。

何嘗不放手爲才人之筆，而聽題無不得聲，固異於近日西泠一派。馮玉圃。

【校記】

① 直：底本訛作『曰』，今從癸巳本改。

君子求諸　二句

觀君子之所求，異乎小人之徇人者矣。夫君子盡己之功，豈得謂之求哉？特以小人之求視之，則以爲求諸己云爾，固異於求諸人者。且爲己爲人之學，吾嘗詳辨之，然止窺其隱微心術之間，未究其經營刻厲之事也。自各本其中之所爲，皇然思既其實焉。其責報均非浮慕之心，其進取皆有不遺之力，導源既異，而全量赴之，其人始各一成而不可變矣。

天下有不能安坐而獲者，而求之事起焉。

則見擇術方新，心目之間，早若懸一的以防其他適，而循途曲致，不以淺嘗薄涉而中衰，此操其必得，而奢而求之之謂也。

有懷未遂，衾影之地，直若負重疚以發其不甘，而改弦更張，不以日暮途窮而少挫，此阻於不得，而迫而求之之謂也。

若此者君子有之，小人亦然，特詳其所求則有異。

君子潛修一室，亦嘗以察言觀色，驗同類之信從，而覩其效於人，正所以盡其事於己也。鼓鐘聲聞之，故特自鏡其學之至猶未耳，乃至譽不喜而毁不憂，獨往獨來之中，有終身求之而不盡者。而此外之是非榮辱，未遑以餘念及也。小人處此，則傀焉不能終日矣。身未嘗無以自效，而發篋受書之始，已逆計夫榮名厚實之來，是其心先有所責償於人，而特以己司其券也，又況乎爲非道之下者哉？

君子歷聘四方，又時以彈琴作歌，發當途之感悟，而大其與於人，正所以既其責於己也。席不暇煖之爲，亦自致其心之所得盡耳。乃至樂則行而憂則違，疏水曲肱之業，有終身求之而不厭者。而塵世之窮通得喪，信可以浮雲置也。小人處此，輒悻然不可一世矣。節未嘗不以自高，而入山遯谷之蹤，或益資爲要譽釣名之具，是其心將有所巧取於人，而故以己靳其餌也，又況乎爲詭隨之遇者哉？

夫求諸己者求也，求諸人者亦求也，用心一異，置力頓殊。而君子小人之分途，遂一成而不可復返矣，爲學者可不知慎所求哉？

一氣清空，曲折畢到，其文品在有懷、在陸之間。邵楚帆

平面發揮，雖千言不能盡其義，就人中之己，己中之人，打併劃開，無一筆不力透紙背矣。江岷雨。

前二比扼定『求』字，後二比以學問事功分柱，總發君子小人，皆力與古之學者等題畫清界限。俞

廷樟識。

不曰堅乎　四句

無其物而有其理者，惟聖人乃可以自道也。夫天下有堅不可磷，白不可緇之物乎？而其理固當有也。聖人之無慮乎磨涅也，何獨不然？曉子路曰：君子有一定之言，而天下無一定之理。言不衷夫一，中材或無所遵守也。過於拘守，而理之不止於是者，將囿以耳目見聞之所及，而置其所不及焉。則是知其一說，而尚未知其一說也。

不善不入，吾豈謂無是言哉？

第所惡於不善之人者，誠慮其稍一凌夷，已不免相劘以盡，則磷而不可爲也。磷則將喪吾堅矣，磷足以喪吾堅，善爲堅計者，日韞諸懷，而勃然動色於他山之錯，惟不試諸磨而後可。夫不磨誠不至磷吾堅，而吾堅之至與未至，無由與天下共信之也。磨焉而卒見其不磷，乃真堅之至矣。吾未能於衆堅之內，特表一磨必不磷之物，以實吾言也。而既曰能堅，則堅之所可至者，當不復以磷爲之限，而盡舉天下怵惕乎磨之見而一空之方，足以滿堅之量也。固未可與凡畏磨之堅，一例視也。

又恐其略加浸漬，即萬難復返於初，則緇而不可爲也。緇則將變吾白矣，緇足以變吾白①，善爲白計者，日珍諸笥，而愀然動色於吾水之滋，惟不投諸涅而後可。夫不涅誠不足緇吾白，而吾白之至與未至，何從爲天下衆著之也？涅焉而終見其不緇，則真白之至矣。吾亦不能於衆白之中，獨指一涅必不緇之物，以證吾言也。而既曰能白，則白之所可恃者，當不復以緇爲之防，而悉取天下危疑乎涅之見而一雪之方，足以全白之理也。固未可與凡畏涅之白，一概論也。

夫磨涅之爲言入也，磨而磷，涅而緇，入而累焉之謂也。顧必不入而後免於磷緇，則所謂曰堅曰白者，不已僅乎？由毋執一説而必强我爲匏瓜也。

堅至金，白至玉，無不可磷可緇，聖人爲自家寫照，固生民所未有也。非此超超元箸之筆，觸手即有隔閡，何論題中曲折乎？朱南厓夫子。

著迹則呆，蹈空則滑，文難其透到圓靈。吴縠人。

蒙亦有不曰白乎二句，題文雖未至同牀各夢，然奚止夫人奴婢之别耶？周星頡。

文情文筆②，如百丈遊絲，晴空獨裊，有懷堂後，罕見嗣音。莊曾詒識。

【校記】

① 白：底本訛作『自』，今從癸巳本改。

② 筆：底本訛作『公』，今從癸巳本改。

多識於鳥獸草木之名

更足以資博物，而學《詩》之餘事盡矣。蓋鳥獸草木之名，莫備於《詩》，亦博物者所必資也。學之斯多識之，餘事不猶足尚哉？且萬物日繁然於天地，莫不有其所以然之理，與吾之性情倫誼相通，非徒以其名而已。古之人假物以寫其性情，據其倫誼，善學者既盡得其所以爲言之故，而復即言中之寄托，取以廣聞見而益文章，則惟操本者，爲能善用其末也。

興觀群怨，以至事父事君，學《詩》之效備矣。由是綱維畢舉，而細乃及於支條；吟諷既深，而淺不遺於記問。

蓋詩人有不能以已之志，輒對景以彷徨，而觸緒紛來，覺天下物色之呈，適有與吾心相會者，不禁循聲逐貌，情至而文亦特工。

詩人有不容遽白之衷，必托詞以往復，而澄觀内照，覺此身居遊所共，動有與余懷相發者，不免連類更端，言長而材亦甚富。

此所以鳥獸草木，其名莫備於《詩》，而學之者則固已多識之也。雎、麟何以慕治？鵖、鼠何以鑒形？《鹿鳴》《桑扈》何以言欢？《鴻雁》《牂羊》何以寄慨？而且念毛裏，則有投兔弁鷽之作；述馳驅，則有翩騅騤牡之詞。《詩》言鳥獸，何瑰奇也！夫詩人之於鳥獸也何心？而升降飛鳴，度不過即所見以抒其美刺，則苟得其美刺，彼所謂升降而飛鳴者，徒其迹也。乃第就其迹推衍之，恐後人訂毛羽之經，不能若是之麗以則矣。

榛、苓所以懷人，桃、苢所以驗俗，杕杜、菁莪所以結好，《隰桑》《蔓葛》所以寫憂，而且言奉養，則有循蘭採芑之思；紀旬宣，則有芃黍、芾棠之績。《詩》言草木何繽紛也！夫詩人之於草木也奚擇？而菀枯榮落，度不過隨所值以寓其戚欣，則果識其戚欣，彼所謂菀枯而榮落者，皆其緒也。而姑即其緒比附之，恐後世纘芳華之譜，不能若是之正而葩矣。

迨夫多識之後，時而登高有作，則萬彙之形聲色態，悠然畢會於胸，復何事排比鋪張，而經用而倍覺鮮明。固未聞德人之言，曾不足乎懿采。

又或獲異見詢，則百物之體象名稱，確然能指其故，正不類嗜奇記醜，而開卷而如相持贈，然後歎洽聞之學，初非得於僻書。若乃同名而有數物，義在微文；一物而有數名，語詳適國。溯憑生之自旁通山水之嶔奇，廣因類之推，兼及蟲魚之瑣細。君子多乎哉？顧何莫非學《詩》者之餘事也。

逸情遠韻，生色古香，具此手筆心胸，方可免才多之患。費璞庵。

墨落秀生，令人吟諷夷猶，不能自已。季絢齋。

讀此乃識得行文藴藉，視近日東塗西抹家①，搬數惟恐不盡，祇益增其寒乞相耳。潘蘭楏。

【校記】

① 視：底本訛作『字』，今從癸巳本改。

管稿三集　卷八

大學之道　全章

備言大學之綱目，皆當務先其本焉。夫『明明德』、『新民』、『止至善』，大學之綱；『格致』、『誠正』、『修齊』、『治平』，明、新、止善之目也。而其事則以知止爲先，修身爲本，可不知所務哉？且小學祇以育童蒙，教鄉人也。若夫天子之元子，公侯之世子，卿大夫、元士之適子①，以及國之俊選皆造焉者，始謂之『大學』。學以學夫道也，入乎大學，則所學之道亦大。而其道顧安在哉？

統舉其綱，則明其本明之德，學之始事也。德既明而推之以新民，學之繼事也。治己治人，皆當止於至善之極，學之終事也。夫茫然立乎其外，而動引大人之事之已效者，抗志遠希，將遂一蹴而至之乎？其必密循夫始基從入之途，先定其規模以從事，而功候之相因而迭致者，可無鹵莽於其曲折也。則其道莫亟於知止，知夫止而定足以致静，静足以致安，渺慮澄思，而明德新民之至極，足信其得之不遠矣。且入大學者，即不辨乎善之當止，豈於凡物之本末，凡事之終始，而皆不平心以度哉？亦既度之，吾不遽期夫人之得所止，而重期夫人之知所先也。謂其所以求乎道者已近，自此可漸而進之也。

進詳其目，則平天下必先治國齊家，新民之序也。修身必先正心誠意致知格物，明明德之序也。物格知至，以及身修而天下平，知止而得止之序也。夫罣然相望於今，而博求古人之願之各足者，縱心盡取，將遂並日以營之乎？其必深求乎至德要道之總，力行其在我而無難，而義類之同條而共貫者，可無凌躐乎其次第也？則其事莫重於修身，修夫身而格致誠正皆其功，家國天下皆其效，兼該壹視，而天子庶人之通義②，胥統於本之莫外矣。且入大學者，即未審乎身之當修，豈於所期之治亂，所接之厚薄，而概未反覆以思哉？如未思之，吾不暇惜其德之不逮民，而竊慮其家之先受敝也。謂其所以植乎本者已撥，安所得推而放之也？

後之欲明明德於天下者，宜何道之從焉？

三綱領，八條目，本其天然兩對之格，而不善於融化，輒有續鳧截鶴之譏。文操縱自如，鎔鑄無迹，其源蓋出於荆川。朱南厓夫子。

謹於矩度，而筆情自爾瀟灑，如觀魏晋人書法，字裏行間，當有不盡之意。錢樹參。

鍊局渾成，一講一結，尤非淺人所解。秦小峴。

不以物格節與知止節作對，而以修身與知止作對，第三節與末節並結上文，而一用正筆，一用反筆，皆細心讀書處。崔景儀識。

【校記】

① 士：底本訛作『上』，今從癸巳本改。　② 庶：底本訛作『度』，今從癸巳本改。

苟日新日日新又日新

商王三繫銘詞，皆與日俱新之義也。蓋盤本以新其身也，湯三繫以銘，而皆得義於日新，盤非其小焉者乎？昔我先王户牖几席盂杖之銘，吾悉取其詞而讀之矣，言皆不過乎物，而即小見大之義，未嘗不昭示於其間。知此者乃可讀六百餘祀之前，商王之所以銘其盤者矣。盤者何？貯水以供沐浴之器，而循日以新其身者也。

故湯繫之銘曰：吾患吾身之習安於黯黕，而將思奮然以滌之也，則有强勉之事焉。貌惡其塵，煩挼以巾；肌憎其垢，祓除以豆。機歸立斷，而效捷轉圜，一日謀新，則一日之新已著矣。吾有是盤，奈何等於雞彝疏勺？非其時而弗御也。他日未新，而今始新之，此掃除更張之義也，爰銘之以苟日新。

懼吾身之復入於汶濁，而將思俛焉以繼之也，則有貞恒之力焉。昨彈而冠，昕不忘盥；夕振而衣，明不忘晞。道在因重，而心懲間歇，一日不新，則前日之新皆棄矣。吾蓄是盤，奈何等於龍旂大輅？待其時而一駕也。今日既新，而明復新之，此緝熙不已之義也，再銘之以日日新。

慮吾身之自多其澡雪，而將思惕然以儆之也，則有振厲之神焉。蹈之若常，漸即於忘；見之已數，不鮮於目。功深往復，而鋭若始初，日有所新，則昔日之新仍故矣。吾陳是盤，奈何等於縞衣冔冠？過其時而一澣也。異日所新，未可以今日之新盡之，此變動光明之義也，復銘之以又日新。

湯豈非將以洗濯其身者洗濯其心，且以洗濯天下乎？釋《大學》新民之義者，何可不推本乎此也？

器不越一規之大，而丁寧告誡，如見駿厲嚴肅之風。

文不外兩字之多，而反覆申重，總歸昧爽丕顯之意。

乙未禮闈，余以回避不入試。同人場後多以試卷質之，嘗論此題，只當就盤言盤，略帶銘體，而不失湯之性情體質。總以弗出上文五字範圍，方爲元格。同人共韙其言，强余爲擬墨而未果也①。偶憶前説，拈此寄示兒子學洛。自記。

詞必己出，乃能不蹈戚价人一節藩籬。曹竹墟先生。

有應置身題外，有應著力題中，語語切定盤銘，不著一自新泛話，極平易處，正是極精微處。松厓先生。

作者嘗論時文得方百川而深，得李厚庵而尊。平日多辨香方氏，此則浸淫於《榕村藏稿》矣。周星頡。

【校記】

①果：底本訛作『兵』，今從癸巳本改。

見賢而不能舉　一節

妨賢由於縱惡，則不得分其過於命矣。夫使用賢而不舉不先，非中傷於娼嫉之臣，猶可分其謗於命也。若其事由於不善之不能退遠，用人者尚安得辭其過哉？且賢與奸常互爲消長者也，賢不爲奸所沮，而偶有不遇之時，或不得專其咎於人事。若奸之不黜，而因致賢之不升，縱由於運會使然，而斷無所容其藉口，以爲解免之地也。

仁人放流娼嫉之臣，所謂以能惡成其能愛也。然則人主求賢自輔，盍先於遠惡加之意哉？且賢者之不得志於時，其所遭亦至不一矣。士固有安車就聘，思欲展其力而精已銷，因自托於疏野陽狂，而超然於圭組之不及。

君亦有前席稱賢，特將老其才而任始畀。乃遽甚其憂傷憔悴，而觖然於懷抱之未伸。夫獨非見賢而不能舉，舉而不能先者乎？而朝無群枉之門，主希近習之蔽，君子幸得近清光邀顧問矣。而或年事已晚，或壯志蚤賫，竟不得施行於世，微特君不任咎，即起賢者於九原而問之，而亦當無遺憾也。諉之爲命，誰曰不然？

若夫一君子見，而衆小人謡諑其後，必使之銷聲匿迹，老棄於泉石之間。一君子舉，而衆小人媒孽其旁，必使之忍詬含尤，遠斥於江湖之外，是見賢而不能舉，即由於見不善而不能退之所致也。舉賢而不能先，即由於退不善而不能遠之所致也。夫古今治日少而亂日多，君子之去小人也恒難，而小人之沮君子也恒易，似亦有數存乎其間矣。雖然，此則安得爲人主寬哉？

賢不我即，是固無如何矣。幸許相助爲理，乃令此差池臭味者，得行其疏閑之術乎？蠻疆蔡服，實斯人投畀之鄉，孰任澄清？何亦既見之，猶惜一指揮之降也？雖謂之有心於假手，而恐無能辭也。

賢不我待，是又無如何矣。儼然相得益彰，顧令此包藏禍心者，終遂其讒構之計乎？幽州崇山，正若輩伏辜之所，誰司命討？何亦既退之，猶靳一赫怒之威也？雖律以見知之故縱，而當無以辨也。

夫奸邪得志，事或驗於先言；讒慝事君，理更難於曲解。未必非前定使然，而不得謂之命者，仁人能放流之，而彼尚不能退遠之也。是誰之過與？是誰之過與？而世之暱小人而遠君子，更有甚於此者矣。

讀『命』爲『慢』，究不免屈經從傳。玩上節語意，明是以惡惡成其好善，此節似亦不當平對。以前段作開，以後段作合，則『命』字不煩改讀，而白文往復循環之妙，亦倍有味外味也。自記。

『命』讀如字，王柳潭作已開其先，而持論精醇，行文茂密，則綸巾名士，遠過於橫槊英雄。邵楚帆。

天命之謂性　全章

《中庸》首明道之所從出，復約舉體道之全功焉。夫道本乎天，而率乎性，則非爲之教者，强之使不可離也。始於戒懼慎獨，而極於中和之位育焉，非君子體道之全功乎？且學者之失，大要有三：始焉不識其源，繼焉不密其功，終焉不充其量。吾今而得次第爲人正告之矣。

人莫不言性，而不知命乎天者是；人莫不言道，而不知率乎性者是；人莫不言教，而不知修乎道者是。夫性爲道之發源，教乃道之後起，合而名之一道也。道既與性而俱來，豈人所可須臾離者？乃道不離人，而人自離道，道豈任其咎哉？由於静無存養，而動無省察也。是故君子養之於静，則不睹不聞之地，戒慎恐懼而冲然無朕之始，非憧擾之私所能入矣。察之於由静而動，則隱微獨覺之地，慎之又慎，而湛然内照之中，非外交之物所能引矣。

今夫道率於性，而人不知所以善其率，非過情即不及情，則喜怒哀樂爲之累，而喜怒哀樂又不爲人任咎也。何則？當其未發，則固純乎性，寂然不動，不謂之中不得也。發之而皆中乎節，則固全乎道，感而遂通，不謂之和不得也。夫中即天命之謂，而爲道之體，天下之理皆出焉。和即率性之謂，而爲道之用，天下之路共由焉。此亦道不可離之明驗矣。第静無存養，且養於暫而無以持於久，則惺者必昧，不舉其自有之大本而撥之乎？動無省察，且察於始而無以密於終，則通者必窒，不舉其自由之達道而畫之乎？

此戒懼慎獨之君子，所由終身無間其功，而必思有以致其極也。戒懼不已，而無時不守其中，以中感中，來復而天地之心見，裁成輔相猶後也。慎獨不已，而無適不協於和，以和召和，無妄而萬物之情得，長養栽培抑末也。致中和之效至於此極，雖聖人參成位之尊，宏並育之量，道孰有加於此哉？而君子祇自完其率性之本，然上不負乎天之命，下不愧乎聖之教而已矣。

學者得吾説之次第，反求而有得焉。其庶免於向者之三失，而可以語《中庸》之體要也夫？

説理如話，而首尾一氣，極灑落，仍極緊嚴，純是荆川家法。鄭清如。

於如題直敘之中，備順逆起伏之勢，看似平淡，實則經奇。徐遠山。

前有蔡虚齋，後有方百川，得此如鼎三足。董書巢。

直作一則講義，而自有醇古磅礴之氣行乎其間。楊六士。

舜好問而好察邇言　四句

虞帝所以大其知者，取之博而擇之精也。蓋好問好察邇言，所以傅求大善也。而善必有兩端，復執其中，而用之善之，及於民者益精矣，其爲知孰大乎？是故聖人之治天下也，通其變，使民不倦；神而化之，使民宜之。竊聖者茫然其置力之所在，輒以爲天授使然，不知聖人即擅天授之資，而其心虛，其意厚，其慮事審慎而精詳，非後世英明智略之君，所能默喻其用情之曲折也。

吾言知而獨以大歸之舜，舜真以知牖民者哉！乃其初固非自用其知，即能一蹴而致乎此也。

上世殿陛之相臨不闊，而芻蕘愚賤，皆得至乎垂裳恭己之前，特患日接焉而不問耳。聖人學於萬物，即蓬飛莫落，猶象以制器而授時，況其有口耳之可通也？

上世詩書之日起無多，而造化機緘，恒散著乎里諺衢謠之近，特患聽焉而不察耳。聖人能自得師，即羽翽風薰，猶推以援絲而截竹，況其有情詞之可據也？

問也，察邇言也，舜之所好在是，取善何其博哉！

顧所問之人，不必有醇而無疵也；所察之邇言，亦不能有得而無失也。惟事兼收而並蓄。恐言厖而治術難保其不雜，所以酬其僉受之願者已虛，第爲中立而調停。或慮牽而道謀迄用於無成，所以發乎獻納之忠者亦倦。舜於惡者隱之，而不加之誚讓，如川澤之納污，山藪之藏疾也。善者揚之，而屢申之播告，如啟書於昆命，登祉於錫疇也。其受善之量又如此。

由是群言交質，萬善咸歸，亦可以舉而措之，而不疑其所行矣。雖然，猶有進。今夫別乎不善，而求善而類不勝窮，善之所以廣有萬端也。專乎善以求至善，而理非一，致善之所以各有兩端也。

舜安耕鑿者尚質，興制作者尚文，皆問察時所收之衆善也。並而騖之，有或失則野而或失則僞者矣。

惟執夫文質之兩端，而用其彬彬之中以式俗，此順則所以不知也，安有殷周交勝之弊哉？主仁育者近寬，主義正者近猛，皆問察中不遺之上善也。偏而任之，有彼患其漫，而此患其殘者矣。舜惟執夫寬猛之兩端，而用其優優之中以敷政，此熙載所以無爲也，庶遠齊魯初基之失哉。蓋至用中而民協於中，善之及於民者益精，而知之被於天下也始大矣。豈知皆自好問好察邇言，層累其功以至此乎？而窺舜者，方群焉目以爲天授也①。

隨題曲折，自出清新，無一語拾人牙後。董蕙疇。

注訓兩端，如小大厚薄之類，當悟『類』字意，非謂即以小大厚薄當之也。後比質文寬猛，二義確不可易。吴晋望。

節節靈通，字字實落。李滄雲。

【校記】

① 目：底本訛作『日』，今從癸巳本改。

斯禮也達　庶人

推祀禮於天下，以廣孝也。夫追王上祀之禮，惟天子得行之，宜非諸侯以至庶人所得同也。而周公皆有以達之，其廣孝何如哉？且聖人制爲祀典以頒天下，分也，而情寓焉。分者一人所獨尊，而不可僭；情者天下所同具，而有可推。惟不援分以抑情。而聖天子不匱之孝思，乃匪獨爲天子設也。

周公成文武之德，而首舉追王上祀之典，此自鑒於王業艱難之故，而肇迹勤家之積累，非斯禮不足稱其尊崇。

此自感於生民水木之原，而即郃溯澗之經營，非斯禮不足酬其光大。而周公曰：人之欲從事於其先也，亦斯禮也，爲先王先公制之，爲天子舉之，未及爲天下臣民計也。

豈有異情哉？以天子而爲人後，既得伸無窮之報矣。彼凡爲人子者，概使之抑而不得致乎？文武之心，天下人之心也，公其有以體之也。

以藩服而爲天子之祖，既得享非常之奉矣。彼凡爲人祖者，盡使之觖而不食報乎？先王先公之心，天下人祖考之心也，公其有以廣之也。與天子分治天下者，諸侯也。盛德之興，必百世祀，其大者爲天子，其次者即爲諸侯也。推而下之，復有大夫，雖爵所不世，而不仰賴前修之式穀，其能邁迹自身乎？

與大夫共位於朝者，士也。明德之後，必有達人，其進則爲大夫，其退猶不失爲士也。遞而降之，更有庶人，雖禮所不下，而非坐享先疇之疆畎，其遂順則不知乎？

公於是本奉先之孝，以合萬國之歡；推錫類之仁，以通天下之志。

大典其不敢干也，而諸侯以下，咸得次比其典而小用之，以是嚴降殺之文，非絕人以不得爲也。

王章其未可擬也，而庶人以上，皆得推本斯章而竊取之，以是廣燕詒之報，亦非恣人以盡得爲也。

凡以爲達之云爾，凡以爲達而及之云爾，亦誰知公之制斯禮也，自宗廟行之，則爲創典，自天下行之，則爲通義乎？至其所達之詳，尤有非一言之所能盡者。

前半不拋撇題首三字，致與一句題無别，後幅不填實，達字使下文半節如贅，老手之異人在此。馮玉圃。

深知禮意，其選言樹骨，尤見滿腹精神。莊葆琛。

實疏處不難雅奥，並能使虚字精神涌現，洵此事專家。弟世銓記。

以仁義導時君，即就其利國之心而動之也。蓋梁王非不知仁義，特恐有妨於利國耳。孟子所以就利之非利，與仁義之未嘗不利，而反覆以曉王乎？且正其誼不謀其利，明其道不計其功，説豈可以兩存哉？而情殷救世者，操之不若是蹙也，借其心之本明，而導以言之易入。彼有立談而遽爲人騾諫者，亦未窺乎聖賢委折之深衷矣。

孟子見梁惠王　全章

昔孟子仁義道成之日，正梁惠王邦國失利之年，不遠千里應聘往見，此轉敗爲功，易危爲安之一機也。不謂王前呼叟，而首及利國一言，蓋已非孟子來見之本懷矣。然使捫舌拂衣而退，既乖憫其呼籲，方挾纓冠往救之心，遽作直言極諫，而前亦徒激以難堪，益堅力征經營之誤，乃就王利國之言而進曉之曰：王何必曰利，亦有仁義而已矣。

夫言利之禍人國也，争城拓地，多戰之國必亡；暴斂横徵，重困之民必畔。而外至者侮猶紓，俛起者變猶緩也。抑思利國之言，自王一倡，而下之争此利者，惘然逞矣。利家利身之言，遍於大夫、士、庶人，而上之擅此利者，孑然孤矣。夫梁之先，固千乘之家也，一旦奄萬乘之晋而有之，豈非後義先利之已事乎？孟子反覆於殺奪之相尋，而直窮其情勢之所必至，蓋非此正言不諱，不足以怵王切膚之懼，奪其所甚暱，而進之以仁義也。

且夫仁義固與利相反，而亦豈如世俗之所詬病，使人主苦心抑志，終身長處於不利哉？王好仁，一國莫不興於仁；王好義，一國莫不競於義。其效亦長言之不足矣。而要之恩深則有以相維，誼明則知所相急，以視夫先利之世，取千取百於其君，親而猶或遺焉、或後焉者，蓋决乎未之有也。平時則入孝弟而出忠敬，强鄰之窺伺立銷；有事則念靡鹽而切同仇，深寇之甲兵可撻。轉敗爲功，易危爲安，孰便於是？王而無意於自强則已，王而有意於自强其國也，亦曰仁義而已矣，何必曰利？

夫利即無害，而亦不可爲也；仁義即無利，而亦不可不行也。何必云者，若猶有較量絜度之思。孟子將以仁義易天下，而且爲是説者，牖其所本明，而通其所易入①。蓋即孔子爲之兆，及《大學》以義爲利之旨焉。後儒抱仁義而進説於其君者②，無徒取必於凛然難近之氣，戛乎過高之論也。

謹細之極，乃入高超，非過來人難以語此。程愛廬。

處數千載後，能識數千載以上人當下立言之旨，又皆於空曲處皴補，得之可悟顧虎頭、吴道子寫生神訣。楊珊石。

人都看得孟子泰山巖巖氣象，其實七篇中，與人主言治無不委婉近情。要識得首尾兩『何必』句，正是因勢利導，並非横頭攔截也。鮑樹堂。

【校記】

① 所：底本訛作『禮』，今從癸巳本改。② 進：底本訛作『已』，今從癸巳本改。

非謂有喬木　二句

惟人足以立國，審其義而不當輕視世臣矣。夫國於天地，必有與立，而豈足以喬木當之乎？世臣之有，乃故國之謂也。孟子曉齊王曰：昔人成説流傳，莫不有其所以云之意耳。食者鮮知别白，於夫義之在此者，輒以在彼者當之，不免誤於所憑，忽其可恃，而有非其有者多矣。

試與君推故國之謂。

古者分茅建社，既各樹以土之所宜①，而椅桐中琴瑟之材，松柏待桷楹之任，類無不栽培成就。迨數傳而後，恍睹此干霄蔭畝，而弗忘先澤之留貽。古者拔木開疆②，既各列以道之所表，而君子重枌榆之愛③，小人興桑梓之恭，宜無不偃仰摩挲。迨歷世愈深，每望此黛色霜皮，而如見太平之久遠。

嗟乎！此有喬木之謂也，而豈故國之謂哉？

崍甫景山之下，孱土猶存，無所以維繫之，僅不絶如綫耳。若之何培根固本，經風颷而不憂顛害之及者，則十年之計，不及百年之遠也。

楩楠杞梓之鄉，諸姬實盡，無所以擁護之，終爲他人有耳。若之何建藩設翰？縱尋斧而無虞削伐之加者，則樹木之功，豈比樹人之大也？

嗚呼！其世臣乎？且夫臣以世名，其收效固非及身而已者也。

我子孫或席豐履盛，好大喜功，而是臣獨陳以先業之艱難，愓以四方之咨怨，使深宫常有所警發，而土木甲兵之漸，遂無自而開，則老成真有典型也，其足當隆棟之占矣。

我國家即遺大投艱，委裘植腹，而是臣惟鞠躬盡瘁以持其變，不動聲色以鎮其常，使朝野咸有所禀承，而闇於闚伺之謀，遂因之而息，則天生實爲社稷也，其足奠苞桑之業矣。

夫乃恍然於故國之謂，在此不在彼也。夫望中朝之槐棘，知立其間者，必有達人；頌南國之甘棠，聞説其下者，猶傳遺愛。古蓋有感喬木而思世臣者矣，若即以喬木當故國之謂，則豈其然？世臣者，親臣之積也，而王且無之，獨何以爲山東之望國乎？

惟藻耀而高翔，乃文筆之鳴鳳。吴菘圃。

世臣謂可留輔子孫之臣，若泛作動舊説，則六卿三家足當其選矣。篇中發揮世臣處勿疑，其稍與注意不合也。錢静軒。

如出黄岡鍾陵之手，可見文章能自樹立，固不可以時代限也。李墨莊。

【校記】

① 土：底本訛作「士」，今從癸巳本改。按，下文「孱土猶存」句之「土」亦同此訛，並改。② 拔：底本訛作「柭」，今從癸巳本改。③ 枌：底本訛作「粉」，今從癸巳本改。

邑於岐山之下居焉邠人曰仁人也

遷國而仁在斯民，宜其民之亟稱也。甚矣！太王之居岐以避寇，太王之仁此邠民也。邠人何心，能不爲之稱道哉？且夫所居民樂，非仁澤之入人深者不能也。而其尤深者，則更驗之所去民思。古之人遷國圖存，事非獲已，而其息争求寧之意，未嘗不洞徹乎群情，用能邦已維新而德猶懷舊也。

太王去邠逾梁，而當去之之始，其告耆老之詞，所謂仁人之心，其言藹如者也。由是間關胥宇，遂作周京；倉猝省山，聿荒帝宅。岐山之下，至今以爲王迹所基焉。而在當日，則第邑於此而居焉斯已矣。

地無崇岡峻嶺，則不足以限戎馬之足，而逆制其侵陵。太王所依以爲邑者，岐也。王公設險以守其國，庶幾出蒸黎於鋒鏑，而得所寧居。

國無沃壤膴原，則不足以繁生殖之宜，而允荒其疆理。太王所闢以爲居者，岐山之下也。大人度地以居其民，固將業婦子於堇荼，而阜茲新邑。

獨是太王邑而居之，未嘗强邠人盡邑而居之也。當是時，與太王先至於岐山之下者，内惟骨肉天性之愛，而自厥妃、公子而外，誰與訴其仳離？外有艱難不貳之臣，而自司空司徒以推，少得申其號召。若夫躋堂之父老，於耜之丁男，饁畝之家人，求桑之紅女，隔夕陽而不見，指芮鞫以何方？惟有搔首登高，抑鬱誰語已耳。至於邠人之言，太王又惡得而聞之哉？然而邠人固非木石爲心，身被而不生其感者也。

往日之撫綏無論矣。强鄰悉索以後，民不知兵，使其赫一怒而發三單，何不可早駾混夷之喙？而爲萬民而忍詬者，寧姑俟一方別啟，安不戰以尊生，此其意可伏而思也。

平時之愷悌可歌矣。來朝走馬以還，言猶在耳，使其籲衆感而勤三誥，亦誰敢不承康共之謀？而屬故人而勉謝者，並不忍驅迫相加，聽擇途以自處，此其心可度而知也。

邠人曰：仁人也。豈以太王業已居岐①，而邠民能改此稱哉？夫太王居岐之事，後世但稱其智，是尤得其半而未得其全。敵人方笑其孱，更屬窺其外而不窺其內。自邠人誦以仁人而歸之，數傳而王，高山且以爲天作也。

興酣墨落，意到筆隨。蘇長公自道其文如萬斛泉源，隨地湧出，文之境象，亦復何愧斯言？康茂園先生。

循題曲折，高下在心，其得意處，有陣馬風檣之樂。范叔度。

守題稍不謹嚴，則增上一句，增下一句，題俱可通用。但見其彈丸脱手，幾忘其意匠經營。金雲生。

【校記】

① 王：底本訛作「玉」，今從癸巳本改。

域民不以　三句

效有不足深恃者，當早悟其所以之非也。夫封疆山谿兵革，固有國者之所恃也，而其效並不在此焉，亦早務其所當以者乎？且人主莅民守國，而與天下争衡，其恃爲操術之本者，莫不有在也。而以其所以者常少，以其所不以者常多，於是深謀遠慮，與夫好大喜功之所爲，皆古人所謂無益之計也。

吾於地利不如人和，能不怳然憶所聞哉？

國所與立者民也，天子曰兆，諸侯曰萬，求其生聚，不得不慮其散亡矣，則曰利用域。夫古人之復《黄鳥》而鳩《鴻雁》也，未始不藉以爲域也。而今之域民者，不恃此矣。封人詰客，逸而出者執以歸，疆吏捕亡；鋌而走者殺無赦。嚴其界限，不獨楚昭關而秦函谷也。然而域以界者，未能域其心。機智之士，不難橐載而行；豪暴之徒，亦且犯門而出。其情涣矣，能縶之乎？縱域焉，而千里蕭條，亦徒有此域也。

民所與庇者國也，泰山若礪，長河若帶，祝其永寧，不得不憂其杌棿矣，則曰利用固。夫古人之運帷幄而衝樽俎也，未嘗不倚以爲固也，而世之固國者不恃此矣。踐山爲城，守以折箠而莫上；沮谿爲塹，限之三刻而難逾。扼其險巇，不獨周轘轅而鄭虎牢也。然而固以險者，未能固其志。河山表裏，已非唐叔之墟；方漢金湯，幾洊勾吴之食。其本撥矣，能鞏之乎？即固焉，而重關弗守，亦虚存此固也。

至若與吾共争此民與國者，天下也。大或數圻，小亦數同，欲其懷柔，不得不收其震疊矣，則曰利用威。夫古人之頒龍節而問琰圭也，未嘗不畜以爲威也。而後之威天下者，又不恃此矣。兵盡精金，劍一揮而頭畢白；革皆重兕，射三發而札不穿。極其犀利，不獨魯僕姑而晋闕鞏也。然而威以利者，未能威以德。逍遥不進，一矛則空有重喬；敗績而歸，組練或僅餘三十。民氣熸矣，能鼓之乎？况威焉而不戢自焚，且將悔此威也。凡此者，皆所謂以其不以者也。觀於不以，而君子之所以，不可知哉。

觀其點化，可得用書之法；玩其曲折，可得用筆之法。吳稷堂。

摇筆成珠，動墨横錦，在作者特爲餘事，然已足沾丐於人。潘蘭槎。

奇險驅回還寂寞雲山，經用始鮮明。具此鑪錘，始免才多之患。程也園。

季孫曰異哉子叔疑

述人言之見異，若可取其人以爲鑒焉。甚矣！事不辨其可不可，未有不見異於人者也①。彼季孫之譏子叔疑，寧不可引爲欲富者鑒乎？今夫士君子出處不苟，競競於可不可之界者，豈有意矯然立異乎？拂乎庸耳俗目之見以爲異，君子有所不避也；逆乎不言皆同之心以爲異，君子有所不爲也。

彼時子者，沾沾於萬鍾之富②，而冀挽我之行，是殆欲子叔疑我乎？何所見出季孫下也？

昔之人善則相推，閑居方稱美之不暇，初不必日接夫人之席，而常若望塵歎息，以遥寄我心實獲之思。昔之人過則相救，公廷既面諍而不私，即未易遽迴當局之聽，而尤必諷諭從容，以曲盡及爾同寮之誼。乃季孫之於子叔疑，均不及此也。

薦紳中洩沓依阿之態，久爲有識所難堪。既而念其所處之勢宜然，蓋亦有不得已而爲之者也。乃況而愈下，覺向時見薄於清議者，尤爲意度之所到。自斯人出，而相驚以未之前聞，則極口之嗟呀，有不止唇之微反者矣。

宦達後逢迎結納之場，足使英雄爲短氣。既而慨夫一國之狂皆是，容亦有未能免而汩之者也。乃變而日新，覺從前不韙於世論者，尚有意倦以知還。自斯人出，而難問其伊於胡底，則失聲之姍笑，有不恤齒之久冷者矣。

抱積不能平之氣，而發端語無加厲，姑指爲不順於人情，此或念疇昔之周旋，有弗忍深其斥絶耳。然即此一言誚讓，亦可見親舊不容爲諱，而苟滋遺議，安在能逃三代之公？存恥與爲伍之心？而立言體尚矜莊，衹訝爲不諧於物論，此在彼從人之非笑，仍未足發其慚汗耳。然即此兩字詆呵，已共覺姓名不屑相呼，而略播傳聞，早若隱集千夫之指。

異哉子叔疑季孫之言，不可引以爲鑒哉？乃欲使鑒子叔疑者，復爲子叔疑，吾恐季孫之接迹也。

如親見禰正平著岑牟單絞之衣，操漁陽參撾，蹀躞而前，氣象輒令我數日怦怦。周星頡。

每放下一層落筆，何言之刻酷乃爾？趙印川。

攝下意於題前，故能空中彀滿，以雄厚寫其犀利。洪書舟。

商聲淒戾，羽調激昂，軟紅中熱客讀之，當面慚汗出而食不下。張皐聞。

【校記】

① 底本「於」後衍「千」字，今從癸巳本刪。

② 沾沾：底本及癸巳本皆訛作「沽沽」，按「沾沾」不辭，今徑改。

百官族人可謂曰知　大説

至性足以感人，宜其無間於遠近也。夫百官族人，皆向之不悦行三年之喪者也，至是而皆以知禮稱世子。四方之來弔者，孰無至性？其有不同聲悦服哉？且古孝子之哀其親也，路人爲之雪涕，過客至於停車，况本其休戚之所相關，喑嚩之所常及者乎？

滕世子感孟子不可他求之語，而力行三年之喪。至於五月居廬，未有命戒，宜向日父兄百官之不悦者，至是益當嘖有煩言也。

不知風木終天之痛，本有生所不言而同，然溺於習俗之安，而忍而爲㥶。目瞿芫疚，日與棘人之毁瘠相親，而不犂然有當於其心者，必非人子也。

綴衣未命之揚，亦有位所攀號而莫及，牽於故事之襲，而强以相争。身侍諒闇，日與嗣主之哀思相接，而不幡然盡改乎前説者？必非人臣也。

是故百官猶昔之百官，族人猶昔之父兄也，而其可於心而謂於口者，前後如出兩人矣。且事以罕而聽睹争先，誠以至而風聲及遠，知禮之譽，豈特百官族人之藉藉於國中乎？夫諸侯五月而葬，同盟畢至。世子居廬既久，將及先君窀穸之期矣。滕爲文之昭，復行古之道，四方之所願觀禮而來者也。夫言國君之喪禮者，玉越五重，几仍四鄉①，璧翣容衣之盛，遣車牢禮之豐，宗祝執事之無缺於供，袒免周親之咸在乎列。以及喪主之臨奠有儀，擗踴有節，附棺必謀其誠敬，下兆必計其完安，四方所觀，類不出此。而當時滕世子之知禮，豈在是哉？目可得見，一顔色之戚而已矣；耳可得聞，一哭泣之哀而已矣。而至悲所感，内外同傾；真孝所流，戚疏俱化。

人情於意望不到之遭逢，忽已適如所願，而轉不禁嗚咽之沾巾者，喜極而悲也。

人情於慘怛難堪之境象，亦既實獲我心，而反不覺歡顔之破涕者，感深而服也。

弔者大悦，夫何疑於用情之不類哉？而要之世子之心，知有親而已，知有親而盡於大事而已，非特弔者之悦不敢知，即百官族人之不悦如初，而亦將不暇問也。然而至性之感人，則孟子風草之言猶信。

此作者讀禮時所成，仁義之言藹如，孝弟之性别見，望而知爲醇行至德也。趙印川。

善言人心曲中事，合大士、思曠爲一手。李滄雲。

深明禮意，洞悉物情，非讀破萬卷書，安得有此凌雲健筆？張皋聞

有性情，有典實，有解悟，有結構。沈舫西。

【校記】

①几：底本訛作『凡』，今從癸巳本改。

滕文公問爲國　全章

與小國之君臣言仁政，而王天下之大略已具矣。蓋滕文爲戰國之賢君，畢戰亦有意於爲君任事者也。孟子豈以其國小，而不以仁政之大略語之哉？且仁政之大要有三，曰世禄，曰井地，曰學校，而井地爲尤重。蓋分田即與制禄相表裏，而使民親睦，實建學明倫之本焉。觀孟子對滕文公爲國之問，而備識其緩急詳略之宜矣。

夫爲國則宜以國事爲亟，而不知皆後於民事者也。民猶不自緩其事，而君可緩民之事乎？是以未問恒心，先問恒産，而求仁不求富之賢君，當早自定計也。一則恭以禮下，而禄必世及焉；一則儉以取民，而田必井授焉。而就滕之尤亟者論之，宜先法三代之分田，宜先法三代取民，什一之中，復捨貢而用助。昔者文王之治岐也，耕者九一，仕者世禄。孟子策滕，何獨詳於耕而略於仕者歟？夫世禄滕固行之矣，至因古公卿之有田禄，而咏及『雨我公田』之詩，復因詩之言公田，而悟及周徹之實兼用助，此又籍亡而通之以意也。分田既定，建學爲先。三代學則共之，而庠、序、校之名不同者，亦猶貢、助、徹之義各有攸也。而皆以明人倫，亦猶什一之實有同歸也。爲國至此，退不失爲王者之師，而進可以爲新命之主。滕雖褊小，何遽不如豳岐之舊壤耶？文公亦遂奮然願力於行，而有畢戰之使也。

夫畢戰固問井地而來者也，則專與之言井地。夫地非界不井，界非經不均，而豪强之兼併因之，貪暴之多取因之。是滕苟不均井地以治野人，雖其已行之世禄，亦不足以溥公平而養君子也。則請詳繹界之制，野則畫以九一而專用助，以規方爲界也；國中則賦以什一而兼用貢，以奇零爲界也。此界既正，而禄外之禄，如卿以下之圭田，特分公田而兩之耳；産外之産，如餘夫之田，亦析私田而四之耳。而同井之相維相恤，與八家之先公後私，氣象皆藹然在目焉。蓋不待學校之教以人倫，而即此大略推行，已無不敦睦嫺而知名義也。

若夫勸相勞來之道，省巡補助之經。廣農書之播植，以辨物宜；烝野處之秀髦，以儲邦幹。君爲《七月》之公劉，而子亦不愧《大田》之曾孫田畯也。不惟其略，又從而潤澤之，夫豈異人任哉？

井田、世禄、學校，忽斷忽連，有詳有略，粗心人讀之，幾疑於雜沓無倫次，得此妙悟妙筆，始覺題之格塞處，皆文之解脱處也。松厓先生。

苦心之極乃得自然，足使剪裁凌駕兩家，俱若小巫之失步。周星頡。

胸羅江山，地可縮筆，補造化天無功。洪穉存。

禹疏九河①

治水莫先於河，其分合皆可以疏概之也。夫水之性不受遏，而河爲甚，疏之以九，而上下可無泛濫矣，此禹功所由獨先歟？且治水之道，不於其原，即於其委，有時獨於其中焉者置力焉。而原與委皆從而受治，則聖人之相其所急，而知所用力也。

舜使益之後，專以治水任之者禹也。夫天下之水皆待治於禹，而禹之施功以何者爲先哉？萬水皆導源中國，惟河自崑崙發軔，即以納百川之灌，歷九折而彌怒其瀾。他水猶僻遠京師，惟河自壺口懸流，直若環千里之畿，距三面而尤虞其偪。且自古無不患之河，今將使河不爲患，此其道非可用。夫一切苟且之治治也，繕完堤防，增卑培薄，而河流注溢，久又淤高，則防之非便；激流他出，鬬溝洒渠，而河性迫厄，不得安息，則徙之非便。禹即生而神靈，其治河亦豈有奇術善策哉？《書》有之『又北播爲九河，同爲逆河』，吾得一言以蔽之，亦曰疏之而已矣。

河自砥柱龍門而上，外爲群山約束，而勢不得以旁趨，第施開鑿之勤，而流已順也。至平原出險，而地之力不足以相持，疏惡之區，其以爲壑也易矣。禹於河之一者疏而九之，不惜尺寸之地以相畀，則勢分而悍減，而因得時其宣洩之宜，其必無溢而横出者矣。河自華陰洛汭而來，駛如高屋建瓴，而行不能以稍緩，雖無利導之功，而淤不積也。至曠衍無垠，而水之力不足以自刷，泥沙之聚，其階爲梗也大矣。禹復於河之九者疏而一之，不使碣石之外有岐趨，則勢合而力專，而即以暢其歸墟之遠，其始無壅而而上行者矣。

美哉禹功！非千古治河之上策與？而餘水之注海，皆得以次而施治也。

以經解經，而前人治河方略莫不穿穴該貫。周星頡。

好學深思，心知其意；聰穎特達，文而又儒。每服膺集中傑作，輒欲以此言移贈。莊似撰。

按切禹時之形勢，總括禹功之本末，精擇詳語，令讀者如親歷目驗，要皆自善讀書得來。劉可培識。

【校記】

① 底本『爲患此其道不可用』以下脱，今從癸巳本補。

離婁之明　全章

遵古治而君臣交盡其責，爲歷引成説以明之焉。蓋不取先王之仁政而遵之因之，未有能免於愆忘，而得稱爲智者也。至君與臣又各當以法古爲己責，庶皆與昔人之成言有合哉！且吾嘗言王天下如反手者，誠以先王仁天下之政，業已大備於前，惟在其君若臣之率循罔斁，不至師心蔑古，爲昔人之深明治體者所譏訶，斯操術得而艱難畢濟矣。

夫治天下之有仁政也，猶成方圓之必運。以規矩正五音之必協以六律也，如不以焉，則雖堯舜之聖，亦與徒手之婁輸，耳食之師曠，共處於無功，而能事不見於天下。況今之徒有仁心仁聞者乎？故古之人有言曰：徒善不足以爲政，徒法不能以自行。由斯以推，而率由舊章之尚有愆忘者，決乎無有也，以其知所遵也。

且聖人之爲後世慮也，至深遠矣。既竭其目力，而識方圓平直之理，恐世不能繼其明也，爲規矩準繩以貽之；既竭其耳力，而審五音之正，恐世不能繼其聰也，爲六律以貽之；既竭其心思，而得仁天下之道，恐世不能繼其仁也，爲不忍人之政以貽之。然則先王常處其勞，而後王常處其逸，亦何憚而不行仁政乎？故古之人有言曰：爲高必因丘陵，爲下必因川澤。由斯以推，而自用其愚之尚得爲智者，決乎無有也，謂其昧所因也。

是以能因先王之道者，始謂之仁君，惟仁君始宜在天下之高位。自非然者，道無所揆於上，法必無所守於下矣；朝無可信之道，工必無可信之度矣。不信道，則君子必將犯義，而使之犯義者君也；不信度，則小人必將犯刑，而使之犯刑者君也。國即其國，存已僅存，故古之人有言曰：城郭不完，兵甲不多，非國之灾也；田野不闢，貨財不聚，非國之害也。由斯以推，所患不在彼，則所懼必有在此者矣。無綱紀教化以賊其民，民亦將憪然以賊自爲耳，其亡不可立而俟哉？

然此非獨君之過也，凡事君之泄泄沓沓者，皆有罪焉。士君子誦讀詩書，即當以堯舜其君爲事。一旦他途干進，廉恥道喪，甚至舉先王之道，敢於肆口而詆誹之，不至貽國家以板蕩之憂不止，人之稱斯臣也，其謂之何？故古之人有言曰：責難於君謂之恭，陳善閉邪謂之敬。由斯以推，所許在此，則所惡必有在彼者矣。無讜言至計以賊其君，君益將惛然以不能自棄耳，其罪尚待教而誅哉？

世有躬治天下之責，欲澤斯民而法後世者，以秩敘爲規矩，以命計爲六律，以睢麟官禮爲川澤丘陵。其君不雜用霸術，而制度自爲，其臣不迂闊王道，而阽危莫省，措天下於堯舜三代，夫豈難哉？不仁在位，而無禮盈廷，其孰喻吾比物連類之思，繁稱博引之故也？

陶庵作春容博大，水到渠成，惟於四『故曰』字似乎遺漏，拈出以作章法，方脱盡前賢窠臼。自記。

劈分四段，而每段前半極變化，後半極整齊，此體殆作者所創制，藝譜中又增一新格矣。錢裴山。

四『故曰』固是成語，而每偶之下仍是綴以《孟子》引伸，非善讀書人無從語此。費西墉。

孟子曰子能順杞柳之性①　栝棬

爲則必不能順，而物之危於戕賊也審矣。蓋物之能順其性者，皆無事於爲者也。以杞柳爲栝棬，戕賊所必至矣，而可援其例以推之乎？今使遇不可强通之説，别思一説以勝之，莫若就其説而反覆求詳焉。以窮其勢之所必至，料其不能然，即有以知其將然，而遂實而擬其如或然，則每進而遞窮其説者，亦屢變而仍不離其説也。

孟子折告子曰：子論性而得以杞柳爲栝棬之喻，是子但爲杞柳計，而未暇爲杞柳之性計；不爲杞柳之性計，而何暇爲順杞柳之性計？而更何暇爲戕賊杞柳計？此亦説之未全，而理之不足者也。而吾試還問之子。

子别具高世絶俗之才，而事習於熟操，論始矜乎創獲，則循名責實，必早據百試而不窮者，與天下争未然之效，而獨擅其能。

子不思因勢利導之故，而效彰於繼起，質已喪夫天成，則就範呈材，亦盍求直養而無害者？爲萬物全固有之真，而樂觀其順。

而子之謝不敏可知也，則將何以處杞柳也？而子之愧不克可知也，又將何以成桮棬也？

天下計亦無難預決。果其操券可致，應弗深長慮却顧之思。

天下術必不容兩存，苟其斂手未遑，又曷禁出此入彼之勢？

夫反乎順即戕賊矣，反乎能順即將戕賊矣。

則意慕桮棬者，其必不知此戕賊之名，而覺取擕至便也。如將於盤匜之具②，返思其成就所由來，則劍削刀斤，雜然見前民之利用。而拳曲輪囷之産，轉歎入焉而不完。

則意愛杞柳者，其亦未慮此戕賊之事，而得摩挲爲快也。如將撫荏染之條，逆課其功能所可至，則方園鋭剡，紛然聽人世之求全，而芟夷斬刈之傷，即欲靳焉而不得。

既非若山車銀甕，爲兩間自有之祥，則反其道而以爲功，萬難解免於他途之挫折。

復不類土鼓匏樽，作上古天然之器，則變其本而加之厲，久已甘心於異日之憑陵。

如將戕賊杞柳而以爲桮棬，吾蓋從子之不能順杞柳之性，反覆推之，而知其必出乎此也，獨奈何以戕賊杞柳者戕賊人乎？

只是隨題曲折，而通首一氣渾成，無些子斧鑿痕迹，解牛手段也，弄丸伎倆也。江岷雨。

雕龍談天之舌，剥舊抽繭之思，吾尤愛其格律絶似嘉魚，非方樸山以下可及。范丹崖。

捏沙成團，屈刀爲鏡，其文家之有丹術者耶？德厚圃。

【校記】

①性：底本脱，今從癸巳本補。　②於：底本訛作『手』，今從癸巳本改。

色同者不問其質，類舉之以詰異端焉。夫白羽白雪白玉，色同而質不同也，然而皆謂之白矣，是可類舉以詰告子。且不類者物也，而相類者亦物。不類而類，吾得比而同之；類而不類，吾將區而別之。乃明見爲區以別之形，而概與以比而同之目，則是所以類物者既失，而天下之類而不類者，亦無不可以類類之也。

白羽之白也　四句

生之謂性，比於白之謂白，子固以白亦生而白者也①。抑思天下之生而白者非一物哉？

五行各蘊其精華，而從革實主西方之色，白之得於天者無異禀也，而負此禀者，紛然異矣。

三代不沿夫章采，而景亳特崇太素之觀。白之尚於人者無殊號也，而蒙是號者，雜然殊矣。

則有所謂白羽之白者，羽至輕也，而鶴鳴於皋，雁集於澤，可不謂之翯翯者歟？此白之一說也。

有所謂白雪之白者，雪至柔也，而雲同而降，霰集而霏，可不謂之皚皚者歟？又白之一說也。

有所謂白玉之白者，玉至珍也，而剡方爲圭，刓圓成璧，可不謂之瑑瑑者歟？更白之一說也。

是其托體殊而致用別，即雕鏤物色者，互作形容之借，而已無解遺神取貌之譏。

就使衆美具而數難併，至歷覽清光者，幾無軒輊之分，而終不昧取類稱名之實。

乃執子白之謂白之說思之，而我不能無疑也。

育於物而爲羽，散於空而爲雪，韞於山而爲玉，光輝交映，若與白以增華踵事之奇。而以子之所謂當之，祇覺白之理立，而羽雪玉之形始分。苟得其理，而其形特寓焉者也，而烏知此紛紛歟？

羽得之而翱翔，雪得之而凝釋，玉得之而瑰奇，皎潔各呈，總於白爲盡相窮形之變。而以子之所謂參之，第見白之義同，而羽雪玉之名徒異。既識其義，而其名皆贅焉者也。而焉有是喋喋歟？則直以爲猶之也云耳，而子更然耶，否耶？

文筆清泚，如秋水一泓，毫發皆鑑，胸中固當別有摩尼。張自東。

虛空粉碎，蓋熟讀《南華》而後得之。王乙齋。

純用白描，亦能出以沈著痛快，皮相者但賞爲冰雪聰明語耳。恭蘭巖。

【校記】

① 子固以白：底本「白」訛作「曰」，今從癸巳本改。

人知之亦囂囂

先求所以處人知，亦不爲知所動而已。夫求知而得知，鮮有不爲知所動者也。一以囂囂處之，而人先不能以知市我乎？且今時之好遊者，將以干人也，將以求知也。而君子亦不廢遊者，則無有人之見者存，並無有知之見者存也。

曷驗之？盍先於人之知之者驗之？

夫先王夢卜旁求之意雖遠，而間以趨士爲名高者，於憑軾結靷之所至，猶能擁篲以躬迎。即三代筐篚燕譽之禮已微，而但欲求人以自輔者，於談天炙轂之所推，不惜築宮以相事。是亦可謂人知之矣。當此之時，而遂志動而神傾者，中不足也。迫於自見，而弓車一賁，遽有彈冠相就之思，未必不貽輕出之悔也。即出不果輕，而先有所謂人者，龐然在其意中，得以操吾之進退，而我不已爲人所役乎？

感深而涕出者，氣先餒也。困不自聊，而羅禮忽來，不勝過望酬恩之意，安保克端進正之階也？即進猶以正，而先有所謂知者，介然在其寤寐，將以滓我之清明，而我不已爲知所餌乎①？

亦思人知我，而我實足以當之也。則其具在我，而人第如分以相還。夫固可安之若素矣。任之艱而責之鉅，未嘗不匪躬蹇蹇，以仰答高深。而當其輟耒投綸，則第行其所無事，而必不作壺飱見德之傾倒也。浮雲無與，孰得而窺其歆羨焉？

人知我，而人猶未足以當之也。則相譽在人，而我本思存之不屬。夫且若受之不屑矣，見之迫而饋之慇，未嘗不大度休休，以俯容流俗。而及與對珪臨組，則固確乎不可拔，而何至爲任俠許身之慷慨也？空谷伊人，誰得而施其維縶焉？

則見若囂囂者然。夫囂囂者，固君子之全量也，而先於人知之驗之，則亦祇見囂囂也，況於人不知之，而寧改乎此度哉？

題止半面，文以全力争之，而必滿乎其量，想見胸中充實不可以已。劉書臺先生。

讀書浸沃之功深，故無一淺語行文；操縱之法熟，故無一直筆。鄭清如。

自道已經，宣其言之親切有味乃爾。每讀一過，如挹叔度汪汪千頃之波。王秉玉。

【校記】

① 餌：底本訛作『飢』，今從癸巳本改。

桃應問曰　全章

廣精義之例，而臣子無難於處變矣。夫瞽瞍必無殺人之事，而爲皋陶與舜計者，不極之於此，而辨義有所未精也。觀孟子之荅桃應，不可以例臣子之處變哉？且理之所宜有者，君子蓋處之素矣。至若理之所無，而忍爲事之所有，處此者猝然不求乎心之安，稍一徘徊，而將陷於重戾，則辨之不可不早也。

桃應見及於此，而設言舜爲天子，皋陶爲士，瞽瞍殺人之事，所謂理之必無也。而自古及今，難處之事之類乎此者，安知其不有也？

而因先爲聞瞍殺人之皋陶計。夫皋陶千古之守法者也，爲天子父而屈法，何以罪夫不爲天子父而殺人者乎？言至此，皋陶之義將窮矣，皋陶則如之何？孟子曰：執之而已矣。斯言出，而人臣奉法不阿之意，乃無往而不得自伸。凡貴不如天子之父者，以此律之，盡無所容其枉縱矣。而稍有絀於權勢，不能自勵其當官之節者，皆皋陶之罪人也。

既爲皋陶計，不得不轉爲聞皋陶執瞍之舜計。夫舜固千古之愛親者也，爲吾親之故，而禁士師之執，何以令士師執天下之殺人者乎？言至此，舜之義益窮矣，然則舜如之何？曰舜視棄天下①，猶棄敝屣也，竊負而逃，遵海濱而處，終身訢然，樂而忘天下。斯言出，而人子惟力是視之心，乃無入而不得自盡②。凡富不及天下之大者，以此概之，悉無所容其繫戀矣。而稍有競於功名，不能善全其天性之愛者，皆舜之罪人也。

自孟子有此精義之論，而萬世之爲臣爲子者，各行其心之所安，其庶無難處之變哉！

落落數言，而中邊皆徹，讀書所以貴得大意也。雖有黄、熊兩作在前，不能相掩。竇東皋先生。

行文無一長語，斯作可以當之。毛洋溟。

作者嘗自言，未下筆時，先已有心。要人説好，所以不能追步古人，信筆直書，自然神到，殆漸造平淡時也。董蕙疇。

扶世翼教之文，有功世道人心多矣。趙法五。

【校記】

① 舜視：底本訛作『得親』，今從癸巳本改。 ② 自：底本訛作『言』，今從癸巳本改。

詩云憂心悄悄　一節

進充不能免愠之量，而士可爽然自失矣。夫上而至於聖人，聖人而至於在位，猶無解乎人之愠也。遽引《詩》而證以孔子、文王，貉稽尚何憾於憎兹多口乎？且聞人訾議，而悻然不能平者，大抵皆自視過高，謂謗言不當至於我也。夫人即自視甚高，其有敢望爲聖人者乎？有敢望爲聖人而在上位者乎？則吾更爲子層累而進之，而得斷章之證矣。

憎兹多口，豈獨士而已乎？今夫口之多，愠之積也。則且由士而推之，至於其極，聖人焉而止矣。夫聖人之去士，吾不知其幾千倍蓰也。則能免於愠者，宜莫如孔子，以温良恭儉之德，而復持之以戒懼慎獨之心，其必無得愠之理可知也。而何能也？自婦口出走①，以迄率彼曠野之年，其讒阻之循生而迭起者，較之失恩之怨女，被放之孤臣，所處不同，而覯閔受侮之心無以異也。《詩》曰『憂心悄悄，愠於群小』，非爲孔子作也。而自孔子之『愠於群小』思之，則是詩若爲孔子作矣。夫孔子而猶不能免於愠也，其士之德，不足以逮孔子者，可無憾也。

此猶聖人之不在位者也，則更請推之在位之聖人。夫在位聖人之去士，又不知其幾千倍蓰也，則能勝夫愠者，宜莫如文王。以惠鮮懷保之仁，而更佐之以弓矢臨衝之烈，其必無不足以殄愠之勢，更可知也。而何能也？自明夷蒙難，以至詢爾仇方之日，其媒孽之乘間而竊發者，比之伏莽之强戎，入郛之深寇，所遇不同，而匿瑕含垢之心，無以異也。《詩》又有之，『肆不殄厥愠，亦不隕厥問』，非爲文王作也。夫文王而猶不能勝夫愠也，其士之德與位，不足以及文王者，益不殄厥愠思之，則是詩又若爲文王作矣。而自文王之可無憾也。

子亦懼不能勉爲孔子、文王而已矣，於人之愠乎何有？

先孔子後文王，時代尊卑俱覺倒置，聖賢立言之體不應爾也。蓋上節已完，駱稽本分，此更由士而推之聖人，並由聖人而推之在位，以廣其意耳。此與《不曰堅乎四句》題義，並繫舊聞之錢尚書文敏公者，成二藝以存其説。自記。

荆川之平淡，震川之疏宕，皆其集中最高處也。想作者吮毫拂紙，意中殆不肯多讓前賢。鄭清如。

既深於經，又熟於行文向背之法，衝口而出，縱手而成。裘可亭。

【校記】

① 走：底本訛作『定』，今從癸巳本改。

由孔子而來　二節

不敢自附於見知，大賢不欺之學也。蓋孟子生平，以願學孔子自居，而終有不逮，則未嘗不自審也。故於篇終而不敢以見知自任，况後世之妄詡聞知者哉？孟子意曰：學者學至於聖人而已。顧立志不可不高，自知又不容不審。聖與聖相續，至於盛極難繼，即天亦若有靳心焉，而非夫人負荷之不力也。

自堯舜以至孔子，既皆先有見而知之，後乃有聞而知之者矣。然則孔子之見知，顧不及哉。

孔子以素王承道統，而門牆之盛，未嘗不比於疏附奔走之勤。孔子以樂育廣英才，而教澤之長，未嘗不衍爲棫樸菁莪之效。由孔子而來，至於今，亦可謂人材薈萃之期，聖學昌明之會矣。論其世，則百年以內，車服如新；度其居，則百里之間，高山在仰。去聖若此其不遠也，近聖若此其甚也。其間親承善誘，面受遺經，固不難領會微言，發揮至道。就使生非併世，學不同方，而理得於私淑之餘，感深於習禮之下，其向慕奮發，企踵拭目，願幾孔子之道而至之者豈少？夫豪傑有意不自菲薄之人哉？

見而知之，當必有出於此者。

然而天不假年，或心融而間未達；學焉得近，或源遠而末益分。夫即能積耆耄之精勤，審依歸之專壹，平日觝排異説，攘斥横流，不能不稱意高言，厚自期待。而氣盛於願始，心折於學成，以今日之知孔子者，雖未嘗無幾希之似，什一之存，而與禹、臯陶之於堯舜，伊尹、萊朱之於湯，太公望、散宜生之於文王，比長絜大，蓋有心知其不逮者。又況自今以降，澤不留於五世而還，産或異乎中邦之外。乃更欲覃思晚近，擬作述於《春秋》，奮迹幽遐，印淵源於洙泗，豈可得哉？豈可得哉？無有乎爾，則亦無有乎爾。蓋道更三嬗而數已盈，聖集大成而軌難再，此亦天運之有所必然，而聖人將自此而不可復見也。

孟子生平自比孔子，獨於此處不敢竊附見知，方見聖賢自任自知，並行不悖，從來訓詁家未曾拈出。朱南厓夫子。

自入塾卒業，此章不得其用意之所在，思之輒令人悶損，今乃爲之一快。廣省堂。

凡題之節奏，皆文之波瀾，沈鬱蒼凉，浸淫漢氏。王已山作，爲其集中所不多見，然去此老重之筆遠矣。周星頡。

子貢問曰何如斯可謂之士矣　全章

聖人之品士有三，不當更求其下矣。夫士莫重於有守有爲，而孝弟次之，信果又次之。今之從政者，皆無恥之尤也。目以斗筲，蓋猶聖人之忠厚歟？且國於天地，必有與立。士也者，國之所依以立者也，得士而政有寄，成政而國乃寧，擇之必精，收之宜廣。第廣爲收取，而仍必嚴其限制焉。夫是以有上殺而無下況也。

子貢曰：與今之從政者遊，心疑其不足齒於士列也久矣。問之夫子曰：何如斯可謂之士？子舉古從政之士語之曰：

士必勵躬行之實，而深沈於智勇，推以安國便事而無難。士必清廉恥之源，而慷慨於情詞，臨以悍敵强鄰而不屈。行己有恥，其體立矣；使於四方不辱君命，其用章矣。謂之國士，夫何愧焉？顧恐其不多得也。降而求其次，蓋以克孝克弟者當之？蓋士能處己於孝弟，則必以媮薄囂凌爲恥者也。宗黨之推，翕然意滿，而風聲之樹遠矣。禄即弗及，豈非士之能修於家者哉？尚恐其不易得也。更降而求其次，蓋以必信必果者當之。蓋士能律己於信果，則必以阿諛洩沓爲恥者也。尺寸之節，硜然不移，而樞機之發慎矣。受即未大，抑猶士之克善其身者哉？若夫在位而廉隅不飭，乃至明發有懷之地，慚德已多；出疆而專對無聞，甚至敦槃從事之交，詐謀弗恤。所謂今之從政者非耶？子貢心疑其不足齒於士列也久矣，至是乃顯質之夫子。聞斯言也，蹙然不順於耳，而猶未忍直窮其情狀。第等諸駔儈屠沽之與伍，彼何人斯？愀然不悦於心，而仍不欲過甚其品題，第覺爲挈攜蹈藉之由人，卑無論矣。

曰斗筲之人，外之於士也云爾。曰何足算，並絶之於次也云爾。其猶能發其恥心，而俾之不終棄於士類也乎？獨是七十子之徒，大都有本有末，次亦不失爲醇行介節，無一人得政而從之。而斗筲之夫，方竊據於高明，以進退天下士，天命之難知，固若是哉！此則言念及之，雖聖人而不能不爲之短氣者也！

此題以課家塾生徒、兒子，俱逐節挨講，雖所詣深淺不同，而總病其氣局欠緊，因成此作，聊示舉隅。有爲爲之，非故變大方舊步也。自記。

一結舉頭天外，題分乃十分滿足也。趙法伍。

全用鈎鎖法行之，無一語可移置，各節題文字顔魯公書，文洋州畫，皆用一筆掃成。馮玉圃。

法度至密，而仍不拋荒義理，安得不以此事推袁？費西墉。

附録

附録　常州華渡管氏世系（東大分奇玉公宗下青村公一支——六房分）

第一世千十五公皇佐公。濠人，宋南渡，扈蹕至臨安，安撫毗陵，至華渡里，樂之，卜築彭頭村，遷居武進，是爲常州始遷祖。子二：元三、元四。按《宋史》，安撫，總一路兵政，大中大夫及歷侍從乃得之，知州事亦得兼充。品卑者主管安撫司公事。南渡後職漸崇，二品以上稱安撫大使，得自辟官屬。又常州望毗陵郡軍領縣五，首屬晋陵武進，隸浙西路。

第二世元三，始遷祖皇佐公長子。行三，生卒、配俱無考。葬華渡墳。子二：正一、正三。是爲東分之祖。附：第二世管元四，始遷祖皇佐公次子。行四，生、卒、配俱無考。葬鈞橋墳。子一：正二。是爲西分之祖。

第三世正一，元三長子。行一，生、卒、配俱無考。葬華渡墳。子一：昌二。是爲東大分之祖。附：第三世管正三，元三次子。行三，生、卒、配俱無考。葬華渡大塋。子一：昌一。是爲東二分之祖。

第四世昌二，正一長子。行二，生、卒、配俱無考。葬華渡墳。子一：崇四。

第五世崇四，昌二長子。行四，生、卒、配俱無考。葬華渡墳。子一：旬二。

第六世旬二，崇四長子。行二，生、卒、配、葬俱無考。子二：祖二、祖六。

第七世祖二，旬二長子。行二，生、卒、配、葬俱無考。子三：華一、華二、阿鑾。

第八世華二，祖二次子。行二，生、卒、配、葬俱無考。子一：忠一。

第九世忠一，華二長子。行一，生、卒、配、葬俱無考。子二：仁一，孝孫。

第十世仁一，忠一長子。行一，生、卒、配、葬俱無考。子五：堂一、堂三、堂四、堂五、堂六。

第十一世堂六（《東大分世表》），仁一第五子。行六，字晦棠。配徐氏，生、卒俱無考。葬華渡大塋。子一：復。按，毛憲撰《求志管公墓銘》『曾祖諱棠』。

第十二世復，堂六子。行一，字克明。配周氏，生、卒俱無考。葬華渡大塋。子三：湜、濬、澄。

第十三世澄，管復第三子。行三，字新民。配周陳王氏，生、卒俱無考。葬華渡大塋。子一：世祥。是爲大三房之祖。

第十四世世祥，管澄子。行一，字朝瑞，號求志。景泰癸酉年六月二十四日生，正德辛未年二月十二日卒，年五十九。配霍墅王氏，景泰五年七月十四日生，嘉靖十一年閏五月初七日卒，壽八十七。合葬華渡祖塋之西。子一：輅。女一，適魯鋼。

第十五世輅，世祥子。行一，字文載，生、卒無考。配祁莊黄氏，成化七年七月初七日生，嘉靖三十五年八月十六日卒，壽八十六。合葬華渡祖塋之昭穴。子三：穀、稔、稷。女一，適夫椒魯鋼黄。

第十六世穀（《東大分新民公宗下實夫公一支世表》），管輅長子。行一，字實夫，號守愚，弘治元年戊申三月二十七日申時生，嘉靖三十七年戊午十二月二十日卒，壽七十一。配潘氏，弘治元年戊申五月二十九日生，隆慶六年壬申七月初八日卒，壽八十五。合葬華渡文載公下穆穴。子一：尚德。

第十七世尚德，穀子。行五，字慎獨，號有客，舉鄉飲大賓，以孫紹甯貴，誥贈正治卿中奉大夫。嘉靖十七年戊戌二月二十六日亥時生，萬曆三十二年甲辰八月初三日卒，壽六十七。配趙氏，誥贈夫人，嘉靖十八年己亥十月十四日丑時生，天啟二年壬戌九月二十六日卒，壽八十四，合葬華渡塋次昭穴。子三：陽春、陽和、陽生。女四：長適王遵履，次適周時望，三適蔣宗鎬，四適邑庠生楊啟謨。（《康熙常州府志》卷之二十五《孝友》：管陽生，字體復，武進人，萬曆間諸生。性孝友，脯修所入，悉以供父兄，無所私也。兄有婚嫁，陽生不告其兄，代爲經理。父死含殮，窀穸之事，皆陽生任，既畢，哀毁成病，竟不起。無問知與不知，皆爲流涕。侄紹寧崇禎進士第三人，自幼受學陽生，終身事陽生如父。仲兄陽和亦以質行稱。嘗館京口，有鄉人輸作京口役，病且死，給醫餌活之，又陰脱其籍，其人得生還。）

第十八世陽春，尚德長子。行一，字霽宇，以子紹寧貴，誥贈正治卿中奉大夫。嘉靖三十七年戊午十一月二十一日生，萬曆四十七年己未十一月二十一日卒，壽六十二。葬鎮江府丹徒新豐鳳頭山新阡，賜葬祭。配陸氏，誥封夫人，嘉靖三十六年丁巳正月二十一日生，萬曆二十五年丁酉四月二十七日卒，年四十一。葬陳灣山主穴，賜葬祭。繼毛氏，誥封夫人，嘉靖三十六年丁巳十月十七日子時生，萬曆四十年壬子八月二十三日卒，年五十六，葬華渡三昭穴，有碑。側周氏，生、卒俱無考，葬華渡祖塋旁。子五：紹寧、紹芳，陸夫人出，紹芳早卒；紹怡，毛夫人出；紹謙、紹敬，周孺人出。女二：長適姜承翼，陸夫人出；次適杭華西，毛夫人出。

第十九世紹寧，陽春長子。行一，字幼承，又字謐如，號誠齋。明萬曆壬子舉人，崇禎戊辰進士（崇禎元年戊辰劉若宰榜《康熙常州府志》卷十七，《甲科》三七頁），殿試一甲第三探花及第。歷授翰林院編修，右春坊右諭德，兼翰林院侍講，南京國子監司業、掌祭酒事，詹事府少詹、掌南京翰林院事，詹事府正詹，禮部右侍郎，行尚書事，兼翰林院侍讀學士，進階正治卿中奉大夫。萬曆十一年癸未十一月十六日丑時生，順治二年乙酉閏六月二十九日殉國難，年六十三。葬馬杭橋新阡主穴。著有《賜誠堂文集》十卷。配丁堰葉氏，繼殷坡周氏，俱誥贈夫人，生卒俱無考，俱葬陳灣墓。繼丹徒黄氏，誥贈夫人，世襲錦衣衛指揮使南麓長女，萬曆甲辰生，戊午卒，年十五，葬馬杭橋墓昭穴。繼黄氏，誥贈夫人，南麓次女，生卒無考，祔葬丹徒鳳頭山祖塋。繼董氏，誥贈夫人，湖廣黄州通判遇泰女，萬曆庚子九月十六日生，順治辛丑四月十五日卒，壽六十二，葬馬杭橋昭穴。子三：鉉，前黄夫人出；鍵、鐩，董夫人出。女六：長適東置王鵬翼；次適宜興副貢生感恩縣知縣曹良輔，周夫人出；三適順治戊戌進士鄒祇謨；四適湯臣陟，崇禎己卯舉人調甫子；五適吴來祉，經諫昆池子；六字順治戊戌進士劉維烈，董夫人出。（《康熙常州府志》卷之二十四《人物》：管紹寧，字幼承，武進人，崇禎進士，廷對第三，歷官禮部。嘗與遜國方孝孺恤議壯直有氣。）

第二十世鉉，紹寧長子。行一，字耳臣，丹徒籍。崇禎壬午舉人。萬曆四十四年丁巳十二月二十五日生，順治二年乙酉閏六月二十九日，與二弟從父同殉國難，年二十九。配丹徒李氏，御史一暘女，萬曆己未七月十一日生，崇禎丙子八月十九日卒，年十八。繼丹徒霍氏，天啟壬戌年五月二十九日生，康熙甲寅年二月十九日卒，年五十三。合葬丹徒馬灣山新阡主穴。子一：滋淇，李氏出。女二：長適興化解繼鼎，大司寇學龍孫；次適劉月爔，侍御熙祚孫，霍出。

第二十一世滋淇（《東大分誠齋公宗下奇玉公一支世表》），鉉子。行一。字奇玉，邑庠生。以子官誥贈朝議大夫。雲南清吏司郎中。崇禎八年乙亥二月十三日申時生，康熙五年丙午正月二十一日巳時卒，年三十二。配楊氏，誥贈恭人，崇禎癸未狀元翰林院修撰廷鑑女，崇禎八年乙亥九月初十日亥時生，康熙三十年辛未十一月二十一日未時卒，年五十七。合葬丹徒鳳頭山祖塋穆穴，乾山巽向。子六：聖植、孝植、仁植、義植、忠植、椧。女二：長適庠生張霖錫，康熙庚戌進士；次適康熙乙卯舉人莊擢，辛丑進士，禮部祭司郎中弼子。

第二十二世椧，管滋淇第六子。行六，字聞緒，號青村，太學生。任江西餘干縣、貴州普安縣、新昌縣知縣，雲南姚州知州、師宗州知州，工部都水司員外郎管寶源局事，轉刑部雲南清吏司郎中。幼撫於楊觀察大鯤，奏明復姓。康熙二年癸卯九月十四日寅時生，雍正元年癸卯十月十六日未時卒，壽六十一。著有

《據梧詩集》，宋牧仲中丞採入《江左十五子集》。配金壇馮氏，誥封恭人，明崇禎癸未進士、内閣中書斐孫女，考授州同知令望女。康熙二年癸卯七月二十七日午時生，雍正五年丁未閏三月三十日子時卒，壽六十五。合葬丹徒縣鳳頭山霽宇公塋穆穴庚龍山酉卯向，兼庚申三分。側薛氏，以子復始官誥贈安人，康熙九年庚戌八月二十一日生，乾隆十年乙丑六月十五日卒，壽七十六。葬楊司橋新阡，亥山巳向，兼乾巽三分。子十：景廉、孫翼、旃、復奎、復暠，馮恭人出；復禮、復始、復荀，薛安人出；復曙，馮恭人出；復斗，薛安人出。女四：長適金壇監生馮垌，當塗縣訓導宗亮子；次適候選州同知楊方青，康熙丙戌進士，直隸清河縣知縣企震子；三適天津濟民場鹽大使莊楚寶，康熙辛未進士，刑部郎中清度子，馮恭人出；四適太學生吕仲吕，歲貢生，候選訓導錕子，薛安人出。

第二十三世復暠，管掄第五子。行五，字彤書，號宜齋。雍正壬子舉人，任廣東歸靖場鹽課司大使，修補知縣，乾隆壬申科廣東同考官。以孫世銘貴，誥贈朝議大夫。康熙三十三年甲戌十月二十八日寅時生，乾隆二十四年己卯六月二十五日子時卒，壽六十六。配徐氏，敕封孺人，誥贈恭人。順治丁亥進士、直隸河間府知府可先孫女，雲南沅江府通判人鷴女。康熙三十二年癸酉十一月二十五日卯時生，乾隆二十三年戊寅十月二十一日戌時卒，壽六十六。合葬新塘鄉陳灣山上高村新阡右主穴，丙山壬向，兼子午三分。有傳。子三：基承、鴻磐、坊承，鴻磐嗣復曙後。女三：長適太學生劉融昭；次適太學生莊文煜，天津濟民場鹽大使楚寶子；三適嘉興太學生李宗源，乾隆丁巳進士、直隸灤城縣知縣青子。

第二十四世基承，復暠長子。行一，字履之，號澧芷，一號蔗園。太學生，以子世銘貴，誥贈朝議大夫。康熙五十一年壬辰正月二十六日申時生，乾隆四十五年庚子九月十六日辰時卒，壽六十九。配大興王氏，誥贈恭人，康熙癸酉舉人源孫女，雍正辛丑進士兆符長女，康熙五十一年壬辰十一月二十日辰時生，乾隆五十五年庚戌六月二十九日戌時卒，壽七十九。合葬陳灣山父塋昭穴，坤山艮向，兼申寅一分。有傳。子三：世銘、世銓、世鏞，世銓嗣坊承後。女一，適淮安廩監生程若珍。

第二十五世世銘，基承長子。行一，字緘若，號韞山。三中副榜，乾隆甲午舉人，戊戌進士。歷任户部雲南清吏司主事、貴州司員外郎掌寶源局事、山東清吏司郎中、陝西清吏司郎中，考選浙江道監察御史，署户科給事中事，掌廣西道監察御史，軍機處行走。乾隆三年戊午二月二十二日寅時生，嘉慶三年戊午十一月十二日戌時卒，壽六十一。配張氏，誥封恭人，乾隆辛酉舉人景超女。乾隆五年庚申二月初二日丑時生，嘉慶三年戊午五月初七日寅時卒，年五十九。合葬陳灣山鴻安主穴，乙山辛向。著有《韞山堂詩集》十六卷、《文集》八卷、《時文藁》三集、《讀雪山房唐詩鈔》四十卷行世。子一，學洛。

第二十六世學洛，世銘子（《東大分奇玉公宗下青村公一支六房分》）：行一，字道明，號午思。候選知州，以孫晏官誥贈通議大夫。乾隆二十六年辛巳十一月十五日□時生，嘉慶十四年己巳八月初八日申時卒，年四十九。配董氏，誥贈夫人，甘肅肅州知州熙女。乾隆二十六年辛巳九月二十三日戌時生，道光三年癸巳二月二十日未時卒，壽七十三。合葬陳灣山上高村祖塋之三昭穴。著有《祇可軒删餘集》二卷、《的的詞》三卷、《文集》一卷、《雜録》六卷。子一，繩萊：女二。長適陝西汧縣典史候選縣丞許復昌，次適雲南藩庫大使劉廷和。

第二十七世繩萊，學洛子：行一，字孝逸，號艾齋，安微含山縣知縣。以子晏官誥贈通議大夫。乾隆四十九年甲辰正月初十日子時生，道光十九年己亥二月十四日巳時卒，年五十六。配金壇于氏，誥贈夫人，大學士敏中曾孫女，雲南楚雄府知府德裕女。乾隆四十七年壬寅十月初八日未時生，道光元年辛巳十二月十五日亥時卒，年四十。繼吴氏，誥贈夫人，雲南新平縣尉賓涑女。嘉慶六年辛酉十月初六日子時生，同治六年丁卯七月初四日□時卒，壽六十七。合葬陳灣山祖塋三穆穴，丙山壬向，兼午子三分。側陳氏，嘉慶十年乙丑三月□日□時生，咸豐十年庚申四月初五日，髮逆陷常州，投井卒。著有《萬緑草堂詩集》二十卷、《文藁》四卷、《玉盂庵剩藁》一卷、《鳳孫樓詞》二卷、《雜録》二卷。于夫人著有《紅餘雜録》四卷、《鳳孫樓唐詩略》十二卷。子二：晏、樂，吴夫人出。女四：長適甘肅縣丞魏錫疇；次適候選縣丞程弼，側陳氏出；三適山東道員李翼清；四適湖南辰州府知府劉曾撰，吴夫人出。

第二十八世晏，繩萊長子：行一，又行四，字敬伯。山東黄縣知縣，歷署棲霞、朝城等縣知縣，兼署寧海州知州，東河運河廳同知三品銜補用道。道光九年己丑十一月二十四日寅時生，光緒二十年甲午十二月十八日亥時卒，壽六十六。配劉氏，誥封夫人，四川壽縣知縣鈞貽女，道光七年丁亥九月十六日巳時生，光緒十七年辛卯四月二十三日戌時卒，壽六十五，合葬。著有《山東軍興紀略》二十二卷、《徑北草堂詩集》四卷、《文集》四卷。子一，希仁，原名仁葆。女一，未嫁，殤。

第二十九世錫仁，晏子。行一，字壽臣。歷任山東臨淄、蓬萊等縣知縣，歷署蒲臺、濟陽等縣知縣。道光二十九年己酉三月十五日申時生，光緒三十一年乙巳六月二十七日未時卒，年五十七，葬□。配彭氏，誥封恭人，出東清平縣魏家灣，巡檢年女，道光二十六年丙午十一月十六日寅時生。側王氏，以子慶同官敕贈孺人，同治三年十一月初七日卯時生，光緒十二年丙戌十月初十日寅時卒，年三十。側孫氏，同治十二年十一月初十日戌時生。子一，慶同，側王氏出。女一，孫氏出。

第三十世慶同，錫仁子。行一，字鶚儕，山東高等學堂畢業，歲貢生，山東修補縣丞。光緒九年癸未四月十四日寅時生。配董氏，山西黎城縣知縣慶咸女，光緒八年壬午十一月初五日卯時生。女三。

T

W

L

M

P

H

J

K

人名索引